Judith L. Bestgen

Fey

Erbe des Dolches 01

© 2020 Judith Laura Bestgen

1. Auflage

Autor: Judith Laura Bestgen

Umschlaggestaltung Dorothee Altmann (Altmanns-Art)

Illustration: © khius

Lektorat, Korrektorat: Roberta Altmann

Verlag & Druck: tredition GmbH, Halenreie 40-44, 22359 Hamburg

ISBN Paperback: 978-3-347-11190-5

ISBN Hardcover: 978-3-347-11191-2

ISBN eBook: 978-3-347-11192-9

Bibliografische Information der Deutschen Nationalbibliothek:
Die Deutsche Nationalbibliothek verzeichnet diese Publikation in der Deutschen Nationalbibliografie; detaillierte bibliografische Daten sind im Internet über http://dnb.dnb.de abrufbar.

Diese Story ist für mich, für die Leser und gewidmet euch allen dort draußen, die für mich kein Klecks Dunkelheit sind, sondern helle Tropfen reinen Lichts.

~Danke~

Und diese Geschichte ist auch euch allen gewidmet, die meinten, mein Leben schwer machen zu müssen: Ich weiß, dass ich für viele von euch immer noch ein gutes Gesprächsthema bin, und ich wünsche euch viel Spaß dabei, Fey zu zerreißen, um eurer Langeweile zu entkommen.

Bevor Du dieses Werk kaufst und liest, möchte ich Dich darauf hinweisen, dass es zu „Fey - Erbe des Dolches 01" Triggerwarnungen gibt. Sie stehen hinter der Autorenbiografie ausführlicher, aber ich erwähne auch schon hier kurz, wovor ich warne:

- Selbstmordgedanken und Selbstmordvorkommnisse
- Tod von geliebten Menschen und nahen Verwandten
- Verrat
- Krankheit
- Hilflosigkeit
- Verarbeitung meiner Depression
- Tod der Eltern

Fey

Menschen können ohne Liebe leben,
doch es ist ein kümmerliches Leben.

Menschen können ohne Hass leben,
und der Frieden würde herrschen.

Aber nur wenige Menschen können
ohne das Gefühl der Freiheit leben

und nicht zerbrechen ...

Teil I

Die Befreiung

Kapitel 1

Yrons Blick legte sich auf die Gasse auf der anderen Seite der belebten Hauptstraße. Die Dunkelheit verschluckte dort schon nach wenigen Metern alles und wetteiferte jede Nacht aufs Neue mit den Flammen in den Laternen.

Seine Ohren nahmen nicht wahr, was er zu hören gehofft hatte. Verflucht! Bald würde die Hauptstraße leer sein und dann war es an der Zeit, zuzuschlagen, doch gerne hätte er schon vorher gewusst, ob sein Weg wirklich frei war. Unwirsch kniff er die Augen ein Stück zusammen. Es rieb an seinen Nerven, dass er trotz aller Anstrengung dort weder etwas hören, noch sehen konnte.

Lediglich die lärmenden Stadtbewohner, die zwischen den Tavernen wechselten oder sich bereits auf den Weg nach Hause machten, um nach einem harten Tag zu ihren Familien zurückzukehren, waren auszumachen. Die meisten von ihnen waren deutlich angetrunkene Männer, deren schwere Schritte polternd auf den Steinboden der Straßen krachten und die sich kaum für ihre Umgebung erübrigen konnten. Und doch wusste Yron, dass eine zwielichtige Gestalt im Halbdunkel unerwünschte Aufmerksamkeit erlangen würde, wenn die Blicke der Männer auf sie fielen.

Aber das interessierte den Mann im Schatten nicht. Yron hatte keine Schwierigkeiten damit, vor Trunkenbolden unsichtbar zu bleiben, wenn es ihm danach verlangte.

Hinter sich hörte er ein leises Husten. Er wandte sich um. Sein engster Freund Jeremiah stand dort, die geballte Hand vor den Mund gedrückt, um das Geräusch noch im Keim zu ersticken. Doch selbst wenn er jetzt lautlos wie ein Geist wäre, konnte Yron auch im schwachen Schein der Flammen erkennen, wie die breiten Schultern auf und ab ruckten.

Jeremiah hätte nicht mitkommen sollen. Sein Körper war

ausgezehrt und krank und nicht bereit für so eine Aufgabe. Sie hatten nur einen einzigen Versuch und auch dieser war bereits waghalsig genug.

Yron versuchte dennoch, das Risiko abzuwägen. Der Plan stützte sich nur auf seine drei Schöpfer. Drei Narren, die sich vermutlich ein viel zu hohes Ziel gesetzt hatten. Und um es zu erreichen, mussten sie eigentlich alle gesund und munter sein.

In seinem Kopf raste es. Sollte er Cedric das Zeichen geben, dass die ganze Sache heute gar nicht stattfinden würde, und seinen Freund nach Hause schleifen? Doch davon würde er sich nicht erholen, ganz gleich wie viele Stunden Ruhe vor ihm lagen. Diese Krankheit verdammte einen zu einem langsamen Tod. Entweder da der Körper aufgab oder weil die Qualen einen in den Selbstmord trieben.

„Du solltest nach Hause gehen", murrte Yron, als er endlich einen Entschluss gefasst hatte. Er würde zwar jede Hand brauchen, aber er würde nicht riskieren, dass Jeremiah in dieses Gebäude ging und eine noch geringere Aussicht auf ein Überleben besaß als ohnehin schon.

Wie erwartet schüttelte der andere den Kopf, sodass die dunklen Locken auf und ab wippten, und die grünen Augen schienen das Licht aufzufangen, bis sie regelrecht glühten. „Du willst unser Vorhaben in den Wind schießen?", krittelte er und zog am Kragen seines Umhangs. Offenbar, um leichter Luft zu bekommen. „Welcher Teufel hat dich geritten, Yron?"

„Einer namens Sorge!" Yron wandte sich jetzt mit dem ganzen Körper um. Sie waren gleich groß, gleich breit gebaut. „Verflucht, sieh dich an! Du brichst schon beinahe zusammen, nur weil du hier stehst!"

„Du klingst wie meine Mutter", grunzte Jeremiah und drückte kurz die Schultern durch. Die grünen Augen wanderten an dem anderen vorbei zur mittlerweile deutlich ruhigeren Hauptstraße. Einen Moment lang war es nicht ersichtlich, was in Jeremiahs Kopf vor sich ging, dann grinste er schief, zog in einer raschen Bewegung die Kapuze seines Umhangs ins Gesicht und stürmte an seinem Freund vorbei.

Über sein Unvermögen fluchend, Jeremiah noch aufzuhalten, zog auch Yron die Kapuze ins Gesicht und folgte dem anderen in die gegenüberliegende Gasse. Inzwischen war es so dunkel geworden, dass Yron seinen Freund nur dank seiner guten Augen nicht aus der Sicht verlor und kaum blieb der stehen, riss er ihn an der Schulter herum.

Jeremiahs Miene war verdrossen, die Kiefer fest zusammengebissen. So wirkte sein Blick leicht herablassend. „Was hast du für ein Problem?“

„Du bist nicht bereit! Du bringst nicht nur dich selbst in Gefahr!“

Dieser Gedanke musste ihm auch schon gekommen sein, denn die Worte des Älteren schienen ihm sauer aufzustoßen. Mit einem merkwürdigen Zischlaut versuchte er, sich aus dem Griff zu befreien, versagte allerdings. Sie beide waren zusammen aufgewachsen und besaßen seit ihren ersten Schritten ein so enges Band zueinander, dass sie sich mehr wie Brüder denn wie einfache Freunde vorkamen.

„Sei nicht dumm“, lamentierte Jeremiah nun gequält und seine Bewegungen erstarben langsam. Aber seine Miene war glatt und ohne jedes Zögern. „Das hier ist vermutlich ein Selbstmordkommando. Das Größte, auf das wir hoffen können, ist kein Erfolg, sondern, dass wir die Menschen in diesem Land aufrütteln. Dass sie sich wehren und nicht mehr nur herumschubsen lassen. Wenn ihnen doch alles andere genommen worden ist, dann brauchen sie zumindest Hoffnung. Hoffnung ist für uns alle mehr wert als Gold.“

„Wir sterben. So oder so. Das willst du mir damit sagen?“ Yron zog die Stirn kraus. Jeremiahs Rede in allen Ehren, aber Pessimismus kannte er bei seinem Freund eigentlich gar nicht. Jeremiah war nahezu immer munter und hatte meistens ein Lächeln auf den Lippen.

Die Krankheit, schoss es Yron durch den Kopf. Er hatte erst eine Sache gesehen, die einen Menschen in so kurzer Zeit so sehr verändern konnte. Er biss sich auf die Innenseite seiner Wange und versuchte, den Impuls niederzustrecken, die Augen fest zusammenzukneifen. Er hasste diese Angewohnheit und das nicht nur, weil es eine Schlechte war. Sie erinnerte ihn vor allem immer wieder an die Zeit mit seiner Mutter. Als diese ihm mit ihren Geschichten beigebracht hatte, dass man manchmal nur ganz fest die Augen schließen musste, damit das Böse einen nicht mehr fand. Es war nicht mehr als ein Märchen und doch machte Yron es noch immer, wenn er Angst hatte, gestresst oder voller Sorge war.

Er hatte immer gehofft, der Mann, der wie ein Bruder für ihn war, gehöre zu den Leuten, die nicht daran zerbrachen, was man ihnen am achten Jahrestag ihrer Geburt antat. Dass die falsche Königin ihnen allen die Fähigkeit, sich frei fühlen zu können, aus dem Herzen riss. Alle anderen Gefühle blieben, aber das Wichtigste fehlte und wurde ersetzt durch eine bodenlose Leere, die alles andere zu überdecken schien, und das immer präsente Gefühl, zu ersticken. Wer dieser Krankheit erlag, verlor oft den Lebenswillen, wurde körperlich krank oder beging Selbstmord.

„Also, wo bleibt Cedric?", lenkte der Jüngere um und versuchte, einen Blick um die Ecke zu erhaschen. „Langsam muss dieser Kerl auftauchen! Sonst darf er sich bald nicht mehr mit seinem Pflichtbewusstsein rühmen!" Er zeigte sein Grinsen. Doch es war unecht. „Immerhin ist er bereits in seinem jungen Alter Hauptmann der Stadtwache!"

Yron ließ sich, zumindest für einen Moment, auf das Spielchen ein. Er selbst sorgte sich ebenfalls aufgrund der Unpünktlichkeit seines Freundes. „Er weiß, wie der Hase läuft", murmelte er leise und rieb sich über den Nacken. Kurz glitt sein Blick zum Himmel empor, aber wegen der Helligkeit der meisten Straßen war von den Sternen nicht viel auszumachen. Anders als in dem Dorf, aus dem Yron und Jeremiah stammten. Dort hatten sie, wenn die meisten zu

Bett gegangen waren, stundenlang am Abend das Nachtfirmament beobachten und immer wieder etwas Neues lernen oder entdecken können.

Das war nur eines der vielen Dinge, die er hier vermisste. Sie waren in die Stadt gekommen, um genau das zu schaffen, was sie heute versuchen wollten. Der falschen Königin ein Schnippchen schlagen. Und auf dem Weg dabei hatten sie Cedric kennengelernt. Damals, vor ein paar Jahren, war dieser noch ein einfacher Soldat gewesen. Aber schlau und geschickt. Der Bursche hatte genau gewusst, was er wollte und wie er dahin kam.

Dass sie den ehemaligen Hauptmann kurzerhand hatten entfernen müssen, war nun einmal der Preis gewesen. Einer, den ein jeder von ihnen wohl nur bereit gewesen war, zu zahlen, weil es erstens um das größere Wohl ging und zweitens der Mann kein großer Verlust gewesen war. Alleinstehender Säufer, der seine Macht auf die unschöne Art ausnutzte.

Als er Schritte hörte, drückte er sich enger in den Schatten, während er im Augenwinkel wahrnahm, wie Jeremiah seinem Beispiel folgte. Gespannt achtete er auf jede Bewegung, lauschte auf jedes Hauchen. Und machte schließlich eine Gestalt aus, die sich näherte.

Die Schritte waren zielsicher und fest. Kein Zeichen von Furcht. Die Person trug ihr Haupt erhoben. Leise schlich sich Yron an, kaum dass der Mann vorüberging. Er ahnte, wer das war, trotzdem riskierte er nichts. Mit einer schnellen Bewegung legte er einen Arm von hinten um den Hals des Neuankömmlings und versiegelte den Mund mit seiner Hand, ehe er den schweren Körper an sich drückte, ein Bein zwischen denen des anderen.

„Wer?", knurrte er.

Die Gestalt hatte den kurzen Schock niedergekämpft und war ganz ruhig geworden. Nun klopfte sie langsam drei Mal mit dem Fuß auf. Yron lockerte den Griff. „Ich bin es", bestätigte Cedrics Stimme aus der Dunkelheit.

Sofort ließ der Älteste ihn los und trat zurück. „Vorsicht ist die

Mutter des Weisen", brummte er in einer leisen Entschuldigung. Cedric lachte unterdrückt und stellte sich entspannter hin. „Wahre Worte, mein Freund. Und dennoch steht ihr hier und wollt in das Schloss der Hexe eindringen."

„Irgendjemand wird den ersten Schritt machen müssen", meldete sich Jeremiah zu Wort und gesellte sich zu ihnen.

„Auch dies entspricht der Wahrheit", bestätigte Cedric. „Und trotzdem frage ich euch, ob ihr euch sicher seid und das hier wirklich durchziehen wollt."

Einen Augenblick lang war Yron versucht, mit ‚Nein' zu antworten, während Jeremiah bereits seine Zustimmung dazu gab und dabei für sie beide sprach. Yron beobachtete Cedrics geflissentliches Nicken und stellte sich unweigerlich vor, wie er dem Hauptmann alles sagen würde. Gewiss würde er sich Yrons Meinung anschließen und der Plan würde zu einem verfrühten Ende kommen, bis sie sich eine bessere Alternative überlegt hätten.

Zwei Augenpaare hoben sich und blickten ihn an. „Yron?", wollten sie wie aus einem Munde wissen.

Der Angesprochene kniff einmal mehr die Augen zusammen und seufzte. „Lasst uns gehen", entschied er dann, ehe er Cedric den Rücken zuwandte. Yron zwang sich, seine Gedanken auf das Hier und Jetzt zu konzentrieren. Auf den Augenblick, der gerade herrschte. Er konnte die Vergangenheit oder die Zukunft nicht ändern, also musste er in jenem Herzschlag leben, mit dem sein Herz das Blut durch seinen Körper pumpte.

Der Hauptmann packte ihn von hinten und nahm seine Handgelenke, um sie mit einer Fessel zusammenzubinden und der Tarnung ihren Schliff zu geben. Sie würden als Gefangene ins Schloss gehen. Neben ihm stellte sich Jeremiah ebenfalls in derselben Position auf.

Wie ein Sinnbild leuchtete ihnen das Licht der Hauptstraße entgegen. Das Licht der Hoffnung oder vielleicht auch das Licht, in dem die Motte am Ende verglühen würde. Yron vermochte es nicht zu sagen. Oder weiter darüber zu sinnieren.

„Dann auf!", ließ Cedric sich vernehmen, als er beiden die Fesseln angelegt hatte, und raunte ihnen nur noch wenige Anweisungen zu, während er sie sacht auf das Licht zuschob. Sie gehorchten, ließen die Schultern ebenso sinken wie das Haupt, als fürchteten sie sich vor ihrem Schicksal.

Cedric führte sie an dem großen Tor des Schlosses vorbei zu einer hinteren Tür, an der zwei Wachen mit Fackeln Spalier standen, die die Gefesselten neugierig beäugten. Einer zog die Fackel näher heran und versengte so beinahe Yrons schwarze Haare, die ihm in die Stirn gerutscht waren. „Wer sind die?", erkundigte sich der Fackelträger grunzend.

„Gefangene." Vom einen zum anderen Herzschlag war Cedric nicht mehr ihr Freund und Kumpane, sondern der Hauptmann der Wache, der keine Widerworte akzeptierte. Genauso wenig wie zu große Neugierde. Oder dass man ihn in Frage stellte. „Ich habe sie auf der Hauptstraße festgenommen. Kleingeister, die meinten, rebellieren zu können." Um seine Worte zu unterstreichen, gab er Yron einen Schubs, der damit einen halben Schritt nach vorne strauchelte.

„Und was machen wir mit denen?"

„Einsperren! Manchmal wünschte ich wirklich, ich könnte dich an die verdammten Hunde verfüttern! Du bist zu infantil, um hier deinen Dienst zu vollrichten!"

„Aber Herr!" Er spuckte das Wort beinahe widerwillig aus, doch Cedric befasste sich ein Glück nicht weiter mit der Wache und stieß seine Arrestanten lediglich an, damit sie ihren Weg nach vorn wieder aufnahmen.

Auch im Gebäude verzichteten die Gefangenen darauf, ihren Freund anzusprechen. Stattdessen sahen sie sich möglichst ängstlich aussehend um.

Sie schritten an verschiedenen verschlossenen Türen, der Wachstube und den Quartieren vorbei. Die Männer dort waren so laut zu hören, dass Yron sich der Funktion der Räume selbst dann bewusst gewesen wäre, hätte Cedric ihm nicht leise hier und da ein Wort der Erklärung zugeraunt. Yron warf aus dem Augenwinkel einen Blick auf Jeremiah, der nur kurz die Schultern zuckte. Wenn die Männer zu viel Alkohol intus hatten, war das nicht unbedingt ein Problem. Ob der Hauptmann dafür gesorgt hatte? Yron hoffte nur, dass alle, die noch kämpfen und stehen konnten, auch wirklich verschwanden, wenn Cedric sie weglockte. Denn je weniger Wachen es hier gab, umso leichter würde es sein, den Rest des Plans zu verfolgen.

Cedrics Finger legten sich stärker um sein Handgelenk und der nächste Schubser war ein wenig härter. Offenbar wollte er so schnell wie möglich diese Räumlichkeiten hinter sich lassen und Yron fand es nur allzu verständlich. Sie hoben das Tempo an und folgten dem Gang weiter, bis sie an den ersten Stufen einer Treppe ankamen, deren scharfe Kurven sich rasch unter ihnen in einem flackernden Halblicht verloren.

Die Gänge dort unten waren noch kühler und wesentlich spärlicher beleuchtet, sodass es selbst Yron, trotz seiner guten Sinne, das ein oder andere Mal beinahe das Gleichgewicht gekostet hätte. Es war nur Cedric zu verdanken, dass es nicht dazu kam, denn Yrons Hände waren nach wie vor auf seinem Rücken gefesselt. Hin und wieder vernahm er ein leises Rascheln und das hohe Quieken von Mäusen und Ratten.

Cedric seufzte leise. „Ich bringe euch in eine Zelle nahe der Tür, durch die ihr müsst. Sie ist nicht schwer zu erkennen, eine eisenbeschlagene, dunkle Holztür. Dahinter ist noch eine Wendeltreppe. Wenn ihr unten seid, folgt einfach dem breiten Gang. Biegt nicht ab. Dann erreicht ihr euer Ziel. Wartet aber, bis ihr –"

„Wir wissen. Bis die Glockenschläge zu hören sind", unterbrach Jeremiah, ebenso leise wie der Jüngere, die grünen Augen konzentriert auf den dunklen Gang gelegt. Er war angespannt und mahlte unruhig mit den Zähnen.

Yron richtete die Aufmerksamkeit wieder nach vorne, da zog der Jüngste sie bereits zu einer Zelle und warf sie regelrecht hinein. Es waren Bewegungen wie diese, die von Cedrics Nervosität sprachen. Und auch die Tatsache, dass er sich erst umblickte, bevor er ihnen folgte, die Fesseln löste und dann ein in Stoff gewickeltes Bündel auf den mit dreckigem Stroh gedeckten Boden fallen ließ. Mit dem Fuß kehrte er etwas von dem Bodenbelag darüber. „Für Jeremiah. Und dein zweiter Dolch", bestätigte er mit einem Nicken an Yron. Die Waffe des Erben brauchte man nicht hineinzuschmuggeln. Mit seiner Magie konnte Yron die Klinge jeder Zeit zu sich rufen, ganz gleich, wo er war. Dennoch hatte er auch lieber eine herkömmliche Waffe dabei. Genauso wie Jeremiah.

Cedric ging. Die beiden Zurückgelassenen starrten ihm nach und lauschten auf seine Schritte, bis sie verklungen waren, ehe es einen Augenblick lang komplett still wurde. Sogar das Ungeziefer schien sich verkrochen zu haben.

Es war Jeremiah, der sich als Erster rührte. Ein schiefes, gequältes Grinsen aufgesetzt, versuchte er sich an einem flapsigen Tonfall, als er zu überschwänglich meinte: „Ich hoffe wirklich, er macht seine Arbeit gut. Ich würde es ungern sehen, wenn er stirbt."

Yron nickte bekräftigend, die Arme vor der breiten Brust verschränkt. „Da sprichst du meine Gedanken aus." Aus dem Augenwinkel erhaschte er einen erneuten Eindruck der flackernden Schatten im Gang. „Es wäre ein Tod, den er nicht verdient hätte. Und der ihn viel zu früh ereilen würde." Nicht nur, weil der Hauptmann sein Freund war. Cedrics unbändiger Wille schützte ihn. Er zeigte noch keinerlei Anzeichen dafür, dass das Zerbrechen sich in seiner Seele eingenistet hatte.

Der Lockenkopf dagegen wandte sich von der Gittertür ab und schlenderte auf die Bank zu. Mit einem Ächzen ließ er sich darauf nieder und erlaubte es seinen Lidern, sich zu senken. Den Kopf an die Steinmauer in seinem Rücken gelehnt, atmete er tief ein und aus und als der Ältere die Ohren spitzte, vernahm er das leicht kratzige

Geräusch, das hustende Personen beim Atmen von sich gaben.

Eilig ließ er sich auf der anderen Bank seinem Freund gegenüber nieder und musterte ihn. Jeremiah war sich der Aufmerksamkeit natürlich direkt gewahr. Und obwohl er die Antwort auf seine Frage bereits wusste, brummte er nur leise. „Was hast du?"

„Es wäre vernünftiger gewesen, wärst du nicht mitgekommen."

„Und dann? Cedric lockt einige Wachen weg und du schleichst dich allein durch die Gänge?" Jeremiah verdrehte die Augen, als könnte er eine solche Unverschämtheit oder einen solch unsinnigen Gedanken wirklich nicht nachvollziehen.

Yron nickte nachdenklich. „Ob zwei Klingen oder eine, ist dabei unerheblich, vermutlich wäre ich alleine auch weniger auffällig."

Sein Freund knurrte und betrachtete ihn bitterböse. Seine Nasenflügel blähten sich wie bei einem wütenden Ochsen. Trotz allem sagte er nichts dazu, sondern fing nur an, erneut mit den Kiefern zu mahlen, und richtete das Augenmerk auf die Gittertür. Irgendwann fielen seine breiten Schultern ein und er drehte den Kopf zurück. „Glaubst du, es wird jemals enden und wir werden hier irgendetwas erreichen können? Selbst, wenn wir es nicht lebend hier hinaus schaffen, sondern nur ein Vorbild für andere sind?"

Yron hob eine Augenbraue. Der traurige Unterton in Jeremiahs Stimme ließ ihn stutzen. Es klang, als hätte er sich bereits mit seinem Schicksal abgefunden und würde nur noch eine Spur im Sand hinterlassen wollen. „Natürlich schaffen wir damit etwas. Wie wir lernten; die Welt ist in einem stetigen Wandel. Alles, was erschaffen wurde, wird auch irgendwann wieder vernichtet. Nichts kann sich für die Ewigkeit halten. Außer vielleicht der ein oder andere Gott." Yron kam sich wie ein Heuchler vor, war er doch ansonsten der Pessimist. Und das war nicht nur ihm klar.

Jeremiah allerdings nickte nur abwesend. „Wir sollten uns noch ein wenig ausruhen. Wir werden unsere Konzentration und unsere Kraft brauchen", schlug er dann vor. „Ob wir eine Wache brauchen, während wir bereits eingesperrt sind?"

„Ich schätze mal, ein offenes Ohr zu haben, ist niemals verkehrt", entgegnete der Ältere.

Das brachte den anderen tatsächlich zu einem leisen Lachen. Er legte sich auf die Bank, die Beine überschlagen und die Arme unter dem Kopf verschränkt, ehe er in seine Gedanken abzugleiten schien.

„Nur diese Antwort habe ich von dir erwartet", nuschelte Jeremiah beifällig und wurde dann ganz still.

Als die Signalglocke erklang, erhob Yron sich schwerfällig und lauschte. Hier unten gab es kaum Wachen, aber über ihnen mussten sich die Männer bewegen und zum Eingang strömen. Immerhin klang das Läuten in seinen nervösen Ohren, als müsste das gesamte Schloss unter seiner Macht erbeben. Cedric hatte wie vereinbart Großalarm ausgelöst, wenn Yron auch den vorgeschobenen Grund dafür nicht erfahren hatte.

Hinter sich vernahm er die Schritte seines Freundes leise auf dem blanken Stein, während er mit einem verhaltenen Quietschen die Zellentür aufdrückte und den Flur betrat. Sie hielten sich in den Schatten und horchten immer wieder auf, um Wachen frühzeitig ausweichen zu können.

Nichts geschah. Auf ihren Lippen lag das hilflose Gebet, dass die Hexe nicht gerade jetzt zu ihrer Gefangenen ging, um ihren Triumph auch nach so vielen Jahren weiterhin auszukosten. Sie nahm niemanden einfach so mit und hielt ihre Routine undurchsichtig. Und das war auch nur klug, denn letztendlich konnte sie niemals wissen, wer sie verraten würde und wer seine Ansichten änderte. Selbst ihre Wachen arbeiteten nicht aus Überzeugung für die Königin. Die, die sich keine Macht davon versprachen, machten es vor allem aus der Hoffnung heraus, sich selbst oder gar ihre Familien zu schützen.

Lediglich die Seelenlosen waren vertrauenswürdige, doch zumeist nicht so fähige Wachen wie Menschen mit Sinn und Verstand.

Yron ahnte nicht einmal, was ihn erwarten würde. So oder so würde er bald erfahren, wie die Freiheit die letzten Jahrhunderte verbracht hatte. Gefangen? Als Komplizin der Hexe, um sich Macht und ein Schicksal zu sichern? Oder als seelenlose Hülle wie die vielen Wachen, die die Hexe sich wie Sklaven hielt?

Die Tür, auf die sie stießen, entsprach genau der Beschreibung und öffnete sich ohne ein Geräusch. Ein Beweis dafür, dass sie gepflegt wurde. Sie gingen hintereinander nach unten. Sollte jetzt jemand auf sie stoßen, hatten sie keine Möglichkeit mehr, auszuweichen, aber den Göttern sei Dank war dies nicht der Fall.

Erst als sie den Fuß der Treppe passiert hatten, konnten sie die Schritte einer Wache wahrnehmen, die hier unten ihre Runden drehte.

Mit einer schnellen Bewegung huschten sie in die nächstbeste Nische, die einen weiten Schatten warf, und drückten sich eng an die kalte Mauer in ihren Rücken. Ihre Blicke legten sich auf die Gestalt, die sich gerade um die Ecke schob. Die leichte Rüstung gab kaum ein Geräusch von sich und Yron erkannte voller Mitleid, dass dieser Mann einer jener war, die keinen eigenen Willen mehr besaßen. Ob seine Seele noch existierte oder sie bereits mit seinen Vorfahren im Wind tanzte, konnte Yron nicht sagen. Niemand war bisher aus diesem Zustand erwacht und hatte darüber berichten können.

Doch sollte dieser Mann noch wirklich leben, war das nicht nur ein schreckliches Schicksal, sondern auch vielleicht die Chance darauf, dass Yron die Macht der Hexe würde brechen können, sodass der Soldat sein Leben zurückerlangen konnte. Wenn es dann noch lebenswert wäre.

Falls er es denn schaffte. Die altbekannten Zweifel, seine Weggefährten, seit er ein Kind gewesen war, begehrten sogleich auf und schienen mit dem magischen Dolch an Yrons Seite konkurrieren zu wollen. Die Klinge entschied den nächsten Herrscher, indem sie einem Menschen ins Herz blickte. Einmal erwählt, gab es kein Zurück mehr, obwohl dank der Hexe viele der Erben gestorben waren oder niemand ihren Namen gekannt hatte. Und jedes Mal war der Dolch aufs Neue verschwunden und bei dem Nächsten erschienen, bis es

Yron erwischt hatte.

Jeremiah klopfte ihm lautlos auf die Schulter und es fühlte sich an, als hätten sie gerade erst ihr Versteck verlassen, als sie vor einem unpassierbar wirkenden Portal standen, das jedoch einen Spalt geöffnet worden war.

„Was ist?"

„Warum steht die Tür offen? Eine Falle?"

„Oder die Selbstsicherheit Ihrer Exzellenz ..." Jeremiah musterte Yrons Gesicht eingehend und zog dann die Unterlippe zwischen die Zähne. „Du weißt, wie sie ist. Sie hält sich für unantastbar."

„Und doch lässt sie niemanden hierhin. Dennoch gibt es diese Tür!"

Jeremiah nickte und besah sich das Metall genauer. „Sie hat nicht einmal ein Schloss. Ob es ansonsten mit Magie versperrt ist?"

Ein ungutes Gefühl beschlich ihn und nervös trat er von einem Bein aufs andere. Da vernahm er das klägliche Ächzen einer Frau und das Geräusch fuhr ihm durch Mark und Bein und ließ ihn wehrlos zurück. Er trat einen Schritt nach vorne und öffnete die Tür ganz, ohne genauer darüber nachzudenken.

Ihm bot sich der Anblick eines großen Saals, der prächtig hätte sein können, wäre er nicht mit klapprigen Holzwänden, deren Funktionen ihm schleierhaft blieben, unterteilt worden. Aber ohnehin war etwas anderes viel wichtiger. Ein Brunnen in der Mitte des riesigen Raums, auf den er zustratzte.

Es war Jeremiah, der die Umgebung im Auge behielt und auf Feinde achtete, denn in Yrons Kopf hatten seine Gedanken beschlossen, sich zur Nacht zu betten. Ganz so als wäre er mit einem Zauber belegt, schien er von den Geräuschen angelockt zu werden. Der Dolch an seiner Seite begann zu glühen.

Ein erneutes Ächzen und die eindeutige Stimme einer gepeinigten Frau. Eine goldene Wolke rieselte vor seinem Gesicht von der Decke wie feinster Schnee. Doch ungefähr auf Hüfthöhe blieb sie in der Luft stehen, erzitterte und flog dann auf die Quelle zu. Yron drehte den Kopf und bemerkte mehrere Wolken dieser Art. Und mit jeder Wolke erklang ein weiterer Laut des Schmerzes. Yron beschleunigte seine Schritte, bis er fast rannte. Wie im Wahn hielt er auf sie zu, hörte, doch verstand Jeremiahs Worte hinter sich nicht mehr. Dafür blieb er abrupt vor seinem Ziel stehen.

Das Brunnenbecken, das sich nun vor ihm erstreckte, war rund und das eisblaue Wasser floss träge. Mehrere kleine und ein großer Strahl ergossen sich von oben und umschlossen den Körper einer jungen Frau. Ihr Gesicht war ausdrucksleer, nur der Mund bewegte sich ab und an und ihre Brauen zuckten zueinander.

Mit glühenden Wangen wandte Yron den Blick von der nackten Gestalt ab.

„Das ist sie", bestätigte Jeremiah Yrons instinktive Ahnung. Auch er kam unruhig tänzelnd näher, die Miene vor nachdenklicher Anstrengung verzogen. „Das *muss* sie sein!"

Yron nickte, aber seine Hand streckte sich bereits aus, um sie an sich heranzuziehen. Als er das Wasser berührte, stöhnte er leidvoll auf und ließ sie augenblicklich los. Das Wasser, obgleich kein Eis, war beißend wie purer Frost und hatte sich schmerzhaft in sein Handgelenk gebrannt.

Mit einem lauten Geräusch und einer kleinen Flut kippte die junge Frau genau in jenem Moment ins Becken, in dem Yron trotz allem ein weiteres Mal nach ihr greifen und sie zu sich heranziehen wollte. Beherzt griff er nach ihr, den Schmerz mit zusammengebissenen Zähnen ignorierend, und zog sie aus dem Wasser. Ihr Körper war eisig und klein. Obwohl er aufpasste, hatte er Angst, sie zu zerquetschen.

Mit einem Mal schien der Tod selbst über sie hinweg zu streichen und mit seinem Hauch alle Fackeln zu löschen, sodass nur das suspekte Schimmern des Wassers übrig blieb. Die eiserne Tür schlug krachend zu und direkt danach erklang das Stakkato hochhackiger Schuhe. Erschreckender, als wenn es Soldatenstiefel gewesen wären, die auf sie zugerannt kamen, war, dass die Schritte ohne jede

Hast gesetzt wurden. Wer auch immer auf sie zuhielt, und Yron zweifelte keine Sekunde daran, dass es sich um die Hexe handelte, war sich seiner Sache äußerst sicher.

Er trat rückwärts auf Jeremiah zu, die Klinge erhoben, um seinen Freund zu schützen. Aber all seine Gegenwehr wurde bereits im Kern erstickt, als ein magischer Wind ihn erfasste und ihn von den Füßen riss. Hinter sich vernahm er, dass auch Jeremiah gegen den Brunnen geschlagen war, aber genauso wie bei Yron schien auch bei ihm die Ohnmacht fernzubleiben, denn der Ältere konnte das wütende Schnauben seines Freundes hören.

Yron versuchte, wieder auf die Beine zu kommen oder wenigstens auch nur einen Muskel zu regen, doch er war wie erstarrt. Lediglich den Blick konnte er unter mühseliger Anstrengung heben und sein Herz setzte prompt einen Schlag aus.

Ihm waren schon viele Geschichten über die falsche Königin zu Ohren gekommen und trotz aller Umstände hatte er viele davon in den Wind geschlagen. Doch als sich ihre schlanke, geradezu kleine Silhouette durch einen Dunst schob, der auf einmal vorherrschte, strafte Yron sich selbst einen Idioten. Sie war gefährlich. Alles in ihm schrie und wollte ihn zur Flucht bewegen. Und diese Angst wurde durch seine Unbeweglichkeit nur noch mehr geschürt.

Dabei sah sie harmlos aus, ja wirkte beinahe unschuldig mit ihren langen rostroten Haaren, die sich an den Spitzen kräuselten, und den rehgroßen, braunen Augen. In denen allerdings blanker Wahn lag.

Gebieterisch wandte sie sich Jeremiah zu. „Du bleibst sitzen, Wicht!", entschied sie barsch. Dann wanderte ihre Aufmerksamkeit zu Yron und ihre Lippen wurden sogleich von einem wölfischen Grinsen verzogen. Gleichzeitig legte sie verträumt den Kopf schief, als würde sie spielen wollen, und seine Muskeln fühlten sich wieder frei an. „Der Erbe", hauchte sie, beinahe vorfreudig. „Oder zumindest der akute Erbe, nicht wahr? Ich erinnere mich noch an den, der vor dir kam, um mich zu stürzen. Ich dachte nicht, dass er damals gestorben sei. Andererseits sterbt ihr wie die Fliegen." Ein sanftes

Kichern ertönte. „Und wie gedenkst du, nun zu verschwinden? Nahmst du wirklich an, ich würde es nicht bemerken, wenn sie den Brunnen verlässt?"

Yron knurrte leise. „Stelle dich doch einfach einem gerechten Kampf!", brachte er hervor.

Sie reagierte, wie er es gehofft hatte. Lachend warf sie den Kopf in den Nacken und achtete nicht auf ihn und Yron nutzte diese Unachtsamkeit, um den Dolch zu beschwören und nach ihr zu werfen. Rasch ergriff er sowohl die Hand seines Freundes als auch die der Freiheit, einfach weil er sich damit sicherer fühlte.

Die Klinge hatte die Hexe verletzt, entlockte ihr allerdings nicht mehr als erboste Blicke, als würde sie ihn auf diese Weise töten wollen. Yron hoffte wirklich, dass ihr diese Macht nicht zu Eigen war, und ließ mit Hilfe seiner Gedanken den Dolch so heiß werden, dass sogar sie ihn nicht anfassen konnte und ihn mit einem wütenden Schnauben von sich warf.

Yron sah der Waffe nach und grinste. „Doch nicht unsterblich", höhnte er.

„Und du hast keine Waffe mehr", schürzte sie die Lippen. Die Macht des Dolches musste ihr bekannt sein. Sie lebte bereits viel zu lang und hatte noch die alten Tage miterlebt, in denen der Dolch wirklich den Herrscher erwählt hatte. „Wie töricht von dir!"

„Mein Dolch wird immer an meiner Seite sein!" Die Klinge war seinem Herrscher ergeben und eins mit ihm und beugte sich seinem Befehl.

„Ist das so?" Sie zog geradezu gelangweilt die Schultern empor. „Es gibt hier keinen Weg mehr für euch hinaus. Höchstens als Diener." Ein regelrecht seliges Lächeln umspielte ihre Lippen. „O Erbe, wie wäre es, wenn ich dich gefangen nehme und deinen kleinen Freund als meine Wache einsetze? Meine persönliche Leibgarde! Er gefällt mir!" Das Stakkato ihrer schwarzen Stiefel kam bedrohlich näher. „Er ist ein hübscher Bursche. Und niemals mehr würde er sich sorgen müssen, zu zerbrechen!" Ihre Augen, nicht mehr länger die eines Rehs, sondern die eines Raubtiers, legten sich auf Jeremiah. „Und das ist ein guter Tausch! Denn er steht kurz vor dem Ende. Ausgehöhlt …"

Yron zuckte bei dieser Vorstellung zusammen, die Hexe lachte. Mit einer lässigen Drehung aus dem Handgelenk ließ sie die Schatten aufflackern. Yron blinzelte und als er sich erneut umsah, standen Krieger um ihn herum. Sie rührten sich nicht, waberten lediglich auf dieselbe Art, wie es die Schatten getan hatten, aus denen sie geboren worden waren.

„Wenn ihr euch mir nicht anschließen wollt, bleibt nur der Tod. Seid euch gewiss, ich bin so amüsiert über euren Versuch, dass er sogar gnadenvoll wird", schnurrte sie regelrecht. Dann verlor sich ihre Siegessicherheit und ihre Miene nahm einen entsetzten Ausdruck an. Mit ihrem Schrei bemerkte Yron gleichzeitig zarte Finger, die sich um sein Fußgelenk schlossen, und als er sich nach der Berührung umblickte, machte er erschöpfte Augen unter schweren Lidern aus.

Alles um ihn herum verschwamm und die Luft wurde auf schmerzhafte Art aus seinen Lungen gepresst. Krampfhaft hielt er sowohl die junge Frau als auch seinen Freund fest.

Als es vorbei war, schlug er hart auf. Ein ersticktes Keuchen entrang sich seiner Kehle. Sein Blick klärte sich nur langsam und er musste einige Male blinzeln, bevor er die ersten Einzelheiten seiner Umgebung wieder wahrnehmen konnte. Erstaunt stellte er fest, dass sie nicht mehr im Schloss waren, sondern in einer Gasse mitten in der Stadt.

Nach einigen wackeligen Versuchen, aufzustehen, schaffte er es endlich, schwankend stehen zu bleiben, und half seinem Freund auf. „Was ist passiert?", wollte dieser wissen und rieb sich immer wieder über den Hals.

Yron zuckte mit den Schultern. „Ich weiß es nicht. Aber da ich bezweifle, dass wir in einer anderen Stadt sind, sollten wir uns beeilen, von hier fortzukommen."

„Und sie? Töten wir sie?"

Yron musterte die nackte Gestalt. Dann schüttelte er den Kopf. „Lass uns später darüber nachdenken." Er hob sie hoch. „Leg ihr deinen Umhang um. Und dann nichts wie weg von hier!"

Kapitel 2

Ihr Vorteil, dass die Wachen nach wie vor durch Cedric abgelenkt und nicht in der Nähe der Festung gewesen waren, schrumpfte rasch dahin und bald war die Stadt ein gefährliches Pflaster geworden, das an einen aufgeschreckten Hofhund erinnerte.

Yron hatte die junge Frau mittlerweile an seinen Freund übergeben und versuchte, sich durch die dunklen Gassen zu schieben, ohne gesehen zu werden, und den Weg für die beiden sicher zu machen.

Es war zu viel, was in seinem Kopf herumwirbelte und ihn ablenken wollte. Die Sorge, dass sie erwischt werden könnten. Die Furcht, die beim Anblick der Hexe in sein Herz gekrochen war. Die Frage, wo Cedric sich aufhielt und ob er enttarnt worden war. Und die Unklarheit darüber, wie er diesen Sprung geschafft hatte. Er hatte gespürt, wie sich diese Macht in ihm aufbaute, auch, wenn er eine solche Kraft bisher nie an den Tag gelegt hatte. Andererseits kamen manchmal Fähigkeiten, die der Dolch ihm verlieh, einfach dann zum Vorschein, wenn er sie brauchte.

Und was war mit der Frau, die nach ihm gegriffen hatte? Warum hatte sie das überhaupt getan und warum hatte sie vor Schmerzen geschrien? Besaß sie eine Seele? Ein Bewusstsein?

„Yron!", zischte Jeremiah und zog ihn in den Schatten eines Gebäudes. In der Dunkelheit erahnte er es mehr, als dass er es sah, doch Jeremiah blickte ihn vorwurfsvoll an. Zurecht. Bevor er sich über all diese Dinge Gedanken machen konnte, musste er erst einmal konzentriert auf ihre jetzige Situation sein. Jedes Abschweifen konnte tödlich enden. Und das nicht nur für ihn.

Er nickte dem anderen zu, der es im schwachen Schein hinter Yron sicherlich sehen konnte und drückte sich dann an die Lehmwand des Gebäudes. Allmählich kehrte Ruhe in seine Gedanken ein, als er sich ganz auf seine Sinne und seine Instinkte verließ.

Vorsichtig spähte er um die Ecke und hielt den Atem an, um jedes kleine Geräusch wahrnehmen zu können. Von irgendwo drang ein leises Tropfen an seine Ohren. Die hauchzarten Atemzüge der Frau. Ein Knirschen von Kieseln, als Jeremiah unruhig das Gewicht verlagerte. Er schloss die Lider, lauschte weiter.

Es war kein Geheimnis, dass seine Sinne besser waren, seit er den Dolch besaß. Es war mitunter eine der Fähigkeiten, die die Klinge mit sich brachte. Denn sie erwählte nicht nur den zukünftigen Herrscher oder die Herrscherin, sondern war auch dafür geschaffen, ihn oder sie möglichst lange am Leben zu erhalten.

Die Tavernen jedenfalls waren mittlerweile für diese Nacht ruhig. Die Wachen waren also vermutlich schon hier gewesen, denn auch wenn die Uhr bereits zur späten Stunde geschlagen hatte, wäre die Nacht dessen ungeachtet jung genug für manche Gesellen. Womit seine Gegner ihm eigentlich in die Karten spielten. Weniger Betrunkene und er konnte mehr hören als das lärmende Gegacker von Frauen, das tiefe Lachen von Männern und das Krachen einer Schlägerei.

Dennoch umsichtig zog er seinen Freund schließlich weiter und musterte die Häuser. Sie waren im alten Teil der Stadt, von dem gesagt wurde, dass er noch vor der Hexe existiert haben solle.

„Wohin gehen wir überhaupt?", erkundigte sich Jeremiah leise und zog die Schultern an, um die Frau ein Stück höher zu bugsieren. „Die Wachen werden die Ausgänge bewachen und das Umland absuchen. Wir können nicht einfach hinausspazieren. Nicht mit einer Last wie ihr!" Er nickte auf die reglose Gestalt und blickte dabei Yron fest in die Augen. „War es nicht unser Plan, sie zu vernichten? Vielleicht sollten wir das direkt machen?"

Yron schüttelte ruckartig den Kopf und spannte die Muskeln an. Diese Idee gefiel ihm überhaupt nicht. „Das ist keine Option", brummte er daher. Ihm behagte es nicht, einen wehrlosen Menschen zu verletzen. Oder gar zu töten. Er wusste nicht, ob sie ein Mensch war oder nicht, doch sie ähnelte ihnen auf jeden Fall sehr.

Jeremiahs Gesicht wirkte unsicher, doch auch gequält. Er besaß ein gutes Herz und es widerstrebte ihm genauso, einer schwachen Person Schaden anzutun. Allerdings stand dieser Wunsch mit dem, die Freiheit aus der Macht der Hexe zu reißen und alle anderen zu retten, im direkten Konkurrenzkampf. Yron wusste das. Er brauchte es seinem Freund nicht einmal ansehen, denn ihm ging es genauso.

Nur machte Jeremiah es sich einfach. So wie es sich die meisten Menschen einfach machten, seit sie wussten, dass Yron der neue Erbe war. Sie ließen ihn entscheiden. Auf seinen Schultern ruhte die Verantwortung. Auf ihm lasteten die Folgen einer Fehlentscheidung.

In Momenten wie diesen wünschte Yron sich nicht nur, dass er den Dolch niemals bekommen hätte, er hasste seinen Freund auch ein kleines bisschen dafür. Es war jedes Mal mit Scham verbunden und doch konnte er nicht darüber hinwegkommen.

Jeremiah benahm sich wie ein Kind, starrte ihn aus großen Augen an und hatte die Lippen zusammengepresst. „Also werden wir das alles gar nicht beenden und es riskieren, dass sie zurück in ihre Gefangenschaft kommt und wir gleich mit ihr?"

„So meinte ich das nicht", stieß Yron mit einem Stöhnen aus und betrachtete die sanften Züge der Frau. Ebenso wie die Hexe besaß sie rotbrünettes Haar. „Wir müssen erstmal nachdenken, Jeremiah."

Es dauerte einige Herzschläge, dann sanken die Schultern seines Freundes ein und er löste die Spannung zwischen ihnen mit einem leisen Seufzen auf. „Also, wohin?"

Yron wollte gerade eine Antwort abgeben, da trat eine Silhouette aus dem Schatten hervor und baute sich vor ihnen auf. Dieses Mal erkannte der Älteste seinen Freund direkt und entspannte sich sogleich wieder. Die Schritte des Jüngsten, sobald sich dieser sicher schien, die Richtigen gefunden zu haben, und darum näher trat, waren leise, doch begleitet vom regelmäßigen Geräusch seiner leichten Rüstung. „Kommt", rief er gepresst aus und winkte ihnen.

Cedric war nicht nur klug, sondern auch geschickt und schnell. Rasch führte er sie durch das Labyrinth aus Gängen, mied jeden Punkt, an dem er Wachen platziert hatte, und erklärte ihnen, dass er seinem Bauchgefühl gefolgt war. „Manchmal überrascht man sich selbst", betonte Cedric noch, ehe er dem Schweigen verfiel.

Yron war erleichtert, als sie endlich das kleine Fachwerkhaus erreichten, das Cedric als ältestes Kind vor ein paar Jahren von seinen Eltern geerbt hatte. Er selbst wohnte zwar in der Nähe der Burg, hatte das Haus jedoch seiner jüngeren Schwester Zaida überlassen und lebte deswegen öfters dort, wenn er frei hatte. Jeremiah und Yron waren das ein oder andere Mal hier zu Gast gewesen und hatten das Mädchen bereits kennengelernt.

Als hätte Cedric sie informiert, stand sie bereits in der Tür, die dunklen Brauen über den meeresblauen Augen zusammen geschoben. Die schmalen Finger ihrer rechten Hand hatten den Knauf so fest umschlossen, dass die Knöchel weiß hervortraten, und ihre zierlichen Schultern waren angespannt.

Trotzdem machte sie rechtzeitig Platz, als sie angelaufen kamen, und mit einem halblauten Klacken schloss sie die Tür hinter ihnen und wandte sich in derselben Bewegung noch um. Ihr himmelblaues Kleid bauschte sich bei der Drehung kurz auf. „Cedric!", zischte sie leise und maß die Anwesenden. Ihr Blick legte sich lang auf die andere Frau, bevor er zurück zu ihrem Bruder wanderte. „Ich hatte dich gebeten, dich nicht in Schwierigkeiten zu bringen!"

„Zaida." Ihr Bruder hob entschuldigend die Hände in die Höhe und trat auf seine Schwester zu. Das Mädchen schnaubte lediglich und trat mit dem Fuß auf. Yron hatte nie verstanden, warum Zaida so besonders war, wie sie es eben war. Sie war ein nettes Mädchen, auch fähig, allein zu leben. Und doch hatte sie noch so viel Kindlichkeit in sich, dass sie absonderlich wirkte. Ihn störte es nicht. Zaida war Zaida und obwohl er sie nicht gut kannte, hatte er sie doch irgendwo ins Herz geschlossen.

Und ihr Bruder behandelte sie immer mit einer Engelsgeduld. Er nickte fleißig, während sie ihren Protest ansetzte. Yron wäre am liebsten dazwischen gegangen. Eventuell etwas ruppig, doch Hauptsache, sie konnten endlich ein Versteck finden und Cedric zurück zu seinen Einheiten schicken, bevor er vermisst wurde.

Das sah wohl auch Jeremiah so. Selber Bruder von einer älteren und zwei jüngeren Schwestern hatte er kein Problem damit, sich einfach einzumischen, wenn seine Stimme auch einen sanften Ton angenommen hatte. „Zaida, hör uns zu! Du kannst deinem Bruder gerne die Leviten lesen, meinetwegen auch uns beiden und all deinen Göttern. Doch jetzt ist nicht der richtige Zeitpunkt dafür!"

Ihre blassen Wangen röteten sich, als sie zu ihm starrte und die Arme in die Seiten stützte. „Aber ich bin jetzt sauer!"

Jeremiah setzte ein Schmunzeln auf. „Wie sagte meine ältere Schwester Alexandra einmal zu meiner jüngeren Schwester Violetta? ‚Du bist eine Frau, du kannst wegen dieser Sache für immer wütend auf ihn sein!'"

Das Mädchen öffnete den Mund, als würde sie widersprechen wollen. Dann schloss sie ihn wieder und neigte als Zustimmung hauchfein den Kopf.

Ihr schlanker Arm erhob sich wie zum Urteil und deutete auf eine Wand neben dem Kamin. „Mein Vater hatte für solche Zeiten vorgesorgt und einen Raum gebaut. Er ist mit einem Zauber versiegelt, sodass einfache Magie ihn nicht finden kann." Und schon ging sie los und streckte die Hand durch ein unauffälliges, schmales Loch. Ein paar Herzschläge später klackte es und eine Tür schälte sich als staubender Umriss aus der Wand.

Dahinter lag eine alte Treppe, der Yron nicht unbedingt vertraute. Die Tritte waren aus Holz und offenbar schon seit Jahren nicht mehr kontrolliert worden. Doch anstatt sich zu beschweren, ging er darauf zu und schritt nach unten.

Die zum Glück nur wenigen Stufen würden einem einen tiefen Fall ersparen und ermöglichten es Yron, als er am Fuß der Stiegen angelangt war, sich umzudrehen und Jeremiah die Frau abzunehmen, damit dieser die Treppe nicht allzu sehr belasten würde und beide Hände frei hätte.

Sie lag vollkommen reglos in seinen Armen, kein Anzeichen, außer ihrem hauchzarten Atem, dafür, dass in ihr Leben steckte. Behutsam legte Yron sie auf eines der beiden Betten, die in den Raum gequetscht worden waren, und sah erst von ihrem Gesicht auf, als Cedric sich mit leisen Worten verabschiedete und verschwand. Kaum hatte er den Türrahmen freigegeben, schlüpfte Zaida herein. Sie nahm die Stufen, als würde sie es täglich machen, und ließ sich auch nicht davon stören, dass sie keine Hand für das Geländer frei, sondern die Finger um einen Ballen roten Stoffs gelegt hatte. „Ich weiß nicht, ob Weinrot zu ihrem Haar passt. Aber ich mag dieses Kleid nicht, also kann sie es haben", erklärte die Jüngere sachgemäß und kam flugs auf sie zu.

Sie drückte Yron den Stoff in die Hand. „Es ziemt sich nämlich nicht, dass sie entblößt ist. Das ist skandalös und sie sollte sich schämen. Vor allem in Gegenwart von zwei Männern!".

Die beiden warfen sich einen raschen Blick zu, dann nickte Jeremiah. „Wir werden es ihr ausrichten", beschwichtigte er und legte ihr vorsichtig eine Hand auf den Rücken, um sie sacht zur Treppe zu schieben und von dem nackten Mädchen abzulenken.

Zaida sprang darauf an. Zwar nickte sie nochmals bekräftigend und verkündete ein weiteres Mal ihren Unmut über so eine Unverschämtheit, versicherte ihnen jedoch, dass sie ihnen Wasser und Lappen zum Waschen sowie Nahrung und Getränke hinunterbringen würde. Sie vergaß auch nicht, hinter sich die verborgene Tür zu schließen, woraufhin der Raum nur noch von zwei Kerzen erhellt wurde, die alles in ein schummriges, flackerndes Licht tauchten.

„Wie zieht man jemandem so etwas an?", murrte Yron nach einigen Augenblicken der Stille und drehte verwirrt das Kleid zwischen den Händen hin und her. Es war nun nicht gerade so, dass er bereits oft oder überhaupt jemals ein Kleid getragen hatte und nur durch den Anblick von Frauen wusste er, dass das große Loch nach unten gehörte. Die Schnüre dagegen brachten ihn aus dem Konzept. Er wusste nicht einmal, wo vorne und hinten war.

Jeremiah lachte leise und trat auf ihn zu. Mit einer schnellen Bewegung hatte er das Kleid an sich genommen und besah es sich. „Ich habe früher meinen beiden kleinen Schwestern beim Schnüren der Rückenbänder geholfen. Alexandra brauchte niemals meine Hilfe und hätte mich auch erschlagen, wenn ich ihr ein Kleid vorgeschlagen hätte." Sein Lachen schwoll an und seine grünen Augen nahmen einen sehnsüchtigen Ausdruck an. Er vermisste seine Familie wirklich. Vermutlich vor allem seine ältere Schwester.

Auch Yron musste leicht grinsen. Alexandra konnte er sich einfach nicht in einem Kleid vorstellen. Kleider waren unpraktisch bei der Jagd, wie sie selber betonte.

Als Jeremiah sich hinabbeugte, damit er ihren Kopf stützen und ihr das Kleidungsstück überziehen konnte, wirkte er auf einmal einfach nur noch müde und erschöpft. Die Sorge klopfte augenblicklich in Yrons Kopf an und mit ihr das Bewusstsein, eine Entscheidung bezüglich der Freiheit treffen zu müssen. Allein. Denn Jeremiah sagte nichts mehr dazu und so lag es einzig an Yron, zu entscheiden, ob er sie töten sollte oder nicht. Noch konnte er sich jedoch herausreden und Zeit schinden. Fürs Erste sah er seinem Freund einfach nur erstaunt dabei zu, wie dieser den Stoff richtete und dann die Schnüre band und alles an seinen rechtmäßigen Platz legte. Erstaunlicherweise schien das Kleid sogar so zu passen, wie es sollte. Sogar Zaida, die wieder nach unten kam, um ihnen Tücher und eine Schüssel zu geben, bestätigte diese Vermutung, bevor sie ein weiteres Mal nach oben ging und mit einem Waschkrug wiederkam. Die meeresblauen Augen hefteten sich auf die junge Frau. „Sie ist immer noch am Schlafen. Wer von euch kann so gut Schnüre binden?"

Als Jeremiah die Hand hob, ohne etwas zu sagen, blitzte in ihren Augen Skepsis auf und Yron wollte sich nicht ausrechnen, was durch ihren Kopf ging, während sie den Grünäugigen musterte.

Der achtete gar nicht darauf, vermutlich war er es von seinen eigenen Schwestern gewohnt. Stattdessen kontrollierte er das Wasser, ehe er ein Tuch befeuchtete, um sich damit über die Stirn zu wischen.

„Wann wird sie wieder erwachen?", war Zaidas leise Stimme zu vernehmen. „Sie sieht so blass aus."

„Wir wissen es nicht", nuschelte Yron und fragte sich, ob sie wohl jemals aufwachen würde. Er hatte keine Erfahrung mit so etwas und hatte nicht einmal eine Ahnung, was ihr Bewusstsein von der Welt fernhielt. Immerhin waren ihre Atmung und ihr Puls gleichmäßig, wenn auch nicht außergewöhnlich stark.

Lag das an einem Zauber? Oder zerbrach sie selber und er bemerkte es einfach nur nicht? Vielleicht hatte er es sich auch eingebildet, in ihren Augen etwas wie eine Seele gesehen zu haben. Wenn das der Fall war, handelte er dann falsch, indem er Zeit verprasste, anstatt den Dolch zu benutzen, um ihre Hülle zu zerstören und die Menschen wieder zu befreien? Riskierte er gerade alles für nichts?

Er war, genauso wie Jeremiah, in diese Burg eingedrungen in dem festen Glauben, dass es ganz einfach werden würde. Zumindest der moralische Standpunkt. Das Eindringen und die Flucht dagegen hatte er als schier unmöglich erwartet. Nun hatte es sich genau gedreht. Es war alles zu glatt gelaufen, zu einfach. Nur die Moral und sein Herz hielten ihn davon ab, auch den letzten Schritt zu tun.

Wenn die Klinge des Herrschers über das Leben und Schicksal eines Kindes entschied, gab es dann auch eine höhere Macht, die alle anderen Fäden in der Hand hatte? So wie die Götterfürchtigen annahmen? War das alles ihr Plan? Aber warum hatten sie es dann zugelassen? Oder wieso war kein anderer, zumindest ein anderer Erbe der Macht, dazu in der Lage gewesen?

„Zaida!", brüllte Jeremiah plötzlich aufgebracht und schon etwas Schlimmes erahnend, drehte sich Yron um.

Beinahe hätte er erwartet, dass das Mädchen die Treppe hinab gefallen wäre und er es nicht gehört hatte. Doch dort lag keine

Zaida. Stattdessen stand das zierliche Geschöpf am Bett, den Waschkrug in der Hand und lächelte triumphierend.

Yron ließ sein Augenmerk weiter wandern. Die junge Frau lag noch immer dort. Ihre Haare waren nass und klebten am mit Wasser benetzten Gesicht, ebenso wie der Ausschnitt des Kleides feucht war. Sie begann zu husten und presste die Lider zusammen, ihre Arme und Beine wedelten hilflos über die Matratze und nach einiger Zeit rollte sie sich noch immer prustend und hustend auf der Seite zusammen, bevor sie den ersten tiefen Atemzug nahm und sich ein wenig aufrichtete.

Nach Luft schnappend versuchte sie, sich auf die Hände zu stützen, aber ihr Körper schien zu schwach und unkoordiniert zu sein, sodass sie wieder in sich einsank und auf dem Bauch landete. Dennoch weigerte sie sich, eine Niederlage hinzunehmen, denn statt aufzugeben, versuchte sie es erneut und erneut, bis es ihr schließlich gelang und auch das Husten ein wenig abebbte.

Kaum hob sie die Aufmerksamkeit zu ihm, fühlte sich Yron einen Moment lang, als würde der Boden einen Satz unter seinen Füßen machen. Das merkwürdige dunkle Violett ihrer Augen war ihm im Schloss gar nicht aufgefallen, doch es starrte ihm entgegen und wischte jeden Zweifel aus, dass es sich nur um eine seelenlose Hülle handelte. Leben und Intelligenz leuchteten ihm genauso wie Verwirrung entgegen. Noch bevor er es selbst wollte, hauchte er leise: „Wie heißt du?"

Nur am Rande nahm er wahr, wie Jeremiahs Kopf sich in seine Richtung wandte und die grünen Augen ihn überrascht anfunkelten, und dass Zaida selbstzufrieden mit ihrem Werk schien und nach wie vor den Krug umklammert hielt.

Die Erwachte bewegte einige Male stumm die Lippen, nicht mal ein Ächzen war zu vernehmen. Sie runzelte die Stirn, senkte die Lider herab und konzentrierte sich offenkundig. „Ich habe keinen Namen", wisperte sie schlussendlich schwach und kaum öffnete sie die Augen, schlich sich unbändige Furcht in ihren Ausdruck.

Angst und Erkennen.

Das Nächste geschah so schnell, dass Yron gar nicht mehr hätte reagieren können. Kaum wandte sie leicht den Kopf und bemerkte auch Jeremiah, der sie anstarrte, kreischte sie verängstigt auf und versuchte, über das Bett zu robben. Zaida ließ vor Schreck den Krug fallen, der klirrend zu Boden ging. Ihre Augen waren geweitet und sie beobachtete, wie die andere Frau mit ihren Armen und Beinen kämpfte und zu Boden fiel, auf dem sie noch immer versuchte, von den anderen wegzukommen.

Mit einem Fluch stürzte Yron nach vorn, stockte dann jedoch wieder. Auch wenn ihm bewusst war, dass er mit seinem Aussehen, den Waffen und der Geste nicht gerade beruhigend wirkte, versuchte er, sie mit hoffentlich ruhiger Stimme zu beschwichtigen. Doch jedes weitere Wort, das er an sie richtete, verschlimmerte ihre Panik nur noch mehr. Er konnte nur hoffen. Darauf, dass sie nicht herausfand, wie ihre Beine funktionierten, oder ob man sie draußen hören würde. Sie konnten keine Aufmerksamkeit gebrauchen.

Plötzlich rannte Zaida nach oben und verschwand im Wohnraum. Direkt darauf schob sie die Tür zu und es wurde erneut schummrig. Für die Dauer eines Herzschlages wurden sie alle ruhiger, dann nahm die Angst der Unbekannten anscheinend noch mehr zu. Im schwachen Licht erkannte Yron ihren verzweifelten Blick zum Türumriss und ihre Bemühungen, endlich auf die Beine zu kommen.

Ihr Wille half ihr nicht. Ihre Beine klappten immer wieder ein und hielten sie am Boden. Als sie erneut zu schreien begann, verabschiedete Yron sich von seinen guten Absichten und warf sich auf sie. Das Haus war nicht komplett abgeriegelt, ihre laute Stimme war auf der Straße sicherlich gut zu hören und wenn jemand in der Stadt aufschnappte, dass eine Frau in Not war, dann würden hier sehr schnell sehr viele Wachen auftauchen.

Er packte sie und hielt ihr mit einer Hand den Mund zu, ehe er sich mit ihr erhob. Er drückte sie so an sich, dass sie sich nicht befreien konnte, aber dennoch aufrecht stand.

Krampfhaft wehrte die Rotbrünette sich, bekam langsam Sicherheit in ihre Gliedmaßen und versuchte, nach ihm zu treten und zu schlagen. Eine warme Flüssigkeit tropfte auf seine Hand und er wusste, dass es Tränen waren. Nicht auf das Mitleid achtend, das in ihm aufstieg, hielt er sie weiter fest. „Ganz ruhig", brummte er in ihr Ohr, woraufhin die zierliche Dame einen erneuten Trittversuch unternahm und wie zuvor scheiterte. „Du darfst nicht schreien, in Ordnung? Wir dürfen nicht gefunden werden, aber wir werden dir nichts antun. Du hast mein Wort darauf!" Und sobald ein wenig Ruhe in ihren Körper kam, seufzte er erleichtert. „Ich bin Yron. Das hier ist Jeremiah. Wie heißt du? Besitzt du wirklich keinen Namen?"

Ein Kopfschütteln war die Antwort auf seine Frage und langsam wagte er es, die Hand ein wenig wegzunehmen. Sukzessiv wandte sie sich um und starrte ihn aus großen, feucht glänzenden Augen an. „Nein!", kreischte sie dann jedoch und boxte ihm ins Gesicht. Der Schlag war unkontrolliert, nicht präzise oder ernsthaft bedrohlich, allerdings stark genug, dass er den Kopf nach hinten riss. Es war ihm klar, dass seine Gefangene diese Möglichkeit nutzen wollte, also packte Yron sie enger. Durch ihre erneute Gegenwehr landeten sie schlussendlich beide auf dem Bett, auf dem Yron sich so drehte, dass sie unten lag.

„Jetzt beruhig dich augenblicklich!", schimpfte er und blickte auf sie hinab. „Ich bin nicht hier, um dich zu verletzen! Du hast uns bereits genug Ärger eingebrockt, also kannst du jetzt auch lieb und still sein." Ihm klingelten bereits die Ohren von dem Gezeter. Die Götter mögen ihn erhören, er würde niemals heiraten. Oder sich erneut eine Frau wie einen Mehlsack auf die Schulter werfen. Die Ergebnisse waren kaum die geopferten Nerven wert.

„Ich verstehe nicht", jammerte die Frau und rührte sich leicht. „Ich verstehe das alles hier nicht …"

„Erinnerst du dich daran, wer du bist? Und wo du bis vor kurzem warst?" Das hätte ihm jetzt gerade noch gefehlt, dass aus der Freiheit wirklich nur eine harmlose, ahnungslose Frau geworden war, deren Leben er durch eine etwaige Befreiung nicht so einfach hätte beenden können. Andererseits sah er sie bereits andauernd als Frau an, schlicht, da es ihm zu suspekt war, in diesem schönen Gesicht die Freiheit zu sehen.

„Ja", hauchte sie da jedoch. „Ja, ich erinnere mich. Sie hat mich gefangen genommen und in diesen Körper gesperrt! Sie hat mir alles genommen!" Erneute Tränen suchten sich ihren Weg die rundlichen Wangen hinab. Yron stand nur mit den Zähnen knirschend auf und suchte nach Jeremiah.

Dieser hatte sich nachdenklich auf dem anderen Bett niedergelassen, die Augen so im Schatten verborgen, dass der Ältere nicht in ihnen lesen konnte.

„Dieser Brunnen war für so viele Jahre mein Gefängnis. Mehr als dieser Körper überhaupt sein könnte!" Wie um es zu betonen, hob sie die zitternden Hände und starrte darauf. „Ich erinnere mich an jedes Detail meiner Gefangennahme. Sie beschwor mich. Im einen Augenblick tanzte ich noch im Wind und kümmerte mich um meine Aufgabe, im nächsten spürte ich neben Pflichtbewusstsein und Freude nur noch Kälte und Schmerz! Ich konnte das erste Mal richtig sehen. Ich spürte einen harten Boden und versuchte, mich zu bewegen, da nahm ich wahr, dass es nicht mein Licht war, das dem Befehl folgte. Ein fester Körper aus Fleisch, der mir nicht gehorchte." Nervös zog die Freiheit ihre Beine an und umklammerte sie mit den Armen. All ihre Bewegungen wirkten holprig und abgehackt, nahmen jedoch allmählich an Raffinesse zu. Aber Yron konnte ihr nicht zugestehen, dass sie nicht hilflos und verloren wirkte. „Noch bevor ich mich einigermaßen daran gewöhnen konnte, bannte mich das Wasser." Ihre Stimme wurde so leise, dass man sie kaum verstand. „Es war so eisig! Jeden einzelnen Tag!" Die Pein und Qual in ihrer Stimme waren nur ein schwacher Schatten dessen, was sie wirklich empfunden haben musste.

Yron seufzte und ließ sich auf die Matratze nieder, woraufhin die Frau ein Stückchen nach rechts rutschte. Weg von ihm. Er kommentierte das Ganze nicht weiter.

Um etwas zu tun zu haben, stützte er die Ellenbogen auf den Beinen ab und legte die Hände zusammen. Doch auch das half ihm nicht weiter, sich zu konzentrieren. Diese ganze Sache war einfach aus dem Ruder gelaufen, ganz anders, als er es sich hätte vorstellen können.

Yron besaß eine gewisse Verantwortung. Er konnte nicht einfach das Leben von tausenden Menschen weiter in Scherben lassen und der Hexe ihre Macht gewähren. Riskieren, dass die Freiheit wieder in ihre Fittiche gelangte!

„Was machen wir also?", sprach Jeremiah die Frage aus, die Yron so quälte. Der Ältere zuckte nur mit den Schultern und wünschte sich plötzlich, er wäre wieder ein kleiner Junge. Als seine Mutter noch lebte und er seinem Vater auf dem Feld half, wenn er nicht gerade in der Schule war. Zu einer Zeit, in der der Dolch ihn noch nicht erwählt hatte. In der nicht er die ganzen Entscheidungen treffen musste.

Dann erinnerte er sich daran, wie dumm und feige der Gedanke war, und schüttelte den Kopf. Rumjammern konnte niemanden weiterbringen. „Wir werden entscheiden, was wir tun. Doch nicht jetzt sofort", brummte er nur. Wenn er eine Nacht darüber schlief, hatte er vielleicht neue Eingebungen.

„Ihr wollt mich töten", wisperte die Frau leise und warf ihnen einen gequälten Blick zu. „Aber das wird nichts ändern!"

„Wir wollen dich nicht töten", entfuhr es Yron.

„Willst du nicht wieder frei sein, so wie früher?", fügte Jeremiah an und hob die Arme, um die Flügelschläge eines Vogels nachzuahmen. „Dann kannst du wieder glücklich sein. Und wir auch!"

Sie schüttelte den Kopf, bis ihre Haare wild umherflogen. „Ihr befreit mich so nicht. Ihr vernichtet mich! Ihr löscht mich aus und damit auch das Gefühl der Freiheit in den Herzen aller Neugeborenen! Und diese können ohne mich nicht leben, sie würden eingehen und sterben. Und die wenigen, die das überleben würden, wären keine wirklichen Menschen mehr." Das Violett ihrer Augen schien wirklich zu brennen und das lenkte Yron einen Moment ab. Erst einige Wimpernschläge später nahm er wahr, was sie gerade gesagt hatte. „Es muss doch einen Weg geben?"

Ihre schmalen Schultern zuckten leicht. „Den gibt es auch, aber ich kenne ihn nicht. Ich weiß nur … Ich weiß nur, dass ihr mich nicht einfach umbringen könnt und die Sache ist ausgestanden." Auf einmal sprang sie auf, strauchelte, hielt sich mit der Hand an der Wand fest. Dann machte sie einige unsichere Schritte. „Hoch oben, sagte sie immer wieder", murmelte die Rotbrünette. „Hoch oben muss es sein."

Kapitel 3

Die Anspannung in seinem Inneren verstärkte sich von Sekunde zu Sekunde und nun, Stunden nach dieser kleinen Offenbarung, hatte Yron das Gefühl, die Spannung müsste ihn zerbersten, seine Muskeln zerreißen, seine Knochen brechen.

Jedes Mal, wenn sein Blick auf den kleinen Schemel fiel, den Zaida in der Zwischenzeit hereingetragen hatte, zuckten die Muskeln in seinem Oberschenkel vor unruhigem Verlangen, von der Liegestatt aufzuspringen und das kleine Holzmöbel mit einem Tritt umzuplatzieren.

Doch er beherrschte sich und starrte nur an die Wand, an der sich das Flackern der Lichtquellen widerspiegelte, und versuchte, seine Gedanken irgendwie auf das Problem und eine Lösung zu lenken.

Sie hatten darüber geredet, versucht, etwas aus der Freiheit herauszubekommen, aber sie hatte nichts weiter mehr sagen können und ihren unsicheren Augen hatte er angesehen, dass sie nicht log.

Nun saß sie neben ihm und summte eine düstere Melodie, die nur drei oder vier Oktaven zu haben schien und dennoch Gänsehaut auf seine Arme zauberte und im Nacken zog. Und obwohl Jeremiah gerade dabei war, seine Klinge zu schleifen, schien ihr regelrechtes Klagelied alles zu übertönen.

Yron knirschte mit den Zähnen. Ihre Stimme versprach mehr, als das Lied hielt, denn die düsteren Töne rissen an Yrons nervösen Nerven, statt sie zu beruhigen, und als er zu ihr sah, um sie endlich an ihrem Tun zu hindern, bemerkte er ihre glasigen Augen, die sich auf die Treppenschwelle gerichtet hatten. Mit einem Grunzen nahm er die Rüge zurück, bevor er sie aussprechen konnte, und bemühte sich um einen freundlichen Tonfall. „Was ist das für ein Lied?"

Kurz erstarb das ratschende Geräusch aus Jeremiahs Richtung, ehe es einige Herzschläge später wieder erklang, als sei nichts geschehen. Die Frau, die erschrocken zusammengefahren war, nahm ihren Gesang nicht wieder auf. Sie sah in Yrons Augen auf, der sich gar nicht abwenden konnte. Im Widerschein der Flammen wirkten ihre dunkler und mysteriöser. „Du kennst es nicht?", stellte sie eine Gegenfrage und zog die volle Unterlippe zwischen die Zähne, eine Augenbraue sacht gehoben.

„Nein ... Sollte ich?"

Sie schüttelte den Kopf und zuckte die Schultern. „Es ist aus einer Zeit, die längst vergangen ist. Vielleicht musst du es nicht kennen, weil es niemand mehr kennt." Ihre Stimme tropfte beinahe vor Sehnsucht und Schmerz. „Altes wird gerne vergessen. Denn nichts weilt ewig, nicht wahr? Auch keine Lieder oder Sagen."

Erneut unterbrach sich Jeremiah und das Schweigen, das entstanden war, wurde von ihm gebrochen. „Dann erzähle uns die Sage. So können wir sie wieder in Erinnerung rufen."

Die Frau nickte nach einigen Sekunden. „Es ist keine Sage in dem Sinne, doch obwohl es gesungen wird, ist es auch kein Lied." Sie räusperte sich und nahm ein weiteres Mal die Melodie auf, bevor sie die Augen schloss und den Kopf leicht in den Nacken legte.

„O'ho seht den Totengräber ...
O'ho seht, wie er sich um eure Seelen kümmert.
Seine Hände schwielig von der Schaufel,
das Gesicht schmutzig vom Dreck
und gegerbt von der Sonne,
steht er jeden Tag dort,
um eure Verblichenen zu schützen!

O'ho seht den Totengräber ...
O'ho seht, wie er Andachten hält.
Wie er das Gesicht zur Sonne hebt,
um die Seelen freizulassen,
sie zu verabschieden,

ihnen Frieden zu wünschen
und ihre Brise direkt im Gesicht zu spüren!

O'ho seht den Totengräber …
O'ho seht, wie er die Arme ausbreitet.
Bei Wind und Wetter steht er für euch dort,
ein Ohr für die Lebenden,
ein Ohr für die Toten,
bis auch seine Seele gerufen wird
und sein Nachfolger übernimmt!"

Als sie endete, schien es im Raum nicht nur durch das Ersterben ihrer Stimme leiser geworden zu sein. Yron starrte sie einfach nur verblüfft an und wusste genau, dass Jeremiah, halb in seinem Rücken, es ihm gleich tat.

Ihre Lider hoben sich wieder und ihre Seelenspiegel nahmen einen irritierten Ausdruck an, als sie die beiden Männer und ihre Mienen bemerkte. „Was ist?", brach sie die Stille und zog die schmalen Schultern ein Stück an, als fröstelte es sie.

Yron schüttelte den Kopf, aber es war sein Freund, der erneut eine Antwort gab. „Das ist keine fröhliche Geschichte." Obwohl es sicherlich nicht das war, was sie beide so entrückt hatte. Es war einfach ihre Stimme gewesen, die einen regelrecht gefesselt hatte. Die Stimme eines übermächtigen Wesens aus uralten Tagen.

Als sie sich nun leicht bewegte und das Gewicht verlagerte, die Hände im Schoß gefaltet, war sie nicht übermächtig. Eine freche Strähne suchte sich einen Weg an ihre neckische Nase und ließ sie eher zerbrechlich wirken. „Es ist eine normale Geschichte. Ich sagte nie, sie wäre fröhlich oder traurig." Sie seufzte. „Der Tod gehört zum Leben der Menschen genauso wie das Atmen. Der Trost ist doch eher, dass ihr nicht ewig leben werdet, sondern dass eure Seelen irgendwann im Wind frei sein werden. Dass ihr nach einem harten Leben loslassen könnt, um mit euren Vorfahren im Wind zu wandeln. Und dass es jemanden gibt, der euch geleitet."

Weitere Augenblicke vergingen, in denen niemand etwas sagte oder sich großartig rührte. Yron bemerkte ihre Müdigkeit. Geradezu ausgezehrt. Aber er sagte nichts dazu. Schlussendlich schüttelte er nur den Kopf. „Das siehst du falsch. Als unsterbliches Wesen kannst du nicht verstehen, wie es ist, wenn der Tod auf einen lauert. Und auf alle, die man liebt. Wo soll da der Segen sein? Wenn man lebt, ist man doch auch mit ihnen zusammen!" Die Erinnerungen an seine Mutter suchten ihn heim, blitzten vor seinem geistigen Auge kurzzeitig auf, als wäre es nicht schon Jahre her, dass sie sich selbst auf dem Dachboden erhängt hatte.

Er erinnerte sich an den Schmerz, der seine Brust damals fast zum Bersten gebracht hatte. An die Zeremonie, die man für sie abgehalten hatte. Und daran, dass er danach auf keinem Fest mehr hatte glücklich sein können. Wo sollte da der Segen sein?

Wie von selbst schüttelte er heftig den Kopf, presste dann jedoch die Lider zusammen und wandte sich ab. Einige Herzschläge lang fühlte er sich, als könnte er nicht mehr atmen.

Als sie sprach, klang ihre Stimme hitzig, verzweifelt. „Ihr müsst das anders sehen. Ohne den Tod gäbe es kein neues Leben. Er ist nicht verkehrt, nur weil ihr Angst davor habt. Seht es anders herum; die Unsterblichen können sich nicht auf diesen Ausweg verlassen. Sie müssen kämpfen, egal was passiert."

Bevor die Diskussion weitergehen konnte, vernahmen sie ein leises Quietschen und die geheime Tür am oberen Ende der Treppe wurde aufgeschoben. Zusätzliches Licht stahl sich herein, wurde jedoch sogleich von Zaidas Silhouette, die sich nun durch die Öffnung presste und auf die oberste Stufe trat, verdrängt. Ein weiteres leises Knirschen war zu hören.

„Ich habe euch etwas zu Essen gemacht", erklang ihr Wispern. Yron sah auf und bemerkte den dampfenden Topf, dessen Henkel sie mit Lappen umschlungen krampfhaft festhielt. An ihrem Arm stellte er eine Brandwunde fest, als sei sie kurz an den Topf gekommen. Auf seine Nachfrage hinweg antworteten ihm nur geschürzte Lippen.

Yron war ihr sehr dankbar für den köstlichen, dicken Eintopf. Und das frische Brot, das sie gerade die Treppe hinab trug. Das Knacken der Kruste und das Gefühl vom weichen Inneren fachten seinen Hunger nur weiter an. Als Reaktion gab sein Magen eine laute Forderung von sich, die Jeremiah auflachen ließ. Die Anspannung durch das Lied von eben verflog und die beiden Männer scherzten ein wenig herum, einfach weil sie das nun brauchten, und brachen bereits das Brot in immer kleinere Stücke, damit sie sie in den Eintopf tunken konnten.

Die Frau dagegen musterte neugierig das Essen und ihre Nasenspitze zuckte leicht, als sie zu schnuppern begann. Auch ihr Magen gab ein Knurren von sich und ihre Wangen röteten sich, obwohl ihre Augen einen fragenden Ausdruck hatten.

„Willst du auch etwas?", fragte Yron leise und hielt ihr ein Stück Brot hin. Sogleich stieß Jeremiah ihn von der anderen Seite an und murmelte: „Das ist ja nun wirklich eine dämliche Frage …"

Doch der Ältere ließ sich nicht von seinem besten Freund ablenken. Er versuchte sich an einem sanften Lächeln und hoffte, dass es nicht zu gezwungen erschien. Denn ehrlich gesagt, war er trotz der Scherze überfordert mit der Situation. Nach wie vor. Indes hatte er beschlossen, dass er sie wenigstens freundlich behandeln konnte, solange er noch nicht wusste, wie es weiterging. Davor, dass er sich emotional an sie band, hatte er keine Angst. Er glaubte nicht daran, dass das passierte.

Die Frau nahm langsam das Brot entgegen, tunkte es jedoch nicht in den Eintopf, sondern drückte vorsichtig ihre Lippen daran und knabberte schlussendlich an einer Ecke. Ihre Miene hellte sich auf und der skeptische Ausdruck verschwand. Direkt darauf nahm sie einen großen Bissen und kaute munter vor sich her. „Das schmeckt", verkündete sie und schenkte ihnen ein Grinsen, so strahlend wie die Sonne selbst. „Was ist das?"

„Brot", nuschelte Jeremiah und ging zum Topf. Sie hatten keine Teller, also würden sie den Eintopf direkt aus dem Kochgefäß tunken müssen. Kurzum drückte er das Stück Gebäck in die warme Flüssigkeit und zog es wieder hervor. Er pustete darüber, dann wanderte es in seinen Mund und er gab ein zufriedenes, tiefes Brummen von sich. „Götter! Dieses Mädchen kann wahrlich kochen!", stieß er euphorisch aus.

Yron nickte mit einem Lächeln auf den Lippen. Zaida kochte gut, aber diese beinahe übertriebene Freude lag eher am Hunger des Mannes als am Geschmack des Essens.

Genau in diesem Augenblick war erneut das Knarren der Treppe zu hören und Zaida betrat neuerlich den Raum. Ihre Miene nahm einen weichen und befriedigten Ausdruck an. „Es freut mich, dass es euch so schmeckt, auch wenn es nur ein einfacher und bescheidener Eintopf ist", meinte sie ruhig und setzte sich auf das Bett neben Jeremiah.

Die Hände faltete sie sittsam im Schoß und drückte den Rücken durch, sodass ihr Haupt erhoben war. Eine stolze Dame.

„Ich dachte mir, zu einer Mahlzeit gehören auch Geschichten."

„Ich habe bereits eine vorgetragen", meldete sich die Freiheit zu Wort. Ihre Augen waren nach wie vor geweitet und sie knabberte immer noch an dem Brot, ohne den Inhalt des Topfes zu beachten. „Aber die beiden waren nicht so begeistert." Es klang nicht einmal anklagend. Und da wurde Yron bewusst, dass er sie nicht zu streng behandeln durfte. Woher sollte sie verstehen, was sie meinten? Diese Frau musste sich erst einmal mit ihrer Situation arrangieren und sie verstehen. Und dabei war sie sogar in gewisser Weise allein. Vermutlich war sie genauso überfordert damit wie er.

Also räusperte er sich und lenkte die Aufmerksamkeit damit auf sich. Alle sahen ihn an, aber ausnahmsweise störte er sich nicht daran. „Ich kenne eine Geschichte, die mir meine Mutter früher erzählte", setzte er an. „Auch wenn man sie meistens eher den Mädchen erzählt hat, sie hatte zu viel Freude daran, als darauf zu achten."

Jeremiah nickte und driftete offenbar kurz in seine Gedanken ab. „Du meinst die mit der Fee?", hauchte er dann und hob die schweren Lider an.

Der Ältere seufzte. „Ja, genau die." Es war kein Geheimnis, dass sich der Jüngere früher köstlich darüber amüsiert hatte, dass Yron diese Geschichte am liebsten gehört hatte. Auch wenn sie ganz ohne Drachen und Monster auskam. Ihn hatte etwas anderes daran viel mehr interessiert.

„Die Fee?", freute sich Zaida sichtlich und ihre Augen begannen, zu glänzen. „Erzähl sie bitte, Yron!" Na immerhin war jemand begeistert, schoss es ihm durch den Kopf. Er lehnte sich entspannt zurück und kramte in seinem Gedächtnis nach dem Anfang der Geschichte, den er bereits so oft gehört hatte. Eigentlich dürfte es ihm nicht schwerfallen, dennoch schienen sich die Worte strikt dagegen zu wehren, in seinen Mund zu gelangen, und so beschloss er, nicht den Wortlaut, sondern nur die Erzählung wiederzugeben. „Fey nannten sie das Mädchen mit der zarten Statur. Es schien beinahe so, als würde sie bei dem leichtesten Windhauch davon fliegen und selbst der Luft nicht zur Last fallen. Aber das stimmte nicht.

Fey war nicht wie die anderen Mädchen in ihrem Dorf. Ihre Haare ließen sich durch keine Bürste bändigen, ihre Augen strahlten immerzu und ihr Wille leitete sie. Nicht, dass sie niemals auf andere hörte, o nein, so war sie auch nicht. Doch ihr Wille war stark und – wie die Zukunft zeigte – er ließ sich nicht so einfach brechen." Yron hielt kurz inne. Auch wenn er wusste, dass er nicht gut mit Worten war, so fielen ihm die Sätze doch recht einfach. Trotzdem hatte seine Mutter wesentlich schöner erzählt und er musste kurz nachdenken, wie er überleiten sollte.

Zaida jedoch schien nicht so viel Geduld zu haben. Ganz unschicklich rutschte sie auf ihrem Hinterteil hin und her und maß ihn aus einem neugierigen und ungeduldigen Blick. „Was ist?", fragte sie leise und hob auffordernd die Hand. „Was war mit dem

Mädchen, dass sie eine Geschichte wert ist? Sie war doch keine Fee, oder?"

Der Älteste schüttelte den Kopf und rieb über seinen leichten Bart. „Nein. Sie hieß Fey und dieser Name bedeutet kleine Fee. Vermutlich war sie schon nach der Geburt so zierlich gebaut. Aber die Sage wurde zu recht um sie gesponnen.

Eines Tages war es nämlich einmal mehr so weit, dass Fey sich von ihrer Mutter trotzig abwandte, gar nicht einsehend, dass es vielleicht für sie schöner wäre, sich endlich mit einem Mann niederzulassen und eine Familie zu gründen. Fey wollte mehr. Sie wollte nicht als Mutter und Hausfrau enden. Sie hatte beschlossen, die Welt für sich zu erkunden, niemals anzuhalten und immer etwas Neues zu finden, das ihr Interesse wachhielt." Yron beugte sich vor, um nach seinem Becher zu langen und einen Schluck zu trinken. Seine Kehle fühlte sich ausgedörrt an und hätte man Jeremiah nach seiner Meinung gefragt, dann hätte dieser sicher gemeint, es läge an der Unfähigkeit Yrons, so viele Wörter am Stück zu sprechen. „Sie packte ihre Sachen und schlich sich aus dem Haus, nachdem ein Streit die Wände zum Erzittern brachte."

Obwohl sowohl der rote als auch der silberne Mond zur vollen Blüte am Himmel hätten stehen sollen, fiel doch so gut wie kein Licht auf die Landschaft hinab. Stattdessen war das Firmament gezeichnet von dicken Wolken und ein eiskalter Regenschauer stürzte auf sie und die Umgebung hinab."

Ein schallendes Auflachen unterbrach ihn und zerstörte den Bann der Spannung. Jeremiahs grüne Augen blitzten im Schein der Kerzen, als er den Kopf neckisch zur Seite warf. Yron verzog das Gesicht und betrachtete seinen jüngeren Freund missmutig. „Was hast du?", brummte er dann und verschränkte geradezu gekränkt die Arme vor der Brust.

Der andere brauchte noch ein paar Sekunden, um sich zu fangen, ehe sein nun zum Kichern abgeschwächtes Gelächter erstarb. „Diese Wortwahl klingt nicht nach dir, mein Freund.

Normalerweise gibst du immer nur schlechtgelaunte Brummgeräusche von dir." Er rieb sich die Hände, fast schon, als wäre ihm kalt. Nur der Ausdruck in seinen Augen durchbrach diese Annahme. Sie wirkten schelmisch. Mehr sogar als das.

Der Ältere rümpfte die Nase und lehnte sich zurück. „Dann erzähle du doch die Geschichte! Du weißt, wie es weiterging. Fey wanderte los. Zunächst war es eine ziemliche Tortur, sie hatte wenig Geld und fand keinen Unterschlupf. Sie ließ sich nicht unterkriegen und lernte, zu überleben."

„Soll ich die Geschichte nun weitererzählen oder machst du es?", scherzte Jeremiah.

„Nein, lass nur, ich erzähle", tat Yron ihm den Gefallen. „Fey überlebte eine ganze Weile und es ging ihr auch alles andere als schlecht. Im Gegenteil. Es war ein anstrengendes Leben, doch sie genoss es, denn sie war frei und sie konnte ganz selbst entscheiden, welchem Weg sie als Nächstes folgen würde. Nach Monaten, die sie zum größten Teil im Wald in der Nähe eines Dorfes gelebt hatte, kam sie nun zum ersten Mal in ihrem Leben in eine große Stadt und ihr könnt euch ihre Überraschung und das Erstaunen in ihren Augen vorstellen, als sie die ganzen Menschen sah. Die vollen Straßen, die ihren Lärm an sie weitertrugen. Fey war hin und her gerissen, ob sie sich dort wohlfühlen sollte oder ob ihr die Stille des Dorfes und des Waldes lieber waren, aber auf jeden Fall gewann ihre Neugierde und sie weigerte sich, gleich wieder zu gehen.

Unterwegs hatte sie durch Arbeiten ein wenig Geld dazuverdient und als sie so am Abend in der Schenke saß und dem Treiben zusah, trat auf einmal ein Mann auf sie zu und sprach sie an."

„Magst du die Freiheit?", hauchte die fremde Frau leise. Yron zuckte zusammen und starrte sie an. Die violetten Augen waren stur zu Boden gerichtet und ihre Schultern zuckten leicht.

„Was?", fragte er leise.

Nun sah sie doch auf, aber ihre Augen waren geweitet. „Magst du die Freiheit?" Die Rothaarige holte tief Luft. „Das war seine Frage an sie, denn er hatte sie beobachtet. Fey nickte und gestand es ihm, ohne zu viel zu verraten, denn dumm war sie nicht."

„Du kennst die Geschichte?"

„Ich war dabei." Plötzlich stand sie auf und ballte die zierlichen Hände zu kleinen Fäusten. Ihre Haare waren zerzaust und ihr Körper bebte. „Ich war damals dabei. ‚Magst du die Freiheit?'. Und ob sie sie mochte!" Sie wandte sich um und blickte Yron fest ins Gesicht. „Fey war eine außergewöhnliche Frau. Sie war für mehr bestimmt als das Leben einer gewöhnlichen Sterblichen."

„Das musst du dir einbilden", schüttelte Yron den Kopf und stand ebenso auf. Er war versucht, ihr die Hände auf die Schultern zu legen, besann sich jedoch und neigte lediglich das Haupt ein Stück, damit er in ihre Augen hinab sehen konnte. Die Entschlossenheit, die er dort sah, brachte ihn fast von seinem Gedanken ab. Dann jedoch schüttelte er leicht den Kopf. „Die Geschichte von Fey ist doch nichts anderes als eine Geschichte, die zur Legende wurde. Fey existierte nicht wirklich!" Ganz gleich, wie viel Überzeugung er eben noch in seine Worte gelegt hatte. Die Erzählung war nicht wahr, auch wenn er es Zaida um der Geschichte Willen hatte Glauben machen wollen. Weil sie nur so lebten und so erzählt werden mussten.

Doch die Freiheit schüttelte energisch den Kopf, auf einmal das Gesicht zornig verzogen. „Wie kannst du dir den Glauben anmaßen, das zu wissen? Ich existiere schon länger, als ihr es euch vorstellen könnt! Ich war dort. Vor so vielen Generationen muss es gewesen sein, denn ich war in Feys Herzen! Ich hatte eine ausgesprochen starke Verbindung mit ihr, wie ich es selten mit einem Menschen habe. Oder hatte." Sie legte die Arme um sich selbst und trat ein paar Schritte hin und her. „In ihr Ohr vermochte ich es direkt zu flüstern. Und sie hörte.

Kaien war ebenfalls so ein Mensch. Nennt es Schicksal, aber ich fühlte mich, als würde ich die beiden zueinander führen. Sie vertrauten sich schnell, sie arbeiteten schnell zusammen und sie fanden schnell ihr Ziel."

„Welches Ziel war das?", warf Zaida in den Raum, die als Einzige die Geschichte nicht kannte.

„Die Befreiung der Geketteten in den nordwestlichen Gegenden. Sie zogen aus, um ihr Ziel zu erreichen. Nicht allein mit Schwert und Schild. Mit List und Tücke wollten sie es versuchen. Glaube versetzt Berge. Sprengt Ketten. Heilt Krankheiten. Das wussten sie."

„Waren sie verliebt?" Die Naivität in Zaidas Stimme ließ sie wie ein Kind wirken. Die Unschuld in ihren riesigen Augen unterstrich das Ganze nur noch.

„Ja", nickte Yron, aber die Freiheit schüttelte zeitgleich den Kopf.

„Sagt das eure Geschichte? Kaien und Fey waren nicht verliebt. Sie waren mehr als Freunde, das gewiss, sie wären füreinander durch die Hölle gegangen. Aber verliebt waren sie nicht. Sie waren auf einer anderen Ebene miteinander verbunden."

„O schade", hörte man die Jüngere leise und kurz senkte sich enttäuscht ihr Gesicht, ehe sie es wieder anhob. „Aber die Geschichte ging doch gut aus?"

Als die Freiheit nach einem skeptischen Seitenblick von Yron nichts dazu sagte, nickte dieser lächelnd. „Die Geschichte ging tatsächlich gut aus. Die Ketten der Sklaven wurden gesprengt."

„Das freut mich", lächelte Zaida leicht und stand noch in derselben Bewegung auf, um einen Knicks zu machen und sich für die Nacht zu verabschieden. Was sie von der ganzen Sache dachte oder wie weit sie involviert war, wusste Yron nicht, aber er sorgte sich. Denn selbst eine einstudierte Darbietung konnte das hier alles nicht genau erklären und bei Zaida war Yron sich nie sicher, wie viel sie wirklich verstand und was sie bloß ignorierte. Ihm kam es als sehr wahrscheinlich vor, dass sie mehr wusste, als sie zu zeigen bereit war, und sich dennoch in Schweigen hüllte. Solange sie es ignorierte, würde er es ihr gleich tun.

Oben auf dem Treppenabsatz drehte sie sich noch einmal um. „Fey ist ein wahrlich schöner Name." Unauffällig musterte sie die

Frau kurz und wandte sich erneut um.

Yron nickte abwesend. „Sie hat recht", murmelte er ein paar Augenblicke später, als die Gastgeberin bereits verschwunden und die Tür wieder verschlossen war.

„Wer hat womit recht?"

„Zaida. Fey ist ein schöner Name." Es war falsch, der Frau einen Namen zu geben, das wusste er. Noch falscher allerdings fühlte es sich an, ihr keinen Namen zu geben. Die aufkeimende Gefahr einer emotionalen Bindung, die damit einhergehen könnte, ignorierte er. Stattdessen wandte er sich zu ihr um und nickte. „Du hast keinen Namen und solange wir nicht wissen, wie es weitergehen wird, sollten wir dich tarnen. Dafür brauchst du einen. Außerdem wird es das Ganze ein wenig einfacher gestalten."

Die violetten Augen brannten sich in seine und einige Augenblicke rührte sich niemand. Dann nickte sie leicht und wandte das Gesicht ab. „Ja, Fey ist ein guter Name", bestätigte sie. „Also ist es jetzt meiner?"

Yron konnte sich das Grinsen nicht verkneifen und er trat auf sie zu und legte ihr die Hände auf die Schultern. Als sie sich wieder ihm zuwandte, nickte er lächelnd. „Du bist Fey. Nicht die Fey, sondern eine andere. Das ist dein Name!"

Kapitel 4

Es war ein harsches Rucken an seiner Schulter, das ihn aus dem Schlaf riss. Er vernahm eine eindringliche Stimme, die seinen Namen zischte, doch sein Kopf war noch viel zu sehr im Traum gefangen, um zu realisieren, wer dort mit ihm sprach.

So dauerte es einige Augenblicke, ehe er erfasste, dass er mit dem Rücken zum Raum lag und seine Finger bereits nach seinem Dolch suchten. Als er sich drehen und verteidigen wollte, umfing die Person geradezu spielend leicht sein Handgelenk und hielt seinen Arm auf. Also verstärkte Yron den Druck, aber da wurde die Waffenhand bereits geschüttelt. „Yron!", fauchte die Stimme und nun erkannte der Angesprochene sie als die Stimme seines Freundes Cedric.

Mit einem Mal war er wach und ließ die Klinge sinken, während er sich aufsetzte, den Jüngeren weiter anstarrend. Im Hintergrund bemerkte er, dass Jeremiah sich in seiner Schlafstätte zusammengerollt hatte und leise schnarchte, während Fey es sich am Fußende bequem gemacht hatte. Ihre Gesichtszüge waren entspannt, die langen Wimpern lagen auf den Wangen auf und warfen flackernde Schatten.

Yron hob den Kopf wieder ein Stück an. Zaida stand an der Treppe, eine Kerze in der Hand, aber auch so erkannte er, dass ihr Gesicht viel zu blass war, die Miene war angespannt und verbissen. Ihre Augen groß vor Sorge.

„Keine Zeit, um sich lange umzusehen, mein Freund", bemerkte Cedric und schüttelte den Kopf. „Wir müssen aufbrechen." Kurz wandte er sich an seine kleine Schwester. „Liebes, wecke doch bitte Jeremiah, wenn du so lieb bist."

Zaida nickte, sagte jedoch kein Wort. Stattdessen schritt sie an das andere Bett heran und rüttelte den Mann leicht. Jeremiah war umsichtiger. Er wurde langsamer wach, brummte und legte sich die Decke übers Gesicht. Es war wohl doch ein Vorteil, mit kleinen Schwestern aufzuwachsen. So erkannte man selbst im tiefen Schlaf, wenn man lediglich geweckt und nicht angegriffen wurde, denn Jeremiah hatte weder Waffen in seiner unmittelbaren Umgebung, noch versuchte er, danach zu langen.

Yron schüttelte über sich selbst den Kopf. Normalerweise war er vorsichtiger und nicht so schreckhaft. Irgendwie schien er in einen zu tiefen Schlaf geglitten zu sein. Er merkte es auch daran, dass er sich so ausgeruht wie lang nicht mehr fühlte. Ruhiger Schlaf war eine Seltenheit, doch nach knapp sechs Tagen hier hatte er sich wohl an eine gewisse Geborgenheit gewöhnt. Bis auf die Tatsache, dass sie hier im Keller festsaßen, dass sie nicht wussten, was sie mit Fey anstellen sollten, und dass die Wachen sie suchten, war es hier eigentlich ziemlich angenehm. Zaida kochte gerne leckere Gerichte für sie, sie speisten jedes Mal zusammen, erzählten sich Geschichten oder sangen. Das Mädchen freute sich offenbar, endlich Gesellschaft zu haben, denn ihr Bruder hatte leider nicht so viel Zeit.

Und auch Fey gliederte sich langsam ein. Noch immer war nicht geklärt, was Zaida mitbekam oder wie sie es auffasste, aber das war nebensächlich, entschied Yron, nach wie vor. Er glaubte daran, dass Zaida mehr durchschaute, als sie ihnen zu zeigen bereit war. Allein der Hinweis, dass Fey ein schöner Name sei, und die Tatsache, dass das Mädchen nie etwas dazu gesagt hatte, wie die andere Frau nun hieß, bewies es in Yrons Augen schon.

Zudem war die Kleine ihren Gästen gegenüber recht schnell aufgetaut und hatte die Zeit genossen. Umso merkwürdiger, dass sie nun so verstört aussah.

„Was hast du?", fragte er deswegen und erhob sich von seiner Liegestatt. Sie warf ihm einen flüchtigen Blick zu und schüttelte dann den Kopf, noch während sie das Augenmerk senkte.

„Ihr müsst euch beeilen", murmelte sie nur und umklammerte den Kerzenhalter in ihrer Hand fester.

Yron bemerkte, dass sie nur in ein Nachthemd gekleidet war und sich einen dicken Morgenmantel unsauber übergeworfen hatte. Also war auch sie aus dem Bett geschmissen worden, ansonsten hätte Zaida es niemals akzeptiert, sich so zu zeigen. Vor allem nicht Männern gegenüber.

Er seufzte und ging die zwei Schritte zu seinem Fußende, an dem Fey sich am Abend von allein eingerollt hatte, um sie zu wecken. Murmelnd griff sie nach seinem Arm. Yron war sich nicht sicher, ob sie sich an ihn klammerte oder ihn daran hindern wollte, sie zu wecken. Möglicherweise eine Mischung.

„Komm schon, Fey, erhebe dich! Wir müssen weiter", flüsterte er.

Ihre Lider hoben sich zitternd und entblößten das dunkle Violett ihrer Augen. „Wo müssen wir hin?", nuschelte sie träge und rieb sich wie ein Kind den Schlaf aus den Augen. „Hier ist es doch gemütlich."

„Es spricht?" Cedric schien zur Salzsäule erstarrt zu sein, als Fey das Wort erhoben hatte. Seine Miene wurde von Herzschlag zu Herzschlag erstaunter.

Stimmte. Der Anführer der Stadtwache war seit ihrer Ankunft hier verschwunden gewesen. Instinktiv suchte Yron den Jüngeren mit seinem Blick nach Verletzungen ab und atmete erleichtert auf, als er keine fand. Er wirkte gesund und gepflegt wie eh und je.

Auch Jeremiah hatte sich zwischenzeitlich von seinem Bett getrennt, seine Haare waren zerzaust und standen in alle Richtungen ab, doch die Müdigkeit war aus seinen Augen gewichen und hatte Wachsamkeit Platz gemacht. Sein Hemd war vorne noch nicht geschlossen und zeigte seine Muskeln unter der gebräunten Haut sowie ein paar kleinere Narben.

„Was ist geschehen?", verlangte nun auch er zu wissen, während er langsam sein Oberteil zuschnürte.

„Sie haben die Suche ausgeweitet, kaum eine Wache vermutet euch mehr in der Stadt, sondern eher außerhalb der Mauern." Cedric gab ein schweres Seufzen von sich. „Dennoch hat die Hexe angeordnet, die Häuser zu durchzusuchen und auf jeden Balken zu prüfen. Ich kann und werde weder riskieren, dass man euch und sie findet, noch dass man euch mit Zaida aufspürt und sie mit hineingezogen wird. Also müsst ihr noch heute Nacht die Stadt verlassen. Anders geht es nicht oder ihr sitzt in der Falle."

Das machte Sinn. Zwar war dieses Versteck gut, aber das Risiko, bei einer genauen Suche doch noch gefunden zu werden, war einfach zu hoch. Trotzdem. „Wieso durchsuchen sie erst jetzt die Häuser so genau?"

„Oh, sie durchsuchen die Häuser, seit ihr verschwunden seid. Aber die Stadt ist riesig, für dieses Vorhaben gibt es zu wenig Wachen, wenn man gleichzeitig noch das Umland und die Straßen im Auge behält und die Stadtteile abriegelt. Die Häuser werden auf Herz und Nieren geprüft, das dauert länger als ein rasches Umsehen. Keiner der Männer will es wagen, dass er etwas übersieht und zur Rechenschaft gezogen wird. Die Hexe tobt. Sie mag mächtig sein, doch anscheinend ist es ihr nicht möglich, einen Aufspürzauber zu benutzen. Das war wohl nie ihr Talent." Er verlagerte unruhig das Gewicht von einem auf den anderen Fuß. „Außerdem durchsuchen die Wachen erst die armen Viertel und die Stadtteile der Kaufleute, nicht die der Privilegierten. Dafür habe ich gesorgt, meine Argumente waren vernunftgemäß. Wir haben jedoch nicht viel Zeit. Ich konnte mich endlich loslösen, ohne dabei aufzufallen. Beeilt euch!"

Es dauerte nicht lange und sie hatten ihre wenigen Habseligkeiten eingepackt, waren angekleidet und bereit, loszugehen. Fey war still, sie redete nicht mehr, seit Cedric so verblüfft reagiert hatte. Sie klammerte sich an Yrons Hand, dem ihr leichtes Zittern nicht entging. Also drückte er kurz ihre Finger, hatte den Blick jedoch weiter geradeaus gerichtet. Direkt vor ihnen war die Tür nach draußen, die Flucht und Gefahr verhieß, doch bevor sie hindurch schreiten konnten, drückte Zaida Jeremiah ein Bündel in die Hand. „Proviant für zwei Tage", murmelte sie unsicher und trat zurück, bis der Lockenschopf sie eilig umarmte und ihr ein rasches Lächeln schenkte.

Es verflog fast unmittelbar wieder und wich Anspannung, als die Nacht sich vor ihnen erstreckte. Auch das Gefühl, endlich wieder frische Luft atmen zu können, ließ keine Euphorie in ihnen aufkeimen.

Keiner der beiden Monde war zu sehen, aber das Dunkel des Firmaments war geschmückt von unzähligen Sternen, die lautlos funkelten, allerdings nur wenig Licht spendeten.

Eventuell war das sogar gut. Einzig, dass Yron durch seine Sinne nun am besten sehen konnte und die anderen sich an ihn halten mussten, schränkte diesen Vorteil stark ein.

Die anderen drei hinter sich durch die Dunkelheit tapsen zu wissen, verlieh Yron aber auch die Hoffnung, dass sie die Wachen vorher hören und sehen mussten, denn der Schein ihrer Fackeln war kaum zu verbergen.

Es dauerte nicht allzu lang und sie sahen tatsächlich einen Flammenschein einige Häuser weiter in einer Gasse verschwinden. Sie waren nicht mehr im reichen Stadtteil, in dem sie heute ihre Reise angetreten hatten. Die Häuser hatten sich bereits verändert. Stimmen und Schritte von Wachen verdeutlichten das noch und sie sahen einige Hausbewohner, die in der kalten Nacht draußen warteten, bis die Wachen ihre Durchsuchung beendet hatten und weiterzogen.

Yron wandte sich rasch um und Cedric bestätigte wortlos. Ab nun würde es kritisch werden, aber eine andere Wahl blieb ihnen nicht, einen anderen Weg gab es nicht, als sich hier durchzuschleichen. Denn über die Mauer beim anderen Viertel würden sie es nicht schaffen.

Nur hier gab es diese Schwachstellen, die sie nutzen konnten. Außerdem war im hinteren Teil der Stadt der Weg durch Gebirge und Abgründe versperrt und lebensgefährlich. Zumal im Dunkeln.

Cedric nickte ihm zu und die Gruppe blieb stehen, damit sich der Jüngste absetzen und auf die Wachen zugehen konnte. Die

Schultern durchgedrückt und das Haupt erhoben, wirkte er erneut, als würde er einfach seiner Pflicht nachkommen.

Yron und die anderen warteten im einigermaßen sicheren Schatten darauf, was nun geschah, und der Schwarzhaarige hörte schließlich, wie der Hauptmann die Anweisung gab, die Straße zu wechseln. Die Wachen zogen ab und sammelten sich, um den anderen hinterherzutrotten. Einige Herzschläge später wagte es die kleine Gruppe, sich geduckt weiterzubewegen, immer wieder Schutz in den Schatten der Gebäude suchend.

Yron war dankbar dafür, dass Fey leichtfüßig war und keinen Mucks von sich gab. Sie folgte einfach still wie ein Phantom, das sich an ihre Fersen geheftet hatte. Ihre Augen waren geweitet, als würde sie so jeden Lichtfleck einfangen wollen, aber es lag Angst darin. Die Furcht davor, geschnappt und wieder eingesperrt zu werden. Ihre Muskeln waren so stark angespannt, dass Yron ihr Zittern, das er eben nur hatte fühlen können, nun sah. Sie musste dort bei Weitem mehr gelitten haben, als sie sich vorstellen konnten. Also wagte er es, aufmunternd ihre Schulter zu drücken, sobald er sie in den Schutz einer Hauswand gezogen hatte. So konnten die Wachen, einige Meter weiter, die kleine Kreuzung passieren, ohne aufmerksam zu werden.

Einer zog gerade die Nase hoch und spuckte bald darauf zu Boden. Der andere grunzte nur und rieb sich den Zinken. „Beschissene Nachtschichten", moserte er.

„Aye … Wir müssen sie finden, bleibt keine Wahl. Wäre auch lieber zu Hause im Bett bei meiner Frau!"

Ein Dritter zischte auf. „Konzentriert euch! Je eher wir sie finden, desto eher kannst du dich wieder in die Federn fläzen! Wehe uns, wenn die Königin ungeduldig wird." Sie verschwanden, noch während einer von ihnen zur Antwort ansetzte.

Fey regte sich nun. „Ich will nicht, dass sie wegen mir Ärger bekommen", ächzte sie hilflos und blickte ihnen nach.

Jeremiah schüttelte den Kopf. „Denk nicht daran, Fey, oder willst du wieder eingesperrt werden? Hier geht es um etwas Höheres!"

„Aber ..."

„Fey!", mahnte Yron scharf, doch leise. „Einzelschicksale können wir nicht beachten. Ich weiß, dir fällt es schwer, das so zu sehen, so ging es uns am Anfang auch." Er zupfte leicht an ihrem Ärmel. „Komm weiter, wir haben nicht ewig Zeit."

Die Freiheit zögerte, dann senkte sie geschlagen den Kopf und folgte ihnen.

Ihre Schritte führten sie immer weiter zur Stadtmauer. Sie hofften irgendwie darauf, dass dort keine Wachen waren oder wenigstens nicht allzu viele. Es wäre alles wesentlich leichter gewesen, wenn Cedric selbst nicht die Waage hätte halten müssen zwischen seinem Einfluss und dem, was auffiel. Sie visierten das Gitter an, das einen kleinen Tunnel bedeckte, der die Abwässer der Stadt nach draußen beförderte. Es würde nicht angenehm werden, da durchzuwaten, aber es wäre auch bei Weitem nicht das erste Mal.

Eine ganze Weile lang schien alles wie geplant zu laufen. Yron wagte es zwar nicht, sich zu entspannen, schöpfte allerdings allmählich Hoffnung, die mit jeder passierten Straße wuchs, als sich auf einmal eine Tür zu ihrer Rechten öffnete und drei Wachen hinaustraten, die dieses Haus gerade einer Kontrolle unterzogen haben mussten. Für einen Augenblick erstarrten sowohl die Männer der Hexe als auch Yron und die beiden anderen. Man glotzte sich lediglich gegenseitig an, ehe ihre Gedanken wieder einrasteten.

Noch in dem Herzschlag, in dem die Wachen sie erkannten, brüllte Yron: „Lauft!" Seine Stimme zu senken, hätte nichts bewirkt. Einer der berüsteten Männer rief bereits nach Verstärkung, die anderen wetzten hinter den Gesuchten her.

Yron riss seinen Arm nach vorne, sodass Fey unsanft stolperte. „Pass auf sie auf", befahl er seinem Freund und wandte sich noch in derselben Bewegung nach hinten um. Er würde sie aufhalten. Irgendwie. Und das Irgendwie durfte nicht zu viel Zeit in Anspruch nehmen, damit er die anderen beiden wieder einholen konnte.

Als er sich nach hinten umsah, bemerkte er, dass Jeremiah die kleine Fey hochgehoben hatte. Sie blickte ihn an, voller Verzweiflung, ein Wort auf den Lippen, das er nicht mehr hören konnte, denn in diesem Moment bedurfte es seiner ganzen Konzentration vor sich, um die erste Wache abzuwehren. Es surrte, als ihre Klingen aufeinandertrafen und der Stahl miteinander tanzte. Indem er sein Handgelenk drehte, schaffte er es, das Schwert des anderen von seiner Klinge zu lösen. Schon im nächsten Augenblick setzte er mit einem harten Tritt nach und der Mann taumelte nach hinten. Yron zögerte nicht, sondern nutzte den Vorteil, dass sein Gegner wohl durch Yrons Schulterblick vorher leichtes Spiel erwartet und von der Gegenwehr überrascht gewesen war, aus. Er rammte ihm die Schneide seines Dolches tief in den Hals und tötete die Wache so. Die Leiche nutzte er, um die anderen Wachen, die nun näher kamen, aufzuhalten und sich einen tiefen Atemzug zu gönnen, bei dem er wieder in seine Verteidigungsposition wechselte.

***

Fey fühlte sich mehr als unwohl dabei, von Jeremiah über die Schulter geworfen zu werden. Sie konnte die Gassen hinab starren, die sie gerade entlang gerannt waren, doch das war nicht unbedingt das, was ihre Aufmerksamkeit fesselte.

Sie suchte nach Yron, konnte ihn jedoch weder sehen, noch hören. Ihr war schlecht. Aus Furcht um ihn, aus Angst um sich und um Jeremiah. Und bestimmt auch, weil es ihr ohnehin schwerfiel, sich daran zu gewöhnen, einen Körper zu haben, sich bewegen zu können. Die letzte Zeit waren ihre Bewegungen zwar besser geworden, doch diese Art des Weiterkommens schlug ihr hart auf den Magen und sie musste an sich halten, um weder den Mann anzubetteln, sie runter zu lassen, noch um das Brot, das sie am Abend gegessen hatte, über seinen Rücken zu verteilen.

Immer wieder schloss sie die Augen, riss sie jedoch bald darauf wieder auf, um nach dem Mann mit den schwarzen Haaren Ausschau zu halten. Als würde es etwas bringen, nach ihm zu sehen. Schon damals, als sie selbst noch frei gewesen war, hatte sie keine Macht in einem Kampf besessen. Warum auch? Ihre Aufgabe war nie die Wut oder der Kampf gewesen, sondern einzig und allein, den Menschen zu zeigen, dass sie einen freien Willen hatten. Ohne sie erkannten sie dieses Glück anscheinend nicht. Als würden sie lieben, ohne lieben zu können. „Wo wollen wir hin?", jammerte sie schließlich mit leiser Stimme. Es kam ihr vor, als würde er sie bereits seit Stunden tragen, obwohl es vermutlich nur wenige Augenblicke waren. „Jeremiah?"

„Zum Ausgang", gab er nur trocken von sich.

„Aber Yron!" Sie sah von seinem Hinterkopf zurück in die Gasse. „Wir können ihn nicht zurücklassen!" Die Einzelschicksale kamen ihr in den Kopf und in ihr gebärdete sich ein beinahe schmerzhafter, unbändiger Trotz.

Doch da sprach der andere bereits weiter: „Mach dir keine Sorgen um ihn. Ich lasse ihn nur kämpfen, da ich weiß, dass er überleben wird. Er ist quasi mein Bruder, ich würde ihn nie im Stich lassen, selbst wenn er mich darum bitten würde!"

Verblüfft starrte sie erneut seine braunen Locken an. „Wie kannst du dir so sicher sein? Siehst du die Zukunft?"

„Nein. Ich weiß es einfach. Es ist so und nicht anders, weil es nicht anders sein kann!" Fey schloss die Augen. Ihre Schwester Hoffnung sprach in seinem Herzen. Und die Freiheit ließ es zu, dass sie auch in ihrem Herzen sprach. Sie nickte leicht.

„Dann glaube ich dir", wisperte sie, doch es kam ihr vor, als hätte sie gerade einen Urteilsspruch gesprochen. Sie verdrängte den Gedanken und bemühte sich erneut, ihren Magen unter Kontrolle zu behalten. Das Sprechen hatte es nicht besser gemacht.

So verging die nächste Zeit, bis Jeremiah abrupt stehenblieb und einen unschönen Fluch ausstieß.

Die Frau drehte sich leicht, um über seine Schulter blicken zu können, und entdeckte einige Meter von ihnen in der Dunkelheit eine Mauer, an der eine Fackel prangte. „So wie es aussieht, ist das eine Sackgasse", fluchte der Mann und setzte sie behutsam auf dem Boden ab. Fey musste kurz darum kämpfen, ihr Gleichgewicht zu erlangen, doch der Brünette half ihr dabei und machte dann einige Schritte in der Runde, suchte nach irgendeinem Durchgang oder einer Möglichkeit, weiterzukommen.

Offenbar vergebens.

Gerade als Jeremiah die Zähne knirschend zusammenbiss und sich nochmals umwandte, offenkundig wütend, vernahmen sie schnelle Schritte. Er zückte seine Waffe und stellte sich vor die verängstigte Fey. Dann bemerkten sie, dass es sich um Yron handelte. Er kam schnell näher und baute sich vor seinem Freund auf. „Nein!", kommentierte er, noch eher er sich ganz umgesehen oder jemand etwas gesagt hatte. „Falscher Weg."

Der Jüngere nickte bloß. „Viel Zeit haben wir nicht, nehme ich an?"

„Nein." Der andere schüttelte den Kopf. „Ich hatte das Glück, ihnen den Weg versperren zu können, aber ich schätze, der Lärm, den ich dabei gemacht habe, hat noch Wachen in der Nähe angelockt und ich habe uns nur wenig Zeit erkauft." Er starrte die Gasse zurück. „Du bist im Dunkeln falsch abgebogen und die nächste Abzweigung ist zu weit hinten. Das schaffen wir nicht."

„Also müssen wir kämpfen?"

„Sie sind bestimmt zu zahlreich. Und zu gut ausgebildet. Zusätzlich wissen sie, dass wir ein Auge auf Fey haben müssen. Das ist ein Schwachpunkt." Yron besah sich die Fassaden, als würde er es in Erwägung ziehen, daran hochzuklettern. Türen und Fenster der Häuser waren fest verschlossen.

Fey fröstelte es. Es überfiel sie einfach so von dem einen auf den anderen Herzschlag. Ein unendliches Beben, das ihre Muskeln erzittern ließ. Die Angst davor, wieder im Brunnen zu enden, bemächtigte sich ihrer.

Das würde sie nicht noch einmal aushalten. Diese unglaubliche Kälte, die ihr andauernd das Fleisch von den Knochen zu schälen schien. Dieses Reißen in ihrem Herzen, wenn sie einen Teil ihrer Macht auf ein Neugeborenes geben musste. Die Qual noch zur selben Zeit, wenn ein achtjähriges Kind die Verbindung zu ihr verlor und sie diesen Splitter zurückbekam. Die Erinnerungen waren so lebhaft, dass sie beinahe geschluchzt oder ein panisches Aufschreien von sich gegeben hätte.

Ehe sie sich bewusst wurde, was sie tat, machte sie einen Satz nach vorne und umfasste sowohl Yrons als auch Jeremiahs Handgelenk. Die Macht, die sie schon beim Brunnen angewandt hatte, brannte in ihren Adern, ohne, dass sie wusste, wie sie das machte. Oder woher sie das konnte. Diese Kraft verwob sich einfach so mit der von Yron, forschte in seinen Erinnerungen nach Landschaften, die er vielleicht selbst gar nicht mehr kannte, und dennoch wusste sie instinktiv, dass sie den Weg zu ihm nach Hause bedeuten würden. Die Heimat in dem Dorf, von dem er erzählt hatte.

Erneut wurden Schritte laut, kamen näher ... Ihre Panik schwoll an und löste sich in einem grellen Blitz, der sie von innen her beinahe versengte. Ihre Finger krallten sich verzweifelt in die Handgelenke der beiden Männer.

Einige wenige Augenblicke später waren sie an einer Kreuzung, die von einem mächtigen Baum geziert wurde. Fey sah sich nur kurz um, machte in der Ferne die Stadtmauern aus. Ihre Furcht war nicht abgeklungen. Im Gegenteil, sie krallte sich stärker denn je in ihren Geist und ließ sie dieses Licht ein weiteres Mal beschwören.

Vermutlich noch bevor die beiden Männer verstanden, wo sie waren oder was geschah, brachte Fey sie ein Stückchen weiter Richtung Norden. Dieses Mal war der Sprung weiter, weil Yron ihr mehr Kraft gab. Ob bewusst oder nicht erkannte die Freiheit nicht, doch es war ihr auch einerlei. Hauptsache war, dass sie es schafften.

Sie machten noch eine Zwischenstation auf einer Brücke über

einem wild tosenden Fluss, dann konnte Fey nicht mehr. Um sie herum war alles voller Bäume. Ein dichter Wald barg sie drei unter seinem dichten Blätterdach.

Sie keuchte erschöpft auf und fiel auf die Knie. Ihr Herz pumpte schmerzhaft das Blut durch ihren zitternden Körper und in ihrem Kopf nistete sich ein pochendes Leiden ein. Dieses Mal konnte sie nicht an sich halten. Sie erbrach sich auf einen Grasbüschel vor sich, genau auf die wunderschönen weißen Blumen, die dort so unschuldig wuchsen. Ihre Gliedmaßen fühlten sich fiebrig und schwer an, als sie wegsackte und auf ihrem Hintern landete.

Kapitel 5

Der Schwindel brachte ihn um seinen Gleichgewichtssinn, sodass Yron zur Seite torkelte und sich nur mit Mühe an einen Baum klammern konnte.

Sein Kopf schwirrte und sein Magen rebellierte und dass er irgendwo neben sich Würgelaute hörte, machte es nicht besser. So schlecht war ihm, dass er sich nicht einmal fragte, wer diese Geräusche von sich gab oder wo sie waren. Statt sich darüber zu wundern, kämpfte er lediglich mit seinem eigenen Körper.

Erst eine kleine Weile später, als sein Leib langsam wieder in einen harmonischeren Einklang kam, wagte er es, die schweren Lider zu heben und sich umzusehen. Sie waren in einem Wald und die Lichtung, auf deren Mitte sie verharrten, kam ihm vage bekannt vor. Nur den Finger darauf legen, konnte er nicht.

Als er den Kopf hin und her bewegte, bemerkte er Jeremiah, der sich wie ein Häufchen Elend auf einen Baumstumpf niedergelassen hatte, das Gesicht viel zu bleich und die Augen krampfhaft geschlossen.

Ein kleines Stück von seinem Freund entfernt hockte Fey auf dem Boden. Sie sah noch schlechter aus. Bleich war schon kein Ausdruck mehr für ihre fast durchlässige Haut und ihr Gesicht zeugte von Schmerz und Anstrengung. Trotz seiner zittrigen Gliedmaßen ging er auf sie zu und ließ sich schwer neben ihr zu Boden sinken. Sobald er nicht mehr stand, schienen seine Knochen einen dankbaren Ächzer auszustoßen. Leider schmerzte ihm dennoch jedes Fünkchen seines Körpers. Doch Yron schob alles zur Seite und biss die Zähne zusammen, um sich Fey zuzuwenden. Vorsichtig, weil er nicht wusste, wie man in solchen Situationen handeln sollte, legte er ihr eine Hand auf die Schulter. Sie schien es nicht einmal zu registrieren. Ihr Körper war immer kühler als der eines Menschen, doch Yron war sich nicht sicher, ob er es sich einbildete oder ihre Haut noch mehr Kälte als sonst abstrahlte. Seine Sorge verstärkte sich. Ebenso wie Verwirrung darüber, was eigentlich geschehen war.

Sie hatten einen solchen Sprung erst vor wenigen Tagen schon einmal hinter sich gebracht. Obwohl er nicht gewusst hatte, wie er den Sprung ausgelöst oder gelenkt haben sollte, war er in seiner inneren Fassungslosigkeit dennoch davon ausgegangen, der Verantwortliche gewesen zu sein.

Nun jedoch schien sich alles verändert zu haben. Bei den heutigen Sprüngen hatte er es anders wahrgenommen. Im Gegensatz zum Ersten, der nur einzeln und kurz gewesen war, waren die Jetzigen vermehrt und länger aufgetaucht. Er hatte gespürt, wie Fey von seinen Kräften zehrte und daran riss. Seine erste Reaktion war es, sich zu verschließen, davon abzuschotten und ihre Macht aus seinem Kopf zu vertreiben. Zu ihrer aller Glück war es ihm nicht ganz gelungen und schlussendlich hatte er nachgegeben und sie gewähren lassen.

Jetzt waren sie hier. Verdammt! Bei all den Göttern, es war nie seine Kraft gewesen, die sie aus dem Schloss gerettet hatte. Ohne Fey wären sie damals schon zum Ende gekommen!

Erst nach einigen Sekunden machte er sich bewusst, dass er die Finger in ihre Schulter krallte. Sie reagierte nicht darauf, blickte nach wie vor stumm vor sich her auf den Boden und sah wie der Tod selbst aus. Für sie schien Yron nicht zu existieren und normalerweise wäre das der Punkt gewesen, an dem er sie in Frieden gelassen hätte. Doch dieses Mal brauchte er einfach Antworten.

„Du hast das gemacht", wisperte er, seine Stimme gedrosselt, um nicht allzu barsch zu wirken. Fey hatte sie alle gerettet. Es wäre nicht gerecht, ihr ein Bild von Wut zu übermitteln. Nach wie vor gab sie keinen Laut der Antwort von sich. Yron zögerte, ehe er sich räusperte und etwas lauter erneut sein Glück versuchte. „Fey?"

Da hob sie den Kopf und musterte ihn. Es dauerte Herzschläge, ehe sie seicht den Kopf neigte und dann nickte. „Ja", hauchte sie als Bestätigung. „Ich habe die Sprünge ausgelöst und kontrolliert. Ich wusste mir nicht anders zu helfen!" Unterbewusst fingerte sie nach seiner Hand auf ihrer Schulter und drückte sie kurz. Ihre Lider schlossen sich einen kleinen Augenblick lang. Fast so wie Yron es immer wieder machte, riss sie sie beinahe direkt wieder auf. Und starrte ihn geradewegs an.

Das blaue Violett ihrer Augen wirkte in diesem Moment rotstichiger. Yron zuckte zusammen und fragte sich, ob er es sich einbildete oder nicht, doch da hatte sie den Kopf bereits wieder ein Stückchen abgewandt. „Ich hatte so Angst", stieß sie atemlos aus und durch ihren kleinen Körper lief ein Schauer. „Ich wollte nie mehr dorthin zurück. Nie mehr!"

Er verzog den Mund und hoffte, dass sie nicht anfing, zu weinen. „Das musst du auch nicht", versprach er, in der Hoffnung, sie zu trösten. „Wir werden eine Möglichkeit finden, um alles wieder auf den richtigen Weg zu bekommen. Daran musst du glauben."

Fey erstarrte. Als sie ihm erneut das Gesicht zuwandte, hatte er jedoch keine Möglichkeit, nachzusehen, ob die Farbe ihrer Augen wirklich anders war, denn dicke Tränen kullerten ihre Wangen hinab und hingen am Kinn wie Tautropfen, ehe sie hinabstürzten. „Du versprichst es mir, oder? Bitte lass mich nie wieder dorthin zurück. Ich flehe dich an!"

Sobald er nickte, schnellte sie nach vorne und ließ sich von ihm auffangen. An seinen Brustkorb gedrückt schluchzte sie erstickt. Genau das hatte er doch vermeiden wollen. Hilflos drehte er sich ein winziges Stück zu seinem Freund um und warf ihm einen Blick zu.

Jeremiah hatte mittlerweile wieder ein kleines bisschen Farbe um die Nase dazubekommen und betrachtete die anderen beiden mit gerunzelter Stirn. „Sie ist für die Sprünge verantwortlich?"

Yron nickte und strich der kleinen Frau unbeholfen über den Rücken. „Offenbar. Sie hat uns im Schloss gerettet und auch heute. Und ich dachte vor einigen Tagen, dass das mein Verdienst gewesen wäre." Er versuchte sich an einem schiefen Lächeln. Es misslang ihm. Zu viel war in den letzten Tagen geschehen, zu viel hatte seine Gedanken durcheinandergebracht. „Sie hat uns aus dem Schloss geholt", wiederholte er leise und nachdenklich und spähte aus dem Augenwinkel auf ihre rötlichen Haare. Ihr Schluchzen war verstummt, nun lag sie ruhig in seinen Armen und rührte sich nicht. Lediglich ihr Rücken beugte sich ein wenig unter flachen Atemzügen.

„Meinst du, sie könnte diese Sprünge öfter anwenden?" Jeremiahs Stirn war nachdenklich gefurcht.

Gewiss, diese Macht würde ihnen einen großen Vorteil verschaffen. Die Hexe würde sie nicht ausfindig machen können und wenn doch, würden sie leicht entkommen. Sie wären schnell und unberechenbar. Yron verfolgte den Gedanken und stellte sich vor, was man mit dieser Kraft machen könnte. Aber ehrlich gesagt, hatten sie noch kein Ziel und darum brach er seine Gedankengänge nach einer Weile ab.

„So oder so", murmelte er, laut genug, damit sein Freund es hörte, „müssen wir jetzt erst einmal überlegen, wie es weitergehen soll. Zwei Fragen sind vor allem wichtig. Wohin wir gehen und wo wir sind. Wir können nicht erneut mit einem kaum durchdachten Plan losstürzen und darauf bauen, dass wir Glück haben werden."

„Wir haben die Hexe ihrer Trumpfkarte beraubt", gab Jeremiah zu bedenken, nickte dann jedoch. „Trotzdem stimme ich dir zu. Kopflos wie die Knaben loszulaufen, bringt uns nicht weiter, das hat es vor wenigen Tagen schon nicht." Ein Husten löste sich aus seiner Kehle und ließ seinen Körper erbeben. Die Finger so stark in den Baumstumpf gekrallt, dass die Knöchel weiß hervortraten, schien er Halt zu suchen und presste sich zeitgleich die andere Hand auf den Mund, um den Lärm im Kern zu ersticken.

Yron rief leise nach seinem Freund und wollte aufstehen, da erinnerte das Gewicht in seinem Schoß ihn an Fey. Als er ein weiteres Mal hinabblickte, stellte er fest, dass ihr Gesicht keinerlei Farbe dazugewonnen hatte. Dass ihre Augen zu entspannt geschlossen waren.

Panisch legte er ihr eine Hand an den Hals und spürte ihrem Puls nach. Er musste gründlich suchen und mit den Fingerspitzen abtasten, um endlich ein schwaches Pulsieren wahrzunehmen.

„Jeremiah?", entfuhr es ihm, hin- und hergerissen, was er nun machen sollte. Er wollte und *musste* seinem Freund helfen, gleichzeitig konnte er aber auch Fey nicht im Stich lassen, deren Brustkorb sich kaum noch hob und senkte. Seine Gedanken überschlugen sich. Konnte die Freiheit sterben? Eigentlich hätte er diese Frage verneint, doch ein menschlicher Körper machte sie doch auch sterblich, oder nicht? Er versuchte, auf seine innere Stimme zu hören, und die schrie, Fey könnte sterben.

Vorsichtig legte er sie flach auf den Boden und starrte sie an. Sein Kopf war auf einmal wie leergefegt.

***

Jeremiah ergab sich nun doch dem wilden Husten. Er hatte schon vor einer Weile gelernt, dass es das ein wenig angenehmer machte, als wenn er sich dagegen wehrte. Auch wenn es sich noch immer anfühlte, als wäre eine heiße Glut in seinen Adern und würde nun in seinen Lungen brennen. Als hätte er lohende Asche eingeatmet.

Der Schmerz trieb ihm die Tränen in die Augen und in seinem Kopf dröhnte es. So viele Kämpfe hatte er schon bestritten, Verletzungen eingeheimst. Und nun kam er sich so hilflos wie ein Neugeborener vor.

Das Einzige, das ihm noch Halt gab, war die Hand, mit der er sich nun stärker in die unebene Rinde des Baumstumpfes, auf dem er saß, krallte. Ein reißender Schmerz war die Antwort. Offenbar war ein Nagel gebrochen und eingerissen und als er etwas Klebriges an den Fingerspitzen spürte, hoffte ein Teil von ihm, dass es kein Blut war. Der Rest war darauf konzentriert, wieder Atem schöpfen zu können.

Wie lange es dauerte, bis der Husten endlich abklang und er den ersten Atemzug machen konnte, der sich nicht mehr anfühlte, als würde er gegen einen Widerstand in seinem Inneren ankämpfen müssen, wusste er nicht.

Er schloss die Lider und atmete vorsichtig ein wenig mehr ein, darum bemüht, ruhig zu sein und den Husten nicht erneut herauszufordern. Es klappte. Seine Lungen blähten sich weit und ihm wurde bewusst, welche Wohltat frische Luft sein konnte. Behutsam legte er den Kopf in den Nacken, atmete aus und wieder ein und dieses Mal noch ein wenig tiefer.

Es hätte beinahe friedlich wirken können, als Jeremiah seinen Körper entspannte und sich auf andere Sachen konzentrierte, wie das leise Rauschen des Windes oder das Rascheln der Blätter und Baumkronen. Nur die Nachtvögel waren seltsam still, doch das mochte an ihrer Ankunft hier liegen.

Mit der Natur im Einklang zu sein, war gut für das Gemüt. Es hielt nicht lange an. Es war mehr ein Bauchgefühl als wirkliches Wissen, das ihn aufblicken ließ. Noch bevor er die Lider gehoben hatte, war ihm einfach bewusst, dass etwas mit Fey nicht stimmen konnte. Jeremiah klärte seine Sicht und entdeckte Yron, der neben Fey saß und ihr zaghaft einige Strähnen aus der Stirn strich, während sie eindeutig ohnmächtig war und sich nicht regte. Ihr Brustkorb hob sich nur leicht unter fahrigen Atemzügen.

Jeremiah wollte aufstehen und zu den beiden gehen, in der leisen Hoffnung, etwas machen zu können, doch seine Beine mochten dem Befehl noch nicht nachkommen, also blieb er vorerst, wo er war. „Yron?", sprach er stattdessen nur seinen besten Freund an.

Als dieser den Kopf zu ihm hob, verlor sich ein Teil der angespannten Miene. Die meist gerunzelten Brauen lockerten sich ein wenig.

„Den Göttern sei Dank", wisperte er und stand auf, aber nicht, ohne einen letzten Blick auf die kleine Fey zu richten. Erst dann trat er auf den Jüngeren zu und hockte sich neben ihn. „Wie geht es dir?" Jeremiah nickte leicht. „Besser. Die Anfälle klingen so schnell ab, wie sie kommen." Es wirkte, als wollte der Ältere darauf noch etwas antworten, beließ es dann jedoch vorerst dabei.

Yron war kein Freund vieler Worte. Innerlich schüttelte Jeremiah den Kopf. Yron war schon immer ein gutherziger Mann gewesen und hatte sich diese Eigenschaft trotz allem bewahrt. Irgendwo, unter einer harten Schale, wegen der er oftmals ruppig und herzlos erschien. So ähnlich verhielt es sich mit seiner Maulfaulheit. Gewiss interessierte er sich für das Wohlergehen seines besten Freundes, aber Jeremiah, der Yron bereits so lange kannte, konnte dessen Kampf mit Worten genau sehen. Und spürte pure Erleichterung, das Thema ruhen lassen zu können.

„Was ist mit ihr geschehen?", wechselte er daher das Thema und starrte erneut auf die am Boden liegende Frau, die sich nicht einmal um Haaresbreite geregt hatte.

Yron schüttelte leicht den Kopf. „Bewusstlos. Aber ihr Puls scheint sich zu stabilisieren. So weit ich das beurteilen kann. Ich denke, diese Sprünge haben sie an den Rand ihrer Kräfte gebracht." Als er wieder aufstand, schien es so, als wolle er auf sie zutreten. Dann jedoch blickte er gen Himmel und biss sich auf die Unterlippe. Kurz drückte er die Lider zusammen. Seine alte Angewohnheit.

„Ich glaube, wir sollten ein Feuer machen und etwas jagen", meinte Yron und streckte die Schultern. „Ich weiß nicht genau, wo wir sind, und zumindest Fey und du, ihr seid zu erschöpft, um weiterzugehen. Vor allem ohne festes Ziel."

Jeremiah stimmte dem Vorschlag zu. Vermutlich wusste niemand, wo sie waren. Also auch nicht die Hexe und ihre Schergen und die Vorstellung davon, sich ausruhen zu können, gefiel ihm mehr, als ihm recht war. Er verdrängte den Gedanken. Manchmal brachte Stolz einen nicht weiter. Das hatte er vor Jahren schon auf bittere Weise gelernt. „Du hast recht", entschied er daher. „Wie willst du jagen? Wir haben keinen Bogen dabei."

„Die guten alten Fallen", lächelte Yron und es erreichte sogar seine grauen Augen unter dem schwarzen Schopf. „Das haben wir schon lange nicht mehr gemacht." Er klopfte dem Jüngeren auf die Schulter und schickte sich an, zu gehen, da wandte er sich nochmals um. „Glaubst du, du könntest ein Feuer machen und dich ein wenig um Fey kümmern?"

Jeremiah stimmte zu. „Das kann ich, mein Freund. Aber sollten wir uns nicht von der Lichtung entfernen?"

Der Schwarzhaarige drehte sich ein Stück, um die baumfreie Stelle, auf der sie sich befanden, ins Auge zu fassen. Dann festigte sich sein Blick gen Süden, die Stirn in Falten gelegt. Durch Pflanzen und Schmutz war dort, kaum wahrnehmbar, ein Weg, der durch den dichten Wald führte. Yron wog sicherlich die Alternativen ab. Sie sollten versteckt bleiben, andererseits, für den unwahrscheinlichen Fall, dass Wanderer oder ein Wagen vorbeikämen, könnten sie eine Mitfahrt riskieren oder zumindest herausfinden, wo sie sich befanden. „Lass uns ein kleines Stück zwischen die Bäume gehen", entschied er dann. „Und ein kleines Feuer machen."

„In der Dunkelheit wird man den Schein des Feuers aber weit sehen", gab Jeremiah zu bedenken.

Der Ältere zuckte mit den Schultern. „Dessen bin ich mir bewusst. Wir müssen das Risiko wohl eingehen. Die Wahrscheinlichkeit, dass jemand vorbei kommt und das gerade im Dunkeln, ist ohnehin sehr gering, ich will die Straße allerdings auch nicht zu weit aus den Augen lassen." Er biss sich auf die Lippe. „Mein Bauchgefühl sagt mir, dass das nicht klug wäre."

Da musste Jeremiah grinsen. Yron war mit einer guten Intuition gesegnet. Aber seine Paranoia war fast genauso stark. Der Beschluss, sie beide aufgrund seines Bauchgefühls nicht zu packen und irgendwo in dem hintersten Teil des Waldes zu verstecken, musste schwer an ihm nagen.

Seine angespannten Schritte führten Yron in den dichten Schatten zwischen den Bäumen. Für einige Minuten verschwand er somit aus Jeremiahs Sichtfeld und als er wieder auftauchte, nickte er beflissentlich. „Ich habe einen geeigneten Platz gefunden", verkündete er, während er sich bereits die Mühe machte und Fey auf seine Arme hob. Jeremiah stand auf und folgte ihm. Mittlerweile protestierte sein Körper nicht mehr so lautstark gegen den Beschluss, aufzustehen. Lediglich seine Schritte brauchten einige Meter, um von schwankend zu sicher zu werden.

Der Platz, den Yron ausgesucht hatte, lag an einer felsigen Wand. Es war eine Nische, die den Feuerschein trotz der leichten Erhöhung gut abfangen würde. Und sie bot ihnen einen guten Überblick über die Gegend. Der Schwarzhaarige ließ die Frau in seinen Armen bedächtig zu Boden gleiten und beugte sich nochmals über sie hinab. Seine Finger strichen ihr über die Stirn und er murmelte unverständlich vor sich her, als hätte er eine Feststellung gemacht. Dann erhob er sich wieder. „Ich werde dann sehen, was ich auftreiben kann", entschied er.

Jeremiah ließ sich neben Fey zu Boden sinken. Ein leichtes Kratzen im Hals ließ ihn die Hände in den Untergrund graben. Seine Kehle brannte vor Durst und es war gewiss kein neuer Hustenanfall, der sich ankündigte, und dennoch hielt er an sich, um sich vor seinem überbesorgten Freund nicht räuspern zu müssen. Neben dem Wunsch, nach Hause zu gehen und einen Weg zu finden, diese ganze Situation zu beenden, war sein stärkster Gedanke gerade die Sehnsucht nach dem Rauschen frischen Wassers. Nicht nur, weil er einen Fluss halb hätte leer trinken können, sondern vor allem auch, da sie dringend Proviant benötigten.

Auf einmal zuckte er zusammen. *Zaida*, schoss es ihm durch den Kopf. Das Mädchen hatte ihnen genau das mitgegeben, worüber Jeremiah gerade noch sinniert hatte, und sofern seine Tasche bei einer Pause zwischen ihren Sprüngen nicht verloren gegangen war, hätten sie das Nötigste, das sie brauchten. Rasch hob er das Gesicht und nahm an den Bäumen, ein Stückchen vor sich, gerade noch Yrons Gestalt wahr, die vom Schatten verschluckt wurde. „Warte!", schrie er ihm nach, bemüht, auf die Beine zu kommen, um seinem Freund notfalls hinterherzuwetzen.

Doch da drehte Yron sich mit gerunzelter Stirn um und seine Augen schienen über Jeremiahs Körper auf und ab zu wandern. Als er nichts fand, entspannte Yrons Haltung sich ein wenig. „Was hast du?"

„Meine Tasche. Vielleicht ist sie noch in der Nähe!" Jeremiah verschluckte sich in seiner Aufregung am eigenen Speichel und klopfte sich selbst auf die Brust. Genervt rollte er mit den Augen und schenkte seinem Freund dann ein rasches Lächeln, in der Hoffnung, damit alles ein wenig herunterspielen zu können. Der andere musterte ihn äußerst kritisch, also fügte Jeremiah, nun bedächtiger, an: „Zaida hat uns Proviant gegeben. Essen, Zunder, Heilpflanzen, Wasser und ich glaube, auch ein oder zwei Messer aus ihrer Küche. Mit viel Glück ist zumindest mein kleiner Bogen auch noch an sie geschnallt und nicht zerstört."

„Ich werde sehen, ob ich eine Spur von deiner Tasche finden kann", brummte Yron, ehe er sich erneut umwandte und endgültig verschwand.

Jeremiah seufzte leise. Yrons Schritte waren schon bald nicht mehr zu hören und geraume Zeit, nachdem er das letzte Knacken eines Astes gehört hatte, blickte er zurück zu Fey. Sie atmete, aber das war auch schon das einzig Positive, das er über ihren jetzigen Zustand sagen konnte. Und da sie sich immerzu ein wenig kühl anfühlte und es auch ihm allmählich fröstelte, suchte er um ihr neu gefundenes Lager herum einige Äste zusammen und klaubte schlussendlich einen scharfen Stein auf, um damit einem trockenen Baum etwas von seiner Rinde zu stehlen.

Zunder machte die Arbeit, ein Lagerfeuer anzuzünden, leichter, aber auch ohne war es mit etwas Geschick, den richtigen Materialien und genügend Ausdauer möglich. Einige Versuche seiner zitternden Hände später hatte der Funken, den er mit den geeigneten Steinen geschlagen hatte, sich auf das Holz gestürzt und begann, es knisternd zu verschlingen.

Bald schon wurde die Kühle vertrieben und Jeremiah zog Fey vorsichtig ein wenig näher an die Wärmequelle.

Zum ersten Mal fand er sich in der Position wieder, allein mit ihr zu sein, und das ließ all die Geschehnisse der letzten Tage in seinem Kopf Revue passieren.

Sein Herz klopfte nervös im Nachhinein, als er sich ihre Flucht vorstellte. Und eine gewisse Sympathie für sie keimte in ihm auf. Vorher war sie kaum mehr gewesen als dieses fremde Wesen. Sie hatte Mitleid in ihm erregt, neben all dem anderen, das er für sie von vorneherein, ohne sie zu kennen, gefühlt hatte.

Aber erst jetzt erschien sie ihm wahrlich mehr wie ein Mensch denn ein Spukgespenst. Sie hatten noch eine weite Reise mit ihr vor sich und diese Erkenntnis legte sich in seinen Magen wie ein fallender Stein. Sie würde dabei noch viele Aspekte ihres Charakters zeigen.

Nebenher fiel ihm auf, dass die Nachtsänger, die Vögel, die zur Abendstunde ihr Nest verließen und ihre melodischen Klänge den Monden widmeten, langsam und zunächst vereinzelt wieder zu zwitschern begannen. Als würden sie sich zögernd herantrauen. Er grinste. Er war froh, endlich die Stadt hinter sich gelassen zu haben, denn selbst wenn die Hexe nicht direkt als Gefahr vor ihrer Nase gesessen hätte, war die Stadt zwar eine interessante Erfahrung gewesen, doch bei Weitem nicht das Richtige für seine Seele.

Jeremiah hatte das Gefühl, dass mit jedem Mal, da er in der Natur war, seine Liebe zu ihr wuchs, obwohl es doch eigentlich mittlerweile seinen Höchstpunkt erreicht haben musste.

Seine Augen schlossen sich wie von selbst, als eine zarte Brise ihm die dunklen Locken aus dem Gesicht strich, ganz so, als würde die Natur ihn zurückbegrüßen wollen.

Er wollte nicht die letzten Wochen, die ihm vielleicht noch

blieben, eingesperrt zwischen hohen Häusern und schmutzigen Straßen verbringen. Hier fühlte er sich frei und wohl und nicht eingesperrt.

Geboren in einem Dorf war ihm, und auch Yron, die Stadt immer zu eng vorgekommen. Nun war es, als könne er wieder richtig durchatmen.

***

Yron näherte sich dem Lager Stunden später, als die ersten Sterne langsam anfingen, zu verblassen und der aufgehenden Sonne Platz zu machen. Ein frischer Wind war aufgekommen und fegte durch die Baumwipfel, sodass das Rauschen beinahe die Geräusche übertönte, die der allmählich erwachende Wald von sich gab.

Über seinen Rücken hatte er die Tasche und den Bogen von Jeremiah gespannt, die er nach langer Suche in einem dichten Gebüsch nahe der Lichtung, an der sie aufgetaucht waren, gefunden hatte. Der Bogen hatte es wie durch ein Wunder überlebt und mit seiner Hilfe hatte er zwei Kaninchen geschossen, die, an den Läufen zusammengebunden, an seinem Gürtel befestigt im Rhythmus seiner Schritte hin und her baumelten. Auch seine Tasche hatte er zum Teil finden können. Die Naht war an einer Stelle aufgerissen und seine Utensilien hatten sich demnach in der Welt verstreut, doch einiges hatte er noch retten können. Darunter auch die Schnur, die Zaida ihm mitgegeben hatte. Schade, dass sie nicht mehr an das Versteck neben ihrer Unterkunft gekommen waren, in dem sie unter anderem Waffen und Kleidung deponiert hatten. Vorsorglich, da sie davon ausgegangen waren, ohnehin nicht mehr in ihr temporäres Heim zurückkehren zu können. All ihre Vorräte lagen nun vergraben außerhalb der Hauptstadt, unerreichbar für sie. Und Cedric war die ganze Zeit über zu beschäftigt gewesen, um die Grube zu plündern.

Kurz vor dem Lager wurde er aus seinen Gedanken gerissen, als er die sehr leise gesetzten Schritte eines Menschen wahrnahm. Seine feinen Ohren zuckten leicht, aber er erkannte die Schritte von Jeremiah und um nicht zu riskieren, seinen Freund zu erschrecken oder plötzlich einen Stein an den Kopf zu bekommen, räusperte er sich leise. „Ich bin es", hauchte er dann in die Morgendämmerung hinein und kurz darauf löste eine lange Gestalt sich aus dem Schutz der Bäume und Jeremiahs breites Grinsen begrüßte ihn. Das Lächeln war allerdings zu einem sehr kurzen Leben verdammt, denn nur wenige Herzschläge später erstarb es und Yrons Freund ließ die angespannten Schultern sinken. „Sie ist noch immer nicht aufgewacht", begrüßte er und nahm seine Tasche entgegen. „Aber ansonsten scheint es ihr wesentlich besser als noch vor einigen Stunden zu gehen."

Jeremiah hatte den Kopf gesenkt, um in seiner Tasche herumzuwühlen. Scheinbar wollte er kontrollieren, was noch alles da war.

„War jemand in der Nähe?", fragte Yron und ging um den Jüngeren herum, der ihm mit langsamen Schritten, noch immer kramend, folgte.

„Nein, ich war die ganze Zeit auf der Hut, aber außer dem Nachtgezwitscher und ein paar anderen Tieren und dem Wind habe ich wie erwartet nichts gehört."

Der Schwarzhaarige nickte bloß und kniete sich neben das Feuer und neben Fey. Die Kaninchen legte er auf den blanken Stein und zückte sein Messer, um sie zu häuten und auszunehmen.

Seine Mutter war Lehrerin im Dorf gewesen, sein Vater hatte einige Felder am Ende eines kleinen Trampelpfades bewirtschaftet. Er war nie mit der Jagd in Kontakt geraten, bis er nach der Schule mit Tom, dem Sohn des Jägers, Zeit verbracht und dieser einen seiner zahlreichen Bögen mitgebracht hatte, die er als Sohn des Jägers bereits besessen hatte.

Die ersten Schüsse auf die Zielscheibe über hatte Yron sich noch unwohl gefühlt, obwohl sein erster Pfeil trotz schlechter Haltung gleich die Scheibe getroffen hatte. Nach und nach war er besser geworden, hatte mit Tom nach der Schule schlussendlich angefangen, zu üben, und den Bogen als seine Waffe auserkoren. Damals mit jungen Jahren hatte er noch nichts von seiner Bestimmung mit dem Dolch gewusst.

Bald darauf war er mit Tom in den Wald gegangen, um zu jagen und sich von Toms Vater eine Belohnung zu verdienen. Mit einer Falle hatte er drei Kaninchen, mit dem Bogen ein kleines Reh erwischt. Doch als er die Tiere getötet hatte, fühlte er sich schlecht. Ihnen dabei in die Augen zu sehen, hatte sein eigenes Herz unsicher schlagen lassen. Es war etwas vollkommen anderes gewesen, Fleisch zu essen, selbst wenn er wusste, wie das dazugehörige Tier aussah. Aber einem Lebewesen in die panischen Augen zu blicken und zu wissen, dass man dessen Schicksal in der eigenen Hand hielt und es kein gutes Ende nehmen würde, war eine andere Sache. Und dann hatte Tom auch noch verlangt, dass er seine erste Beute, das Kaninchen damals, selber häuten und ausnehmen sollte. Der andere hatte damit keine Schwierigkeiten und keine Hemmungen gehabt, immerhin war er das gewohnt. Doch Yron hatte sich beinahe übergeben.

Es war wie eine Schuld, die auf ihm gelastet hatte, und er hatte sich geschworen, nie wieder zu jagen. Eine ganze Weile hatte er dem entkommen können. Bis seine Mutter gestorben war und er auf die Jagd gehen musste, um seinen Vater und sich ein wenig besser durchs Leben zu bringen. Zwar waren in diesem Dorf alle bemüht, aufeinander Acht zu geben, doch sein Vater hatte Schulden in der Stadt gehabt, wegen all der Medikamente für seine Ehefrau. Yron wusste nicht, was schlimmer für ihn war. Dass er nach dem Tod seiner Mutter Tiere ums Leben brachte oder dass er sich mittlerweile auf gewisse Art abgestumpft hatte. Vielleicht rief er sich deswegen jedes einzelne Mal diese Geschichte wieder ins Gedächtnis, weil er fürchtete, das Leben als leichtfertig abzutun.

„Träumst du?", riss ihn Jeremiahs Stimme aus seinen Gedanken.

Yron blinzelte wie eine Kuh und starrte auf seine blutigen Hände hinab. Entschlossen setzte er seine Arbeit fort. „Nein", antwortete er dann, als ihm auffiel, dass er Jeremiah ignoriert hatte. „Ich habe lediglich nachgedacht."

„Worüber?"

„Über meine erste Jagd." Er seufzte und sah auf. „Ist es nicht erstaunlich, wie unterschiedlich Menschen auf Grund ihrer Erfahrungen sind?"

„Wieso?"

„Tom hatte nie ein Problem damit, ein Tier zu töten und dann fürs Essen vorzubereiten. Felix auch nicht, da sein Vater der Metzger war. Dafür waren die beiden nie so gut im Leseunterricht und hassten ihn. Ich dagegen liebte ihn, weil meine Mutter mir schon vor der Schule das Lesen beigebracht hatte." Er wusste nicht einmal, ob das einen Sinn ergab. Und dennoch fand er es erstaunlich. Wie unterschiedlich sich Menschen entwickelten, durch jede noch so kleine Kleinigkeit.

Und das all dieser Zusammenwurf aus Eigenschaften mit dem Tod einfach verschwand. Er kniff die Augen zusammen, doch dieses Mal hielt er sie geschlossen und erinnerte sich an seine Mutter. Er sah ihr Gesicht vor seinem geistigen Auge. Dann blickte er auf Fey hinab. Dachte an ihre Geschichte über den Tod. Und ihre Ansicht darüber.

„Was geht in deinem Kopf vor sich?", hauchte Jeremiah und musterte ihn genau. „Manchmal siehst du so traurig aus, als hättest du Jahrhunderte hinter dir. Als hättest du Reiche aufkeimen und sterben sehen."

Der Ältere schüttelte lediglich den Kopf. „Ich habe übrigens ein paar Kräuter gesammelt. Lilys Herz und Gabriels Schwingen", murmelte er. Die beiden Kräuter würden Feys Herzschlag und Atmung weiter stabilisieren und sie nach und nach aus ihrer Traumwelt befreien.

Jeremiah sah ihn weiterhin prüfend an, bevor er nickte und nach dem Beutel griff, den Yron abgelegt hatte. Daraus holte er ein Kraut mit blutroten Blättern, die eine Herzform bildeten. Und einen Farn, dessen Blätter wie weiße Schwingen aussahen.

Laut einer Mythe hatte Lily ihr Blut geopfert, um ihr Kind vor dem Sterben zu retten. Ein Handel mit den Göttern. Ihr Blut und ihr Herz gegen die Heilung ihrer Tochter. Noch heute wuchsen die Blüten so, wirkten stärkend und beruhigend zugleich.

Und Gabriels Schwingen waren nach dem Boten benannt, der sein Volk vor dem aufkeimenden Krieg gewarnt hatte. Er hatte hunderte Menschen gerettet, auch noch nach dem Krieg an sich, sie aus den Flammen gerettet, ihnen Unterkunft und Essen gegeben, so weit er konnte. Den Kindern und Schwangeren Musik vorgespielt, um ihnen die Schrecken der Schlacht zu nehmen. Die Götter hatten ihn belohnt. Als es für Gabriel an der Zeit war, zu sterben, nahmen sie in aller Öffentlichkeit Federn und dieses Kraut und wirkten einen Zauber, sodass Gabriel Schwingen erhielt. Er war heilig geworden und unsterblich.

Yrons Augen verfolgten Jeremiahs Bewegungen. Der Jüngere rupfte die Blätter, legte sie in einen Becher und goss Wasser darauf, das er vorher über dem Feuer gekocht hatte. Zaida war auch ein Engel gewesen. Sie hatte ihnen fast alles mitgegeben, das sie dringend brauchen würden.

Kapitel 6

Als Fey langsam die Lider hob, war das Erste, das ihr auffiel, das Tageslicht. Sie wusste nicht, wieso ihr diese Kleinigkeit so ins Auge stach, aber es ließ sie mehrere Herzschläge darüber nachdenken. Dann schloss sie nochmals die Augen und als sie sie kurz darauf ein zweites Mal öffnete, wurde ihr bewusst, dass sie in einem Wald war.

Sie lag auf etwas Hartem.

Unsicher, ob ihr Körper dem Befehl Folge leisten würde, versuchte sie, die Hände zu bewegen und die Finger zu strecken und war überrascht, als es mühelos funktionierte. Ihre Fingerspitzen ertasteten etwas Festes und Kaltes. Manche Stellen fühlten sich rau an, andere glatt geputzt. Als sie den Kopf ein wenig wandte, hatte sie freie Sicht auf das Felsplateau, auf dem sie lag. Ein Stückchen neben sich nahm sie die Überreste eines Nachtfeuers wahr.

Fey brummte und ließ den schweren Kopf zurücksinken. So starrte sie auf die Baumwipfel über sich, die im trägen Wind hin und her schaukelten. Dann versuchte sie, jemanden in der Nähe auf sich aufmerksam zu machen. Sie räusperte sich, als kein Laut über ihre Lippen kam, aber noch immer war es ihr verwehrt, nach einem der Männer zu rufen. Sie zappelte nervös und versuchte, den wenigen Speichel in ihrem Mund zu sammeln, benetzte ihre Lippen, versuchte, ihre Kehle zu befeuchten. Aber auch jetzt schien es ihr unmöglich, zu sprechen.

Leise Schritte rissen sie aus ihrer Panik. „Fey", wurde sie begrüßt. Von links näherte sich, vor dem Hintergrund der dichten Bäume, Jeremiahs Gestalt.

Direkt darauf streckte er ihr einen Wasserschlauch entgegen. Jeremiah war so gut und stützte ihren Nacken, während er ihr zeitgleich das Trinkgefäß an den Mund hielt. Bereits die ersten Schlucke wirkten wie Balsam auf ihre wunde Kehle und vorsichtshalber umklammerte sie mit schwachen Fingern sein Handgelenk, damit er ihr auch ja nicht das Wasser entziehen würde. Doch scheinbar hatte Jeremiah nichts dergleichen vor, denn statt Anstalten zu machen, Wasser zu sparen, betrachtete er sie von oben herab mit einem undeutbaren Ausdruck und erst, als kein Wasser mehr nachströmte, nahm er vorsichtig den Schlauch wieder an sich und hüstelte nervös. „Wie geht es dir?"

Fey wollte es eigentlich nicht so früh wagen, schon wieder zu sprechen. Da sie ihn allerdings auch nicht ignorieren wollte, setzte sie mit leiser Stimme zu einer Antwort an. „Müde", krächzte sie und musste eine Pause einlegen, damit sie nicht loshustete. Als sich alles beruhigt hatte, unternahm sie einen weiteren Versuch. „Müde und mein Hals schmerzt."

Er nickte und legte ihren Kopf vorsichtig zurück, ehe er sich erhob und zu einem Feuer schritt, das ein Stückchen vom Ersten entfernt Wärme spendete.

Sie folgte ihm mit ihrem Blick und bemerkte ein Tongefäß, das Jeremiah zur Hand nahm. „Wir müssen uns bei Zaida bedanken", kommentierte er und schwenkte es ein wenig herum. „Ohne sie wären wir wohl sehr viel aufgeschmissener als jetzt. Ich hätte dir zum Beispiel keine Medizin aus den Kräutern, die Yron mitgebracht hat, machen können." Als er nun die grünen Augen auf sie richtete, wirkten sie entschuldigend. „Aber ich zweifelte, ob sie dir helfen oder dich weiter schwächen würden. Vielleicht hätten sie auch gar keine Wirkung. Du musst dir meine Erleichterung vorstellen, als ich deine Atmung und den Puls kontrollierte und sie langsam fester und stetiger wurden."

Fey nickte träge, ohne alles zu verstehen, was er ihr sagte. Dafür sprach er zu schnell, als würde dies die Entschuldigung leichter machen. Dann sammelte sie ihre Konzentration. „Wo ist Yron?"

„Er sucht ein wenig die Gegend ab, sammelt Nahrung, weitere Kräuter, sucht nach einer Wasserquelle und allem, was uns helfen kann." Jeremiah stocherte mit einem Stock in der Asche der

Feuerstelle herum. „Wir haben eine grobe Ahnung, wo wir hier sind. Dennoch müssen wir uns erst ein wenig zurechtfinden. Verstehst du?"

Erneut nickte sie. Wenn er langsamer sprach, konnte sie seinen Worten besser folgen. Trotzdem wünschte sie sich, Yron wäre in der Nähe. Sie mochte Jeremiah sehr, keine Frage, doch ohne den Erben fühlte sie sich schutz- und hilflos zugleich.

„Wie hast du das gemacht?", wechselte er das Thema. Noch immer hatte er nicht zu ihr aufgeblickt und vielleicht machte das alles nur leichter.

Fey musterte seine dunklen Augen. Im jetzigen Licht war es nicht wirklich auszumachen, doch sie wusste um ihr Grün. Sie folgte dem Schwung seiner Locken und der Linie seines kantigen Kinns. „Du meinst die Sprünge?"

„Ja." Er nickte und wandte sich ihr ein Stückchen weiter zu. Seine breiten Schultern warfen Schatten, doch die müden Ringe unter seinen Augen waren mächtiger. Um seinen Mund war der Bart, den er trug, durch die Zeit im Wald zerzaust. „Fey, weißt du, was du damit für eine Kraft hast?"

„Hatte", korrigierte sie und blickte in den hellen Himmel hinauf. Um das Felsplateau waren die Bäume licht, der Himmel ziemlich frei zu erkennen. „Ich habe mir all die Zeit ein wenig Macht in diesem Körper aufgespart und dazu Kraft von Yron benutzt. Seine Erinnerungen. An den Orten, an denen wir landeten, war er schon einmal. Nun ist diese Kraft weg. Jahrhunderte habe ich sie aufgespart und nun ist sie einfach verbraucht. Aber dafür sind wir aus der Stadt hinaus."

Er schien tatsächlich enttäuscht, ehe der Schatten in seinen Augen rasch schwand. Er nickte und rieb sich über den Bart. „Vermutlich ist das gut. Uns gefiel es beiden nicht, dich danach so schwach zu sehen. Es wäre nur … schön gewesen, diese Möglichkeit im Notfall zu haben." Der Mann erhob sich und verschränkte die Hände auf dem Rücken, während er auf und ab ging. „Verstehe mich nicht falsch, bitte. Dein Wohlergehen ist mir bei Weitem nicht gleichgültig … Ich …"

„Ich verstehe", lächelte sie freundlich und versuchte, sich aufzusetzen. Kaum bemerkte er ihre Versuche, ging er auf sie zu und half ihr, indem er ihr beistand und an einen Felsen in der Nähe stützte. „Ich danke dir."

***

Yron beugte sich vor, um seinen Stiefel neu zu schnallen. Es war ruhig an diesem Tag, der Wald gab kaum einen Laut von sich. Obwohl sein Bauchgefühl ihm versicherte, dass alles harmlos sei, behielt er die Umgebung nicht nur aus Gewohnheit im Auge.

Sobald er sich wieder aufrichtete und die Waffe in die Hand nahm, fragte er sich, ob Fey mittlerweile aufgewacht war. Er sorgte sich um sie. Fey hatte so klein, schwach und bleich ausgesehen, als er das Lager zum letzten Mal verlassen hatte. Außerdem störte er sich an der Tatsache, dass er lediglich neue Vorräte suchen und sich auf das Können von Jeremiah verlassen musste. Nicht, dass er diesem nicht getraut hätte, aber eine Heilerausbildung hatte keiner von ihnen gemacht.

Das leise Rascheln eines Busches ließ ihn aus seinen Gedanken aufschrecken und als er sich dorthin wandte, stellte er fest, dass es nicht der Wind sein konnte, der das Geäst zum Wackeln brachte. Leise hob er den Bogen an und zog einen Pfeil aus dem Köcher.

Auch wenn er dank der jahrelangen Erfahrung das schwere Spannen der Sehne nicht mehr bemerkte, verdeutlichte er sich gerne jeden Schritt, wenn er die Ruhe dafür hatte. Er spürte seinem Atem nach, den er unter Kontrolle brachte. Er bemerkte, wie er die Muskeln spannte, zielte. Sein Atem erstarb, als er wartete. Das Rascheln hatte aufgehört, doch noch konnte das Tier nicht geflohen sein.

Aus dem Blattwerk löste sich die braune Gestalt eines Hasen.

Seine winzige Nase zitterte nervös, als er in der Luft witterte, aber noch sah das Tier nicht zu Yron, der sich bemühte, kein Geräusch zu machen. Seine Finger regten sich, er hob den Bogen noch ein winziges Stückchen an, wollte auf den passenden Augenblick warten. Das Tier wandte ihm die zuckenden Löffel zu und Yron blieb keine Wahl. Statt zu fluchen, schoss er. Einen Moment lang erwartete er, dass der Pfeil traf. Das Jagdglück jedoch war ihm heute nicht hold. Der Hase schlug einen Haken und verschwand im Unterholz. Der Pfeil dagegen landete knapp an der Stelle, an der das Tier eben noch gesessen hatte, und riss Erde und Laub auf.

Über Yrons spröde Lippen entfloh ein deftiger Fluch, als er dem Pfeil folgte und ihn vom Boden hob. Der Schaft war gebrochen, das Geschoss unbrauchbar geworden. Ein weiteres böses Wort verkniff er sich und zermahlte es lautlos auf der Zunge, als er den Schaft und die Spitze in den Köcher packte. Vielleicht konnte er die Materialien noch zu irgendetwas anderem benutzen.

Er selbst gebrauchte deutlich stabilere Pfeile als die, die Jeremiah dabei gehabt hatte. Dafür waren diese hier leichter und weniger sperrig. Und schneller zerstört. Yrons Köcher war mittlerweile bedrohlich leer geworden. Also würde er nun ein wenig sparsamer damit umgehen müssen.

Anstatt den Hasen zu suchen, der ohnehin vermutlich über alle Berge war, ging er weiter und genoss die Ruhe. Die Wahrheit war, dass er vermutlich selbst dann den Wald erkundet hätte, wenn es ihm gar keinen Nutzen gebracht hätte. Er wollte Fey nicht so gebrochen am Boden sehen. Was das betraf, schämte er sich seinem Freund gegenüber. Vor allem, da dieser auch bereits jemanden verloren hatte. Und doch war es Jeremiah, der besser mit Kranken umgehen konnte als Yron. Vielleicht, weil es Unterschiede zwischen ihren Erfahrungen gab. Oder vermutlich weil der Jüngere einfach der Tapfere war.

Sein Stolz bockte zwar jedes Mal auf, trotzdem hatte Yron kein Problem damit, es zuzugeben.

Jeremiah war der bessere und stärkere Mensch von ihnen beiden. Yron selbst kam sich immer nur vor wie ein Kind, das von einer schlimmen Szene in die nächste stolperte und dann weinte. Am schlimmsten waren die Momente, in denen er sich jemand anderem anvertrauen und gleichzeitig gar nicht reden wollte. Hinzu kam die Verantwortung. Sie machte es nicht besser. Kaum hatte die Klinge ihn erwählt, hatten sie ihn alle bedrängt. Er würde die Hexe stürzen, er würde sie in die nächste Zukunft führen. Er würde ihnen Gerechtigkeit einräumen und weise entscheiden. Dabei war er noch jung gewesen, hatte diesen Dolch in der Hand, inmitten der anderen auf dem Dorfplatz, und war sich nicht einmal sicher, was das bedeutete.

An diesem Abend hatte es im Dorf wieder einmal ein Fest gegeben. Und er verachtete Feste einfach.

Yron seufzte und blieb stehen, um in den Himmel empor zu starren. Das helle Licht, das er zwischen den Wipfeln ausmachen konnte, trübte sich langsam als Zeichen dafür, dass die Wolken sich verdichteten. Augenblicklich brummte er ein Stoßgebet zu den Göttern, dass es nun nicht regnen mochte. Ob es etwas brachte oder nicht, musste die Zeit zeigen.

Den Regen hätte er ohnehin nur mäßig auffangen können, wichtiger wäre eine Wasserquelle. Und zumindest dabei schienen die Götter ihm gnädig, denn als er weiter durch den Wald wanderte, machte er schlussendlich das erlösende Wispern eines Bachs aus. Er folgte dem Geräusch und traf einige Zeit später auf den Wasserlauf, der munter vor sich her gluckerte. Zwischen all der Bäume und den anderen Pflanzen klang dieses Geräusch wie die Symphonie der Waldfeen. Als würden sie für seine Augen unsichtbar direkt vor ihm zu den kleinen Wellen tanzen und die Luft mit ihren Gesängen füllen.

Ein Grinsen glitt auf seine Lippen, als er sich hinabbeugte und die Wasserschläuche an der kleinen Quelle füllte. Mochte er oft auch noch so ernst sein, wenn er alleine war, glitten seine Gedanken gerne zu den Geschichten ab, die seine Mutter ihm immer wieder erzählt hatte.

Als wäre das alles Wirklichkeit und nicht bloß erfunden und man müsse nur die Augen offen halten, um all die Wunder dieser Welt sehen zu können. Alles entdecken zu können, das hinter dem Schleier der Unwissenheit verborgen lag. So viele Welten, von Magie und Ignoranz versteckt.

***

Nachdem Fey immer stärker geworden war, gegessen und getrunken und ihm versichert hatte, dass sie ein Auge auf den Wald haben würde, war Jeremiah bereit gewesen, seinen müden Lidern eine kleine Pause zu gönnen. Zwar wagte er es nicht, zu schlafen, doch er döste vor sich hin, die Waffen in Griffnähe.

Seine Lungen kratzten und das machte ihm Angst. Besonders, wenn er an die anderen Symptome dachte, die ihn noch ereilen konnten. Er erinnerte sich an all die Gesichter, in denen der Innere Schrei, wie man es nannte, gestanden hatte. Der Innere Schrei, das war die Hölle eines Schreis, der in einem heranwuchs, immer weiter, einen zu ersticken drohte und der, selbst wenn man ihn hinausstieß, einen nicht mehr aus seinen Fängen befreite. Schlimmer war nur das Wispern der Stimmen. Er sollte froh sein, nur den Husten zu haben. Er versuchte, sich einzureden, dass er nur krank sei, dass er bald wieder gesund werden würde. Die Müdigkeit kam vom Husten und der würde bald verschwinden. Keine Stimmen in seinem Kopf würden anfangen, zu ihm zu sprechen, bis er sich vor ihnen rechtfertigen musste. Bis er sich vor ihnen verlor.

Neben sich konnte er leise das Rascheln von Feys Kleidung wahrnehmen und kurz war er geneigt, die Augen zu öffnen und zu ihr zu spähen. Wer wusste schon, was sie gerade machte? Sie wollte lernen, ihren Körper besser zu beherrschen, allerdings jetzt noch nicht. Zurzeit, so hatte sie ihn wissen lassen, reichte es ihr, nach allem noch laufen zu können.

„Glaubst du, ich kann irgendwann tanzen?", fragte sie da leichthin, als wäre sie sich nicht sicher, ob er zuhören oder schlafen würde.

Er war gewillt, sie zu ignorieren und weiter zu dösen, seufzte dann jedoch und hob die trägen Lider ein Stück. „Wieso willst du denn tanzen können?"

„Ich bin eine Fee oder nicht?" Sie grinste und breitete vorsichtig die Arme aus. „Und die müssen doch tanzen können."

„Fey ..."

Sie plusterte die Wangen auf, ehe ihre Miene ernst wurde. „Darf ich dir etwas anvertrauen?"

„Was denn?" Nun war er doch neugierig und öffnete die Augen ganz. Er lehnte sich ein Stück vor.

„Ich bin verwirrt. Alles macht mir ein wenig Angst. Aber es sind nicht nur die Dinge um mich herum, die mich verängstigen. Es ist auch mein tiefstes Inneres.

Ich weiß nicht, wie ich das beschreiben soll. Ich hatte, als ich selber frei war, niemals so ein richtiges Bewusstsein. Oder gar einen Charakter. Es ist etwas, das sich Menschen nicht vorstellen können und das sogar ich mir in meiner jetzigen Position nicht mehr ausmalen kann, obwohl das doch *ich* war. Nun ist irgendwas anders an mir. Ihr erklärt mir Dinge, die ich nicht kannte, obwohl ein gewisser Teil von mir sich zu erinnern scheint. Und das kann eigentlich nicht sein, oder?" Als sie hilflos aufblickte, wäre er am liebsten zu ihr gerückt und hätte tröstend einen Arm um ihre zarten Schultern gelegt. Das Kleid, so fiel ihm auf, wärmte sie nur minder. Es wurde Zeit, dass sie alle aus diesem Wald herauskamen und nach Hause gingen. Dass sie endlich einen sicheren Unterschlupf hatten.

„Wer weiß ..." Er runzelte die Brauen. „Hast du nicht schon viel als Freiheit erlebt?"

Sie schüttelte den Kopf. „Aber doch nicht nach weltlichen Ansichten, Jeremiah. Ich habe nach meinen Werten gelebt. Ich habe …" Sie schloss die Augen und verstummte kurz. Dann hauchte sie: „Ich weiß es nicht einmal …"

„Was meinst du?"

Ein hilfloses Flackern aus blauvioletten Augen ließ ihn nun wirklich aufstehen und sich zu ihr setzen. „Ich scheine zu vergessen. Irgendwie ist mein Kopf zwiegespalten und ich verstehe es selber nicht."

„Mach dir nicht so viele Sorgen", versuchte er, sie zu beruhigen, und als sie aufblickte, schenkte er ihr ein zuversichtliches Lächeln, das einfach nur falsch war. Dennoch schien die kleine Frau davon überzeugt und drückte sich an ihn. „Wer weiß, was dahinter liegt. Du wirst es vermutlich noch herausfinden, aber manche Sachen brauchen ihre Zeit. Manche Sachen wirst du auch nie klären können und das wird dich vielleicht stören. Aber nur, wenn du dem Beachtung schenkst. Dein Lächeln ist viel hübscher als deine Sorgenfalten und wir sind alle wohl überfordert und verzweifelt."

„Hast du Angst?"

„Ja", gab er ehrlich zu. „Ich habe oft Angst. Die Zukunft ist zu ungewiss. Gerade zu diesen Zeiten weißt du nie, ob es vielleicht der letzte Tag mit einer geliebten Person ist. Ob du selber morgen noch leben wirst. Oder ob dein Lächeln stirbt. Du weißt es nicht. Aber eines weiß ich."

„Was denn?"

„Wenn du der Angst zu viel Raum gibst, wird ein Teil von dir sterben, der nie wieder zurückkommen kann. Es ist in Ordnung, Angst zu haben. Und du bist eine Frau, es ist vollkommen in Ordnung, wenn du weinen willst." Er zwinkerte. „Ein kurzer Moment der Schwäche kann dich stärken für das danach. Solange du der Angst nie zu sehr Raum gibst. Gib ihr nicht die Möglichkeit, dich zu vernichten."

Wie wahr diese Worte waren, fiel ihm immer erst auf, wenn er sie laut aussprach. Und nun sah er auf die erkaltete Feuerstelle und dachte selber noch einmal darüber nach. Jeden Tag spürte er die

Angst im Nacken und rang sie nieder. Doch sie keimte jedes Mal von Neuem auf, ließ sich niemals ganz besiegen und er fürchtete, dass sein Rat nichts wert war. Etwas anderes jedoch fiel ihm nicht ein und er wollte und musste sie trösten. Auf andere Gedanken bringen.

Also stand er auf und zog sie mit auf die Beine. Fey wog nicht viel und so verbrauchte es nicht allzu viel seiner Kraft. Als sie ihn fragend ansah, lächelte er und bewegte sich ein wenig zu einer Melodie, die er summte, Fey weiterhin stützend.

Zunächst schien sie verwirrt, dann verstand sie und sie machte seine Bewegungen nach, während sie mit in sein Gesumme einstimmte.

Schon nach einiger Zeit bewegte sich ihr Körper wie von selbst. Als wäre das Wissen in den Tiefen ihres Kopfes verankert gewesen und brach sich nun frei. Anscheinend ohne es selbst zu bemerken, bewegte sie sich. Noch ein wenig schwächlich, ab und an eckig, ansonsten jedoch galant, schwang sie die Beine, drehte sich und schaukelte den Kopf hin und her, die Arme die ganze Zeit in der Luft.

„Komm schon, Jeremiah!", lachte sie und drehte sich noch einmal um die eigene Achse. Aber anstatt auf ihre Aufforderung einzugehen, starrte er sie nur verblüfft an, unfähig, sich zu rühren. Und das ließ den Zauber sterben.

Sie beendete die Bewegungen und sah ihn enttäuscht an. Stockstarr stand sie dort. „Was habe ich falsch gemacht?", wollte sie wissen und starrte an ihren Armen hinab, als würde sie dort etwas entdecken. „Das war doch kein beleidigender Tanz, oder?"

„Nein ...", wisperte er und fing sich wieder. „Nein. Aber du hast richtig getanzt, Fey. Ohne meine Hilfe. Als hättest du es schon immer gekonnt."

Und nun weitete sich auch ihr Mund zu einem überraschten ‚O'. Erneut sah sie an sich hinab, hob versuchsweise das rechte Bein und streckte es und dann sah sie wieder Jeremiah an. „Mein Körper scheint sich zu erinnern. Aber wie?"

„Ich weiß es nicht ..."

***

Das Lager kam erst gegen Sonnenuntergang in Sicht und Yron konnte sich wenigstens einer kleinen Beute erfreuen. Hauptsächlich jedoch hob sich sein Gemüt durch das gesammelte Wasser und als er das Knacken des warmen Feuers hörte, das er bald darauf entdeckte.

Direkt gefolgt von Fey, die auf der Stelle herumwippte, als würde sie tanzen wollen. Verblüfft ließ er die Beute über seine Schulter gleiten und beobachtete das Spiel. Jeremiah stand mit dem Rücken zu ihm und klatschte ein wenig im Takt.

Yron hatte ja mit vielem gerechnet, aber nicht mit so etwas. Als er sich räusperte, zuckte sein Freund zusammen und dies sprach davon, wie er die Deckung vernachlässigt hatte. Yron verengte die Augen und verschränkte die Arme vor der Brust. „Was geht hier vor sich?", verlangte er zu wissen und Fey blieb stehen. Auf ihrem Gesicht breitete sich ein fröhliches Grinsen aus. Ihre Wangen waren gerötet. Er beachtete sie nicht weiter, sondern wandte sich nach wie vor an seinen Freund. „Vor wenigen Stunden noch sah sie wie tot aus und nun wirkt es, als würdet ihr für einen Ball üben?"

Fey breitete die Arme aus. „Ich fühle mich großartig. Die Schwäche verschwand immer mehr und ich weiß auch nicht so recht. Mein Körper scheint sich zu erinnern. Ich liebe es, zu tanzen!" Ihre Augen funkelten freudig.

Seine Begeisterung hielt sich in Grenzen. Yron schritt auf sie zu und legte ihr sanft eine Hand auf die Stirn. Ein leises Aufatmen konnte er sich nicht verkneifen, als ihre Haut sich weder wärmer noch kälter als sonst anfühlte. „Du hast dich kuriert?"

„Ich bin kein Mensch. Eventuell deswegen", meinte sie scheu und drehte sich um die eigene Achse.

Yron schüttelte den Kopf. „Ich kann es nicht glauben. Und du tanzt jetzt auch einfach so?" Auf einmal hatte er das Gefühl, Tage gefehlt zu haben. Zumal als die beiden anderen sich einen Blick zuwarfen und Fey nun nickte. Er war erleichtert, dass sie so schnell wieder auf den Beinen war. Doch sein Verstand war zu müde, um das ganz zu verstehen. „Ich bin froh, dass du wieder wach bist. Hast du Hunger?"

Überraschenderweise nickte Fey eilig. „Ja!", stieß sie aus und folgte ihm zum Feuer. Yron war froh über die Vorräte, die Zaida ihnen mitgegeben hatte. Wenigstens konnte er ihr so den Anblick ersparen, die Tiere auszuweiden. Stattdessen schob er das auf später, wenn sie wieder schlafen würde. „Wie sieht es aus, hast du noch etwas von der Medizin bekommen?"

Fey verzog das Gesicht. „Medizin schmeckt nicht, doch da Jeremiah darauf bestanden hatte, habe ich sie genommen. Ja."

Er lachte. „Medizin wird niemals schmecken. Die Alten sagen immer, je ekelhafter es schmeckt, umso besser würde es wirken." Yron verdrehte die Augen. „Das war bestimmt immer nur eines von vielen Märchen, um die Kinder dazu zu bewegen, das zu machen, was sie sollen."

Auch Jeremiah stimmte mit ein. „Wenn ich meine Mutter bat, Honig unterzumischen, meinte sie immer, dass es die Wirkung zunichtemachen würde. Ich bin mir sicher, sie wollte mich einfach nur ärgern."

„Als du das eine Mal krank warst, weiß ich noch, wie ich immer heimlich den Honig untergemischt habe. Und du bist trotzdem wieder gesund geworden", bemerkte Yron mit einem Schmunzeln.

Fey schien diesem Gespräch nicht ganz folgen zu können. Dafür begutachtete sie das Essen, das Yron nun so über das Feuer hing, dass es braten, doch nicht verbrennen würde. Sie schien wirklich Hunger zu haben und es dauerte auch nicht lange, bis ihr Magen wild brummte und knurrte.

Er lächelte seicht.

Kapitel 7

Das verwitterte Holz eines Schildes half Yron am nächsten Tag, die Orientierung wiederzuerlangen. Zwar war kein Buchstabe mehr zu erkennen, aber die Szenerie, wie das modrige Holz gegen einen hohen Stein lehnte und nur noch von überrankenden Pflanzen gehalten wurde, hatte sich damals aus irgendeinem Grund in seinen Kopf gegraben. Vielleicht, weil es so symbolisch war. Oder, weil es wie die Grenze zu einer neuen Welt gewirkt hatte, obwohl sie bereits seit Tagen von Zuhause fort gewesen waren. Vermutlich hatte seine Mutter recht behalten. Er war mit seiner Fantasie trotz allem manchmal eine dramatische Person.

Yron schulterte die Tasche anders, als der Gurt sich in seinen Muskel verbiss. Zunächst hatten sie das gesamte Gepäck auf ihre Schultern genommen, doch Fey war damit nicht ganz einverstanden, sodass sie ihr letztendlich die leichte Tasche anvertrauten, die sie dank Zaida hatten. Damit schien die Frau schon wesentlich zufriedener gestimmt.

Es dauerte einige Tage, bis sie den Rand des Waldes erreichten, und immer wieder warf Yron, der vorne ging, einen belustigten Blick auf Fey, die sich alles ansah und alle paar Schritte die rutschende Tasche wieder höher schob. Manchmal blieb sie auch einfach stehen und ihre neugierigen Augen musterten die Schatten zwischen den Bäumen, als wäre dort etwas, das nur sie entdecken konnte. Oder als würde sie angestrengt lauschen.

Ab und an, wenn sie das tat, lächelte sie plötzlich einfach glücklich, ehe sie sich umwandte und ihren männlichen Begleitern weiter folgte. Am Anfang waren Jeremiah und er noch stehen geblieben, um auf sie zu warten, mittlerweile jedoch gingen sie einfach weiter. Sie hatten gelernt, dass Fey eine allzu große Lücke zwischen ihnen gar nicht zuließ und direkt wieder aufschloss.

Einerseits hätte Yron es ihr gerne gewährt, wenn sie länger hätte schauen können. Es war wieder eine dieser Situationen, in denen man sich selbst mehr als alles andere wünschte, die Welt würde anders laufen. In der man selbst im Zentrum aller Schwierigkeiten zu stecken schien und einem dennoch bewusst wurde, dass Jammern nichts half. Manchmal machte der Gedanke es besser und manchmal eben nicht.

Er schob die Bürde auf seinen Schultern immer wieder zur Seite. Sie war groß, größer als die, die er bisher zu tragen hatte, und tauchte rasch wieder auf. Wenn sie Fey nicht befreien konnten oder sie zurück in die Hände der Hexe fiel, waren er und sein Freund bald nicht nur vermutlich Willenlose oder tot, sondern hatten dieser ganzen Sache auch kein Ende bereitet. Abgesehen davon, dass die Hexe Fey danach gewiss nicht mehr aus den Augen ließ.

Diese Gedanken trieben ihn mehr denn je an und als schlussendlich die Bäume lichter wuchsen und nach und nach die Felder und Wiesen freigaben, atmete Yron kaum hörbar aus.

Bald würden sie ihr vorzeitiges Ziel erreichen und dann konnten sie endlich in aller Ruhe schauen, wie ihre nächsten Schritte auszusehen hatten.

Vielleicht konnte er sich sogar einen Tag lang entspannen. Sein Pflichtbewusstsein lehnte sich schon bei dem bloßen Gedanken daran auf. Yron legte den Kopf in den Nacken, um den Himmel zu prüfen. Es war ungefähr Nachmittag, die Sonne stand nicht mehr ganz im Zenit.

Jeremiah folgte seiner Aufmerksamkeit und rieb sich mit einem kratzenden Geräusch über den Bart. „Wir kommen gut voran", bemerkte er und musterte Fey. Diese hatte sich auf einen Baumstamm gesetzt und sah zum Wald zurück, der erst wenige Schritte entfernt da lag. Dann studierte sie einen Käfer auf dem Boden, der gemächlich an ihr vorbeitrottete. Sie lachte und beugte sich ein Stück näher, aber man sah ihr die Anstrengung der letzten Tage deutlich an.

Yron nickte wortlos. Sie sollten wohl bald eine Pause machen.

Jeremiah stand derselbe Gedanke ins Gesicht geschrieben. Egal wie sehr sie nach Hause wollten, es würde nichts bringen, Fey an den Rand ihrer Grenzen zu treiben. Letztendlich würde es sie alle nur langsamer machen.

Er schritt auf sie zu und hockte sich vor ihr hin. „Wir machen eine Rast", verkündete er und sah nochmals zum Himmel empor. „Du kannst dich also ein wenig ausruhen."

Sie deutete an, dass sie verstand. Doch erst nach einigen Sekunden legten sich ihre Augen auf ihn. „Ich bin neugierig auf dein Zuhause. Aber ich habe auch Angst."

„Wovor?"

„Was ist, wenn man mich erkennt? Oder mich hasst …"

„Sie werden beides nicht", beruhigte er sie, runzelte aber gleichsam die Stirn. Er war überzeugt von seinen Worten, doch ein anderer Gedanke keimte in ihm auf. „Aber du hast recht, wir sollten uns etwas überlegen. Eine Geschichte."

„Du meinst eine Tarnung?", warf Jeremiah ein, der die Gegend die ganze Zeit nicht unbeachtet ließ. „Wir können sie gegenüber unseren Familien nicht als Verwandte ausgeben. Das fällt weg." Kurz dachte er nach, dann grinste er hinterhältig. „Wir geben sie einfach als deine Geliebte aus."

Yron spürte seine Wangen heiß werden, konnte allerdings selbst nicht sagen, ob aus Verlegenheit oder Wut. Solch ein unsinniger Vorschlag konnte eigentlich nur von Jeremiah stammen. Welches Gefühl er in seinem Inneren jedoch direkt erkannte, war der Trotz. Er würde Fey nicht als seine baldige Frau ausgeben! Mit einem Knurren wandte er sich an seinen Freund. „Wieso stellst du dich nicht als zukünftiger Gatte zur Verfügung?"

Sein Freund verzog das Gesicht. „Ich habe drei Schwestern. Damit spaßt man nicht!"

„Man spaßt so oder so nicht damit. Ich werde meinen Vater doch nicht anlügen und ihm sagen, dass er bald Schwiegervater wird, obwohl es nicht so ist."

Der Jüngere verdrehte lediglich die Augen und verschränkte die Arme vor der Brust. „Nun fahr nicht gleich die Krallen aus", brummte er und schürzte beleidigt die Lippen. „Welchen Vorschlag hast du dann?"

„Wir können sie einfach als eine Freundin ausgeben. Fertig." Damit war für ihn die Diskussion beendet. „Wir können ihnen sagen, dass wir sie eingeladen haben, mitzukommen."

„Als würden sie uns das einfach so glauben. Und jedes Mal, wenn du sie zur Seite ziehst und ihr etwas zuflüsterst? Als Paar wäre es nicht so verwunderlich, dass ihr viel Zeit zu zweit verbringt und öfters tuschelt."

„Als meine Geliebte würden sie sie regelrecht mit ihren Fragen auseinandernehmen."

„Das würden sie auch bei einer Freundin machen. Nur hättest du dann keine Möglichkeit, sie mehr in deiner Nähe zu behalten, ohne verdächtig zu wirken."

Yron hob die Hand, um das Gespräch abzublocken. Seine Nerven waren angespannt und ihm lag nichts an einem Streit. Aber auch nicht daran, den Plan des Jüngeren zu verfolgen.

Er würde nachdenken müssen und das konnte er am besten, wenn er ein Stückchen ging. „Übt die Geschichte mit der Freundin schon mal, ich schaue einmal, ob der Brunnen in der Nähe noch intakt ist." Und damit nahm er sich seine Waffen und die Wasserschläuche und ging los, um dem Brunnen, den sie hier bereits einmal aufgesucht hatten, einen Besuch abzustatten.

Er spürte Jeremiahs Blicke in seinem Nacken genau, aber er ignorierte sie ebenso wie die aufkommenden Gedanken. Für ihn war die Sache damit erledigt. Er konnte seinen Vater nicht anlügen. Nicht auf die Art. Das stand für ihn außer Frage. Lieber würde er die Tratschmäuler des Dorfes auf sich hetzen, als seinem Vater so etwas vorzugaukeln, ihm Hoffnung zu machen und dann, wenn Fey weg war, diese Hoffnung zu zerstören.

Der Brunnen war ganz in der Nähe und, so wie es aussah, noch immer funktionsfähig. Der anscheinend neue Eimer hing an einem frischen Seil. Und auch die Winde lief reibungslos, als er die Quelle benutzte. Trotzdem untersuchte er das Wasser vorher, roch daran, besah es sich im Sonnenlicht und nahm vorsichtig einen Schluck.

Es schmeckte weder vermodert noch abgestanden und so füllte er schlussendlich die Wasserschläuche.

Kaum hob er den Blick und schirmte die Augen gegen die Helligkeit ab, bemerkte er die Menschen, die ein Stück entfernt auf den Feldern arbeiteten. Einige Frauen trugen gerade Körbe zurück zu den kleinen Hütten in der Nähe, während andere zusammen mit mehreren Männern gerade die Sensen anhoben, um die Ernte weiter einzuholen.

Eine kleine Weile beobachtete er dieses Schauspiel. Sein Vater war selbst auf den Feldern tätig und früher hatte Yron ihm geholfen. Zunächst nur, indem er mit seiner Mutter am Nachmittag etwas zu Essen für die Männer vorbeigebracht hatte. Dann, als er etwas älter gewesen war, hatte er das Korn eingeholt und zu Bündeln gebunden, um diese auf dem Karren zu verstauen.

Ganz zum Schluss war auch er mit der Sense übers Feld gelaufen.

Es war nicht mehr als eine Ahnung, die ihn beschlich, und mehr aus Reflex denn allem anderen zog er den Dolch. Seine wachsamen Augen musterten die stillen Büsche. Er versuchte, etwas zu erkennen. Da es ihm jedoch unmöglich war, ließ er nach einigen Herzschlägen die Waffe sinken. Er verfluchte sich, als in genau jenem Moment das Blätterwerk um ihn herum in Bewegung geriet.

Ein Junge trat hervor und schien den Mann erst spät zu bemerken. Stocksteif blieb er stehen, die Augen riesig vor Angst, sobald er die gezückte Klinge ausmachte.

Yron ließ den Dolch ein Stückchen sinken, ehe er ihn behutsam wegsteckte, darauf achtend, dass er sich langsam bewegte.

Der Junge hatte Glück gehabt, dass Yron sich selbst in seiner Paranoia auf sein Bauchgefühl verließ und somit die Waffe aus dem direkten Anschlag genommen hatte. Seine Nerven waren zu angespannt. Er hatte ein Kind in Gefahr gebracht und allein das war eigentlich unverzeihlich.

Auch wenn die Hexe nicht wissen konnte, wo sie waren, hatte er Angst, dass sie eine Fähigkeit offenbarte, von der sie nichts ahnten. Dass sie es herausfand und ihre Schergen schickte.

Er rieb sich über das müde Gesicht und machte eine scheuchende Handbewegung. „Geh nach Hause, Kleiner", meinte er, „und schleiche dich nicht mehr an. Manche Menschen haben für so etwas zu dünne Nerven."

Damit wandte er sich um und ging. Das Gewissen plagte ihn, aber er wollte auch so schnell wie möglich von hier verschwinden. Eigentlich sollte er in solchen Zeiten keine Waffe mehr in die Hand nehmen. Nur konnte er sich das nicht erlauben.

***

Fey stieß einen spitzen Schrei aus und wandte sich um. Ein Flammenmeer hatte sie eingeschlossen. Obwohl das Knistern und Knacken des Feuers tödlich klang, verbrannte es sie nicht, wenn es sie berührte. Es bedeutete keinen Tod, sondern Gefangenschaft.

Ein weiterer Schrei entrang sich ihrer wunden Kehle. Erstickt und schwach. Sie stolperte, noch ehe sie loslaufen konnte, und als sie an ihren Beinen entlang blickte, bemerkte sie die eisigen Ketten, die sich wie Schlangen darum geschlossen hatten.

Sie zogen sich immer enger und schnitten in ihre Haut, ließen das Blut in ihren Beinen erstarren.

„Nein …" So schrill ihr Schrei gewesen war, so kläglich klang nun ihr Ächzen. Ihr blieb nichts anderes übrig, als über den Boden zu krauchen wie eine Raupe. Weit kam sie damit nicht, doch ihre Panik ließ sie nicht aufgeben. Egal wie sehr sie es versuchte, ihr Körper regte sich kaum und verweilte dort, wo er gefangen gehalten wurde.

Dafür erloschen die Flammen und damit brach eine Finsternis über sie herein, die absoluter Schwärze gleichkam. Fey wimmerte und ihre Tränen gefroren auf ihren Wangen. Sie kannte diese Kälte. Sie kannte und sie fürchtete sie.

Panik erstickte sie und auch wenn sie durch die Dunkelheit keinen Fluchtweg ausmachen konnte, verbrauchte sie auch ihre letzte Kraft in der verzweifelten Hoffnung, sich von den Ketten befreien zu können, bis sie nach Ewigkeiten erschöpft zusammenbrach und die eisernen Fesseln ihre Gelegenheit nutzten und sich weiter um sie schlangen. Die Kälte ließ sie erstarren und fesselte sie mehr, als es das Eisen selbst tat. Sie konnte sich nicht mehr bewegen und so war das Einzige, das ihr blieb, erschöpft die Augen zu schließen.

„Fey!" Es war Yrons Stimme, die sie aus diesem Traum befreite. Sie riss die Augen auf und starrte den Mann an. Für wenige Herzschläge noch war sie verwirrt, aber dann entdeckte sie hinter seinem Kopf den weiten blauen Himmel, der noch von der Sonne strahlend erleuchtet wurde und sich weit in jede Richtung erstreckte. Nur wenige Wolken waren zu sehen.

Yrons graue Augen wirkten besorgt und verwundert zugleich und sie schüttelte leicht den Kopf. Einerseits aus ihrer eigenen Verwirrung heraus und zum anderen, weil der Traum sie so mitgenommen hatte.

„Alles gut", krächzte sie. Er setzte sie vorsichtig hin und begutachtete ihr Gesicht. Aber sie spürte neben einer gewissen Kälte in den Gliedern, die eventuell auch nur eingebildet war, vor allem Durst. „Haben wir etwas zu trinken?", fragte sie daher und er nickte, ehe er ihr einen Wasserschlauch reichte.

Während sie trank, schloss Fey verzückt die Lider. Erneut war da das Gefühl von Balsam in ihrem Hals und sie musste an sich halten, um das Gefäß nicht komplett zu leeren. Bevor sie eingeschlafen war, hatte sie mitbekommen, dass Yron extra für neues Wasser losgegangen war. Mit einem Seufzen gab sie ihm also den Schlauch wieder und gähnte herzhaft. Belebend war dieser Schlaf nicht gewesen. Eher wie eine ermüdende Erinnerung, die sich mit einer dunklen Vorstellungskraft gemischt hatte.

„Wo ist Jeremiah?", wechselte sie das Thema und sah sich um. Sie wollte nicht über den Traum reden und sich erneut daran erinnern.

„Er ist im Wald. Er braucht ... seine Ruhe", meinte Yron und grinste verschmitzt. „Kurz."

Fey sah ihn verwirrt an. Dann verstand sie. „Oh", machte sie und ihre Wangen liefen rot an. Sie sah zur Seite. Auf die Felder.

Die Sonne wärmte ihr Gesicht und ließ den Weizen in einiger Entfernung golden leuchten. Es war ziemlich still, nur der Wind und einige Tiere waren zu hören. Manchmal, wenn eine stärkere Brise aufkam, meinte sie, auch noch Stimmen flüstern zu hören, doch sie war sich nicht sicher, ob hier irgendwo Menschen unterwegs waren oder ob sie es sich nur einbildete. Denn die Toten, die im Wind wandelten, konnten es nicht sein. Sie zu verstehen oder auch nur zu hören, lag nicht in ihrer Begabung. Meistens war sie froh darum.

„Woran denkst du?", fragte der Mann neben ihr und kaute auf einem Stück Brot herum. Seine Augen wirkten wie immer klug und neugierig. Geradezu berechnend, als würde er jeden ihrer Schritte abschätzen wollen, und gerne hätte sie die Frage einfach zurückgegeben. Jeremiah war gesprächig. Schlau, doch seine Gefühle standen öfters in seinen Augen geschrieben. Yron dagegen war oftmals so undurchdringlich, dass sie sich einmal sogar gewünscht hatte, seine Gedanken hören zu können. Nur um ihn ein wenig mehr zu verstehen.

„Es ist friedlich", brachte Fey hervor und wandte das Gesicht von ihm ab. Ihre Finger strichen über den Stoff des Kleides, das sie von Zaida bekommen hatte. Ihr erstes Kleidungsstück, das mittlerweile schmutzig und zerrissen war. Dennoch weigerte sie sich, es zu wechseln. Kleidung zu wechseln, kam ihr so merkwürdig vor. Zu menschlich. Zu sehr gefangen.

Als sie trotzdem zu ihm sah, biss sie sich ungewollt auf die Unterlippe. „Ich habe es anders erwartet."

„Kriege? Aufstände? Brennende Felder und Flammenmeere?" Ungerührt biss er ein weiteres Mal ab.

Sie schüttelte den Kopf, entsetzt von der Vorstellung. „Nein", brachte sie hervor und stand unsicher auf. „Ich weiß nicht, was ich genau erwartet habe. Menschen haben schon immer gerne Krieg geführt. Und nun … Seit …" Sie sprach nicht weiter und setzte sich nach einer kleinen Pause wieder, klaubte einen schmalen Ast vom Boden auf und stocherte damit in der weichen Erde herum.

„Ich verstehe schon, was du meinst", nickte er. Nachdem er den nächsten Bissen gekaut hatte, seufzte er und warf den Kopf ein Stück zurück. „Ich kann manchmal auch nicht glauben, dass es so friedlich ist. Zumindest teilweise. In den Städten gibt es mehr Konflikte als auf dem Land. Aber so ist es eigentlich auch. Mag sein, dass es früher oft Krieg gab und dass es auch wieder welchen geben wird. Und auch, dass sich Menschen zu dieser Zeit an die Kehle gehen. Allerdings denke ich, dass die meisten einfach ihre Ruhe wollen. Sie wollen die Zeit mit den wichtigsten Leuten verbringen, weil keiner weiß, ob, wann oder wie einer von ihnen anfangen könnte, zu zerbrechen. Den Inneren Schrei zu hören."

Fey spürte, wie die Schuld sie überkam. „Ich habe mich eines schon damals gefragt, als ich noch keinen Körper hatte; wieso braucht ihr Menschen mich? Liebe, Wut, Trauer … Das alles könnt ihr nicht fühlen, ohne dass meine Schwestern da sind. Weil es dann auch nicht existiert. Aber ihr seid doch frei. Warum braucht ihr mich?" Sie warf ihm einen schuldbewussten Blick zu. Einen verzweifelten Blick. „Die meisten meiner Schwestern entstanden nach mir. Ich bin ihre Mutter und ihre Schwester gleichsam. Und doch habe ich nie verstanden, wieso ihr euch nicht eurer Freiheit erfreut. Ohne mich."

Er legte den Kopf schief und schien nachzudenken. Bevor er jedoch antwortete, hüstelte er. „Ich dachte, du hattest damals kein

Bewusstsein?"

„Nicht so wie jetzt." Sie seufzte. Sie konnte es selber nicht beschreiben, wie es war. Für sie war es einfach eine Pflicht gewesen. Ihre Existenz. Zu manchen hatte sie eine stärkere Bindung gehabt als zu anderen. Im Gegensatz zu vielen ihrer Schwestern hatte sie aber nie mit den Menschen kommuniziert. Liebe zum Beispiel hatte den Menschen eingeflüstert, was sie tun sollten. Manchmal war sie dabei umsichtig vorgegangen. Andere Male hatte sie von sich selbst geblendet reagiert. Dennoch war sie immer rein gewesen.

Fey hatte so etwas nie getan. Als Freiheit stand es ihr nicht, dem Großteil der Menschen etwas zuzumurmeln. Sie hatte ihnen nur das gute Gefühl im Herzen gegeben. War überall gleichzeitig gewesen, hatte sich durch die Herzen der Menschen gleichsam über die gesamte Welt gespannt und hatte den Menschen gelauscht. Es war kein Bewusstsein gewesen, wie es sich Menschen vorstellen konnten.

Sie hatte es sich nie um der Menschen willen gefragt. Sondern um zu verstehen, wieso die Götter sie damals erschaffen hatten.

„Menschen sehen gerne nicht das, was direkt vor ihrer Nase liegt. Sie können nicht die Freiheit verstehen, wenn sie sie nicht spüren." Yron klang verbittert, jedoch nicht sauer. „Und man kann es auch nicht mit bloßer Willenskraft überbrücken. Es fehlt in unseren Herzen etwas und diese Lücke wird immer bestehen. Immer schmerzen. Es ist regelrecht ein Reißen, ein immerwährendes Ziehen."

Sie versuchte, sich das vorzustellen. Lauschte in sich hinein und hörte nur widersprüchliche Gedanken. Ein regelrechtes Hallen in einem Teil ihres Geistes, das sie allerdings weder packen noch begreifen konnte.

„Ich verstehe nicht", murmelte sie frustriert.

Er zuckte mit den Schultern. „Du verstehst dieses Gefühl nicht und wir deine alte Existenz nicht. Man muss nicht alles verstehen." Dann brummte er. „Wo bleibt nur dieser Esel?" Er erhob sich und warf einen langen Blick auf Fey.

Diese fühlte sich gemustert. „Willst du ihn suchen?"

„Ja. Aber ich lasse dich nicht alleine hier und das ganze Gepäck sollten wir jetzt auch nicht zusammennehmen."

***

Er sorgte sich um seinen Freund. So lange würde Jeremiah niemals brauchen, um Waldgeschäfte abzuschließen. Ob er auf der Jagd war? Hatte er ein gutes Beutetier entdeckt und war ihm gefolgt in der Annahme, dass es eventuelle Sorge bei seinem Freund entschädigen würde?

Nervös trat er von einem Bein aufs andere. Der Wald war direkt vor ihm, der Weg, den er eben zum Brunnen genommen hatte, ein Stück entfernt. „Bleib genau da sitzen!", mahnte er und ging einige Schritte zwischen die Bäume. Es würde ihm vermutlich keine neuen Einsichten bringen, doch wenigstens saß er dann nicht unnütz herum oder ließ Fey alleine.

Immer wieder blickte er zu ihr hinüber. Sie versuchte, ihm zwar mit ihren Augen zu folgen, hockte jedoch noch genau dort, wo er sie verlassen hatte.

Braves Mädchen, dachte er und ging einige Meter weiter. Da vernahm er Schritte, leise auf dem Waldboden, doch für ihn zu hören, und direkt darauf tauchte Jeremiah zwischen den Bäumen auf. „Suchst du jemanden?", fragte er und lehnte sich gegen einen borkigen Stamm. Seine Augen wanderten an Yron vorbei und zu Fey, kurz darauf hob er grüßend die Hand, da sie ihn anscheinend entdeckt hatte.

„Ich suche dich, du Narr! Was tust du?"

Bevor Jeremiah eine Antwort gab, hob er sogleich abwehrend die Hand. Sein Blick bohrte sich in den Yrons, als er leise zu reden anfing. „Ich weiß, dass du nicht begeistert sein wirst, aber ich dachte, dass ihr beiden das Gespräch brauchen könntet." Seine Stimme wurde leiser, sodass Yron sich ein wenig vorbeugen musste, um alles zu verstehen. „Ich brauchte Ruhe für mich und ihr musstet euch unterhalten. Also habe ich nach Wurzeln und Beeren Ausschau gehalten. Die Suche war nur mäßig vom Erfolg gekrönt."

Kurz war Yron zu verblüfft, um eine Antwort darauf zu geben. Er massierte sich die Nasenwurzel, doch die Wut unterdrücken konnte er nicht ganz. Sein Körper bebte. „Ich habe mir Sorgen gemacht. Du hättest wenigstens …" Er brach ab, die Worte schwebten zwischen ihnen, ohne eine genaue Bedeutung zu bekommen.

„Was? Um Erlaubnis fragen sollen? Oder Bescheid geben? Ich war in der Nähe. Ich gebe zu, dass ich vielleicht nicht die beste Art zur Reaktion gewählt habe, aber es erschien mir wichtig und hätte ich mich an dich gewandt, dann wäre der Augenblick zerbrochen." Anscheinend war Jeremiah von sich selbst peinlich berührt, denn verlegen und trotzig verschränkte er die Arme vor der Brust. Dem Blick hielt er weiterhin stand. „Noch bist du nicht mein König."

Yron spannte die Muskeln an. „Ich werde auch nie dein König sein!"

„Du bist erwählt!"

„Das wurden viele andere vor mir auch und die Hexe vernichtete sie alle auf die eine oder andere Weise!" Er schnaubte. Selbst wenn sie dieses Miststück niederstrecken würden und er den Thron besteigen könnte, glaubte er nicht daran, jemals ein würdiger König zu sein. Ganz gleich, was irgendein magischer Dolch von ihm wollte.

„Wir haben etwas vollbracht, das sie nie geschafft haben", murrte sein bester Freund und nickte in die Richtung der jungen Dame in Yrons Rücken. Dann sah er ihm in die Augen. „Wir haben sie aus dem Brunnen geholt. Die Trumpfkarte der Hexe."

Seine Nerven waren aufgerieben und gegen einen Kampf hätte er in diesem Moment auch nichts gehabt. „Die Trumpfkarte, die uns zuweilen nichts bringt." Er raufte sich die Haare und kniff die Augen zu. „Verflucht!", stieß er halblaut aus. „Bist du so naiv wie ein junger Bub? Wir haben sie befreit. Jetzt lass uns Blumen streuend zum Sieg promenieren!"

Ein Schubsen von vorne zwang ihn einige Schritte zurück. Jeremiah schnaubte wie ein Stier, sodass seine mächtigen Schultern auf und ab ruckten. „Unterlass deinen Sarkasmus!", spie er fauchend aus und tippte seinen Finger gegen Yrons Schlüsselbein. „Glaubst du, die Welt noch schwärzer zu malen, als sie ohnehin ist, wird uns einen Schritt weiterbringen?"

„Und du glaubst, es wird besser, wenn wir naiv und dumm alles positiv sehen?"

Jeremiah schüttelte den Kopf. „Davon spreche ich doch gar nicht. Aber wenn wir alles nur als bereits entschieden erachten, wie sollen wir um den Willen der Götter nochmal weitermachen? Wozu sollten wir etwas ändern wollen, wenn wir es in deinen Augen doch ohnehin nicht können? Es gibt einen Grund dafür, dass wir sie befreien konnten. Das ist kein Zufall, davon bin ich überzeugt. Wir haben eine Chance. Wenn wir diese jetzt nicht ergreifen wollen, dann können wir Fey auch eine Schleife um den Hals binden und vor dem Schloss absetzen. Uns gleich am besten noch als willenlose Dreingabe oben drauf!"

„Was sollen wir denn deiner Meinung nach machen? Wir haben keinen Anhaltspunkt und selbst wenn sie uns jetzt noch nicht auf den Fersen ist, wird sie es bald sein. Sie braucht nur die kleinste Spur. Wer weiß schon, wen sie kennt. Wer die Möglichkeit hat, uns trotz allem ausfindig zu machen. Oder sie fragt nach mir herum. Das Dorf hat versucht, mich zu verheimlichen, ja. Das heißt jedoch nicht, dass nie eine Information über mich durchgesickert sein könnte." Und wenn es nun eine schlechte Idee war, ins Dorf zurückzukehren? Nur blieb ihnen ohne Geld keine andere Wahl. Sie mussten sich sammeln und sie mussten herausfinden, was mit Feys Worten gemeint war.

„Niemand durfte über dein Schicksal sprechen!"

„Und wenn es doch jemand getan hat? Dieses Miststück hat nicht so lange überlebt, nicht so lange ihre harsche Hand über das Land gehalten, weil sie dumm ist. Sie braucht nur ein Sandkorn und schon wird sie eine Lawine auslösen, die uns alle begraben wird!" Beinahe hätte er dem kurzen Impuls, die Faust wütend gegen den borkigen Baum zu schlagen, nachgegeben. Aber bis auf Schmerzen und vermutlich eine gebrochene Hand hätte es ihm nichts gebracht.

„Dann mache ich es alleine", knurrte Jeremiah und wollte sich an ihm vorbeidrücken. „Wenn du aufgeben willst, bevor du es versucht hast, dann bitte." Als er noch einen weiteren Blick auf den Älteren warf, konnte dieser sich nicht mehr beherrschen. Er stürzte vor und brachte den Brünetten zu Fall. Sie wälzten sich über den Boden, ehe Yron über ihm hockend seinen Freund am Kragen packen konnte. „Verurteile mich nicht immer!"

„Das mache ich nicht. Du bist derjenige, der sich selbst verurteilt. ,Ich kann nicht mit Leuten umgehen'. Oder ,Ich bin kein Anführer'. Der Dolch erwählte dich nicht ohne Grund. Ja, es ist nicht schön, zu erfahren, dass das Schicksal einen Weg für dich eingeschlagen hat. Dass du nicht einmal eine Hoffnung darauf haben kannst, dass dein Schicksal anders aussieht und du deinen Weg gehen kannst. Aber es ist auch kein Todesurteil. Du bist das Banner für diese Leute. Der Hoffnungsschimmer. Glaubst du nicht, dass deine Mutter das nicht gewollt hätte?"

„Sprich nicht einfach über meine Mutter!", zischte er zornig. Seine Muskeln bebten.

„Du musst dich diesem Schmerz endlich stellen!" Jeremiah erhob sich ein Stück und starrte genau in seine Augen. „Ich will mir nicht ausmalen, wie es ist, die eigene Mutter zu verlieren. Gerade in solch jungen Jahren. Ihr Tod hat mich auch nicht kalt gelassen, falls du das glaubst. Immerhin war sie wie eine zweite Mutter für mich. Und du bist nicht der Einzige, der eine geliebte Person verloren hat. Fiora war nie meine Frau, dafür waren wir zu jung. Ich habe sie geliebt, Yron! Ich habe sie so geliebt. Und ich habe jeden Tag mit ihr verbracht, auch als ich wusste, dass es auf das Ende zuging. Ich wollte es nur schön für sie machen. Nicht daran denken. Und hatte jeden Tag die Hoffnung im Herzen …" Der Jüngere sackte zurück und seine Augen füllten sich unweigerlich mit Tränen. Das zuzugeben, musste ihm schwerfallen und alte Wunden aufreißen.

Es trieb auch Yron die Tränen in die Augen. Fiora war ein stilles Mädchen gewesen, er erinnerte sich noch grob an sie. War Jeremiah sein bester Freund und Fiora dessen große Liebe, so wenig hatte er doch mit ihr zu tun gehabt. Sie waren wortwörtlich im Stillen übereingekommen, dass sie sich mögen konnten, ohne sich zu kennen. Sie sprach ungern, er sprach ungern.

Zu ihrer Beerdigung war er auch nur gegangen, um seinem Freund die Schultern zu drücken, der starr wie eine Statue auf das Feuer geblickt hatte, das den verrenkten Körper seiner Geliebten dem Wind übergab.

Er wollte sich entschuldigen, sich für sein erbärmliches Verhalten erklären, doch ehe Yron etwas machen konnte, stand Fey wie aus dem Nichts bei ihnen. „Bitte nicht", brachte sie hervor. „Bitte streitet nicht."

Kapitel 8

Nachdem Fey ihn und Jeremiah voneinander getrennt hatte, hatte sich die Stimmung weiter angespannt.

Yron wollte sich entschuldigen. Er hasste diesen Wesenszug selbst an sich. Dass er seine Mutter vorschob, als würde sie ihn nach all diesen Jahren noch immer beschützen und hätte ihn nicht damals im Stich gelassen. Dabei hatten auch andere Menschen darunter zu leiden. Nicht nur er.

Es war ihm unmöglich, die richtigen Worte zu finden. Er wollte sich nicht einfach nur geradeheraus entschuldigen. Nicht jetzt, da sie gerade nicht miteinander sprachen. Jeremiah sollte erkennen, wie ernst es ihm damit war, und nicht denken, dass er sich nur entschuldigte, damit das Schweigen ein Ende haben würde.

Sein Kopf schien wie blockiert zu sein. Immer wieder drehten sich all seine Gedanken, fanden keine Mitte, wiederholten sich. Allmählich bekam er Kopfschmerzen von diesem Auf und Ab und innerlich musste er zugeben, dass Jeremiah recht hatte. Wenn man bereits alles im Voraus schwarz sah und ohne Hoffnung versuchte, eine Lösung zu finden, erschien jedes noch so kleine Problem gewaltig.

Er fand keine Worte, um sich zu entschuldigen, weil ein kleiner Teil von ihm in sein Ohr murmelte, dass Fey und diese Lösung wichtiger seien. Doch er fand auch dort keinen Weg, um weiter zu kommen, da eine andere Stimme in seinem Kopf ihn andauernd an Jeremiah erinnerte. Sein Freund war wichtig. Sehr wichtig.

Aber Fey ist es eben auch! Zunächst mussten sie herausfinden, was Fey mit diesem ‚hoch oben' gemeint hatte. Die Frage war nur, wo dieses Wissen sich verbergen konnte. Wenn es denn überhaupt niedergeschrieben worden war. Oder jemand davon wusste. Sollte dies nicht der Fall sein, sah er seine gesamten schwächlichen

Hoffnungen schwinden.

Yron schüttelte den Kopf und zog seinen Dolch aus der Scheide. Im Licht des Feuers glänzte die Schneide matt. Fast wie ein Versprechen. Sie sprach von alten Zeiten, von allen Königen und Königinnen, die er erwählt hatte. Wie viele Hände hatten den Griff bereits umschlossen? Damit gekämpft?

Er erhob sich aus seiner sitzenden Position, in der Hoffnung, durch einen Spaziergang und Abstand zu den beiden anderen seinen Kopf wieder ein wenig freier zu bekommen. Er brauchte Zeit zum Nachdenken. Ein wenig Stille. Yron atmete erleichtert aus, als er innerhalb der Hörweite zwischen den Bäumen verschwinden konnte.

Mit einer lockeren Handbewegung schmiss er den Dolch auf den Boden, wie er es schon als Bursche gemacht hatte, sodass die Klinge sich zitternd in den weichen Erdboden grub. Aber fast direkt war der Dolch wieder bei ihm, ohne, dass er ihn zurückrufen musste. Er knirschte mit den Zähnen, hatte aber etwas anderes nicht erwartet. Als er gerade ausgewählt worden war, hatte er mehrfach versucht, den Dolch auf die unterschiedlichsten Arten zu entsorgen und jedes Mal war er ohne Rückruf direkt wieder in seiner Hand gelandet. Wie immer wenn der Dolch die Unruhe seines Besitzers spürte und Yron sich gegen den Ruf nicht wehren konnte. In seinen Augen war es schon genug, dass der Dolch stetig in einer Scheide an seiner Hüfte hing.

Einige Meter weiter setzte er sich wieder auf den Boden. Die Beine im Schneidersitz, betrachtete er den Dolch auf seinem Oberschenkel. Manchmal wünschte er sich, die Waffe könnte mit ihm reden. Ihm erklären, was genau sie in ihm als König sah.

Yrons Augen legten sich auf das dunkle Firmament. Stumm bewegten sich seine Lippen, als er die Götter fragte, ob sie ihm eine Antwort geben konnten. Wenigstens eine Einzige auf all seine Fragen. Aber natürlich geschah nichts.

Wie immer schwiegen sie und zeigten nichts von ihrer Existenz, sodass er sich einmal mehr wunderte, ob es sie nicht interessierte oder ob sie einfach nicht da waren. Vielleicht hatte es sie nie gegeben. Oder sie waren schon längst verstorben.

Wer konnte es einem schon sagen?

Es konnte auch einfach eine Antwort auf diese eine Frage sein.

Sie schwiegen ihn an und offenbarten nichts.

Als er das Brennen in seinen Augen spürte, lehnte er den Kopf gegen den Baum hinter sich und starrte zum Himmel empor. Ganz langsam versuchte er, zu atmen, sich unter Kontrolle zu bringen, den Dolch griffbereit neben sich. Seit dem Tod seiner Mutter hatte er nicht mehr richtig geweint und nun, vor sich selbst bockig, machte es ihn neben allem anderen noch wütender, dass es so weit gekommen war. Yron schloss die Augen und konzentrierte sich auf seine Atmung. Auf jede noch so kleine Bewegung, die dabei durch seinen Körper ging. Auf das leise Geräusch der Luft, die seinen Mund wieder verließ, auf das kühle Gefühl in der Nase beim Einatmen. Er konzentrierte sich auf die Geräusche um ihn herum. Auf die Gerüche.

Aber nicht auf seine wirren und niederschmetternden Gedanken, die mit aller Macht versuchten, immer wieder in seinen Kopf einzudringen.

**

Fey war unruhig. Sie hatte die beiden streiten sehen, aber den Grund nicht ganz mitbekommen. Es nagte an ihr, dass sie nicht mehr miteinander sprachen und dass Yron mittlerweile ihre Gruppe verlassen hatte. Alle paar Herzschläge sah sie in die Richtung, in die er verschwunden war, und war jedes Mal kurz davor, einfach aufzuspringen und ihm nachzulaufen, doch bisher hatte sie sich immer noch gezügelt.

„Er braucht Zeit für sich", murmelte Jeremiah und kontrollierte das Essen. Er kniete mit dem Rücken zu ihr. Sie wusste nicht, ob das am Essen lag oder ob es ihm leichter fiel, so mit ihr zu sprechen. „Er war schon früher ein Sturkopf und ein Einzelgänger. Der kommt auch bald wieder."

Sie schüttelte den Kopf, auch wenn er es natürlich nicht sah. „Ich finde das unverständlich", drückte Fey vorsichtig aus. „Wieso habt ihr euch gestritten?"

Zunächst antwortete ihr nur ein schweres Seufzen und gerade, als sie schon annahm, dass der Brünette dazu nichts mehr erklären würde, wandte er sich um. Seine Lider waren ein Stückchen gesenkt. Er wirkte müde und abgekämpft. „Weil wir beide dumme Sturköpfe sind", offenbarte er, stand auf und klopfte sich die Hände an der Hose ab. „Yron hat nie den Tod seiner Mutter verarbeitet. Ich denke, er gibt sich selbst die Schuld daran und deswegen möchte er nicht die Verantwortung des Dolches übernehmen."

Nochmals blickte Fey kurz in die Richtung, in die der Schwarzhaarige gegangen war. „Aber der Dolch erwählte ihn. Also muss er die dafür notwendigen Gaben im Herzen tragen." Sie konnte sich nicht recht vorstellen, dass Yron ein Mann war, der allem den Rücken zukehrte und lieber alles außer Kontrolle geraten ließ.

„Die hat er auch. Er übernimmt Verantwortung. Manchmal mehr, als ihm guttut. Es ist eher die eigene Ansicht, die er über sich hat."

„Und wie kann er schuld sein, dass seine Mutter zerbrach?"

„Es ist eher die Tatsache, dass sie sich auf dem Dachboden erhangen hat, während er unten im Haus war. Er bemerkte es nicht."

Stille. Jeremiah wirkte gequält und massierte sich den Nacken, während Fey entsetzt war. Das war bei Weitem mehr, als sie erwartet hatte. Eine Schuldzuweisung am Tod seiner Mutter hatte sie eher einfach durch seine Art erwartet, doch die Vorstellung, dass er als Kind unten im Haus gewesen war, während sie sich oben das Leben nahm …

Sie erzitterte und bemerkte eine Übelkeit in ihrem Magen

aufkeimen, die sie zum Aufstehen zwang. „Das ist so grausam", schluchzte sie und hielt sich geschockt den Mund mit beiden Händen zu.

Wieder sah sie in die Richtung, in die Yron verschwunden war, und ging einfach los. Und Jeremiah hielt sie auch nicht auf.

Fey war es unmöglich, sich vorzustellen, wie es war, eine Mutter zu haben, und schon gar nicht, wie es sich anfühlte, diese zu verlieren. Aber sie spürte eindeutig die Grausamkeit daran und das brach ihr fast das Herz.

Weit musste sie nicht gehen, bis sie seine Gestalt schwach vor sich wahrnehmen konnte. Seine Augen würden die Umgebung besser erkennen als ihre, dennoch reichte das schwache Licht des roten Mondes, um ihn auszumachen. Er wirkte merkwürdig entspannt und das ließ ihre Schritte stocken. Ihr lag es fern, ihn zu stören, sollte er gerade eine Art Frieden finden.

Er jedoch wandte ihr fast direkt den Kopf zu und blinzelte einige Male. Bildete sie es sich ein oder sah sie eine leichte, glänzende Spur auf der ihr zugewandten Wange? Unsicher machte sie einen Schritt näher.

„Du bist laut", kommentierte er und drehte den Kopf wieder in die alte Position. „Du musst lernen, leise zu sein. Wer weiß, wie weit unser Weg uns führen wird. Bis dahin musst du wenigstens so manche Grundkenntnis haben. Du darfst nicht jedes Mal auffallen, wenn du irgendwo lang läufst."

„Was meinst du?", hakte sie nach und ging näher. Allmählich umrundete sie ihn und bildete sich ein, wirklich Tränenspuren auf seinen Wangen zu sehen. Ohne dazu etwas zu sagen, setzte sie sich ihm gegenüber auf die weiche Erde. Dabei unterbrach sie nicht ein Mal den Kontakt zu seinen Augen.

„Alles, Fey. Bevor wir beim Dorf ankommen, musst du die wichtigsten Dinge lernen. Und davor wirst du ein anderes Kleid anziehen müssen." Ehe sie etwas sagen konnte, hob er gleich die Hand. „Ich weiß, es behagt dir nicht wirklich, aber du musst dich damit abfinden, dass es nötig sein wird. Und dass du zurzeit als Mensch wirst durchgehen müssen. Ich habe nicht den blassesten Schimmer, wo wir eine Suche nach Informationen beginnen könnten, und selbst wenn, würde es wohl eine Weile dauern. So lange wie möglich *musst* du dich also als Mensch tarnen."

Ihr aufkeimender Protest erstarb und sie nickte verstehend, die Beine eng an den Leib gezogen. Es war ihr tatsächlich nicht geheuer, sich als Mensch auszugeben. Doch sie sah auch ein, dass es die bessere Alternative war.

„Was soll ich lernen?"

Er schüttelte langsam und nachdenklich den Kopf. „Bis wir im Dorf sind, haben wir nicht mehr so viel Zeit. Ich will auch nicht länger als nötig hier verweilen. Du wirst lernen müssen, wie ein Mensch zu gehen. Wie ein Mensch zu essen. Und die Umgangstöne. Wenigstens angerissen. Im Dorf haben wir vermutlich mehr Zeit." Yron stand auf und streckte sich, sodass seine Wirbelsäule leicht knackte. „Und wichtig ist, dass du deine Fragen versteckst, bis wir privat sind. Erst dann, verstanden?"

Sie nickte ein weiteres Mal. „Und wenn ich in die Bredouille gerate?"

„Sei einfach ein schweigsames Mädchen. Nicht auffällig schweigsam, einfach nur nicht geschwätzig und auch nicht schüchtern." Seine Stiefelspitze grub unterbewusst ein wenig Erde um und er stützte die Arme in die Seite. „Wir werden versuchen, in deiner Nähe zu sein. Aber ich will dir keine Illusionen machen; Menschen sind neugierig, gerade wenn sie in einem kleinen Ort zusammenleben und man sein Leben mit ihnen verbracht hat. Ihre Fragen können jeder Zeit auf dich hereinbrechen und unnachgiebig an deiner Vergangenheit nagen. Du musst dennoch die Fassung wahren."

Ein drittes Mal nickte sie, doch als er gehen wollte, hielt sie ihn mit ihrer Stimme zurück: „Wirst du dich mit Jeremiah vertragen?"

Der Angesprochene blickte sie lange an, dann in die Richtung, in der sein Freund saß und das Lagerfeuer zu sehen war. „Ja", war die schlichte Antwort. „Aber ich werde in aller Ruhe mit ihm reden."

Fey entschied, dass das gut klang, und stand auf, um ihm zu folgen. Bereits nach wenigen Schritten hielt er sie zurück und schüttelte den Kopf. „Achte auf deine Schritte, sei leise. Wer weiß, wann es dich einmal retten wird."

Neugierig beobachtete sie, wie er leise einen Fuß auf den Erdboden setzte, darauf achtete, wohin er treten konnte. „Und Fey?", sprach er sie an. Kaum sah sie auf, fuhr er fort: „Betrachte dich ab jetzt selbst als Mensch. Das macht es leichter. Du bist nicht mehr länger die Freiheit." Damit ging er an ihr vorbei zum Lagerfeuer.

Einen Herzschlag lang konnte sie ihm nur nachstarren.

***

Jeremiah sah seinen beiden Gefährten bereits entgegen, konzentrierte seine Aufmerksamkeit jedoch hauptsächlich auf Fey. Zum einen, weil er Yron nicht direkt ansehen wollte, und zum anderen, weil das Mädchen bleich aussah und sich auf die Unterlippe biss. Nahe des Waldrandes blieb sie stehen, die Arme um sich selbst geschlungen.

Unweigerlich fragte er sich, was zwischen den beiden für Worte gefallen sein mochten, aber als Yron auf ihn zukam, erhob er sich und sah in dessen graue Augen auf. Sie wirkten ausdruckslos. Jeremiah hatte diesen Anblick bereits das ein oder andere Mal gesehen. „Können wir reden?", fragte der Ältere. Seine Arme hingen entspannt an seinen Seiten hinab. Kein Anzeichen dafür, dass er sie wie so oft in einer solchen Situation verschränken wollte. Dass er Yrons zuweilen anstrengenden Charakter nachvollziehen konnte, hieß nicht, dass er sich alles gefallen lassen wollte, und er forderte mit seinen Blicken eine Entschuldigung, die nach einigem Zögern kam.

„Es tut mir leid", brachte Yron hervor und sah ihm dabei in die

Augen, ehe er das Gesicht wieder abwandte.

Jeremiah lockerte seine verkrampfte Haltung ein Stück. „Es ist gut", murmelte er. „Du sagtest dumme Dinge. Und ich war auch nicht schlauer. Verzeih." Sie nickten sich zu und schwiegen einige Herzschläge lang. „Was hast du mit Fey besprochen? Sie wirkt nicht gerade glücklich." Eine reine Untertreibung. Ihr Streit allerdings war noch so frisch, dass Jeremiah nicht gleich den neuen Frieden zum Knacken bringen wollte.

„Ich habe ihr gesagt, dass sie ab nun ein Mensch sei."

Jeremiah meinte, sich verhört zu haben. Bis er den Ernst im Gesicht seines Freundes bemerkte. Unweigerlich spähte er zu Fey hinüber, die sich von ihnen abgewandt hatte. Im Dunkel sah ihre Gestalt noch kleiner aus. Noch zerbrechlicher. Wie grausam, nach all der Zeit in Gefangenschaft verleugnen zu müssen, wer und was man war. Vor allem, wenn man Menschen nicht verstand. „Hast du dir das gut überlegt?"

Yron hob die Hände. „Sie darf nicht auffallen. Wir wissen nicht, wie viel Zeit wir haben, ehe etwas schief geht. Oder bis wir geschnappt werden. Vielleicht bringen wir das hier auch zu einem Abschluss. Es steht in den Sternen. Eines steht fest; je länger wir sie als bloße Frau ausgeben können, umso größer sind unsere Chancen. Wir werden sie ein wenig unterrichten. Genug, damit sie sich im Dorf einigermaßen zurechtfindet, für mehr reicht die Zeit nicht mehr. Dort können wir das Ganze ein wenig mehr vertiefen."

„Dem stimme ich auch zu, ich bin mir nur unsicher, wie schlau es ist, ihr ihre Existenz zu nehmen. Vor allem auf eine so harsche Weise. Vielleicht kann sie dann irgendwann nicht mehr an sich halten. Oder …" Er wusste es auch nicht. Ihm war klar, dass Yron recht hatte. Und vermutlich war es nur allzu leicht, Entscheidungen zu kritisieren, wenn man sie selber weder zu fällen noch zu tragen hatte.

Plötzlich durchbohrte Yron ihn mit einem harten Blick. „Du wolltest von mir Verantwortungsbewusstsein. Du wolltest von mir

Entscheidungen und hier sind sie. Ich weiß, dass es ein harter Schlag ist, seine Existenz zu verleugnen, noch dazu vor sich selbst. Wenn sie es nicht macht, wird sie bald nichts mehr zum Verleugnen haben!" Er wandte sich ab und ging ohne ein weiteres Wort zum Feuer.

Jeremiah dagegen folgte ihm verblüfft. Das war das erste Mal, dass er bei seinem besten Freund einen Blick gesehen hatte, der eines Königs wahrhaft würdig gewesen wäre. Als er Yrons Rücken betrachtete, wusste er es nicht sicher zu sagen, aber er hatte das Gefühl, dass der Ältere größer wirkte. Nicht vom Körper her, sondern seine Ausstrahlung.

**

Die Sonne brannte außergewöhnlich stark für den Herbst auf sie hinab, als sie zwei Tage später den Wald bereits weit hinter sich gelassen hatten und Jeremiah vorsichtig das Wort an ihn richtete, um ihn auf Feys Erschöpfung aufmerksam zu machen. Auch wenn Yron gerne weiter gegangen wäre, denn dann hätten sie gegen Abend vielleicht schon das Dorf in Sicht, musste er auf ihre Ausdauer Acht geben. Also nickte er nur und ließ sie alle ein wenig abseits vom Weg eine Pause einlegen.

Es schien, als würde Feys Hintern gerade einmal die hohen Grashalme berühren, da streckte sie mit einem Seufzer die Beine von sich, lehnte sich an Jeremiah und kaum, dass sie die schweren Lider geschlossen hatte, sank sie in einen tiefen Schlaf.

Ihr Gesicht, bleich vor Erschöpfung, entspannte sich. Yron musterte sie einen Augenblick lang, froh darum, dass sie ihr bereits gestern das Gepäck abgenommen hatten. Mochte es noch durch die Sprünge sein oder durch die mangelnde Gewohnheit, mit einem Körper solche Strecken zurückzulegen, Fey brauchte Ruhe. Dringend. Ihre Schritte waren nur noch schleppend und neben ihrem

Unterricht sprach sie so gut wie gar nicht mehr.

„Schlaf ruhig auch", meinte Yron und zupfte an ein paar Grashalmen herum. „Ich halte Wache und werde euch in ein paar Stunden wecken. Dann schaffen wir vielleicht noch ein wenig mehr, bevor wir ein Nachtlager aufschlagen müssen."

Die grünen Augen musterten ihn. „Bist du nicht müde?"

„Nein", wich er aus. Die Wahrheit war, auch seine Lider waren schwer. Doch er hatte mehr Ausdauer als sein Freund. Sein Körper war einfach zäher, dank des Dolches.

„Schön", lenkte Jeremiah ein, vermutlich um einer weiteren Diskussion auszuweichen. Davon hatte es in den letzten Tagen mehrere gegeben. „Aber beim nächsten Mal werde ich die Wache übernehmen." Damit legte er sich ausgestreckt ins hohe Gras, keinen Widerspruch mehr zulassend.

Yron war es recht. Auch er wollte seine Sinne bei sich behalten. Um sie ein wenig unauffälliger zu machen, ließ er seine große Gestalt zwischen den Halmen verschwinden. Die Arme hinter dem Kopf verschränkt lag er da und starrte in den Himmel empor.

Fey murmelte leise im Schlaf, während Yron sich bei seinem Freund nicht einmal sicher war, ob dieser nicht nur so tat, als würde er ruhen. Es konnte auch gut sein, dass Jeremiah hoffte, dass sein Freund einschlief, um dann selber die Wache zu übernehmen. Beide wussten, dass das nicht passieren würde.

Von Zeit zu Zeit steckte sich Yron einen Grashalm zwischen die Lippen und hing irgendwelchen Tagträumen nach, ohne allzu viel nachdenken zu wollen. Obwohl er es genoss, mit seinen Gedanken alleine sein zu können, war er froh, als er endlich ohne schlechtes Gewissen entscheiden konnte, die anderen zu wecken. Die Sonne hatte sich seiner Meinung nach bereits genug weiterbewegt, seit die beiden in ihre Traumwelten geglitten waren.

Jeremiah ließ sich schnell wecken, bei Fey dauerte es etwas länger, doch auch sie stand schlussendlich müde, doch bereit zwischen ihnen und trottete dann los.

Um ihr ein wenig mehr Kraft zu schenken, pfiff Yron nach einer Weile die leise Melodie eines Wanderliedes und bald darauf stimmte der Brünette mit ein.

„Wie weit ist es denn noch?", meldete sich Fey das erste Mal seit Stunden nuschelnd zu Wort.

„Nicht mehr weit", versicherte der Anführer der kleinen Gruppe. „Hätten wir keine Pause gemacht, hätten wir kurz nach Einbruch der Dunkelheit dort sein können." Er schenkte ihr ein aufmunterndes Lächeln. „Um diese Zeit morgen wirst du ein Bett und ein Bad zur Verfügung haben, wann immer du willst."

Da hellte sich ihre Miene wenigstens etwas auf. Einzig der Gedanke, dass sie bis dahin noch wandern musste, schien die Freude zu trüben.

Immerhin unterhielt sie sich nun wieder mit ihnen, während sie weitergingen, und einige Zeit später trafen sie auf dem Weg auf einen Karren.

Yron lächelte. „Felix!", rief er laut und brachte die anderen damit zum Zusammenzucken. Vielleicht hatten sie noch nicht erkennen können, wer dort auf dem Bock saß und die Leinen in der Hand hielt, doch Yron hatte seinen alten Freund gleich ausgemacht.

Dieser drehte sich nun überrascht um und hielt das Pferd an, sodass das Fahrzeug zum Stehen kam.

Die anderen näherten sich ihm und als sie dicht genug herangekommen waren und Felix sie richtig erkennen konnte, glitt ein breites Grinsen auf dessen Züge. Er sprang vom Kutschbock hinab und umarmte seine beiden Freunde.

„Yron!" Er drehte sich ein Stück. „Jeremiah!"

„Man, es tut gut, dich zu sehen", grinste Jeremiah und schlug seinem Freund auf die Schulter. Dieser lachte, sodass seine braunen Augen funkelten. „Mit euch hätte ich nie im Leben gerechnet. Ich dachte schon, ihr kämt nie aus der Stadt zurück! Und dann auch noch mit Besuch!" Sobald er Fey musterte, strich er sich räuspernd über die wuschigen, braunen Haare und lächelte freundlich. Höflich griff er nach ihrer Hand, neigte sich nach vorne und gab ihr einen Handkuss.

Eines musste man der Frau lassen; ihre Unsicherheit hatte sie so schnell beiseite gekämpft, dass Felix es nicht mehr wahrnehmen konnte, sobald er sich erhob.

Stattdessen machte Fey einen leichten Knicks. „Sehr erfreut", brachte sie hervor. „Wie heißt du?" Yron nahm an, dass sie die Freundschaft zwischen ihnen erkannt hatte, wenn sie Felix per Du ansprach.

Und dieser nahm es ohne ein Wort hin, lächelte bezaubernd und tippte sich an einen nicht vorhandenen Hut, ehe er sich an sie gewandt vorstellte. „Felix. Und du?"

„Fey", schmunzelte sie.

„Oh, die Fee?" Er sah Yron an. „Welch Zufall, du findest ein Mädchen mit dem Namen der Fee. Erzählte deine Mutter nicht gerne diese Geschichte?"

Yron biss die Zähne zusammen. „Du wirst es nicht glauben, doch in der Hauptstadt ist Fey nicht so selten", wich er aus und nickte dann als Themenwechsel auf den Karren. „Bist du auf dem Weg nach Hause?"

„Jap", gab Felix flapsig von sich. Er war schon immer eine treue Seele gewesen. Manchmal hatten seine Eltern ihn mit einem Hund verglichen und wo andere sich empört hätten, war Felix auch noch stolz auf diese Eigenart.

„Nimmst du uns mit? Feys Beine sind erschöpft. Ich fürchtete schon, erneut ein Nachtlager aufschlagen zu müssen."

„Ihr beide könnt doch laufen, ist ja nicht mehr weit. Aber die werte Dame nehme ich sogar vorne mit auf den Kutschbock. Besser als hinten auf dem ollen Stroh."

Teil II

Das Dorf

Kapitel 9

Fey mochte das Geruckel des Wagens, auf dem sie saß. Sie wusste nicht wieso, doch beruhigte es sie, dass die Räder jedem Loch nachgaben und das alte Tier trotzdem seelenruhig seiner Aufgabe nachkam. Es sah nicht einmal wirklich angestrengt aus.

Als Felix ihren Blick bemerkte, kicherte er und strich sanft mit dem Ende der Peitsche über die Hinterhand des Pferdes. Es schnaubte und schüttelte die Ohren, sodass das alte Leder knarzte.

„Keine Sorge, die alte Frida hier wird immer gut versorgt. Die mag ihre Arbeit."

Die Frau sah sich das braune Fell genauer an. Es glänzte, war dicht und wies keine Krusten auf. Auch die Flanken erschienen ihr weder zu dünn noch zu dick. „Wie kann ein Pferd seine Arbeit mögen?", wollte sie daher wissen.

Er grinste sie an. „Da sie schon alt ist, haben wir sie eher im Stall stehen gehabt, als Beistellpferd für die Jüngeren. Und für kleine Aufgaben. Doch ab da fing sie auf einmal an, immer auszubrechen, sich am Zaun zu scheuern, bis die Balken schon ganz rau waren und ihr Fell kaputt. Also haben wir sie wieder für die Strecken in die Stadt vor den leichten Wagen gespannt und auf einmal hörte der Unsinn auf. Früher war sie immer lammfromm. Nun ist sie es wieder."

Sie dachte darüber nach und musterte dabei die Ohren des Pferdes intensiv. Es war nicht so, als wäre sie eine Expertin für diese Tiere. Dennoch spürte sie, dass Felix nicht log. Frida war glücklich und das freute sie.

Als sie kurz nach hinten sah, bemerkte sie Yron und Jeremiah. Beide hatten sich auf dem Stroh ausgestreckt und schliefen, die Arme hinter den Köpfen verschränkt. Fey lächelte und hatte auf einmal den merkwürdigen Wunsch, ihnen eine Decke überzuwerfen.

Felix neben ihr wandte ebenfalls den Kopf und als ein weiteres Lachen über seine Lippen drang und seine wuscheligen Haare im Wind spielten, konnte Fey ihn trotz allem nicht als Mann sehen. In ihren Augen wirkte er wie ein zu groß geratener Junge und genau das gefiel ihr. „Die beiden haben wohl eine ziemliche Anstrengung hinter sich, mh?"

Fey nickte. Felix mochte ihr sympathisch sein, doch nun, da ihr bewusst wurde, dass die anderen beiden schliefen, fühlte sie sich unwohl und allein gelassen. Nervös rieb sie sich die blanken Arme, als fröstelte es sie. Dabei verfingen ihre Finger sich an dem dunkelblauen Wollstoff, den sie wie einen Mantel trug. Ein Kleidungsstück, das Felix mit aus der Stadt gebracht und ihr für die Heimfahrt geliehen hatte.

Die braunen Augen musterten sie klug und damit fühlte sie sich noch unbehaglicher. Ihr fielen jedoch Yrons Worte rechtzeitig ein, sich das nicht anmerken zu lassen, also versuchte sie, sich so gut es ging, am Riemen zu reißen, und legte ein eher schüchternes Lächeln auf. „Es war sehr nervenaufreibend", fiepte sie schlussendlich.

Felix nickte und wandte sich nach vorne. Ein leichter Pfiff, er hielt die Peitsche ein wenig anders über das Pferd und das Tier beschleunigte seinen Schritt. „Wenn man mit Yron und Jeremiah unterwegs ist, wundert mich das nicht." Seine Stimme war leise und nachdenklich gewesen. „Was habt ihr erlebt?"

„Es war einfach viel los", murmelte sie. Als Fey bemerkte, wie ihre Wangen rot anliefen, wandte sie den Kopf zur Seite und gab vor, sich die Landschaft genauer anzusehen. Sie wusste, dass ihre Lüge nicht gerade überzeugend klang, doch Felix brummte nur zustimmend und beließ es dabei. In diesem Moment beschloss sie, dass sie ihn mochte. Anstatt sie weiter zu drängen, akzeptierte er einfach ihre Verschwiegenheit.

Sie sprachen noch über einige Kleinigkeiten. Belanglose Sachen, die sie aber zum Lachen brachten. Hauptsächlich waren es

Geschichten aus der gemeinsamen Kindheit der drei Jungen und Fey konnte sich redlich vorstellen, wie gerade die beiden Männer hinter ihr diverse Streiche gespielt hatten.

Als in der Ferne Häuser auftauchten, die nach und nach größer wurden, biss sie sich nervös in die Wange. Nur mit Mühe und Not schaffte sie es, nicht panisch auf dem Kutschbock hin und her zu rutschen, und einen Augenblick lang fragte sie sich, ob sie wohl abhauen konnte. Und dann? Ihr Herz pochte zittrig und ihr war es schleierhaft, wie sie ihre Tarnung unter so vielen Menschen aufrechterhalten sollte, wenn sie jetzt schon bei Felix fast versagte. Ihre Augen brannten, doch sie konnte die aufkeimenden Tränen im Stillen wegblinzeln.

Ihr lag es fern, Yron zu enttäuschen, auch wenn seine Worte ein herber Schlag gewesen waren. Ein Mensch sein? Sie wusste weder, ob sie das konnte, noch ob sie es ertrug. Ihr Innerstes sträubte sich gegen diesen Entschluss und es war ihr nicht leicht gefallen, nicht die ganze Zeit zu protestieren, sondern diese Sache anzunehmen. Für ihre Zukunft und die der Menschen, redete sie sich immer wieder ein und wenn sie doch kurz davor war, nachzugeben, rief sie sich jedes einzelne, unendliche, schreckliche Jahr im Brunnen wach. Jedes einzelne Mal durchfuhr sie der kalte Schrecken. Lieber wollte Fey ihre wahre Natur verschweigen und sich einem Schauspiel hingeben, als erneut in den kalten Fluten gefangen zu sein. Und bisher blieb sie dadurch wie gewünscht in ihrer Rolle.

Hoffentlich würde diese Methode auch helfen, wenn überall Menschen um sie herum waren, die sie ansprachen und sich mit ihr unterhalten wollten. Bange verschränkte sie die Hände und drückte sie zwischen ihren Knien zusammen.

„Alles in Ordnung, Fey?", wollte der Kutscher wissen und maß sie mit einem Blick aus schlauen Augen.

Sie nickte. „Mir ist nur ein wenig übel", redete sie sich heraus.

Kurz herrschte Schweigen. Dann schien Felix den Mut für seine nächsten Worte zu sammeln und stieß dabei einen langen Seufzer aus. „Hör mal", setzte er an, „ich habe keine Ahnung, wie ihr alle zueinander steht, aber solltest du eigentlich zu einem der beiden gehören, dann mach dir keine Gedanken. Jeremiahs Familie ist groß, laut und lustig. Seine Mutter wird dich lieben und sein Vater wird schon mit dir warm werden. Und wenn es Yrons Hand ist, die du mal ergriffen hast … Mit seinem Vater kommt man besser zurecht als mit diesem Murrkopf." Felix lächelte breit über seine eigene Aussage.

Wenn das bloß ihr einziges Problem wäre. In ihr baute sich ein Schrei auf, der niemals an die Oberfläche geraten durfte. Sie fühlte sich gefangen wie in einem Strudel. Hin und her geworfen, ohne Hoffnung auf eine rettende Hand und mit niemandem konnte sie darüber sprechen. So fühlte es sich zumindest an. Keiner außer der beiden Männer, die hinter ihr schliefen, durfte davon erfahren. Und die hatten genug Probleme. Es war mit eines der schlimmsten Gefühle, die sie in ihrer jungen menschlichen Existenz verspürt hatte. Eine Verzweiflung, der sie sich nicht entziehen konnte, und in der ihr niemand zu helfen vermochte.

Vielleicht würden die beiden nicht einmal verstehen, was in ihr vorging. Wie sollten die zwei auch? Sie waren nicht wie Fey, für die es keinen Lichtblick gab.

Ihre Nägel gruben sich schmerzhaft in die Haut an ihrer Hand. Doch auch das schien sie nicht von der Angst abzulenken. Ihr Inneres fühlte sich elend an, dennoch spürte sie, wie sie Felix ein Lächeln schenkte. „Ich bin nur eine Freundin", hörte sie sich leichthin sagen. „Ich bin nur immer nervös, wenn ich auf Fremde treffe." Fey fühlte sich, als würde sie sich selbst auf einer Bühne bei einem Stück zusehen.

„Brauchst du aber nicht zu sein", beruhigte er sie. „Die sind alle sehr nett." Die Häuser waren mittlerweile gut erkennbar, einige Leute waren auf den Feldern den Hügel hinab auszumachen und ab und an vernahm man bereits das laute Kreischen von spielenden Kindern.

„Gewiss", murmelte Fey nur und wäre nun wirklich am liebsten vom Karren gesprungen und weggerannt. *Vergiss den Brunnen nicht!* Ihre Schultern sanken ein und die Gedanken erstarben, bis die Kutsche schlussendlich auf einem winzigen Marktplatz anhielt. Vor ihnen erstreckten sich eine kleine Kirche und ein paar Handelshäuser.

„So, ich muss ein kleines Stückchen weiter zum Stall, ihr solltet hier aussteigen. Aber wir sehen uns ja bestimmt noch einmal", grinste er, stand auf und weckte die beiden Männer.

Fey kletterte ebenfalls vom Bock herab und sah sich um.

Der Geruch nach frisch gebackenem Brot stieg ihr in die Nase. Einige Wäschestücke waren eine Gasse hinauf zwischen zwei Häusern zum Trocknen aufgehangen. Ein paar Häuser weiter schüttelte eine Frau eine Decke über der Straße aus.

„Nun kommt schon", beschwerte sich Felix leise. „Ich habe heute noch Pflichten zu erfüllen und wollte gerne vor Mitternacht ins Bett!"

„Schon gut", moserte Jeremiah und streckte sich gähnend. Einige Strohhalme hingen in seinen wilden Haaren. Yron sah lediglich säuerlich drein. Fey hatte bereits bemerkt, dass er nicht gerne geweckt wurde und dann seine Zeit brauchte, um ein vernünftiges Wort hervorzubringen. Auch der Kutscher schien das zu wissen. Lachend schlug er ihm auf die Schulter, verabschiedete sich von den dreien und fuhr weiter.

„Ich werde als erstes Zuhause vorbeisehen", entschuldigte sich Jeremiah überstürzt. „Ich muss wissen, dass es allen gut geht." Hätte Felix nicht bereits durchsickern lassen, wenn etwas nicht stimmte? Doch Yron nickte lediglich, ohne seine grimmige Miene zu ändern.

Während der Lockenschopf fortging, trat der Schwarzhaarige auf Fey zu und legte ihr sanft eine Hand auf den Rücken. „Komm mit. Es wird nicht mehr lange dauern, bis mein Vater von den Feldern zurück sein wird."

„Wird er mich mögen?" Dass er so hektisch war und auf jeden

Fall vor seinem Vater ankommen wollte, verunsicherte sie weiter.

„Bestimmt. Mein Vater ist ein sehr guter Mann." Er ertastete ihre Hand, griff sie und führte Fey quer über den Marktplatz auf ein wundervolles kleines Haus zu, dessen Bauweise sie an ein Märchen erinnerte. Auf ihre Nachfrage hin erfuhr sie, dass es sich um ein Fachwerkhaus handelte. Das Wort war ihr nicht unbekannt und erneut wurde Fey bewusst, wie viel sie eigentlich über die Menschenwelt zu wissen schien.

Als sie das Innere betraten, sah sie sich ehrfürchtig um. Die Decken wurden von dunklen Balken getragen, der Boden war aus fast schwarzem Holz, doch die Wände waren beinahe weiß und hellten den Innenraum wieder auf.

Nach einem schmalen Zimmer betraten sie direkt die Stube, die mit schweren Möbeln ausgestattet war. Durch ein Regal, das zwischen die Balken gebaut worden war, wurde die Küche ein wenig vom Wohnraum abgegrenzt. Eine weitere Tür führte ab, hinter der eine Besenkammer lag, wie er nun erklärte.

In der Stube, direkt zum Eingang der Küche mündend, bot eine Holztreppe den Weg nach oben. Yron räusperte sich. „Oben befinden sich ein Badezimmer, ein Gästezimmer und zwei Schlafzimmer." Er deutete auf eine weitere Tür geradeaus, die ihr erst jetzt auffiel. „Dort geht es hinaus in einen kleinen Garten."

„Ich finde es wunderschön", gab sie kund und als er sie nicht aufhielt, machte Fey ein paar unsichere Schritte nach vorne. Noch etwas zurückhaltend strich sie mit einem Finger über den mächtigen Ohrensessel und wanderte weiter zur Küche. Ein Ofen, eine Anrichte und Regale und Schränke standen dort. Eine Spüle war in der Ecke eingefügt und eine etwa halbhohe Tür war auf Augenhöhe in der Wand eingelassen. „Was ist das?"

Yron war hinter sie getreten und lächelte. „Eine Speisekammer", erklärte er und drehte den Türknauf, sodass das Holz nach vorne schwang. „Der Raum ist klein, aber die Mauern sind sehr dick, dadurch bleibt es dort etwas kühler. Streck die Hand hinein."

Sie tat wie geheißen und wunderte sich über den Unterschied, den sie spürte. „Unglaublich", kommentierte sie und der Mann schloss die Tür wieder.

„Dicke Wände halten die Wärme draußen. Oder drinnen. Je nachdem", erläuterte er mit einem Seufzer, bei dem sein sehnsüchtiger Blick zu einem Hocker ein paar Schritte neben ihm glitt. „So unsanft geweckt zu werden, tut mir nicht gut." Kurz schlossen sich seine Augen und als er die Lider wieder hob, seufzte er ein weiteres Mal. „Komm mit, ich zeige dir mehr vom Haus." Er wandte sich der Treppe zu. Sie folgte ihm brav.

Ein langer Flur empfing sie, an dessen Ende ein kleines Fenster prangte. Zu ihrer Linken und Rechten und hinter der Treppe wiesen erneute Türen zu neuen Räumen.

Der Schwarzhaarige ließ ihr nur wenig Zeit, alles in sich aufzunehmen. Er ging voran und öffnete die Tür im Teil hinter der Treppe rechts. Er hüstelte. „Das hier ist mein Zimmer …" Sobald er selbst einen Blick in den Raum warf, veränderte sich sein Gesicht. Wie in Trance ging er hinein und Fey beeilte sich, ihm zu folgen. Sie blickte ihm tief ins Gesicht, doch in seiner Miene stand einzig ein versteinerter Ausdruck, der für sie nicht zu begreifen war. Jahre zogen an ihm vorbei und trübten das Grau seiner Augen weiter. Nur sagte er nichts.

Er stand dort, inmitten eines Zimmers, das er nach seinen Aussagen das letzte Mal vor Jahren gesehen und dann verlassen hatte. Auch Fey sah sich um.

Unter dem Fenster gegenüber der Tür stand ein schmales, sauberes Bett. Rechts daneben, an der Wand, prangte ein großer Schrank aus Eiche. Diesem gegenüber, unter einem weiteren Fenster, befand sich ein Schreibtisch mit einfachem Holzstuhl. Regale waren an den Wänden angebracht, kaum dass Platz für sie vorhanden war. Neben Büchern und Kerzen befanden sich in ihnen auch Steine und kleine Figuren. Den Boden zierte ein grob gewobener roter Teppich.

Yrons graue Augen schienen etwas in einem der Regale gefunden zu haben, denn als Fey ihre Musterung beendete und aufblickte, war er bereits an eines herangetreten und hatte eine kleine Statuette hervorgeholt, die er nun im Sonnenlicht herumdrehte und anstarrte. Seine Fingerspitzen strichen sanft über die Züge. „Ich hätte nicht erwartet, dass es so sein würde", hauchte er und setzte sich unterbewusst auf das Bett, nach wie vor den kleinen Gegenstand in den Händen haltend und ihn musternd. „Dieses Stück hat mir mein Vater aus der Stadt mitgebracht, als ich gerade einmal sechs Winter zählte."

„Was ist das?", wollte sie neugierig wissen und trat näher. Ihre Augen legten sich auf das Gebilde, doch viel erkennen konnte sie durch seine Finger nicht.

Er dagegen sah nun sie an, als hätte er ihre Anwesenheit vergessen und nur mit sich selbst gesprochen. „Es ist eine Sagengestalt", brachte er hervor und reichte ihr die Statuette. Es zeigte einen Drachen mit speiendem Maul, doch ohne Flamme. Sein Körper war aus weißem Stein geschnitzt.

„Er ist wunderschön", hauchte sie und gab den Gegenstand zurück.

„Es ist der Drache aus der Geschichte um Fiona", lächelte er sanft. „Fiona saß in einem Schloss fest, mit dem Drachen."

„Er hatte sie entführt?"

„Nein. Das Königreich war in der Nacht seines Auftauchens zerstört worden. Sie war als Einziges übrig und traute sich nicht an dem Getier vorbei, also tat sie alles Mögliche, um in den Mauern zu überleben und ihre Existenz vor ihm zu verschleiern. Es hielt nicht lange. Drachen haben gute Nasen und feine Ohren. Dennoch entwich sie ihm immer wieder. Bis zu jenem Tag. Sie sammelte gerade Nahrung in den verwitterten Schlossgärten, in denen früher Blumen, aber auch Gemüse wuchsen. Einige der Felder hatte sie vor dem Drachen schützen können.

Aber er erwischte sie und gerade, als Fiona dachte, nach fünf Jahren des Versteckens hätte ihre letzte Stunde geschlagen, da fing der Drache, der über ihr thronte, an, zu weinen. Seine dicken Tränen tropften auf die Erde und an den Stellen, an denen sie aufschlugen, wuchsen die prächtigsten Blumen.

‚Meine Dame', weinte er, ‚erkennt Ihr mich nicht? Wieso erkennt Ihr mich nicht?' Fiona schüttelte den Kopf, Unverständnis und Angst im Herzen.

‚Wer bist du?', ächzte sie deswegen und sah sich nach einem Fluchtweg um.

Der Drache begehrte auf und erhob sich auf die Hinterbeine. So überragte er fast die Türme, die Schwingen weit gespannt. Ein gequälter Schrei verließ seine Kehle. ‚Ich bin es! Meine Dame! Ich bin es. Ich bin Sebastian. Eure Liebe …' Bestürzt senkte das Ungetüm den Kopf.

‚Nein!', spie sie wütend aus. Der Drache musste sie an der Nase herumführen, hatte sie ihren Verlobten doch sterben sehen. Wutentbrannt stand sie auf, die Arme in die Seiten gestützt, die Wangen zornig rot. ‚Du bist nicht er! Du Ungetüm gibst dich als er aus. Schäme dich nicht nur. Ich wünschte, du würdest sterben!'

‚Sag das nicht', flehte er. ‚Sag, dass du mich liebst und der Zauber erstirbt. Verfluche mich und ich werde verenden.'

‚Gut! So solle es sein. Ich verfluche dich, Bestie, stirb. Du solltest dich nicht als er ausgeben, hast du ihn doch getötet. Stirb!'

Und in der Sekunde, in der das Licht des Tages am Horizont starb, fiel auch der Drache in sich ein. Seine Gestalt schrumpfte und mit einem verzweifelten, schmerzerfüllten Schrei formte sich daraus ein menschlicher Körper.

Gerade, als Fiona erkannte, wer dort vor ihr hockte, brach Sebastian tot in sich zusammen.“

Fey hatte gespannt gelauscht. Nun blieb ein flaues Gefühl in ihrem Magen. „Sie bedeutete seinen Tod?“ Ihre Hände rangen miteinander. „Sie musste damit leben?“

„Ich habe nicht die ganze Geschichte erzählt“, murmelte er und erhob sich. Die Hand in den Nacken geschoben starrte er aus dem

Fenster beim Schreibtisch. „Sie stürzte sich vom Turm, weil sie nicht mit der Schuld leben konnte." Sein Blick fiel auf die Statuette und er umschloss sie sacht mit seiner Hand. „Die Geschichte ist eigentlich ziemlich lang. Das hier war die kurze Variante. Verzeih", nuschelte er. „Ich hatte nie das Erzähltalent meiner Mutter."

„Sie hat dir wirklich viele Geschichten erzählt, nicht wahr?"

Yron nickte. „Sie liebte Geschichten. Sie sagte selber immer, dass das ihre Leidenschaft wäre. Und dass die Menschen mithilfe dieser Geschichten durch die Zeit hinweg verbunden wären." Er presste die Lider zusammen, riss sie auf und brachte die Figur wieder an ihren Platz. „Ich habe es immer geliebt, ihr zuzuhören. Deswegen war ich als Kind auch ein solcher Tagträumer." Sie hatte ihn bisher selten beim Tagträumen gesehen. Sie versuchte, sich eine jüngere Version von ihm vorzustellen. Einen jungen Yron, der den ganzen Tag auf der Wiese lag und las oder verträumt in den Himmel emporblickte. Einen, für den die Welt noch voller Möglichkeiten und Wunder war. Aber sie schaffte es nicht wirklich. Dafür waren seine Brauen zu sehr gerunzelt. Sein Blick stetig zu ernst.

Von unten her war ein Geräusch zu vernehmen und kurze Zeit später erklangen dumpfe Schritte. Yron warf Fey einen raschen Blick zu, ehe er das Zimmer verließ und auf die Treppe zuschritt. Er verschwand aus ihrem Sichtfeld, dafür hörte sie ihn direkt darauf nach seinem Vater rufen.

Für die Dauer eines Herzschlages war es still. Dann antwortete von unten eine tiefe, verblüffte Stimme, gefolgt von schweren Schritten auf der Treppe, die eilig näher kamen. „Mein Sohn!" Ihre Stimmen begleiteten Fey, während sie sich langsam näher wagte, schwankend, ob es ihr Recht war oder nicht.

Das Erste, was sie von dem fremden Mann sah, waren ein breiter Rücken und ein grauer Haarschopf. Er umarmte gerade seinen Sohn, der die Geste zufrieden erwiderte und die Augen geschlossen hatte. Sein Gesicht war über die Schulter des Älteren ihr zugewandt. „Yron …"

„Ich war lange weg, aber es war wichtig." Eine adrige Hand hob sich sanft und strich über Yrons schwarze Haarpracht, ehe sie sich voneinander lösten.

„Ich weiß, dass es wichtig sein musste. Du gehst deinen Weg und bist erwachsen. Und deswegen bin ich so stolz auf dich. Dass dieser Weg nicht in diesem Dorf sein würde, ahnte ich schon immer. Aber spätestens, seit der Dolch dich erwählte, stand es mir vor Augen."

„Vater ..."

„Ah, sag dazu jetzt nichts. Sag mir lieber, wer der Besuch ist." Er wandte sich um und sah Fey geradewegs mit denselben grauen Augen, wie Yron sie besaß, an. Auf seine Lippen legte sich ein Lächeln. Es sprach von Wärme und einer gewissen Güte. „Deine Schritte klingen ein wenig unbeholfen."

Ihre Wangen liefen rot an, doch als Yrons Vater auf sie zukam, reichte sie ihm die Hand und machte danach einen Knicks.

„Sehr höflich", nickte er. „Nach alter Schule. Wie heißt du?"

„Fey", stellte sie sich vor. „Und Ihr, Sir?"

„Franklin", nickte er und verneigte sich ein Stückchen. „Aber duze mich bitte. Sonst fühle ich mich älter, als ich ohnehin schon bin." Seine Augen funkelten schelmisch und er rieb sich über den grauen Bart. Nun konnte Fey auch erkennen, dass seine Haare noch ein wenig blond waren, eine Kleinigkeit, die erst bei näherer Betrachtung ins Auge stach. „Wie stehst du zu meinem Sohn?"

„Wie bitte?", fragte sie irritiert und sah an dem Mann vorbei zu Yron, der die Augen verdrehte und näher kam.

„Eine Freundin aus der Stadt. Sie begleitet Jeremiah und mich." Der Jüngere trat zwischen sie und legte Fey eine Hand auf den Rücken.

„Ach, ist das so?", schmunzelte Franklin und seufzte dann. „Na wenn das so ist ... Wollen wir zu Abend essen?"

„Gern", willigte Yron ein und sie folgten ihm nach unten in die Küche. Er holte ein Brot hervor, Käse, ein wenig Wurst und einen kleinen Tiegel mit Honig. Außerdem eine Kanne mit Milch. „Wir müssen uns das aufteilen, ich habe nicht mit Besuch gerechnet. Morgen wird es mehr geben, das verspreche ich, Kinder."

Fey nickte, nahm es aber so oder so hin. Sie schmierte sich ein Brot mit Honig und biss herzhaft hinein. Sie mochte die Süße gemischt mit dem Sauerteig. Und trotz ihres hungrigen Magens bemühte sie sich, weder zu schlingen, noch zu schmatzen. Stattdessen lenkte sie sich damit ab, Franklin und Yron zu beobachten. Vater und Sohn waren in ein Gespräch versunken, bei dem Franklin sich Mühe gab, den Gast einzubeziehen. Sowohl Yron als auch Fey wäre es wohl lieber gewesen, der alte Mann hätte es unterlassen, doch nicht nur schien dieser es als höflicher zu empfinden, Fey einzubeziehen, seine Neugierde war ihm auch regelrecht im Gesicht abzulesen.

„Woher stammst du, Fey? Violette Augen sind äußerst selten, ich sah sie erst ein einziges Mal. Damals, als ich noch bei der Armee war und eingezogen wurde." Er kaute ein Stück Käse und spülte mit der Milch nach. Seine Brauen zogen sich nachdenklich zusammen. „Bist du eine der Hochnordlinge?"

Darauf war Fey nicht vorbereitet gewesen. Sie schluckte und rupfte ein wenig an ihrem Brot herum. „Ich stamme von überall und nirgends", brachte sie hervor. „Ich reise viel."

„Du bist eine Nomadin?" Das Gesicht des Älteren verzog sich unangenehm.

Da ging Yron bereits dazwischen. „Nein, Vater. Sie ist eine Wanderin, kein Anhänger des Nomadenvolks. Ihre Eltern hatten damals viel zu tun und haben sie immer mitgenommen. Darum hatte sie auch nie einen festen Wohnsitz und mischt andauernd einige Bräuche, ohne es zu bemerken."

„Ach so", machte Franklin. „Verzeih, ich hätte nicht ausarten sollen. Dann hast du also schon viel gesehen und gehört?"

„Eher aufgeschnappt. Meine Eltern haben jedes Mal zur Eile gerufen." Sie kam sich auf diesem Lügenkonzept hilflos vor. Als würde sie auf glattem Eis balancieren. Und als würde jenes Eis unter ihren Füßen bereits knacken und drohen, jeder Zeit einzubrechen.

„Kennst du eine Geschichte?"

„Ich …"

Er lachte plötzlich. „Mädchen, verkrampf dich nicht so. Es ist in Ordnung, wenn du keine erzählen willst. Du wirst müde sein." Und damit nahm er den nächsten Bissen, schüttelte lachend den Kopf und kaute munter weiter.

Kapitel 10

„Was hat dein Vater gegen Nomaden?", wollte Fey einige Stunden später von ihm wissen. Sie saß auf dem frischbezogenen Bett in seinem Zimmer und sah ihn neugierig an.

Irgendwie war er stolz auf die Rotbrünette. Sie hielt dieses Schauspiel besser aufrecht, als er je angenommen hatte, dass sie es könnte.

Erst nach einigen Sekunden wurde ihm ihre Frage erneut bewusst. Er strich sich über den Nacken. „Die Nomaden haben vor einigen Jahrzehnten für Aufruhre gesorgt. Mein Vater wurde eingezogen, um sie aufzuhalten. Mehr erzählt er nicht und ich frage auch nicht nach. Er mag keine Gewalt. Plötzlich als Kämpfer dazustehen, wird ihm nicht gutgetan haben." Es war Yron nicht vergönnt gewesen, seinen Vater davor kennenzulernen, denn dieser war bereits in jungen Jahren in den Kampf verstrickt worden. Sein Vater war nichts anderes als ein Bursche gewesen, der gerade erst das Erwachsenenalter erreicht hatte und gezwungen worden war, die Liebste im Dorf zurücklassen zu müssen. Weder sein Vater noch seine Mutter hatten je mit ihm über diese Zeit gesprochen.

Yron war sich nicht sicher, wie viel von seinem Vater sich dadurch verändert hatte. Diese Vergangenheit war von einem dichten Schleier umgeben, den niemand für ihn lüftete. Und er hatte schon vor langer Zeit aufgegeben, daran herumzuzupfen. Manche Dinge blieben lieber in der Dunkelheit.

„Er ist nicht rassistisch oder so", bemerkte Yron und strich nebenher über eines der Regalbretter. Sein Vater hatte alle sorgsam gepflegt und regelmäßig den Staub gewischt. Wie sollte man erklären, dass dieser Mann vermutlich einfach Angst hatte? Vor der Erinnerung, der Vergangenheit. „Aber ist auch egal. Beziehen wir erstmal dein Bett und legen uns schlafen."

„Wieso kann ich die Nacht nicht hier verbringen?", wollte sie sogleich ängstlich wissen und ihre Finger umschlossen den Stoff, auf dem sie saß. Die violetten Augen waren geweitet. „Ich schaffe das Schauspiel nicht alleine."

„Du wirst nicht schauspielern müssen, wenn du alleine schläfst." Yron versuchte, seine Stimme betont nachsichtig zu halten. Er führte sich seine Grausamkeit vor Augen, von ihr zu verlangen, einen Menschen zu spielen, statt zu sein, wer sie wirklich war. Aber an dieser Entscheidung gab es nichts zu rütteln. Er sah keine andere Lösung, auch wenn er sich wünschte, ihr die ein oder andere Last von den Schultern nehmen zu können.

Doch wünschen brachte nichts. Sich immer nur nach etwas anderem zu sehnen, konnte die Gefahr verbergen, die das mit sich brachte; man verlor Zeit. Und den Weg vor sich aus den Augen.

„Wenn ich nicht schauspielern muss, wird es keinen Grund geben, dass ich nicht hier schlafen kann. Oder? Wenn dein Vater das niemals erfährt ..." Sie lächelte ihn schüchtern an. Es wäre ihre erste alleinige Nacht, von den Einsamen im Brunnen einmal abgesehen.

Ruhig setzte er sich neben sie auf die strohgefütterte Matratze und nahm sacht ihre Hand in seine. Er starrte auf ihre langen, feinen Finger und seufzte. „Männer und Frauen schlafen nicht einfach in einem Bett, Fey."

Sie schüttelte trotzig den Kopf. „Bisher durfte das doch auch so sein!" Ihre hektischen Augen wanderten zum Fenster über dem Tisch. „Bitte, Yron. Ich habe mir so eine Mühe gegeben, mich als Mensch zu verkleiden. Bitte tu mir das nicht an." Sie brach bereits seinen Widerstand und das gefiel ihm gar nicht. Aber die Angst in ihren großen Augen rüttelte den weichen Kern in ihm wach.

„Fey", versuchte er es nochmals lahm und umschloss ihre Hand fester. „Und wenn ich dich hinüberbringe und dir noch eine Geschichte erzähle?" Innerlich schwor er sich, an seinen Künsten zu feilen, damit er der Sache gerecht wäre.

Die Frau zog ihre zarten Schultern ein, als wollte sie sich ducken. „Eine Geschichte vertreibt weder die Angst noch die Träume", gab sie monoton von sich und starrte an die Tür, als würde dort ein schreckliches Schicksal auf sie warten. Schließlich stand sie trotz allem entschlossen auf. Ihre Miene wirkte wie die einer Kriegerin und das war der letzte Tropfen. Er umschloss ihre Handgelenke und hielt sie fest, dann zog er sanft an ihrem Arm und sobald sie zurücktaumelte, fing er sie behutsam auf und setzte die kleine Gestalt wieder zurück. „In Ordnung", murmelte er. „Zumindest die erste Nacht. Alles andere werden wir später entscheiden."

Ihre Dankbarkeit schlug all seine weiteren Worte nieder, ehe er sie aussprechen konnte, und er erhob sich lediglich, um die andere Decke und ein zweites Kissen zu holen.

Sobald er den Raum wieder betrat, hatte sie sich bereits in seine Decke gerollt und musterte ihn aus einer kleinen Lücke Stoff zwischen Kissen und Überbett. „Willst du dich nicht noch etwas frisch machen und umziehen?" Er zog eine Braue in die Höhe. In der Wildnis hatten sie auf das Umziehen verzichtet, trotzdem hatte er ihr erklärt, was das war, und dass man es Zuhause normalerweise tat.

Fey erhob sich wieder von der Liegestatt, nahm das Hemd entgegen, das er ihr gab, und ging ins Badezimmer, das er ihr bereits gezeigt hatte. Kaum schloss er die Tür hinter ihr, beeilte er sich beim Umziehen, schlüpfte in ein lockeres Hemd und in eine weiche Baumwollhose und legte sich selbst hin. Frisch gemacht hatte er sich bereits und so hatte Yron noch ein wenig Zeit, nachdenklich an die Decke zu starren, bevor seine Zimmertür mit einem leisen Quietschen aufgeschoben wurde.

In sein Sichtfeld trat Fey. Sie war so klein, dass das alte Hemd beinahe als Kleid durchgehen konnte, und ihre Haare fielen in offenen Wellen bis tief auf den Rücken. Sie waren frisch gekämmt und glänzten im Mondlicht, das das Zimmer neben einer einzelnen Kerze auf dem Nachttisch erhellte.

Sie sah an sich hinab. „Das mag ich lieber als das Kleid", entschied Fey und drehte sich auf der Stelle. „Es ist bequemer." Ihre

Augen glänzten und langsam trat sie näher. Er biss sich von innen in die Wange und hoffte, dass sie seine Unruhe nicht mitbekam. Fey war so naiv, so unschuldig, dass sie regelrecht rein wirkte.

Er nickte abgehackt und merkte sich ihren Kleiderwunsch. Vielleicht hatte Jeremiahs Familie noch ein paar Hosen und Blusen von den halbwüchsigen Mädchen. Er würde sie fragen müssen. Oder noch besser; sein bester Freund würde das machen. Das fiel vielleicht weniger auf und er müsste sich nicht mit Alexandra herumschlagen.

Fey dagegen blieb nun unsicher vor seinem Bett stehen und maß ihn nervös.

„Klettere drüber", meinte er und bereute diese Worte sogleich. Ehe er sich entscheiden konnte, ob er doch aufstehen und sie vorbeilassen sollte, nickte sie, legte ihre feinen Hände an seinen Leib und hob das linke Bein.

Für die Dauer einer winzigen Ewigkeit schwebte sie über ihm, bevor sie zur Seite kippte und das andere Bein nachzog. Neben ihm machte sie sich ganz klein und drückte sich an die Wand, an der das Bett stand, die Beine eng angezogen.

„Yron?", fragte ihre leise Stimme nach einer Weile in die Nacht hinein.

„Ja?"

„Erzählst du mir trotzdem eine Geschichte? Es reicht auch eine Kurze."

Er musste unweigerlich grinsen und nickte. „Natürlich, wenn es dir hilft. Lass mich einen Augenblick nachdenken." In seinem Kopf suchte er nach einer Geschichte, die ihr gute Träume bescheren würde und die nicht unbedingt nur für Kinder war.

„Wie wäre es mit der Geschichte von Gabriel?", wollte er wissen und als sie zustimmte, lächelte er ein wenig breiter.

„Ich weiß nicht, ob es wie mit Fey sein wird. Gabriels Geschichte beginnt wie ihre zu einer Zeit, in der von der Hexe keine Spur zu sehen war. Von Frieden fehlte dennoch weit und breit jedes

Anzeichen. Zwei Reiche hatten sich zerstritten, so tief und inbrünstig, dass sie immer wieder Krieg führten. Immer mehr Menschen mussten den Preis für diesen Hass bezahlen." Er unterbrach sich. War das wirklich die richtige Geschichte? „Nach Jahrzehnten war der Preis zu hoch, um noch von irgendeiner Seite tragbar zu sein, und so rauften sich die jüngeren Generationen zusammen und unterschrieben zähneknirschend einen Kompromiss. Die Bevölkerung atmete auf, traute dem Frieden jedoch keinen Meter weit.

Und wie es sich zeigte, sollte es genau das Richtige sein. Fünf Jahre, nachdem dieser Kompromiss unterschrieben worden war, wollte einer der neuen Könige sich nicht mehr länger daran halten. Anstatt den offenen Krieg vom Zaun zu brechen, setzte er allerdings auf seine Schläue und Hinterlist. So kam es, dass er unter anderem die feindlichen Bauern ausplünderte und es so aussehen ließ, als wären es die Männer ihres eigenen Königs gewesen. Viele dieser Methoden wandte er über Jahre geschickt an, sich immer am Rande der Aufmerksamkeit bewegend, mit den sicheren Schritten eines Tänzers.

Die Bevölkerung, gezeichnet von Hunger, Angst und Leid, wandte sich immer mehr gegen ihren König und zettelte letztendlich einen Aufstand an. Bürgerkrieg brach aus und der schlaue König sah sich schon als Sieger, als einer seiner Männer ihn selbst verriet."

Fey kuschelte sich an ihn. „Er war der Bote", lächelte sie und als er sie ansah, musste er es erwidern. „Auch nicht bloß eine Geschichte?"

„Nein." Die Rotbrünette schüttelte leicht den Kopf. „Mit ihm war ich nicht so sehr verbunden wie mit Fey. Ich war ja auch noch deutlich jünger." Sie setzte sich auf und umschloss die angezogenen Knie mit ihren Armen und wirkte glücklich in ihrer Nostalgie. „Er war ein schlauer Kopf, wenn auch meine Schwester Ungeduld manchmal stark zu ihm sprach."

„Wie ging es weiter?" Yron war gespannt darauf, wie sehr sich die Geschichte von der Wahrheit unterschied.

„Er ging von seinem König fort und half in der Stadt. Zunächst sprach er nie direkt die Taten seines ehemaligen Herrschers aus, sondern machte nur Andeutungen. Seine Zunge war listig und schnell und er tat es aus guten Gründen, manipulierte die Menge. Natürlich vollbrachte er anfangs keine Wunder, aber als er es schaffte, einen Überfall abzufangen und zu beweisen, woher diese Männer wirklich stammten, wurde er bekannt. Seine Worte bekamen mehr Gewicht und irgendwann kippte die Achse zu seinen Gunsten. Währenddessen half er, wo er nur konnte. Manchmal durch ganz subtile Dinge wie eine Geschichte."

Yron nickte. Im Großen und Ganzen kam das hin, auch wenn die Erzählungen selbst ein wenig anders waren. Mehr um Gabriel zentriert, aber das war vielleicht auch Sinn und Zweck von Geschichten.

„Wurde er wirklich heilig?"

Fey streckte sich und blickte an die Decke, die Stirn gerunzelt. „Heilig? Du meinst, als die Götter ihm Flügel gaben?"

„Ja."

Sie nickte. „Yron, die Götter gibt es. Sie erschufen mich, so wie sie das Leben schufen. Aber auch wenn Gabriel ein guter Mann war, habe ich bis heute nie verstanden, weshalb er Flügel bekam. Gute Männer und auch gute Frauen gab es viele. Und es wird immer welche geben. Doch sie werden niemals diese Güte erfahren." Ihre violetten Augen zuckten zu ihm. „Glaubst du, hinter seiner Geschichte steckte mehr?"

„Wer weiß das schon", lächelte er. „Vermutlich werden wir es auch nie erfahren."

„Schade …", murmelte sie und drehte sich ein Stückchen zu ihm um. „Er ist in gewisser Weise mit dir verbunden."

„Ist er?" Der Mann hob die dunkle Augenbraue und sah in das hübsche Gesicht hinab.

Fey fingerte über seinen Brustkorb hinweg nach dem Dolch auf dem Nachtisch. Es war das erste Mal, dass sie ihn in der Hand hielt, und ehrfürchtig wanderten ihre Augen über das Metall.

„Die Königsklinge", hauchte sie und ließ einen Finger darüber wandern. „Sie gewährten ihm Flügel und aus seinem Blut wurde die Klinge geformt."

„Was?" Yron erhob sich und griff direkt nach der Waffe. Ungläubig starrte er auf das matte Metall, das ruhig dalag. Fast wie ein normaler Dolch.

„Der Preis für seine Flügel war sein Blut. Ein Dolch sollte erwählen, wer die Gaben von Gabriel geerbt hatte. Einen schlauen Kopf, Güte, Mut und die Macht zu herrschen", murmelte Fey und zuckte mit den Schultern.

***

Jeremiah musste es vermutlich den Strapazen der Flucht verdanken, dass er seit langer Zeit endlich eine albtraumfreie Nacht hatte erleben dürfen. Er war abends eingeschlafen und wie durch ein Wunder wurde er am Morgen erst dadurch geweckt, dass jemand knarzend seine Tür aufschob. Kurz wähnte er sich eines Traumes, als die Erinnerungen auf ihn einprasselten. Das alles schien viel zu viel zu sein, um passiert zu sein.

Dann blickte er zu den Eindringlingen empor und zerschlug seine Hoffnungen auf ein Traumgespinst. Seine beiden jüngeren Schwestern starrten ihn an und wie schon am Tag zuvor, als er nach Hause gekommen war, fühlte es sich an, als wären sie innerhalb eines Wimpernschlags gealtert. Hatte er sie als Kinder zurückgelassen, sahen ihm nun zwei junge Frauen entgegen. Zumindest benahmen sie sich bereits so, ihre Erscheinungen waren noch nicht ganz ausgewachsen, ihre Züge zeigten noch die Mädchen, die er nie erlebt hatte. Vor allem Vivianes Züge waren noch seicht, Violetta dagegen konnte gut und gern bereits ausziehen und ihre eigene Familie gründen, wenn ihr das zusagte. Und das behagte Jeremiah nicht.

Noch während er sich erhob, stieß er ein Murren aus. Er hatte nie einer dieser Brüder sein wollen, der sich zwischen seine Schwester und einen potenziellen Heiratskandidaten stellte. Und vielleicht wäre er auch nie so geworden, wenn er ihre Entwicklung mit angesehen hätte. Aber für ihn waren die beiden noch immer Kinder. Gewachsene Kinder, aber Kinder. Und da hatte ein Mann nichts verloren. Sie brauchten noch ihren Bruder. Der all die Jahre nicht da gewesen war. *Und vermutlich auch bald nicht mehr da sein würde*, schoss es ihm durch den Kopf und der Stich, der ihn daraufhin tief im Herzen traf, trieb den Schmerz bis in seine Fingerspitzen. Das hier würde er alles verpassen, wenn es so weit war, und auch wenn Fey in Yrons Haus herumlief, glaubte Jeremiah nicht mehr an eine rechtzeitige Rettung für sich. Er verdrängte nur allzu gern diesen Gedanken.

„Du bist endlich aufgewacht", murmelte Viviane leise und gesellte sich zu ihm. Sie streckte die Beine von sich, die Jeremiah so lang wie die eines Rehs vorkamen. Dann lächelte sie sanft und schloss ihn in eine Umarmung. „Ich wünschte, wir hätten gestern mehr reden können. Wir haben dich alle vermisst."

„Und ich euch auch", hauchte er und kuschelte sich an ihre weichen Locken. Jeden Tag hatte er an seine Familie gedacht, gleich wie viel Mühe er sich geben wollte, genau das zu vermeiden. Er war auch für sie in die Hauptstadt gegangen. Hauptsächlich für sie. Damals war er noch gesund gewesen. Und das Mädchen, das sein Herz gestohlen hatte, war bereits beerdigt worden. Er schluckte und verdrängte den Gedanken an beißendes Feuer und erstickenden Qualm. „Aber es war wichtig."

„Wie wichtig kann es schon gewesen sein." Violetta hatte immer schon ihren eigenen Blick auf die Dinge gehabt und selbst wenn Jeremiah ihr den wahren Grund für sein Fortgehen gestanden hätte, hätte sie es nicht nachvollziehen können. Was sollten zwei Männer, ob der Erbe dabei war oder nicht, schon gegen die Hexe ausrichten, die so viele tausend Männer und Frauen abgeschlachtet hatte?

Kriege geführt hatte. Die falsche Königin spielte mit Leben, als sei es eine Partie Schach.

Wie so oft klebten in Violettas Gesicht die Nachspuren von Farben. Wie er war sie ein Kind der Natur, nur reichte es ihr nicht, alles in ihren Geist aufzusaugen, sie musste es auch malen und zeichnen. Festhalten für sich und für alle Menschen da draußen. Das schien nach wie vor ihr wichtigstes Anliegen zu sein und Jeremiah war froh, dass sie ihm damit nicht fremd geworden war. Er hatte Angst davor gehabt, seine Familie irgendwann nicht mehr zu kennen. Eine weitere Fessel, die ihn ans Leben klammerte, durchschnitten und unwiderruflich zerbrochen. Doch er hatte Glück gehabt. Wie so oft im Leben.

„Es ist schon spät", lenkte Viviane das Thema um, bevor es zu einem Streit kommen konnte. Das war der Nachteil an Violetta. Wenn ihr etwas nicht passte, dann sagte sie es direkt heraus und das war gut so. Leider aber musste man sehr aufpassen, damit niemand sich aufwiegelte, denn selbst wenn man sich vornahm, nicht zu zanken, kam es in ihrer Gegenwart immer wieder dazu. Früher hatte sie Angst gehabt. Die Befürchtung, dass das ein Fluch sei, den eine gemeine Fee auf sie gelegt hatte. „Und ich habe eine Überraschung für dich."

„Eine Überraschung?"

Seine Schwester nickte und ihr Grinsen ließ ihn daran zweifeln, ob er sich freuen würde oder nicht. „Violetta ist vergeben. Das konnten wir dir gestern einfach nicht sagen. Und damit du dich nicht länger plagen musst, wer da auf dich wartet, habe ich ein Essen heute Abend organisiert. Er kommt zu Besuch und wird sich sicherlich deiner Fragen erfreuen."

Sowohl Jeremiah als auch Violetta sahen von dieser Idee weniger überzeugt aus. Ehrlich gesagt, fühlte er sich mehr, als hätte man ihm einen Haufen Steine in den Magen geworfen und ihn damit in den Brunnen gerollt. Er schluckte heftig. „Was?"

Es war die Malerin selbst, die eine Antwort gab. „Sie hat darauf bestanden und er hat mitgemacht. Also ziehst du dich heute Abend nett an, lässt das Messer in deinem Zimmer und benimmst dich." Und mit diesen Worten wandte sie sich um und verließ den Raum, wie eine Schauspielerin, die ihren Text aufgesagt hatte.

Jeremiah sprang auf die Füße, um ihr zu folgen, aber Viviane klammerte sich an ihn und schüttelte den Kopf. „Du musst akzeptieren, dass wir auch ohne dich erwachsen geworden sind."

„Aber so erwachsen …"

„Violetta ist alt genug, um auszuziehen und Kinder zu bekommen." Als sie seine bleiche Hautfarbe wahrnahm, ruderte sie eilig zurück. „Sie weiß, was sie tut. Es ist alles noch harmlos. Die beiden sind einfach nur verliebt. Und er behandelt sie gut, keine Sorge."

„Das ist gut." Er nickte und erhob sich nun wirklich. „Lass mich erst einmal etwas essen." Es war weniger, dass er seiner Schwester nicht vertraute, als dass es sich merkwürdig anfühlte, dass sein Zuhause nicht außerhalb der Zeit existiert hatte. Festzustellen, dass das Dorf anders war. Er hatte Beerdigungen von Menschen verpasst, die er gekannt hatte, und er hatte Geburten von Kindern verpasst, deren Gesichter ihm nicht fremd sein sollten. Eheschließungen, Feste und noch so viel mehr. Ein kleines Dorf wie dieses gehörte zusammen, jeder kannte jeden, vielleicht nicht gut, doch zumindest das Gesicht. Verdammt, jemand aus seiner Familie hätte sterben können und er hätte es erst Wochen später erfahren, wenn ein Brief den Weg zu ihm gefunden hätte. Und ohnehin, wie lange hätte er noch in der Stadt verweilen sollen? Bis Violetta vielleicht bereits geheiratet hätte und Mutter geworden wäre?

Kapitel 11

Feys neugieriger Blick galt den kleinen Vögeln, die sich um ein weißes Becken scharrten und zwitschernd herumhüpften. Obwohl es genug Platz gab, schubsten sie sich hin und her in der Hoffnung, eine bessere Trinkstelle zu finden.

Manche sprangen auch einfach ins Wasser und badeten. Sie lächelte unweigerlich und lehnte sich vor, sodass ihre Nase aus dem Hausschatten herausragte und von der hoch stehenden Sonne gewärmt wurde. Hier, hinter dem Haus, war es ruhig und windstill. Der Garten war klein, doch schön. Von Außenblicken abgetrennt durch Mauern und Gewächse war es eine unordentliche, leicht wilde Oase der Ruhe.

Yron hatte gefragt, ob sie hier sitzen wollte, und als sie zugestimmt hatte, sie alleine gelassen. Zuerst war sie unsicher gewesen, dann jedoch hatte sie angefangen, es zu genießen. Zwar war sie zum ersten Mal für längere Zeit wirklich allein, durch das Sonnenlicht und all die Geräusche wurde sie aber auch vor der Angst bewahrt.

Stimmen waren leise von den Straßen zu hören, ebenso wie das Rascheln der Blätter, als ein kleines Eichhörnchen den Stamm eines Baumes herunterkletterte, ehe es sich vorsichtig umsah. Die Knopfaugen wirkten misstrauisch und der buschige Schwanz wedelte hin und her. Letztendlich erkannte es in ihr jedoch keine Gefahr. Also wagte es auch den letzten Schritt und verschwand schließlich zwischen dem dichten Gras.

Fey kicherte glücklich und wandte sich kurz wieder dem Holzteller auf einem kleinen Tisch zu. Behutsam klaubte sie sich ein Honigbrot herunter und nahm einen kleinen Bissen davon. Mit etwas frischer Milch spülte sie nach und schloss die Augen, nahm einen tiefen Atemzug und stand schlussendlich auf.

Als sie sich dem Becken näherte, stoben die Vögel hastig

auseinander. Es mochte ihre Erscheinung sein, die sie vertrieb, doch einige der kleinen Kerle flogen nicht weit weg und beäugten sie. Und kaum bemerkten die gefiederten Wesen, dass Fey kein wirklicher Mensch war, wagten es manche, wieder näherzukommen. Ein wenig Abstand behielten sie bei, auch wenn die kleine Frau sich kein bisschen bewegte, dennoch war sie glücklich darüber. Die Natur gab ihr ein gutes Gefühl.

Ein Gefühl von Sicherheit. Leise begann sie zu pfeifen, in der leisen Hoffnung, dass die Tiere mit einstimmen würden. Aber natürlich taten sie es nicht, wurden zunächst ein weiteres Mal nervös und gewöhnten sich dann daran. Fey pfiff weiter, als wäre nichts gewesen.

Auch nicht, als sie aus dem Haus Stimmen wahrnahm. Das eine musste Yron sein, das andere klang sehr nach Jeremiah. Fey konnte nichts verstehen und war sich nicht sicher, ob sie nun ihr kleines Lied unterbrechen sollte oder nicht. Nach einigen Herzschlägen tat sie es und trat unauffällig näher an die angelehnte Tür.

„Der Dolch ist aus Gabriels Blut?", wollte Jeremiah gerade verblüfft wissen. Keine Antwort war zu hören, also nahm Fey an, dass der Ältere lediglich nickte. „Das ist unglaublich."

„Ja, ist es. Aber nicht unser Problem. Wo finden wir etwas über Fey heraus?"

Eine Pause folgte und dann waren dumpfe Schritte zu hören. Sie kamen kaum näher. Vielleicht ging jemand auf und ab. Jeremiah seufzte nach einer Weile schwer. „Ich weiß es nicht. Die Frage ist ja vor allem, welchen Quellen wir trauen können. Und wo sie liegen."

„Im Dorf werden wir wohl kaum etwas finden", warf Yron ein. „In welcher Stadt können wir uns schon so einfach blicken lassen?"

„Meinst du, wir sollten etwas Gras über die Sache wachsen lassen?"

„Als würde die Hexe dazu jemals Ruhe geben." Ein leises Geräusch war zu hören, als würde man etwas Schweres auf einen

Tisch legen oder stellen. „Das würde funktionieren, wenn wir jemanden umgebracht hätten. Doch der Hexe auch nur eine Haarspange zu stehlen, hetzt dir gleich die ganze Meute für den Rest deines Lebens auf die Fersen."

Der Jüngere seufzte. „Du meinst, wir sollten jemanden einweihen, der uns die Informationen beschafft?"

„Zum Beispiel. Es wäre zumindest eine Überlegung wert. Wenn auch einer Genauen."

Jeremiah lachte spöttisch auf. „Und wen willst du da einbeziehen? Deinen Vater? Meine Schwestern? Wem vertraust du genug, weder geschnappt zu werden, noch auf jede falsche Quelle hereinzufallen, nichts zu offenbaren und stillschweigend und verschwiegen zu verschwinden? Vielleicht für Monate! Gar länger."

„Es liegt mir fern, einen erneuten Streit mit dir zu führen. Anstatt immer nur zu fordern und zu kritisieren, könntest du doch einfach einen Vorschlag machen!"

Es wurde einmal mehr still. „Weiß sie denn nichts? Sie offenbart eine Menge Wissen. Die echte Fey, Gabriel … Die Götter und der Dolch."

„Sie weiß nichts mehr, außer das ‚hoch oben', ansonsten hätte sie dazu etwas gesagt. Neben uns dient es ihr ja am meisten, wenn wir Informationen besitzen. Genauso wie ich daran zweifle, ihr Erinnerungsvermögen mit Hilfe einer ausgedachten Geschichte zu dem Thema auf die Sprünge zu helfen."

„Wo steckt sie eigentlich?", fragte der Lockenkopf nun dazwischen.

Erneut war ein leises Geräusch zu vernehmen. „Draußen im Garten. Es scheint ihr gutzutun, die Vögel zu beobachten. Hast du sie eben nicht pfeifen gehört?" Vorsichtshalber trat Fey ein Stück zur Seite, sodass sie sich ganz einfach wieder auf den Stuhl hätte setzen können. Keinesfalls wollte sie beim Lauschen erwischt werden.

Jeremiah schien mit der Antwort zufrieden und lenkte das Thema wieder zurück. „Wir müssen ganz genau darüber nachdenken.

Eventuell kann uns Trude oder eine der anderen älteren Damen oder Herren helfen. Sie wissen viel."

„Damit beziehen wir sie doch ein."

„Nicht, wenn wir es als Geschichte tarnen. Wer weiß schon, was man alles in der Stadt so hört?"

„Vielleicht." Yron verfiel dem Schweigen. „Warum bist du eigentlich so blass?" Seine Stimme klang besorgt und darum lehnte sich Fey nach vorne, als würde das irgendetwas bringen. In ihrem Augenwinkel sah sie die rasche Gestalt des Eichhörnchens den Baum wieder hinaufklettern und verschwinden, während die Vögel sich nicht erneut von ihrem Bad abbringen ließen und lediglich untereinander in kleine Kämpfe ausbrachen.

„Violetta hat einen Partner. Ich weiß nicht, ob mir das gefallen soll. Ich meine, ich möchte nicht der alten Zeit hinterher weinen, die ich verpasst habe, aber ich tue es. Und sie alle geben mir nicht das Gefühl, mich daran gewöhnen zu dürfen. Sie glauben, ich werde aggressiv."

„Wer ist er?" Yrons Stimme klang ehrlich neugierig.

„Raik. Irgendein Halbstarker. Und meine Mutter erinnerte mich daran, dass ich ihm nicht mit dem Messer seine Grenzen beibringen darf. Keine Ahnung ..."

„Ist doch schön für sie", meinte Yron. Fey glaubte, etwas wie ein Lächeln in seiner Stimme zu hören. „Ich freue mich für sie, auch wenn Liebe nichts für mich ist."

„Ja schon. Aber sie ist noch ein Mädchen!"

Ein leises Kichern war zu hören. „Ist sie nicht auch schon um die zwanzig Winter?"

„Das ist nicht lustig!"

„Stell dir vor, wie traurig sie wäre, wenn sie nie die Liebe erfahren, es sich aber doch immer wünschen würde. Sie würde verbittert und alt werden, älter als sie wäre. Und du würdest dir das nicht ansehen wollen, sie immer aufmuntern. Und dir wünschen, dass sie nicht mehr alleine wäre."

Eine Pause entstand. „Ich will nur, dass sie glücklich ist. Aber gleichzeitig kann ich in ihr nur das Kind sehen, das sie vor Kurzem noch war." Seine Stimme klang ebenso kleinlaut wie bedrückt. „Außerdem kann junge Liebe zu großem Schmerz führen."

„Einsamkeit aber auch. Wenn du immer rastlos auf der Suche nach jemandem bist, der an deiner Seite stehen wird, der deine Ängste teilen und sie verscheuchen wird, dir Geborgenheit und Wärme schenkt. Aber dir immer wieder bewusst wird, dass bisher niemand davon auf dich wartet. Dass du allein bist. Und nein, ein Bruder ist nicht dasselbe."

***

Yron setzte den Krug mit dem Tee ab und starrte seinem besten Freund in den gesenkten Blick. Er war sich nicht einmal sicher, woher er das aus so tiefster Überzeugung sagen konnte, da er bisher nie verliebt gewesen war, noch dieses Gefühl der Einsamkeit besessen hatte. Aber er konnte es sich gut vorstellen. In gewisser Weise sah er es sogar bei seinem Vater, wenn man die Situationen auch nicht vergleichen konnte.

Dieser Mann hatte eine ähnlich tiefe Sehnsucht im Herzen, doch sie rührte daher, dass seine geliebte Frau verstorben war. Trotzdem … Der Blick auf eine Einsamkeit ohne seine Liebe blieb auch ihm offen.

„Also was wirst du heute Abend machen?"

Der andere zuckte die breiten Schultern und lehnte sich im Stuhl zurück, auf dem er mittlerweile saß, bis sein Kopf im Nacken lag. „Ich werde ihn mir einfach einmal ansehen und ihn danach im Auge behalten. So oder so. Und was hast du heute vor?"

Das war eine gute Frage. Zuweilen blieb nicht mehr, als nachzudenken. Aber egal, wie sehr er sich anstrengte, es wollte sich keine Lösung finden. „Mit Fey noch ein wenig üben, damit sie nicht allzu sehr auffällt."

„Wie macht sie sich bisher?" Jeremiah zog eine Braue in die Höhe und nahm ebenfalls einen Schluck aus seinem Becher.

„Erstaunlich gut. Viel besser, als ich es je erwartet hätte. Sie bewegt sich beinahe wie ein Mensch, weicht Fragen bisher gewitzt aus oder beantwortet sie so gewissenhaft und glaubwürdig. Meinem Vater erzählte sie, sie wäre mit ihren Eltern früher viel umher gereist und hätte darum keine feste Heimat gehabt. Das gab mir die Möglichkeit, ihm mitzuteilen, dass sie dadurch viele Bräuche durcheinanderbringt." Er grinste und nahm sich ein kleines Stück Käse vom Teller. Die Sorgen blieben. Wie lange würde dieser Schwindel halten? Wie sollte der Weg vor ihnen aussehen? Vielleicht war eine vorsichtige Nachfrage bei Trude wirklich angebracht. Wenn er ihr davon erzählte … Nun kam ihm seine Liebe zu Geschichten zugunsten, denn das machte ihn mit seiner Neugierde weniger auffällig. Während er kaute und gleichzeitig nachdachte, entschloss er sich dazu, der alten Dame wirklich am Abend einen Besuch abzustatten. War nur die Frage, was er in der Zwischenzeit mit Fey machte.

Zu Jeremiah konnte sie nicht, wenn dieser heute Abend Raik kennenlernen würde. Selbst wenn sie gewiss ein gerngesehener Gast wäre, wollte er ihr das nicht antun. Weder den Familienstress noch die ganzen Fragen. Vor allem nicht, wenn er nicht dabei war.

Er klaubte sich das nächste Stück vom Teller. „Ich werde heute Abend Trude aufsuchen und Fey wohl mitnehmen. Das erscheint mir am besten."

Jeremiah sah ihn einen Moment lang an, dann nickte er zustimmend. „Freust du dich darauf, ausgefragt zu werden?"

„Ungefähr genauso sehr, wie du dich auf Raik freust", erwiderte er grinsend und erhob sich. Obwohl es nicht nötig war, klopfte er sich die Hände an der Hose ab und streckte sich kurz. „Dann werde ich unserer Fee mal von heute Abend berichten", lächelte er und wandte sich zur kleinen Tür.

Als er den Garten betrat, fiel ihm als Erstes die Harmonie auf.

Eine Biene ließ sich hungrig auf eine Blüte sinken, die nachgab und sich ein Stückchen nach unten bog.

Sein Blick wanderte nach links und dort war sie, die Beine angezogen hatte sie es geschafft, sich auf dem Stuhl zusammenzurollen. Ihre Züge waren entspannt und sie schien zu schlafen, also war Yron sich einen Augenblick lang unsicher, ob er ihren Frieden zerstören sollte.

Da regte Fey sich bereits von selbst, als würde sie seine Aufmerksamkeit auf ihrer Gestalt bemerken. Zuerst zuckten ihre Beine und ihr Mund verzog sich in kurzen Abständen. Dann flatterten die feinen Lider mit den langen Wimpern und offenbarten schlussendlich die violetten Augen. Ebenso schnell, wie sie manchmal einschlafen konnte, wachte sie auch hin und wieder auf. Sie sah ihn an. „Yron?"

Er nickte und während er noch näher auf sie zuschritt, blieb sein Blick an dem hellen Stoff haften, der ihre zusammengerollte Gestalt locker umhüllte. Das Kleid, das er neben neuer Kleidung für sich selbst beim Schneider organisiert hatte, war ihr zu groß. Er hatte ihre Maße nicht gekannt und würde sich später noch darum kümmern müssen, doch zumindest für jetzt besaß sie etwas zum Anziehen. Und er auch. Die Kleidung, die er am Leib getragen hatte, war zerrissen gewesen. Die Hemden und Hosen seines Vaters hatten ihm nur mäßig gepasst.

Es war so ungewohnt, sie in einem solchen Aufzug zu sehen. Zwar hatte sie sich gegen Kleider ausgesprochen, aber Yron war noch nicht dazu gekommen, Jeremiah nach Anziehsachen seiner Schwestern zu fragen und so hatte der Erbe der Klinge nehmen müssen, was der Schneider noch vorrätig gehabt hatte.

Mit einem seichten Kopfschütteln schob er den Gedanken beiseite und lächelte Fey aufmunternd zu. „Heute Abend wollte ich Trude besuchen, in der Hoffnung, dass sie vielleicht etwas aufgeschnappt hätte, das uns hilft."

„Und ich soll mitkommen?", kombinierte sie und straffte die Schultern. Ihr Blick war ernst, doch nicht verängstigt.

„Die einzige Alternative wäre es, dich allein Zuhause mit meinem Vater zu lassen."

„Aber wieso gehst du dann nicht gleich? Dann könnte ich alleine hierbleiben. Oder mit Jeremiah! Überhaupt, wer ist sie?"

Er schüttelte den Kopf. Dieser Gedanke war ihm bereits gekommen, aber er kannte die alte Frau. Am Tag empfing sie ihn nicht für eine Märchenstunde. Da war sie viel zu sehr damit beschäftigt, Kranken zu helfen. Sofern sie überhaupt im Dorf war, denn oft war sie auch unterwegs, um neue Kräuter zu sammeln. Wenn ihr Sohn das aus zeitlichen Gründen nicht schaffte.

„Das ist leider nicht möglich", gestand er und ging ein paar Schritte auf und ab. Der Garten verdunkelte sich, als wäre er über diese Worte enttäuscht, dabei schob sich lediglich eine Wolkendecke vor die Sonne. Yron blickte empor. Der Himmel verhieß Regen. „Sie ist eine der Dorfalten und eine Geschichtenerzählerin."

Fey schien zuerst protestieren zu wollen, dann jedoch nickte sie einfach, als er seine Aufmerksamkeit erneut ihr zuwandte. Ihre schmalen Schultern hoben sich zart. „Ist in Ordnung", nuschelte sie wenig begeistert. „Es klingt plausibel, wenn du dieser Frau so viel zutraust, also wird sich ein Besuch eventuell lohnen."

Sein Respekt vor ihrem Mut wuchs in diesem Augenblick, sodass er sich zu ihr hinunterbeugte, ehe er sich dessen gewahr wurde. Seine Hand verharrte irgendwo in der Luft zwischen ihnen, ohne dass er gewusst hätte, was er eigentlich machen wollte. Letztendlich strich er ihr unbeholfen über den Schopf und verfluchte sich innerlich dafür. Fey war doch kein Hund!

Mit einem Kopfschütteln riss er sich von ihr los und versuchte, seine Unsicherheit mit einem Lächeln zu übertünchen. „Wenn wir aufbrechen, sage ich dir Bescheid. Bis dahin kannst du hierbleiben." Und als er den Garten verließ, wusste er nicht, ob er selber floh, um der Situation zu entgehen, oder ob er ihr den Frieden ließ, den sie eben noch genossen hatte.

***

Fey drückte sich, noch während sie das Haus verließen, näher an Yron. Der Abend war noch nicht ganz hereingebrochen, dennoch war es stockfinster draußen, lediglich von so mancher Fackel an der Wand oder den Fenstern der Häuser erhellt.

Der friedliche Nachmittag hatte sich immer mehr zu einem Regentag entwickelt und nun waren die Wolken dick und undurchdringlich, sodass nicht einmal mehr das Mondlicht oder die frühen Sterne eine Möglichkeit hatten, ihr Licht zu spenden.

Sie zog unweigerlich die Kapuze des warmen Umhanges tiefer ins Gesicht. Nach Yrons Bitte war Jeremiah aufgebrochen und hatte ein wenig Kleidung bei seiner Schwester erschnorren können. Und Fey gefielen die Sachen. Sie waren in ihren Augen hübsch anzusehen und gemütlich zu tragen. Außerdem erleichterten sie ihr den Gedanken daran, Kleidung wechseln zu müssen. Kleider mochte sie aus irgendeinem Grund bei Weitem nicht so sehr wie Hosen und Blusen.

Es fröstelte sie. Die Temperaturen waren rasch gefallen und kurz blitzte das Bild des Brunnens in ihrem Kopf auf. Schnell verscheuchte sie es. Hier war es nicht annähernd so kalt wie dort. Auch wenn es nun regnete.

Die Fackeln flackerten, aber sie waren so angebracht, dass die Wassermassen sie nicht direkt trafen, es sei denn ein starker Wind würde aus der anderen Richtung heraufkommen.

Zum Glück dauerte ihr Fußweg nicht allzu lang. Einige Nebengassen später standen sie vor einem kleinen Haus und Yron klopfte kräftig mit der Faust an das dunkle Holz der Tür.

Bald darauf öffnete eine runzelige Frau und sah sie beide an. „Meine Götter", entfuhr es ihr nach einigen Herzschlägen ungläubig. „Yron?"

„Ja", nickte er und trat von einem Bein aufs andere. „Dürfen wir vielleicht hereinkommen?"

„Gewiss, gewiss!" Sie machte sich eilig daran, Platz im Durchgang zu schaffen. Die wässrigblauen Augen waren auf Yron gebannt. „Meine lieben, segenreichen Götter, Yron! Du bist groß geworden. Und kräftig!" Sie umfasste seine Gestalt mit einer Geste, ohne ihn zu berühren. „Ein wahrer Erbe des Dolches!"

Seine Wangen wurden hauchzart rot und er senkte rasch den Kopf, damit man es nicht sah. „Ein Erbe muss nicht groß oder stark sein!"

„Ein Herrscher muss Eindruck schinden, am besten bereits mit seinem Auftreten. Und du, mein lieber Junge, siehst eindeutig gefährlich und wie ein Kämpfer aus." Sie nickte zu ihrer eigenen Aussage und schob einige graue Strähnen aus ihrem Gesicht.

Fey musterte sie unauffällig etwas intensiver. Die alte Frau hatte bereits einen leichten Buckel und als sie die Hände an die Seite legte, bemerkte Fey, dass diese zitterten.

„Kommt, setzt euch, ich mache euch Tee!" Begeistert von dem Besuch hüpfte sie erstaunlich agil für ihr Alter davon und verschwand durch einen Durchgang.

Yron drückte aufmunternd Feys Ellenbogen und bedeutete ihr, der Erzählerin zu folgen. Unsicher tat sie, wie ihr geheißen, und betrat daraufhin die kleine Küche.

Trude besaß keine Kühlkammer, dafür hingen von der Decke dicke Kräuterbündel und alles roch nach Tee und Absuden.

Ein Kessel, aus dessen Ausguss schon winzige Rauchfädchen hervorquollen, war über eine offene, in die Ecke eingelassene Feuerstelle gehangen und Trude verteilte bereits Tassen auf dem Tisch. „Edmund ist leider nicht da", seufzte sie. „Erst zieht man sie groß und dann flüchten sie in die Welt."

„Wo ist er denn hin?", wollte Fey nun wissen und biss sich sofort danach auf die Zunge. Keine Aufmerksamkeit! „Verzeiht meine Neugierde", versuchte sie, sich daher herauszureden.

Trude schien gerne zu reden. Ein sanftes Schmunzeln erhellte ihre

Züge. „Sorge dich nicht, Mädchen, ich gehörte nie zu denen, die Neugierde verurteilen. Im Gegenteil! Wer seinen Geist stets wach für Neues hält, wird auch immer Neues erleben. Er ist in die weiße Stadt aufgebrochen. Ist Kaufmann geworden und nur unterwegs."

„Er liebte es schon immer, zu rechnen und zu verwalten", warf Yron ein und nahm sich einen Sitzplatz. Offenbar hatte er früher öfter hier verkehrt. Warum hatte er sich dann nicht darauf gefreut, herzukommen? Wegen ihr?

„So ist die Jugend. Alle suchen ihren eigenen Weg. Und das ist auch gut so." Auch Trude setzte sich nun, sodass Fey eilig folgte.

Sie zog sich einen Stuhl zurecht und zupfte schlussendlich an ihrer durchnässten Kapuze herum, bis diese von ihrem Kopf glitt.

„Aber so gern du als Kind meinen Geschichten gelauscht hast und hier warst, glaube ich doch nicht, dass du ohne bestimmten Grund bei mir aufgetaucht bist." Auf einmal wirkten die hellen Augen nicht mehr ganz so senil, sondern wachsam und intelligent.

Fey begann, unruhig herumzurutschen. Kaum bemerkte sie es selbst, riss sie sich am Riemen. Nicht auffallen, war die Devise. Allerdings konnte sie es auch nicht leugnen, dass der Blick sie nervös machte. Wenn diese Frau nun alles herausfand?

Yron hingegen schien sich nicht daran zu stören. Vielleicht hatte er dadurch, dass er Trude bereits kannte, damit gerechnet.

Der Mann lehnte sich nur ein Stückchen nach vorne. „Ich wollte reden. Du sammelst Geschichten mit derselben Leidenschaft wie ich und ich habe in der Stadt viel gehört." Er schüttelte den Kopf. „Bedauerlicherweise lieben Städter die Anfänge einer Erzählung aber mehr als ihr Ende, das meistens in der Hektik oder dem Alkohol verloren geht."

Ihre Augen leuchteten regelrecht auf. Mit einem Lächeln, das beinahe siegessicher wirkte, neigte sie sich nach hinten, bis die Stuhllehne ihren Rücken stützte. Die Arme vor der Brust verschränkt und auch die Beine übereinandergeschlagen, hatte sie noch immer diesen Gesichtsausdruck drauf. „Da beschleicht mich das Gefühl, dass du vielleicht mehr erreicht hast, als du sagen willst?" Beinahe zufällig fiel ihr Blick auf Fey, die sich am liebsten wieder den dunklen Stoff über den Kopf bis tief ins Gesicht gezogen hätte.

„Mehr erreicht?", wich er aus und legte den Kopf schief, als würde die Frau nur spinnen.

Ihr Lachen brandete über den Tisch hinweg und flutete den Raum. „Hältst du eine alte Frau für solch eine Närrin?" Sie stand auf und schritt um seinen Stuhl herum, die zittrigen Hände auf die Lehne gelegt. „Es steckt so viel Tatendrang in deinem Körper. Dein Herz ist erfüllt von Mut und dein Kopf vollgestopft mit der Unwissenheit der Jugend. Solch ein Zufall, dass gerade du in die Hauptstadt einkehrst. Verschwiegen wie eh und je. Deine Briefe reine Phrasen der Euphorie, wie leere Versprechen dem Vater gegenüber. Und dann kehrst du nach Jahren zurück, ein Mädchen an deiner Seite mit violetten Augen und nervöser als ein Rehkitz auf einer Lichtung. Und du willst mir weismachen, dass das nicht zusammenhängt?" Nun neigte sich Trude zu ihm hinab, beinahe, als wollte sie ihm ins Ohr flüstern. „Dein zweiter Abend Zuhause und du hast nichts anderes vor, als mich zu besuchen und Geschichten auszutauschen? Durch den Regen ankämpfend für eine Tasse Tee?"

Er beäugte sie aus dem Augenwinkel, Fey konnte es sehen, auch wenn er den Kopf nicht zu Trude wandte. Seine Kiefer waren zusammengebissen. „Du hast recht", presste er dann hervor und stieß die angesammelte Luft aus. „Ich wusste, dass ich dich nicht täuschen könnte."

„Dein Wort in den Ohren der Götter, Yron", jauchzte sie regelrecht. „Dieses Dorf ist wundervoll, nur zuweilen bevölkert von Narren."

Nun wandte sie sich direkt an Fey. „Du bist kein gewöhnliches Mädchen."

Als die Angesprochene hilflos zu ihrem Begleiter blickte, nickte dieser leicht. „Ich bin Fey", wisperte sie dann heiser.

„Ein unauffälligerer Name ist dir nicht eingefallen?"

„Anstatt mich nur zu beanstanden, könntest du mir eher helfen", forderte Yron nun.

Sie drehte sich zu dem Feuer um. „Junge Gemüter sind schnelle Gemüter", lamentierte sie und fingerte nach dem Kessel. „Als Erstes ist das Teewasser nun heiß. Dann können wir reden."

Kapitel 12

Yron hatte beschlossen, sie auf den Stand der Dinge zu bringen, und unterrichtete sie schnell. Er schmückte nichts aus, ließ allerdings auch nichts weg und Trude lauschte lediglich, nickte ab und an und sah hin und wieder zu Fey hinüber, der das Ganze unangenehm zu sein schien.

Schlussendlich stoppte der Mann seine Erzählung. „So weit sind wir", seufzte er. „Wir haben keine Ahnung, was dieses ‚hoch oben' ist oder wie es nun weitergehen soll."

Die alte Dame schwieg und runzelte die faltige Stirn, im Stuhl zurückgelehnt. Ihre Tasse gab noch immer Dampfschwaden ab und vermittelte beinahe ein heimeliges Bild. „Das ist eine schwere Sache", murmelte sie nach einer Weile und sah zwischen den beiden hin und her. „Meine Schwester wäre, glaube ich, hilfreicher in einer solchen Frage. Aber vielleicht kann ich etwas dazu beisteuern." Sie stand auf und verschwand kurz aus der Küche. Als sie wiederkam, hielt sie ein dickes Buch in der Hand, dessen Ledereinband bereits dunkel und ein wenig rissig war. Trude legte den Wälzer auf den Tisch und schlug ihn auf, ehe sie darin herumblätterte.

Ihre Pupillen wanderten beim Lesen rasch von einer Seite zur anderen und wieder zurück, auch wenn sie die Augen zusammenkneifen musste, um die Schrift entziffern zu können. „Hier steht einiges aus alten Tagen drin. Auch so manche Voraussage", nuschelte sie und setzte sich beim Lesen wieder hin.

„Voraussagen?", wollte Yron wissen.

Die Dame nickte abwesend. „Die sehenden Geister", erklärte sie und blickte kurz auf. „Hast du angenommen, alles wäre immer nur eine Geschichte?"

„Ja …"

„Die Jugend …", stöhnte die Alte nur und verdrehte die Augen.

Dann konzentrierte sie sich erneut auf die Schrift und fuhr die Zeilen mit dem Finger entlang. „Meine Schwester selbst ist eine dieser Leute. Schon als Kind war sie mit der Gabe gesegnet, mehr zu sehen, als ein Mensch es eigentlich könnte. Wir waren immer stolz auf sie, doch mussten wir sie auch immer verstecken. Die sehenden Geister sind dank der Hexe in stetiger Gefahr."

Davon hatte Yron nichts gewusst und auf einmal wirkte auch Trude anders in seinen Augen. War das der Grund dafür, dass sie niemals zerbrochen war? Oder sich noch so gut für ihr Alter bewegen konnte, obgleich sie aussah wie eine der Ältesten schlechthin? „Hast du auch diese Gabe?"

Sie schüttelte leicht den Kopf. „Nicht so wie meine Schwester. Ich kann kleine Dinge voraussehen. Das Wetter oder ob mir bald ein Teller aus der Hand rutschen wird. Und ehrlich gesagt, bin ich auch froh darum. Zumeist. Ich würde euch gerne mehr helfen können, aber das ist mir leider nicht vergönnt." Sie seufzte. „Ansonsten schätze ich mich immer glücklich, nicht alles sehen zu müssen, nicht andauernd einen zerstreuten Geist zu haben, bei dem ich mich bemühen muss, ihn an Ort und Stelle verharren zu lassen. Malika hatte damit immer zu kämpfen. Manchmal schlief sie wochenlang kaum und musste Jahre ihres Lebens opfern, um zu lernen, es zu kontrollieren."

Yron nickte schweigend. Er verstand diesen sehenden Geist, auch wenn er die Frau nicht kannte. Fluch und Segen in einem nahmen einem oft die Entscheidung über das eigene Leben einfach ab. „Und das Buch?"

Trude blickte auf, dabei strichen ihre Finger jedoch weiterhin unterbewusst über die vergilbten Seiten. „Eine Tradition meines Volkes", lächelte sie und schloss kurz die Augen. Ihre Hand legte sich gespreizt auf die Zeilen, als würde sie so das Wissen aus ihnen heraussaugen können. „Jeder von uns hat ein solches Buch."

„Und was steht drin?"

„Es ist eine Prüfung. Ein Vorfahr von mir schrieb mein Buch, ohne mich zu kennen. Er sah Pfade, die sich mir ermöglichen würden, und welche, die mir immer verwehrt blieben."

„Also steht deine Zukunft auf diesen Seiten?", war Feys Stimme leise zu vernehmen.

Die Alte jedoch verneinte mit einem Kopfschütteln. „Es ist schon komplizierter, Kinder. Wir sehen nicht die Zukunft als Festes oder Ganzes. Lediglich Pfade, die sich zusammenschließen können. Und unsere Prüfung ist es, nicht mehr zu verlangen, als wir von selbst erfahren. Die Versuchung ist groß, unsere eigenen Pfade nachzuschlagen und sich die anscheinend beste Option herauszusuchen. Aber so funktioniert das nicht. Wer seine Zukunft kennt und verhindern will, löst sie meistens erst aus." Sie seufzte und widmete sich erneut den Seiten. „Ich habe der Versuchung widerstanden. Bisher."

„Und wieso änderst du es jetzt?"

Die wässrigen Augen starrten ihn an. „Hier geht es um etwas Wichtigeres, als mit welchem Mann ich ein Kind bekomme oder welchen Beruf ich ergreife!" Sie schüttelte den Kopf. „Ich erhoffe mir doch wenigstens einen kleinen Hinweis. Einen Brotkrumen, mit dem ich einen richtigen Weg einschlagen kann. Mehr nicht." Er wusste dazu nichts zu sagen. Vielleicht hielt sie wirklich seinen einzigen Hinweis in Händen. Es widerstrebte ihm nur, ihre Tradition zu brechen.

Trude jedoch hatte sich ohnehin entschieden und das, ohne ihn um Erlaubnis zu fragen. Immerhin war sie eine alte Frau, sie hatte so viel mehr Lebenserfahrung als er, kannte sich mit diesen Dingen besser aus. Sie wusste, was sie tat, davon ging er aus.

Als sie ein Seufzen von sich gab, blickte Yron auf und musterte sie eingehend. Ihre Augen hatten einen traurigen Ausdruck angenommen. „Hier steht, wie er starb", hauchte sie und strich zittrig über ein paar der kursiven Worte. „Mein Ehemann …"

Den hatte er nie kennengelernt. Er war verstorben, da war Yron selbst erst einige Monate alt gewesen.

Ihre Miene war voller Wehmut, doch bevor er etwas dazu sagen konnte, hatte sie sich wieder gefasst und blätterte weiter, sodass alle Anwesenden dem Schweigen verfielen.

Fey starrte auf die Flammen in der Feuerstelle, schien sie aber gleichzeitig nicht wirklich zu sehen, als wäre sie dafür mit ihren Gedanken viel zu weit weg. Der flackernde Schimmer spiegelte sich in ihren dunklen Augen und für eine Weile beschäftigte Yron sich damit, dem Spiel aus Schatten und Licht zuzuschauen, der ihre Iriden noch geheimnisvoller erscheinen ließ. Wie eine Geschichte, die von Jahrhunderten sprach.

Dann wandte er den Blick ab und sah aus dem Fenster, auch wenn außer Finsternis nur die Regentropfen auf der Scheibe erkennbar waren, die im Licht glänzten. Seine Hoffnungen lagen auf diesem Buch. Und er fühlte sich ebenso bang. Ihm war das alles zu einfach und unweigerlich fragte er sich, was ihm noch bevorstand. Sicherlich, der Besuch hatte auf jeden Fall seine Wirkung gezeigt. Trude auf ihrer Seite zu haben, die immer eine intelligente und beständige Frau gewesen war, war auf jeden Fall ein deutlicher Fortschritt und Yron hoffte, dass es sich für sie nicht rächen würde.

Aber letztendlich störte ihn etwas an dieser Sache. Er wurde misstrauisch, wenn die Sachen zu glatt ineinander übergingen, denn je leichter der Weg am Anfang erschien, umso größer war der Preis am Ende.

„Eure Ankunft steht hier", offenbarte die Frau schlussendlich, hob jedoch nicht den Blick an. „Und der Erbe des Dolches wird die Freiheit an seiner Seite haben, in der Gestalt eines Menschen erscheinend."

„Also steht wirklich etwas dort, das uns helfen kann?" Nun beugte sich der junge Mann aufgeregt nach vorne, versuchte irgendwie die verschnörkelten Wörter auf dem Kopf zu lesen und schaffte es doch nicht.

„Nun gedulde dich ein wenig, Yron", maßregelte sie. „Leider steht nicht mehr zu euren Wegen hier. Nur, dass ihr mich um Rat ersuchen werdet." Ihre Augen blickten ihn entschuldigend an, während ihm der Atem stockte. Keine Hoffnung … Gerade wollte er schon verzweifeln, als ihm ein weiteres Mal Malika in den Sinn kam.

„Malika kann helfen, oder?", fragte er deswegen.

„Ihre Schwester?", hakte Fey leise nach und sah vom Feuer zu der Frau, die Stirn gefurcht.

Diese nickte. „Ich habe nur eine einzige Schwester und die hat in der Tat eine große Gabe. Sie könnte der Schlüssel sein."

Ein wenig Enttäuschung blieb trotzdem in ihm. Auch wenn er lernen musste, sich in Geduld zu üben, fiel ihm das zuweilen immer noch schwer. Eine direkte Antwort wäre ihm lieber gewesen, so konnte er nur darauf hoffen, dass Trude mit ihrer Schwester Kontakt aufnahm, um irgendetwas zu finden, das ihnen weiterhalf.

„Hat sie nicht gesehen, dass wir ihre Hilfe brauchen, und kann morgen hier erscheinen?", wollte er deswegen leise wissen, auch wenn er nicht daran glaubte.

Und Trude bestätigte dies, indem sie den Kopf schüttelte. „Selbst wenn sie es gesehen hätte … Es ist ja nicht wie ein Bühnenstück mit dem Tag des Geschehens, das sie sich immer wieder ansehen könnte. Es sind immer mal wieder kurze Ausschnitte von etwas Möglichem, weder chronologisch noch einwandfrei zu erkennen. Außerdem widersprechen sie sich oft." Sie seufzte. „Selbst wenn sie wirklich der Schlüssel ist, heißt es nicht, dass sie es weiß. Vertagen wir diese Diskussion. Ich kann euch dafür etwas anderes sagen." Sie blätterte ans Ende des Buches. „Hier stehen Dinge, die ich schon immer lesen durfte. Und eine Sache fiel mir gerade ein."

„Die da wäre?", murmelte er, halb neugierig, halb in Gedanken versunken.

Die alte Dame wandte sich direkt an Fey. „Erinnerst du dich daran, wer du wirklich bist?"

***

Jeremiah hatte sich Yrons Worte zu Herzen genommen. Und er war auch froh darüber, sich so entschieden zu haben, während er jetzt am Tisch saß und immer wieder einen Blick auf seine Schwester und ihren Freund warf.

Raik schien ein guter Bursche zu sein. Man sah ihm an, dass sein Körper die letzten Phasen des Wachstums langsam beendete, denn seine Schultern wirkten noch ein klein wenig zu breit für den Brustkorb, aber immerhin hatte er schon einen Bartwuchs.

Die ganze Zeit lagen seine türkisfarbenen Augen auf Violetta. Lediglich wenn ihn jemand ansprach, wandte er den Kopf, um seinem Gesprächsgegenüber die Aufmerksamkeit zuzuwenden. Aber auch Violetta verhielt sich ähnlich verliebt, ließ Raik nicht aus den Augen und musste unter seinen Blicken immer wieder mit roten Wangen lächeln.

„Du warst bis vor Kurzem in der Stadt, habe ich gehört?", wandte der Rothaarige sich allerdings gerade dann an Jeremiah, als dieser sich einen Happen in den Mund stopfte. Die Frage schien Raik wahrhaftig zu interessieren, so intensiv, wie er Jeremiah musterte. Das Gesicht mit dem leichten Bart um den Mund wirkte noch naiv und rund und kurz fragte Jeremiah sich, was Raik wohl einmal für ein Mann werden würde.

Er nickte, kaute fertig und antwortete erst dann. „Das ist korrekt. Ich bin tatsächlich erst gestern wiedergekommen."

„Und was hast du dort gemacht?" Nun runzelte der Jüngere die Brauen und sah ein wenig irritiert aus, als könne er sich nicht vorstellen, was einer aus ihrem Dorf in der Hauptstadt gewollt hatte. Und irgendwo konnte Jeremiah das sogar nachvollziehen. Dorthin zu ziehen, war nicht unbedingt sein Wille gewesen. Dort zu wohnen und zu arbeiten. Einzig die Tatsache, dass sie geglaubt hatten, durch Yron eine Chance auf Veränderung zu haben, hatte sie in die Stadt geleitet. Nur musste er das dem Zwerg ja nicht auf die Nase binden. Ob dieser ihm langsam sympathisch wurde hin oder her.

Also zuckte er lediglich mit der Schulter und gab sich desinteressiert. „Ich schätze, die Neugierde hat gesiegt", gab er nur von sich. „Ich wollte die Stadt sehen und meine Erfahrungen sammeln."

„Obwohl die Hexe dort wohnt?"

„Die Macht der Hexe ist überall dieselbe, solange du ihr nicht direkt in die Quere kommst und dich benimmst. Und daran haben wir uns gehalten." Die Lüge des Jahres. „Wir haben uns ein Quartier gesucht, gearbeitet und neue Freunde gefunden, die Feste mitgefeiert und andere Kulturen kennengelernt." Den Teil hatte er tatsächlich so weit genossen, wie es mit den Hintergedanken ging.

Raik schob sich nachdenklich einen Bissen in den Mund und kaute langsam. „Wie war es?"

Jeremiah erinnerte sich an die Farben bei den Festen. Wimpel, Umzüge. Je mehr die Menschen zerbrachen, desto mehr versuchten sie, sich mit rauschenden Festen abzulenken und sich selbst zu beruhigen. Und zumindest die Ergebnisse waren beeindruckend. Dadurch, dass viele Kulturen aus diesem Land, aber auch aus dem Ausland von weit her in der Hauptstadt vertreten waren, konnte man jeden Tag mit ein wenig Aufmerksamkeit etwas Neues lernen.

Vor allem hatten Yron und Jeremiah gelernt, dass die Nachbarländer, denen man hier nur eine symbolische Existenz beisagte, eine weitaus kompliziertere Sache waren, als man an einem Abend hätte klären können. „Es gab zwar einen Alltagstrott, dennoch auch immer wieder etwas Neues zu sehen", antwortete er deswegen knapp.

Raik verzog den Mund. „Ich kann mich nicht entscheiden, ob ich das auch gerne sehen möchte oder ich es nicht wagen will, noch näher an die Hexe zu geraten." Er gluckste leicht. „Ich fühle mich hier eigentlich sehr wohl. Aber ich würde auch gerne Kulturen erleben. Was denkst du?" Damit wandte er sich wieder an Violetta, die die ganze Zeit nur gelauscht hatte. Ihre Wangen wurden rot und sie lächelte verschmitzt.

„Ich kann es nachempfinden, aber zurzeit fühle ich mich hier am wohlsten und möchte nicht weg."

Jeremiah hatte wegen der Gefahr durch die Nähe zur Hexe zwar nicht gelogen, aber es beruhigte ihn ungemein.

Um sie alle von diesem Thema abzulenken, hob er seinen Becher und prostete den beiden zu. „Ihr habt beide noch Zeit, euch da etwas zu überlegen. Welchem Beruf gehst du überhaupt nach?"

„Ich bin Schreinerlehrling", grinste der Bursche stolz. Das war in der Tat ein guter Beruf.

***

„Wer ich wirklich bin?", hauchte sie verwirrt und bekämpfte den Drang, ängstlich in Yrons Richtung zu blicken. Sie fühlte sich sicherer, wenn er dabei war, aber sie wollte sich auch nicht immer nur hinter ihm verstecken.

„Erinnerst du dich?"

„An was soll ich mich erinnern?" Noch immer war sie irritiert. Wer sollte sie schon vorher gewesen sein? Oder wirklich sein? Sie war die Freiheit. Gebunden, aber mehr nicht. Ihre schmalen Augenbrauen zogen sich zusammen. War das eine dieser Menschensachen, die sie wieder missverstand?

Trude schien es aber so zu meinen, wie Fey es auch verstanden hatte. „Du bist nicht einfach erschaffen, Fey. In dir liegt mehr, als du jetzt weißt."

„Was meinst du?", mischte sich Yron ein.

Die wässrigen Augen wanderten zu ihm und gaben der Freiheit kurz die Möglichkeit, durchzuatmen. Denn der Blick der anderen Frau hatte sie regelrecht gebannt und ihr den Atem schwer werden lassen. „Die Freiheit hat doch kein Bewusstsein. Und egal wie mächtig sie ist, Dilara kann keinen lebenden Körper schaffen. Vor allem nicht, wenn sie ihre ganze Kraft dafür braucht, den Bindezauber zu benutzen."

„Dilara?"

„Sie ist dir wohl eher als die Hexe bekannt." Trude drehte den Kopf. „Erinnere dich, Fey, wer bist du wirklich?"

Aber die Angesprochene lehnte sich nur ausweichend zurück. Ihr Herz klopfte auf einmal wie wild und ihre Handflächen wurden feucht. Dabei war sie eher verunsichert. „Ich weiß nicht, auf was du hinaus willst", wisperte sie und kniff die Augen zusammen, als würde das helfen, aus der Situation auszubrechen.

„Du weißt, was ich meine, nicht wahr? Tief in dir …"

Fey konnte nur den Kopf schütteln. Zwar spürte sie eine Unruhe, die in ihr verwurzelt zu sein schien und die sie sich auch nicht erklären konnte, aber ansonsten … Nur ein leichtes Ziehen an ihren Gedanken, das weder stark noch zuzuweisen war.

„Nein", meinte sie so ruhig, wie sie konnte, und sah auf. Sie wusste es wirklich nicht und hatte auf einmal umso mehr Angst. Das Unbekannte schreckte sie, denn es war ihr nicht bewusst, welche Gefahren oder welches Wissen dort lauerten. Sie konnte nichts einschätzen. Ein weiteres Mal fühlte sie sich, als wäre sie am liebsten aufgestanden und in ihrer Panik hinaus in den Regen geflohen, weg von all dem.

Yron schien ihre Furcht zu spüren. Versteckt von der Tischkante griff er nach ihrer Hand und drückte sie für die Dauer eines Wimpernschlages. Und doch war es tröstend und gab ihr ein wenig Stärke wieder. Denn auf einmal wurde ihr bewusst, solange Yron auf sie Acht gab, konnte ihr so leicht nichts passieren.

Also nickte sie. „Nein, ich weiß es nicht. Erzählst du es mir?"

Trude schien nachzudenken. Dann nickte auch sie und erhob sich, um sich einen weiteren Tee einzuschenken. Fey verneinte ihre Frage auf einen Nachschlag, während der Mann neben ihr dankbar einen weiteren Becher nahm.

Erst als sich die Dame wieder niederließ, die Hände auf dem Tisch ineinander gefaltet, setzte sie zu einer Erklärung an. „Dies ist weder eine Geschichte noch eine Legende. Die letzten Seiten in meinem Buch sind das Tagebuch meines Vorfahren. Wir überliefern unser Wissen sehr sorgfältig und dementsprechend ist es eine Schande in unseren Augen, dass Dilara die Existenz ihrer Zwillingsschwester Elani, der wahren Königin, unter den Teppich gekehrt hat, wie ein Häufchen *Staub*.“ Das letzte Wort spuckte Trude förmlich auf den Tisch. Dann fing sie sich wieder. „Ihr Vater war der damalige König. Seine herrschende Hand war gut, seine Familiäre dagegen war tumb. Sein Stolz waren beide Töchter und mit diesem Stolz prägte sich eine Sorge in seinen Verstand. Sofern ein etwaiges Kind des amtierenden Herrschers die nötigen Fähigkeiten im Herzen hatte, war es keine Seltenheit, dass der Dolch dort nach einem Nachfolger suchte. Und er wusste immer, dass beide Kinder gute Führer wären, der Dolch jedoch immer nur einen erwählen würde und könnte.

Als er schlussendlich auf dem Sterbebett lag, ließ er den Dolch entscheiden, wie es der Brauch war.

Und anders als Dilara immer erwartet hatte, erschien die Klinge des Erwählten nicht in ihrer ausgestreckten Hand, sondern in der ihrer Zwillingsschwester. Ihr Herz war stärker, reiner. Die Missgunst und der Hass, die sich nun im Herzen ihrer älteren Schwester festsetzten, hätten in Elanis Herzen niemals Platz gefunden.

Vor allem nicht ihrer Zwillingsschwester gegenüber. Das Mädchen war sehr intelligent, aber die Ältere war ihre größte Schwäche. Ihr naiver Kern und die Liebe zu ihrer Zwillingsschwester machten sie immer wieder blind gegenüber deren Verbrechen an der Krone, die daraufhin folgten.“ Die alte Frau schüttelte traurig den Kopf, als hätte sie diesen Untergang selbst erlebt und als würde es sie schmerzen. Ihre Hand streckte sich aus, sie beugte sich über den Tisch und strich hauchzart über Feys Wange. „Egal wer sie warnte, sie wollte es nicht hören. Normalerweise so gerecht, wurde sie jedes einzelne Mal rot vor Zorn, wenn es jemand wagte, ihrer Schwester etwas *anhängen* zu wollen.

Und diese dankte es ihr, indem sie sie immer mehr verriet. Beide Schwestern waren der Magie über affin, doch das war das Gebiet, das schon immer der Älteren mehr gelegen hatte. Sie mochten Zwillinge gewesen sein, aber sie unterschieden sich nicht nur von ihren Gesichtern her deutlich. Allem voran waren es ihre Persönlichkeiten, die in einem Kontrast zueinanderstanden.

Dilara lernte und suchte nach Möglichkeiten, endlich ihre ersehnte Macht zu bekommen, in dem Wissen, dass selbst beim Tod ihrer Schwester der Dolch an ihr vorübergehen würde. Wie sie letztendlich auf die Idee kam, die Freiheit zu binden oder woher die Macht dazu stammte, weiß keiner."

„Ob sie Hilfe hatte?", nuschelte Yron und strich sich über den Bart. Zunächst war Fey nicht aufgefallen, dass dieses Unwissen etwas bedeuten könnte, doch jetzt da sie seine Miene sah, stutzte auch sie. Vielleicht hatte sie Hilfe gehabt. Nur welche? Und konnte sich diese Hilfe noch einmischen? Oder welche Macht besaß die Hexe selbst?

Fey wurde übel und ihr Magen zog sich zusammen. Gänsehaut breitete sich auf ihren Armen aus.

„Ich nehme es an", erwiderte Trude. „Aber so oder so. Sie schnappte sich ihre Schwester und benutzte sie für das Ritual. Von dem Verrat geschockt, gelang es Elani nicht, sich zu wehren. Ihr Körper und ihr Geist sind die Fesseln für die Freiheit. Was mit ihrer Seele oder ihrem Bewusstsein geschah, das weiß niemand."

Als sich Yrons Blick abrupt auf sie legte, fühlte Fey sich noch unsicherer, als sie es ohnehin schon nach dieser Offenbarung war. Ihr Magen, der sich nicht wieder entspannt hatte, zog sich noch mehr zusammen und ihr wurde speiübel. Sie war sogar versucht, aufzustehen, hinauszulaufen und sich zu übergeben. Oder sie hätte Trude gerne angeschrien, dass das nicht wahr sein konnte. Es musste sich um eine falsche Erzählung handeln. Nur war da etwas tief in ihrem Herzen, das sich wiedergefunden fühlte. Elani? Hieß das … Wie viel war sie und wie viel war die alte Königin? Oder gab es da überhaupt eine Grenze?

Das grelle Licht eines Blitzes riss sie kurzzeitig aus ihren

Gedanken und zitternd starrte sie auf die dunkle Scheibe, die keinen Einblick mehr nach draußen auf die Landschaft gewährte. Der Regen wurde stärker und offenbar hatte der Wind gedreht, denn die dicken Tropfen trafen auf das Glas wie Trommelschläge.

„Fey?" Kaum dass der Mann sie ansprach und sie den Kopf zu ihm drehte, wurde aus dem Zittern in ihrem Inneren ein regelrechtes Klappern. Ihre Zähne stießen immer wieder aufeinander und sie rutschte einfach vom Stuhl, die Arme um die Beine geschlungen. Es war nicht so, dass sie sich erinnerte. Aber dieses Wissen durchdrang sie, machte sie noch unsicherer und schon bald lösten sich die ersten Tränen aus ihren Augen.

Sie wusste nicht einmal, ob sie wegen ihrer Verwirrung oder wegen ihrer Angst weinte. Vielleicht war das auch einfach Elani, die in ihr weinte. Wegen des Verrates oder des Verlusts ihrer Selbst.

Warme, starke Arme legten sich um sie und zogen sie an eine breite Brust, an der sie schnell wenigstens etwas Trost fand, sodass ihr Atem nicht mehr unkontrollierbar war. Dennoch weinte Fey weiter und legte ihre Stirn an Yrons Oberkörper. Er war so heilsam.

Egal wie sehr sie sich in den letzten Tagen Mühe gegeben hatte, mit sich zu kämpfen und nicht den Mut zu verlieren. Das Schauspiel aufrecht zu halten. Das war mehr, als ihr schwacher Geist gerade vertrug.

Und trotzdem war ihr Freund für sie da, strich ihr sanft über die langen Haare und wiegte sich mit ihr vor und zurück.

„Rette mich", wisperte sie verzweifelt.

Kapitel 13

Die Normalität schien so surreal zu sein.

Fey hatte dieser Tage viel Zeit in Yrons Zimmer oder in der Wohnküche des Hauses verbracht und immer wenn sie sich getraut hatte, hatte sie ihren Blick durch die Fenster nach draußen schweifen lassen.

Das Gespräch mit Trude hatte sie verstört zurückgelassen und alsbald nach dieser kleinen Verkündung hatte Yron sie nach Hause getragen, weil sie sich vor lauter Verzweiflung wie erstickt fühlte. Zunächst war da die Befürchtung gewesen, dass das an ihr lag. Irgendwann hatte sich der ernüchternde und nicht wirklich beruhigende Gedanke eingemischt und festgesetzt, dass Menschen so etwas auch nicht wussten. Nachrichten ließen sie manchmal den Kopf und sich selbst verlieren und sie wussten selbst nicht, wie sie wieder zurückfinden sollten. Der menschliche Geist schien so fragil zu sein. Wie hatten es diese Wesen geschafft, so lange zu leben und eine so große Population aufzubauen?

Wenn sie es wagte, hinauszusehen, entdeckte Fey die Dorfbewohner, die ihrem Alltag nachgingen und wie kleine Ameisen wirkten. Sie wuselten hin und her oder blieben lange Zeit stehen, um sich zu unterhalten, als würden sie sich nicht jeden Tag sehen. Als wäre es etwas Gutes, alte Themen immer und immer wieder durchzusprechen.

Vielleicht war sie aber auch nicht anders. Immerhin saß sie die ganze Zeit hier und dachte immer über dasselbe nach. Auch wenn ihr bewusst war, dass sich ihre Gedanken nur drehten und keine Ergebnisse hervorbrachten.

In sie kam erst Regung, als ihr auffiel, dass irgendetwas anders war. Es war ein sonniger Nachmittag und sie saß auf der Bank, die direkt unter dem Wohnstubenfenster eingelassen und mit Kissen verziert war. Die Dorfleute gingen wie jeden Tag ihrer Arbeit nach, doch bildete Fey es sich ein oder schienen es mehr Leute zu sein, die durch die Gassen eilten?

Als die Frau einen genaueren Blick riskierte und sie sich das Treiben eine Weile lang ansah, fielen ihr immer mehr Dinge auf. Die Leute dort draußen trugen bunte Dreiecke an Bändern herum. Manche Frauen hatten einige Kleider auf den Armen übereinandergestapelt. Blumenkästen wurden herumgetragen.

Sie rückte langsam immer näher ans Glas, bis sie beinahe die Nase an der Scheibe platt drückte. Das weckte ihre Neugierde, denn sie war sich nicht sicher, was das Dorf vorhatte oder ob sie nur wieder mehr reininterpretierte, als sie sollte.

Als sie Schritte hinter sich wahrnahm, drehte sie sich um und entdeckte Yron. Wie immer hatte er eine nachdenkliche Miene aufgelegt und seine Stirn war gefurcht wie die eines alten Mannes.

Sein Hemd war unsauber in die Hose gesteckt und stand leicht offen und in der Hand hatte er einen knallroten Apfel, den er lustlos verspeiste.

„Hast du etwas entdeckt?", wollte er beiläufig wissen und sah sich um, als würde er einmal mehr nach seinen Stiefeln Ausschau halten. Fey war sich nie so sicher, ob er sie ermutigen wollte, menschlicher zu werden, oder ob er sie einfach mit solchen Bemerkungen ablenken wollte. Er schien jedes Mal froh, wenn sie Interesse an etwas zeigte. Sie nickte und deutete mit dem Zeigefinger auf die Scheibe. „Die Menschen verhalten sich merkwürdig. Glaube ich."

Das schien ihn eher zu sorgen. So weit es ging, warf die Haut auf seiner Stirn tiefere Falten und unterbewusst ließ er den Arm mit dem Apfel sinken, während er auf sie zustapfte.

Wann immer er sich bewegte, wirkte er kraftvoll, als würde er gleich angreifen wollen.

Zum Glück war ihr das erst zu einer Zeit aufgefallen, in der sie keine Angst mehr vor ihm gehabt hatte.

Sein wachsamer Blick aus grauen Augen legte sich auf die

Straßen draußen und gespannt hielt sie den Atem an.

Er grinste plötzlich. In diesen Momenten sah er wesentlich jünger aus. Wenn sich die Sorge und die Verantwortung kurz aus seinem Gesicht verabschiedeten. „Alles gut, sie verhalten sich normal, Fey." Er warf ihr einen amüsierten Blick zu. „Sie bereiten ein Fest vor."

„Was für eines?" Sie richtete sich ein Stückchen auf, als er sich zurücklehnte und neben der Bank stehenblieb, um weiter an dem Apfel zu essen. Er zuckte mit den Schultern. Ganz plötzlich war das Lächeln auf seinem Gesicht verschwunden und ein resignierter Ausdruck hatte sich dort festgefroren. „Eines der vielen Feste."

„Aber es muss doch einen Grund geben? Welcher Anlass?" Das machte sie neugierig. Und es lenkte sie von ihren Sorgen ab. Mit einem Rutsch drückte sie sich aus den Kissen hinaus und landete auf dem kalten Fußboden. Ihre Füße waren bar, aber das eisige Gefühl störte sie nicht. Sie registrierte die Kälte lediglich.

Als müsste er sich selbst erst einmal darüber im Klaren sein, welches Fest gefeiert würde, schaute er noch einmal aus dem Fenster. Doch Fey hatte nicht wirklich das Gefühl, dass er sah, worauf sich seine Augen gelegt hatten. Nebenher rieb er sich über das Kinn und seufzte dann. „Es ist das Fest der Herbstmusik." Er wandte sich um und ging zurück in die Küche. Anscheinend war das Thema damit für ihn beendet.

Doch Fey sah es gar nicht ein, das unter den Tisch fallen zu lassen. Es lenkte sie ab und es schien die Menschen fröhlich zu stimmen, also folgte sie ihm nach einigen Sekunden.

In der Küche hatte er sich gegen einen Balken gelehnt und sah nachdenklich an die Decke.

„Was ist so schlimm daran, dass gefeiert wird?"

Es dauerte, ehe sich seine Sturmaugen auf sie richteten. Seit Tagen benahm er sich so und bisher hatte sie es auf den Besuch bei Trude und die Offenbarungen dort geschoben, doch allmählich beschlich sie das Gefühl, dass das nicht alles sein konnte.

„Nichts", wich er leidlich aus und war drauf und dran, zu gehen. Obwohl sie so klein war, stellte sie sich mit ausgebreiteten Armen in den Eingang, um ihn daran zu hindern.

***

Yron knirschte mit den Zähnen, als er sah, wie sie sich in den Durchgang stellte. Zwar waren Wohnraum und Küche direkt verbunden, dennoch mit Regalen, die zwischen den schweren Eichenbalken eingelassen worden waren, abgetrennt. Und wenn er sie nicht schubsen oder wegstoßen wollte, musste er wohl hierbleiben. „Fey …"

„Ich möchte eine Antwort haben."

Und er hatte angenommen, sie hätte genug von Antworten. Mürrisch verschränkte er die Arme vor der Brust. Er wollte einfach nicht über solche Themen sprechen.

Dass die Menschen so taten, als wäre nichts geschehen oder als wären sie nicht schon längst alle mit dem Haupt unter dem drohenden Henkersbeil.

„Was willst du denn hören?", knurrte er und wünschte sich, er würde einfach bedrohlicher auf die Leute wirken. Er würde ihr nie etwas antun, aber manchmal wäre es praktisch, einfach nur auf die Leute zustapfen zu müssen, damit sie aufgaben. Nur wusste Yron von sich selbst, dass ihm das auch nicht gefallen hätte. Ganz und gar nicht.

„Eine Antwort auf meine Frage. Eine Ehrliche."

Wie konnte eine so kleine Person so stur sein? Er verengte die Augen, ehe er sie auf seine Stiefelspitze richtete und damit über den Boden schabte. „Es ist nichts Schlimmes daran." Mit diesen Worten trat er auf sie zu und packte sie vorsichtig, doch bestimmt an den Schultern, um sie zur Seite zu schieben. Was hatte er auch anderes erwartet, zu sehen, als die Vorbereitungen auf ein Fest, das er seit Tagen fürchtete? Menschen, die sich merkwürdig benahmen, ja. So war es mit Festen. Nur wusste die Freiheit das nicht.

Fey schien verblüfft darüber, denn sie sagte nichts, und er entschuldigte sich auch nicht oder erklärte sich weiter dazu, sondern ging einfach.

Es dauerte natürlich nicht lange, bis er ein weiteres Mal ihre baren Füße hinter sich her tapsen hörte, aber er ignorierte es, so weit er es konnte.

Anstatt sich mit dieser Sache zu beschäftigen, wollte sein Verstand sich lieber auf die Probleme konzentrieren und eine Lösung suchen. Aber letztendlich wusste er natürlich, dass er nur auf eine Antwort von Malika warten konnte. Und das würde mindestens noch eine weitere Woche in Anspruch nehmen.

Die Hexe konnte nur ahnen, wo sie waren, aber mit jedem Sonnenaufgang wurde er unruhiger und nervöser und irgendetwas störte ihn. Ein unbestimmtes Gefühl, das sich sehr nach der üblichen Paranoia anfühlte und gleichzeitig komplett anders war.

Er nahm die Treppe nach oben und verschwand in seinem Zimmer. Jeremiah ging seiner eigenen Sache nach und Yron versuchte, es zu vermeiden, mit irgendwem anders großartig in Kontakt zu geraten.

Also hatte er die letzten zwei Wochen mehr oder minder in diesem Haus verbracht und sich um Fey gekümmert, so gut er es vermochte. Hieß; eigentlich nicht sonderlich gut.

Eben jene kam nun durch seine Tür und betrachtete ihn, wie er da auf dem Bett lag, die Arme unter dem Kopf verschränkt und die Beine über den Rand baumeln lassend.

Sie stützte die Arme in die Seiten und blickte bitterböse drein. „Was ist los?“

Freiheit oder nicht, Fey war eine ganze Frau. Argwöhnisch linste er sie aus dem Augenwinkel an und war versucht, einfach die Lider zu schließen und zu schlafen, doch sie trat näher und zeterte weiter.

Irgendwann knurrte er nur noch wütend auf. „Meine Güte, Fey, belass es einfach!“, fauchte er laut und schämte sich direkt.

Ihr Blick war geweitet, die Wangen rot und sie sah geschockt aus. „Tut mir leid", stotterte sie einige Herzschläge später, aber Yron schüttelte nur seinerseits den Kopf und setzte sich auf. Er zog sie vorsichtig zu sich heran, bis sie neben ihm auf der Matratze hockte.

„Ich muss mich entschuldigen." Er seufzte. „Ich verbinde mit diesen Festen allgemein nichts Gutes. Gerade mit diesem hier. Verzeih mir bitte."

Sie nickte lahm und er fluchte innerlich, sprach das Thema jedoch nicht noch einmal an. Stattdessen wollte er ausweichen: „Wieso gehst du nicht zu Jeremiah rüber? Vielleicht lässt dich seine Mutter mit an den Honigkuchen backen?" Die Frau war nett und diskret.

Außerdem hatten die beiden sich schon kennengelernt. Jeremiah würde aufpassen, dass nichts geschah, und er hätte endlich ein wenig Zeit für sich selbst. Zeit, die er dringend brauchte.

Seit Fey bei ihnen war, hatte er keinen Tag mehr, an dem nicht irgendwer um ihn herum war. Wenn das so weiterging, würde er bald am Rad drehen und von selbst ausbrechen.

Fey nickte leicht und glättete den Stoff ihrer Bluse, die ihr gespannt bis über die Knie reichte. „In Ordnung", stimmte sie zu und erhob sich. Dann zog sie die Schultern ein. „Du wolltest schlafen, oder?" Die Angst davor, alleine gehen zu müssen, stand ihr deutlich in das hübsche Gesicht geschrieben und sie blickte auf die Liegestatt nieder.

„Passt schon alles, wie es ist", nuschelte er nur, um ihr die Wahrheit nicht erklären zu müssen. Er hatte nicht schlafen, sondern nur dem Gespräch ausweichen wollen.

Sobald er Ruhe hatte, würde er wie früher über die Felder streifen.

***

Feys Augen konnten sich gar nicht lange auf eine Sache fixieren, ehe sie die Nächste ins Visier nahmen. Vor allem der Marktplatz war für sie atemberaubend schön, obwohl seine Dekoration noch lange nicht fertiggestellt war.

An den Balken, die teilweise eine Überdachung hielten und teilweise dazu dienten, die Flaggen von verschiedenen Familien oder Ländern oder was auch immer zu halten, waren die Seile mit den bunten Dreiecken befestigt und spannten sich dazwischen.

Die fröhlichen Farben flatterten so in der sanften Brise, die durch das Dorf wehte. Außerdem wurden Tische zwischen die fest aufgebauten Marktstände gestellt und jemand fegte auch das Laub von den Kopfsteinpflastern. Es war ein Junge mit noch rundem Gesicht und schmalen Schultern, der nicht breiter als der Besen wirkte und die hellen Brauen zusammengeschoben hatte.

Fey beobachtete ihn eine Weile, bis Yrons Hand, die sie die ganze Zeit umklammert hielt, sie dazu brachte, weiter zu folgen.

Offenkundig hatte er keinen Blick für die bunten Sachen und die Leute. Er nickte ihnen lediglich knapp zu, wenn sie ihn grüßten, ansonsten beachtete er das Treiben um sich herum nicht.

Nur dieses Mal fragte Fey nicht nach und akzeptierte seine Verschwiegenheit einfach. Selbst wenn ihr fraglos nichts anderes übriggeblieben wäre, war sie nicht erpicht darauf, ihn noch einmal zu reizen. Der Tonfall von eben schnitt ihr immer noch ins Herz. Und ließ sie verwirrt zurück.

Die Gerüche von einigen Leckereien reizten ihre Nase und lenkten sie wieder ab. Ihr Magen brummte sofort. Und das wurde natürlich auch nicht besser, als sie das Haus von Jeremiahs Familie betraten, in dem es herrlich nach Honigkuchen duftete und ihr das Wasser im Mund zusammenlaufen ließen. Sie schnupperte in der Luft, auch wenn sie wusste, dass das vermutlich keine kluge Idee war. Ihr Hunger wurde nur weiter davon angefacht, sodass jeder Nachbar ihren Magen nun schreien hören musste.

Yron auf jeden Fall wandte sich um und schien sich alle Mühe zu geben, ein Lächeln aufzusetzen. „Bestimmt bekommst du auch welche ab. Viviane und Violetta helfen normalerweise und haben immer etwas bekommen. Aber dieses Jahr ist Violetta nicht dabei."

Fey nickte. Sie würde also den Ersatz mimen? Das ging in Ordnung. Vor allem wenn sie dann etwas von den Köstlichkeiten abbekäme.

Da öffnete sich bereits die kleine, dunkle Tür am Ende des schmalen Ganges und Jeremiahs Mutter trat in den Flur. Es war normal, dass Yron hier ein und aus ging. Das hatte er die wenigen Male, die sie hier gewesen war, schon gemacht.

„Yron", lächelte sie und rieb sich die Hände an der Schürze trocken, die sie sich umgebunden hatte. Aus der Tasche an der Brust ragte ein rundes Holz, das für den Teig verwendet wurde, wie Fey bereits herausgefunden hatte. Ein Nudelholz.

Nachdem die Dame Yron umarmt und ihm einen Kuss auf die Wange gedrückt hatte, machte sie genau dasselbe auch mit ihr. „Und deine hübsche Fey", lächelte sie. „Seid ihr zum Helfen hier? Jeremiah wartet in der Küche auf die Fertigstellung der ersten Kuchen." Sie kicherte.

Doch Yron zuckte mit den Schultern. „Es tut mir leid", meinte er leise. „Ich habe noch etwas zu erledigen und wollte nur kurz mit Jeremiah sprechen. Aber Fey wollte gerne helfen." Er schob sie sacht mit der großen Hand auf ihrem Rücken zu der Frau hin.

Musste sie nun einen Knicks machen?

Da sie sich nicht sicher war und auch nicht unhöflich sein wollte, griff die kleine Frau rasch nach den Ausläufern ihrer Bluse und knickste brav.

Während Yron bereits in die Küche verschwand, lachte Alana nur und fuhr Fey durch die Haare. „Liebes Kind, deine Manieren sind einfach herrlich."

Die Jüngere legte den Kopf fragend schief. Hatte sie etwas falsch gemacht? Vielleicht hätte sie nicht knicksen sollen. Sie merkte es sich am besten für das nächste Mal und ließ sich in die Küche führen.

Darum mochte sie Jeremiahs Mutter so. Gleich, wie viel Erfolg die Frau damit hatte, sie war freundlich und versuchte, Fey das Gefühl zu vermitteln, niemals etwas falsch gemacht zu haben. Deswegen war sie gern hier. Und weil es hier so gemütlich war. Die Küche war warm und heimelig und hübsch eingerichtet.

Im Ofen knackten die Holzscheite und verteilten ihre Hitze in dem Raum.

Ein massiger Tisch aus dunklem Holz nahm einen Großteil des Raumes ein und bot Jeremiah offenbar auch gleich eine Möglichkeit, auf die Kuchen zu lauern, wenngleich er sich nun an seinen Freund gewandt hatte und nickte.

Die Flammen zauberten ein schönes Muster aus Licht und Schatten in sein Gesicht und Fey fand, dass es gut zu seinen dunklen Locken und den grünen Augen passte.

***

Yron hörte die Küchentür hinter sich genau. Aber es war ohnehin bereits alles abgesprochen. Jeremiah würde für heute die Verantwortung für Fey übernehmen und das Backen beaufsichtigen.

Er war also frei und würde sie kurz vor Sonnenuntergang nur hier abholen müssen. Auf einmal fühlte sich Yron, als wäre ein Gewicht von seiner Brust geschoben worden und er könnte endlich wieder richtig atmen.

Vielleicht war sein Abschied bald darauf zu eilig und eventuell verwirrte es die beiden Frauen, doch das war ihm in diesem Moment vollkommen egal. Er konnte nur daran denken, dass er endlich aus dem Dorf herauskam. Die ganzen Menschen um sich herum hinter sich ließ und wieder durchatmen konnte.

Schon der Weg zu dem Haus war ihm unendlich lang vorgekommen und die bekannten Gesichter, für die er so viel gegeben hätte und die er auf jeden Fall beschützen wollte, waren ihm wie falsche Masken erschienen. Sie konnten ihm nicht sagen, dass sie diese

Feste wirklich so sehr genossen, wie sie immer taten. Höchstens, wenn sie genug getrunken hatten.

Letztendlich mussten natürlich sie es wissen. Er würde sich dort nicht einmischen. Überhaupt nicht, er würde diesem verdammten Fest wie immer möglichst fern bleiben und den anderen den *Spaß* überlassen.

Schon als er endlich den kleinen Pfad in den Wald einschlug, überkam ihn eine gewisse Ruhe, und seine bis hierhin eiligen Schritte verlangsamten sich. Er atmete tief durch, die Augen geschlossen, den Kopf in den Nacken zurückgelegt. Hier war er endlich wieder frei. Keine Verantwortung, keine Last, keine Sorgen. Nur er und die Natur. Die Vögel, die ihn gar nicht bemerkten und weiter zwitscherten. Der Wind, der die Bäume zum Rascheln brachte und einigen ihr buntes Laub nach und nach klaute. Das Gurgeln des kleinen Baches in seiner Nähe.

Sogar seine Schritte fühlten sich federnder auf dem weichen, moosüberwucherten Untergrund an, der neben dem Weg verlief.

Er wollte es nicht riskieren, jemandem zu begegnen, also schlug er sich auf den altbekannten geheimen Pfaden durch das Unterholz, um zu seinem Lieblingsplatz zurückzukehren; ein riesiger Stein, auf dem man gut sitzen konnte, und der sein Bett direkt neben dem Bach gefunden hatte.

Mit einem müden Seufzen ließ sich Yron darauf nieder und schloss die Augen, um sich ganz zu entspannen und in sich hineinhorchen zu können.

Kapitel 14

Während Fey zunächst dabei zusah, wie die Kuchen überhaupt hergestellt wurden, kam sie aus dem Staunen nicht mehr heraus. Sie hatte schon viele kreative Kreationen gesehen, die Menschen sich in ihrem Geistesreichtum hatten einfallen lassen. Immer wieder erwischte sie sich dabei, wie sie die einzelnen Zutaten betrachtete und sich fragte, wieso gerade diese vermengt wurden.

Alana schien diese Neugierde allerdings fehlzuinterpretieren, denn immer wieder bot sie Fey an, doch selbst backen zu können. Die es jedes Mal ablehnen musste und sich lieber an die einfachen Dinge hielt, wie der Frau zum Beispiel die verschiedenen Krüge mit Mehl zu reichen. Die wohl schwerste Übung war jene, den noch heißen Stücken zu widerstehen, die ihren köstlichen Duft verbreiteten.

Auch Jeremiah schien sich am Riemen reißen zu müssen, denn immer wieder legte sich sein Augenmerk geradezu sehnsüchtig auf die Holzplatten, auf denen sich die Küchlein stapelten.

Wenn er nicht gerade mit dem Anblick der Kuchen beschäftigt war, widmete er sich seinen Aufgaben. Er kümmerte sich darum, dass die schweren Platten und Krüge hingebracht wurden, wo man sie brauchte. Genauso schürte er immer wieder die Flammen im Ofen neu, damit die Hitze nicht erlosch. Fey nahm wahr, mit wie viel Geschick er diese kleinen Aufgaben vollführte. Offenbar hatte er auch früher schon oft geholfen. Das Ganze bildete eine Kulisse wie auf einer Theaterbühne.

Sie wusste nicht, ob sie wirklich hier hineingehörte, aber sie gab sich Mühe, hilfreich zu sein.

Die Zeit schien einfach zu verfliegen und irgendwann dachte sie auch nicht mehr nach. Sie arbeitete einfach mit.

Auch wenn ihr bei der Beobachtung von Jeremiah immer mal

wieder auffiel, dass er hin und wieder strauchelte, und der Husten, der für Tage verschwand und dann wieder einsetzte, abermals da war. Schlimmer als zuvor. Sogar seine Mutter unterließ es nach einer Weile, weiter zu backen, und wandte sich besorgt an ihren Sohn. „Was hast du?"

„Nichts, geht schon wieder", redete er sich heraus. Er konnte niemanden täuschen. Sein strauchelnder Körper machte einige unsichere Schritte zurück, seine Lider klappten zu. Beinahe hätte er den Stuhl verfehlt, auf den er sich setzen wollte. Als sein Hintern auf die Sitzfläche prallte, vergingen einige Sekunden, in denen er nur wie ein Häufchen Elend aussah. Dann erst rührte er sich wieder. Seine Hand umfasste die Tischkante so sehr, dass Fey das Gefühl hatte, seine Knöchel würden bald durch die bleiche Haut hervorplatzen. Ein unangenehmes Zittern durchfuhr ihren Körper, als sie das Zerren in ihrem eigenen Inneren widerhallen spürte. Vermutlich war das nur Einbildung, weil sie wusste, was ihm fehlte, denn so hatte sie noch nie darauf reagiert, aber es ließ sie würgen und sie hatte selbst das Gefühl, dass sich jede Faser ihres Körpers zerriss.

Sie drückte sich eine Hand auf den Mund, unbemerkt von den anderen beiden, denn Jeremiah hustete plötzlich immer stärker und seine Mutter versuchte, ihn beruhigend an den Schultern zu fassen. In diesem Moment wirkte sie so zerbrechlich wie der dünnste Zweig im schwersten Sturm. Ihre kläglich krächzende Stimme rief verzweifelt den Namen, den sie ihrem Sohn vor so vielen Jahren gegeben hatte.

Fey schwindelte es und mit unsicheren Schritten wankte sie rückwärts, um sich mit dem Rücken an die Wand lehnen zu können. Wenigstens etwas Halt finden zu können. Weil sie sonst das Gleichgewicht verloren hätte. In ihren Augen brannten beißende Tränen.

„Jeremiah, was ist los?" Alanas sonst gebräunte Haut schien bleich wie die eines Toten. Als würde ihr Sohn neben seinem Leben auch das ihre aushusten. „Jeremiah!"

Ein besonders starkes Husten erfasste seinen Körper, ließ ihn hin und her rucken und als er das Gesicht für eine Sekunde ein Stückchen hob, erkannte Fey die Spuren von Blut auf seinen Lippen. Sie schluckte. „Er zerbricht", hauchte sie. Hätte sie plötzlich aufgeschrien, hätte sie wohl genauso viel Aufmerksamkeit bekommen.

Alana hob den Kopf und drehte sich halbwegs zu ihr um. Ihre Hände umklammerten immer noch hilflos die breiten Schultern ihres Sohnes. Ihre grünen Augen dagegen sahen dumpf aus, die Pupillen regelrecht geschrumpft. „Was?", ächzte sie verloren.

Aber Fey konnte nur mit dem Kopf schütteln. Die Gefühle überforderten sie und nur ein klarer Gedanke kristallisierte sich heraus. Sie wollte nicht, dass Jeremiahs Leben so endete.

Erst als die Tränen ihr das Kinn hinabtropften, bemerkte sie, dass sie überhaupt weinte und schluchzte.

Am liebsten hätte sie geschrien. Oder sich an Yron gedrückt. Irgendetwas getan, um der Angst in ihrem Inneren Luft zu machen. Aber eigentlich konnte sie nichts anderes machen, als hier zu stehen und nichts zu tun. Wie sie es seit Jahren tat. Seit gefühlten Ewigkeiten.

„Hilf mir", meinte Alana verbissen und für einen Augenblick dachte Fey schon, die Frau hätte alles herausgefunden und wüsste, wer sie sei. Sie wollte brüllen. Ihr sagen, dass sie nichts tun konnte!

Aber dann wurde Fey bewusst, dass die andere gar nichts in dieser Form gemeint hatte. Alana griff nach Jeremiah und sah noch immer zu ihr. „Wir müssen ihn nach oben bringen!"

Die Herzschläge, die es dauerte, bis Fey reagierte, fühlten sich sogar für sie wie Jahrhunderte an.

Und als sie schließlich auf die beiden zutrat, kam es ihr vor, als würde sie sich selbst dabei zusehen, wie sie nur unendlich langsam vorankam. Sie fühlte sich, als wären ihre Hände zu schwach, um ihn zu halten, und mit jedem Schritt sank ihr der Mut weiter.

Yron trauerte der Stille, die er erst sehr spät hinter sich gelassen hatte, noch ein wenig nach, als er durch das Dorf zurück zu Jeremiahs Heim schlenderte. Die meisten Dorfbewohner hatten sich mittlerweile für heute von ihrem Tagewerk verabschiedet und sich zur Erholung zurückgezogen und so begegnete er nur wenigen Menschen. Alles war ruhig, der Abend hatte den Himmel bereits farblos zurückgelassen und die Sterne funkelten über ihm hinweg auf das Dorf nieder, als würden sie es segnen wollen.

Kurz blieb er stehen, starrte zu ihnen empor und fragte sich, was genau Sterne sein mochten. Dazu gab es mindestens so viele Geschichten, wie es Menschen gab. Göttersprösslinge. Verstorbene Seelen, die auf ein neues Leben warteten. Wünschegewährer, die sich manchen Menschen zeigten. Andere Welten. Yron hatte für sich nie entschieden, welche der Geschichten er glauben wollte.

Mit einem leisen Seufzer riss er sich von diesem Anblick los und legte die Hand auf die Türklinke. Schon während er das kühle Metall unter seinen Fingern spürte, kroch ihm ein ungutes Gefühl den Nacken hinauf und ließ die Haare dort zu Berge stehen. Es war sonderbar still. Er hatte mehr Lärm erwartet. Die beiden Mädchen oder dass Alana sang. Gelächter. Irgendwas. Aber nicht die Stille eines verlassenen Grabes inmitten von Chaos.

Er sah sich um und betrat die Küche, doch hier war nichts Verdächtiges zu sehen, also ging er weiter durchs Haus, bis er von oben Schritte wahrnahm.

Er visierte die Treppe an und bereits im Flur entdeckte er Fey. Sie weinte und hatte die Hände fest auf die Augen gepresst. Ihre zarten Schultern bebten und zitterten und sie schien seine Ankunft erst wahrzunehmen, als er auf sie zutrat und ihr eine Hand auf den Arm legte.

„Was ist los?", wollte er wissen. Sie sah ihn bloß aus ihren verweinten Augen an. Er konnte sie so nicht erreichen, also kniete er sich hin und umfasste sanft ihre Schultern, zwang ihren Blick zu seinem. „Fey?"

„Es ist Jeremiah", stotterte sie schluchzend und sah auf die Tür zu seinem Zimmer, die ein Stückchen den Flur hinab lag. „Er zerbricht."

Ihre Stimme war nur ein Hauchen gewesen, dennoch jagte sie ihm eine Gänsehaut über den Rücken. Ein Schauer durchdrang ihn. Auch er sah zu der Tür und schwieg, ehe er Fey mit sich in die Höhe zog und auf das Zimmer zustapfte. Sie blieb zurück. Mit einem Ruck öffnete er sie und entdeckte Alana am Bett ihres Sohnes. Sie sah nicht auf, als würde sie es nicht interessieren. Ihre gesamte Konzentration lag auf ihrem Sohn und sie umklammerte seine schwache Hand wie eine Rettungsleine.

Yron schluckte und schloss nun leise die Tür hinter sich, nicht fähig, etwas zu sagen. Er spürte nicht einmal die Angst. Auch von der Wut, bei der er sich sicher war, dass sie ihn noch verfolgen würde, verspürte er nichts. Es war eine tiefe Leere in ihm, die sich nur allmählich mit Verzweiflung füllte. In seinen Ohren schien es zu summen. Er schluckte hart gegen die trockene Kehle an, die keinen Atemzug mehr durchlassen wollte.

Yron rührte sich erst wieder, als die Tür in seinem Rücken sich ein weiteres Mal öffnete und Schritte an ihm vorbeipreschten, als würde er gar nicht existieren. Die Person rempelte ihn an und stieß ihn dabei zurück gegen die Wand. Er gab keinen Schmerzenslaut von sich, bemerkte es nicht einmal wirklich. Es war nur ein dumpfes Gefühl am Rande seines Bewusstseins. Stattdessen sah er auf den Priester und den Arzt. Vermutlich machten sie das beide so oft zusammen, dass sie bereits eingespielt miteinander arbeiteten und es kein Zufall war, wie sehr sie im Gleichtakt gingen. Jeremiah musste es seit Stunden schlecht gehen.

Während der Arzt sich direkt an Jeremiah wandte, griff der Priester vorsichtig nach Alanas Händen und zog sie sanft vom Bett. Sie wirkte so verstört, dass sie es mit sich machen ließ und er umarmte sie fest und drückte sie an seinen Brustkorb, um ihr mit einer Hand übers Haar zu streichen. Um seine Finger war ein Geflecht aus verschiedenfarbigen Lederbändern mit aufgesteckten gesegneten Holzperlen gewoben worden.

Yrons Beine zitterten. Keiner achtete auf ihn und er hatte das Gefühl, durch ein Fenster auf eine Szene weit weg von sich zu starren. Als wäre er gar nicht wirklich hier. Das Schluchzen der Mutter vermischte sich mit dem Murmeln des Heiligen und den Selbstgesprächen des Arztes zu einer lästigen monotonen Geräuschquelle.

Es war Jeremiah selbst, der diese unterbrach. Nur nicht, indem er sprach, sondern dadurch dass ein Husten sich losbrach und seinen bewusstlosen Körper schüttelte. Der Arzt knirschte mit den Zähnen und drückte den Jüngeren vorsichtig, aber bestimmt an den Schultern zurück in die Kissen. Und auch der Priester löste sich von Alana und schritt auf beide zu, um zu helfen.

In Yron kam langsam Bewegung. Er sollte da sein und seinem Freund helfen, anstatt nutzlos neben der Tür zu stehen und auf die Situation zu blicken wie ein verfluchter Gott!

Mit bestimmten Schritten, die seine Unsicherheit überspielen sollten, trat er auf das Bett zu und griff selbst nach den Schultern seines besten Freundes. Dabei sah er ihm fest in das verzogene Gesicht.

Sein Herzschlag setzte aus, als er sich der Ähnlichkeit zu damals bewusst wurde. Auch wenn er zu dieser Zeit noch ein anderer gewesen war. „Jeremiah", hauchte er deswegen in der irrsinnigen Hoffnung, seinen Freund, der wie ein Bruder für ihn war, so wecken zu können. Als würde es das besser machen und Jeremiah hätte nur seine Augen zu öffnen, um genesen zu können. „Komm schon."

Die anderen beiden Männer sagten nichts dazu. Sie wohnten in einem Nachbardorf, das nur wenige Kilometer von hier entfernt lag, und bisher hatte er sich immer von ihnen weit entfernt gehalten, wenn sie ins Dorf kamen.

Natürlich war es nicht ihre Schuld, dass die Menschen starben, und eigentlich vollbrachten sie ein gutes Werk, halfen den Patienten und den Angehörigen, Schmerz, Leid und Kummer zu verarbeiten. Doch in Yrons Augen konnte er sie nur mit dem Sensenmann gleichsetzen. Mit dem Tod. Sie kamen herbeigeeilt wie die heißhungrigen Aasgeier, um die Seelen mitzunehmen.

Und nur er blieb letztendlich zurück.

Ein Zittern durchlief seinen Körper und er kämpfte die Erinnerungen zurück. Es ging nicht um die Vergangenheit. Es ging ums Hier und Jetzt und er musste irgendetwas machen.

Er würde nicht auch noch Jeremiah verlieren!

Seine Hände fühlten sich gefesselt an. Wie immer war er dazu verdammt, machtlos daneben zu stehen. „Komm schon", wisperte er, als würden alle anderen um sie herum nichts davon hören können. „Gib nicht auf!"

***

Fey drückte sich eng an die Wand und ließ sich schlussendlich daran hinabgleiten. Ihre Arme schlangen sich wie von selbst um die angezogenen Knie und sie drückte die Stirn dagegen, als wollte sie sich vor der Welt verstecken. Sie schloss die Augen und presste sich nach einiger Zeit sogar die Hände auf die Ohren, damit sie nichts mehr hören musste.

Ihr Herzschlag hallte in ihren Ohren wieder und klang geradezu bedrohlich. Sie biss sich auf die Unterlippe, bis es wehtat. Jeremiah hatte es versprochen. Er hatte es Yron und auch ihr bei jedem Hustenanfall aufs Neue versprochen, dass es ihm gut ging. Dass er nicht zerbrach.

Und Fey hatte es glauben wollen. Genauso wie Yron, denn er hatte nie mehr etwas dazu gesagt. Oder hatte er das alles von ihr ferngehalten?

Fey wiegte sich vor und zurück und kniff die Lider noch fester aufeinander, als würde das die Angst vertreiben können. Sie wusste nicht, woher dieses unbestimmte Gefühl kam. Das Gefühl, etwas machen zu müssen. Irgendetwas. Sie konnte sich nicht einmal ins Klare darüber versetzen, was es war, das sie machen sollte. Flüchten? Es konnte die Angst nicht besiegen und war doch das Einzige, was sie tun konnte. Versuchen, sich in ihre Welt zu retten, weit weg von aller Angst und jeder Sorge. Eine Welt, in der sie so viele Jahre verbracht hatte, dass es ihr doch eigentlich leichter vorkommen müsste, dorthin zu gelangen. „Bitte", ächzte sie überfordert. „Bitte macht, dass es aufhört! Sorgt dafür, dass alles wieder gut wird. Bitte!" Als sie die Lider hob, konnte sie sich zu nichts Bestimmten durchringen. Sie starrte an die schweren Holzbalken, die die Decke stützten. Ihre Hände falteten sich verkrampft ineinander. „Götter, ihr habt mich erschaffen, wieso habt ihr keine schützende Hand für mich übrig? Befreit mich aus dieser Hülle, ich bitte euch!"

Keine Antwort kam. So wie nie eine Antwort gekommen war. Man hatte sie erschaffen, in die Welt hinausgeworfen und sie wissen lassen, wie ihre Aufgabe aussah.

Mehr nicht.

Nachdem sie den Funken des Lebens erhalten hatte, war dort niemand mehr gewesen, der auf sie geachtet hätte. „Bitte", war ihr verzweifelter Versuch. Menschen mochten streiten können, ob ihr Glaube richtig war oder nicht. Doch sie hatte die Götter selbst gesehen. Vielleicht machte es sie in diesem Moment einsamer. Sie konnte es nicht verdrängen und auf einen falschen Glauben schieben. Sie war gezwungen, zu wissen.

Und das ließ sie verloren zurück. Ihre Tränen verdichteten sich und ihr Mut schwand dahin. Ein letztes Schluchzen fand den Weg über ihre Lippen.

Das Fenster am Ende des Flures ließ auf einmal eine warme Brise herein, sodass sich der Vorhang davor leicht bauschte und teilte. Feys Kopf hob sich ein Stück. So starrte sie auf das Fenster, stockstarr, als wäre ihr Körper plötzlich aus Eis.

Zwischen dem geteilten Stoff flog auf einmal eine kleine Gestalt herein. Sie konnte nicht größer als ihre Handfläche sein, dennoch wirkten ihre Flügelschläge mächtig, als wären sie dazu fähig, ganze Stürme loszubrechen.

Der kleine Vogel flog eine elegante Kurve um sie herum und landete dann auf ihrem Schoß. Sein Gefieder war sehr auffällig, schattiert in verschiedenen Tönen von Rot, Braun und Schwarz.

Sie blickte ehrfürchtig auf diese Kreatur und wagte es gar nicht, einen Finger zu rühren, um das sicherlich weiche Federkleid anzufassen.

War dies ein Zeichen? War es das, auf das sie so lange gewartet hatte? „Wer bist du?", hauchte Fey leise und sah in die kleinen Knopfaugen des Vogels.

Für einige Herzschläge geschah gar nichts. Beinahe hätte sie sich für ihre Vertrauensseligkeit in die Götter gerügt, aber da legte der Vogel den Kopf schief, breitete die wunderschönen Flügel aus und schien sich vor ihr zu verneigen. Genauso wie ein Mensch es machen würde.

Doch er sprach nicht. Als er den Schnabel öffnete, kam ein Flöten und Pfeifen heraus, nur kein Wort.

„Ich verstehe dich nicht", wisperte die Frau nur und hob wie von selbst die Hand, um über seinen flauschigen Kopf zu streichen. Er schien es zu genießen, denn sein kleiner Kopf drückte sich ihr entgegen und erneut spreizte er die Federn seiner Flügel.

Er sang weiter sein wunderschönes Lied, als würde er sich nicht daran stören, dass sie ihn nicht verstand, oder als würde er darauf hoffen, dass sie die Fähigkeit dazu von selbst in ihrem Herzen fand, doch egal wie sehr sie danach suchte, sie schaffte es nicht.

Dafür verschwand allmählich ihre Angst, während sie ihm lauschte. Und Fey war überzeugt davon, dass die Ankunft dieses kleinen Geschöpfes kein Zufall war. Dafür musste man kein Gelehrter sein. Es reichte schon der verwirrte Geist von einem Wesen wie ihr, um dies zu erkennen. Sie schob sich ein Stückchen höher und lehnte sich erneut an die Wand, den Vogel zwischen ihren Fingern geborgen wie einen Schatz. „Du kommst von den Göttern, nicht wahr? Sie haben dich geschickt. Sie haben dich zu mir entsandt. Sag mir, was ich machen soll, bitte!"

Der Vogel stoppte sein Lied und blickte sie lange Zeit an und für einen Augenblick bildete sich Fey ein, etwas wie Trauer in den runden Augen erkennen zu können. Aber warum? Gab es keine Hoffnung?

„Bitte sag mir, was ich machen soll, Vogel!"

***

Irgendwann hatte Jeremiah sich wieder beruhigt und Yron hatte sich ein Stückchen zurückgelehnt. Der Arzt brauchte den Platz, um den Patienten untersuchen zu können. Yron wusste, dass es keine Möglichkeit der Heilung gab, doch so oder so würde es nur helfen.

Am liebsten wäre er davongerannt und hätte niemals angehalten. Irgendetwas, das seinen Körper erschöpfte und seinen Geist von dieser Sache ablenken würde.

Gleichzeitig wollte er nicht von Jeremiahs Seite weichen. Er konnte es nicht einmal. Seinen Freund leiden zu sehen ... *sterben* zu sehen, zerriss ihn innerlich, und gleichzeitig wollte er diese Zeit nicht verschenken.

Seine Hände zitterten und ihm kam der absurde Gedanke, dass er jetzt gerne eine Pfeife gehabt hätte, um sie zu rauchen. Oder einfach nur, um etwas zu tun zu haben, bevor er dem Wahnsinn verfiel. Obwohl er nie geraucht hatte.

Mehr als die Verantwortung, mehr als die Pflicht störte es ihn, zum Nichtstun gezwungen zu sein. Yron hasste es, wenn die Menschen von ihm Lösungen erwarteten. Noch schlimmer war es, nichts machen zu können. Nicht einmal einen Glanz der Hoffnung zu entdecken, mit dem ihn die Menschen manchmal betrachteten.

Während er unruhig im Zimmer auf und ab ging und sich dabei

fragte, ob er das nicht lieber unterlassen sollte, wurde ihm die Ironie bewusst. Vorhin noch sehnte er sich nach seiner Stille. Und nun hätte er alles dafür gegeben, dieses Haus heute gar nicht mehr verlassen zu haben und Jeremiah weiterhin neben sich lärmend reden zu hören.

Nach einer Weile fing der Priester ihn ein und legte ihm die Arme auf die Schultern. „Bleibe ruhig", maß der alte Mann leise. Sein faltiges Gesicht wirkte freundlich und beruhigend.

Und wie der Tod.

Mit einem Knurren riss sich Yron aus seinem Griff und bemerkte noch im selben Moment alle Blicke, die nun auf ihn gerichtet waren. Es war nicht der richtige Augenblick für eine solche Reaktion. Yron zwang sich, sich zu erinnern. Der Priester war nicht böse, er half. Das hatte er immerhin in der Ausbildung geschworen, oder etwa nicht? Er nahm es als sein Mantra. Dennoch vertrug Yron es nicht, diese ekelhaften Hände des Todes auf seinen Schultern zu spüren. Er schloss die Lider und riss sie dann wieder auf. Mit einem Kopfschütteln wandte er sich rasch um und floh aus Jeremiahs Schlafzimmer.

Als er den Flur betrat, hielt er nicht einmal inne. Er wollte nur weg, musste fort von hier. Auch wenn alles in ihm schrie, wieder zu Jeremiah zu gehen. Erst auf halbem Weg zur Treppe wurden seine hektischen Schritte träger.

Fey war nach wie vor an ihrem Platz und in ihren Händen hielt sie etwas, das seine Aufmerksamkeit nicht lange fangen konnte. Mit gebeugten Schultern schlurfte er an ihr vorbei und nahm die Treppe nach unten. Er hatte nicht einmal wirklich ein Ziel vor Augen. Die ganze Welt schien schwarz und eiskalt zu sein.

Kaum hatte er die Haustür durchschritten, sah er Jeremiahs Vater heraneilen. Yron wurde schlecht und er hoffte, dass der Mann einfach an ihm vorbeiging, ohne ihn zu bemerken oder anzusprechen. Er hätte weder die Kraft, Fragen zu beantworten, noch in die Augen des Mannes zu blicken. Ohnehin wurde er im Vorbeigehen nur kurz gemustert, ehe der Ältere im Haus verschwand.

Yron ließ sich kraftlos an der Außenfassade in den Dreck sinken und drückte sich die Hände auf das Gesicht.

Kapitel 15

Der Moment, in dem Jeremiahs Vater die Treppe hinaufstürzte und an ihr vorbeieilte, ohne sie zu bemerken, würde ihr wohl immer im Gedächtnis bleiben. Es war der Augenblick, in dem sie sich aus ihrer Starre lösen konnte.

Als würde die Zeit selbst wieder einrasten, wandte sie sich rasch um und rannte die Treppe hinab, immer mehrere Stufen auf einmal nehmend. Der Vogel flog eifrig schnatternd um ihren Kopf herum, nahm ihr jedoch zum Glück niemals die Sicht.

Sie wollte nur zu Yron und hoffte, dass er nicht allzu weit gegangen war. Sie würde ihn ansonsten niemals finden.

Er hockte genau neben der Tür auf dem Boden und starrte mit ausdruckslosen Augen die Gasse entlang. „Yron?", sprach Fey ihn, in dem Versuch, ihre Stimme nicht so sehr brechen zu lassen, an.

Aber er reagierte nicht auf sie. Als könnte er es gar nicht wahrnehmen, dass sie hier war. „Yron?", versuchte die Frau es ein weiteres Mal und trat vorsichtig auf ihn zu. Angst breitete sich in ihrem Herzen aus und löste sich auch nicht auf, als sie sich behutsam neben ihm auf die Knie sinken ließ. „Sprich doch mit mir." Ihre Stimme war kaum mehr zu hören und schlussendlich fand Fey den Mut, die Hand nach ihm auszustrecken und auf seinen Arm zu legen.

Sie hätte vieles erwartet. Dass er schreien würde. Dass er sie ignorierte. Dass … Sie wusste es nicht einmal.

Aber nicht, dass er schluchzend und unendlich langsam den Kopf in ihre Richtung wandte. Tränen lösten sich aus seinen dunklen Augen und rannen seine Wangen hinab. Sie konnte kaum darauf achten. Sie war zu gefesselt von seinem Blick, in dem eine solche Qual lag. Sogar ihr Herz zog sich nochmals zusammen, so sehr, dass sie nur vor Schmerz aufzischen konnte. Wie gerne hätte sie ihm diese

Pein abgenommen.

„Er ist wie ein Bruder für mich", hauchte Yron leise in die Stille hinein, als wäre er sich seiner Worte gar nicht bewusst. „Wir waren schon immer zusammen." Sein Kopf nahm die alte Position ein und er zog die Knie an, um die Handgelenke darauf zu stützen.

„Yron …" Auch in ihren Augen brannten Tränen und sie konnte gar nicht schnell genug blinzeln, als dass ihre Sicht wieder frei geworden wäre. Noch immer lagen ihre Finger auf seinem Arm und sie wusste nichts zu sagen.

Was sagte man in so einer Situation? Sie litt bereits so sehr unter dem drohenden Verlust und der Hoffnungslosigkeit. Dabei kannte sie Jeremiah nicht einmal halb so gut wie er. Auch wenn sie ihn sehr mochte. Wie musste es Yron dann erst gehen? Seine Welt schien zu zerbrechen, so wie es Jeremiahs Seele tat.

Aber der Erbe des Dolches schien nicht einmal eine Antwort zu erwarten und vielleicht war er sich nicht einmal im Klaren darüber, dass sie hier war und er mit ihr sprach. Er sah zu geschockt aus. „Es ist wie damals." Seine Stimme hatte beinahe den Unterton eines verängstigten Kindes.

„Damals?"

Er schwieg dazu und lehnte den Kopf nach hinten, sodass seine Arme von den Beinen rutschten. „Es ist wie damals …", wiederholte der Mann nur kleinlaut. „Ich konnte auch sie nicht beschützen."

„Wen?" Fey runzelte die Stirn und sackte ein Stückchen in sich zusammen. Wen hatte er nicht retten können? Wovon sprach er?

Als die Glocken der nahen Kirche begannen, zur Abendstunde zu läuten, und krachend die Stille zerrissen, sah Yron auf, wie aus einem Traum erwacht. Er blinzelte träge und hob dann die Hand, um mit dem Handrücken über seine Augen zu wischen und die Spuren seiner Trauer zu entfernen.

„Yron?"

„Du solltest nach Hause gehen, Fey", murmelte er abweisend und drehte das Gesicht ein Stückchen von ihr fort. „Und da warten."

„Worauf?"

„Dass wir wissen, wie es weitergehen soll." Er war kaum mehr zu verstehen. War auch er zu gebrochen, um weiterhin Hoffnung spüren zu können?

Unsicher griff sie nach seiner Schulter, aber er schüttelte ihre Finger sogleich ab und sah sie wütend an. „Fey!", maß er. „Bitte. Geh nach Hause. Gib mir meine Zeit."

Fey schüttelte nur den Kopf. „Wen konntest du nicht beschützen? Bitte sprich mit mir." *Lass diesen Moment, in dem ich dich besser verstehen könnte, nicht wieder vorbeiziehen!* Sie hatte Angst. Eine andere als die vor der Hexe, denn sie selbst war gar nicht in Gefahr. Fey konnte nicht mit sich selbst umgehen. Oder mit ihren Gefühlen.

Yron verzog das Gesicht, gleichsam wütend wie verzweifelt. Einige Herzschläge lang sagte er nichts und sie fürchtete, er würde sie ein weiteres Mal abblocken und aus seinen Gedanken ausschließen, als er die Augen zusammenkniff und seufzte. „Meine Mutter." Aus dem Augenwinkel musterte er sie und blickte dann zum Firmament empor. „Ich konnte sie nicht beschützen. Es war auch zu dieser Zeit, einige Jahre zuvor. Ich war noch ein Kind und verstand dieses ‚Zerbrechen' nur mäßig. Aber es sollte mir schon bald gelehrt werden, was es damit auf sich hatte. Auch sie hustete erst nur, fühlte sich die ganze Zeit müde, kaum mehr in der Lage, etwas zu unternehmen. Ihr Lächeln verblasste immer mehr. Es war, als würde man zusehen, wie die Sonne immer mehr und für alle Zeit von Wolken verdeckt würde.

Irgendwann weigerte sie sich, das Bett zu verlassen. Ganz gleich, was man ihr vorschlug, zu unternehmen. Einen Spaziergang. Ein Essen mit meinem Vater oder auch nur mit mir zu spielen.

Einige Tage später wollte sie mir auch keine Geschichte mehr erzählen. Sie lag nur noch da und schon bald durfte ich nicht mehr zu ihr, weil man mich schützen wollte und weil der Arzt die ganze Zeit über bei ihr war." Er stockte und rieb sich geradezu brutal durch die Haare. „Ich habe sie gefunden."

„Was?" Sie hatte sich vorgelehnt und griff nach Halt suchend nach seiner Schulter, um sich zu stützen.

Er bemerkte es nicht einmal. „Auf dem Dachboden. Ich hatte mich über das Poltern gewundert. Und dann hatte ich die Hoffnung, dass sie das Bett verlassen hatte. Und ja, das hatte sie. Außerdem war die Leiter heruntergeholt und an die Luke gelehnt worden." Ein Schaudern lief durch seinen Körper.

Einen Augenblick lang verstand Fey nicht, was er wollte. Bis sie sich daran erinnerte, dass er es gewesen war, der seine Mutter nach ihrem Tod gefunden hatte. Als sie es gehört hatte, war sie so geschockt gewesen und doch hatte sie nicht mehr daran gedacht, da es ihr wie aus einem anderen Leben erschien. Sie nagte an den nächsten Worten. „Was war geschehen?"

Er kniff die Augen so fest zusammen, dass es schmerzhaft wirkte. Erst nach einigen Sekunden stellte sie überrascht fest, dass er sie anscheinend gerade noch sehen konnte, denn sein Kopf folgte ihrer Bewegung. „Kannst du dir das nicht denken?", zischte er.

Ja, das konnte sie. Sie hatte Jeremiahs Stimme noch genau im Kopf. „Sie ist gestorben", murmelte sie und ein Schaudern durchlief ihren Körper. Unweigerlich ließ sie ihn los und starrte auf ihre eigenen Hände. Fey war nie freiwillig in diesen Körper gelangt. Und doch war sie schuld gewesen, dass Yron seine Mutter verloren hatte. Dass Jeremiah gerade starb.

„Sie hat sich erhangen." Er erhob sich so plötzlich, dass sie erschrocken aufkeuchte, und schlug sich den Dreck von der Hose. „Sie hat einen alten Stuhl und ein Seil benutzt. Mehr brauchte es nicht, um ihr Leben auszuhauchen. Ein ganzes Leben, in Sekunden ausgelöscht."

„Yron …" Fey hatte Angst. Das hatte sie nicht erreichen wollen. Mit großen Augen starrte sie zu ihm hinauf, unfähig, sich zu rühren.

Aber er schnaubte nur. „Diese ganzen Menschen verlassen sich auf mich, Fey! Und ich konnte nicht einmal meine eigene Mutter davon abhalten! Ich war im Haus, während ihr der Gedanke kam.

Vielleicht plante sie es? Vielleicht war es auch nur eine überstürzte Entscheidung. So oder so war ich im Haus, während sie nach oben ging. Ich konnte ihre Schritte in der Küche nicht vernehmen, kein Weinen oder Schluchzen. Ich war kurz vorher noch bei ihrer Tür gewesen, kurz davor zu klopfen. Aber ich wollte sie nicht wecken, falls sie schlief, also machte ich mir etwas zu essen.

Alles war still, beinahe friedlich. Erst das Krachen des Stuhls, Holz auf Holz ..." Er brach ab und drehte ihr seinen breiten Rücken unter dem nicht mehr ganz weißen Hemd zu. „Götter verdammt!", spie er unendlich wütend aus und trat gegen einen Stein auf dem Boden, sich die Haare raufend. „Ich bin für niemanden eine Hilfe." Sein Atem kam in angestrengten Zügen über seine Lippen. Seine Wut verrauchte, seine Stimme wurde leise und schwach. „Damals konnte ich sie nicht retten und nun kann ich ihm nicht helfen."

„Du warst ein Kind. Nicht einmal die Erwachsenen schafften es, ihr zu helfen."

Er starrte sie an. Dann schlug er völlig unvermittelt mit der Faust gegen die Mauer und keuchte auf. Weiter beachtete er die Schmerzen, die er haben musste, jedoch nicht. Fey erhob sich vorsichtig und formte ihre Hände vor der Brust zu einer kleinen Schale.

Als hätte sie den Vogel damit wirklich gerufen, landete er dort mit leise raschelnden Flügelschlägen. Fey streckte die Arme nach vorne und hielt Yron das Geschöpf entgegen. „Sieh, Yron", sprach sie leise. „Dieser Vogel ist ein Zeichen."

„Von wem?"

„Der Götter. Sie schickten ihn zu mir. Wir müssen nur die Hoffnung beibehalten. Unser Glaube wird das Schwert sein, das die Angst durchdringen wird." Sie wollte ihm ein Teil dieses Lichtes abgeben.

Er starrte lediglich darauf, Herzschlag um Herzschlag. Dann lachte er bitter auf und es klang wie der Knall einer zugeschlagenen Tür. „Fein", meinte er nur leise und ging.

„Yron?" Sie wollte ihm hinterherlaufen, doch schon beim ersten

Schritt hielt er sie mit einem scharfen Blick auf.

„Geh einfach nach Hause!", zischte er wütend. „Ich komme später heim." Damit wandte er sich zum Gehen um.

Und ließ sie hier allein. „Yron!"

Ihr Rufen wurde von ihm ignoriert. Und ängstlich sackte sie in sich zusammen und konnte nichts anderes machen, als schluchzend den kleinen Vogel an ihrer Brust bergen.

Seine Wärme tröstete genauso wie sein leises Piepsen. Es gab nichts, das ihre Tränen in diesem Augenblick hätte aufhalten können.

***

Es war falsch von ihm und das wusste er auch. Er konnte Fey nicht länger um sich herum ertragen. Jedes Mal wenn er sie betrachtete, war es ihm nicht mehr möglich, mehr als Zorn in sich zu spüren. Nichts anderes als eine reißerische Wut. Jeremiah starb und es war egal, wie sehr er sich gegen dieses Wissen sträuben wollte, es machte es nicht weniger wahr.

Sein Bruder zerbrach.

Und dabei war die Freiheit, das, was ihn retten würde, genau vor seinen Augen! Er konnte sie anfassen, mit ihr sprechen. Er konnte ihren Atem hören, wenn sie sich im Schlaf an ihn heran drückte.

Er konnte seinen Freund nicht retten. Er würde seinen Bruder verlieren, nur weil er jetzt noch keinen Weg wusste.

Und wenn ihm dieser offenbart würde? In zwei Monaten? Dann wäre alles eitel Sonnenschein, nur leider für Jeremiah ein paar Wochen zu spät. Die Erde auf seinem Grab wäre noch frisch, wenn die Menschen vielleicht ihr Gesicht wieder der Sonne zuwenden könnten.

Er knurrte und hätte gerne seine Wut an irgendetwas ausgelassen. Aber seine Hand schmerzte und auch wenn es nicht die Pein war, die er mied, konnte er es nicht riskieren, seine Hand zu brechen und vielleicht niemals mehr richtig benutzen zu können.

Er musste kämpfen können.

Wie von selbst kramte er den Dolch hervor und während er noch ziellos umherlief, betrachtete er die mysteriöse Klinge. Und fragte sich zum wiederholten Male, warum sie ihn erwählt hatte und nicht irgendwen anders. Wieso sollte gerade er richtig dafür sein?

„Wieso?", zischte er und als er sich umblickte, stellte er fest, dass er im Wald stand. In einem anderen Teil, der nicht so erschlossen war und unweit von Jeremiahs Haus begann.

Würde er sich umdrehen, würde er sicherlich die letzten Lichter des Dorfes sehen. Er tat es nicht, sondern schritt weiter, bis er sich sicher fühlte, niemanden in seiner Nähe zu haben.

In einer fließenden Bewegung warf er den Dolch weit weg. Er war kein Anführer. Nichts an ihm schien eines Königs würdig zu sein. Das war kein Selbstmitleid, wie alle ihm vorwarfen. Sollten sie sich einmal dieser Sache gegenüber sehen. Es gab nichts, das an ihm gut genug gewesen wäre, um sich Herrscher zu nennen.

Mit einem Seufzen blieb er stehen und wandte den Blick zum Himmel empor, der zwischen den langsam kahler werdenden Ästen leicht als Schwärze zu entdecken war. Ein Zeichen der Götter? So wie der Dolch? Allmählich hatte Yron den Eindruck, dass das Ganze ein Spiel für sie war. Sofern sie existierten und nach Feys Worten war er sogar geneigt, dem Glauben zu schenken. Was es keinen Deut besser machte.

Anstatt zu helfen oder sich herauszuhalten, zeigten sie ihren Sinn für Humor in mehr als einer verwunderlichen Weise. Sie setzten ihm Fey vor die Nase, drückten ihm den Dolch der Macht in die Hand und bestimmten somit sein Leben und dann nahmen sie ihm nach seiner Mutter auch noch Jeremiah fort.

„Habt Dank!", schrie er zum Himmel empor, als würden sie ihm jemals eine Antwort gewähren. Als würden sie sich dazu hinablassen. „Habt so viel Dank für eure Möglichkeiten, die doch niemals eine Alternative waren. Lacht ihr? Ja? Hoffentlich. Dann hat es einen Zweck erfüllt." Er drehte sich um die eigene Achse und breitete die Arme aus. „Na los, gebt mir noch ein Zeichen, damit ich weiß, dass ihr euch wirklich über das Elend von mir und allen anderen amüsiert. Zeigt mir euer Lachen. Vielleicht teilt ihr ja mit mir?" Wutentbrannt knirschte er mit den Zähnen. „Denn ehrlich gesagt, kann ich das von mir selber aus nicht mehr machen", hauchte er dann zynisch. Selbstredend gab es kein Zeichen. Keine Antwort dafür, dass sie ihn auch nur vernommen hatten.

Er lachte bitter auf und ließ die Arme zurück an seine Seiten sinken. „Natürlich nicht", zischte er. „Was bin ich schon wert?" Er starrte auf den laubbedeckten Boden, den er nun mehr kaum erkennen konnte.

Die Finsternis passte zu seinen Gedanken. Als hätte einer dieser irren Maler in der Stadt Yrons Seele als Farbmotiv für ein Landschaftsgemälde verwendet.

Als er einen Arm hob und die Hand ausstreckte, erschien die Klinge kurz darauf auf seiner Handfläche und sicher umschloss er den angenehm warmen Griff. Sie kam immer, wenn er aufgebracht war. Nur manchmal ließ sie ihm seinen Frieden, als verstünde sie alles.

Es war einerlei, wie wenig bereit er sich für die Bürde des Dolches fühlte, der Umgang mit dem Dolch war ihm ins Fleisch übergegangen. Die Klinge war wirklich wie ein Teil seiner selbst. Und so wenig er es zugeben mochte, fühlte seine Hand sich ohne sie leer an.

Das Schlagen einer Glocke riss ihn aus seinen trüben Gedanken und als er den Kopf zum Dorf umwandte, hätte er beinahe damit gerechnet, dass es Sturm geben würde. Regen. Ein Gewitter. Dass der Himmel Yrons Gefühle anders widerspiegeln würde als mit bloßer Schwärze. Doch nichts davon war der Fall und je mehr er lauschte, umso mehr stellte Yron misstrauisch fest, dass der Wald wie ausgestorben wirkte. Bis auf das donnernde Geräusch der

Glocke war es gespenstisch still.

Noch während er sich mit scheelem Blick umsah, bewegte sein Körper sich wie angezogen auf die Quelle des Geräuschs zu, die alte Kirche am Rande des Waldes. Das Gebäude strahlte von innen her Helligkeit aus und wirkte wie ein Fluchtpunkt. Als er ein Kind gewesen war, hatte man ihn darüber aufgeklärt, dass eine Kirche ein Punkt des Trostes und des Schutzes war und deswegen immer einladend aussehen musste.

Yron öffnete eine der schweren Holztüren und sofort kam ihm der Geruch nach verbrannten Kräutern in die Nase.

Langsam sah er sich um und stellte fest, dass sich in all den Jahren, in denen er dieses Gebäude gemieden hatte, kaum etwas verändert hatte. Der Innenraum war nach wie vor mit Bänken vollgestellt, die sich zum Altar vorne hin verjüngten.

Die schweren Steinplatten, aus denen der Boden gemacht worden war, waren zum größten Teil mit prächtigen Teppichen bedeckt. Früher hatte Yron, wenn seine Mutter ihn zum Beten mit her genommen hatte, immer daran geglaubt, dass es nirgends jemals so schöne Teppiche wie hier gab. Nun ja … Mit denen in der Stadt konnten sie um Längen nicht mithalten. Nicht von der Werkskunst her.

Umsichtig ging er einige Schritte hinein und als die Tür hinter ihm krachend ins Schloss fiel, fühlte er sich eingesperrt. Er schluckte, bis er sich daran erinnerte, dass die schweren Pforten schon immer selbst ins Schloss gefallen waren.

Die roten und goldenen Kerzen flackerten und warfen unheimliche Schatten, als wären die Götter selbst über seine Blasphemie erzürnt.

Ein Mal ließ er das Augenmerk umherkreisen, dann wandte er sich dem Mittelgang zu und schlurfte ihn zu dem goldenen Tisch am Ende hinab.

„Der Erbe des Dolches", begrüßte die brüchige Stimme des Priesters ihn. Nicht der, der bei Jeremiah gewesen und speziell für solche

Dinge ausgebildet worden war. Es war der ältere Prediger des Dorfes; Halam. Seine fast blinden, trüben Augen hatten sich auf Yron gerichtet, der einen Schritt zurückmachte. Halam reagierte darauf nur, indem er freundlich eine Hand nach ihm ausstreckte.

Der Mann hätte vermutlich komplett blind sein können, irgendwoher wusste er immer, wer in seiner Nähe war, und fand sich auch im dunkelsten Raum zurecht. „Komm, Kind", sprach der Alte und kam auf ihn zu, bis sich seine faltigen Hände um die von Yron legen konnten. „Du bist hier stets willkommen, auch wenn du dieses Recht schon lange nicht mehr genutzt hast."

„Ich …"

„Du suchst nach einer Antwort. Nicht wahr?" Der Alte legte den Kopf nachdenklich schief. „Berichte mir davon."

„Nein", entschied Yron sich dagegen. „Ich sollte wohl einfach wieder gehen."

„Weshalb? Kamst du nicht von selbst her, weil du das Rufen der Glocke vernommen hast?" Der Prediger trat um ihn herum und ließ dabei seine Hand wieder los. Mit alten, müden Schritten schleppte er sich zur vordersten Bank und ließ sich darauf niedersinken. Dann schlug er sachte mit der Hand auf das Holz neben sich, um auch Yron zu bedeuten, herzukommen und sich zu setzen.

Dieser schüttelte den Kopf. „Halam, ich sollte nicht hier sein." Er rieb sich durch die Haare. „Ich bin kein Diener der Götter. Ich will ihren Regeln nicht folgen müssen. Und ich habe mich eben erst unliebsam über sie geäußert." Also würden sie ihn vermutlich ohnehin nicht in einem ihrer heiligen Häuser sehen wollen.

„Glaube mir, es gibt einen Grund, wieso du hier bist." Halam sprach mit einer solchen Stärke und Überzeugung in der Stimme, dass Yron nicht anders konnte, als innezuhalten und ihn anzustarren.

Schlussendlich setzte er sich. Zu verlieren hatte er eigentlich ohnehin nichts mehr, oder? Die Hände zwischen die Knie geklemmt, den Blick gesenkt, ließ er es zu, als der Priester eine Hand auf seine Schultern legte und begann, zu sprechen. All diese Zeilen hatte er früher bereits gehört. Es waren wohl jene, die immer in den Häusern der Götter hallten.

Dennoch beruhigten sie ihn gerade ungemein.

***

Fey hatte den Weg zu Yrons Haus irgendwann gefunden und eingeschlagen und hatte sich, nachdem sie sich bei dessen Vater gemeldet hatte, in sein Zimmer verzogen, um sich auf das Bett zu setzen.

Licht brannte keines. Zwar konnte Feuer sie nicht verletzen, dennoch wagte sie es nicht, selbstständig eine Kerze anzuzünden. Ohnehin war die Dunkelheit trostreich und allmählich ging auch der Mond auf und erleuchtete alles in seinem roten Licht.

Es war still.

Der Hausherr war gegangen, noch bevor sie die Treppe nach oben hatte nehmen können, und so fühlte sie sich verlassen. Und gleichzeitig wohlig allein. Sie verstand diese Widersprüche nicht. Ein einzelnes Gefühl überforderte sie noch schnell. Mehrere Widersprüchliche, die sich mischten, waren dagegen noch einmal etwas ganz anderes. Vielleicht waren Menschen deswegen so lange Kind. Weil sie erst lernen mussten, wie man ein Mensch war. Es gab so viel, das auf einen eindrosch, einen verwirrte und dann wieder ausspuckte, um einen irritiert und verängstigt zurückzulassen.

„Ach, Vogel", hauchte sie leise. Sie hätte brüllen können und niemand hätte es vermutlich gehört. Ihre Stimme trug kaum mehr. Ihr Kopf drehte sich nach rechts, wo das kleine Geschöpf auf der Decke gelandet war und sie nun lange ansah. „Hilf mir. Was soll ich machen?"

Ein Piepen war die Antwort und er breitete die Flügel aus, um zum Fenster zu fliegen. Mit einem spitzen Tocken stieß er den Schnabel mehrfach gegen das Glas der Scheibe. Dabei wandte er immer wieder den Kopf in ihre Richtung, ehe er seine Aufforderung wiederholte.

Vorsichtig drehte sie sich um und krabbelte auf allen vieren zu ihm. „Was hast du?" Ihre Augen suchten die Straßen und Häuser ab, fanden aber nichts. „Vogel?" *Tock Tock Tock.* „Was willst du von mir?"

Aufgeregt schlug er mit den Flügeln und flog schlussendlich zur verschlossenen Zimmertür, um seine Stimme gegen das Holz zu erheben. Fey runzelte die Stirn, erhob sich vom Bett und drückte den Griff nach unten. Kaum war die Tür weit genug aufgeglitten, schoss er nach unten. Sie folgte ihm.

Aus der Haustür hinaus.

Die Straße hinab.

Immer weiter.

Kapitel 16

„Du bist mit dir selbst im Unreinen", stellte Halam leise fest, nachdem er seine Gebete beendet hatte. Seine trüben Augen lagen lange Zeit auf Yron, der unruhig auf der alten Bank hin und her rutschte.

Es gefiel ihm nicht, so angestarrt zu werden, als würde der Mann mit seinen fast blinden Augen nicht sein Gesicht mustern, sondern seine Seele erforschen.

Dabei war es kein Geheimnis, dass Yron ein zwiegespaltener Mensch war. Immer wieder war er von Tatendrang erfüllt, aber er ließ sich auch leicht in ein Gebiet des Zweifels bringen, in dem er den richtigen Weg nicht mehr sehen konnte.

Dennoch: „Ja, Halam", bestätigte er leise. „Ich sehe keinen klaren Weg vor mir. Ich erhoffe mir Hinweise, denn bislang habe ich nicht das Wissen, das ich benötige."

„Weshalb?" Der Heilige starrte auf den Altar und furchte die Stirn. „Wie unklar ist dein Weg, mein Junge?"

Das Ende erahnte der Erbe bereits; Fey befreien. Alles zu seiner Ordnung bringen, wie es in einer Welt war, die er sich nicht einmal vorstellen konnte. So lange lebten die Menschen bereits unter diesem Joch.

„Möchtest du dein Schicksal ergreifen und den Thron einnehmen?" Halam stand gebrechlich auf und ging zu dem goldenen Tisch. Mit der rechten Hand griff er nach einem Kräuterbündel, das dem Feuer bisher nicht zum Opfer gefallen war, und warf es kurzum in die Flammen. Sie züngelten sogleich höher, die einzelnen Spitzen der Naturgewalt fraßen sich ihren Weg durch das ehemalige Grün.

Normalerweise stank es, wenn man Kräuter verbrannte. Diese hier jedoch gaben einen wohligen Geruch von sich. Yron bemerkte, wie sich seine Muskeln ohne sein Zutun unweigerlich entspannten. Er seufzte und lehnte den Kopf ein Stückchen in den Nacken. Seine schweren Lider sanken herab.

„Willst du die Freiheit aus den Klauen der Hexe holen?" Halams Stimme klang fern wie durch einen Nebel und es fiel Yron schwer, sich zu konzentrieren. Er blinzelte träge, versuchte, das Bild auf den Mann wieder zu schärfen. Es misslang ihm.

Seit wann war die Wirkung der Kräuter so stark? Oder lag es an seiner Erschöpfung?

„Beides", hörte er sich hauchen. Obwohl er sich bei dem ersten Punkt bisher nie so sicher gewesen war, sprach er nun mit deutlicher Überzeugung in der leisen Stimme. „Ich werde beides machen. Ich werde sie von meinem Thron stoßen und den Menschen ihre Freiheit wiedergeben." Ein weiteres Mal blinzelte er, ehe ihm die Augen zufielen.

Aber diese Müdigkeit hinderte das Drängen in seinem Inneren nicht daran, weiter zu wachsen und ihn zur Tat zu überzeugen.

„Von deinem Thron?" Es klang, als würde Halam sich nähern. Seine Stimme wurde lauter und klarer, wie eine Lichtgestalt, die aus dem nebligen Wald auf ihn zu trat. „Du akzeptierst den Thron als dein Erbe?"

Yron runzelte die Stirn und sein Kopf rollte ein wenig zur Seite. „Ja."

Kaum war dieses Wort über seine Lippen gekommen, begann seine Brust zu brennen. Ein ekelhafter Druck legte sich auf seine Rippen und schien ihn weiter in die Bank zu drücken und er konnte sich nicht einmal wehren, weil sein Körper zu schlaff war.

Lediglich die Lider ein Stückchen zu heben, schaffte er, doch es kostete ihn viel Kraft.

Vor sich entdeckte er nicht mehr den Innenraum der Kirche, sondern blendendes Licht, das ihn beinahe dazu veranlasste, die Augen wieder zu schließen.

Er beherrschte sich und wurde sich bewusst, dass eine verzerrte Gestalt vor ihm stand. Riesig, doch nicht weiter zu erkennen. Als würde er durch schlammiges Wasser an die Oberfläche blicken wollen.

„Deine Blasphemie mag nicht vergessen, doch verziehen sein, Yron", dröhnte es in seinen Ohren, ehe sich der Schatten auflöste und das Licht erlosch.

Der Erbe des Dolches starrte einige Augenblicke noch in die Richtung, in der das unbekannte Wesen gestanden hatte, ehe er zur Seite sackte und sein Bewusstsein schwand.

***

Fey ahnte bereits, wohin der Vogel sie führen wollte, und je weiter sie gingen, umso mehr erhärtete sich ihr Verdacht.

Er führte sie eindeutig zu Jeremiahs Heim und warf bei Fey somit die Frage auf, was sie dort machen sollte. Würde der Vogel ihr helfen? Oder sich daneben setzen und erwarten, dass sie irgendein verborgenes Wissen in ihrem Kopf fand?

Auf einmal blieb sie wie angewurzelt stehen und auch der Vogel achtete nicht mehr auf seinen Weg, wodurch er gegen eine Mauer flog und zu Boden hinab fiel. Schnell fing er sich wieder und schüttelte sich aufplusternd den Matsch von seinen Federn, um sich erneut in die Luft zu schwingen und nervös zu piepsen.

Fey achtete kaum darauf, sie sah sich hilflos um, konnte allerdings nichts entdecken, das zu dieser Macht gepasst hätte. Eine Präsenz, die ihr bekannt vorkam und sie gleichzeitig erdrückte, so mächtig war sie, war über das Dorf gekommen und ließ ihre Haut brennen und jucken.

Ihre Fingernägel krallten sich zwanghaft in ihre Oberarme, in dem Versuch, sich selbst festzuhalten. Ihr Atem stockte und noch immer suchten ihre Augen nach der Quelle für dieses Gefühl, fanden jedoch nichts.

Und dann war es so schnell vorbei, wie es aufgetreten war. Ihr Kopf schwankte hin und her, ebenso wie ihr Körper, bevor sie den

Halt verlor und zu Boden sackte. Ihr Herz raste und ihre Lungen fühlten sich auf einmal viel zu eng an, um genug Atem zu schöpfen. Ihr Kopf schwindelte.

Dem Vogel ging es offenbar nicht anders. Er landete auf ihrer Schulter und piepste erschöpft, als wäre er viel zu lange Zeit geflogen und am Ende seiner Kraft.

„Was war das?", hauchte die Rothaarige leise. Ein Teil von ihr fragte sich, warum die Dorfbewohner nicht ihre Häuser verließen und sich auf den Straßen sammelten, um sich ebenfalls nach dieser Macht umzusehen. Aber vielleicht konnten die Menschen es auch nicht spüren. Vielleicht hatten sie es gar nicht wahrgenommen. „Vogel?"

Er fiepte nur und breitete einige Herzschläge später die zittrigen Flügel aus. Sein Versuch, sich in die Luft zu erheben, wirkte ein wenig unsicher, aber schlussendlich hielt er sich in der Höhe und kreiste um ihren Kopf herum. Trällernd, um sie zum Aufstehen zu bewegen.

Fey nickte und erhob sich umsichtig auf ihre Beine. Noch immer fühlten sie sich ein wenig wackelig an, aber die Frau achtete nicht darauf. Stattdessen blickte sie die Straße zu Jeremiahs Haus hinauf, ehe ihr Augenmerk noch einmal über die Häuser wanderte.

Sollte sie zu ihrem Freund oder der Macht auf den Grund gehen? Es konnte etwas Wichtiges geschehen sein und vielleicht würde sie dort eine Antwort erhalten.

Andererseits konnte sie Jeremiah eventuell doch helfen und dann durfte sie keine Zeit verlieren.

Kurz entschlossen folgte sie der Straße, wie es schon ursprünglich der Plan war. Sollten die Götter auf sie warten, so würden sie es ihr hoffentlich verzeihen. Aber sie konnte das Leid ihres Begleiters nicht ignorieren und der Vogel hatte in ihr eine neue Hoffnung geschürt, an die sie sich sehnlichst klammerte.

Als Yron die Augen wieder aufschlug, fühlte er sich gemartert. Seine Glieder schmerzten und sein Kopf dröhnte.

Außerdem war seine Kehle so ausgetrocknet, dass der Durst, den er verspürte, schmerzhaft war. Er hustete und fragte sich, was da gerade passiert war, wagte es jedoch auch nicht, sich zu erheben. Noch nicht. Seine Sicht war verschwommen und jeder Lichtstreif schien in seinen Augen zu brennen. Stöhnend ließ er die Lider wieder hinabsinken und versuchte sich stattdessen daran, langsam wieder Atem zu schöpfen und sich nicht mehr zu fühlen, als würde er bald ersticken.

„Was hast du gesehen, mein Junge?", vernahm er Halams ruhige Stimme.

Yron brummte und wünschte sich Ruhe. Die leise Stimme schien bereits zu viel für seinen Kopf und die Schmerzen nahmen zu. Als hätte er letzte Nacht zu viel gezecht. Nur wesentlich stärker.

Ihm wurde übel, doch da er wissen wollte, was geschehen war, zwang er sich, zu sprechen. „Was ist passiert?"

Der Widerhall leiser Schritte ließ ihn wissen, dass Halam um ihn herum trat. Bald darauf spürte er eine Hand auf seinem Haupt, die durch seine Haare fuhr. „Du hattest eine Offenbarung, nehme ich an. Oder nicht?"

Yron erinnerte sich an den Schatten, der verschwommen vor seinen Augen aufgetaucht war. Offenbarung? Eher eine Begegnung, die ihn gleich für seine Worte vorhin bestraft hatte. Er hustete nochmals und musste seinen Speichel erst sammeln, um weitersprechen zu können. „Es war keine Offenbarung."

„Was dann?"

„Ich bin mir nicht sicher, was genau es war, das ich sah. Aber gewiss war es keine Offenbarung. Es war etwas Schlimmeres."

Halam schwieg und strich ihm weiter über die Haare. „Vielleicht", nuschelte er dann und hielt in der Bewegung inne, ehe seine Finger sich von Yron lösten und der Mann sich anders hinsetzte. „Vielleicht war es das auch nicht. Was hast du gesehen?" Diese Frage schien ihn sehr zu interessieren.

Der Jüngere gab ein wenig begeistertes Geräusch von sich. Wenn der alte Mann ihn weiterhin so bedrängte, würde er es ihm erzählen. Nur um endlich seine Ruhe zu haben. „Nachdem du mir die Fragen gestellt hast, nicht viel mehr. Grelles Licht, eine verschwommene Gestalt. Ein unglaublicher Druck hat auf meinem Oberkörper gelegen."

„Was wurde gesagt? Und welche Fragen?"

Yron runzelte die Brauen. „Ob ich den Thron erklimmen will. Ob ich die Freiheit zurückerobern möchte." Er blinzelte. So senil war Halam noch nicht. Hatte er alles geträumt?

„Ich habe dir lediglich die erste Frage gestellt, mein Junge." Der Priester erhob sich mit einem erschöpften Ächzen und ging zum Altar hinüber. „Ob du die Freiheit aus der Hexe Händen befreien willst, nicht."

Kurz darauf erschien ein Kelch mit Wasser in Yrons Blickfeld und dankbar ließ er sich unter Schmerzen aufhelfen und beim Trinken unterstützen. Die Flüssigkeit war reiner Balsam und belebte seine Lebensgeister ein wenig mehr. Yron konnte nicht anders, als wohlig zu seufzen. „Ich danke dir", wisperte er und knetete dann seine Hände. „Wenn du es nicht warst, wer dann?"

„Ein Gott?" Halam schien davon überzeugt und ehe Yron widersprechen konnte, legte er ihm einen Finger an die Stirn. „Ich erinnere mich an den Tag, bald nach deiner Geburt, an dem ich dir die Zeichnung des Segens auf diese Stelle zeichnete." Er fuhr darüber. „Natürlich verblasste die Farbe alsbald. Wie bei jedem Neugeborenen. Der Segen herrscht noch immer in deinem Herzen. Hätte ich damals nur geahnt, welches Schicksal auf dich warten würde."

Yron wollte bereits eine Erwiderung aussprechen, als ihm etwas auffiel. Er hatte nicht vor, einen Zweifel auszusprechen. Weil dort keiner war. Er wusste, dass er sein Schicksal annehmen und den

Thron besteigen würde, wenn die Hexe fiel. Ob sie dies tat oder nicht, das stand noch in den Sternen, aber wenn es so weit sein sollte, dann würde er das machen, wozu der Dolch ihn auserwählt hatte. Er runzelte verwundert über sich selbst die Brauen und zog die magische Waffe aus ihrer Schneide. Sein Blick glitt über das glänzende Metall.

„Kann man das jemals wissen?", hauchte er, ohne aufzusehen. „Welches Schicksal einen erwarten wird?"

„Nein", grinste Halam weise. „So viele Kinder habe ich bereits gezeichnet und jedes Mal blickte ich fest in ihre Augen, die diese Welt noch nicht verstehen konnten, und versuchte, mir ihre Zukunft vorzustellen. Niemals weiß ich es. Es obliegt nicht mir, die Pfade zu sehen, die möglich wären." Seine Aufmerksamkeit legte sich auf das Symbol der Götter, das an der Hauptwand in den hellen Stein gemeißelt war. „Diese Gabe haben andere und ich bin froh darum. Lass dir gesagt sein, Yron, ich glaube fest daran, dass du dein Schicksal erfüllen kannst und wirst, wenn du die Kraft in deinem Herzen findest." Er drückte ihm die Schulter und stand auf.

„Was ist mit allem, das ich nicht geschafft habe? Als sich die Menschen auf mich verließen und ich nichts machen konnte?"

Halam rieb sich durch den gepflegten Bart. „Kind, wovon sprichst du?"

Auf einmal war sich Yron darüber nicht mehr sicher. „Ich habe die Hexe nicht besiegt und sitze nicht auf dem Thron."

„Aber du bist auf deinem Weg dorthin. Soll ein Halbstarker die Hexe vernichten?"

„Ich habe meine Mutter nicht beschützt und auch Jeremiah kann ich nicht retten." Unruhig verlagerte er im Sitzen das Gewicht und achtete, so gut er es konnte, nicht mehr auf die Schmerzen, die bereits abklangen.

„Du warst damals ein Kind. Und auch jetzt bist du nicht allmächtig. Du bist ein Mensch, Yron, vom Dolch erwählt hin oder her, Wunder liegen nicht in deinen Händen."

„Wie soll ich dann die Hexe besiegen?"

Halam drehte sich komplett zu ihm um und verschränkte die Arme vor der Brust. „Es bedarf keines Wunders, um sie zu besiegen. Sie mag mächtig sein, aber sie ist keine Göttin." Der Priester griff nach einer Kette mit dem Symbol der Götter an seinem Hals. „Dies ist meine", setzte er an, „doch ich will sie dir geben. Auch wenn du nicht gläubig sein magst, so hoffe ich aber, dass sie dir gegen deine Zweifel helfen wird."

Yron griff danach und strich mit dem Daumen darüber. Er konnte sie nicht ablehnen, ganz gleich, was er von den Göttern hielt. Halam gab sie ihm als Geschenk.

Und davon ab war irgendetwas geschehen. Yron konnte es sich nicht erklären und es würde ihn bisweilen auch nicht zu einem gläubigen Diener der Götter machen, dennoch konnte er es nicht abstreiten, wenn er ehrlich war. Also zog er die Kette über den Kopf und der Anhänger fühlte sich auf der blanken Haut unter seinem Hemd nicht einmal mehr kalt an.

Er nickte. „Hab Dank, Halam."

„Du musst mir für nichts danken, trotzdem nehme ich deine Geste mit Freude an." Der Heilige verneigte sich, so tief er es noch vermochte. „Vielleicht solltest du nun gehen und deinen Weg suchen."

Yron zögerte nicht, ehe er ein weiteres Mal nickte und sich erhob.

Er schlug den Weg nach Hause ein, obwohl er gerne noch einmal bei Jeremiah vorbeigesehen hätte. Doch er nahm an, dass die Familie mittlerweile die Tür geschlossen hatte. Solange Yron in diesem Haus auch schon verkehrte und ein und ausging, war dies etwas, das nur die Familie selbst anging und nicht ihn. Dass er sich wie Jeremiahs Bruder fühlte, tat dort nichts zur Sache.

***

Fey entfuhr tatsächlich ein Fluchen, als sie bemerkte, dass die

Haustür abgeschlossen war und niemand auf ihr Klopfen reagierte. Das Fluchen musste sie sich wohl von Yron angewöhnt haben, aber sie schämte sich nicht einmal. „Und nun?", murmelte sie zu sich selbst und trat einige Schritte zurück, um sich die Hausfassade genauer anzuschauen. Nirgendwo brannte Licht. Zumindest hier vorne nicht. Jeremiahs Zimmer ging zum Garten, der von einer dicken Mauer geschützt war, hinaus und Fey war sich absolut sicher, dass sie in seinem Fenster Licht sehen würde, wäre sie dorthin gekommen.

Ihre Augen suchten den winzigen Vogel, der auf der Mauer hin und her sprang. „Da kann ich nicht drüber klettern", erklärte sie ihm und breitete die Arme aus. „Fliegen auch nicht." Sie zog die Unterlippe zwischen die Zähne und dachte nach. „Vielleicht sollten wir zurückgehen und darauf hoffen, dass Yron wieder da sein wird. Er kann uns bestimmt helfen!" Um ihre Aussage zu unterstreichen, nickte sie sich selbst zu und wandte sich bereits um.

Lediglich die Angst, dass sie nicht rechtzeitig auf Yron treffen würde, hielt sie zurück und sie klopfte noch einmal an die Tür. Was sollte sie dann sagen? Dass sie die Freiheit war und es versuchen wollte? Nervös tapste sie umher, aber ohnehin reagierte noch immer niemand auf sie und ihre Schultern sanken enttäuscht hinab.

Dann kam ihr eine andere Idee und sie wandte sich an den Vogel. „Du weißt, wie Yron aussieht, oder nicht? Der Mann, der hier eben auf dem Boden gehockt hat." Sie hielt die Höhe seines Kopfes in der sitzenden Position mit der Hand fest, maß jedoch weiter den Vogel, der zuzustimmen schien.

„Suchen wir ihn. Du kannst fliegen. Wir teilen uns auf, ja?" Als sie das Gefühl hatte, dass er verstanden hatte, ballte sie entschlossen die Hände zu Fäusten. „Vogel, deine Idee muss wirklich funktionieren! Du darfst mich nicht reinlegen." Tapfer versuchte sie, diese Furcht in den hinteren Winkel ihres Kopfes zu verbannen. Wenn man es genau nahm, kannte sie weder den Vogel, noch wusste sie, ob er ihr wirklich helfen wollte. Ob es noch einen Lichtblick gab.

Sie wollte nicht, dass sie neben dem Kummer der Leute alle noch aufschreckte und ihnen Hoffnung machte, weil sie sich auf einen Vogel verließ und schlussendlich nichts machen konnte. Trotzig reckte Fey das Kinn. Hoffnung gab es. Hoffnung gab es immer, so klein sie auch sein mochte. Wenn der Vogel sie nicht hereinlegte, dann musste sie alles unternehmen, um rechtzeitig da sein zu können.

Mit einem leisen Geräusch verschwand das kleine Tier bereits in der Dunkelheit, die zwischen den Gassen herrschte, und Fey starrte ihm gar nicht lange hinterher. Sie überlegte, ob Yron bereits Zuhause sein konnte. Oder ob er abgehauen war. Bei ihm war sie sich nicht sicher, wie weit sein Kopf und seine Gefühle sich um die Entscheidung stritten. Und das war der Grund, wieso sie als Allererstes die Richtung einschlug, in die er eben verschwunden war.

Kapitel 17

Jedes Geräusch war wie ein ohrenbetäubendes Dröhnen in seinem Schädel, während sein Geist mit Bildern der Vergangenheit rang und letztendlich alles nur noch zu einem hässlichen bunten Wirbel aus Farben verkam.

Es war selten, dass er tatsächlich etwas herauskristallisiert erkennen konnte. Meistens waren es Erinnerungen an Schmerz und Leid und er versuchte, sich schnell wieder zurückzuziehen.

Er hatte hier keinerlei Macht. Egal, wie verängstigt Jeremiah war und wie sehr er versuchte, irgendwo einen Halt oder Sinn zu finden, er konnte nichts machen. Er wurde herumgeworfen und musste es über sich ergehen lassen.

Als ein leises Licht auf ihn traf, erzitterte er und ahnte, dass es das Ende war. Mit letzter Kraft versuchte er, die Lider zu heben. Nichts geschah. Und als es endlich funktionierte, entdeckte er mehrere Gestalten, die um ihn herumstanden. Dunkle, formlose Schemen, deren Gesichter er – sofern sie denn welche besaßen – nicht ausmachen konnte.

„Nein", ächzte er, wusste aber nicht einmal, ob es das Wort über seine schwachen Lippen geschafft hatte. „Fey." Sie würde ihn bestimmt retten können. Wieso ergriff sie nicht seine Hand, wieso befreite sie ihn nicht aus seiner Angst?

Sie war die Einzige, die das konnte. Die Einzige, die die Macht besaß, diese Schatten zurückzudrängen und ihn selbst endlich wieder klar sehen zu lassen.

Ein starker Schmerz breitete sich in seiner Brust aus und ließ ihn heftig husten. Er krümmte sich zusammen. Versucht, sich mit seinen erschöpften Fingern irgendwo festkrallen zu können. „Fey!"

Er musste an ihr Gesicht denken. An ihre Wärme. Das Einzige, das ihn vielleicht wieder von den Gestalten wegrücken lassen konnte, ehe sie nach ihm griffen und seine Seele aus seinem Körper zerrten.

Er war einfach noch nicht bereit, zu gehen. Er musste noch kämpfen. Seine Finger umschlossen etwas Weiches und seine Muskeln entspannten sich kurzzeitig. Das Gefühl, zu fallen, bemächtigter sich seiner, aber vor seinem inneren Auge spannte sich das Bild, wie der Griff um seine Seele sich löste.

Wie er dadurch zurücksank.

Vielleicht schaffte er es so, weiterzukämpfen, bis es einen Ausweg gab. Einen anderen, als loszulassen und sich seinem Schicksal zu ergeben.

„Fey …" Er war noch nicht bereit, zu gehen.

***

Es fühlte sich nicht an, als wäre er bei seinem eigentlichen Ziel angekommen, sobald die Haustür in sein Sichtfeld rückte, aber er versuchte auch, sich selbst wenigstens etwas Mut zuzusprechen.

Viel brachte es nicht. Zwar zweifelte er zurzeit nicht über den Weg, den er wohl gehen würde, doch die Sache mit Jeremiah war etwas ganz anderes.

Wenn der Mann, mit dem man sogar als Kind einen Brudereid geschworen und diesen mit Blut besiegelt hatte, starb, dann war das wohl immer etwas ganz anderes. Und nun konnte er nicht einmal an seinem Bett sitzen und seine Hand halten, während dieser vielleicht genau jetzt schon nicht mehr unter ihnen war.

Wenigstens bei Fey entschuldigen wollte Yron sich. Ihr die Hand reichen und sich mit ihr versöhnen in der Hoffnung, ihr ein wenig Mut schenken zu können. Vielleicht würden sie sich beide gegenseitig etwas geben können.

Er hob den Kopf. Auf einmal wurde ihm bewusst, dass er Augenblicke vor der Tür gestanden hatte. Ohne sich zu rühren und tief in seinen Gedanken versunken.

Eventuell besaß er doch noch einen Zweifel. Konnte er Fey ansehen? Oder würde er wieder sauer werden und ihr Unrecht bringen?

Zögerlich öffnete er die Tür und schob sie auf. Von der Küche her begrüßte ihn das leise Klappern seines Vaters, der anscheinend etwas suchte und ihn außer einer kurzen Begrüßung ignorierte. Wusste er es bereits?

Vermutlich hatte das halbe Dorf die Anwesenheit des Heiligen aus der Nachbarstadt mitbekommen und ein jeder wusste, was dies hieß. Die Nachricht hätte sich bereits herumgesprochen, Abendstunden hin oder her.

Anstatt etwas dazu zu sagen, schritt Yron die Treppe hinauf und betrat sein Zimmer, um mit Fey zu sprechen. Aber sie war nicht dort.

Yron runzelte die Brauen und sah sogar hinter der offenstehenden Tür nach, als würde sie dort auf ihn warten und ihn erschrecken wollen. Natürlich war auch ebenda nichts von ihr zu sehen. War sie im Bad und wusch sich?

Mit eiligen Schritten ging er auf die Tür zu und klopfte. Es behagte ihm niemals wirklich, wenn sie allein in diesem Raum war, da es dort auch Rasierklingen gab und er aus einem unerfindlichen Grund die Furcht besaß, sie könne sich damit verletzen. Doch auf sein Klopfen folgte keine Antwort und als er schlussendlich die Tür öffnete, war sie nicht zu sehen.

Auch in den anderen Räumen hörte oder entdeckte er sie nicht, also lief er wieder nach unten und fixierte seinen Vater. „Hast du Fey gesehen?"

Die grauen Augen des älteren Mannes sahen ihn unverwandt an, als würde er in seiner Seele lesen wollen. In Wirklichkeit schien er lediglich schlechte Laune zu haben, denn sein Mund war mürrisch verzogen. „Nein", war die bloße Antwort und Franklin wollte sich wieder dem zuwenden, was er wohl gesucht hatte und das nun auf dem Tisch lag, als Yron ihn nochmals ansprach: „Den ganzen Tag seit heute Morgen schon nicht?"

„Doch." Erneut hob sich das Augenmerk von Yrons Vater. „Während du bei Jeremiah warst, war sie hier. Ist sie nicht mehr in deinem Zimmer?"

„Nein und auch nicht in den anderen." Yron wurde unruhig. Es missfiel ihm, dass sie alleine unterwegs war. War sie so verängstigt und hoffnungslos? Oder wollte sie einfach nicht mehr unter einem Dach mit ihm sein, weil er ihr diese hässlichen Worte an den Kopf geworfen hatte? Er wusste ja nicht einmal, inwieweit sie so etwas verstehen konnte. Nervös rieb er sich über die Brust.

„Sie kommt schon wieder", brummte sein Vater bloß und lehnte sich mit der Hüfte an den alten Eichentisch. Seine von der Feldarbeit kräftigen Arme steckten in einem blaugefärbten Hemd und verschränkten sich nun vor seinem Brustkorb. „Sie ist eine erwachsene Frau."

Nein. Das war sie nun einmal nicht. Aber das konnte sein Vater ja nicht ahnen. „Sie ist manchmal nicht ganz zurechnungsfähig", meinte Yron von daher nur und war drauf und dran, das Haus zu verlassen, um sie zu suchen.

„Interessiert es dich wirklich mehr, ob eine erwachsene Frau in einem harmlosen Dorf ein wenig spazieren geht, als dass dein bester Freund gerade Schmerzen erleidet und im Sterben liegt?", rief sein Vater ihn mit kalter Stimme zurück.

Yron wandte langsam den Kopf, damit er seinen Vater mustern konnte. Er wusste, dass der andere die Lage nicht richtig einschätzen konnte, dafür gab es zu viele Geheimnisse. Und das, was Franklin sah, warf kein günstiges Licht auf Yrons Handlungen. „Sie ist alleinstehend und draußen ist es bereits dunkel", versuchte er, sich krampfhaft herauszureden. Dabei hatte er nur das Gefühl, alles schlimmer zu machen.

„Du weißt, dass in diesem Dorf nie irgendetwas geschieht." Er schnaubte. „Ist es wieder nur deine Art, vor allem davonzulaufen, wie du es ansonsten immer machst?"

„Wovon sprichst du?"

„Es war schon immer so, nicht wahr? Wenn dich etwas geängstigt hat, bist du jedes einzelne Mal davongelaufen. Du hast andere dafür verflucht, wie sie versuchen, mit ihrer Trauer umzugehen. Mit der Angst. Aber du machst es doch nicht besser." Der Mann stieß sich vom Tisch ab und kam langsam auf ihn zu. „Ob man nun durch Feste verdrängt, was eigentlich geschieht, oder sich mit Hilfe von schlechter Laune verschließt, wo ist der Unterschied?"

„So denkst du also über mich?" Yron konnte den enttäuschten Unterton nicht aus seiner Stimme fernhalten. Es war das, was er über sich selber dachte. Was er befürchtet hatte, was jeder über ihn dachte. Aber es aus dem Mund seines Vaters zu hören, war noch einmal viel schlimmer. „Dass ich keinerlei Verantwortung übernehmen kann?"

„Eher nicht willst", erwiderte der Ältere und blieb direkt vor ihm stehen. „Du willst keine Verantwortung übernehmen, da du Angst vor möglichen Konsequenzen hast. Dein Kopf ist zu unsortiert. Zu jung."

„Ich werde die Hexe stürzen", zischte er da mit seiner neuerhaltenen Entschlossenheit und ballte an den Seiten seine Fäuste, bis die scharfen Nägel seine Haut kratzten. Trotzdem wich er den Augen seines Vaters aus. „Und ich habe vor, die alte Ordnung wieder hervorzubringen!" Als würde der Dolch auf seine Aussage reagieren, spürte Yron die Wärme des Metalls durch sein Hosenbein hindurch auf seiner Haut. Es bekräftigte ihn nur noch mehr. Der Dolch war ein Zeichen der Götter.

„Woher kommt deine plötzliche Entschlossenheit?"

Yron wusste nicht, ob es so schlau war, seinem Vater von den Erlebnissen im Hause der Götter zu erzählen. Der Mann hatte seinen tiefsten Glauben auf schmerzliche Art verloren und schien sich noch mehr gegen sie zu wehren, als sein Sohn es tat. Regelmäßig litt sein Geduldsfaden unter der Erwähnung ihrer Namen und aus einem eigentlich ruhigen Mann mit freundlichem Gemüt wurde ein gebrochener Mensch, der scheinbar die ganze Welt verabscheute.

„Ich weiß es nicht genau." Immerhin entsprach dies einer halben Wahrheit. Er erinnerte sich sehr genau an seine Begegnung vorhin. Aber warum die Zerrissenheit zumindest im Moment nicht in seinem Kopf überleben konnte, wusste er nicht. Seine Hand legte sich wie von selbst auf seinen Brustkorb, als würde er auf diese Art seine Unschuld beweisen können. Aber eigentlich wusste er nicht einmal, warum er es machte. Lediglich die harten Konturen von Halams Geschenk gaben ihm vielleicht eine Antwort. „Ist es denn wichtig, woher mein Mut kommt, endlich das zu machen, wofür ich geboren wurde? Ist es nicht wichtiger, dass er überhaupt da ist?" Seine Stimme klang beinahe verzweifelt. Die Welt selbst schien kopfzustehen, denn bisher war es eigentlich immer sein Vater gewesen, der an ihn geglaubt hatte.

Der die Angst hatte vertreiben wollen.

Und dennoch stand dieser nun vorwurfsvoll vor ihm. „Es ist wichtig!" Der Mann schloss einen Herzschlag lang die Lider. „Dein Freund stirbt und das ist für dich endlich der Augenblick, in dem deine Zweifel sterben." Einen unendlichen Herzschlag lang regten sie sich beide nicht. Dann hob Franklin langsam und mit einem Seufzen die Lider an. „Aber als deine Mutter starb nicht?"

„Ich wünschte, ich hätte sie retten können", entfuhr es Yron. „Mehr als alles andere wünschte ich mir, dass ich damals hochgegangen wäre, um sie zu finden. Sie aufzuhalten!"

„Du hast es aber nicht getan", knurrte Franklin. „Und jetzt bist du nicht einmal an der Seite deines Freundes. Stattdessen willst du ein Mädchen suchen!"

Yron wollte es ihm sagen. Er wollte seinem Vater die Wahrheit gestehen und ihm mitteilen, dass Fey die Freiheit war. Dass sie alleine nicht einmal zurechtkommen konnte und seine Hilfe brauchte und dass es endlich eine Chance darauf gab, alles wieder ins Lot zu bringen. Die Menschheit hatte endlich wieder einen verborgenen Hoffnungsschimmer.

Gleichzeitig beließ er es dabei. Je weniger sein Vater wusste, umso besser war es vermutlich. Ohnehin schien dieser nicht mehr logisch zu denken. Wie sollte Yron an der Seite seines Freundes sein, wenn die Familienwache übernommen hatte? Außer Arzt und Priester war es nur mehr direkten Angehörigen gestattet, zum Patienten zu gehen. Und Yron gehörte weder zu der einen Gruppe noch zu der anderen.

Also zupfte er nur an seinem Hemd herum und zog Halams Geschenk hervor. Ihm war die Wut seines Vaters egal. „Ich werde es schaffen", wisperte er ihm zu und umklammerte das Symbol der Götter. „Vater, ich werde es schaffen. Mit meinen eigenen Händen werde ich schaffen, was schon immer in meinem Geist lag!"

Franklin starrte nur lange Zeit darauf, ohne sich zu rühren, die Miene förmlich versteinert. Bis er auf einmal schluckte und den Kopf ein winziges Stück bewegte. „Du vertraust auf sie?", wollte er mit gebrochener Stimme leise wissen.

„Ich vertraue auf niemanden. Aber sie … Meine Zweifel sind weg."

„Sie haben deine Mutter im Stich gelassen!" Sein Vater schrie gepeinigt und wütend auf. „Yron! Sie haben deine Mutter sterben lassen. Sie gaben ihr weder ihre Hoffnung zurück, noch ergriffen sie ihre Hand. Die verdammten Götter ließen sie im kompletten Elend sterben und du bekommst eine Kette geschenkt und verrätst augenblicklich die Frau, die dir das Leben und dein Lachen schenkte?"

„So ist es nicht …"

Aber da drückte sich sein Vater bereits wütend an ihm vorbei, offenbar nicht mehr gewillt, mit ihm zu sprechen. Seine breiten Schultern bebten unter dem blauen Hemd und seine Schritte hallten schwer auf dem alten Holz der Dielenbretter wider. Doch erst das laute Geräusch der Haustür, die mit zu viel Schwung ins Schloss krachte, riss Yron aus seiner Starre und ließ ihn sich umdrehen. So völlig verloren und allein gelassen, klammerten sich seine schwachen Finger unweigerlich fester um den Anhänger, den sie hielten.

Yron schluckte schwer. Hasste sein Vater ihn, weil er der Erbe des Dolches war? Des Dolches, der von den Göttern selbst stammte?

Auch wenn ihm in diesem Moment viel zu heiß war, durchlief ein Zittern einem Frösteln gleich seinen Körper. Diese Überlegung brachte ihn zu Fey. Er würde das alles erst einmal hinter sich bringen müssen, bevor irgendetwas besser wurde. Vielleicht würde sein Vater ihm dann auch den Fehler von damals verzeihen.

***

Mit einem erschrockenen Schrei wich Fey zurück und schlug sich dabei einen tiefhängenden Ast ins Gesicht. Das dünne Holz peitschte über ihre Haut hinweg. Sie taumelte, stolperte beinahe und schaffte es gerade noch so, ihre Hände an einen Baum zu legen, der ihren Sturz auffing. Dabei hatte sie längst erkannt, dass das, was sie erschreckt hatte, absolut harmlos war. Ihr pochendes Herz ließ sich nicht beruhigen. Dieser ganze Wald machte ihr Angst und sie hatte mittlerweile die Übersicht über ihre Umgebung verloren. Alles war dunkel und voller Bäume und wenn dann ein Mondstrahl zwischen den Ästen hindurch kam, zeichnete er unheimliche Schatten.

Sie wollte hier weg! Aber sie suchte vergeblich den Weg zurück. In der Dunkelheit schien alles gleich und gab ihr keinen Hinweis darauf, wo sie hinmusste. „Yron!", schrie Fey verängstigt und wandte sich auf der Stelle hektisch um. „Vogel!" Irgendwer musste sie doch hören können. Doch sogar, als sie die Hände an den Mund legte, um ihre Stimme zu verstärken, antwortete ihr niemand.

Außer dem unheimlichen Rascheln eines Busches direkt in ihrer Nähe. Sie schluchzte und rannte los. Vielleicht war es gar nicht gut, wenn sie in den Wald hinein schrie? Wer wusste schon, wer sie hören würde? Ob die Hexe sie mittlerweile aufgespürt hatte? Was, wenn ihre Feinde nur auf die Gelegenheit warteten?

Abgelenkt von diesen angsterfüllenden Gedanken achtete sie

noch weniger auf ihren Weg und musste sogleich den Preis für ihre Unachtsamkeit bezahlen.

Ehe sie sich versah, verhedderte sich ihr rechter Fuß unter einer freiliegenden Wurzel und nahm ihr den Halt. Bei ihrem dumpfen Aufschlag schürfte sie sich Hände und Knie auf. Noch bevor sie sich aufrichten konnte, kippte ihr Gleichgewicht ein weiteres Mal und sie rutschte den Abhang hinab. Die feuchte Erde hielt sie dabei nicht auf und Fey hatte Mühe, sich nicht zu überschlagen. Panisch, wie sie war, bemerkte sie das Ende ihres Sturzes erst Herzschläge, nachdem sie zum Liegen gekommen war. Ihre Angst pochte ihr unangenehm in den Schläfen.

Die aufgeschürfte Haut an den verschiedenen Stellen brannte furchtbar und der Fall hatte ihre Orientierungslosigkeit verschlimmert. Vielleicht hätte sie sich nicht von dem Vogel trennen dürfen. Er hätte Hilfe holen können. Jetzt war sie ganz allein und suchte vergeblich die Kraft, aufzustehen.

Irgendwann rollte sie sich zu einer kleinen Kugel zusammen und drückte sich mit dem Rücken an einen Baum. Die Augen presste sie fest zu. Als würde das etwas bringen und alle bösen Gestalten in ihrer Umgebung verschwinden lassen. Selbst wenn hier keine Handlanger der Hexe waren, waren hier vielleicht Wölfe oder Bären umtriebig. Oder man würde sie einfach nie mehr wiederfinden und sie wäre hier dem Tod durch elendiges Erfrieren und Verhungern ausgesetzt.

„Fey?" Die Angesprochene hob langsam den Kopf. War es Einbildung, dass sie Yron hörte? Er konnte sie unmöglich gefunden haben. „Bist du hier irgendwo?"

Fey war sich nicht sicher, ob er es wirklich war. In ihrer Angst kam ihr der Gedanke, dass die Hexe oder einer ihrer Männer vielleicht Magie benutzen würden, um ihr Vertrauen zu erschwindeln. Die flache Hand auf den Mund gedrückt, duckte Fey sich näher ins Buschwerk, um verborgen zu bleiben. Ein kleiner Teil ihrer selbst versuchte, ihr zuzumurmeln, dass die falsche Königin solche Tricks gar nicht nötig gehabt hätte. Aber der Rest ihrer selbst war zu sehr in ihren Horrorszenarien gefangen, um der Vernunft zu lauschen.

Die Schritte, die man nun wahrnehmen konnte, näherten sich ihr und als ein Ast knackend zersprang, gab sie unweigerlich ein Keuchen von sich. Die Geräusche erstarben und hielten dann zielsicherer auf sie zu. „Fey?"

Sie versuchte, sich noch tiefer ins Dickicht zurückzuziehen. Aber all ihre unbeholfenen Versuche zeigten keinen Erfolg. Yron tauchte wie eine Geistergestalt am oberen Rand des Abhangs auf. Er musste sie dank seiner Sinne klar und deutlich erkennen können. Fey blinzelte die Tränen weg, stellte sich seine Augen vor, deren Pupillen im Dunkeln geweitet waren, wie die einer Katze.

Gab der Dolch ihm allerdings auch bessere Sinne, so machte er den schweren Mann nicht leiser. Yron achtete anscheinend nicht auf die Lautstärke, mit der er durch den Wald lief. Vor allem, da er nun den Abhang vorsichtig hinabschlitterte, und neben ihr zum Stehen kam, ehe er sich in die Hocke begab und ihre Hand ergriff. „Fey? Was ist passiert?"

Sie gab keine Antwort, sondern warf sich rascher in seine Arme, als sie es sich selbst überlegen konnte. Schluchzend und den heißen Tränen nachgebend, drückte sie sich an ihn, suchte nach Wärme. Nach Schutz. Nach Geborgenheit. Dabei riss sie ihn fast zu Boden, doch noch hielt er sie beide tapfer aufrecht und hatte einen Arm um sie gelegt. „Hast du dich verlaufen?"

„Ja!" Ein erneutes Schluchzen. „Wie konntest du mich so schnell finden?"

Seine warme Hand strich ihr beruhigend über den Schopf. Sie seufzte leise. „Du bist vermutlich im Kreis gelaufen. Wir sind nicht weit vom Dorf entfernt." Er verlagerte das Gewicht. Mit dem ausgestreckten Finger zeigte er sich auf die Schulter und erst jetzt bemerkte Fey ein kleines Stück Finsternis dort. „Der hier hat mich zu dir geführt. Das ist der Vogel, den du heute Nachmittag bei dir hattest, nicht wahr?"

„Ich wollte dich suchen", wich Fey aus und löste sich langsam von ihm. Ihr Blick fiel auf die kleine Kreatur, die auf Yrons Schulter hockte. „Er ist ein Zeichen der Götter. Und er lotst mich immer wieder zu Jeremiahs Haus, aber ich komme nicht hinein." Die Aufregung ergriff sie wieder. Was, wenn es mittlerweile zu spät war? Wenn sie nichts mehr machen konnte, weil sie sich im Wald verlaufen hatte?

„Du kannst …?" Yron schien mitten im Satz seine Sprache verloren zu haben.

Fey zuckte mit den Schultern. „Ich weiß es nicht. Ich bin mir nicht sicher, ob ich ihn richtig verstehe oder ihm dabei vertrauen kann. Aber es scheint so."

Rasch erhob Yron sich und half ihr auf die Beine. Seine starke Hand stützte sie und half ihr schließlich den Abhang hinauf. „Dann gibt es Hoffnung", murmelte er leise vor sich her und obwohl es Fey hätte freuen sollen, war es für sie der Horror. Sie wollte ihn nicht zerbrechen, wenn sie Jeremiah doch nicht helfen konnte.

„Und wenn ich es nicht schaffe?"

„Eine Hoffnung ist mehr, als wir jemals gehabt haben. Nicht nur bei Jeremiah." Er warf ihr über die Schulter hinweg einen raschen Blick zu. Selbst im Halbdunkel des Mondlichts konnte sie den beinahe fiebrigen Glanz seiner bodenlos schwarzen Augen ausmachen. „Aber was ist, wenn ich es nicht schaffe? Seine Familie … du …" Sie hätte gern darauf beharrt, dass sie keine Wunderlösung in der Tasche hatte. Doch ihre Stimme strafte sie.

Yron hielt in seiner Bewegung inne. „Sie werden ihm sicherlich bald seine Ruhe gönnen. Ich weiß, wie wir leise in sein Zimmer kommen, sie müssen es nie erfahren, wenn es nicht funktioniert. Und um mich musst du dir keine Sorgen machen."

Sie wollte dazu noch etwas sagen. Dass sie fürchtete, ihn zu enttäuschen und seine Wut oder seine Verzweiflung zu mehren, doch sie beließ es, wie es war, und folgte ihm stattdessen. Wie er sich orientieren konnte, blieb ihr ein Rätsel. Selbst mit guten Augen und

Ortskenntnis schien alles gleich auszusehen.

Doch all das war nicht von Belang, während sie ihm weiter folgte. Seine Hand war ein starkes Versprechen von Schutz und leitete sie schlussendlich in die Gassen, die zwischen den Häusern lagen. Ihr Herz machte einen nervösen Satz nach dem anderen. Würde sie Jeremiah helfen können? Waren ihr die Götter hold? War der Vogel wirklich ein Verbündeter?

Diese Fragen drehten sich in ihrem Kopf, bis dieser dröhnte, und selbst dann ließen sie nicht von ihr ab. Die Zukunft wirkte auf einmal nicht ansatzweise gut oder zumindest gleichgültig. Es schien, als wäre sie die Gefahr. Und Fey konnte ihr nicht ausweichen. Selbst wenn sie stehengeblieben wäre oder geweint hätte, wenn sie sich durch eine Horde Angreifer gekämpft oder Kuchen gegessen hätte. Nichts Fröhliches oder Bedrohliches schien es zu ändern, dass dort die Zukunft auf sie wartete und mit ihr all das, das Fey noch nicht kennen konnte. Fühlten sich so die Menschen, die zerbrachen? So gehetzt? Geängstigt? Eingesperrt? Wenn ja, dann verstand Fey, weshalb sie so wahnsinnig erschienen. Sie lebte erst wenige Wochen als Mensch und hatte schon so viele zermürbende Gedanken gehabt, dass sie manchmal kaum mehr Kraft zum Atmen übrig gehabt hatte.

Aber als Yron sie schlussendlich an ihr Ziel brachte, erstarben mit einem Schlag alle Gedanken. Wie ein Tier in der Falle konnte sie nur das im Dunkeln liegende Häuschen anstarren, das sich vor ihr erstreckte. Dort war sie noch vor wenigen Stunden gewesen und hatte unbefangen Kuchen gebacken und sich auf das Fest gefreut. Mittlerweile schien es ihr, als sei das Jahre her gewesen. Es war unbegreiflich, dass solch schöne Gefühle und solch eine Angst an ein und demselben Tag im selben Herzen Platz finden konnten.

Sie schluckte. Dann straffte sie die Schultern, reckte das Kinn, versuchte, sich mutiger zu geben, als sie war. Noch war nicht alles verloren, oder? Ansonsten wären sie nicht hier gewesen. Es musste eine Möglichkeit geben.

Kapitel 18

Einige Wolken verdeckten den silbernen Mond und das schummrige Licht riss nur wenige Konturen aus der Finsternis, sodass man beinahe das Gefühl haben konnte, nie den Wald verlassen zu haben. Nur wusste Fey ganz sicher, dass es kein Traum gewesen war, wie Yron sie hierher geführt hatte, denn als sie mit seiner Hilfe die Mauer überwunden hatte, hatte sie sich die Haut am Unterarm aufgeschrappt. Es brannte, blutete allerdings nicht.

In der Stille des Gartens schien es ihr, als müsste die ganze Welt ihr nervös flatterndes Herz hören können. Ihre Hand suchte die von Yron und tatsächlich umschloss er sie und drückte sie kurz, richtete den Blick jedoch keine Sekunde auf sie, sondern behielt das erleuchtete Fenster im Auge. Das Licht dort schimmerte verhängnisvoll silbern. Und je länger sie es betrachtete, umso unwohler fühlte sie sich. Nach Trost suchend drückte sie sich an Yron, der gedankenverloren einen Arm um sie legte und sie an sich zog. Seine Wärme und Sicherheit taten gut und sie schloss die Augen, atmete ein und noch länger aus und nach einigen Momenten beruhigte sie sich etwas.

„Worauf warten wir eigentlich?", wisperte Fey nach einer Weile in die Stille hinein und wenn ihre Stimme auch so gedämpft war, wirkte es in ihren Ohren gleichsam viel zu laut. Noch immer hielt sie die Welt vor sich im Verborgenen und drückte das Gesicht an seinen Brustkorb. Welches Zeichen würde ihnen verraten, dass sie in das Zimmer konnten?

„Darauf, dass sich das Licht verändert", nuschelte er nahe an ihrem Ohr und ergriff ihre Schultern. Kurz erwartete sie, dass er sie von sich wegschieben würde, doch dann bemerkte Fey lediglich, wie er sie drückte und sich dann an die Wand zurückzog.

Sein Hinterkopf lehnte sich müde an das Gemäuer. Während Yron für Fey immerzu erschöpft aussah, wirkte er nun völlig entkräftet. In Ermangelung einer besseren Idee drückte sie sich weiterhin fest an ihn und rieb durch seine Haare. Das beruhigte sie auch immer, wenn man es bei ihr machte, also baute sie darauf. „Wie wird sich das Licht denn verändern?"

Es dauerte, ehe er zu einer Antwort ansetzte, dafür spürte sie, wie auch seine Finger durch ihre Haare strichen, um sich offenbar abzulenken oder auch ihr ein wenig Unterstützung zukommen zu lassen. „Es wird rot werden. Wenn jemand zerbricht, lässt die Familie ihn ab einem gewissen Punkt ruhen, in der Hoffnung, dass sein Geist Kraft schöpfen kann. Dabei werden rote Kerzen angezündet, die der Seele Frieden geben sollen." Sein zittriger Atem wanderte über ihr Haupt daher und verflog in der Nacht. „Manchmal haben sich Menschen doch noch mal gefangen, aber ich denke, bei ihnen sah es zu diesem Zeitpunkt auch noch besser aus."

Fey nickte dazu lediglich, während sie seinem stetigen Herzschlag lauschte. Ihre Lider wurden schwer.

„Du solltest dich ein wenig ausruhen", murmelte Yron und als sie den Blick hob, lächelte er sie zaghaft an. Es war kaum in der Finsternis zu erkennen, vor allem da das Haus noch mehr des ohnehin kaum vorhandenen Lichtes schluckte, aber Fey erwiderte es vorsichtig. „Und du?"

„Einer von uns muss das Fenster im Auge behalten. Und da du vermutlich deine Kräfte brauchen wirst, sollte ich das sein."

Ein ungutes Gefühl überkam sie und sie drückte sich unweigerlich enger an ihn, bis das Pochen seines Herzens ein wenig Ruhe über sie brachte. Dort lebten doch ihre Schwestern, nicht? Auch in ihrer Brust schlug ein Herz und bei all dem, was in ihrem Kopf vor sich ging, wusste sie, dass sie nun genauso wie ein Mensch mit ihnen verbunden war.

Es war befremdlich und gleichsam ein wenig tröstend. Zu wissen, dass sie immerhin doch noch Kontakt zu ihnen besaß und nicht vollkommen allein war.

Nicht mehr.

„Ich habe Angst davor, nichts machen zu können", wisperte sie hauchzart. Ein Zittern durchlief ihren Körper. Wenn es einen Augenblick gegeben hatte, in dem sie gerne einfach so getan hätte, als ob alles in Ordnung gewesen sei, dann jetzt. „Was, wenn all dies hier umsonst ist und die Hoffnung dich noch mehr zerbricht?"

„Versuche es einfach", nuschelte der Mann leise und klang ein wenig zu ruhig. „Mache nicht den Fehler, den ich so häufig mache. Zweifel bringen dich nicht weiter, das bemerke ich an mir selbst."

„Aber ..."

„Fey", murmelte er gequält. „Natürlich besteht irgendwo die Hoffnung, auch wenn ich sie nicht zulassen möchte. So ist es meistens. Man weigert sich mit allen Mitteln dagegen und dennoch ist dieser kleine helle Funken da. Oftmals nimmt man ihn erst wahr, wenn er zerschmettert wird. Doch du hast vielleicht die Möglichkeit, sein Leben zu retten, und wenn es nicht funktioniert, dann gab es keinerlei Hoffnung." Sacht hob er ihr Kinn an, damit sie ihm in die Augen blicken musste. „Immerhin kann man es dann nicht mehr bereuen, es nicht versucht zu haben."

Ihre Augen brannten unter den plötzlichen Tränen. Hilflos griff sie nach seinem Handgelenk. „Meine Schwester Hoffnung schleicht sich gerne in die Herzen der Menschen", wisperte Fey leise. „Und in diesem Moment frage ich mich, wieso."

„Weil sie dazu geschaffen wurde?"

Sie schüttelte den Kopf, doch es war keine Antwort. Anstatt weiter darüber nachzudenken, legte sie sich wieder an seinen Brustkorb. Ein zögerliches, leises Schluchzen begleitete sie auf dem Weg in ihre aufgewühlten Schlafwelten.

Sie blinzelte einige Male, als ein Rucken an der Schulter sie aus ihren unruhigen Träumen riss. Mehr als Yrons Profil, das auf das Fenster gerichtet war, konnte sie nicht ausmachen. „Es ist so weit", verkündete er ruhig und erhob sich. Mit seinem starken Griff half er ihr sanft auf die Beine und stützte sie, als sie kurz nach ihrem Gleichgewicht suchen musste. Dann drängelte er sie vorsichtig an die Wand des Hauses.

„Wie kommen wir jetzt hoch?"

„Klettern", war seine einfache Antwort.

Fey schüttelte den Kopf. „Das kann ich nicht!" Erneut sah sie an der Wand entlang nach oben zum besagten Fenster, nur schien dieses Mal die Höhe gigantisch zu sein. Sie schluckte.

„Nicht direkt hinauf", murmelte Yron und deutete auf den kleinen Vorsprung eines Nachbargebäudes. „Das haben wir als Kinder gemacht. Von da aus ist es sehr leicht, sich zum Fenster zu hangeln."

„Und wie soll ich dort hinaufkommen?"

Ein freches Grinsen zierte seine Lippen, wirkte jedoch ebenso bitter wie amüsiert. Er ging langsam auf sein Ziel zu und verschwand in einer kleinen Nische, die vom Efeu verborgen gewesen war.

Fey folgte ihm eilig und sah, wie er einige der Ranken auseinanderhielt. Halbwegs verrostete Metallsprossen waren in unregelmäßigen Abständen gerade noch zu erkennen. Vorsichtig, als würde das Gebäude ansonsten einstürzen, streckte sie einen Arm danach aus. Ihre Finger legten sich um den rostigen Gegenstand und wieder schluckte sie. „Es wirkt nicht sehr sicher."

Yron schüttelte den Kopf. „Nicht unbedingt, aber es wird ausreichen. Du gehst vor. Falls etwas schiefgehen sollte, kann ich so leichter nach dir greifen. Außerdem bist du leichter, ich würde sie mit meinem Gewicht vielleicht vorbelasten."

„Das klingt nicht sehr beruhigend", entfuhr es Fey. Gleichzeitig ging sie einen weiteren Schritt nach vorne und umgriff nun mit beiden Händen fest die Sprossen. Seine warmen Hände dagegen legten sich stützend an ihren Rücken und schoben sie sogar ein kleines Stückchen hoch, sodass sie die ersten Sprossen direkt außer Acht lassen und sich an eine der Höheren klammern konnte.

Kaum hatte sie ihren Halt gefunden, ließ er sie langsam los. „Es ist nicht allzu hoch, mach dir keine Sorgen", rief er leise und beruhigend hinter ihr hinauf.

Tatsächlich mochte er wohl recht haben. Er konnte die Sprossen erst erklimmen, als sie aus dem Weg war und damit fast an der Kante der Leiter. Sie hörte ihn unter sich, konzentrierte sich allerdings eher darauf, sich über den Rand nach oben zu schieben.

Kaum angelangt, krabbelte sie rasch von der Kante fort und atmete tief ein und aus, wissend, dass das Schlimmste wohl erst noch folgen würde; das Hinüberangeln von Dach zu Fenster. Yrons Kopf erschien am Abgrund und bald darauf saß er halb neben ihr, die Beine in die Leere baumeln lassend. „War doch gar nicht so schlimm, oder?"

„Nein", sie biss sich auf die Unterlippe, „das Schlimme kommt jetzt erst, nicht wahr?"

Sein Blick legte sich auf das Fenster. „Ich gehe zuerst. Normalerweise gibt es einen Schwachpunkt im Rahmen, den man drücken muss, doch sie haben das Fenster sogar einen Spalt weit offengelassen."

„Und wie willst du es weiter aufbekommen?" Sie maß das schmale Fensterbrett. Immerhin war er kein Bube mehr, der sich vergnügt darauf tummeln konnte. Er war ein ausgewachsener und nicht gerade kleiner oder schmächtiger Mann.

„Ich werde sehen müssen, was ich mache." Die dunklen Haare in seinem Gesicht wurden vom Wind bewegt, als er sich zu ihr umwandte.

Fey verteilte das Gewicht in ihrer hockenden Position von einer Seite zur anderen, ehe sie entschlossen näher zu ihm krabbelte und sich den Abstand zwischen Vorsprung und Fensterbank betrachtete. „Hilf mir rüber", meinte sie dann.

„Bist du sicher? Du hattest schon auf der Leiter Angst."

Sie nickte. „Ich habe nicht gesagt, dass ich jetzt keine habe, aber ich habe mehr Platz auf dem Brettchen als du." Ihre Augen erfassten seine ernst. Sie war verängstigt, doch auch entschlossen. Davon überzeugt, dass es die beste Lösung für das Problem war. Und anstatt, dass er lange mit ihr darüber diskutierte, nickte er ihr bekräftigend zu, rutschte zu ihr herüber und umfasste ihre Hüften. „Spring einfach an die nächste Stelle. Es ist nicht weit. Hab keine Angst."

Fey war davon eher weniger überzeugt. Auf eine harte Landung unten im Gebüsch würde sie auch gut verzichten können, aber ihr blieb wohl nichts anderes übrig, als es zu riskieren.

Einige Male atmete sie tief ein und aus, die Lider zusammengepresst, und als sie diese öffnete, sprang sie sogleich.

Der Moment, in dem ihr Körper den sicheren Untergrund verließ und Yrons Hände sie losließen und ihr dabei noch ein wenig Schwung mitgaben, ließ sie beinahe vor Schreck aufkeuchen. Gleichzeitig war er so schnell vorbei und sie landete auf dem Fensterbrett, dass es sie einen Augenblick lang schwindelte. Sie schöpfte Atem und fragte sich, wie sie es geschafft hatte, einigermaßen sicher zu landen und nicht wie ein Stein abzuprallen. Vielleicht war ihr Körper zu einer anderen Zeit solche Dinge gewohnt gewesen?

Ihre Hände jedoch zitterten, als sie die Finger unter das Fenster schob und den Spalt vergrößerte, bis auch Yron hindurchpassen konnte. Ohne darüber nachzudenken, schlüpfte sie ins Zimmer und sah sich um. Die roten Kerzen erleuchteten alles auf unheimliche Art und eine geradezu verstörende Stille lag über diesem Ort. Wie der Schleier des Todes selbst. Jeremiah lag wie tot in seinem Bett, sogar sein Atem war zu flach, um gehört zu werden. Fey schritt unsicher auf ihn zu. Sie fühlte sich bange. War sie zu spät gekommen?

Hinter ihr knackte und raschelte es, während Yron sich ebenfalls einen Weg ins Innere suchte, doch sie blickte nicht einmal zurück. Mit erhobenem Arm zögerte sie, und strich dann sanft über den dicken Stoff der Decke, der Jeremiahs stillen Körper verhüllte.

„Er atmet", stieß Fey aus und beobachtete Yrons Aufseufzen.

„Was hast du jetzt vor?"

„Ich weiß es nicht." Fey sah sich überfordert um, doch der Vogel war noch nicht wieder zu sehen. Nun waren sie hier und es hatte jetzt schon nichts gebracht? Sie ballte die Hände zu Fäusten und war augenblicklich den Tränen nahe.

In Jeremiahs Innerem tobte ein Kampf und als sie das leichte

Ziehen an ihrem Geist wahrnahm und sich darauf einließ, merkte sie, dass seine Seele bereits zu zerbröckeln begonnen hatte. Viel Zeit blieb nicht mehr. Denn selbst wenn sie ihn dann retten würde, hätte er Schäden erlitten.

Da flog der Vogel leise zwitschernd durchs Fenster, kreiste piepsend über Jeremiah und ließ sich mit raschelndem Gefieder auf seinem Brustkorb nieder. Seine kleinen Knopfaugen starrten zu ihr empor. „Was soll ich machen?", wisperte sie und beugte sich näher. Versuchte, irgendetwas in diesem unendlichen Schwarz zu lesen.

***

Feys Augen lagen wie gebannt auf dem kleinen Vogel, der nun auf Jeremiahs Brustkorb hockte. Und ihm selbst? Blieb nichts anderes, als hier zu warten und zu hoffen, dass es nicht zu spät war.

Dass Fey bald wusste, was sie zu tun hatte.

Ebenso wie seine Hände miteinander rangen und sich an etwas festhalten wollten, kämpfte er mit dem Drang, im Zimmer auf und ab zu laufen. Er wollte niemanden auf sie aufmerksam machen oder Fey stören. Stattdessen schlurfte er auf das Bett zu und ließ sich an der Seite seines Freundes nieder, griff nach seiner Hand und ließ seine Stirn auf die des anderen sinken. Sie war heiß und schwitzig. „Bitte halte durch", nuschelte er entmutigt und lauschte die ganze Zeit auf Feys leises Murmeln. Es war unglaublich, dass er erst vor wenigen Stunden hier gewesen war.

Einige Zeit verbrachten sie so im Schweigen und in der Unbeweglichkeit. Yron zwang sich, die Herzschläge nicht zu zählen, die ins Land zogen. Er wollte nicht denken oder sich bewusst machen, dass sie hier eingebrochen waren und nichts geschah.

Als Jeremiahs Körper von einem Zucken durchlaufen wurde, breitete sich kurzzeitige Zuversicht in ihm aus, wurde jedoch schnell getötet, als sein Freund sich herumwarf. Ehe Yron reagieren konnte, war er vom Bett zu Boden gedrückt worden. Auch Fey war nicht mehr an ihrem Platz, den Geräuschen nach zu urteilen, hatte sie ebenfalls Bekanntschaft mit den Dielenbrettern gemacht.

„Jeremiah?" Yron erhob sich, blieb allerdings bis ins Mark erschüttert stehen, als er den Blick auf seinen Freund legte, der nicht mehr seine Sinne bei sich zu haben schien. Er saß im Bett, schwer an die Wand gestützt. Seine Augen wirkten regelrecht leer, sein Körper ermattet und ausgelaugt. Und in seiner Hand lag der Dolch des Erben.

„Was machst du da?", entfuhr es Yron, anscheinend zu leise.

Es dauerte eine kleine Ewigkeit, bevor Jeremiah sich an ihn wandte. Seine Stimme war in blanker Pein angespannt. „Es schmerzt zu sehr", brachte er heftig hervor. „Es reißt …" Sein Atem war angestrengt und rasselte. „Es soll aufhören!"

„Und das wird es. Fey will dir helfen!"

„Sie kann mir nicht helfen!" Jeremiah blickte ihn tot und kalt an und maß dann den Dolch. „Es muss aufhören", wisperte er. Aus seinen Augenwinkeln lösten sich Tränen.

Yron traute sich nicht, sich zu rühren. Er hätte nicht einmal sagen können, ob zu viele Gedanken in seinem Kopf herrschten oder dieser bis auf die Furcht völlig leergeweht war. Kämpfe waren etwas anderes als das hier. Auch wenn es auch dabei um Leben und Tod ging, war er distanzierter, sein Instinkt übernahm. Jetzt dagegen herrschte in seinem Denken keine Ruhe vor, nur die blanke Panik. „Du musst nur den Dolch weglegen, Jeremiah", hauchte er, im Versuch, beruhigend zu klingen. „Leg ihn weg, dann ist alles gut, in Ordnung?"

„Nein!"

Eilige Schritte waren auf der Treppe zu hören und jemand sprang gegen die Tür. „Aufmachen!", schrie Jeremiahs Vater wütend und drosch mit der Faust immer wieder auf das Holz ein, das Yron mit einem Stuhl verbarrikadiert hatte.

„Bei dem Willen der Götter, wer auch immer dort ist, lasst

unseren Sohn in Ruhe!", kreischte Alana aufgelöst. „Ich bitte Euch!"

Yron sah zur Tür und rasch wieder zurück. „Es soll aufhören!", schrie Jeremiah, förmlich von Sinnen. Und dann hob er den Dolch hoch. Obwohl jeder Herzschlag bis zur Schmerzgrenze gedehnt zu sein schien, fühlte Yron sich nicht, als könnte er rechtzeitig eingreifen. Als wäre er viel zu langsam.

Kapitel 19

Ein Tumult brach los. Yron wusste nur noch, dass er mit einem entsetzten Schrei die Hand hob, um dem Dolch einen Befehl zu geben. Die magische Waffe sprang sogleich auf seinen Gedanken an, wurde heiß und zwang Jeremiah sogar in seinem Wahn dazu, die Finger von ihr zu lösen. Die Klinge landete nahezu harmlos auf der zerwühlten Steppdecke. Gleichzeitig war auch Fey vorgesprungen und hatte sich um den Arm des Kranken geschlungen, als würde sie mit ihrem zierlichen Körper seine Panik unterdrücken und ihn fesseln können. Ihre Lippen bewegten sich stumm und stürmisch, einem Gebet an die Götter gleich.

Yron konnte sie lediglich für die Dauer einiger Atemzüge anstarren. Dann weckte das Poltern an der Tür ihn aus seiner Starre. Sie versuchten, das Holz von außen aufzubrechen, und sie würden bei einem Misserfolg rasch Hilfe holen. Viel Zeit blieb ihnen nicht. Die Möglichkeit, sich nach dem Werke verstohlen davonzuschleichen, war längst dahin. Aber Yron wusste, dass Jeremiahs Familie bei der Heilung eher hinderlich wäre, also handelte er rasch. Mit einem Satz warf er sich nach vorne und drückte den strampelnden Leib seines Freundes nach unten. Seine Aufmerksamkeit richtete sich auf Fey. „Was auch immer du gedenkst zu tun, jetzt wäre der richtige Augenblick dafür!" Er hatte sie nicht unter Druck setzen wollen, doch er sah sich dazu genötigt. Wenn sie jetzt nichts tat, würden sie Jeremiah verlieren. Ihnen lief nun auf mehr als eine Art die Zeit unter den Fingern davon. Als sich ihre Augen unsicher auf ihn legten, musste er sich zwingen, die eigenen nicht vor Angst zu schließen.

„Jeremiah", wisperte Fey und der kleine Vogel landete auf ihrem Kopf. Ruhe kehrte in ihre Miene ein und die gespreizte Hand auf die Stirn des Patienten gedrückt, atmete sie tief ein und aus und schloss die Augen. „Lausche mir, ja?"

„Was?" Der Mann im Bett wurde in seinen Bewegungen langsamer und starrte Fey ins Gesicht.

„Bitte, Vogel", hauchte sie, ohne den Blick zu bemerken, und hob mit einem Mal die Lider an. „Bitte hilf mir!" Ob es wirklich der Vogel oder allein Feys Glaube an ihre Kraft war, vermochte Yron nicht zu sagen. Aber ohnehin konnten seine Gedanken sich nur um das helle Licht drehen, das unter ihren Fingerspitzen entstand und sich allmählich immer mehr ausweitete. Jeremiah gab ein gepeinigtes Schreien von sich, doch sein Körper war schlaff und wehrlos und Yron konnte nur verblüfft zurücktreten und das Schauspiel beobachten.

Von der kleinen Frau löste sich eine feine helle Sandwolke und glitt beinahe wie eine Schlange den ausgestreckten Arm hinab auf Jeremiah zu.

Dieser konnte nur darauf stieren, die grünen Augen weit aufgerissen. Es war nicht ersichtlich, ob sein Schrei panisch oder leidend war. Vielleicht klingelten auch nur Yrons eigene Ohren zu sehr. Fey schien in ihrem Element zu sein. So kindlich sie auch war, so hatte sie nun das Gebaren einer Göttin selbst. Ihre Augen strahlten in einem feurigen Violett auf. Ihre Bewegungen waren anmutig. Die Zeit schien still zu stehen. Und als sie wieder einrastete, bemerkte Yron, dass er an der Wand zu Boden gerutscht war und das Poltern an der Tür ein Ende gefunden hatte. Der Vogel hatte die Flügel gestreckt und verharrte ebenso bewegungslos wie Fey und Jeremiah, die sich über den Arm hinweg noch immer anstarrten.

Dann taumelte Fey, verdrehte die Augen nach oben und stürzte bewusstlos auf das Bett, quer über Jeremiah, der ebenfalls die Sinne verlor und mit einem leisen Geräusch mit dem Hinterkopf gegen das Kopfbrett des Bettes fiel.

Ein Zittern durchlief Yrons Körper und hinderte ihn daran, sich zu erheben, selbst als Jeremiahs Familie erneut gegen die Tür hämmerte. Irgendwo in seinem Kopf brachte er noch den Gedanken zu Stande, dass er mit dem Bein den Stuhl von der Tür wegschieben sollte und so fiel Larus beinahe in den Raum, als der Widerstand so plötzlich fehlte. Er fing sich und schob sich die Brille wieder höher auf die Nase. Sein Gesicht wirkte geschockt, als er sich umblickte und dann Yron erspähte. „Du", hauchte er, weder fragend noch aussagend, ehe er sich die Haare raufte. „Was machst du hier?"

Der Schwarzhaarige blickte zu ihm auf. Jetzt war die Zeit gekommen, in der er sich erklären musste. Eine Lüge wollte ihm einfach nicht einfallen und ohnehin wäre es schwer, irgendetwas hiervon plausibel zu erklären. Vor allem ohne zu wissen, ob Jeremiah nun geheilt war oder nicht. Gleichzeitig widerstrebte es ihm, nicht nur Fey zu verraten und die Familie mit hineinzuziehen, sondern ihnen auch ohne einen möglichen guten Ausgang Hoffnung zu bereiten.

Also vergrub er lediglich das Gesicht in den Händen. Als würde es etwas nützen.

„Yron?", schrie Alana da bereits hysterisch.

„Es gibt vieles, das ich euch sagen muss", setzte er vorsichtig an und sah zu ihnen auf, „aber nicht jetzt."

„Nicht jetzt?", fauchte die Frau. „Wann dann?"

Mit einem geschlagenen Seufzer drückte er sich an der Wand hinter sich hoch.

***

Als Fey wieder zu Bewusstsein kam, war alles um sie herum merkwürdig still. Nicht einmal der Vogel war zu hören und nur ihre eigenen Atemzüge schienen ein Beweis dafür zu sein, dass sie nach wie vor existierte und nicht in die Dunkelheit übergegangen war.

Ihre Lider waren zu schwer, als dass sie sie hätte heben können, also versuchte sie, sich auf ihre anderen Sinne zu konzentrieren.

Noch immer hörte sie nichts außer ihrem Atem. Sie roch nichts Merkwürdiges. Auf ihrer Zunge hatte sich ein ekelhafter Geschmack breitgemacht, fad und bitter, und der Schmeckmuskel wälzte sich auch nur unnötig in ihrem Mund herum. Unter ihrem Körper fühlte sie die Weiche eines Bettes. Ihre Finger ertasteten bei einem vorsichtigen Ausflug eine Decke und legten sich darum.

„Du bist wach", drang eine scharfe Stimme aus der Dunkelheit an ihr Ohr. Was wohl wie eine Frage hätte klingen sollen, war durch den Unterton eine Feststellung geworden. Fey krauste die Stirn und zwang sich dazu, endlich die Augen zu öffnen. Es bedurfte viel Kraft, doch schließlich konnte sie verwaschene Schemen wahrnehmen und einer davon bewegte sich auf ihre Seite zu und ließ sich dort auf die Bettkante nieder. Sie kam sich schrecklich hilflos vor, wie sie hier lag und sich kaum rühren konnte. Hilflosigkeit war sie ja gewohnt, schoss es ihr durch den Kopf.

Ein Schaudern lief durch ihren Körper und sie war sich nicht sicher, doch bildete sich zumindest ein, brennende Tränenspuren auf den Wangen zu fühlen. Ihr Kopf schwirrte vor lauter Gedanken, die durcheinanderwirbelten. „Wer?" Fey war sich nicht einmal sicher, ob sie die Frage wirklich hervorgebracht hatte.

Der Schemen schien zu nicken und Finger fuhren ihr über die Stirn. „Du hättest uns sagen müssen, wer du wirklich bist." Etwas wie ein leises Fauchen war zu vernehmen. „Yron hätte es uns sagen müssen. Er hielt den Schlüssel die ganze Zeit in Händen und verpflichtete sich selbst dem Schweigen!" Eine gewisse Stille trat ein, unterbrochen von einem geschlagenen Seufzen. „Ich will es ihm übelnehmen. Aber ich kann seine Seite auch verstehen. Weißt du, was ich meine? Oder sind dir solche Gefühle zu hoch?"

Fey wimmerte leise. Es wäre leichter gewesen, wenn diese Person nicht immer in der Stimme zwischen Wut und Nachsicht geschwankt hätte. „Nein", japste sie darum atemlos.

Die Finger wischten ihr offensichtlich eine Haarsträhne von der Stirn. „Du hast meinen Sohn gerettet", wisperte die Frau leise und nun klang es, als wäre sie den Tränen nahe. „Du hast Jeremiah gerettet. Wie könnte ich dich da hassen, Fey?" Der Druck der Finger nahm zu, bevor sie sich ruckartig von ihrer Haut lösten. „Aber sag mir eines, Freiheit; hast du das jemals gewollt? Oder warst du auch gefangen?"

Fey musste sich selbst davon überzeugen, wach zu bleiben. Ihr Körper war müde und ihr Geist wollte sich dem nur zu gerne ergeben. „Ich war gefangen", nuschelte sie daher nur. Die Frage spukte mit all den anderen Worten durch ihren Kopf. Sie verstand sie kaum. Wie kam Jeremiahs Mutter auf den Gedanken, dass Fey jemals freiwillig zur Sklavin der Hexe geworden wäre? Wieso sollte sie ihre Freiheit aufgeben, um so zu enden?

Ein Schluchzen erklang, der Schemen verschwand und kurz darauf fiel eine Tür ins Schloss. Feys Lider senkten sich herab und nur einen Herzschlag später erstarben ihre wirbelnden Gedanken und sie schlief erneut ein.

***

Yrons Blick wanderte vom knisternden Feuer, das die Stube wärmte, zum dunklen Fenster. Die Unruhe in seinem Inneren ließ ihn fahrig mit dem Fuß wippen, während er am liebsten vom Stuhl aufgesprungen und durch den Raum gelaufen wäre. Oder am besten aus dem Haus hinaus gerannt und in den Wald geflüchtet.

Aber er konnte nicht. Selbst wenn Jeremiahs Vater nicht die Tür mit seinem Körper verstellt hätte und ihn böse ansähe. Er schuldete diesen Menschen, seiner zweiten Familie, Erklärungen.

Auch wenn sie im allgemeinen Chaos ihrer Gefühle eher taube Ohren besaßen. „Ich konnte es euch nicht sagen", knirschte der Dolcherbe mit den Zähnen. Seine gespreizten Hände hatte er in seine Oberschenkel gekrallt, im Versuch, seinem Fluchtinstinkt zuvorzukommen. Sich irgendwie zur Ruhe zu bringen. Er wollte zu Jeremiah. Und zu Fey. Beide lagen oben im selben Bett und waren noch nicht wieder erwacht.

„Nein?", murrte der ältere Mann an der Tür und rieb sich den

Bart. „Wieso nicht?"

Yron erhob sich und straffte die Schultern. „Weil es bis vor kurzem keinen Grund dafür gab. Je weniger man weiß, umso sicherer lebt man, oder nicht?"

„Und als Jeremiah krank wurde?" Auch der Ältere spannte nun die Muskeln an. Seine Augen leuchteten gereizt auf. „Es war kein triftiger Grund, unsere Sorgen zu zerstreuen und unseren Sohn nicht länger leiden zu lassen?"

Yron schüttelte schnaubend den Kopf. „Das war nicht das Problem. Bei den Göttern, es vernichtete mich selbst, ihn so zu sehen! Aber ich wusste nicht, dass Fey ihn retten kann. Sie selbst auch nicht. Hör mir doch zu! Wir *wussten* es nicht."

„Trotzdem standet ihr dort oben."

„Weil wir diese Hoffnung bekamen. Hoffnung ist wie Tücke, sie schleicht sich in dein Herz und kann dich dann noch mehr vernichten. Wir waren uns nicht im Klaren darüber, ob es funktionieren würde oder nicht. Und weiterhin lag es mir fern, euch einzuweihen. Um euch zu schützen."

Der Mann rieb sich durch den Bart und über das Gesicht.

Als er Yron wieder anblickte, wirkte es, als wolle er noch etwas sagen, doch in diesem Moment trat seine Frau von hinten an ihn heran und drückte ihn sanft zur Seite. „Sie ist zwischenzeitlich aufgewacht", verkündete sie und ihre Hände rangen miteinander. „Jeremiah dagegen nicht. Ich habe Alexandra hochgeschickt, um auf beide ein Auge zu haben."

Yron nickte ihr dankbar zu.

„Lass es gut sein", wandte sie sich da an ihren Mann. „Geschehen ist geschehen. Er wollte uns sicherlich nicht hintergehen. Ich kann seine Entscheidung nachvollziehen. Auch, wenn ich sie nicht gutheiße. Irgendwo ist er doch nur ein Junge. Lass uns warten, was geschehen wird."

Es sollten Stunden werden.

Die Sonne erhob sich bereits wieder über den Rand des Horizonts, als Alexandra die Treppe hinabgepoltert und in die Küche gestürmt kam, in der sich die Eltern und Yron niedergelassen und bei Speise und Tee geredet hatten.

„Er ist erwacht", war alles, was sie von sich gab, ehe sie sich in derselben Bewegung noch umdrehte und wieder nach oben rannte.

Keine Zeit verschwendend erhoben sie sich alle und folgten ihr.

Jeremiah hatte es sogar geschafft, vermutlich mit der Hilfe seiner Schwester, sich ein wenig an das Kopfteil des Bettes zu lehnen und sah matt und erschöpft aus. Halbwegs auf die Seite gedreht rang er nach Atem und seine nackten Schultern hoben und senkten sich ruckartig.

Doch er lebte und als er jetzt vorsichtig aufsah, umspielte etwas wie ein kaum sichtbares Lächeln seine rissigen Lippen und ließ das graue, alt wirkende Gesicht ein wenig heller erscheinen. Für einen Augenblick schien Yrons Herz still zu stehen, um dann umso heftiger zu schlagen. Er wollte nicht an sein Glück glauben, obwohl es genau vor ihm zu sitzen schien.

***

Unter der stürmischen Umarmung seiner Eltern ächzte Jeremiah und musste ein weiteres Mal um die Luft in seinen Lungen kämpfen. Dennoch legte er schwach eine Hand um die zierlichen Schultern seiner Mutter und drückte müde den Kopf gegen die Brust seines Vaters. Er konnte nichts sagen oder seine Gedanken sortieren. Er war einfach von der Tatsache, jetzt hier zu sein, zu verblüfft und durcheinander. Es erschien wie das Wunder, das er in der Welt immer gesucht hatte, und zumindest in diesem Augenblick schien ihm alles möglich. Er blinzelte die Tränen fort und versuchte nach einer Weile, seine Mutter tröstend zu drücken. Mit Alexandras Hilfe hatte er sich vorhin aufgesetzt und auch wenn die Schmerzen sich dadurch verschlimmert hatten, fühlte er sich allgemein besser.

Wenn er lag, dann kam er sich so unglaublich hilflos vor. Allein bei dem Gedanken daran, in nächster Zeit das Bett vermutlich nicht verlassen zu können, schauderte er.

Jeremiah versuchte, zu sprechen, aber alles, was über seine Lippen drang, war ein Krächzen. Er räusperte sich, wobei seine wunde Kehle zu schmerzen begann. „Was ...?" Er setzte nochmals an und befeuchtete sich mit dem kläglichen Überbleibsel seines Speichels die trockenen Lippen. „Was?" Würde es nun mal eine einsilbige Frage bleiben.

Ohnehin schienen die beiden zu verstehen, auch wenn es Yron war, der eine Antwort gab. „Fey hat dich gerettet." Die grauen Augen in dem kantigen Gesicht schienen verändert.

Aber Jeremiah war zu schwach, um sich weiter Gedanken zu machen. Er versuchte sich stattdessen an einem Nicken. „Danke." Als er sich ein wenig bewegte, um an einen Becher voller Wasser zu kommen, reagierte sein Vater direkt und schüttete etwas aus dem Krug in das Holzgefäß.

Behutsam hielt er das Wasser an die Lippen seines Sohnes und half ihm beim Trinken, genauso wie es seine Schwester vorhin getan hatte. Jeremiah hatte das Gefühl, dass es niemals reichen würde. Als könnte er einen ganzen Bach leer trinken und es wäre nicht genug. Egal wie viele Schlucke er seine schmerzende Kehle hinab zwang, sein Mund blieb trocken. Noch dazu fühlte sich seine Haut erhitzt an.

Hinter sich spürte er den kleinen Leib von Fey. Alexandra hatte ihn bereits vorgewarnt, dass er sich nicht erschrecken dürfe, und ihn informiert, dass Fey bereits ein Mal wach gewesen war.

Sein Vater ließ ihn wieder zurücksinken und erschöpft schlossen sich seine grünen Augen. Erneut war er müde, unendlich erschöpft. Sein Körper drängte ihn in den Schlaf, obwohl ein verängstigter Teil seiner selbst sich dagegen wehrte. Die Angst, aufzuwachen, und alles war nur ein Traum, war erschreckend. Er wollte seine Familie um sich wissen, bei ihnen sein. Er wollte, dass sie in seiner Nähe blieben. Bei ihm. Blind und schwach suchte er nach Halt und bekam Finger zu fassen. So schlank, wie sie sich anfühlten, waren es die seiner Mutter. Wenn wenigstens einer hier bei ihm bleiben würde, damit er nach dem Aufwachen nicht erneut dieser Angst verfiel, sondern direkt wusste, was geschehen war.

***

Yron beobachtete, wie Jeremiah sich an seine Schwester drückte, während seine Eltern aus dem Zimmer huschten. Kurze Zeit später kam seine Mutter mit einer Schale voll Eintopf in den Händen wieder in den Raum und stellte die dampfende Flüssigkeit auf dem kleinen Nachtschränkchen ab. Langsam rührte sie mit einem Löffel darin herum.

Das war der Moment, in dem sich der Erbe des Dolches abwandte und in den Flur hinaustrat. Nicht um erneut zu fliehen, sondern um endlich seine Gedanken ordnen zu können. Mehr noch als die Furcht vor einigen Stunden schien die Erleichterung jetzt seine Kräfte zu verbrauchen und brachte seine Beine zum Zittern, sodass er sich an der Holzwand in seinem Rücken abstützen musste. Er glitt zu Boden und grinste unweigerlich der Decke entgegen. Es wurde immer breiter, bis es in seinen Mundwinkeln schmerzte und er anfangen musste, zu lachen. Seine Hände konnten in seinem Schoß nicht für zwei aufeinanderfolgende Herzschläge ruhig bleiben. Sein Daumen rieb über seine Stirn, strich dabei die Haarsträhnen hinfort. Er wusste, dass er nicht in der Hörweite von Jeremiahs Familie in Gelächter ausbrechen sollte, aber er hatte heute so viele Verfehlungen gesammelt, dass sie ihm diese bestimmt verziehen. Er konnte nicht an sich halten. Selbst wenn er gewollt hätte, hätte er das Lachen nicht ersticken können. Dafür war es zu spät. Sein Freund hatte überlebt. Die letzten Stunden hatten sich wie Ewigkeiten gedehnt. Sie hatten ihn an seine Mutter erinnert und an die Hilflosigkeit, die er in all den Jahren verspürt hatte.

Jedes Mal, wenn irgendetwas, manchmal vielleicht er selbst, ihm die Hände gebunden hatte. Und nun? Hatte es einfach wieder Hoffnung gegeben. Verdammt! Vielleicht war das eine Art Geschenk der Götter, damit er an ihrer Macht festhielt? Ein Gnadengesuch, das erhört wurde, um seinen Kämpfer bei Laune zu halten.

Doch selbst wenn es so war, dann war es eben so. Er hatte sein Ziel vor Augen und jetzt seinen Freund wieder an seiner Seite. Ob Jeremiah wirklich mit ihm weiterkämpfen würde, würde sich noch zeigen. Aber immerhin lebte er.

Kapitel 20

Das Geräusch des Regens, monoton seit Stunden, der gegen das Fenster klatschte, beruhigte Jeremiah zwei Tage nach seinem ersten Erwachen ungemein. Bis auf wenige Phasen, in denen er für Nahrung oder den Gang ins Badezimmer geweckt worden war, hatte er bis zum Morgen des heutigen Tages geschlafen. Bisher war immer eines seiner Familienmitglieder anwesend gewesen, damit er diesen Weg nicht alleine auf seinen wackeligen Beinen zurücklegen musste.

Fey war nicht mehr da. Yron hatte sie wohl gestern nach Hause getragen, damit sie dort ihre Ruhe hatte. Auch sie war seither kaum mehr wach gewesen. Zumindest hatte man ihm das gesagt. Er achtete nicht auf die Sorge, die dabei in ihm aufkeimte.

Stattdessen drückte er sich irgendwann ein wenig im Bett nach oben und lehnte sich an das Kopfende. Dieser kleine Akt kostete ihn Kraft und er ächzte unter Schmerzen auf, doch immerhin fühlte er sich stärker, als er nun gestützt so dasaß und eine bessere Sicht aus dem Fenster hatte.

Viel erkennen konnte er nicht. Das triste Grau eines weinenden Himmels und die Wipfel der Häuser, die sich ihm entgegenstreckten, als würden sie ihm den Bauch streicheln wollen.

Hinter den Fenstern des nächsten Gebäudes konnte er zu dieser Zeit kein Leben ausmachen, doch zwei Häuser weiter traten kleine Rauchwolken aus dem Kamin und nährten die beständigen Schleier. Der Bäcker tat sein Tagewerk und die anderen waren trotz Regen auf den Straßen unterwegs, um das jährliche Fest der Herbstwinde, das Mondfest, abzuhalten. Wenn die beiden Himmelskörper richtig standen, leiteten sie den Übergang in die nächste Jahreszeit ein. In ein paar Tagen wäre es so weit und die Menschen würden ihre Leben, das letzte Jahr und alles Gute feiern, ebenso wie ihre Ernte.

Und er durfte es noch miterleben. Sein Blick richtete sich auf seine Hände, die auf der Decke in seinem Schoß lagen, und langsam öffnete und schloss er sie wieder. Eigentlich hatte er bei den Hustenanfällen bereits innerlich damit abgeschlossen. Seiner Prognose zu Folge wäre es ein Wunder gewesen, das Mondfest nochmals zu erleben, geschweige denn seine Familie nochmals wiederzusehen.

Das Wunder war in mehr als in einer Hinsicht eingetreten. Darauf hätte er nicht einmal zu hoffen gewagt, hätte er sich einen Erfolg ihres Planes in der Hauptstadt ausgerechnet.

Ein Lachen kam über seine Lippen. Mann ... Und er dachte immer, Yron wäre der einzige Pessimist unter ihnen beiden und er eher der Realist. Aber auch wenn ein Mensch mit düsteren Gedanken reichte, schien sein bester Freund ein wenig auf ihn abgefärbt zu haben. Er hatte immer gehofft, es wäre andersherum und seine gute Laune wäre auf seinen Bruder übergeschwappt.

Ein leises Klopfen riss ihn aus diesen Gedanken. Kurz hoffte er, es wäre Yron. Er vermisste seinen Freund. Wie oft genau dieser ihn während der Bewusstlosigkeit besucht hatte, hätte Jeremiah gar nicht sagen können, und heute war der erste Tag, an dem er wirklich wach war. Und trotzdem sehnte er sich nach einem Gespräch mit seinem Bruder, als hätten sie sich Jahre nicht mehr gesehen.

Ein weiteres Klopfen erklang, zu leise für Yron. „Herein", rief Jeremiah halblaut und seine Schwester öffnete die Tür.

Als sie seine halbwegs sitzende Position bemerkte, schenkte sie ihm ein Lächeln und schloss die Tür leise hinter sich, bevor sie zu ihm trat und sich auf die Matratze setzte. Alexandras Hände verschränkten sich in ihrem Schoß. Sie saß so, dass sie sich ein wenig seitlich drehen musste, um ihm ins Gesicht blicken zu können. „Es geht dir besser?"

„Ich bin wach", verkündete er ein wenig scherzend. Doch als sich ihre Gesichtszüge verzogen und in ihren Augen Tränen glitzerten, nickte er. „Mir geht es gut. Besser auf jeden Fall." Auf einmal schien es ihm eine hervorragende Idee, die Locken wieder in seine

Augen zu wischen, damit er ihr standhalten konnte, seine Bewegungen wären aber zu eckig und schwach, als dass er es vor seiner Schwester hätte machen wollen. „Ich fühle mich ausgezehrt. Aber ich bin noch hier. Und wieder wach", wiederholte er und setzte sein bestes Lächeln auf, von dem er hoffte, es hätte die größte Chance, sie anzustecken. Es misslang. Ihre Lippen blieben, wie sie waren. Nur in ihren Augen schien er einen Schatten des Steins ausmachen zu können, der ihr vom Herzen fallen musste.

„Ich hatte Angst", gestand Alexandra und sah zu Boden. Ein Zittern durchlief ihre schmalen, angespannten Schultern. Sie wirkte nicht mehr wie die Kämpferin, die sie sonst war, sondern verängstigt und verzweifelt. Seine Augen brannten. Er wusste, dass es andersherum genauso gewesen wäre. Er hätte Todesängste ausgestanden, sie hier zu sehen, und kurz schoss ihm der Gedanke durch den Kopf, dass es immer noch dazu kommen könnte. Mit aller Macht drückte er diese Panik zur Seite. Dennoch schluckte er, als er den Beweis dieser Geschwisterliebe wie nie zuvor sah.

„Komm her", wisperte er darum und als Alexandra nur den Kopf hob, streckte er einen unbeholfenen Arm nach ihr aus. Ihre Augen legten sich für ein paar Herzschläge darauf, dann ließ sie sich vorsichtig zur Seite fallen und rollte sich an ihn heran.

Jetzt schluchzte sie und hilflos, wie er sich fühlte, konnte er nur schwach mit zwei Fingern über ihren Arm streichen. „Wir haben bereits alles für …" Sie brach ab und verschluckte auch die nächsten Worte, obwohl jeder von ihnen wusste, was sie hatte sagen wollen; Jeremiahs Familie hatte alles für seine Beerdigung vorbereitet.

„Ich weiß", hauchte er. Vielleicht hatte Yron mehr abgefärbt, als Jeremiah gedacht hatte. Normalerweise fühlte er sich, wenn er mit Gefühlen konfrontiert wurde, nicht so überfordert, ganz gleich ob es seine eigenen oder die von anderen waren. Gerade stieg ihm beides über den Kopf und ließ ihn innerlich unruhig werden. „Denk nicht mehr daran."

„Wie könnte ich? Der Schrecken ist noch so nahe. So wirklich.

Und er zeigt, was jedem von uns, auch dir noch, jeder Zeit widerfahren kann!" Kurz stützte sie sich auf die Arme auf. Scheinbar nur, um ihm einen empörten Blick ins Gesicht werfen zu können. Dann ließ sie sich behutsam wieder zurücksinken und presste ihre Stirn an seinen Körper.

„Es ist nicht geschehen. Und wenn deine Gedanken nicht zur Ruhe kommen werden, wirst du noch dem Wahnsinn verfallen." Er strich ihr noch immer über den Arm. Sie erlagen dem Schweigen und erst nach einer Weile brach sie es kleinlaut: „Ihr habt die Freiheit hier."

Jeremiah stoppte unweigerlich in seiner Bewegung und erstarrte. In seinem jetzigen Zustand hatte er nicht darüber nachgedacht, dass sie es wissen könnten. Dass sie es wissen *mussten*! Und, dass er es ihnen verschwiegen hatte.

„Alexandra …", setzte er an, nicht sicher, was er eigentlich sagen wollte. Doch da richtete sie sich bereits wieder auf und starrte ihn wütend nieder. „Du wusstest sowohl von deinem Umstand als auch von ihrer Identität. Und trotzdem hast du dich dazu entschieden, uns anzulügen!"

„Genau genommen habe ich nichts Falsches getan. Ich wollte euch beschützen."

„Indem du uns zerreißt?"

„Indem ihr unwissend seid. Weil ihr nichts von alledem auch nur ahnen solltet. Verdammt, es war ja nicht einmal geplant, dass wir nach Hause kommen."

Sie rümpfte die Nase. Wie immer, wenn sie sauer war und sich gerade noch beherrschte. Was wohl an seinem Zustand liegen mochte. Seine Schwester wirkte – zu recht – regelrecht aufgelöst und als die Angst dem Zorn wich, schien das Blut in ihren Adern zu kochen. Das Mädchen schob sich die Haare über die Schulter und stützte sich dann mit beiden Armen links und rechts von seinem Körper auf der Matratze ab.

„Das macht es kein Stückchen besser!", fauchte sie aufgebracht.

„Du willst uns nicht daran teilhaben lassen? Nachher hätte sie dich gefangen genommen und gefoltert oder du wärst tot! Oder ein Willenloser!" Sie holte tief Luft. „Und wir hätten nichts davon gewusst."

„Manchmal ist Unwissenheit besser", gab er nur ruhig von sich.

„Stell dir vor, sie erfährt von euch und davon, dass Fey euch nicht unbekannt ist. Stell dir vor, was es für euch heißen mag. Sie würde auch nicht vor den beiden Kleinen Halt machen!" Alexandra war die Älteste. Aber Jeremiah folgte ihr, was das betraf, dicht auf den Fersen, während ihre gemeinsamen kleinen Schwestern ein wenig hinterherhinkten. Ihre Priorität als die Ältesten war es immer, auf die beiden mehr als nur ein Auge zu haben.

Das ließ auch Alexandra schweigen. Als sie ihre Stimme erneut erhob, war diese von Schmerz gezeichnet: „Du bist auch wichtig. Wir sind eine Familie." Mit diesen Worten stand sie auf und verließ den Raum.

***

Yron beobachtete die unruhigen Schritte seines Vaters den Raum auf und ab. Die Hände hatte der Mann hinter dem Rücken verschränkt, das Haupt war nach vorne geneigt. Seine Miene angespannt und nachdenklich.

Der Jüngere dagegen saß auf einem Stuhl und wagte es nicht, zu sprechen. Es reichte ihm bereits, dass Jeremiahs Familie von Fey wusste. Seinem Vater wollte er dieses Wissen gerne ersparen.

Natürlich stellte der Mann Fragen. Wie das gesamte Dorf. Das war wohl der Punkt, den Yron in aller Hoffnung auf die Genesung seines Freundes übersehen hatte.

Bis zum Schluss alles durchdacht. Wie immer … Der Sarkasmus klang in seinen Gedanken bitter nach. Nicht, dass es irgendetwas geändert hätte, er hätte genauso reagiert. Am Morgen war sein Vater zu ihm gekommen. Warum erst so spät, da war sich Yron nicht sicher. Vermutlich um ihm nach den schweren Stunden ein wenig Ruhe zu gönnen. Jetzt pochte er jedoch auf die Beantwortung seiner Fragen.

„Yron", mahnte er bedrohlich leise. „Sprich!"

„Es gibt nichts, das ich sagen könnte", beharrte Yron auf seine nichtige Aussage, nichts über Jeremiahs Zustand oder den von Fey zu wissen. Alle im Dorf hatten gespürt, dass etwas vorgegangen war, und hatten auch den Streit bei der Familie mitbekommen. Man wunderte sich, dass der Junge noch lebte und auch Fey nun besinnungslos war. Und dabei war Yron sich nicht einmal sicher, ob sie schon von Jeremiahs Genesung erfahren hatten oder nur bekannt war, dass er noch unter ihnen weilte. Das war mehr als bei Fey.

Yron wollte zu seinem Freund. Er hatte keinerlei Interesse daran, sich diesem Kreuzverhör auszusetzen. Also sprang er kurzum vom Stuhl. Er musste seine Ausrede üben und demnach würde er das Thema aufschieben müssen.

Sein Vater schnaubte sofort wie ein Stier. „Wo willst du hin?"

„Meinen Freund besuchen", murrte Yron und riss die Haustür auf. Der Ältere sagte nichts und Yron nutzte die Gelegenheit, um zu gehen. Kaum stand er draußen, sog er die regenfrische Luft tief in die Lungen und lehnte den Kopf in den Nacken. Die Natur gab ihm ein Gefühl von Freiheit, das Menschen ihm sofort wieder nahmen. Mit ihren Konventionen, Traditionen und ihrem ewigen Einmischen in irgendwelche Dinge. Die Natur war anders. Sie ließ ihn in Ruhe und er sie. Keiner kümmerte sich um seine Angelegenheiten.

Das Rauschen des Regens beruhigte ihn zusätzlich und er scheute sich auch nicht davor, in die Wassermassen zu gehen, während er das Haus und das kleine Vordach hinter sich ließ. Seine Schritte allerdings führten ihn erst zu Trude, nicht zu Jeremiah. Die alte Frau kam ihm entgegen, als hätte sie es mit ihrer Gabe gesehen. Ihre großen Augen sahen zu ihm auf und ihre gealterte Statur war gebeugt und wirkte gebrechlich. Sofort überkam ihn der Drang, sie zu schützen, obwohl sie das nicht gutheißen würde.

„Wieder einmal ist weder deine Seele noch dein Körper entspannt", begrüßte sie ihn sogleich und zog ihn mit in eine Ecke.

Ein paar Leute gingen vorbei und Yron grüßte die Menschen, die er bereits sein Leben lang kannte, mit einem knappen Nicken. Der Matsch spritzte unter ihren Schuhen, jeder Schritt gab, unter dem Regen kaum hörbar, ein schmatzendes Geräusch von sich. „Wie sollte ich?"

„Jeremiah scheint geheilt", murmelte Trude. „Man könnte sagen, dass du in einer Zwickmühle steckst. Ich heiße es gut, dass du es gemacht hast. Aber ich weiß nicht, ob es die klügere Entscheidung war. Die Leute reden."

Yron schüttelte den Kopf. Einige Tropfen lösten sich aus den Strähnen, die ihm in die Stirn hingen. Dann war dieses Wissen also bereits im Umlauf. „Für mich war sie es."

„Ja", stimmte die alte Frau zu und ergriff seinen Arm. „Ich bin froh, wenn er lebt. Vielleicht kann die Hexe die Macht von Fey spüren." Ihr Blick legte sich auf die Kette der Götter, die unter dem nassen Hemd verborgen war. „Oder wie ich den Moment, als du die Vision hattest? Und wenn nicht sie …"

„… wer oder was könnte ihr helfen?" Seine Augen folgten der Gasse hinab in die Richtung des Hauses, in dem er geboren und aufgewachsen war. In dem Fey lag und nicht aufwachte. Jeremiah würde er vielleicht austricksen und somit ohne ihn weiterreisen können, doch ohne Fey würde all das hier keinen Sinn machen.

Trude schüttelte den Kopf. „Ich weiß es nicht, mein Lieber. Irgendeine Macht hat sich vermutlich eingemischt. Ich mag nicht glauben, dass sie so stark ist, auch wenn mir bange wird, wenn ich an die Alternative denke."

„Wird sie unsere Spur erkennen?" Nervös trippelte er von einem Bein aufs andere hin und her, einmal mehr den Drang unterdrückend, einfach loszulaufen. „Was ist mit deiner Schwester?"

„Ich habe noch keine Antwort erhalten." Das mochte nicht allzu ungewöhnlich sein. Trotzdem hatte Yron auf eine andere Antwort gehofft, vor allem mit den letzten Erkenntnissen, die sich gerade in seine Gedanken fraßen. Trude umfasste seinen Arm stärker und schenkte ihm einen hoffnungsvollen Blick. „Es wird alles zu seiner Zeit passieren."

„Ich brauche keinen Spruch einer Hebamme", murmelte er bittend. „Trude, ich brauche Hilfe. Wir brauchen eine Lösung." Vorsichtig entzog er ihr seinen Arm und fuhr sich mit beiden Händen gleichzeitig durch die nassen Haare. Seine Kleidung klebte an seinem Körper und langsam war das Gefühl unangenehm. Aber vielleicht auch nur, weil sein Kopf sich darauf konzentrieren wollte.

Dann fasste er einen Entschluss. „Das Fest beginnt bald. Bis zum Ende mache ich noch gute Miene zum bösen Spiel. Aber auch nur, weil Fey noch immer im Reich der Träume weilt und sie sich zumindest beim Reiten an mich klammern können muss. Danach sind wir weg, Antwort hin oder her. Dann überraschen wir deine Schwester eben!"

„Yron …"

„Nein!" Er hob die Hand, um ihre Worte gleich im Ansatz zu stoppen. „Trude, hier geht es nicht um irgendwelche Gesellschaftsnormen. Es geht um mehr. Viel mehr. Ich weiß nicht, wie viel Zeit uns bleibt, aber sie brennt mir unter den Fingernägeln weg. Wir müssen in Bewegung bleiben. *Weiter* kommen. Und wenn Fey bis zum Ende der Feierlichkeiten nicht laufen kann oder noch immer nicht wach ist, spanne ich eben einen Wagen an mein Pferd. Aber in ein paar Tagen sind wir weg!"

Einen Augenblick lang sah sie ihn nur an. Dann wurden ihre Züge kaum merklich weicher. Sie nickte. „Wenn du das so siehst, dann wird es vermutlich auch die richtige Entscheidung sein. Dein Verstand wird dir sagen, was du zu tun hast."

„Ich bin mir da nicht so sicher."

„Die Stimme, die dich leiten sollte, ist da." Sie schritt halb um ihn herum, drehte sich allerdings nochmals zu ihm. „Sie ist nur von deinen Zweifeln übertönt."

Missmutig starrte er ihr nach. Dass jeder ihm das sagen musste …
Langsam ging er in die ihr entgegengesetzte Richtung, die Hände
tief in den Taschen seiner Hose vergraben.

Das war ihm selbst bewusst und er arbeitete an sich. Aber Götter
hin oder her war er nun einmal eben kein Wunderwirker. Wichtig
war, dass er immer weiter machte und nicht aufgab. Nicht, dass er
die Änderung in zwei Tagen geschafft hatte.

Der Regen schluckte seine Schritte fast vollständig, als er sich auf
den Weg zu seinem Freund machte. Er hoffte wirklich, dass es ihm
besser ginge. Auch wenn Yron nicht annahm, dass Jeremiah beim
Aufbruch dabei wäre. Das würde er schon nicht zulassen.

Da kam ihm ein anderer Gedanke und erneut blieb er stehen.
Jeremiah sollte sie nicht begleiten, aber er und seine Familie sollten
untertauchen. Yron bezweifelte – betete – dass die Hexe das Dorf
nicht dem Erdboden gleich machen würde, sollte sie wirklich von
der Macht hier angelockt werden.

Sie würde Jeremiah erkennen und vielleicht würde sie auch in den
Geistern der Leute lesen und seine Gedanken sondieren. Auch
Yrons Vater sollte von hier verschwinden. Allerdings hieße das, ihn
einzuweihen und an seine Vernunft zu appellieren. Yron würde viel
für die Reise vorbereiten müssen und am besten fing er sogleich
damit an.

Kapitel 21

Die Farben waren unglaublich. Während Fey durch die Straßen und Gassen des Dorfes wanderte und der Musik lauschte, die aus verschiedenen Richtungen auf sie einströmte, fiel es ihr schwer, den Mund nicht offen stehen zu lassen. Hin und wieder warf man ihr ein Lächeln zu und Fey war sich sicher, dass es wegen des Staunens war, das ihr laut Yron deutlich ins Gesicht geschrieben stand.

Die farbenfrohen Banner, die im leichten Wind zwischen den Gebäuden hin und her flatterten, die bunten Gewänder der Menschen, der herrliche Duft nach frischem Essen ... Ihr knurrte der Magen und obwohl ihre Beine noch schwach waren und bei jedem Schritt zitterten, kümmerte Fey sich nicht weiter darum.

Vor drei Tagen war sie wieder erwacht, passend zu den ersten Klängen der Feierlichkeiten. Und seither hatte sie nur im Bett gelegen und sich erholt, erschöpft von Jeremiahs Heilung. Aber auch unendlich glücklich, es geschafft zu haben. Auch wenn Yron dieser Tage viel Zeit außerhalb des Hauses verbrachte und schon recht früh am Morgen das Gebäude verließ und erst spät wiederkam, so hatte er ihr dennoch mehrfach versichert, dass es ihrem gemeinsamen Freund von Tag zu Tag besser ginge und er es schaffen würde.

Die Euphorie über diesen Triumph machte Fey irgendwann unruhig. Und nachdem sie die Tage damit verbracht hatte, immer mal wieder aufzustehen und wenigstens einige Schritte selbstständig zu laufen, hatte sie es heute zum Höhepunkt des Mondfestes nicht mehr ausgehalten.

Diese Art der Feste hatte es damals schon gegeben und Fey erinnerte sich an die Freude, die dabei geherrscht hatte. Sie fühlte sich mit solchen Tagen verbunden, denn es regte in ihr eine beinahe schmerzhafte Nostalgie, der sie sich nicht entziehen konnte. Das war wohl der Hauptgrund für ihr Aufstehen gewesen. Außerdem wollte sie Jeremiah besuchen und mit eigenen Augen sehen, wie gut es ihm wieder ging. Vielleicht begleitete er sie sogar auf das Fest und sie konnten sich zusammen etwas Gebackenes kaufen. Der Geruch von Apfeltaschen, Küchlein und anderen Leckereien hing schwer in der kühlen Luft. Schnuppernd reckte sie die Nase in die Höhe und ihr Magen knurrte augenblicklich ein weiteres Mal hungrig. Yron meinte, sie sei ein Vielfraß, worauf Fey keine Antwort gewusst hatte. Sie aß gerne, vielleicht weil es ihr unglaublich erschien, schmecken zu können. Essen verband Menschen auf eine ganz besondere Weise. Fey musste darüber schmunzeln und bog in die nächste Gasse ab, die sie zum Hauptmarktplatz des Dorfes bringen würde. So weit man ihr erklärt hatte, wurde der Übergang in die nächste Jahreszeit gefeiert und jede Ortschaft präsentierte ihre Besonderheiten, mit der ihre Bewohner ihren Lebensunterhalt verdienten. Östlich von hier waren die Rodungsfelder; Orte, die von der Holzwirtschaft lebten. Yrons Dorf war zwar, laut der Karte, die Fey mitunter in den letzten Tagen studiert hatte, direkt zwischen zwei größeren Wäldern angesiedelt, die die Lunge genannt wurden, doch lebten die Menschen hier vor allem von der Landwirtschaft und dem Anbau von Goldweizen. Und so war der Marktplatz mit Goldweizenbündeln geschmückt, die sich geflochten auch um die Pfosten der Laternen schlängelten.

Hier hielten sich die meisten Menschen auf und Fey fand es unglaublich, wie viele es davon in einem so kleinen Dorf gab. Die Städte mussten dementsprechend riesig und voll sein.

Erneut warfen ihr einige der Leute ein Lächeln zu, andere grüßten sie. Die meisten jedoch beachteten oder bemerkten sie nicht einmal und gingen ihren Tätigkeiten nach. Viele von ihnen tanzten bereits auf dem Platz. Ihre bunten Kleider wirbelten mit ihnen herum wie das Herbstlaub im Wind.

„Fey", rief jemand nach ihr und als sie sich umdrehte, kam eine dicke Frau auf sie zugeschlendert, ein geflochtenes Körbchen auf die rechte Schulter gestützt. „Du bist doch Fey, nicht wahr?"

Die Angesprochene nickte leicht und überlegte, ob ein Knicks oder etwas anderes von ihr erwartet wurde. Da sie sich nicht sicher war und nicht das Falsche machen wollte, hielt sie der anderen den Arm hin. „Ja, das bin ich."

Die Dame sah einen Moment auf die dargebotene Geste, als wäre sie überrascht. Dann lächelte sie, ergriff die Hand und schüttelte sie. „Ich habe von dir gehört. Du bist mit Yron und Jeremiah zurückgekommen." Sie lachte leicht. „Verzeih, aber du fällst auf und wir alle haben uns schon über dich unterhalten."

Fey wusste nicht, worauf das hinauslaufen sollte, also nickte sie nur. „Und Ihr Name?"

„Maria. Ich bin bekannt für meine verschiedenen Napfkuchen." Stolz legte sie sich die Hand auf die Brust und verneigte sich ein Stückchen, ehe sie in das Körbchen langte und einen kleinen Kuchen hervorzog, der kaum größer als Feys Handfläche war. „Für das Fest habe ich sie gebacken, um sie an Kinder und Freunde zu verteilen. Probier ihn ruhig."

Fey starrte auf das Gebäck. „Ich bin aber kein Kind", murmelte sie. Auf keinen Fall wollte sie die Köstlichkeit essen und dann nicht bezahlen können.

„Das ist mir bewusst", zwinkerte Maria und schob den Korb hoch. „Iss ihn trotzdem. Ich will dafür nichts haben."

Dennoch zögerlich maß Fey den Kuchen einen weiteren Moment lang, als könnte der ihr eine Antwort auf ihre Unsicherheit geben. Dann jedoch beschloss sie, dass sie nun anscheinend mit Maria befreundet war. Glücklich über die Erkenntnis, ihren Freundeskreis erweitert zu haben, biss sie herzhaft in das kleine Gebäck und teilte das Küchlein so in zwei Hälften. Es schmeckte süß und lecker und in der Mitte war irgendetwas, dessen Geschmack Fey nicht einordnen konnte. Mit der Zunge schob sie den Bissen nachdenklich hin und her, doch auch das brachte ihr keine neue Erleuchtung ein.

„Magst du die eingelegten Kirschen in der Mitte?" Ah … Kirschen waren also das, was sie da gefunden hatte. Fey grinste und nickte einmal mehr. Jetzt begeistert. „Sie sind sehr köstlich."

„Es freut mich, wenn es dir schmeckt", gab Maria leise von sich. Nochmals griff sie in das Körbchen und holte einen weiteren Kuchen hervor, den sie Fey in die Hand drückte, ehe sie ihr auf die Schulter klopfte und sich verabschiedete. „Noch ein schönes Fest", wünschte sie.

Fey sah sie an. „Ihnen auch, Maria."

***

Jeremiah gab sich alle Mühe, eher die Goldähren zu mustern, als seiner Familie zuzuhören. Aber es fiel ihm schwer, seine drei Schwestern und seine Mutter auszublenden. Ihre Stimmen schrillten lauter zwischen seinen Ohren, als es die Kirchenglocken an einem Festtag taten. Vermutlich, weil sie recht hatten. Vielleicht war er noch nicht bereit dazu, das Bett zu verlassen. Er wollte ihre Sorgen nicht einfach fortwischen.

Doch ans Bett gefesselt zu sein, missfiel ihm genauso sehr wie seine Schwäche, und er konnte nicht mehr länger in seinem Zimmer bleiben. Ihm fiel die Decke auf den Kopf, schon wenn er nur daran dachte, dort sitzen zu bleiben. Während von draußen all die Geräusche eines Festes auf ihn einströmten. Selbst wenn er entkräftet war, so konnte er sich jeder Zeit hinsetzen. Möglichkeiten gab es Zahlreiche. Heuballen, umgedrehte Fässer, aufgestellte Bänke und ganz zur Not auch den Boden. Und sollten alle Stricke reißen, so war sein Zuhause nur einen Steinwurf entfernt.

Er mochte es nicht, wie viele Sorgen sie sich machten und welche Horrorszenarien sie heraufbeschworen. Sie waren alle hier, um das Fest zu genießen, und eigentlich hatten seine Eltern ihm in diesem Punkt bereits Zugeständnisse eingeräumt. Bis Alexandra ihre Mutter wuschig gesprochen hatte und Jeremiahs Vater bereits nicht mehr im Haus gewesen war. Er wusste, dass sie sich alle nur sorgten, und dennoch hasste er es. Auf gewisse egoistische Weise, von der ihm klar war, wie dumm sie war, fühlte er sich von seiner Schwester hintergangen. Wenigstens hatte er selbst die Einsicht, sich dafür zu schämen.

„Jeremiah!" Die Stimme seiner Mutter bohrte sich unangenehm dröhnend in seinen Kopf. Noch immer sagte er nichts. Denn das hieße, sich entweder zu verteidigen, was er als nicht angebracht empfand, oder ihnen zuzustimmen und umzukehren. Beides keine wirklichen Alternativen.

Nebenher fragte er sich, wo Yron steckte. Ab und an war sein Freund da gewesen. Er hatte jedes Mal nervöser und unruhiger gewirkt. Und die Ankündigung, dass er zweifelsfrei beschlossen hatte, Jeremiah zurückzulassen, noch für sich behalten. Als würde dieser seinen Freund nicht gut genug kennen, um das zu wissen. Für Jeremiah war es unbegreiflich, wie sein Freund glauben konnte, alles möglichst rasch und kurzfristig über die Bühne bringen zu können, sodass er ohne ihn reisen konnte.

„Willst du dich hinsetzen?" Seine Mutter zog ihn sanft am Arm und ehe er sich versah, wurde er auf eine Bank zugeschoben und schonend doch bestimmt zum Sitzen gezwungen.

Jeremiah verzog den Mund, behielt sein Schweigen jedoch bei. Was keiner von ihnen wohl verstand, war die Sache, dass er etwas finden musste, das ihm bewies, am Leben zu sein. Und das fand er garantiert nicht in seinem Zimmer, in dem alles einfach nur unwirklich schien. Er brauchte den Lärm und die Gesichter um sich herum, um zu begreifen, dass er nach wie vor zu ihnen gehörte. Dass er nicht gestorben war und noch in seinem Körper steckte. Er war nach wie vor ein Mensch. Er gehörte noch zu ihnen, er hatte jedes Recht darauf, unter ihnen zu wandeln und Feste zu feiern, wenn er das wollte.

Außerdem war er schon immer ein Mensch gewesen, der den Großteil seiner Zeit außerhalb des Hauses verbracht hatte. Je länger er zwischen Mauern gesperrt war, umso unruhiger und nervöser wurde er und das war sicherlich nicht förderlich für seine Genesung. Sollte man nicht machen, was man selbst als richtig erachtete? So war es nun. Sein Kopf, sein Körper, sein Herz sagten ihm, dass er hier draußen sein sollte. Es war das Richtige.

Hier draußen herrschte allein schon eine ganz andere Luft, die jeden Atemzug zu bereichern schien.

***

Es war wie ein Traum. Ein unwirklicher, wunderschöner Traum. Der Marktplatz, zu dem Fey geschlendert war, war nochmal schöner als die Gassen, die sie vorher durchquert hatte. Noch mehr Banner, Gerüche, Geräusche, Menschen und bunte Kleider. Es war wie ein Wasserfall aus Farben und Musik, der auf sie einströmte, und unweigerlich drehte Fey sich um sich selbst, um all diese neuen Eindrücke aufnehmen zu können. Menschen tanzten, lachten, spaßten. Sie vergaßen das Böse in der Welt, zumindest für den Moment, und das schien ihre Sorgenfalten zu glätten. Sie alle kamen zusammen. Fey wusste nicht, wer ins Dorf gehörte und wer nicht, doch sie sah einigen Leuten ganz genau an, dass sie von weiter her angereist sein mussten. Manche, um ihre Waren anzubieten – an den Ständen konnte Fey es am leichtesten erkennen, denn dort gab es andere Leckereien und wertvollen Schmuck – und andere waren anscheinend gekommen, um zu feiern.

Sie stockte mitten in der Drehung, als sie auf einer Bank Jeremiah ausmachte, der dort allein saß, die Augen geschlossen. Er wirkte so ruhig und friedlich. Wie ein mächtiger Felsen in einer aufgebrausten See. Als würde er das Rauschen der Wellen genießen, doch sich davon nicht beeindrucken lassen.

Mit einem Lächeln trat sie auf ihn zu, ließ sich neben ihn sinken und ergriff seine Finger, die er auf das Holz der Bank gelegt hatte. Sie waren warm und nicht mehr kalt und steif. „Wie geht es

270

dir?" Mit schiefgelegtem Kopf betrachtete sie den Himmel, der sich über sie beide spannte. „Du siehst ziemlich gut aus."

„Ich fühle mich auch deutlich besser." Langsam hoben sich seine dicht bewimperten Lider und offenbarten das Grün seiner Augen, das nun wieder zu strahlen schien. Vielleicht sogar ein wenig mehr als früher. Sein Kopf legte sich in den Nacken und halb über seine rechte Schulter hinweg warf er ihr ein freches Grinsen zu. „Ich danke dir aus vollstem Herzen, Fey. Was auch immer du gemacht hast, es hat gewirkt. Ich bin wieder Herr über meine Gedanken und meinen Körper und die Schmerzen sind auch vorbei."

Sie lachte. „Ich weiß selber nicht, was geschehen ist, doch ich danke den Göttern für diese Kraft, die sie mir gaben." Sie kuschelte sich an seine Schulter und schloss ihrerseits die Augen. Ihr war nicht bewusst, wieso, aber all das Schreckliche schien aus ihrem Kopf zu verschwinden. Wenigstens für den Augenblick. Während sie hier so saß, war sie einfach glücklich und fröhlich und weigerte sich, an die Zukunft zu denken. Sie wollte nur lachen und tanzen. Dem Drang ihres Körpers nachgeben, der sich daran zu erinnern schien. Ein Lachen löste sich wie von selbst aus ihrer Kehle und sie wusste nicht, woher dieses gute Gefühl kam.

War es die Hoffnung oder einfach ihre andere Schwester, die Euphorie, die sich einen Spaß mit ihr erlaubte? Sie grinste Jeremiah an und spürte Tränen in den Augen. Völlig durcheinander rauschten Gefühle und Gedanken in ihrem Kopf herum. Sie konnte nur seine Hand ergreifen und aufstehen.

Vor ihm hüpfte sie auf der Stelle auf und ab und sah zu einer der vielen Tanzflächen. „Möchtest du tanzen?"

„Ich denke nicht, dass ich das jetzt sollte." Sein Blick glitt über die Leute. „Meine Mutter und meine Schwester würden ausrasten."

Fey legte enttäuscht den Kopf zur Seite und seufzte. „Aber ein wenig Bewegung soll doch guttun und du bist hier."

„Und das ist ihnen bereits zu viel." Er stand auf und nahm ihre Hände in seine. Nicht nur die Finger, beide Hände fühlten sich nicht mehr so kalt an. Im Gegenteil. Sie waren warm und lebendig. Genauso wie sein großer Körper und er schob sie nun rückwärts zum äußersten Rand der Tanzfläche und schaukelte sich ein wenig hin und her.

Fey beobachtete ihn kurz dabei, dann schloss sie sich an. „Ich dachte, dass wir nicht tanzen?"

„Ich bin erwachsen und bei aller Sorge werde ich es wohl überleben, ein wenig zu schunkeln." Ein so breites Lächeln wie nun hatte sie noch nie an ihm gesehen. Ihre Wangen fühlten sich mit einem Mal merkwürdig warm an, aber sie konnte nicht anders, als es zu erwidern und sich mit ihm mitzuschwingen. Jeremiah war ein netter Mensch und sie hatte beinahe direkt Vertrauen zu ihm gefasst. Einfach, weil der warme Blick in seinen Augen und sein Lächeln einen dazu veranlassten. Gleichzeitig war ihr auch bewusst, dass er bei all der Nettigkeit auch ein Kämpfer war. In seinem Herzen wütete ein Feuer, unnachgiebig und gefährlich, wenn man sich gegen ihn stellte. Er mochte viel Gnade besitzen, aber Fey kannte Herzen wie seines. Sie brannten und waren stark für die, die sie liebten.

„Yron bereitet alles für den Aufbruch vor", hörte sie sich sagen.

Er nickte und senkte den Blick. „Und natürlich will er mich nicht dabei haben." Sein Schnauben klang bitter. „Als würde er sich ans Bett fesseln lassen, dieser sture Idiot wäre doch noch am selben Tag, an dem er sich wieder aufrichten könnte, losgelaufen. Quasi kopflos in die feindliche Meute."

„Ich dachte, er sei ein überlegter Mensch?" Fey stutzte und verharrte kurz. Bis er ihre Hände drückte und sie so dazu aufforderte, weiterzumachen. „Wieso stürzt er sich dann kopflos in Feinde?"

Nun war es an Jeremiah, stehenzubleiben und zu seufzen. „Fey, er ist ein exzellenter Kämpfer und wenn er den Mut dazu fassen wird, wird er auch ein hervorragender Anführer sein. Aber bis dahin ist er …" Jeremiah schien nach Worten zu suchen. „Er gibt sich die Schuld am Tod seiner Mutter. Er fühlt sich vom Dolch und der Krone verfolgt und von der Verantwortung gejagt. Das Problem sind seine Zweifel. Wenn er seine Mutter schon nicht retten konnte, wie soll er dann ein ganzes Königreich befreien und beschützen?

Er gibt mehr, als er manchmal geben kann, um seine Pflicht zu erfüllen, und kämpft dabei immer gegen seine inneren Dämonen an. Ich weiß wohl als Einziger sicher zu sagen, dass sein Leben ihm selbst am wenigsten am Herzen liegt. Nicht, weil er unbedingt sterben möchte, doch er fürchtet sich nicht davor und es gibt Augenblicke, da verliert er eben den Kopf."

„Aber …" Sie stockte und sah ihrem Freund ins Gesicht. „Wie soll er mit diesen Zweifeln die Krone tragen? Ein Herrscher muss von seinem Weg überzeugt sein. Der Dolch hat ihn auserwählt!"

„Vielleicht hat der Dolch etwas in ihm gesehen, das er werden wird, und nicht etwas, das er bereits ist." Er strich ihr liebevoll eine Strähne hinter das Ohr. „Die Wege unserer Götter sind doch unantastbar. Nicht zu sehen für uns. Eventuell sehen sie sie selber nicht einmal. Ich glaube an Yron. Ich weiß, dass er die guten Tugenden hat, die es bedarf. Und ich weiß auch, dass er diese Zweifel ablegen kann und wird. Er muss nur den Mut dazu finden, sich selbst zu vertrauen." Er lachte leicht. „Diesen Kampf muss wohl jeder Mensch einmal ausfechten. Die meisten von uns ein Leben lang und viele von ihnen verlieren und wagen es nicht, mehr im Glanze ihres Lichtes zu stehen. Sie verziehen sich lieber in den einfachen Schatten eines anderen und jammern über ihr Elend."

Fey runzelte die Brauen. „Ihr seid sehr merkwürdige Wesen. Ihr Menschen. Wieso akzeptiert ihr nicht, was ihr könnt, und bewundert, welche Talente anderen obliegen?"

„Keine Ahnung." Jeremiah drehte sich ein wenig mit ihr, sodass sie die Positionen nun wechselten. „Das scheinen wir einfach nicht zu können. Ein anderer scheint grundsätzlich zu haben, was wir wollen. Und dabei beachten wir unser Eigentum nicht mehr."

***

Yron bedachte die Menge um sich herum lediglich mit kurzen Blicken, als er sich durch das Dorf bewegte. Fremde Gesichter, bekannte Gesichter, Gesichter aus dem Dorf. Nichts Außergewöhnliches dabei, obwohl er schon seit Stunden unruhig war. Vermutlich lag das daran, dass er für die Reise alles organisiert hatte, das Fey und er benötigen würden. Von Trudes Schwester waren nach wie vor keine Nachrichten eingekehrt, also blieb ihnen nichts anderes übrig, als ins Blaue hinauszureisen und ihr Glück in der weißen Stadt zu versuchen. Erstaunlicherweise, trotz mehrmaliger Besuche dort, schien selbst Trude nicht erklären zu können, wie man ihre Schwester fand. Sie hatte irgendetwas von Magie erklärt, doch Yron wusste nicht rechtens etwas damit anzufangen. Er selbst hatte nie ein Talent in diese Richtung gezeigt und auch niemand, den er näher kannte, hatte sich dazu bisher je geäußert oder schien zaubern zu können.

Dabei hätte er gerade jetzt so manche Fähigkeit gut gebrauchen können, von denen er bereits in Geschichten gehört hatte. Zum Beispiel die Kunst des Überredens, bei der Menschen einem nur schwerlich widersprechen konnten. Denn für die Reise mochte er alles gepackt haben, doch einer der wichtigsten und schwersten Schritte lag immer noch vor ihm. Er musste seinem Vater, Jeremiah und dessen Familie begreiflich machen, dass sie bald abreisten. Zu zweit. Nur Fey und er. Diplomatie war das Einzige, das Yron dafür zur Verfügung stand, keine Magie. Diplomatie war das Schwert der Politik, eine Waffe, die er immer wieder hätte schleifen sollen und doch nur vernachlässigt hatte. Nicht, dass er überzeugt war, dass es ihn in diesem Fall groß weitergebracht hätte. Verärgerte Eltern waren eine ganz andere Macht als irgendwelche Grafen.

Ein kurzer Stich an seinem Hals ließ ihn zusammenschrecken, doch als er die Hand auf die Stelle legte, war dort nichts zu spüren als ein abklingender Schmerz. Ein Insekt? Als er die Hand sinken ließ, war nichts zu sehen und er richtete die Aufmerksamkeit auf die

Umgebung um sich herum. Immerhin hatte das Mistvieh ihn aus seinen Gedanken befreit und sein Kopf wollte den Faden nicht wieder aufnehmen. Also konnte er sich genauso gut Mittagessen vom Stand besorgen.

Yron war schon lange nicht mehr auf diesem Fest gewesen, nicht nur, weil er einige Jahre in der Stadt verbracht hatte. Und doch wusste er ganz genau, zu welchem Stand er wollte. Eine der wenigen Erinnerungen an seine glückliche Zeit, die er gerne zuließ. Schon früher hatte er mit seinen Eltern hier gegessen, Jahr für Jahr. Zwar hatte mittlerweile der Sohn den Stand übernommen und Yron wusste nicht, was aus dem alten Mann von damals geworden war, dennoch versprach nicht nur der köstliche Geruch eine leckere Mahlzeit. Yron kannte den neuen Verkäufer ebenso.

Stockbrot und Fleisch in einer Pilzsoße, beides serviert auf einer halb ausgehöhlten Holzplatte, mit der er sich ein Stückchen abseits auf dem Rand einer fast überfüllten Bank niederlassen konnte. Der Weg dahin war ein wenig schwierig. Ausnahmsweise kümmerte er sich nur halbherzig um all die Leute, die um ihn herum waren, und er achtete nur auf jene, die ihn übersehen und anrempeln könnten, während er seine Platte sicher zur Bank zu bringen versuchte.

Als er es geschafft hatte, stieß er ein leises Seufzen aus. War der Weg auch noch so kurz, war er ihm wie eine weite Wanderung erschienen, doch die Mühe war es mehr als wert gewesen. Denn das Essen schmeckte herrlich und gleichzeitig konnte er sich ein wenig von dem Gedanken ablenken, dass er tatsächlich hier war. Auf dem Herbstfest. Von allen Festen, die sie feierten, war dieses, dem Yron immer am liebsten entkommen war. Meistens hatte er die Platte mit Essen gekauft, aber sie Zuhause verspeist.

Heute allerdings hatte es sich wie ein innerer Zwang angefühlt, herzukommen. Nur die Nervosität blieb und als er den Kopf hob, begegnete er dem Blick einer Blondine, die ihn durchdringend zu mustern schien. Obwohl ihre Augen keine Ähnlichkeit zu Feys besaßen und er auch nicht den Finger darauf legen könnte, erinnerten

sie ihn an ihre. Er blinzelte verwirrt, doch noch war keine Alarm-
glocke angesprungen, also zwang er sich dazu, erst in Ruhe aufzu-
essen und sie weiter zu beobachten. Vielleicht war sie auch nur eine
Besucherin des Fests.

Als er den letzten Bissen verdrückt hatte und die Platte zurück-
brachte, starrte sie ihn nach wie vor an. Und es schien, als würde sie
sich in die Mitte einer Gruppe Verhüllter stellen. Kurz entschlossen
trat er auf sie zu.

Kapitel 22

Das Erste, was Yron auffiel, als er näher an sie herantrat, war das Perlmuttblau ihrer Augen. Es erinnerte an den Himmel, wenn eine strahlende Sonne ungestört dort stand. Das Zweite war ihre bleiche Haut. Förmlich weiß. Und zerbrechlich wie Porzellan.

In ihren Augen lag das Feuer einer Kämpferin und sie hatte den Mund förmlich zum Spott verzogen, als er schlussendlich ein paar wenige Schritte von ihr entfernt stehenblieb.

Ihre Stimme war weich wie Seide und zart wie eine frische Blüte, aber ihre Worte waren herablassend und kalt. „Und ich dachte nach all der Zeit nicht mehr, dass du mich bemerken würdest."

Im Augenwinkel nahm er wahr, wie die Verhüllten sich näher schoben. Ihre Worte sollten eine Ablenkung sein, doch weder schreckten sie ihn, noch fühlte er sich gekränkt.

„Was willst du?" Bemüht, ihr den Anschein zu geben, dass alles nach ihrem Wunsch verlief, hob er nur die Braue und starrte sie direkt an, statt die anderen Gestalten zu beachten.

Sie dagegen schien es zu durchschauen. Mit einer unauffälligen Handbewegung schob sie sich das Haar über die Schulter und am Rande seines Blickfelds bemerkte Yron, wie die Gestalten sich zurückzogen. Sie lachte leise, wirkte aber auf einmal nicht mehr so selbstsicher. „Ich möchte dasselbe wie du", hauchte sie. Ihre Himmelsaugen musterten die Menschen um sie herum, ehe sie noch leiser fortfuhr. „Ich möchte die Freiheit auch aus ihrem Körper lösen können."

Sein Herz machte einen Sprung, als würde er tief fallen. Sie wusste es. Sie wusste von Fey. Woher? Und mit wem teilte sie dieses Wissen? „Wieso sollte ich dir vertrauen?" Leugnen war unnötig. Niemand stellte sich einfach vor ihn und behauptete solche Sachen. Sie musste zur Hexe gehören, denn die würde diesen Vorfall gewiss unter dem Mantel gehalten haben. Alles, was das Volk zum Aufbegehren bewegen könnte, musste verborgen gehalten werden. Und Yron gab es nicht gern zu, doch in diesem Fall war er froh darüber. Wer weiß, wie viele Tote es ansonsten gegeben hätte. Zudem wäre es schwerer, versteckt zu bleiben.

„Ich nehme an, weil dir die Alternative fehlt? Du wankst hin und her und hast dich nicht gefasst. Dein Gemüt ist eine stürmische See, aufgepeitscht und du verloren in ihr." Ihre Augen funkelten wie Juwelen im Licht. Ehe Yron sich versah, umklammerten seine steifen Finger den Griff seines Dolches. Er konnte sich nicht dem Gefühl entziehen, dass sie tief in seiner Seele las. „Die Zweifel werden noch dein Grab sein. Sie bringen dich ganz durcheinander."

Ihre Musterung war so bohrend, dass er sich wegdrehen musste. Um zu entkommen, schloss er die Augen und rieb sich die Schläfen. Dann besann er sich. „Was willst du?", fragte er nochmals, betont ruhig. Jetzt versuchte er, sie mit seiner Aufmerksamkeit festzuhalten.

Ihre Miene wurde ernst. Ihre Füße machten ein paar Schritte auf ihn zu. „Das erkläre ich dir später. Sei dir gewiss, dass ich auf eurer Seite bin. Auf ihrer und deiner." Ihre Augen suchten die Umgebung ab. „Und du solltest auf mich hören. Nimm deine Gefährten und geh. Jetzt!"

„Was …"

Sie schüttelte den Kopf. „Sei nicht dumm. Geh einfach. *Eure ehrbare Hoheit* hat bereits Leute hierhin gesandt. Sie mischen sich unter die Menschen, die dir am Herzen liegen, und warten nur darauf, die Freiheit in der Menge zu erkennen und ihren Gegenschlag vorzubereiten. Sie ist mehr als erzürnt. Wenn du nicht verschwindest, wird es dieses Dorf bald nicht mehr geben. Sehr bald."

Yron hätte noch etwas gesagt, ihre Worte angezweifelt, doch mit einem Ruck löste er sich aus seiner Starre, steckte die magische Waffe weg und wandte sich um. Auf einmal schienen überall Fremde zu sein, die nicht ins Bild passen wollten. Als würde irgendetwas die Menge ihrer Farbe berauben und nur noch diese Gesichter übrig lassen. Diese Leute sahen sich um. Zu neugierig. Zu intensiv.

Mit einem zerdrückten Fluch wollte er sich in die Richtung seines Hauses drehen, da überkam ihn ein anderer Gedanke und er verließ seinen Standplatz durch die Masse an Menschen, quer über den Marktplatz hinweg.

Von allen Seiten spürte er Augenpaare auf sich liegen und ein enormer Drang, sich zu beeilen, breitete sich in ihm aus, also beschleunigte er seine Schritte.

***

Völlig vom Tanz erschöpft ließ Jeremiah sich neben Fey auf die Bank fallen und beide sahen sie über die Köpfe der Menschen um sich herum hinweg. „Du wirst mitkommen?", fragte Fey irgendwann.

Jeremiah zuckte mit den Schultern. „Wenn ich Yron überlisten kann, dann ja. Auf jeden Fall."

„Auch wenn wir heute schon losreiten wollen?" Fey war sich nicht sicher, was ihr lieber wäre. Sie war hin und hergerissen, wollte ihren Freund dabei haben und gleichzeitig nicht riskieren, dass es ihm schlechter ging.

„Auch dann." So ganz überzeugt schien er von seiner eigenen Aussage nicht, denn er sah einfach noch immer auf die Tanzpärchen vor sich, die Miene düster. Ob er darüber nachdachte, wie er seinen Freund überreden oder austricksen konnte? Oder zweifelte er selbst an seinem Vorhaben und versuchte, sich Mut zuzusprechen?

Fey hätte es gerne gewusst. Und noch mehr hätte sie gerne gewusst, was sie selber denken sollte. Dann hätte sie eventuell endlich ihre Gedanken sortiert bekommen. Manchmal fokussierten sie sich. Oft waren sie aber nur ein großes Durcheinander aus neuen

Eindrücken und Unsicherheit.

„Ich weiß nicht", setzte sie an, in der Hoffnung, dass Ehrlichkeit ihr auch Klarheit schenken konnte, „ob ich dich dabei haben will oder nicht."

Seine grünen Augen legten sich auf sie und er verzog den Mund. „Wirklich?", fragte er sie leise, ein wenig enttäuscht. „Du musst mir auch noch unter die Nase reiben, dass ich unnütz sei?"

Fey zog den Kopf ein und die Schultern hoch, dann murmelte sie eine rasche Entschuldigung. „Darum ging es mir gar nicht", fügte sie an. „Ich will nicht ohne dich reisen. Gewiss nicht. Es liegt mir sehr fern, deinen Zustand wieder zu verschlechtern. Mir macht beides Angst und ich bin mir nicht sicher, welcher Schrecken größer ist."

Seine Gesichtszüge wurden milder und er griff nach ihr, um sie tröstend an sich zu ziehen und ihr über die Haare zu streichen. „Es ist gut", hauchte er nahe an ihrem Ohr und seine Stimme war dunkel und beruhigend. „Mir wird nichts passieren, Fey. Du musst keine Angst um mich haben. Ja?"

Sie nickte und schloss die Augen. Auf einmal fühlte sie sich unendlich müde und wollte einfach nur für eine Weile hier sitzen bleiben und schlafen. Einfach weil alles viel weniger bedrohlich in dieser kleinen Welt wirkte, die er so für sie schuf. Dann zwang Fey sich dazu, sich von ihm zu lösen, und grinste ihn an. „Ich glaube, dass Yron den Dolch verdient hat", setzte sie an, „doch du hast eine nicht minder wichtige Waffe. Und das ist Mut."

Für einige Herzschläge sah er irritiert drein, dann färbten sich seine Wangen aus unerfindlichen Gründen rot und Jeremiah sah zu Boden. „Danke", wisperte er. „Es ist schön, ein solches Kompliment zu bekommen." Seine Hand griff nach ihrer und er drückte sacht ihre Finger.

Fey legte den Kopf schief, überging jedoch seine Bemerkung und lehnte sich an seine Schulter, ohne ihre Hand von seiner zu lösen. „Ich wäre gerne aus anderen Gründen hier", nuschelte sie irgendwann.

„Wie meinst du das? Im Herzen der Leute?"

Fey schüttelte sacht den Kopf. „Ich wäre gerne einmal als Mensch hier. Zu einer guten Zeit und nicht wie es jetzt ist, wenn alles einzustürzen scheint. Oder kurz davor. Ich würde einfach gerne einmal sehen, wie das ist." Es war gerade so greifbar nahe, dass es wie ein ziehender Schmerz in ihrem Inneren wirkte. Eine Sehnsucht direkt vor ihren Augen, unantastbar. Unerreichbar.

„Das ist nicht das, was du bist", ernüchterte er sie und ihr Lächeln, das er ohnehin nicht hatte sehen können, starb.

„Dessen bin ich mir bewusst. Jeder Herzschlag, den ich in meinem Leib spüre, erinnert mich daran. Aber ihr Menschen träumt gerne. Wieso darf ich das dann nicht?"

„Weil Träume dich vernichten können und ich dir diesen Schmerz gerne ersparen möchte." Er schluckte. „Sie können deine Flügel sein, ebenso wie sie dich wieder zu Boden reißen können und wir wissen beide, dass du kein Mensch bist und niemals sein wirst. Sie werden deine Flügel sein, aber sie werden dich unweigerlich in den Abgrund stürzen."

Fey schloss die Augen. Es war bitter und wahr und weil es die Wahrheit war, war es umso bitterer. Sie würde sich wohl damit abfinden müssen, dass er recht hatte, und sie tat gut daran, seinen Rat zu befolgen. „Vermutlich", würgte sie leise hervor.

Er strich ihr erneut über die Haare. „Sei nicht traurig, Fey", bat der Lockenschopf. „Ich wollte dir nicht deinen Mut nehmen. Auf dich wartet etwas anderes."

„Meine persönliche Freiheit?"

„Richtig. Es erwartet dich das, wofür du geschaffen wurdest. Stell es dir vor. Du bist wieder in den Herzen aller Menschen. Dein Platz ist dort und nicht in diesem Körper." Sein Finger tippte ihr auf die Nasenspitze und ein trauriges Lächeln umspielte seine Lippen. Seine Augen wirkten unter toten Worten dumpf.

Ihre Hand legte sich auf ihr Herz. Sie … Ihre Gedanken wurden jäh unterbrochen, als eine Stimme die beiden aufschreckte. Eilig löste Jeremiah sich von ihr und sah seinem Freund entgegen, der nur eine Braue hob und die Hände in die Hüften stützte. „Was macht ihr beiden hier? Ihr seid nicht gesund genug, um hier zu sitzen."

„Weil es auch anstrengender ist, hier zu sitzen als in meinem Zimmer." Über den Kommentar schien Yron alles andere als erfreut und Fey erwartete schon einen Streit, doch Yron schüttelte nur den Kopf. „Ist jetzt auch einerlei. Wir müssen hier weg."

***

„Jetzt auf einmal?" Jeremiah blickte auf seinen Freund und verschränkte die Arme vor der Brust. „Und ich soll euch begleiten?"

Yron gab einen geschlagenen Seufzer von sich, packte allerdings ohne ein weiteres Wort die Hand seines Bruders und versuchte, ihn auf die Beine zu ziehen. „Jetzt mach bitte keinen Aufstand", murrte er eindringlich. „Wir müssen hier weg. Dich können wir in einem Nachbardorf unterbringen."

„Vergiss es", schüttelte Jeremiah den Kopf. „Ich komme entweder ganz oder gar nicht mit und vor allem will ich eine Erklärung. Hast du etwas gesehen? Oder warum auf einmal dieser plötzliche Aufbruch?"

Yron knurrte und seine Ungeduld schien mit jedem Wimpernschlag zu wachsen. „Bitte", presste er hervor, „kommt einfach mit."

Fey hüpfte von der Bank und trat an seine Seite. Sie nickte und wirkte entschlossen, ihm zu folgen. Doch Jeremiah war eher gewillt, hierzubleiben. „Meine Familie ist noch auf dem Fest. Auf meine Bitte hin haben sie mir etwas Zeit gegönnt, aber sie könnten jeden Augenblick wieder hier auftauchen! Ich kann nicht einfach verschwinden."

Yron massierte sich die Nasenwurzel und sah ihn dann geschlagen an. „Vermutlich hat die Hexe ihre Leute hier", erklärte er und sah sich dabei um. Aber niemand war in ihrer direkten Nähe. „Und wenn das stimmt, dann wird deine Familie verdammt sein, wenn sie sie mit dir zusammen sehen. Also folge mir jetzt. Bitte." Yron wirkte unsicher, dann breitete sich ein scharfer Zug um seinen Mund aus und er ging los.

Für eine winzige Ewigkeit war Jeremiah auf der Bank regelrecht festgefroren, ehe auch er von der Sitzgelegenheit aufsprang und ihnen schwach hinterher humpelte. Als er es geschafft hatte, aufzuholen, umklammerte er mit der Hand hilflos Yrons Schulter. „Wie kommst du darauf?"

„Ich erkläre es später. Wenn ich das kann. Aber wir riskieren lieber nichts. Bring Fey zu unserem alten Treffplatz im Wald, ich bringe die Pferde und die Taschen."

„Meine ist nicht gepackt."

„Dann nimmst du halt Kleidung von mir. Beeil dich und sorge dafür, dass niemand euch sieht." Yron blieben stehen und blickte ihm ernst in die Augen. „Ich weiß, dass ich dir vertrauen kann. Mehr als mir selbst. Wenn ich nicht rechtzeitig ankomme, dann flieh mit ihr. Ich werde euch dann in der weißen Stadt finden, sobald es geht."

Jeremiah widersprach nicht. Ihm war klar, dass er seinen Bruder davon nicht abhalten konnte. Außerdem konnte Yron so am besten agieren. Wenn er den Rücken frei hatte und wusste, dass Fey und er schon lange weg wären.

Also nickte er nur und legte eine Hand auf Feys Rücken. Er hatte keine Waffe bei sich, schwankte enorm und stützte sich mehr auf die kleine Frau, als dass er selbst ging. Doch gleichzeitig waren seine Sinne so wach wie schon lange nicht mehr und sie behielten die Umgebung im Auge.

„Wohin gehen wir?", wollte Fey ängstlich wissen.

„Yron und ich haben uns als Kinder immer in einer verwinkelten Höhle im Wald versteckt." Er hustete und rieb sich die Lippen mit dem Ärmel seines Hemdes sauber. Kein Blut … „Dort werden wir uns sicherlich ein wenig ausruhen können, bis Yron nachkommt."

Fey nickte ihm unbehaglich zu. Ihre Augen zuckten immer wieder den Weg, den sie genommen hatten, zurück. „Ich hoffe, dass ihm nichts geschehen wird", piepte sie dann mit erstickter Stimme. Ihre zarten Schultern waren so hochgezogen, dass es selbst ihn schmerzte.

„Wird es nicht." Er schenkte ihr ein Schmunzeln. Sein Freund würde es schaffen und offenbar waren sie noch nicht entdeckt oder ausgemacht worden, denn ansonsten wäre das Dorf sicherlich nicht mehr so friedlich wie jetzt. Die Knechte der Hexe kannten kein Pardon. Meistens kannten sie gar keine Gefühlsregung mehr. Sie bekamen einen Auftrag und dieser war zu erfüllen. Einzig die Magier hielt sie an einer anderen Leine als ihre sonstigen Sklaven. Jeremiah betrachtete Fey aufmerksam, zog sie dabei weiter. Sie mussten auf ihre Vermutungen bauen. Ein Angriff wäre schneller, doch es wäre das größere Risiko, entdeckt zu werden oder Fey zu verletzen, auch wenn die Knechte sicherlich in der Lage wären, die Freiheit aus einem zertrümmerten Dorf zu bergen und lebendig zurückzuholen. Und auch, wenn dies nicht das erste Dorf wäre, das unter dem Ansturm der falschen Königin vom Erdboden verschwand. Er musste den Gedanken verdrängen. Hätte die Hexe einen Angriff befohlen, wäre seine Heimat bereits am Brennen. Trotzdem fühlte er sich um einiges wohler, als die dichten Bäume langsam die Sicht auf das Dorf schluckten. Wenn es doch wenigstens Sommer gewesen und die Bäume dichter bewachsen wären.

„Was, wenn sie uns folgen?", ächzte Fey und sah sich alle paar Schritte um.

„Eine Wahl bleibt uns nicht. Und nun beweg dich ein wenig schneller." Auch Jeremiah sah sich um. „Bisher kann ich niemanden ausmachen."

„Jeremiah …"

„Geh weiter", drängte er sie. Für die Dauer eines Herzschlages dachte er, sie würde protestieren. Dann legte sie allerdings einen Zahn zu und bald darauf standen sie vor der grauen Felswand, die ihr Ziel gewesen war. Jeremiah führte sie zielsicher zu einem kleinen Schlitz, der in die Dunkelheit führte. Vorsichtig half er ihr auf die Knie, wobei sie eher ihn zu stützen schien, und beobachtete, wie sie ein wenig hineinkrabbelte. Er verzog den Mund. „Als ich das letzte Mal rein wollte, war ich deutlich kleiner und schmaler", scherzte er und bückte sich. „Aber mit ein wenig Geschick kann ich dir gleich folgen."

„Ich sehe hier nichts", jammerte sie.

„Geh etwas weiter. Oben hat die Decke einige Löcher, es dürfte vermutlich etwas Licht von den Monden einfallen." Sein Blick legte sich prüfend auf den Himmel. „Mehr kann ich dir leider nicht bieten."

„In Ordnung." Ihre Stimme entfernte sich bereits. Jeremiah lauschte, sah sich im dunklen Wald um und als er niemanden ausmachen konnte, drückte er sich durch den engen Spalt. Der Boden hinter dem Eingang war abschüssig und sobald er die Füße auf den glatten Fels gesetzt hatte, rutschte er, bevor er unten aufkam. Diese kleine Sache hatte er glatt vergessen, dabei hatte sie ihn damals schon immer genervt. Normalerweise war sie auch nicht schlimm, doch in seinem jetzigen Zustand jagte der Aufprall Schmerzenswellen durch seinen ganzen Körper und ließ ihn erzittern. Blind von der Dunkelheit und vor Schmerzen kroch er über den kalten Fels in die Richtung, aus der er Fey hörte.

Allzu weit war sie nicht gekrochen. Jeremiah versuchte, sich an früher zu erinnern. „Geradeaus", entschied er ins Blaue hinein. Sie müssten bei der ersten größeren Verwinkelung sein, wenn er es richtig im Kopf hatte, und tatsächlich hörte er erneut das Rascheln ihrer Kleidung und das dumpfe Geräusch ihrer Schuhe, als diese auf den Stein trafen. Mit tastenden Fingern folgte er ihr. Der Gang war kurz, am Tag reichte meistens das Sonnenlicht dazu aus, zu wissen, wo man lang musste.

Der Großraum war endlich etwas heller. Die kleinen Löcher in der Decke ließen Mondlicht hereinstrahlen und so konnte Jeremiah

Feys kleine Gestalt ausmachen, die sich augenblicklich bebend in die Ecke gedrückt hatte, da sie den Raum erreicht hatte. Sie schlang die Arme um die fest angezogenen Beine und warf ihm einen langen Blick über ihre Knie hinweg zu.

Jeremiah krabbelte zu ihr und setzte sich so neben Fey, dass er ihr Wärme schenken konnte. Gleichzeitig strich er ihr beruhigend durch die Haare. „Es ist alles in Ordnung. Bald kommt Yron und dann können wir schon los. Auf zum nächsten Schritt."

Sie nickte schweigend und da er schon nicht wusste, wie er sich selbst beruhigen sollte, hatte er auch keine Ahnung, wie er sie trösten konnte.

„Ich hatte den Frieden gerade genossen", wisperte sie nach einer gefühlten Ewigkeit, sah ihn jedoch nur kurz an. Er konnte spüren, wie sie sich von ihm deutliche Worte wünschte. Eine Beruhigung. Irgendetwas, das ihr den Mut zum Weitermachen geben sollte. Doch ihm fiel nichts ein. Man genoss immer die schönen Tage und trauerte ihnen hinterher, sobald sie ihr Ende gefunden hatten.

„Ja", murmelte er nur. Es war die beste Antwort, die er hatte. Er hasste sie gleichsam. Also suchte er angestrengt nach irgendwelchen passenden Worten und wurde letztendlich nicht fündig. „Wir haben hier mit unseren Freunden gespielt", erzählte Jeremiah deswegen und deutete in das Rund des Raumes hinein. Nach und nach gewöhnten sich seine Augen an die Dunkelheit und er konnte mehr als vorher erkennen. „Ich glaube, hier haben schon die Väter unserer Vätersväter und deren zukünftigen Frauen gespielt."

„Hatte niemand Angst, dass ihr nicht mehr nach Hause finden werdet?"

Der Lockenschopf schüttelte den Kopf. „Jeder kennt die Höhle und die älteren Kinder haben die Jüngeren unter Aufsicht gehabt. Sie kannten jeden Winkel. So brachte Generation für Generation der Nächsten den Aufbau bei", lächelte er. Es waren schöne Erinnerungen. An eine Zeit, in der trotz allem für sie noch unbeschwerte Tage ohne Sorgen geherrscht hatten. Familien waren noch vollständig gewesen und die Erwachsenen hatten die Angst vor dem Morgen vor ihnen verborgen, damit sie so lange lachen konnten, wie es möglich war. Jeremiah seufzte und stellte sich vor, wie er damals durch diese Gänge gekrochen war. Wie auch heute noch die Kinder aus dem Dorf hierher kamen, um zu spielen oder den heißen Tagen im Sommer zu entkommen.

Und wie von selbst erzählte auch er eine Geschichte. Eine Geschichte, die wahr war und ohne Helden auskam, einzig und allein mit der Schönheit der Nostalgie und der Sorglosigkeit geschmückt.

Kapitel 23

Fey lauschte ihm neugierig. Sie wollte nicht daran denken, dass sie vielleicht Yron zurücklassen müssten. Oder dass der Feind dort draußen unterwegs war und sie suchte. Vielleicht waren sie auch bereits ganz nahe.

Bei den Gedanken daran bekam sie Bauchschmerzen. „Welche Spiele haben Menschen denn so?" Sie rieb sich über den rauen Stoff ihrer Kleidung.

Auch Jeremiahs Augen schienen sich an die Finsternis in der Höhle gewöhnt zu haben, denn immer öfters wanderte sein Arm erklärend durch die Luft. Seine Stimme dagegen war nur ein hauchzartes Wispern. „Zum Beispiel spielen wir ein Spiel, das sich Fangen nennt. Eine Mehrheit flieht vor einem Einzelnen oder mehreren Personen. Der Fänger muss sie erwischen und berührt sie dabei irgendwo. Wenn er dabei ‚Gefangen' schreit, dann ist diese Person dran."

Fey erschloss sich der Sinn nicht so ganz. „Und dann?"

„Ist eben er der Fänger und die anderen fliehen vor ihm." Er zuckte leise lachend die Schultern und schien in den Erinnerungen zu schwelgen. Sein Gesicht wirkte dabei so friedlich, dass sie am liebsten die Tür zu diesen Bildern geöffnet hätte. Sie wollte es auch erleben. Wissen, was es hieß, wenn man eine Kindheit hatte. Warum man sich über ein Spiel amüsierte, das eigentlich vollkommen dumm klang.

„Ist es denn jemals zu Ende?"

„Dann, wenn niemand mehr spielen will oder man unterbrochen wird." Mit einem leisen Kratzgeräusch rieb er sich über die unrasierte Wange.

Fey nickte stumm und suchte die Höhle ab, als würde sie so irgendetwas entdecken können. Bilder der Vergangenheit oder irgendeinen Gegner. Doch alles war ruhig. Das Licht, das von oben durch die Decke fiel, wirkte selbst wie ein matter Nachhall der Sterne. Fast, als wären sie in ihrer eigenen Welt mit ihrer eigenen Nacht. Nur die Luft war nicht frisch wie in der Nacht, sondern stickig und beklemmend. Begleitet von der schweren Note nasser Erde. „Yron braucht lange", flüsterte sie in die anherrschende Stille.

Jeremiahs Körper neben ihr verspannte sich. Anstatt etwas zu sagen, nickte er nur, während er sich nach vorne beugte und auf allen vieren ein Stückchen krabbelte. Sie verlor ihn aus den Augen, als er um die Ecke verschwand, und am liebsten wäre sie ihm gefolgt. Sie unterließ es, seine mahnenden Worte noch im Ohr. Mach, was man dir sagt. Mittlerweile regte sich normalerweise ein gewisser Trotz in ihr, aber sie war auch nicht so dumm, den erfahrenen Kämpfern zu widersprechen, nur um ihren Willen durchzusetzen. Yron und Jeremiah hatten ihr mehr als deutlich eingebläut, sich so zu verhalten, wie sie es verlangten. Und sie ging davon aus, dass sie hier warten sollte.

Eine Weile lang vernahm sie noch das Rascheln seiner Bewegungen und als diese verstummten, hielt Fey den Atem an, um noch ein wenig mehr lauschen zu können. Doch nur die Stille war zu hören.

Sie zog die Beine enger an sich und schlang die Arme dichter darum. Auf einmal schien es viel zu kalt zu sein. Ihr Atem musste eigentlich in der Luft gefrieren. Erstaunlicherweise geschah das nicht, aber ein mächtiges Beben erfasste ihren Körper und ließ sie frösteln. Sie wollte sich enger zusammenrollen, die Wärme in ihrem Körper halten. Doch irgendwann war der Punkt erreicht, an dem sie sich selbst nicht mehr enger umschlingen konnte und noch immer durchfuhr der Frost sie beißend.

„Jeremiah?", ächzte sie hauchzart in die Dunkelheit hinein. Vielleicht würde er sie ja hören und die Kälte verschwinden, wenn er wieder da war. Wenn der Frost nur durch die Angst und die Einsamkeit kam? „Jeremiah?"

Von ihm kam keine Antwort. Aber gerade als sie zum dritten Mal ansetzen wollte, ihn zu rufen, zog etwas an ihrem Inneren. Es tat nicht weh und war auch nicht wirklich unangenehm. Es erinnerte sie an die Kinder, die sie gesehen hatte. Die an den Händen ihrer Mütter zupften, um sie mit ausgestreckten Zeigefingern auf ein Spielzeug oder eine Süßigkeit aufmerksam zu machen. Sie hob den rotbrünetten Schopf an und versuchte, durch die winzigen, aber zahlreichen Löcher in der Decke etwas anderes als das Licht der Monde zu erkennen.

Nichts … Nicht einmal der, laut Yron untreue, Vogel, von dem sie nicht wusste, wo er war, stand ihr zur Seite.

„Jeremiah?" Sie sprach noch leiser. Angestrengter. Als würde er ein Zischen besser hören, wenn sie gepresst klang. Langsam schob sie sich auf den Knien vor und erhob sich, bis sie gedrungen dastand. Erst nach einigen Schritten war die Decke hoch genug, um Fey, trotz ihrer geringen Körpergröße, die Möglichkeit zu geben, sich gerade aufzurichten. Es beruhigte sie. So konnte ein eventueller Verfolger vermutlich, anders als sie, nur geduckt herum laufen und wäre langsamer. Außerdem war sie so in der Lage, die Hand an die Wurzeln zu legen, die von oben die Decke überwucherten. Die Augen gegen den Dreck geschützt, versuchte sie einen Blick nach draußen zu erhaschen, als schwere Schritte sich näherten. Schritte, die gar nicht darauf abzielten, leise und unauffällig zu sein.

„Ich spüre sie in der Nähe. Ihre Kraft ist wie eine Quelle des Lichts. Aber ich sehe sie nicht", murrte eine männliche Stimme. Ein kalter Unterton inbegriffen, der ihr Schauer über den Rücken jagte. „Ich habe meinen Eishund auf die Spur gesetzt. Doch auch er findet nichts."

Sie blieben ein Stückchen entfernt stehen, sodass Fey sie nun leiser wahrnahm. „Und nun?"

„Irgendwo hier muss sie sein."

O geheiligte Götter, sie spürten ihre Magie und Fey wusste nicht, wie sie diese verschließen konnte! Wenn sie dieses Höhlensystem fanden … Oder Yron hierher kam. Verdammt! Jeremiah. Wo war er?

Unsicher machte Fey einen Schritt zurück. Wenn sie sich wieder in ihre Ecke drückte, wäre sie vielleicht weniger schnell aufzufinden. Sie wäre leiser und … Fey wusste selbst nicht einmal, was genau sie sich erhoffte. Sie konnte nichts machen, da sie hier unten gefangen war. Als sie noch einen Schritt setzen wollte, bemerkte sie, wie steif ihr Bein vor Kälte war. Das Gelenk ließ sich nicht richtig beugen und Fey verlor das Gleichgewicht. Das Keuchen konnte sie nur mit einem Biss auf ihre Hand ersticken. Das dumpfe Geräusch ihres Aufpralls dagegen konnte sie nicht unterdrücken. Fey hielt den Atem an, noch immer ihre malträtierten Finger zwischen den Zähnen und hoffend, dass sie das Geräusch nicht gehört hatten. Heilige Götter, sie *durften* es nicht gehört haben.

„Hast du das wahrgenommen?"

„Nein." Ein paar Schritte, als würde sich jemand umblicken. „Wovon sprichst du?"

„Mir war, als hätte ich etwas gehört." Fey schloss die Augen und betete, dass sie weitergehen würden. Sie nicht mehr aufspüren könnten und das Geräusch als unwichtig abtaten. Bitte! Bitte, heilige Götter!

Wieder erklangen Schritte. Ihre Gebete jedoch wurden nicht erhört. Denn die beiden Männer zentrierten sich nun genau über ihrem Kopf und raubten immer mal wieder die hellen Strahlen. „Sie muss hier sein."

„Bist du dir sicher?"

Eine Pause entstand. Fey versuchte, sich auszumalen, was sie taten. Warf er dem Ungläubigen einen bösen Blick zu? Ignorierte er es und suchte die Umgebung mit den Augen ab? „Ich bin mir absolut sicher! Ich habe lange Zeit in ihrer Nähe gedient. Ihr magisches Muster hat sich in mein Hirn gebrannt."

Erneut schloss Fey die Augen, darum bemüht, ihren Herzschlag unter Kontrolle zu bringen. Die beiden Männer würden nicht so einfach verschwinden.

„Warum können wir nicht einfach das Dorf niederbrennen? Sie ist gegen Flammen immun."

„Nur, wenn sie noch nicht allzu menschlich geworden ist." Ein Seufzen. „Außerdem meinte die Königin, dass wir unauffällig handeln sollen."

Ein bitteres Lachen. „Hat das Miststück Angst vor Aufruhen, wenn die Leute eine Schwäche wittern?"

„Vielleicht." Sie blieben stehen. „Hat Zayla in den Bäumen nichts gefunden?"

„Nein. Sonst hätte sie schon gepfiffen."

Einige Zeit verfielen die beiden dem Schweigen. „Diese Felsen irritieren mich."

„Hier gibt es überall Felsen. Es sind nur Steine. So klein ist sie nicht, um in einer Lücke zu verschwinden. Ich -"

Mit einem Mal kehrte die Kälte schlagartig zurück. Fey fröstelte jedoch nicht wegen der Temperatur, die ruckartig absank. Es war das lange Heulen einer Bestie, das sie zusammenzucken ließ. Das musste der Eishund sein. Und offenbar hatte er ihre Fährte aufgenommen.

***

Mit einem unterdrückten Ächzen zog Jeremiah sich trotz Schmerzen einen Baum hinauf, der in der Nähe der Höhle wuchs. Eigentlich hatte er nur die Tunnel auskundschaften wollen, doch je weiter er von Fey abrückte, umso mehr hatte es ihn an die Oberfläche zurückgedrängt. Es tat ihm leid, dass er sie ohne ein weiteres Wort allein dort unten hatte sitzen lassen, aber kaum war er ein Stückchen über dem Boden, erwies sein Bauchgefühl sich als richtig. Einige Meter weiter raschelten die Blätter einer alten Eiche, die sich noch immer gegen den Herbst wehrte, und kurz darauf streckte eine Frau die Nase aus dem Blattwerk, um die Umgebung mit solch hellen Augen zu betrachten, dass Jeremiah sich nicht nur an eine Katze erinnert fühlte, sondern unweigerlich die Schultern hochzog. Sie konnte kein einfacher Mensch sein, schoss es ihm durch den Kopf.

Zwar waren einige der Äste, die er selber als Kind benutzt hatte, schon lange abgebrochen oder für sein Gewicht nicht mehr stabil genug, dennoch schaffte er es, sich anzuschleichen. Er besaß keine Waffe. Er war schwach. Er musste sich darauf verlassen, dass sie jetzt nicht aufblickte und er die Gegend einfach besser kannte.

Sie war unvorsichtig. Also schloss er daraus ihre Rolle. Anscheinend sollte sie nur den Wald überprüfen und hatte Verstärkung in der Nähe, die vermutlich gefährlicher als sie selbst war. Er durfte also möglichst keinen Lärm machen. Sein Vorteil war der Wald selbst. Ihre Konzentration war auf den Boden gerichtet, warum sollte ihre Beute sie von oben angreifen, wenn niemand wusste, dass sie da war. Ein Rascheln war nur ein Tier, das sich nicht von den Neuankömmlingen stören ließ, weil ohnehin oft genug Menschen anwesend waren. Jeremiah kannte seinen Weg, er musste nur gelegentlich ausweichen.

Mit einem so beherzten Griff, wie es nur ging, umschloss er von hinten ihre Kehle, drückte eine Hand auf ihren Mund und brachte sie in eine halb liegende Position, damit sie sich auf dem recht schmalen Ast nicht so einfach aufrichten konnte.

Sie ruderte mit den Armen, versuchte, sich an ihm festzuklammern, und vergrub dann eiskalt ihre Zähne in seinem Handteller. Jeremiah gab ein Keuchen von sich und zog instinktiv die Hand weg. Sie nutzte gleich die Situation. Anstatt einen Schrei von sich zu geben, suchte sie nach ihren Waffen, kam aber gar nicht so weit. Schnell brachte er ihre Gegenwehr unter Kontrolle und zog ihre Klinge aus der Scheide. Dabei presste er erneut die Hand auf ihren Mund.

„Wer bist du?", raunte er ihr ins Ohr und versuchte zeitgleich, den Boden zu ihren Füßen im Auge zu behalten. Sie schwieg und warf ihm aus dem Augenwinkel einen bösen Blick zu. Ein Schnauben kämpfte gegen seine Handfläche an. „Nichts?" Er meinte, in den dämmrigen Lichtverhältnissen eine Bewegung ausmachen zu können, also würde er sie lieber gleich töten.

Mit schwindender Kraft drückte er ihr das Kinn runter und zog die scharfe Schneide ihrer eigenen Klinge über ihre Kehle, ehe er einen Ärmel unter die Wunde presste, damit das Blut nicht zu Boden tropfte. Sie kämpfte und fiel dabei fast hinab. In ihrem Blick lag wilde Panik, während das Licht dort langsam erlosch. Je mehr sie strampelte, umso schneller kam das Ende auf sie zu und dennoch, als er von ihrem Tod ausgehen konnte, war so viel Zeit vergangen, dass er Bewegungen sah. Zwei Männer waren an die Höhle herangetreten. Beide hoch gewachsen. Einer hatte eine Glatze und auf dem Haupt die typischen Tätowierungen eines Magiers. Der andere besaß eine helle Kurzfrisur.

Zielsicher, als hätten sie einen Bluthund benutzt, blieben sie ein wenig abseits von Jeremiah stehen. Die Sohlen ihrer Schuhe standen nur Meter über dem Punkt, an dem Jeremiah Fey zurückgelassen hatte. Anscheinend waren sie sich nicht absolut sicher, wo sie sich befand, denn anstatt die Höhle auseinanderzunehmen, sahen sie sich suchend und ein wenig ratlos um. Ihr Gespräch konnte Jeremiah leider nicht verfolgen, dafür war er zu weit entfernt.

Er dachte fieberhaft nach. Der Hellhaarige war vermutlich ein Krieger. Jeremiahs Augenmerk fiel auf die Klinge in seiner Hand. Dann auf die Leiche, die er zwischen einige Äste geklemmt hatte. Ob sie mehr Waffen dabei hatte? Augenblicklich schüttelte er den Kopf. Selbst wenn … Er bezweifelte, dass er den Magier im schwachen Licht des Mondes auf diese Entfernung treffen würde. Geschweige denn töten. Und für einen Kampf war er auch zu schwach. Mit jedem Herzschlag, der verging, zitterte sein Arm mehr und mehr.

Trotzdem würde er diese Gelegenheit nutzen müssen. Irgendwie. Je weniger Verfolger auf ihrer Fährte waren, umso besser. Selbst wenn nur Yron es schaffte, mit Fey abzuhauen, so konnte er ihm den Weg ein wenig erleichtern. Und der Magier war gerade das größte Hindernis.

Jeremiah untersuchte die Leiche, zog noch zwei weitere Messer und ein Kurzschwert hervor und wagte sich dann ein paar Äste näher an den Magier und dessen Begleitung heran.

Sein Atem bildete vor seinem Mund feine Wölkchen und während er dieses Phänomen noch betrachtete, wurden manche der kleinen Dampfwolken plötzlich zu winzigen Eisstückchen, die wie Schnee zu Boden rieselten. Erst da wurde ihm bewusst, dass er nicht nur vor Schwäche und Aufregung zitterte. Jeremiah hielt sich eine Hand vor den Mund und fing das Eis auf. Nachdenklich zerrieb er es mit dem Daumen. Es schmolz nicht einmal durch seine Körperwärme.

Das Heulen einer Bestie riss ihn aus seinen Gedanken und mit beiden Händen umschlang er den Ast und beugte sich vor. Ein grauenhaft riesiges Tier streifte durchs Unterholz. Das Fell war so weiß, dass es beinahe blendete, und von den geifernden Fängen troff der Sabber zu Boden. Als starker Kontrast zum hellen Fell besaß das Untier unglaublich schwarze Augen. Es bewegte sich rasch und blieb dann schlitternd stehen. Es legte den mächtigen Kopf in den Nacken und sein Heulen durchdrang brechend die Stille. Jeremiah fröstelte nun nicht mehr. Sein Körper schien eher taub vor beißendem Frost, als wäre er im tiefsten Winter durch die Eisdecke des Flusses gekracht und stundenlang im eisigen Wasser getaucht.

„Hat dein Vieh etwas gefunden?", wollte der Hellhaarige so aufgeregt wissen, dass sogar Jeremiah ihn verstand.

Die Antwort dagegen blieb für ihn aus und er schob die Brauen zusammen. Ein Eishund? Verflucht! Ein Magier und ein Eishund?

Das Biest lief zu nahe an der Spalte, durch die Fey und er vorhin noch geschlüpft waren, auf und ab, die mächtige Schnauze auf den Boden gedrückt, um zu schnüffeln. Warum hatte er nicht eher ihre Fährte aufgenommen? War er noch mit Yron beschäftigt gewesen?

Das dritte Heulen löste ihn aus seiner Starre. Der Hund hatte angefangen, die Erde um die Spalte herum wegzugraben. Der Magier und der Krieger traten an die Seite des Frostwesens und zwangen Jeremiah, zu handeln.

Mit reiner Willenskraft kletterte er über die Äste auf die beiden Männer zu. In seinem Körper rauschte das Blut, bereit zum Kampf und bereit zum Verteidigen. Es löschte jeden Schmerz und jede Schwäche aus.

***

Fey drückte sich nach hinten, als sie Geräusche vom Eingang her wahrnahm. Ihr Herz schlug so laut, dass sie den ganzen Wald wecken musste und ihre Bemühungen, jedweden Laut mit der Hand zu ersticken, lächerlich wirken ließ. Der Frost nahm zu, schnitt ihr jetzt sogar bei jedem Atemzug in die Lunge und ließ ihre Augen tränen. Auch ohne das scharrende Geräusch von mächtigen Klauen wusste sie, dass der Eishund sie gefunden hatte.

Noch immer die Hand auf den Mund gepresst, keuchte sie hilflos auf, als der frostige Stein ihr in den Rücken stieß und sie am Weiterkommen hinderte. Die beiden Männer mussten einfach ihren Puls hören. Anders konnte es gar nicht sein.

Ein Schaben erklang, mischte sich mit einem Knurren und wiederholte sich immer wieder. „Was hat dein Hund gefunden?"

„Eine Höhle." Das Knurren überdeckte kurzzeitig die Stimmen. „Ich wusste, dass mir diese Felsen merkwürdig vorkamen!"

Fey zwang sich, aus ihrer Angst aufzutauchen und sich umzusehen. Sie konnte nicht hierbleiben, bis das verdammte Vieh sie an den Beinen packte und aus der Höhle hinausschliff. In ihrer Panik sah sie sich um, kämpfte gegen den feuchten Schleier auf ihren Augen an. Die Konturen der Höhle lagen für sie nicht mehr in Dunkelheit. Sie konnte mehrere Ausgänge erkennen.

Mit einer unsicheren Geste rappelte sie sich auf, taumelte dank ihrer tauben Beine gegen einen Felsen und versuchte verzweifelt, einen ordentlichen Luftzug in ihre Lungen zu saugen. Ihr Kopf fühlte sich zu träge an, damit eine Flucht gelingen konnte, doch kampflos wollte sie auch nicht aufgeben. Sie visierte einen kleinen Durchgang an, durch den der Hund hoffentlich nicht käme. So wie sein Jaulen und sein Knurren geklungen hatten, standen ihre Chancen, was seine Größe betraf, gar nicht so schlecht.

Nur kam sie nicht weit. Gerade, als sie sich durch den Durchgang quetschen wollte, war das Brüllen der Bestie zu vernehmen und ihre massigen Schritte polterten über den Boden, direkt auf sie zu.

Als sie das gewaltige Unvieh auf sich zustürmen sah, war jeder Gedanke an Flucht wie aus ihrem Kopf fortgewischt. Sie erstarrte und einzig ein Schrei löste sich aus ihrer erfrorenen Kehle.

Kapitel 24

Der Schrei war wie ein Weckruf. Ihre Starre löste sich und instinktiv ließ sie sich nach rechts fallen und rollte sich ungeschickt ab. Die eisige Wand drückte ihr beim Aufprall die wenige Luft aus den Lungen, die sich noch nicht gelöst hatte.

Die scharfen Krallen des Ungetüms kratzten lautstark am Felsen entlang und noch während es landete, wandte sich der riesige Kopf mit den glänzenden Augen ruckartig zu ihr um. Fey konnte sich von diesem Anblick nicht lösen. Wie gebannt starrte sie dem Untier in die gierigen Abgründe und um sie herum schien alles andere auf einmal unwichtig zu werden. Die beißende Kälte, ihre klappernden Zähne, ihr pochendes Herz. Ihr Körper zuckte, aber er gehorchte ihren Befehlen nicht.

Eine kleine Unendlichkeit über schien nichts zu passieren, dabei konnten es nur wenige Augenblicke gewesen sein, bis der Eishund die mächtigen Schultern anspannte und zu ihr herüber schritt. Seine riesige Pfote legte sich auf ihr Bein und drückte es schmerzhaft zu Boden, als er den nächsten Schritt machte. Fey versuchte, von ihm fortzurobben, aber Eishund und Wand hielten sie an Ort und Stelle ebenso fest wie ihre unkontrollierbaren Gliedmaßen.

Als sie die tränenden Augen wieder öffnete, spürte sie bereits den frostigen Atem des Eishundes in ihrem Gesicht und erblickte die langen Zähne nur einen Fingerbreit von ihrer Nase entfernt vor sich. „Bitte", japste sie und versuchte, sich zu befreien. Ihr Bein schien nicht gebrochen, war jedoch unbeweglich auf den Boden gedrückt. Der Schmerz auf ihren Wangen fühlte sich an, als würden ihre Tränen gefrieren.

Sah so das Ende aus? War ihre Flucht bereits vorbei und die Hoffnung zerschlagen? Ihr Kopf schwindelte, als sie an den kalten Brunnen dachte. Sie wollte schreien. Abrücken. Kämpfen! Die Zähne in die eigene Unterlippe gegraben, ballte sie die Hand zur Faust, wehrte sich, versuchte, wegzurobben, sich zu verteidigen, die klammen Hände in das dichte weiße Fell zu drücken und das Monster von sich wegzuschubsen. Sie wusste, dass sie keine Chance gegen einen ausgewachsenen Eishund hatte. Sie kannte niemanden, der das hätte, vor allem nicht ohne Waffe. Sie musste etwas machen. Sie konnte nicht einfach aufgeben und sich ihrem Schicksal fügen.

Und dann kehrte mit einem Mal bodenlose Ruhe in ihrem Kopf ein. Ihr Herz pochte nach wie vor nervös, aber ihr schien die Szene nicht mehr so surreal, so hoffnungslos. Sie blinzelte, schluckte. Es überraschte Fey nicht, dass der Vogel wie aus dem Nichts in der Höhle auftauchte. Wo auch immer er hin verschwunden war, sie hatte gar nicht mehr an ihn gedacht. Jetzt setzte er sich auf ihre Schulter und piepte leise, sodass der Hund ein Knurren von sich gab.

„Hör mir zu", sprach die Freiheit mit fester Stimme und löste ihr Augenmerk nicht von dem Hund. Dabei war sie sich nicht sicher, ob er überhaupt die nötige Intelligenz besaß, ihre Worte zu verstehen. Fey würde es versuchen müssen. „Hör mir zu", wiederholte sie, noch ruhiger als eben, und fesselte den Blick des Tieres in ihren. Woher diese Ruhe kam, war ihr egal. Es war wie Jeremiahs Heilung. Auf einmal schien ihr Innerstes zu wissen, was sie machen musste. „Das ist nicht das Leben, für das du bestimmt wurdest." Hauchzart hob sie einen Arm, kam mit den Fingern aber nicht mal in die Nähe der Hundeschnauze. Trotzdem knurrte das Wesen und beäugte misstrauisch Feys Tun. „Die Freiheit ist dein Leben. Nicht die Bindung an Menschen, die dich als Werkzeug benutzen. Das bist nicht du." Ob er sie verstand? Fey war sich nicht sicher.

Ohnehin schien es nun einerlei. Lärm am Eingang unterbrach Fey. Auch der Hund drehte den Kopf dorthin und knurrte verhalten. Das Vibrieren seines Körpers ging in ihr Bein über und ließ sie zusätzlich zu der Kälte, die er ausstrahlte, erschaudern.

Kampfeslärm. Eindeutig. Kämpfte Jeremiah, trotz seiner Schwäche, oder war Yron rechtzeitig hergekommen und versuchte, sie zu retten?

So plötzlich, wie der Lärmpegel allerdings aufgetaucht war, ebbte er auch wieder ab und die nachdröhnende Stille tat in ihren Ohren weh. Sie fühlte sich ohnmächtig, genauso wie es im Brunnen der Fall gewesen war. Ihre Selbstsicherheit war durch die Unterbrechung verschwunden und die Angst hatte sogleich die Gelegenheit ergriffen, sich erneut ihrer zu bemächtigen.

Es war wie mit dem Schrei. Erst das dumpfe Geräusch von Jeremiahs Körper ließ sie aufblicken. Die beiden Männer, die sie zuvor nur gehört hatte, hatten es geschafft, sich durch die Gänge zu drücken und dabei Feys Freund mitzuschleifen. Nun lag sein regloser Körper mitten in einer Sandkuhle, die die Kinder mit ihren Schuhen hereingetragen haben mussten. Seine Lider waren geschlossen und zitterten nicht einmal. „Jeremiah …" Ihre verloren klingende Stimme brach sich an den Wänden.

„Sieh an."

Fey sah auf. Die beiden Männer waren selbst im schwachen Licht gut zu unterscheiden, denn während der eine stürmische Strubbelhaare hatte, besaß der andere, der die ganze Zeit über schwieg, eine Glatze. Der Sprecher kniete sich vor ihr hin und streckte den Arm nach ihr aus, doch Fey entzog sich ihm früh genug. Seine Miene nahm einen verstimmten Ausdruck an. „Du bist die Freiheit?", wich er resigniert aus.

Fey presste die Lippen aufeinander und sah fest zu Boden. Diese dumme Frage würde sie nicht beantworten.

„Ich nehme das als ein ‚ja' auf", seufzte der Mann und erhob sich wieder. „Also, wir haben sie gefunden, wir haben sie festgenommen. Wir sollen nun zur Hexe zurück?" Obwohl er sich seiner selbst so sicher schien, kam der letzte Satz als Frage über seine Lippen.

Der Mann mit der Glatze schüttelte den Kopf und seine Augen schienen wie die der Bestie zu glühen. Ein Licht inmitten der Dunkelheit. „Erst müssen wir auf den Erben warten." Seine Aufmerksamkeit glitt über Jeremiahs Körper und es klang, als müsse er ein

Murren unterdrücken. Sie waren beide nicht gern hier. „Wir sollen sie alle drei zurückbringen."

Auch wenn Jeremiah und Yron selbst die Verantwortung dafür zu übernehmen hatten, dass sie nun auf der direkten Liste der Hexe standen, fühlte Fey sich ihren Freunden gegenüber verantwortlich. Es war, als wäre sie schuld, als hätte sie die beiden mit in die Misere gezogen, dabei hatte es nie etwas gegeben, das sie hätte machen können. Damals schon nicht, als man ihr plötzlich einen Zauber auferlegt hatte. Oder noch davor, als sie selbst im Herzen der falschen Königin geweilt hatte. Macht, Habgier, Eifersucht, das alles hatte sie nie interessiert. Sie war kein Mensch gewesen und auch nicht eine ihrer Schwestern. Was sollte sie es kümmern? Selbst wenn sie es vorher gewusst hätte, sie hätte Dilara niemals verändern können.

Ich hätte eine bessere Schwester sein müssen. Fey zuckte innerlich zusammen, als der Gedanke mit der Wucht einer Faust durch sie hindurch brach. Für wen hätte sie eine bessere Schwester sein sollen? Für Missgunst und Habgier? Für Eifersucht und Neid? Selbst wenn sie das gewesen wäre, und es fühlte sich nicht so an, als wäre ihre Lösung die Richtige, hätte sich nichts geändert. Ihre Schwestern waren ihr egal und sie war es ihnen.

Wenigstens musste Fey anscheinend keine Angst mehr haben, dass Jeremiah nicht mehr lebte. Er sollte lebendig zurückgebracht werden, zumindest hatte sie das herausgehört. Wobei der Tod wohl gnädiger als alles andere wäre.

Aus dem Augenwinkel sah sie sich unauffällig um. Mit einem Mal lag alle Verantwortung auf ihren Schultern. Wenn sie verhindern wollte, dass ihren Freunden – und ihr selbst – etwas geschah, dann würde sie handeln müssen. Jetzt und vor allem richtig.

Doch ihr fiel nichts ein. Die Ruhe von eben war schlagartig zerbrochen. Der Vogel saß auf ihrer Schulter, als wäre ein Schlafzauber auf ihn gelegt worden.

***

Liaz hasste ihre Haare. Sie hasste die hellblonde Farbe und am meisten hasste sie diese dumme Strähne, die immer wieder nachwuchs und ihr ins Gesicht rutschte. Mit einer genervten Geste wischte sie sie sich aus den Augen. Dann musterte sie erneut Yron, der genau in diesem Moment um eine Ecke verschwand.

Wenn sie ehrlich war, war sie ein wenig von ihm enttäuscht. Vom Erben der Macht hatte sie mehr erwartet, als dass ein bloßer Gedanke ausreichte, um mit ihrer Magie vor ihm verborgen zu bleiben. Oder ignorierte er ihre Anwesenheit einfach? Nochmals wischte sie sich die Strähnen aus dem Gesicht und trat ebenfalls um die Ecke.

Vor ihr lag eine schmale Gasse, in die nicht viel Licht fiel. Eine Fähigkeit hatte er ihr eindeutig voraus. Durch den Dolch waren seine Sinne geschärft und er musste weniger als sie darauf achten, an welche Stellen er seine Füße auftreten lassen konnte, ohne ins Straucheln zu geraten und zu stürzen. Liaz fluchte unterdrückt. Sie dagegen brauchte wesentlich mehr Konzentration dazu. Der Zauber verhüllte ihre Gestalt lediglich für andere, aber sie war nach wie vor körperlich. Also würde sie hinfallen, wenn sie nicht aufpasste. Und darauf würde sie gern verzichten.

Einige Augenblicke später wagte die Blondine es, vom dunklen Boden aufzusehen und sich nach Yron umzublicken, aber der Mann war verschwunden und seine Schritte waren das Einzige, was man noch von ihm wahrnehmen konnte. Das Geräusch brach sich an den Wänden und es war ihr unmöglich, herauszufinden, ob er abgebogen war oder nicht. Vermutlich hatte er sie doch bemerkt und statt sie zu konfrontieren, hatte er sie vor sich selbst bloßgestellt. Prompt hatte sie wieder die Stimme ihrer Mutter im Kopf, zerrissen vom Wahnsinn, wie er viele heimsuchte. Meistens war sie freundlich, engelsgleich und überbesorgt. Und wenn die Besorgnis in Wut umschlug oder in Angst, dann war sie kaum zu ertragen und sie erdrückte Liaz jede Sekunde.

Der Wahnsinn, der die Menschen in diesem Land heimsuchte. Sie hoffte nur, dass Yron sich nicht an seinem Vorhaben das Genick brach. Allmächtig war sie nicht, aber sie hatte vor, ihm ihre Kraft zu leihen. Wenn sie jetzt nur noch wüsste, wohin diese drei Idioten verschwunden waren.

Mit einem genervten Seufzen wandte sie sich um. Wenn sie ihn schon verloren hatte, dann konnte sie wenigstens diese Gasse wieder verlassen und sich einen Weg zurück zum Marktplatz suchen. Vielleicht fand sie keinen der drei. Eventuell dafür aber einen Handlanger der Hexe.

Ungeachtet der Tatsache, dass das Fest für sie eine gute Tarnung war, ärgerte Liaz sich über die Zeit, in der sie angekommen waren. Denn was für sie und ihre Bande galt, das galt auch für die Männer der Königin. Sie konnten in den Massen untertauchen. Genauso wie es leider sowohl der Erbe der Macht als auch dessen Begleiter taten. Sie fand niemanden mehr außer Faris. Vorsichtig, um keinen anzurempeln, trat sie auf ihren Freund zu und legte die Hand auf seinen Rücken. Er zuckte nicht einmal zusammen. So viel Zeit hatten sie schon miteinander verbracht, dass er sie selbst in ihrer durchsichtigen Gestalt spürte und sich nie über ihr plötzliches Auftauchen wunderte. Oder gar erschreckte. Sanft, kaum wahrnehmbar, nickte er ihr zu und folgte ihr dann über den Marktplatz hinweg in eine ruhigere Ecke, in der sie den Zauber ablegen konnte, ohne einen hysterischen Aufschrei zu riskieren. Selbst alles andere als wirklich entspannt wandte sie sich direkt zu ihm um. „Ich habe sie alle drei aus den Augen verloren", wisperte sie und sah sich über seine Schulter um. Nichts, außer grauer Backsteinwand. „Was soll ich jetzt machen? Was sollen wir machen? Hast du mehr gesehen?"

Faris rieb sich durch die kurzen braunen Haare und seine blauen Augen strahlten sie an. Die beiden Seelenspiegel funkelten wie magiegetränkte Steine in seinem bleichen Gesicht. „Nun ja", murrte er gedehnt. „Etwas. Nicht viel. Ich weiß, in welche Richtung zwei von ihnen sind."

„Was meinst du damit?" Das hier sollte endlich ihre Bewährungs-probe werden! Die Möglichkeit, es sich und vor allem ihrer Mutter zu beweisen. Dass sie auch etwas schaffen konnte und ihre ver-dammte Magie nicht so schwach war, wie immer alle glaubten. Sie hatte es so satt, zu hören, wie mächtig ihre Mutter war und wie schwach die Tochter. Mit einem wütenden Fauchen raufte sie sich durch die Haare und blickte sich hektisch um. „Vielleicht sollte ich zaubern."

Faris widersprach nicht mit Worten, sondern schüttelte auf seine gewisse Art den Kopf und umfasste mit seiner großen Hand ihr Handgelenk. Der Dunkelhaarige war kein Mann vieler Reden. Umso mehr erkannte Liaz den Ernst in seinen Augen.

„Was?", fauchte sie nur und wurde im nächsten Moment an sei-nen breiten Oberkörper gedrückt. Sein rundlicher Bauch presste sich dabei an ihren und verlieh ihm wie immer eine Ausstrahlung der Sicherheit. „Wir müssen sie finden."

Ein Seufzen pustete ihr ins Ohr. „Liaz", setzte er an und seine Stimme brummte leicht. „Deine Magie ist noch nicht so weit. Such-zauber würden dich empfindlich schwächen."

Sie schüttelte den Kopf und trat einen Schritt von ihm zurück. „Wir müssen sie finden. Überleg einmal, was hier gerade vor sich geht. Welche Zeichen sich zusammenschließen. Welche Möglich-keit wir haben." Hilflos wanderte ihr Arm durch die Luft, als würde es ihr bei ihren Erklärungen helfen. Doch selbst wenn, so beachtete Faris die Geste nicht weiter. „Eine Chance zu ergreifen, ist wichtig!"

„Und vorher nachzudenken auch. Liaz, ich würde dir selbst dann dienen, wenn meine Seele nicht dazu gebannt worden wäre, dich zu beschützen. Aber auch wenn ich erschaffen wurde, dir zu dienen und dich zu schützen, bin ich nach wie vor nichts anderes als ein Sterblicher. Nicht unsterblich und auch nicht übermenschlich. Wenn du deinen Zauber anwendest, obwohl du noch nicht so weit bist, dann wirst du geschwächt sein. Und noch schlimmer; der Feind wird dich direkt aufspüren können. Wie soll ich dich dann retten?

Was soll der Erbe des Dolches oder einer der beiden anderen davon haben?"

Er hatte recht. Liaz wusste das. Und sie hasste diese Tatsache gleichermaßen. Entmutigt ballte sie die Hände an ihren Seiten zu Fäusten. „Was schwebt dir also vor?"

Faris rieb sich die etwas längeren Strähnen hinter die Ohren und grinste. „Wie wäre es, wenn du deine Männer fragst, was sie gesehen haben? Bevor du kopflos losstürmst? Ich meine, mich zu erinnern, die Freiheit und den Lockenschopf in Richtung Wald verschwinden gesehen zu haben."

***

Das monotone Geräusch riss Fey aus ihren Gedanken und trieb sie beinahe in den Wahnsinn. Neben ihr tropfte es von der Decke und das leise *Plop Plop Plop* machte es schier unmöglich, sich zu konzentrieren. Der Eishund hatte seinen Frost gedämmt, nachdem die Jagd erfolgreich gewesen war, und das Eis, das er verursacht hatte, schien mit den normalen Herbsttemperaturen nicht auszukommen.

Sie starrte zur dunklen Felsendecke empor, dann legte sich ihr Blick erneut auf die Männer vor sich. Jeremiah war noch immer bewusstlos und zeigte keine Anzeichen dafür, dass sich das alsbald wieder ändern würde.

Der Mann mit der Glatze hockte in der Ecke und murmelte vor sich her. Fey verstand ihn nicht und war sich auch nicht sicher, ob sie wirklich hören wollte, was er zu sagen hatte.

Der Strubbelige lief die ganze Zeit auf und ab, so weit die Höhle das bei seiner Größe zuließ. Seine Hände waren in einer unbequemen Haltung auf dem schmerzhaft gebeugten Rücken verrenkt. Seine Miene war nachdenklich.

Als Letztes musterte Fey den Eishund, der vor ihr lag. Bereit, jederzeit aufzuspringen und sie an einer möglichen Flucht zu hindern.

Seine Augen maßen sie ununterbrochen und der Glanz in ihnen war so entsetzlich kalt, dass es förmlich wehtat, ihn anzusehen.

„Hund", wisperte sie. Die Wände verstärkten den Laut und sicherlich hatten beide Männer sie gehört. Immerhin taten sie ihr den Gefallen und ignorierten ihr Geplapper. Vermutlich war sie keine Gefahr für die Männer und sie hatten Besseres zu tun oder einfach keine Lust, sich mit ihr herumzuschlagen. Also beugte sich Fey ein Stückchen vor, die Arme auf dem Rücken gefesselt. „Hund."

Das große Tier hob den Kopf und sah sie weiterhin an. Ihr Herz schien festzufrieren, auch wenn der Hund selbst nicht einmal aggressiv wirkte. Stattdessen gähnte er herzhaft und zeigte seine beeindruckenden Fänge. Fey schluckte eingeschüchtert und wäre am liebsten wieder an die Wand hinter sich gerückt. Sie zwang sich dazu, ruhig an Ort und Stelle zu verharren. „Die Freiheit ist, was du begehrst. Liege ich richtig?"

Auf ihrer Schulter regte sich der Vogel und streckte den Kopf neugierig zwischen ihren Strähnen hervor. Als würde er prüfen wollen, ob der Winter vorbeigezogen und der Frühling wieder eingekehrt war. Mit einem leisen Piepen breitete er schlussendlich die Flügel ein Stückchen aus.

Fey achtete nicht mehr weiter darauf. Sie verwob wie von selbst den Blick mit dem des Hundes und endlich kehrte die Entschlossenheit wieder zurück. „Die Freiheit, hinauszuziehen und durch die Eiswälder zu streifen. Wie es die Wildhunde deiner Art normalerweise machen. Du willst nicht an einen Magier gekettet sein. Vor allem nicht, wenn du nicht mehr als ein bloßes Werkzeug bist." Als das Tier den weißen Kopf schief legte, fühlte sich Fey euphorisch. Sie hatte keine Zeit für ihre Verwunderung. „Vermisst du nicht die Bäume? Wie sie vor Frost in der Morgensonne glitzern?" Ihre Worte schienen förmlich ein Bild zu malen. Als könnte sie selbst den Wald sehen. Ihn riechen. *Dort sein.* Noch erstaunlicher war, dass auch der Hund in das Bild einzutauchen schien. „Du vermisst deine Familie", stellte sie in den Raum. Dennoch war es mehr eine Feststellung denn eine Vermutung.

Und es schien zu funktionieren. Das Tier erhob sich, trat auf sie zu und nach einigen Herzschlagen voller bangendem Warten schleckte seine Zunge über ihre Wange. Es schmerzte, so kalt war es. Trotzdem schenkte es ihr Hoffnung.

Die Szene war beobachtet worden, denn nun kam der Glatzkopf auf sie zu. Er ließ sich neben seinem Ungeheuer in die Knie sinken und strich ihm durch das weiße Fell im Nacken. „Was versuchst du?"

Fey blickte den Haarlosen an. „Ich versuche gar nichts. Außer zu verstehen, wieso ihr ein Tier, das woanders hingehört, fesselt."

Der haarlose Kopf deutete ein Nein an. „Du musst das nicht verstehen", wich er aus und da wurde Fey bewusst, dass sie seine Sehnsucht spürte. Danach, endlich eigene Entscheidungen treffen zu können. So wie früher. Dieser Magier wollte das Gefühl der Vollständigkeit in seinem Herzen spüren. Nur war er an die Hexe gebunden, so wie der Eishund an ihn.

Fey unterdrückte rasch das hoffnungsvolle Lächeln. „Weil er genauso gefesselt ist, wie du es bist?"

„Wovon sprichst du?" Er verengte die hellen Augen und maß sie misstrauisch. „Was versuchst du mit mir? Mich zu verwirren?"

Sie schüttelte den Kopf. „Nein. Aber du scheinst mir unglücklich." Sie nickte zu dem Hund. „Ebenso wie er. Ihr beide seid dazu gezwungen, etwas zu machen, das ihr nicht wollt. Und das nicht nur ein Mal. Euer ganzes Leben ist nichts anderes als der Empfang von Befehlen, gegen die ihr euch am liebsten auflehnen würdet." Ihre Stimme wurde leiser. „Nur habt ihr nicht die Macht dazu."

Für ein paar Augenblicke starrten sie sich an. Dann schnaubte der Magier und erhob sich mit einem letzten Streichen über den Hundenacken wieder. „Du verstehst solche Dinge nicht, *Freiheit*. Und wie solltest du auch?" Er wandte sich um, sodass sie Mühe hatte, ihn weiterhin zu verstehen. „Hast du einmal all das gefühlt, was in einem Menschen vor sich geht?"

Fey schüttelte aufgebracht den Kopf. „Ich versuche es", rief sie aus und als er sich überrascht umwandte, fuhr sie ruhiger fort: „Ich fühle. Jeden Tag. Dinge, die ich nicht verstehe. Alles ist neu und die meisten dürfen nicht wissen, wer oder was ich bin. Andauernd verstelle ich mich und versuche, zu schauspielern, was für Menschen normal ist, während ich mich immer wieder frage, ob ich das Richtige mache. Aber weißt du, was mir die Kraft dazu gibt?"

„Was?" Er war stehengeblieben, blickte sie an und auch sein Freund war neben ihn getreten. „Was verleiht dir die Kraft?"

„Wer nicht kämpft, der kann auch nicht gewinnen. Mir wurde auch etwas weggenommen. Meine eigene Freiheit. Die Fähigkeit, zu sein, was ich wirklich bin. Ich will für euch kämpfen. Aber ich möchte auch meine eigene Freiheit wiedererlangen. Das ist das, für was ich kämpfe. Und wenn ihr meine Begleiter und mich gehen lasst, dann kann ich euch jetzt schon von den Fesseln befreien, die euch aufgezwungen wurden." Ihre Stimme war immer lauter geworden. Der Vogel hatte sich von ihrer Schulter erhoben und flog wild piepsend durch die Luft. Direkt über ihrer aller Köpfe hinweg. „Lasst uns gehen!", forderte Fey dunkel.

Kapitel 25

Feys Schrei brach sich von den Wänden wider und beinahe wäre sie auf die Knie gestürzt. In ihrem Körper schien keine Kraft mehr zu sein, alles, was sie besaß, verlor sie an den Magier, der vor ihr hockte und das Haupt ehrfürchtig zu Boden geneigt hatte. Seinen Freund hatte sie als Erstes geheilt und mit dem magisch begabten Mann würde sie auch dem Eishund seine Freiheit gewähren.

Aber es schien sie umzubringen. Zumindest fühlte es sich so an. Immer wieder bemerkte Fey, wie ihr Herz in ihrer Brust aus dem Takt geriet. Ein Kampf um ihr Überleben, den es zu verlieren schien.

Sie biss die Zähne zusammen und hob den Blick. Der Vogel kreiste noch unter der Höhlendecke, die Flügel weit gespannt. Ab und an gab er ein leises Krächzen von sich, ansonsten war es bis auf Feys Schmerzenslaute absolut still in der Felsformation.

Sie würden sie gehen lassen und ihnen Pferde zur Verfügung stellen. Zusammen mit ein wenig Proviant. Das hatten sie ausgemacht und Fey musste auf das Wort der beiden Männer vertrauen. Eine andere Wahl blieb ihr nicht.

Der letzte Energiefaden zwischen ihnen löste sich mit einem Ruck auf und sie konnte sich nicht mehr länger auf den Beinen halten. Sie sackte in sich ein und schaffte es gerade noch so, sich mit den Armen auf dem Felsboden abzustützen. Ihr Atem pfiff und ein Zittern überfiel ihren Körper. Es war vollbracht. Und der Schmerz drohte sie an den Rand der Blindheit zu zerren, obwohl sie den beiden lediglich einen Teil ihrer Kraft gegeben hatte.

Der Glatzkopf starrte ungläubig auf seine Hände und drehte sie im schummrigen Licht des Mondes hin und her, als würde er daran seine neu entdeckte Freiheit erspähen können. Seine Augen waren geweitet, förmlich aufgerissen. Ebenso wie sein Mund. „Das", setzte er an, unterbrach sich jedoch selbst und sah zu seinem Genossen hinüber, der nicht minder erstaunt schien.

„Ja", ächzte dieser nur und rieb sich fahrig durch die Haare. „Ja."

Fey fokussierte ihr Augenmerk auf den Krieger und verengte dabei den Blick. Es schien, als zittere auch er. Ob es nicht nur an ihr gezehrt hatte?

„Ich habe meinen Teil erfüllt", schnaufte sie angespannt und schnappte nach wie vor nach Luft. „Ich habe mein Wort gehalten. Jetzt lasst uns gehen!"

Die beiden Männer sahen sie an. Herzschläge vergingen und niemand sagte auch nur ein Wort. Fey fürchtete schon, dass man sie hereingelegt hatte. Sicherlich würden sie sie trotzdem mit zur Hexe nehmen und ihre Gefangene stolz überbringen und nun hatte sie nicht einmal den Hauch einer Chance zur Flucht. Wie hatte sie nur so dumm und naiv sein können? Vielleicht wäre es klüger gewesen, sie länger auszuspionieren, sie näher kennenzulernen. Dann hätten sie sich mit ihren Gefangenen auf den Weg gemacht. Na und? Das hieß nicht gleich, dass der Konvoi auch an seinem Ziel angekommen wäre!

„Ja", nickte der Magier und erhob sich unsicher auf seine Beine. Ein wenig erinnerte er an ein Kitz, das zu laufen lernte. Mit einer zerstreuten Bewegung richtete er seine Aufmerksamkeit auf Jeremiah und berührte seine Schläfe. Ein kleines Licht erhellte für wenige Augenblicke den Innenraum der Höhle, dann blinzelte der Lockenschopf träge und sein trüber Blick huschte über die Umgebung. „Fey?" Seine Stimme war nicht mehr als ein leises Wispern, dennoch erhob die Angesprochene sich direkt und ließ sich neben ihn sinken.

Einzelne kleine Kiesel drückten sich schmerzlich in ihre Knie, aber Fey ignorierte es und strich ihrem Freund ein paar Strähnen aus dem Gesicht. „Wie geht es dir?"

„Kopfschmerzen", brummte er und wälzte sich schwerfällig auf den Rücken, um sich wenigstens hinsetzen zu können. Seine Hände schlangen sich um seinen Kopf, als würde er ihn so vor allem, was die Schmerzen schlimmer machte, schützen können.

Seine Augen fielen auf die beiden Männer und ein leises Knurren drang über seine Lippen. Sofort fischte er nach seiner Waffe, doch konnte sie natürlich nicht finden. Um ihn zu beruhigen, legte Fey von hinten beide Hände auf seinen Rücken. „Es ist gut", murmelte sie, „ich habe es geklärt."

„Was?" Seine Miene sprach von seiner Überraschung, als er über die Schulter hinweg zu ihr blickte. „Wie?"

Fey schüttelte sacht den Kopf. „Das kann ich dir später erklären. Nun lass uns weiter. Yron ist noch immer nicht hier, aber ich möchte auch nicht länger bei dieser Höhle verweilen." Die Gefahr, in der sie schwebten, ließ ihre Nackenhaare zu Berge stehen. Das hier war kein Spiel, war es nie und würde es auch niemals sein. Aber wenn sie sich schon aufgeteilt hatten, dann besaßen sie wohl die größten Möglichkeiten, hier heile herauszukommen, wenn sie sich erst später wiedertrafen. So hatte Yron es gewünscht und vielleicht war er auch schon gar nicht mehr hier.

„Du willst fort von hier?"

Der Magier mischte sich ein. Sein leises Räuspern teilte die schwere Luft in der Höhle und er kam einen Schritt vor, sodass er direkt in einem der Lichtstreifen stand, der von der Decke fiel. „Wenn ich so frei sein darf, das zu sagen", er ließ den Satz selbst erst einmal nachklingen, „dann hat sie wohl recht. Wir sind nicht die Einzigen, die hier sind."

„Eben darum sollten wir ihn nicht im Stich lassen." Jeremiah sah zwischen ihm und ihr hin und her und schien zu verzweifeln.

Der Mann nickte lediglich zum Ausgang. „Wir werden sehen, ob wir ihm helfen können. Während ihr fliehen solltet. Sie ist zu kostbar. Die Hexe darf sie nicht zurückbekommen. Niemals!"

Auch der zweite Mann mischte sich nun ein. „So ein Gefühl habe ich noch nie erlebt. Es ist unglaublich, dieses Licht im Herzen tragen zu dürfen. Haltet die Hexe auf, kommt ihr zuvor." Er neigte sich vor und hielt Jeremiah die Hand hin, um ihm aufzuhelfen. Doch der Lockenschopf zögerte sehr lange, bevor er sich darauf einließ. Und selbst als er stand, schien er ihnen nicht zu vertrauen. Seine Augen funkelten misstrauisch. „Wieso sollten wir euch Glauben schenken?"

Der Krieger seufzte und trat zurück, als würde er Jeremiah seinen persönlichen Raum geben wollen. „Wir waren Befehlsempfänger. Du weißt, welche Möglichkeit die Hexe hat. Und sie", er nickte zu Fey, „hat uns von diesen Schnüren befreit. Mehr noch als das. Wir sind wieder richtige Menschen, wie es sie in diesem Königreich seit langer Zeit nicht mehr wirklich gab."

Fey trat zu Jeremiah und stützte ihn, als er zu schwanken begann. „Ihr werdet euch noch an das Gefühl gewöhnen. Es wird irgendwann nicht mehr so sehr im Vordergrund stehen, sondern normal werden."

Der Mann nickte ihr zu. „Selbst wenn es so ist, so fühlt es sich jetzt bereits wie das hellste Licht in der Dunkelheit an. Geht zu unseren Pferden, dort sind Waffen und Vorräte. Verschwindet von hier, wo immer ihr auch hinwollt."

Und endlich löste sich Jeremiah aus seiner Starre und zog Fey mit sich. Dabei behielt er die beiden Männer und den Hund immer im Auge, damit sie ihnen nicht in den Rücken fallen konnten.

Fey blickte ebenfalls zu den neuen Verbündeten zurück und beobachtete stattdessen das Zögern des Eishundes. Er reckte die Nase in die Luft, witterte und drehte sich dann in einer langsamen Bewegung um, maß den Magier, mit dem er bereits so lange auf einem Weg gewandelt war und drückte sich dann mit geschlossenen Augen an sein Bein. Anscheinend blieb er. Mit Tränen in den Augen fasste der Mann seinem Weggefährten ins Fell und streichelte ihn. Hundetreue machte keinen Halt.

„In Ordnung", redete Jeremiah hektisch auf sie ein, während er sie aufs Pferd setzte und ihre Füße in die Steigbügel drückte. „Du bleibst immer dicht bei mir, Fey, hast du mich verstanden? Keine

Rettungsversuche bei Fremden." Sein Blick war eindringlich und brannte sich förmlich in ihren, bis sie nickte.

Sie fühlte sich schwach. Die Zügel waren viel zu rau zwischen ihren erschöpften Fingern und beinahe wäre sie wieder vom Rücken des Tieres heruntergerutscht. Mühsam klammerte sie sich an den Sattelknauf vorne und fragte sich, wie sie das Pferd überhaupt dazu bringen sollte, das zu tun, was sie wollte.

Währenddessen schwang sich Jeremiah auf den Rücken des zweiten Pferdes. Seit er aus der Ohnmacht geweckt worden war, wirkte er ausgelaugt und auch nicht sicherer im Sattel als Fey. Doch stärker als vorher, allzu entschlossen, als er die Zügel aufnahm und das Pferd in einem kleinen Bogen herumdrehte. Seine Brauen waren über den lohenden Augen gerunzelt und durch diese ernste Miene stach sein Kinn eckiger als sonst hervor.

***

Yron atmete erleichtert auf, als er endlich in die Nähe der Höhle kam, bei der sie sich treffen wollten. Seine Hoffnung lag darauf, dass keiner der Angreifer bisher ihn oder einen der anderen gesehen hatte. Er hatte sich extra ruhig im Dorf verhalten und hier und da versucht, eine falsche Fährte zu legen. Leider war er jedoch nicht mehr zu den Pferden gekommen. Der Stall war gut bewacht gewesen und hatte ihn gezwungen, dieses Vorhaben wieder aufzugeben.

So würden sie sich zu Fuß durch den Wald schlagen müssen, um ihr Glück im Nachbardorf versuchen zu können. Zwar hatte Yron nicht allzu viel Geld bei sich, dafür hatte er Bekanntschaften. Und ganz zur Not würden sie wohl ein paar Tiere stehlen müssen. Das hier war wichtiger als ein Bauer und seine drei Pferde. Auch wenn es ihm widerstrebte.

Das Surren eines Pfeils nahe an seinem Ohr ließ Yron aufblicken und unterdrückt fluchen. Hätten sie ihn wirklich treffen wollen, wäre das wohl geglückt. Sie wollten ihn treiben. Mit einer schnellen Bewegung warf er sich trotzdem die Taschen über die Schulter, so-dass sie seinen Rücken etwas schützten und er sie besser tragen konnte, und rannte los.

Schien so, als wäre das Versteckspiel vorbei, denn der nächste Pfeil grub sich neben ihm in die lockere Erde und warf diese auf.

Beinahe im selben Moment entdeckte er Fey und Jeremiah, die aus ihm unerfindlichen Gründen auf zwei Pferden saßen und gerade losreiten wollten. Fey hob in diesem Moment den Kopf und er-blickte ihn. Er hatte es vermeiden wollen, irgendwen zu ihnen zu locken. Gleichzeitig musste er sich wohl eingestehen, dass es dafür bereits zu spät war.

Sie waren direkt hinter ihm und es stand außer Frage, dass sie sie nicht bemerkt hatten. Yron fluchte und nutzte seinen kleinen Vor-sprung aus. Die Tiere wären nicht stark genug, ihn als zusätzliches Gewicht zu tragen, davon abgesehen, dass er keine Zeit hatte, sich hinter einem der beiden in den Sattel zu schwingen und sein Gepäck zu verstauen. Also drückte er nur Jeremiah alles in die Hand und ignorierte ihre wilden Zwischenrufe.

„Seid ruhig", raunte er nur und sah seinem Freund fest in die dunklen Augen. Im fahlen Licht des Mondes wirkten sie fast schwarz, wie unergründliche Seen. „Reitet!", befahl er und griff nach dem Handgelenk seines Freundes. „Ich verlasse mich auf dich, bring sie hier weg und erfülle die Aufgabe."

„Aber wir können dich nicht zurücklassen!", kreischte Fey auf.

Yron schüttelte den Kopf. Anstatt weiter Zeit zu verschwenden, schlug er beiden Pferden auf die Kuppe und die Tiere rannten los. Er sah ihnen nicht einmal hinterher, sondern hob rasch einen Ast vom Boden auf und warf ihn dem ersten Mann gegen die Brust, so-dass der eindeutige Magier nach hinten taumelte und aus seiner Konzentration gerissen wurde.

Zeitgleich beschwor der Erbe die Macht seines Dolches und ver-baute den Angreifern den Weg.

Der Bogenschütze warf ihm einen Blick zu, aber Yron ließ ihm keine Zeit, um in Ruhe zu zielen. Wenn er recht hatte und die Hexe würde ihn auf jeden Fall lebend haben wollen, dann würde der Schütze es nicht riskieren, auf ihn zu schießen, wenn er sein Ziel nicht lang genug erfassen konnte.

Ein weiterer Mann lief auf ihn zu und riss ihn wie beim Boxkampf von den Beinen. Yron wehrte ihn ab, indem er ihm eine Hand ins Gesicht drückte und auf die empfindlichen Augen zielte.

＊

Fey schrie auf und wandte sich, so weit sie es wagen konnte, in ihrem Sattel nach hinten. Das gehetzte Pferd folgte ohnehin dem anderen Tier und Jeremiah achtete hoffentlich auf den Weg. Sie mussten zurück! Sie konnten Yron nicht zurücklassen. Aufteilen war die eine Sache, doch ihn im Kampf im Stich lassen eine völlig andere.

Sie sah nicht mehr allzu viel von ihrem Freund. Nur, wie er die Klinge erhob und sich den Gegnern stellte. Er würde ihnen Zeit erkaufen wollen und dabei elendig sterben! „Yron!"

„Fey", vernahm sie die Stimme des Lockigen vor sich und als sie zu ihm blickte, hatte er die Lippen zu einem dünnen Strich zusammengepresst und schüttelte den Kopf. „Folge mir."

„Aber …"

„Kein ‚aber'!" Als er den Kopf wieder nach vorne drehte, bemerkte sie das Schimmern von Tränen auf seinen Wangen und sie schluckte unweigerlich ihren erneuten Protest.

Die Angst. Dieses Wissen, dass Yron hinter ihnen gerade kämpfte, und das Unwissen, wann genau er seinen letzten Atemzug tat. Ihr Herz schien zu bersten. Auch in ihren Augen brannten Tränen und tapfer versuchte sie, sie wegzublinzeln. Es gelang ihr allerdings nur mäßig und umso erleichterter war Fey, dass das Tier einfach dem anderen folgte, selbst als seine Aufregung abebbte und sie endlich auf der Straße ankamen. Trotzdem fiel es Fey schwer, sich im Galopp im Sattel zu halten.

Ob sie es bemerken würde? Wenn der Erbe starb? Immerhin war er mit dem Dolch verbunden und beide waren sie von den Göttern geschaffen.

Außerdem … Wenn Trude recht behielt, dann steckte sie im Körper der ehemaligen Königin. Ebenfalls einer Erbin des Dolches.

„Denk nicht weiter darüber nach", schrie Jeremiah von vorne, als würde er es selber nicht ertragen können.

Fey sah von der hellen Mähne ihres Tieres zu ihm auf, konnte durch die Tränen hindurch jedoch kaum etwas erkennen. „Aber …"

„Er ist nicht tot", meinte Jeremiah. Seine Stimme klang streng. „Wir haben ihn nicht fallen sehen, oder nicht?" Er blickte kurz zu ihr, konzentrierte sich dann jedoch wieder auf den Weg, den sie nahmen. „Wir haben ihn nicht sterben sehen und nur dann kann man sich sicher sein, dass er dort nicht wieder hinauskommen wird. Yron wird einen Weg finden und er wird uns in der weißen Stadt treffen. Wir werden lediglich vor ihm dort ankommen und schon einmal Zeit haben, uns mit Trudes Schwester zu beratschlagen. Daran musst du glauben, Fey!"

„Und wenn er nicht mehr lebt?"

Er schüttelte den Kopf. „Er lebt. Glaub mir." Dann fügte er noch leiser hinzu: „Bitte."

***

Als der Morgen graute, gönnte Jeremiah Fey und sich eine Pause. Sie hatte sich an den Sattelknauf geklammert und ihre Fingerknöchel traten weiß hervor. Ihre Haare waren wild und durcheinander und ihre Augen vom Weinen rot und geschwollen.

Ihr fehlten die Kraft und das Geschick, alleine vom Pferd zu steigen, also hielt der Lockenschopf sie fest und zog sie vorsichtig zu

Boden, nachdem er das Tier angeleint hatte.

Viel gesprochen hatten sie nicht mehr seit ihrem Aufbruch und jeder war in seine Gedanken abgeglitten. Auch wenn er diesen Ort zu vermeiden suchte, denn dort lauerten die Angst und die Sorgen, die er sich um Yron, trotz aller Worte, machte. Ob er tot oder, noch schlimmer, gefangen genommen worden war.

Sollte Yron wirklich auf die eine oder andere Art gefallen sein, dann war es nun Jeremiahs Pflicht, diese Sache zu Ende zu bringen. Alleine schon, um seinen Freund zu ehren. „Geht es dir gut?"

„Ja." Sie nickte so hauchzart, sodass er sie lieber zu einem kleinen Hügel führte und sie dort zu Boden gleiten ließ. Ein müdes Seufzen kam über ihre Lippen und für einen Moment schloss Fey die Lider über den geröteten Augen. „Wie weit ist es noch bis zur weißen Stadt?"

Jeremiah schüttelte den Kopf. „Ich denke, dass wir weniger Pausen machen, aber auch die Hauptstraßen meiden sollten. Es ist schwer zu sagen. Normalerweise würden wir von hier aus noch knapp zwei Tage brauchen, so … drei oder vier, vielleicht? Die Schleichwege sind mir weniger bekannt." Er nahm eine der Satteltaschen in die Hand, die er schon vorher gelöst hatte, und durchsuchte sie. Essen war vorhanden. Wasser auch. Sogar … „Willst du einen Schluck Wein?" Davon wurde sie noch nicht betrunken und mit etwas Glück würde es ihre überdrehten Nerven ein wenig beruhigen.

Er hatte nicht damit gerechnet, doch Fey nickte sogar und nippte zwei, drei Mal in kleinen Zügen am Weinschlauch, ehe sie das ihr dargebotene Stück Käse entgegennahm und gierig verschlang.

Auch Jeremiah genehmigte sich etwas vom Wein und den Essensvorräten. Auch wenn das Brot nur nach Staub zu schmecken schien und er es viel zu trocken und lustlos mit der Zunge in seinem Mund herumwälzte, bis er es schließlich aufgab und mit etwas Wasser nachspülte. Dabei war es eigentlich ziemlich frisch. Der furchtbare Geschmack lag an ihm.

Die Arme hinter dem Kopf verschränkt, ließ er sich auf den Rücken zurückgleiten und beobachtete die weißen Wolken vor dem strahlenden Himmelblau.

Teil III

Die weiße Stadt

Kapitel 26

Fey war sich sicher, hätte sie die weiße Stadt unter anderen Umständen zum ersten Mal gesehen, wäre sie sicherlich aus dem Staunen nicht mehr herausgekommen. Schon von Weitem konnte sie die hellen Gebäude ausmachen, die das Licht der Sonne glitzernd aufnahmen und jeden Besucher mit ihrer strahlenden Schönheit wortwörtlich blendeten. Die Gebäude waren anders als die, die sie bisher gesehen hatte. Hoch und Türmen gleich versuchten sie die dicken Wolken am Himmel zu berühren.

Obwohl sie die Stadt schon aus der Ferne ausmachten und sie dort bereits riesig wirkte, schien es noch eine halbe Ewigkeit zu dauern, bevor sie endlich das Stadttor auf der Ostseite passieren konnten. Dichtes Gedrängel herrschte um sie herum und niemand schien auf die anderen Menschen zu achten, als wäre jeder von ihnen in seiner eigenen Welt gefangen und könnte seine Nachbarn gar nicht sehen. In ihrer Eile wirkten die Leute kopflos.

Die Straßen waren akkurat und peinlich genau mit schwarzen Steinen ausgelegt. Fey betrachtete den Boden, der einen solchen Kontrast zu den weißen Gebäuden darstellte und in der Mittagshitze im Sommer kaum passierbar sein musste. Das Gestein müsste sich schrecklich aufheizen, sodass selbst Schuhe vermutlich keinen allzu großen Schutz mehr bieten konnten. Oder?

Am liebsten hätte sie Jeremiah gefragt, aber sie wagte es nicht, ihn anzusprechen und ihn mit solch unwichtigen Dingen zu belangen. Wäre der Boden nicht mehr zu ertragen, dann würde diese Stadt nicht so aufblühen, wie sie es tat. So weit Fey es mitbekommen hatte, war es die wichtigste Stadt in einem Radius von einigen hundert Kilometern. Und das änderte sich gewiss auch nicht im Sommer.

Zwischen den hohen, dicht beieinanderstehenden Gebäuden

spannten sich Schnüre und Seile, an denen Kleidung trocknete oder farbenprächtige Banner angebracht worden waren. Die meisten von ihnen waren in Rot und Braun oder Blau und Grün gehalten und zeigten eine detaillierte Lilie in ihrer Mitte. Andere waren in Gelb und Silber oder Gold und Weiß gehalten und zeigten verschiedene Muster.

„Fey", wandte sich Jeremiah an sie und drehte sich in seinem Sattel. „Wir müssen dort vorne lang." Er nickte auf einen eher unscheinbaren Nebenweg, der von der Hauptstraße aus abging und sich zwischen den Gebäuden langsam verlor.

Die Angesprochene nickte und zog am rechten Zügel, so wie ihr Freund ihr alles auf der Reise hierhin beigebracht hatte. Zunächst war es ihr Glück gewesen, dass ihr Pferd sich immer an seinem orientiert hatte. Aber bei der ersten größeren Pause hatte Jeremiah ihr dann gezeigt, wie man so ein Tier handhabe.

Trotzdem fühlte sie sich unsicher und kam sich komisch vor, das Pferd zu lenken, obwohl das Tier ein sanftes Schnauben von sich gab und den Kopf entspannt ein Stückchen sinken ließ, bevor es die gewünschte Richtung einschlug und sich seinen Weg durch die Menschenmassen suchte. Es war viel kräftiger als sie und hätte sie einfach ignorieren oder abwerfen können und dennoch tat es nichts dergleichen.

Der Weg war zwar schlangenlinienförmig, führte allerdings schneller als erwartet zu einem niedrigen Gebäude mit hellem Dach und einer Wiese, die nach hinten wegführte. Über das Grün liefen zwei Pferde hintereinander her, das eine hatte den Schweif erhoben und tänzelte.

Fey legte ihr Augenmerk auf ihren Begleiter. „Dorthin?"

„Ja", nickte er und übernahm wieder die Führung. Ein Stückchen vom Stall entfernt, drängte er sie zum Absteigen, nahm ihr Pferd an den Zügeln und führte es zu einem Mann, der gerade einen Schimmel striegelte.

Fey beobachtete, wie sich beide kurz unterhielten und jemand

Drittes dazu kam, um Jeremiah die Pferde abzunehmen und unterzubringen.

Von hier aus war der Lärm der Stadt nur gedämpft zu hören. Obwohl sie von Häusern umzingelt waren, fand das Leben eindeutig auf anderen Straßen statt, und hier waren verhältnismäßig wenige Leute zu sehen. Dafür gab es mehr Pflanzen und die farbenfrohen Blumen machten auf Fey denselben Eindruck wie die Banner. Unglaublich bunt und förmlich grell in der ansonsten so hellen Umgebung, dass beinahe die Augen schmerzten. Die Stadt war wunderschön. Zumindest das kleine bisschen, das sie bisher gesehen hatte.

Jeremiah trat auf sie zu und legte ihr eine Hand auf die Schulter. „Fein. Die Pferde werden versorgt werden. Jetzt kümmern wir uns um uns selbst. Du solltest deine Augen ein wenig mehr verdecken." Er kämmte ihr mit den Fingern durch die Haare, bis ihr Pony ein kleines Zelt bildete und sie vor dem Erkennen genauso schützte wie vor dem allzu hellen Licht. „Vielleicht sollten wir es färben."

„Wie?"

„Es gibt ein spezielles Baumharz…" Nachdenklich unterbrach er sich und rieb sich über das Kinn. „Aber der Geruch wäre vielleicht auffälliger als deine jetzige Haarfarbe." Über seine Gedanken schüttelte er den Kopf, dann geleitete er sie die Straße hinab, die sie hierhin genommen hatten, um sie auf die Hauptstraße zurückzuführen.

Fey blickte von unten her in sein Gesicht auf. Auf einmal fühlte es sich zu falsch an, die ganze Zeit zu schweigen und nur noch das Nötigste miteinander zu bereden. Sie fühlte sich, als müsste ihr Innerstes vor Anspannung zerreißen, und um nicht loszuschreien, fischte sie nach seinem Handgelenk und brachte ihn so dazu, zu stoppen.

„Was machen wir jetzt?", wisperte Fey extra leise und sah sich unauffällig um. Ihr selbst war es nicht geheuer, in dieser Stadt zu sein. Die Hexe würde doch auf die Idee kommen, hier zu suchen. Oder würde sie annehmen, dass die beiden genau diesen Ort mieden? Jeremiah jedenfalls hatte ihr mehrfach versichert, dass die

Masse an Menschen vermutlich ihre beste Tarnung wäre. Sei am auffälligsten, um unterzutauchen, hatte er erklärt.

„Wir suchen Malika", meinte der Mann und umfasste sanft ihre Finger, um mit ihnen zu spielen. Seine lockigen Haare tanzten in einem leichten Wind, der die ganze Stadt ein wenig abzukühlen schien.

„Wie gedenkst du, sie zu finden?" Fey breitete die Arme aus, als wäre es nicht offensichtlich, wie riesig diese Stadt jetzt schon wirkte. „Eine Person in diesem Gedränge?"

Zum ersten Mal seit Tagen sah sie ein Lächeln auf seinen Lippen, das nicht nur aufgesetzt wirkte. Es war schmal und müde, aber immerhin erreichte es seine Augen. Er umfasste ihre Arme und zog sie heran. So blieben sie stehen, während manche sich fluchend an ihnen vorbeidrängelten. „Verlier nicht deinen Mut. Du musst nur wissen, wie und wo du suchen musst. Wir schaffen das."

Sie war davon nicht überzeugt. Nach wie vor war da der Nachhall von dem, was geschehen war. Sie wollte nicht daran denken, dass Yron nun vermutlich tot war. Darauf hoffte sie mehr, als dass er gefangen genommen worden war.

Ihr Körper begann zu zittern, aber all ihre schlechten Ahnungen schienen egal zu sein. Jeremiah, starrsinnig wie eh und je, hielt an seinem Glauben fest. Als bräuchte er ihn wie die Luft zum Atmen. Als könnte er nur dann weitermachen, wenn er diesen einen Funken Licht im Herzen behielt.

Auf der Reise hierher hatten er und Fey sich erstaunlich schnell von ihrer Schwäche erholt und als sie ihm nun in die grünen Augen blickte, waren sie hell und freundlich, wie ganz zu Beginn. Nichts trübte sie. Die erschöpften Ringe unter seinen Augen waren trotz wenig Schlaf ebenfalls verschwunden.

Seine Sorge, die gegen seine Hoffnung kämpfte, stand ihm auch jetzt deutlich ins Gesicht geschrieben, doch der Schmerz des Zerbrechens war einer entspannten Miene gewichen.

„Wo fangen wir also an?"

Seine dunklen Augen huschten über die Umgebung, dann deutete er unauffällig auf einen Laden an einer Ecke. Vor dem Eingang waren Tische mit Waren ausgestellt. Als sie näher herangetreten waren, erkannte sie, dass es sich um ein bunt gemischtes Sortiment handelte. Darunter einige Bücher, die, in Leder mit goldfarbenen Verzierungen eingeschlagen, zwischen Stoffrollen lagen, sowie geflochtene Körbe, gefüllt mit Obst.

Und das waren nur die auffälligsten Sachen. Fey war es unmöglich, eine Spezifizierung auszumachen, obwohl sie sich die ganze Zeit auf die Auslagen konzentrierte, während Jeremiah an den Ladenbesitzer herantrat und ihn um Auskünfte bat.

Fey war sich nicht sicher, inwieweit ihr Begleiter diskret blieb, aber sie vertraute ihm. Jeremiah war kein Dummkopf und besaß wesentlich mehr Erfahrungen als sie. Also legte sie lediglich die Aufmerksamkeit auf die Straßen, als könnte sie so Malika entdecken. Auch, wenn ihr selbst bewusst war, dass sie sich viel zu sehr vor einem Angriff fürchtete und deswegen auf der Hut blieb. Jeder Passant wirkte wie ein Feind. Jede Handlung war ihr verdächtig. Es war einerlei, ob es sich um die Waschfrau mit einem vollen Korb handelte, um einen fein gekleideten Mann, der sowieso nur auf sich und seine Frisur achtete, oder um die drei Jungen, die einen Holzreifen über das Kopfsteinpflaster rollen ließen. Je näher ihr die Menschen kamen, umso mehr fröstelte es sie und verbissen zog sie die Arme eng um sich.

Einige Minuten später kam ihr Freund wieder zurück und bereits an seiner Miene war das Ergebnis seiner Fragerei auszumachen. Im Laden hatten sie keine brauchbare Auskunft einholen können. Und auch die nächsten Anlaufstellen, die Jeremiah auserkoren hatte, halfen ihnen nicht weiter.

Mittlerweile lag der Tag schon wieder in seinen letzten Zügen und die Sonne tauchte den Himmel in ein prächtiges Meer aus Farben. Fey war müde. Ihr Kopf schmerzte und ihr Magen knurrte hungrig. Diese Stadt war riesig und wann immer sie glaubte, dass sie ans

Ende der Straßen und Gebäude gelangen würden, erstreckte sich ein neuer Stadtteil vor ihr und ließ sie langsam verzweifeln. Tapfer versuchte sie, sich Mut zuzusprechen, doch mit jeder Ablehnung, die ihnen die Wirte oder Verkäufer, Passanten oder Kinder brachten, fiel es ihr schwerer.

Auch Jeremiah schwieg, sein Kreuz war angespannt und nach einer Weile sah sich Fey gar nicht mehr in der Stadt um, sondern betrachtete nur das Spiel seiner Muskeln unter dem dunkelgrünen Stoff vor sich.

„Wir sollten uns einen Unterschlupf suchen", seufzte der Lockenschopf irgendwann und riss sie damit aus ihrer eigenen Trance. „Es bringt nichts, wenn wir wie die Vagabunden nachts durch die Straßen schweifen und unerwünschte Blicke auf uns lenken."

Seine Worte bereiteten ihr eine Gänsehaut und gaben ihr das Gefühl, beobachtet zu werden. „Vermutlich hast du recht", entschied sie leise und wollte gar nicht daran denken, was für Menschen durch diese Straßen liefen und vielleicht schon ein Auge auf sie gelegt hatten.

„Komm mit." Er reichte ihr die Hand und führte sie zuverlässig durch das wilde Gewirr der Straßen, bis sie zu einem Haus kamen. Es war klein und besaß ein braunes Dach. Schmale Balkone waren vor jedem Zimmerfenster angebracht, nicht genug, um sie zu betreten, doch reichlich mit gemischten Blumen geschmückt, sodass es sich farblich deutlich von den anderen abhob.

Es gefiel ihr sogleich und staunend blickte Fey an der hohen Fassade hinauf, bis sie den Kopf in den Nacken gelegt hatte, um den Wetterhahn auf dem Dach im verblassenden Licht noch richtig erkennen zu können. „Hier schlafen wir?"

Jeremiah nickte. „Es ist die Herberge ..." Er brach den Satz ab und legte ihr stattdessen sanft eine Hand auf den Rücken, um sie an seiner Seite zu behalten, während er weiter auf die dunkle Tür zuschritt, die den Eindruck eines riesigen Portals abgab.

Dabei hätte er Fey nicht einmal bei der Hand halten müssen. Ihr

Körper war erschöpft und sie wollte nur noch zur Ruhe kommen. Versuchen, all die wirren Gedanken in ihrem Kopf zu sortieren. Sie flatterten wie verletzte Schmetterlinge in ihrem Kopf umher und ließen sich kaum fangen.

Und erneut wünschte sie sich, dass Jeremiah endlich mit ihr über Yron sprechen würde. Sie kam sich einfach mit den Gedanken aufgestaut vor und egal, wie gut sie sich abzulenken versuchte, sie ereilten sie immer wieder. Ihre Hände, versteckt in den weiten Ärmeln ihrer Jacke, bebten und schlossen sich zu Fäusten. Als würde sie etwas greifen wollen. Oder alternativ auf jemanden oder etwas einschlagen.

Aber nach wie vor wagte Fey es nicht, nochmals das Thema darauf zu lenken, und er sprach von sich aus nicht darüber. Als wäre nichts geschehen.

Sie musterte angespannt sein Profil, in der leisen Hoffnung, dass er ihren Kummer bemerken und das Wort ergreifen würde, und wäre deswegen fast gestolpert, hätte sein ausgestreckter linker Arm sie nicht am Weitergehen gehindert.

Seine grünen Augen musterten eine bildschöne Frau, die an der Theke stand und zu ihnen blickte. Ihre dunklen Haare hatte sie zu Locken hochgesteckt und mit einem Kranz aus eisblauen Blüten beschmückt, die in die Strähnen eingewoben waren. So hielt sie die Haare aus ihren Augen und gleichzeitig war man so in der Lage, einen Blick auf ihren langen, schlanken Hals zu werfen.

Augen, die schwarz aussahen, funkelten ihnen entgegen und ihre vollen Lippen waren zu einem seichten Lächeln verzogen. Ihre Haut, von einem warmen satten Braunton, wirkte weich und verlieh ihr damit eine Sanftheit, die im Kontrast zu ihrem schönen, doch leicht hochmütigen Gesicht stand.

Als sie sich von ihrem Sitzplatz erhob, fiel das weiße Gewand, das ihren schmalen Körper bekleidete, in leichten Wellen zu Boden und endete auf Höhe ihrer Knöchel. Die Falten bewegten sich mit jedem ihrer geschmeidigen Schritte, die sie auf die beiden zumachte, die schlanken Hände in die wiegenden Hüften gestützt. Vor Jeremiah und Fey blieb sie stehen. „Ich habe auf euch gewartet." Der Akzent kam Fey unbekannt vor. Es klang ein wenig, als würde sie jedes Wort am Ende brechen und nochmals stärker betonen. Aber es hörte sich nicht hässlich an. „Aber ich dachte nicht, dass ihr so lange brauchen würdet."

„Du bist Malika?" Jeremiahs Blick war auffällig an ihr abgewandert. Jetzt räusperte er sich verlegen und hob rasch das Gesicht zu ihr an. Seine Wangen waren rot.

„Ja", meinte die Frau ruhig. „Folgt mir bitte."

Fey versteifte sich und schüttelte unweigerlich den Kopf. Von hinten öffnete sich erneut die Tür, die sie eben noch selbst genommen hatten, und ließ einen Stoß kalter Luft rein, der ihr über den Nacken glitt. Aber er konnte das Misstrauen nicht fortwischen, das sie überfiel. Stattdessen musterte sie die Frau, versuchte, in ihren Geist einzudringen, ihr Herz nachzufühlen und herauszufinden, ob sie Malika oder eine Spionin der Königin war.

Fey war sich nicht bewusst, was die Hexe alles konnte. Hatte sie Yron gefoltert oder war in seine Erinnerungen eingedrungen? Und wenn sie wusste, wohin die Gruppe gewollt hatte, hatte sie es geschafft, hier ihre Leute zu informieren?

Im Dorf selbst war es still abgelaufen. Vermutlich hatte keiner der Bewohner etwas mitbekommen und Fey ahnte auch weshalb. Die Hexe mochte sehr von sich selbst überzeugt sein. Und vermutlich konnte sie das sogar auch zu recht sein. Aber sie war auch nicht dumm.

Wenn es publik würde, dass die Freiheit unter den Menschen im Land umherzog und nach einer Lösung für ihre Probleme suchte, dann gäbe es Reibereien und die Hexe könnte sich weniger darauf verlassen, wer sie so sehr fürchtete, dass sie ihm vertrauen konnte. Denn zwar würde es einige Menschen geben, die Fey ausliefern und sich an der Macht der Hexe laben würden, doch es mochte mindestens genauso viele geben, die sie verstecken und ihr weiterhelfen würden. Hoffnung konnte für den falschen Anführer das Schlimmste sein, was sein Volk befiel. Hoffnung konnte zerstören und Mut schaffen. Himmel, ihre Schwester war vermutlich eines der mächtigsten Wesen.

„Das werde ich nicht machen", entfuhr es ihr halblaut. Sie holte tief Luft, als sie die Wut in ihren Adern bemerkte. „Mir ist nicht klar, ob du wahrlich Malika und auf unserer Seite bist oder nicht. Und auch er", sie nickte auf Jeremiah, „wird dir nicht folgen, ohne einen tatkräftigen Beweis!" Sie verschränkte die Arme vor der Brust. „Ich habe bereits einen meiner Gefährten verloren und bin mir unklar über sein Schicksal und ich werde nicht noch eine Gefangenschaft riskieren. Meine Eigene oder die meines Freundes und noch weniger will ich einen weiteren Tod auf meinen Schultern lasten haben!"

Jeremiah blickte sie aus großen Augen an. „Er ist nicht tot", zischte er hilflos.

„Das wissen wir nicht!", stach Fey ihm mit ihrem Zeigefinger in die Brust. „Wir wissen gar nichts über seinen Verbleib und deine Art, die Dinge fröhlicher zu gestalten, als sie sind, und einfache Tatsachen zu ignorieren, wird daran auch nichts ändern!"

Seine Wangen blähten sich auf, als würde er schreien wollen, dann zügelte er jedoch seine Zunge und sah in den Schankraum. Zu viel Publikum. Diese Diskussion würden sie nicht hier fortführen können. Aber ihr war es auch recht. Wichtiger als ein Streit über Themen, die man nicht ändern konnte, war es nun, herauszufinden, ob man dieser Frau vertrauen konnte.

„Ihr habt einen Vogel bei euch", warf sie in den Raum, obwohl das erwähnte Tier sich bisher gar nicht gezeigt hatte und in einer von Feys Taschen schlief, die sie extra mit einem Stoffknäuel ausgehöhlt hatte. „Nicht wahr?"

Fey warf einen Blick zu Jeremiah, bevor sie schwach nickte. Ansonsten rührte sie sich aber nicht. „Was ist mit ihm?"

„Er hat dir bisher geholfen." Auch das war keine Frage.

Und erneut konnte Fey nur nicken. Auf dem Weg hierher hatte sie sich Gedanken gemacht. Um sich abzulenken, aber auch um ihre Umgebung besser zu verstehen. Und dabei war ihr das Verhalten des Tieres aufgefallen. Wann immer sie ihre Kräfte gebraucht hatte, war er da gewesen. Er war um sie herum geflogen, hatte sie auf ihren neuen Weg gebracht und sie regelrecht zu Jeremiah geführt. „Was willst du von dem Vogel?"

Die Frau lächelte und griff, ohne dass Fey es vorhersah, in die Richtung der Tasche, in der der Vogel schlief. Aber die fremden Finger waren nicht einmal ansatzweise in der Nähe des Stoffes, da bewegte sich das Tier im Inneren und steckte den kleinen Kopf hinaus. Laut piepsend kämpfte er sich aus seinem Zuhause frei und flatterte auf die Fremde zu, um ihren Kopf zu umspielen. „Das hier ist ein Göttervogel, Fey. Er wurde dir zur Hilfe gesandt."

Kapitel 27

„Woher wusstest du, wo wir sein würden?" Fey beobachtete den Vogel und schien sich beruhigt zu haben. Ihre Ansprache hatte Jeremiah aus seiner Starre geweckt und sein Misstrauen war angeschwollen. Zunächst bereit, der Frau zu vertrauen, musste er nun einsehen, wie idiotisch das gewesen wäre. Er hatte sich von seiner Sorge zu sehr ablenken lassen, dabei trug er nun bis zu Yrons Rückkehr die komplette Verantwortung.

Wenn sein Freund denn zurückkam.

Über sich selbst verärgert schüttelte er den Kopf und starrte die Frau an, die sich als Malika ausgab. Er konnte nicht glauben, dass er so kopflos reagiert hatte, und diesen Fehler wollte er nun ausbügeln.

Aber sie lachte nur leise, streckte eine Hand aus und bot dem Vogel damit einen Platz zum Landen, der diesen dankbar annahm und das Gefieder aufplusterte, bis er wie ein kleiner Ball aussah. „Ihr seid zu mir gekommen, weil ich das sehende Auge besitze. Wie kommt ihr dann darauf, dass es merkwürdig sein könnte, wenn ich weiß, welche Herberge ihr aufsuchen werdet?" Sie blickte sich um und keiner schien Notiz von ihnen zu nehmen. Als wären sie gar nicht da. „Ich sah, dass ihr hier sein würdet, wenn ihr euch entschließt, mich aufzusuchen. Doch ich wusste nicht, an welchem Tag das sein oder ob es jemals so kommen würde. Erst mit eurer Nachricht war ich mir sicher und seither suche ich jeden Abend diese Herberge auf, um auf euch zu warten. Das ist sicherer, als eine Nachricht zu schicken." Sie ließ die Hand sinken und der Vogel machte sich auf den Weg zurück zu Fey, die ihn freudig begrüßte. Vielleicht war auch sie nicht komplett überzeugt. Jedenfalls lächelte sie nicht. Oder viel mehr; es erreichte ihre Augen nicht, es war nicht mehr als ein Heben der Mundwinkel.

Leider war das Argument nachvollziehbar. Und seine Reaktion darauf nicht. Es sollte ihn freuen, wenn sie Malika ohne weiteren Umstand fanden. Wenn diese Sache so leicht ablief, gleichzeitig war er damit unzufrieden. Ergab das einen Sinn? Er wusste es nicht und verstand sich selbst auch nicht mehr. „Einen weiteren Beweis dafür gibt es nicht?" Er betrachtete den Vogel.

Sie lächelte entschuldigend und hob die zierlichen Schultern unter dem hellen Stoff ein Stückchen an. „Was für einen Beweis verlangst du denn, Jeremiah? Ich kann dir etwas erzählen, das nur dich betrifft. Wie sollte die Hexe darauf kommen?"

„Solche Kräfte hast du nicht", warf er ein und verschränkte die Arme vor der Brust. „Deine Sicht geht in die Zukunft und du müsstest mir etwas aus meiner Vergangenheit erzählen. Ansonsten kann ich nicht wissen, ob es wahr sein wird."

Fey sah zwischen ihnen hin und her. Den Vogel barg sie nun an ihrem Herzen und sie wirkte nachdenklich. Vielleicht versuchte auch sie noch, dem Ganzen mehr Hintergrund zu geben und zu verstehen, was vor sich ging. Ihre Miene nahm einen angespannten Zug an. „Er hat recht", wisperte sie dann. „Woher sollen wir das wissen?" Sie blickte sich um. Der Lärm der Menschen rückte in den Hintergrund, als würde man sich die Ohren mit Stoff zuhalten. „Was in der Zukunft liegt, bleibt uns verborgen. Was in der Vergangenheit liegt, kannst du herausgefunden haben. Als Malika aber auch als Feind. Den Vogel magst du täuschen können. Was bringst du hervor, um uns zu überzeugen?"

Langsam schien die Dame aufzugeben. Ihre dunklen Augen wechselten zwischen ihnen hin und her, bevor sie seufzte und ihre erhabene Miene wieder aufsetzte, als könnte kein Wässerchen sie trüben. „Seid gewiss, dass ich verstehe, wieso ihr mir diese Fragen stellt. Euer Misstrauen ist gesund. Aber ich weiß nichts anderes, um euch zu beweisen, dass ich es wirklich bin, die ihr sucht. Die Zukunft ist auch für mich ungewiss. Ich sehe die Möglichkeiten, doch keine klaren Bilder. Es ist keine Geschichte, die mir erzählt wird, es sind verschiedene Interpretationen davon und es obliegt mir, welche ich glauben möchte.

Und die Vergangenheit weiß ich von meiner Schwester."

Jeremiah verzog das Gesicht. „Sie hat von uns gesprochen?"

Ein Kopfschütteln war die Antwort. „Sie sprach von allen. Meine Schwester hat nicht das Auge, wie ich es habe. Also lernte sie, die kleinen Dinge zu bemerken und sich ins Gedächtnis zu brennen. Als Kind wollte sie so herausfinden, wie gut ich die Zukunft voraussagen kann." Sie rieb sich über das schlanke Kinn. „Ich sah die Geburt des Dolcherben in eurem Dorf, lange bevor seine Eltern zur Welt kamen, und ich sagte es meiner Schwester, also siedelte sie sich dort an."

„Aber", Fey runzelte die Brauen, „wie alt bist du dann?"

„Menschen mit dem Blut der Seher werden hunderte Jahre alt. Trude und ich sind bereits lange vor Yrons Urgroßeltern zur Welt gekommen." Sie nickte auf Jeremiah. „Je mächtiger unser Sinn ist, desto älter werden wir. Trudes Lebenslicht flackert bereits, während mir die Jahre noch keine solchen Änderungen angetan haben." Ihr Lächeln erstarb ein wenig, als sie sich dessen klar wurde. Dann verfielen sie in ein tiefes Schweigen, das erst gebrochen wurde, als sie scheinbar an ihrem Ziel angelangt waren und die Tür hinter ihnen ins Schloss fiel. Jeremiah blinzelte. Ihm war gar nicht aufgefallen, wie weit sie Malika gefolgt waren. Ein harmloses Durchschreiten der Schankraumtür war zu dem hier geworden. Das alles lief nicht so, wie es sollte. Augenblicklich griff er nach dem Türknauf, drehte ihn jedoch nicht. Irgendetwas sagte ihm, dass er es sein lassen sollte. Unsicher biss er sich auf die Lippe und drehte sich um.

Jeremiah wusste nicht, was für ein Haus er von Malika erwartet hatte, wenn sie doch eine mächtige Seherin war. Eine Hütte außerhalb der Stadtmauern, am besten zwischen Bäumen verborgen? Eine Fassade, die etwas Unruhiges ausstrahlte? Oder zumindest eine Inneneinrichtung voller Dinge, die er nicht kannte und nicht verstand? Bücher, wo das Auge nur hinfiel?

Zumindest das Letzte gab es im Überfluss. Regale aus beinahe schwarzem Holz schlängelten sich an den hellen Wänden entlang und schienen akribisch sortiert. Die Wände waren außen und innen weiß. Das Haus besaß genügend Fenster, sodass das Licht der Sonne hereinkam und alles flutete.

Die restlichen Möbel waren aus hellem Holz oder Stein gefertigt. Die Küche wirkte wie direkt aus der Mauer herausgebrochen und selbst der Ofen schien eins mit der Mauer zu sein.

Dafür standen viele bunte Pflanzen herum und die Fenster waren gesäumt von weinroten Vorhängen.

Nun … Das war auf jeden Fall ein Unterschied zu den Häusern, in denen Jeremiah gelebt hatte. Die zeichneten sich durch dunkle Wände und Böden aus, andererseits war er auch in der weißen Stadt und hier hatte er bisher nur solche Häuser gesehen.

Malika räumte einen Stuhl leer und zog ihn zurück, um ihn Fey anzubieten, während sie auf einen weiteren für Jeremiah nickte. Er ließ sich darauf fallen, die Hände verkrampft um die Kanten der Tischplatte gelegt. „Wir müssen hier weg", entschied er leise und suchte Malikas und nicht Feys Blick. Wenn sie es denn wirklich war.

Sein Augenmerk wanderte zu dem Vogel, als könnte der ihm eine Antwort geben. Das Tier hockte an Feys Hals gekuschelt da, beinahe, als würde er hier über alles wachen wollen. Jeremiah musterte ihn kurz und presste dann den Mund zu einem schmalen Strich zusammen. Wenn das Tier ein Göttervogel war, dann war es wohl kein Wunder, dass es alles musterte. Zumindest so weit es der Mann verstanden hatte. Der kleine Vogel, der gerade einmal so groß wie ein Spatz war und Platz in seiner geschlossenen Hand gefunden hätte, sollte ein Zeichen der Götter sein und Fey helfen. Aber wie?

Sein Instinkt, zumindest der kleine Teil, der nicht in heller Panik war, sagte ihm, dass sie der Frau Glauben schenken mussten und nicht einfach gehen konnten. Ihnen blieb keine Wahl und wäre die Frau eine Anhängerin der falschen Königin, dann hätte sie sie doch bereits gefangen genommen. Oder? Wozu warten? Auf Yron? Jeremiah sah darin keinen Sinn, aber vielleicht vernebelte sie ihm auch die Gedanken und er konnte sich selbst nicht mehr trauen.

„Tee?", wollte sie nun wissen und sah zwischen ihren Gästen hin und her, als wäre das alles hier in Ordnung. Fey nickte tatsächlich, Jeremiah verzichtete. Wenn Yron nur hier wäre, er würde ihm sicherlich helfen können.

Je länger nichts geschah und je weiter die Skepsis aus Feys Blick wich, umso mehr entspannte auch Jeremiah sich. Er musste ihr glauben, nicht wahr? Eine andere Wahl blieb ihm nicht. „Was macht ein Göttervogel?", fragte er dann, wieder mit Blick auf das Tier, um sich abzulenken. Nicht in seine Gedanken zu versinken. Das war das Schlimmste, das passieren konnte. Die Erfahrung hatte er nicht nur selbst schon vor Jahren gemacht, sondern auch bei Yron gesehen.

Malika hob ebenfalls den Kopf und maß mit ihren schwarzen Augen das helle Gefieder des Vogels. „Er ist ein Zeichen der Götter. Solange Fey ihre Kräfte nicht kontrollieren kann, wird er als eine Art Kanal dienen und ihr sagen, was sie machen soll." Ihr Grinsen wurde breiter und bevor einer von beiden etwas einwerfen konnte, fügte sie an: „Natürlich nicht mit Worten. Nicht direkt jedenfalls. Er flüstert ihrem Unterbewusstsein zu, was sie machen soll."

„Er manipuliert mich", warf Fey leise ein und biss die Kiefer zusammen, bis die Muskeln hervortraten. Also hatte vielleicht nicht einmal die vermeintliche Malika sie in ihr Haus gelockt, sondern der blöde Vogel.

Ihre Gastgeberin schüttelte den Kopf, sodass ihre Locken hin und her schwangen. „Nein", gab sie an. „Er leitet dich. Was du machst, ist immer noch deine Entscheidung." Sie deutete leicht in die Richtung des Vogels, der den Kopf eingezogen hatte, nun im Regal hockte und halb zu schlafen schien. „Deinen Freund konntest du auch nur durch ihn retten."

Feys Blick legte sich auf ihren Begleiter, die Brauen gerunzelt. Nach einigen Herzschlägen nickte sie abgehackt und umschloss die

Tasse, die ihre Gastgeberin ihr nun vor die Nase stellte, mit beiden Händen. Leichte Dampfschwaden kringelten sich von der Flüssigkeit in die Luft empor und verschwanden dann im Nichts. Feys Augen legten sich darauf, nachdenklich. Dann hauchte sie leise: „Was machen wir jetzt? Ich glaube dir, dass du Malika bist. Kannst du uns helfen?" Ihre Stimme hatte dennoch einen leicht zweifelnden Unterton. Falls Malika ihn gehört haben sollte, dann ignorierte sie ihn gekonnt.

„Ich hatte mehrere Visionen. Ich muss meditieren und die Götter nach einer klaren Sicht fragen, Fey. Bis dahin kann ich dir beibringen, wie du deine Talente nutzen kannst." Sie nickte auf den Becher, obwohl es nichts mit dem Gespräch zu tun zu haben schien. Stattdessen zupfte sie an ihrer Unterlippe herum. „Du kannst einiges erreichen, aber du wirst aufpassen müssen."

„Was meinst du?", warf Jeremiah ein.

Malika ließ ihren Onyxblick auf ihm ruhen, dann griff sie in die Luft über Feys Tasse, zog den Dampf zu sich heran, ließ ihn mit einer Bewegung über der Tischplatte tanzen und formte dann letztendlich ein Bild von einem Stundenglas daraus. Erst als Jeremiah sich näher beugte, erkannte er, dass scheinbar wirklich Sand durch die enge Öffnung in der Mitte rieselte. Beeindruckend. Aber nicht sehr nützlich …

„Die Zeit verrinnt", kommentierte Malika leise und ihre Augen brannten wie schwarzes Feuer. Als würde man den Widerhall eines Lagerfeuers in den Augen eines wilden Tieres sehen. Nur nicht greifbar. „Mit jedem Sonnenuntergang wird Fey menschlicher."

„Was meinst du damit?", wollte Jeremiah wissen und betrachtete Fey neben sich, die ihre schmalen Schultern angezogen hatte. Diese Geste sah man bei ihr öfters, meistens, wenn sie mit etwas überfordert war. Oder Angst hatte. Auf einmal hatte er das Verlangen, sie zu beruhigen. Ihr eine Hand auf die verkrampften Muskeln zu legen und sie an sich zu ziehen. Er wollte nicht zulassen, dass ihr etwas widerfuhr. „Sie passt sich gut an. Aber das meinst du nicht, oder?"

„In der Tat", nickte die Seherin. „Es geht mir nicht darum, ob sie gut schauspielern kann und unter den Menschen nicht auffällt. Sie verliert ihre besondere Gabe, wenn sie zu lange an einen Körper gefesselt ist und sich nicht im Brunnen befindet. Als ihr sie dort hinausgezerrt habt, habt ihr diesen Prozess in Gang gebracht. Sie wird mit jedem Sonnenuntergang menschlicher. Und irgendwann wird sie aufwachen und ein Mensch sein. Vielleicht wird sie manche ihrer Talente noch nutzen können, doch es wird unmöglich sein, dass sie frei kommt. Und mit diesem Tag ist es sehr wahrscheinlich, dass es auch keine Freiheit bei Neugeborenen mehr geben wird." Malika hob ihre lohenden Augen. „Dieses Gefühl würde sterben."

Jeremiah schluckte und griff unterbewusst nach Feys kleiner Hand, um sie zu drücken. „Wie viel Zeit haben wir?"

Malika schüttelte den Kopf. „Sieh dir ihre Iriden an. Hat sich die Farbe nicht geändert? Sie sind röter geworden. Außer der innerste Streifen, er nimmt allmählich eine bläuliche Färbung an, nicht wahr?"

Der Mann tat wie ihm geheißen und schluckte nochmals. Es war ihm nie aufgefallen. Vielleicht weil es langsam vonstattenging. Aber ja. Ein Teil der Iris war nicht mehr dunkelviolett, sondern rötlicher. Und ein winziger Streifen, der so gar nicht auffiel, wurde von der Pupille her vom Blau verschlungen. „Was heißt das?"

„Wenn ihre Augen ganz blau sind, wird sie ein Mensch sein. Und bereits wenn sie komplett rotviolett sind, wird sie nicht mehr ihre Gabe nutzen können." Fey begann zu zittern und riss dabei fast die Tasse vom Tisch. Ihre schmalen Finger umschlossen angsterfüllt die Tischkante. „Ich weiß nicht genau, wie lange das sein wird."

„Was kann ich machen, um es aufzuhalten?"

Malikas Augen legten sich auf das Stundenglas und mit einem Wink der Hand zerstreute sie das Bild, sodass nicht mehr als Dampf übrig blieb, der sich wie zuvor auflöste. „Aufhalten kannst du es nicht, nur verlangsamen. Indem du lernst, deine Kräfte zu kontrollieren. Du musst dir sicher sein, was du wann machst. Und wie. Der

Vogel kann deine Kräfte kanalisieren, aber der Rest liegt bei dir. Als du Jeremiah geheilt hast, hast du einen großen Teil deiner göttlichen Essenz an ihn verloren. Du hast zu viel Kraft verschwendet und in deinem Körper bist du auch nicht in der Lage, einmal verlorene Macht wieder zu regenerieren."

Die Blicke der beiden Gefährten trafen sich für einen langen Moment und Jeremiah überkam das schlechte Gewissen. Bisher hatte er geglaubt, dass die körperliche Erschöpfung die einzige Auswirkung auf Fey gewesen war. An alles andere hatte er nicht gedacht. Ob es ihm einfach nicht in den Sinn gekommen war oder ob er nicht darüber hatte nachdenken wollen, konnte er jetzt nicht mehr sagen. Nur, dass es ihm in diesem Augenblick förmlich das Herz zerriss.

„Als Erstes würde ich sagen, dass wir deinem Vogel die Erlaubnis geben, seine Form zu wandeln."

Feys Mund klappte ein Stückchen auf. „Dazu ist er in der Lage?", wisperte sie fragend und sah zu dem Tier auf, das gar nicht mehr aussah, als würde es schlafen. Seine Augen hatten sich geöffnet, er hatte die Flügel ausgebreitet und fing nach einigen Herzschlägen zu piepsen an. „Aber wie?"

Malika erhob sich, bot dem Tier auf dem obersten Brett des Regals, auf das es sich zwischenzeitlich gesetzt hatte, den ausgestreckten Arm an und der Vogel hopste auf ihre Finger und ließ sich von der Seherin auf dem Tisch absetzen. Dort sprang er so hin und her, dass er Malika und Fey, die sich gegenübersaßen, abwechselnd mustern konnte. Nach wie vor kamen leise Töne aus seinem Schnabel und immer wieder schlug er mit den Flügeln. „Gib ihm einen Namen, wenn du das noch nicht getan hast."

„Aber …" Fey verstummte und nickte schlussendlich. Dennoch wandte sie sich an Jeremiah. „Kommt dir ein guter Name in den Sinn?"

Er schüttelte leicht den Kopf und rieb sich nachdenklich das Kinn. Ihm war das alles zu viel. Zu viele Informationen auf einmal, zu viele Ereignisse in den letzten Tagen, die ihn stark mitnahmen. Und trotzdem saß er jetzt hier und sollte sich einen Namen für einen Vogel aus den Fingern saugen? Er knurrte unterdrückt und warf dann einfach einen in den Raum. „Edornolas", murmelte er leise. „Der Schutzpatron." Schien, als wäre etwas aus der Kirche doch noch haften geblieben.

Malika lächelte dazu nur. Vielleicht konnte diese Frau kein Mitleid empfinden, vielleicht es auch nur gut verbergen. Wer wusste das schon. Sonderlich mitgerissen von seinem Leid war sie nicht. „Ein guter Name", stimmte sie zu. „Fey muss die Entscheidung tragen."

Auch die junge Frau nickte leicht und ihr Zeigefinger strich träge über das Brustgefieder des Vogels. „Edornolas", wiederholte sie leise und betrachtete den Vogel. „Edo. Kannst du eine andere Gestalt annehmen?"

Das Tier nickte tatsächlich. „Du musst es ihm erlauben", flüsterte die Seherin. „Und setz ihn am besten auf eine freie Fläche."

Fey nickte, nahm den Vogel behutsam in ihre Hände und setzte ihn in der halb zur Küche geöffneten Stube vor den Kamin. Jeremiah kam gerade dazu, als sie sich vor das Tier kniete und leise meinte: „Ich erlaube dir, deine Gestalt zu wechseln."

Der Vogel legte aufgeregt den Kopf von einer auf die andere Seite. Für einen Wimpernschlag schien sich nichts zu ändern, aber noch bevor Fey die Schultern sinken lassen konnte, erstrahlte ein sanftes Licht und hüllte den Vogel ein. Für einige Momente sah man ihn nicht mehr, dann breitete sich das Licht aus, wurde erst höher, dann breiter, nahm langsam die Konturen eines Menschen an.

Das Piepsen des Vogels brach an einer gewissen Stelle und wandelte sich von einem auf den anderen Augenblick in einen leisen Schrei um.

Fey zog sich von den Vorgängen zurück. Rückwärts taumelte sie auf Jeremiah zu, der instinktiv beide Arme um sie schlang und sich ein wenig mit ihr drehte, sodass er zwischen beiden stand.

Aber es war völlig unnötig, wie sich am Ende zeigte. Das Licht verblasste, als wäre es nie da gewesen. Nur hockte kein kleiner Vogel mehr auf der Stelle vor dem Kamin. Dort stand nun ein jugendlicher Bursche in seinem Geburtskleidchen – wenn man das bei ihm denn so bezeichnen konnte – die Arme wie Flügel ausgebreitet. Seine Augen waren geschlossen. Das gab ihnen die Möglichkeit, ihn ein wenig eingehender zu mustern. Er mochte um die sechzehn sein. Seine Haut hatte einen gebräunten Ton, die ersten Muskeln eines Kämpfers zeichneten sich von der ansonsten schlaksigen Gestalt ab. Seine Haare leuchteten in unterschiedlichen Braun- und Rottönen. Seine Züge waren auf der Stufe zwischen Kind und Mann. Wie die eines normalen Halbstarken.

Der Bursche öffnete die Augen. Das eine hatte einen satten Blauton, das Rechte war schwarz wie die des Vogels selbst.

Er grinste und winkte ihnen zu. „Hallo." Seine Stimme brach und krächzte noch.

Fey löste sich aus Jeremiahs Umklammerung und schritt auf Edornolas zu, sah dabei aber immer wieder über die Schulter hinweg zu Jeremiah. „Er ist ein Mensch", brachte sie dann hervor.

Während Jeremiah nickte, schüttelte der Halbstarke seinen Kopf und einige Strähnen lösten sich aus ihrer Frisur und lagen nun anders. „Ich bin nur in der Gestalt eines Menschen." Seine Stimme tanzte auf und ab, wechselte von krächzend zu mild und wieder zurück. Der Junge legte sich die Hand an die Kehle und räusperte sich. „Ich muss mich noch ein wenig einsprechen."

Fey grinste. Mit einem Mal strahlte sie. „Ich weiß, wie das ist", brachte sie hervor und wandte sich nochmals an Jeremiah. „Ich weiß, wie es ist, plötzlich einen anderen Körper zu haben. Menschlich zu sein."

Kapitel 28

Fey stöhnte erschöpft, als sie die Arme sinken ließ. Sie pochten und das Gefühl, dass das Blut jetzt wieder richtig in ihnen zirkulieren konnte, ließ sie die Zähne zusammenbeißen. Diese Übungen waren anstrengender, als sie aussahen.

Von außen mochte man nichts anderes wahrnehmen, als dass sie mit ausgestreckten Armen da stand und Löcher in die Luft starrte. Innerlich war das etwas ganz anderes. Sie lernte gerade, die Magieströme in ihrem Körper nachvollziehen zu können. Und vor allem; zu unterscheiden, welche Kräfte der ehemaligen Königin gehörten und welche ihr als Freiheit unterlagen.

Am Anfang hatten die Reisen in ihr tiefstes Inneres ihr Angst gemacht. Vorher war es ihr nur hin und wieder am Rande bewusst geworden, doch nun merkte sie es ganz deutlich. Sie, Fey, bestand aus zwei Hälften, die keine klare Linie zueinander besaßen. Sie flossen wie zwei Flüsse ineinander, vermischten sich an manchen Stellen mehr als an anderen. Elani, die Schwester der Hexe, die Erbin des Dolches, die Geberin ihres Körpers. Fey meinte, manchmal einen Nachhall in ihrem Geist zu hören. Eine schreiende Stimme, die um Erlösung flehte.

Aber immer, wenn sie es greifen wollte, war dieses Gefühl schon wieder verschwunden.

Es entglitt ihr jedes einzelne Mal und vielleicht war das auch besser so. Sie war sich nicht sicher, ob sie wirklich hören wollte, wie Elani schrie. War sie erst geweckt worden, als Fey den Brunnen verlassen hatte, oder hatte sie auch schon vorher gelitten?

„Gut so", beteuerte Edornolas und schlug klatschend in die Hände. Auf seinen Lippen lag ein Lächeln. Während er sich daran gewöhnte, seinen Körper zu koordinieren, wies er sie an.

Malika half ihr ebenso, wann immer ihre Zeit es zuließ und sie sich nicht gerade in ihre kleine Kammer einsperrte, um zu den Göttern zu beten. Das ging seit drei Tagen so und noch immer hatte sie nichts empfangen. Genauso wenig wie Fey oder Edo.

Sie beide waren geschaffen und in die Welt geworfen worden, ohne einen Draht zu ihren Schöpfern zu haben. Fey hasste diese ungerechte Tatsache. Sie wollte auch mit ihnen sprechen und endlich Antworten erhalten. Wie die falsche Königin es geschafft hatte, sie zu bannen. Wie sie wieder frei kommen konnte. Welcher Weg vor ihr lag. Aber sie war genauso zur Unwissenheit verdammt, wie jeder andere normale Mensch auch und das schlug ihr sauer auf.

Jeremiah unterdessen zog sich ebenfalls immer öfters zurück. Er meditierte, er suchte den öffentlichen Schützenplatz auf oder war sonst wo unterwegs. Heute war der vierte Tag, nachdem sie hier angekommen waren, und anstatt für sie da zu sein, verdrückte er sich die ganze Zeit. Es machte Fey so wütend. So unbeschreiblich wütend.

„Danke", brachte sie unter schweren Atemzügen hervor und wäre am liebsten einfach auf die Knie gesunken. Oder noch besser ins Bett, die Decke über den Kopf gezogen und ein paar Stunden schlafen. Leider fühlte sie sich gehetzt. Malika hatte sie darauf hingewiesen, dass sie mit jedem vergangenen Sonnenaufgang menschlicher wäre als am Tag davor. Sie musste ihre Magie lernen. Sie musste wissen, wie sie sich selbst beherrschen und verteidigen konnte. Ihr blieb keine Zeit dazu, sich auszuruhen.

Denn es war nicht nur die Tatsache, dass sie menschlich werden würde, die ihnen die Zeit unter den Nägeln wegbrennen ließ. Dilara, die Hexe, würde gewiss nicht trödeln, um sie aufzuspüren. Und es war fraglich, wann ihre Schergen die weiße Stadt erreichten oder ob sie nicht schon da waren. Fey war es verboten, das Haus zu verlassen, das Malika schon seit Jahren vor unliebsamen Blicken schützte.

Jeremiah dagegen konnte es nicht zwischen den Wänden aushalten und tarnte sich, so gut es ging. Fey hoffte, dass es die richtige Entscheidung seinerseits war. Ihr war klar, dass er sich bewegen musste. Ausschau halten. Der einzige Grund, wieso sie ihn nicht Tag für Tag anschrie, er möge mit ihr zusammen zwischen diesen Wänden versauern, die so nur ihr Gefängnis waren.

„Fey?" Edo hatte sie anscheinend nicht zum ersten Mal angesprochen und ließ seine Hand vor ihren Augen hin und her wandern. „Hallo?"

Die Angesprochene blinzelte einige Male und nickte dann zum Zeichen, dass sie ihn wahrgenommen und verstanden hatte. „Ja, ich höre."

Er klopfte ihr auf die Schulter und setzte sich neben sie. Dann half er ihr selbst in eine sitzende Position hinab, indem er ihre Hände sanft in seine nahm. Sein Lächeln war strahlend und hatte etwas Beruhigendes, ehe es langsam erlosch. Den Kopf leicht schief gelegt, schloss er die Augen und Fey wusste, dass er ihren Magienetzen nachspürte, als wären sie wie feine Linien auf ihrer Haut zu erkennen. Es war seine Aufgabe, ihrer magischen Kraft auf den Grund zu gehen. „Sicherlich können wir bald weitergehen", murmelte er, blickte sie aber noch nicht wieder an.

Weitergehen … Daran wollte sie nicht einmal denken. Dass das hier der Anfang war, war nicht aufbauend. Es war eher niederschmetternd. Wie viel noch vor ihr lag, bevor sie das alles lernte. Damit sie den nächsten Schritt ihrer Etappe in Angriff nehmen konnte. Sie fühlte sich müde. Rastlos. War das ein Zug ihrer Menschlichkeit? Sie musste nach vorne blicken. Egal, wie schwer es ihr zu fallen schien.

„Fey?"

„Entschuldige", hauchte sie und sah zu dem Jungen auf. Sie schätzte Elanis Körper, ihren Körper, auf ungefähr zwei Dekaden ein. Und wenn sie Edo so betrachtete, dann konnte er nicht sehr viel jünger als sie sein. In ihrer anderen Form waren beide sehr viel älter. „Ich habe Probleme, mich zu konzentrieren."

Er nickte leicht und schenkte ihr ein Lächeln. „Mach dir keine Sorgen", beruhigte er. „Du machst gute Fortschritte und selbst wenn du jetzt daran haderst, wird dich dein Kampfwille dennoch weiterbringen. Es ist dein Schicksal, wieder frei zu sein."

Sie zuckte mit den Schultern, umschlang ihre Beine mit den Armen und sah auf den Boden vor sich. „Das Schicksal steht nicht festgeschrieben. Es sind lose Stränge, die sich neu zusammenfügen. Das Schicksal ist nichts anderes als vorgegebene Möglichkeiten. Es liegt an uns, welche davon wir ergreifen."

„Eben darum. Du wirst die ergreifen, die dich zu deinem Ziel bringt. Daran zweifle ich nicht." Er lehnte sich ein wenig nach hinten, an die Mauer in seinem Rücken, und streckte seine langen Beine aus. Wenn man Jeremiah glaubte, dann sah Edo wie ein Halbstarker aus. Lang und noch nicht so breit, wie er es einmal werden würde. Sie konnte dazu nicht viel sagen, da sie nie so genau die wenigen Jugendlichen auf ihrem Weg hierher gemustert hatte. Lang jedenfalls stimmte schon einmal. Seine Beine schienen Meter einzunehmen.

Edo legte einen Arm um sie und zog sie an sich, sodass auch sie nun die Wand im Rücken und ihn an ihrer rechten Seite als Stützen hatte. „An welcher Stelle hat dann Yron einen Fehler gemacht?"

„Was meinst du?"

„Sein Schicksal ist es, vom Dolch beschlossen, der König dieses Landes zu werden. Doch irgendwo …" Einen Moment lang brach Fey ab. „Das Schicksal steht nicht fest." Jeremiah wich diesem Thema nach wie vor aus. Fey hasste es. „Was denkst du, Edo?"

„Mh …" Der Junge war still geworden und hatte seinen Blick auf das Fenster gegenüber gelegt. Nachdenklich blickte er hinaus. Ob er bald für eine halbe Stunde gehen würde, wie er es am Nachmittag immer tat? Weil er fliegen wollte und sich dabei auch umhörte. „Du meinst, ob Yron noch lebt oder nicht?"

Sie nickte hauchfein. Sich nicht sicher, ob sie eine Antwort hören wollte, obwohl diese ja nichts an der Situation ändern würde. Selbst wenn Malika ihr Glück versuchte. Wobei … Konnte sie mögliche Pfade mit Yron noch sehen, wenn er eigentlich tot war? Sollte sie die Seherin fragen? „Ja", bestätigte sie nach einigen Herzschlägen, weil Edo nichts mehr gesagt hatte.

Sein Griff an ihr verstärkte sich ein wenig und das allein schien bereits eine schlechte Nachricht zu sein. „Ich weiß es nicht. Aber wenn er nicht entkommen konnte, dann wünsche ich ihm eher den Tod."

„Du bist auch ein Wesen der Götter, kannst du nicht spüren, was mit dem Dolch ist?"

„Nein." Edo erhob sich schwerfällig und drückte den Rücken durch. „Ich bin geschaffen, um den Göttern zu dienen. Ich wurde dir zur Seite gereicht, um deine Magie zu kontrollieren und dir zu helfen. Ich bin nicht dafür geschaffen, um den Dolch nachzuvollziehen. Aber ich glaube ..."

„Was?"

„Die Götter haben ohnehin jede Verbindung zu ihm verloren. Sie können ihn nicht mehr rufen, sie können nur noch Einfluss auf seinen Träger haben, wie sie es auf jeden Menschen haben können. Es fällt ihnen leichter, den Erben ausfindig zu machen, doch das war es auch schon so ziemlich."

„Und was heißt das?" Auch Fey erhob sich nun und trat an ihren Freund heran. Gemeinsam blickten sie aus dem Fenster auf die Straße. Auf die Menschen dort unten, die ihren Tagewerken nachgingen und sich für nicht viel anderes zu interessieren schienen. Wie fremd sie ihnen war, fiel Fey mit Edo an ihrer Seite noch besonders auf. „Wird es den Dolch ewig geben? Wird er von ihnen irgendwann zerstört?"

„Nein", meinte Edo und drehte sich mit einer schnellen Bewegung um. Er wurde unruhig, Fey merkte es ihm an. „Ich habe nicht alles mitbekommen, doch der Dolch ist eigenständig, so wie wir. Er wird immer seiner Pflicht nachkommen. Nur werden die Götter uns vielleicht irgendwann entgleiten."

Fey nickte schweigend. Dann wechselte sie das Thema. „Du willst fliegen."

Er ließ die Schulter kreisen und nickte. „Ja." Sein Blick glitt sehnsüchtig zum Fenster. „Aber ich will dich jetzt auch nicht alleine lassen." Er verzog den Mund. „Ich weiß weder, ob Yron noch lebt, noch ob du Malika fragen solltest. Doch wenn es dir eine Gewissheit geben kann, dann würde ich das machen."

Erneut nickte sie und sah zur Tür hinüber. „Wenn du fliegst, dann werde ich sie fragen." Fey wollte nicht, dass er genauso wie sie hier eingesperrt war. Ein weiteres Mal legten seine verschiedenfarbigen Augen sich sehnsüchtig auf die begehrte Freiheit, die Fey ironischerweise verwehrt wurde. Dann sprang er auf und gab ihr rasch eine zustimmende Geste, ehe er sich verwandelte. Je mehr Geschick und Übung er dabei erlangte, umso schneller war er. Ein letztes Mal kreiste er um ihren Kopf, dann visierte er das offene Fenster an und verschwand.

Sie blickte ihm eine ganze Weile hinterher, bevor sie sich zur Tür wandte und den Flur betrat. Unsicher sah sie zur Treppe, dann seufzte sie und setzte den Fuß auf die erste Stufe, um nach unten zu gehen. Ihr Weg führte sie an der Stube vorbei, durch die Küche zu einer dunklen Tür. Vermutlich nahmen die meisten an, dass dahinter eine Speisekammer lag. In Wirklichkeit war es eine kleine, dunkle Kammer, lediglich von einer Kerze erhellt. In der Mitte stand ein halbhoher Tisch, vor dem Malika kniete, die Handflächen auf die Platte gestützt und ineinander verschränkt. Fey konnte ihr Gesicht nicht sehen, weil die Seherin den Kopf nach vorne geneigt hatte und ihre schweren Strähnen ihre Züge verbargen.

„Malika?" Feys Stimme war nur halblaut. Es erschien ihr unangebracht, in normaler Lautstärke zu reden. Aber die andere Frau reagierte nicht auf sie und selbst als Fey einen zögernden Schritt nach dem anderen näher kam, wurde sie anscheinend nicht wahrgenommen. Ihre Finger legten sich auf Malikas dunkle Haut, direkt über den Saum des roten Oberteils, das die Schultern am Rücken aussparte. „Malika?" Die Angesprochene gab ein widerliches Geräusch von sich, als würde sie Luft schnappen wollen, aber ihre Zunge wäre im Weg. Mit einer plötzlichen Bewegung stemmte sie sich vom Tisch hoch, die dunklen Augen verdreht, bis man das Weiß erkennen konnte.

„Und sie wird ihren Glanz im Tode finden können. Wenn sie das höchste Opfer bringt. Sie wird sich entscheiden müssen, ob ihr Leben wichtiger ist als das vieler. Und wenn sie sich für diesen Weg entscheidet, dann wird man sich in Jahren noch an ihren Namen erinnern und es wird ihr gedankt werden.

Wenn sie sich für den anderen Weg entscheidet, dann wird die Erde unter dem Blut Hunderter aufweichen und die Schreie von Frauen, Kindern und Männern werden noch in Jahrhunderten diesen Ort heimsuchen.“

Fey zuckte zurück und stolperte beinahe über einen der vielen Teppiche, die gegen die kalten Winter den Steinboden bedeckten. Und als hätte sie damit einen Bann gelöst, sackte Malika in sich zusammen und kippte auf den Tisch. Die Kerze wackelte bedrohlich, hielt sich jedoch in ihrer Halterung. „Was?“

Ein Stöhnen antwortete ihr. Malika regte sich ein wenig, öffnete nach einer kleinen Ewigkeit blinzelnd die Lider. Ein Husten kam über ihre Lippen, es klang trocken und kratzig. „Eine Vision“, wisperte sie dann.

„Wovon?“ Fey lehnte sich vor und griff nach Malika, um sie zu stützen. Dabei schien die Seherin gar keine Hilfe zu brauchen. Müde rieb sie sich mit beiden Händen über das Gesicht und setzte dann ein vages Lächeln auf.

„Ich weiß es nicht“, schüttelte sie den Kopf und blickte auf die Kerze. „Es ist mir zu verschwommen. Mir ist nicht einmal bewusst, über wen ich eine Vision hatte. Es kann quasi jeder sein. Jemand, der noch gar nicht geboren worden ist.“

Fey nickte und wankte, ob sie die Seherin wirklich um einen Gefallen bitten sollte. Malika hatte zwar wieder ihr Gleichgewicht unter Kontrolle, wirkte allerdings ziemlich ausgelaugt. Ihre dunkle Haut hatte, so weit man es im Kerzenschein beurteilen konnte, einen blasseren Schimmer angenommen. Gerade als sie gehen wollte, hielt die Seherin sie am Arm fest. „Du bist mit einer Frage zu mir gekommen, habe ich recht?"

Fey nickte langsam und fragte sich gar nicht, woher Malika das wusste. Vielleicht hatte die Seherin ins Blaue geraten und ins Schwarze getroffen. Vielleicht war es auch einfach offensichtlich oder sie hatte die ganze Zeit nur darauf gewartet. „Ja", brachte sie hervor und trat neben Malika, um sich langsam auf den Boden gleiten zu lassen. „Ich möchte wissen, was mit Yron ist."

„Ob er noch lebt?"

Fey nickte, blickte aber auf die Kerze. „Du kannst den Dolch nicht aufspüren, oder?"

„Nein. Aber sehen, ob seine Pfade noch existieren oder alle verschwunden sind. Zumindest traue ich mir das zu." Sie nahm ihre Hände aus dem Schoß und legte sie erneut auf den Tisch. Ihre Lider schlossen sich, die Flamme der Kerze zeichnete Schatten über den langen Wimpern auf die Haut, tanzte mit ihnen. Es war beinahe hypnotisch.

Fey starrte sie eine ganze Weile an, verlor sich in der Zeit. Diese Kammer war dafür geschaffen, sich zu entspannen. Die dunklen Wände dämpften das Licht. Die Kerze flackerte und die Zeit schien wie träger Sand zu verlaufen. Aber es störte sie nicht. Beinahe fühlte sie sich losgelöst, je mehr sie sich auf die Schatten konzentrierte, die Muster auf Malikas Gesicht zauberten.

Ein langer Atemzug, einem trägen Gähnen gleich, verließ ihren Mund. Ihre Schultern sanken ein Stückchen in sich zusammen und ihre Lider wurden schwer, sanken halb herab.

„Ich sehe …" Malika unterbrach sich selbst, furchte die Stirn und neigte den Kopf. Ihre Lippen bildeten nun nicht mehr als einen dünnen Strich. Die Miene der Seherin wandelte sich von entspannt zu konzentriert, förmlich verkrampft.

„Was siehst du?", wollte Fey leise wissen. Sie beugte sich ein Stückchen näher, gespannt und verängstigt gleichermaßen.

Malika neigte den Kopf noch weiter und presste die Luft mit einem Schwall aus ihren Lungen. Ihre Finger umkrampften einander. „Ich sehe nichts." Sie gab ein leises Seufzen von sich, beinahe gequält. „Ich sehe seinen übrigen Weg nicht, ich sehe keine neuen Pfade. Es ist einfach …" Mit einem Ruck öffnete sie die Augen. Fey bemerkte, wie die geweiteten Pupillen sich plötzlich zusammenzogen und das vermeintliche Schwarz der Iris freigaben.

Fey sog scharf die Luft ein. Auch wenn die Pupillen nun kleiner waren, glomm es in ihnen. Rote Glut hatte sich in sie hineingemischt und ließ die Augen wie Holzkohle wirken. „Deine Augen …"

Malika nickte, doch sie sagte nichts. Ihr Körper war nun so verrenkt, dass es Fey schon beim Anblick schmerzte. „Ich sehe nichts. Seine Pfade sind förmlich weggewischt. Ich kann sie nicht mehr entdecken. Als wäre ein dicker Nebelschleier um sie gelegt worden."

„Was bedeutet das?"

„Ich weiß es nicht." Das Kopfschütteln der Seherin war so schmerzlich endgültig. „Ich hatte eine solche Situation noch nicht. Es entzieht sich meiner Kenntnis, ob der Erbe noch lebt, und wenn ja, wo er sich befindet. Ob es noch weitere Wege für ihn gibt oder ob ihr noch einmal auf ihn treffen werdet. All das entzieht sich mir."

***

Jeremiah wandte den Blick von den Zielscheiben ab und ließ ihn über das Feld wandern. Er versuchte gar nicht erst, seine Konzentration auf die Scheiben zu legen. Zwar hatte er Fey gesagt, dass er sich in Übung halten wollte, aber es war vermutlich sogar ihr bewusst, dass das nur eine lahme Ausrede gewesen war. Immerhin hatte er sogar Zuhause alles andere als regelmäßig geschossen. Nein. Er war hier, weil die Unruhe und die Neugierde ihn gleichermaßen juckten. Es fiel ihm schon wahnsinnig schwer, sich bedeckt zu halten, doch noch schlimmer war es, im Haus eingesperrt zu sein. Mit Fey. Mit Edo. Und vor allem mit Malika, die anscheinend keinen Grund darin sah, von sich aus nach Yron zu schauen, obwohl sie die Macht dazu hatte. Sie war die Antwort und die scheute Jeremiah gleichermaßen, wie er danach lechzte. Also hielt er sich lieber von ihr fern. Von Malika. Und der Antwort.

Leider hatte er bisher keine Neuigkeiten mitbekommen. Die Händler in der Gegend kamen entweder von unterschiedlichen Routen oder hatten nichts gehört. Zumindest wirkten sie nicht eingeschüchtert, sondern schwatzfreudig wie eh und je.

Hinter ihm schlugen zwei Pfeile lautstark in die Scheiben ein und Rufe wurden laut. Anscheinend hatte da jemand heute ein gutes Auge und eine ruhige Hand.

Er betrachtete die Leute, die neben ihm übten. Ein Rotschopf mit Sommersprossen und blauen Augen und eine Schwarzhaarige mit üppigem Busen. Wer von beiden heute sein glückliches Händchen gefunden hatte, bemerkte Jeremiah erst nach einem Blick auf die Zielscheiben. Offenbar die Dame mit dem weitreichenden Vorbau. Als sie seinen Blick bemerkte, legte sich auf ihre Lippen ein geradezu arrogantes Lächeln. Mild, aber deswegen umso süffisanter. „Zeig uns deine Fähigkeiten", forderte die Schwarzhaarige ihn auf und hielt ihm den Bogen in ihrer Hand hin. Einen Langbogen. Er hob eine Braue. Ein Langbogen, den sie spannen konnte, für ihn wäre es also deutlich weniger problematisch. Um nicht weiter aufzufallen, warum er hier am Platz stand, nickte er, schlüpfte unter dem hohen Zaun hindurch und ergriff den dargebotenen Bogen und den Köcher. Seine Finger spielten mit dem ersten Pfeil, versuchten, herauszufinden, wie er gepegelt war, untersuchten die Federn am Schaft, rieben über die Spitze. Er war gut ausgeglichen. Keine Meisterarbeit, aber wesentlich besser, als er erwartet hätte.

Seine Braue zuckte nervös, wie stetig in den letzten Tagen, und unbewusst strich er mit dem Daumen darüber, ehe er zielte. Er ließ sich Zeit. Zwar konnte er auch schneller sein Ziel anvisieren, aber er wollte nie zu viel über sich erzählen. Er hatte keinen Grund, sie zu beeindrucken. Jeremiah wartete und als er das Gefühl hatte, der Pfeil würde treffen, ließ er die Sehne los. Er liebte das leise Geräusch, das sie nahe an seinem Ohr machte, als sie ihrer Kraft freien Lauf ließ und das Geschoss auf seinen Weg brachte. Nur wenige Wimpernschläge später bohrte sich die Spitze surrend in die Zielscheibe. Ins Schwarze. Er lächelte.

„Gutes Auge", meinte die Dame neben ihm und lehnte sich zu ihm vor, um ihren Bogen zurücknehmen. „Mein Name ist Hannah."

Jeremiah nickte ihr zu, reichte ihr die Hand und dann den Bogen. Sollte er ihr seinen richtigen Namen nennen? Seine Alternative wäre Albert. Das wäre nicht einmal eine Lüge. Albert war sein zweiter Vorname – der nicht unbedingt besser als der Erste war. „Jeremiah", murmelte er leise. Es war ein häufiger Name. Im Gegensatz zu Albert.

Hannahs Lippen kräuselten sich, aber sie sagte nichts zu dem Namen und nickte nur zur Zielscheibe. „Du bist geübt, das war kein Zufall. Deine Haltung ist zu gut dafür."

„Nein", meinte er. Er konnte seit Jahren mit dem Bogen umgehen. Yron war eher der Mann, wenn es um Klingen ging. Jeremiah war dafür auf Entfernung gefährlicher. „Mein erstes Mal mit einem Bogen ist bereits Jahre her."

Kapitel 29

Hannah nickte und hakte ihren Bogen am Riemen, der über ihre Schulter ging, ein. „Dann nehme ich an, dass du mehr als ein Mal ins Schwarze treffen würdest, würden wir weiter schießen."

Jeremiah zuckte die Schultern. Er war sich nicht so sicher, was er von der Dame und ihrer Art halten sollte. Aber noch war sie nicht richtig unfreundlich geworden. „Vermutlich." Nach wie vor war es in seinen Augen klüger, wenn er sich ihr gegenüber nicht beweisen wollte. Er sah auch keinen Sinn darin und wenn sie nicht alles von seinem Können wusste, wäre das nur besser. Dabei war es ihm auch einerlei, sollte sie sich für geschickter als ihn halten. Oder es sogar sein.

Ohnehin wechselte Hannah gerade das Thema. Anstatt Jeremiah weiterhin auf seine Schusssicherheit anzusprechen oder damit zu prahlen, was sie selbst konnte, strich sie sich ein wenig kokett eine Strähne hinter das Ohr und schenkte dem Mann ein Lächeln. Mit einer raschen Bewegung schlüpfte sie unter dem Zaun hindurch und sah ihn erwartungsvoll an. „Begleitest du mich ein wenig?"

„Wohin?"

Sie zuckte die Schultern und ließ den Blick über die Gegend schweifen. Die Wiese lag inmitten der Stadtmauern, ein Stückchen vom Ortskern entfernt. Hier waren eher kleinere Hütten gebaut worden und es herrschte noch viel Grün vor. Jeremiah fragte sich, ob die Stadt irgendwann noch weiter wachsen würde. Zurzeit gab es dafür keinen Grund, doch wenn Fey wirklich wieder freikäme und die Hexe keine Macht mehr über die Leute hatte, würde es dann mehr Kinder und größere Familien geben?

„Hier und da hin", unterbrach die Schwarzhaarige seinen Gedankengang und lenkte das Thema wieder in fließende Bahnen. „Du scheinst dich nicht so hier auszukennen. Bist du einer der

Handelstreibenden?" Das war keine allzu dumme Tarnung. Je nachdem auf welche Waren er warten müsste, würde er einige Tage einen Aufenthalt haben.

Doch er schüttelte den Kopf. „Ich bin aus privaten Gründen hier, doch ich habe nicht vor, sie jemandem mitzuteilen." Er wandte sich ab. „Du möchtest mich herumführen?" Jeremiah hatte bereits darüber nachgedacht, sich als Handelstreibender auszugeben. Aber dann stellten die Leute Fragen. Fragen, die er vielleicht nicht beantworten konnte. Sich in ein Konstrukt aus Lügen zu verstricken, war gefährlich, vor allem, wenn man absolut nicht auffallen wollte.

„Ich denke, dass zwei gute Bogenschützen sich ein wenig austauschen können. Und dabei ist es gleich gut, wenn ich dir doch etwas die Stadt zeigen könnte. Viele Fremde verirren sich in den immer gleich aussehenden Gassen zwischen den Häusern." Sie schenkte ihm ein weiteres Lächeln und strich sich nebenher durch die Haare. „Außerdem wissen die Einheimischen am besten, wo man Ausrüstung zu besseren Preisen erwerben kann und in welchen Gaststätten man das Essen lieber nicht anrühren sollte."

Da hatte sie leider recht. Und es konnte nur von Vorteil sein, sich hier auszukennen. Vor allem, wenn ihnen die Verfolger wirklich dicht genug auf den Fersen waren, um sie in der weißen Stadt einzukesseln. Dann erinnerte Jeremiah sich an seine Unvorsichtigkeit bezüglich Malika und er schüttelte den Kopf. „Ich würde dich gerne begleiten, aber ich kenne dich nicht. Es wäre nicht das erste Mal, dass ein hübsches Gesicht und ein entblößter Busen Männer ins Verderben locken." Er nickte ihr auf den Ausschnitt, den sie rasch mit einer Hand zusammenhielt und ihm einen langen Blick zuwarf.

In ihren Augen glomm etwas Verletztes auf, aber er ignorierte es. Die weiße Stadt war voller Händler. Händler hatten Geld. Und wo Geld war, da waren auch Diebe, die es auf alle möglichen Arten versuchten. Darunter auch hübsche Mädchen, die dumme Männer in die Falle lockten.

Vielleicht mochte sie nicht dazu gehören – wenn er seinem

Bauchgefühl traute, dann war sie kein Dieb – und sie nahm es nicht gerade gut auf, aber das war ihr Pech. Er wollte nicht schon wieder so dumm sein und sich am Ende fragen, wie er an einen Ort gelangt war. Mit Malika hatten sie Glück gehabt.

„Wieso sollte ich dich ausrauben?" Ihre Stimme klang kratzig.

Jeremiah murrte. Wollte sie ihm jetzt das verletzte Mädchen vorspielen? „Weil du mein Geld haben willst?" Unruhig rieb er sich durch die Locken. „Hör zu, Hannah, es ist ja wirklich nett, dass du mich herumführen willst …" Er wusste auch nicht weiter. Zwar war er Jahre in der Stadt gewesen, hatte sich dort jedoch von Menschen weitestgehend ferngehalten. Und daheim, da kannten sich alle und er konnte jedem vertrauen. Es war dumm, sich für sein Misstrauen entschuldigen zu wollen und doch hatte er das Bedürfnis. „Du musst allerdings zugeben, dass das alles sehr unseriös wirkt." Als wäre nicht deutlich, was er meinte, versuchte er, die Situation mit den Händen zu erfassen.

Sie schwieg. Hatte sie erkannt, was er meinte? Oder war sie noch immer trotzig, dass er sie wie eine billige Diebin darstellte? „Ich wollte dir nur etwas zeigen", wisperte sie und als sie ihn direkt anblickte, bemerkte er neben dem Trotz auch den feuchten Glanz von Tränen. Ob vor Trauer oder Wut war jedoch nicht auszumachen. Erst als sie die Fäuste an den Seiten ballte, wurde er sich darüber klar. „Ich beobachte dich seit gestern durchgehend. Du wirkst verloren und einsam. Und fehl am Platz, ich dachte, du könntest einen Gesellen gebrauchen!"

„Einsam?"

„Und vor allem traurig und verloren." Jetzt hatte sie einen Punkt gefunden. Abwehrend verschränkte sie die Arme vor der Brust. Bewusst oder unterbewusst versperrte sie auf einmal der Welt die Sicht auf ihre Oberweite und den Ausschnitt. „Ich wollte nur nett sein. Du hast immer in die Ferne geblickt."

Das hätte nicht passieren sollen. Er biss sich auf die Unterlippe und seufzte dann schwer. „Fein, du hast recht." Leugnen erschien ihm nicht richtig. „Ich war mit meinen Gedanken woanders. Und wie genau verbindet das uns beide jetzt?"

„Ich bin auch verloren", murmelte sie. „Alles, was ich wollte, war, einer anderen verlorenen Seele Gesellschaft zu leisten."

∗∗∗

Fey musste sich zusammenreißen, um sich auf das kochende Wasser im Kessel zu konzentrieren. Ihre Gedanken schweiften immer wieder ab und konzentrierten sich auf den hellen Himmel, den sie durch das Fenster ausmachen konnte. Sie fühlte sich so eingesperrt und machtlos, dass es schmerzte.

Malika konnte Yrons Wege nicht mehr sehen. Wären es nur die Zukünftigen, dann hätten sie jetzt zumindest gewusst, ob er noch lebte oder nicht. Die direkte Vergangenheit blieb ihr zwar verborgen, nur die Spuren blieben. Dass Malika selbst ihnen nicht mehr nachspüren konnte, ließ die Frage offen, wo er war. Ob er noch lebte oder nicht.

Es gab nur einen einzigen tröstlichen Gedanken für Fey. Malika hatte noch nicht allzu viele Menschen auf diese Weise aufspüren wollen. Vielleicht lag es also an ihr. Oder die Situation war gar nicht so ungewöhnlich und Malika hatte sie bisher einfach nur noch nicht erlebt. Vielleicht … Sie hasste dieses Wort. Dieses kleine Wort, das ihre Schwester Hoffnung so gern benutzte. Einsam und mit klammen Fingern umschloss sie den Becher in ihren Händen. Wenn wenigstens Edo hier gewesen wäre, damit sie mit ihm hätte sprechen können. Aber er war noch nicht von seinem Flug zurück und so war Fey allein in ihrem Kummer gefangen.

Malika betete weiter in ihrem kleinen Räumchen vor sich her. Nicht, dass sie eine gute Zuhörerin für Feys Sorgen gewesen wäre. Die Seherin lebte viel zu sehr in verschiedenen Welten, als dass sie es verstanden hätte. Fey schnaubte. Sie war menschlicher geworden als eine menschliche Seherin. Und das beunruhigte sie. Jeden Morgen überredete sie sich selbst dazu, in den Spiegel zu schauen, und es war immer wieder wie ein Schlag in den Magen. Ihre Augen veränderten sich. Minimal, früher war es ihr nicht einmal aufgefallen. Nach Malikas Worten war es für Fey offensichtlich geworden. Ihr lief die Zeit davon. Nur je menschlicher sie wurde, desto weniger wollte sie zu ihrer alten Existenz, die man nicht einmal als Leben bezeichnen konnte, zurück. Und das erschreckte sie nur noch mehr.

Am schlimmsten war es, wenn sie in der Nähe von Jeremiah war. Sein gütiges Herz und sein Lächeln zeigten ihr besonders, was gut an einem richtigen Leben war. Auch, wenn sie sich über ihn ärgerte. Sie hätte ihm gerne erzählt, dass Malika auch nicht helfen konnte. Sie hätte gerne mit ihm gesprochen. Einfach nur geredet. Doch er blockte alles, was mit Yron zu tun hatte, kategorisch ab und schenkte ihr immer weniger ein offenes Ohr und damit fühlte Fey sich, als hätte sie ihren letzten alteingesessenen Verbündeten verloren.

Edo war der Einzige, an den sie sich wenden konnte. Aber auch er verstand einen Großteil der Tragweite nicht. Er hatte Yron so gut wie gar nicht gekannt und hatte mit ihm auch nicht das durchgemacht, was Fey erlebt hatte. Die Befreiung, die Flucht, die Tage, die sie bei ihm gewohnt hatte, gefangen zwischen Angst und Hoffnung. Selbst die Sorge über Jeremiah war an Edo ziemlich vorbeigegangen. Wie sollte er dann diesen bohrenden Schmerz verstehen? Das Gefühl, dass das Herz zerriss, und wie es bis in die Fingerspitzen und Zähne zog? Der Göttervogel mochte die Wichtigkeit des Erbens anerkennen. Nicht nur die Rolle, die er in dieser Geschichte zu erzählen hätte, sondern auch die Wichtigkeit seinen Freunden gegenüber. Aber zwischen Verstehen und Mitfühlen war ein deutlicher Unterschied.

Vermutlich war es besser, Jeremiah vorerst nichts über Malikas Erkenntnis zu sagen. Hatte sie das Recht, ihm seine kleine Hoffnung zu ruinieren? Auf der Reise brauchten sie alle Konzentration, Trauer stand da im Weg. Sie musste vernünftig sein. Ohnehin konnte sie gerade nichts für Yron tun und das nicht nur, weil sie hier eingesperrt war. „Es zählt, dass wir weiterkommen werden", murmelte sie sich selbst zu und holte vorsichtig den Kessel von der Flamme fort. Das Feuer loderte über ihre Haut hinweg. Bis auf ein wenig Wärme merkte sie davon nichts. Es graute ihr jetzt schon vor dem Tag, da sie sich so verändert haben würde, dass Brände auch ihr Feind wurden.

Normalerweise bereitete ihr das Aufbrühen von Tee ein wahrhaft kindliches Vergnügen. Sie liebte es, wie die Blätter das Wasser verfärbten und der Duft sich allmählich änderte. Wie die Dampfschwaden in der Luft tanzten. Doch heute stand ihr nicht der Sinn danach. Sie schüttete das Wasser lieblos in die Becher. Ihren ließ sie stehen, wo er war, den anderen nahm sie mit in Malikas Kammer. Nach ihrer Suche fühlte die Seherin sich nicht so wohl und Fey hatte nicht viel Zeit unter den Menschen gebraucht, um sich an ihre Sitten zu gewöhnen. Wer kränkelte, bekam Brühe oder Suppe und vor allem einen Tee.

Niemand war in der Kammer. Die Seherin hatte ihren Platz verlassen. Einen Moment unschlüssig betrachtete Fey die Wände und die Malereien, die auf dem weißen Stein prangten. Sie musterte den schweren Teppich auf dem dunklen Boden, der jeden Schritt schluckte. Die Statuetten, die in Regalbrettern standen.

Dann wandte sie sich um und ging die Treppe nach oben. Wenn Malika nicht in ihrer Kammer war, dann war sie vermutlich ins Bett gegangen.

Ihr Zimmer war nicht mehr als ein winziger Raum unter dem Dach, tief eingeschnitten von der dunklen Holzschräge, unter der das Bett in einer kleinen Fensternische stand. Malika hatte sich tatsächlich hierhin zurückgezogen und blickte ihrem Besuch nun mit müden Augen entgegen. Fey war bisher nur an der Tür zu diesem Zimmer vorbei gelaufen, wenn sie auf den Dachboden gegangen war. Jeden Nachmittag, um dort in Ruhe zu meditieren, genauso wie

Malika es ihr gezeigt hatte.

Die rauen Wände waren weiß getüncht. An ihnen hatte Malika Gemälde angebracht, manche farbenprächtiger als ein Sonnenaufgang, während andere die Gesichter von Menschen für die Jahre festgehalten hatten.

Fey riss sich von dem Bild einer jungen Frau los und stellte den Tonbecher auf einen Nachttisch aus dunklem Holz, von dem schon so mancher Splitter absprang. „Ich habe dir einen Tee gemacht", kommentierte sie mit verschränkten Händen. Die Geste war eindeutig und doch wusste Fey nichts zu sagen. Schweigen konnte schön sein oder auf einen niederdrücken, als würde es einen zu Boden ringen und erwürgen wollen.

Die Seherin musterte den Becher. Wie so oft lag ein hauchfeines Lächeln um ihre Lippen. Ihre nachtschwarzen Augen wirkten noch ein wenig glasig. Als würde sie nach wie vor in eine Ferne blicken wollen, die gabenlosen Menschen verwehrt blieb. „Das ist sehr zuvorkommend von dir." Malika strich ihr kurz über den Arm, dann griff sie nach dem Becher und pustete über die Oberfläche. Der Dampf kräuselte sich, aber dieses Mal schuf sie keine Gebilde daraus.

Erneut ließ Fey ihren Blick durch das Zimmer streifen. Im Kontrast zu den hellen Wänden standen der dunkle Boden und die dunkle Decke, die das Dach direkt zu halten schien. Nahe einer kleinen Tür hübschte ein alter Teppich das Zimmer auf. Seine Enden waren bereits fransig, aber er strahlte in vielen verschiedenen Farben und trotzte so der Mischung aus hell und dunkel um ihn herum.

Fey bemerkte erst, dass sie unruhig war, als sie ihre Finger knetete. Sie seufzte und löste die Hände voneinander. Sie wünschte sich, es gebe hier irgendetwas zu entdecken. Etwas Interessanteres als die alten Möbel, deren Holz schon rissig wirkte.

„Bist du nicht in der Lage, ihn zu spüren?" Malikas Stimme zerrte Fey aus ihren trüben Gedanken.

„Wie?"

„Elani war damals die Erbin des Dolches. Sie war ebenso erwählt dazu, Königin zu sein, wie Yron dazu, König zu werden." Malika hob unsicher eine Schulter und sah auf ihren Tee hinab. Es war gleich, wie verschroben sie manchmal wirkte, in diesem unsicheren Moment war sie wie jeder andere Mensch auch. Fey sah über sie hinweg aus dem Fenster. Ein kleiner Vogel flog draußen umher, aber ihre kurze Hoffnung auf Edo war direkt wieder verschwunden. Das Tier war viel zu klein für ihren Freund und rabenschwarz.

Auf einmal hatte sie das Gefühl, nicht alleine überfordert zu sein. Nur, weil man die möglichen Wege aller um einen herum sehen konnte, hieß es nicht, dass man auch auf alles eine Antwort hatte. Oder? Trude hatte geklungen, als wäre es eher ein Fluch denn ein Segen, diese Gabe zu besitzen.

„Aber ich bin nicht Elani", murmelte sie nur, zog sich den kleinen Hocker vom Fußende des Bettes heran und ließ sich darauf nieder. Ihr Blick wich dem von Malika aus und haftete sich ein weiteres Mal auf das Portrait der jungen Frau. Ihre Augen waren blau und das Haar von einem kräftigen Dunkelrot. Es floss ihr über die zarten Schultern. So schön sie war, so ernst blickte sie auch drein. „Ich bin nicht sie, aber ich habe auch schon darüber nachgedacht. Die Verbindung zwischen den Göttermächten. Es fühlt sich nur nicht so an, als würde ich ihn so finden können." Natürlich war ihr dieser Gedanke auch schon gekommen. Doch es war nicht so, als würde sie jedes göttergepriesene Wesen auf dieser Welt spüren können. Als das Schweigen, das daraufhin folgte, sie zu erdrücken versuchte, räusperte Fey sich leise und wechselte das Thema wieder auf das bevorstehende Ziel. „Die Stimme in meinem Kopf war immer wieder da", meinte sie leise und rieb sich dabei wie unterbewusst über die linke Schläfe. „Aber sie erklärte niemals, was sie meinte. Immer nur, dass ich an diesen Ort zurückkehren sollte und –"

Die Seherin hob den Kopf. Ihre Augen hatten ein wenig von ihrem fiebrigen Glanz verloren. Stattdessen wirkten sie nun wie ein Nachthimmel unmittelbar vor einem Sturm. „Zurückkehren?", fragte sie leise. Fey musste sich näher beugen, um es zu verstehen. Als sie nur leicht nickte, biss Malika sich auf die Unterlippe. Ihre schlanken Hände hatten sich eisern um das Tongefäß geschlungen. „Vielleicht kann man damit bereits mehr anfangen als mit einem einfachen ‚hoch oben', Fey. Wieso hast du es nie vorher erwähnt?"

Fey zuckte mit den Schultern, sah aber schuldbewusst drein. „Ich habe nicht so wirklich darüber nachgedacht. Es erschien mir nur wie ein belangloses Wort."

„Wörter sind selten belanglos. Wir empfinden sie nur oftmals so. Und das führt zu Kriegen, Leid oder Hass." Malika schob die Decke von ihrem Leib und stellte den Becher auf den Nachttisch. Mit einem Ruck erhob sie sich, geriet jedoch ins Taumeln und klammerte sich an das Kopfbrett ihres Bettes. Ihre Augen funkelten in einer wilden Entschlossenheit, die ihr neue Kräfte zu verleihen schien.

Feys Hilfe schlug sie mit einem einfachen Kopfschütteln aus. „Was hast du im Sinn?"

Malika nickte auf ein instabil wirkendes Tischchen, das unter dem zweiten Fenster stand und der schieren Masse an Büchern und Pergamenten auf sich nicht gewappnet zu sein schien. „Wer auch immer zu dir sprach, Fey … Er hat dir mehr Hinweise gegeben." Ihre Füße machten laute Geräusche, als sie auf die Bohlen stießen. „Der Ort, an dem du befreit werden musst, muss nicht nur hochgelegen sein, sondern Elani muss schon einmal dort gewesen sein. Oder ihr beide seid dort zu eins geworden."

„Was heißt das?"

„Dass ich noch nichts Genaueres weiß. Aber es grenzt die Suche schon drastisch ein."

Fey nickte, aber als ihr Blick sich auf das Fenster legte, traten Malikas Worte, die trotz der Euphorie, die darin mitschwang, leer wirkten, in den Hintergrund. Auf dem kleinen Zugangsweg, der zur Haustür führte, war die hohe Gestalt von Jeremiah auszumachen. Obwohl sie nicht sein gesenktes Gesicht im Gegenlicht erkennen konnte, erkannte sie ihn ganz klar am Gang und an den wilden

Locken, die wie ein Kranz um seinen Kopf standen. Sie seufzte erleichtert und verließ das Zimmer, ohne sich von Malika zu verabschieden.

Kapitel 30

Jeremiah fühlte sich nach dem Streit auf dem Schießplatz müde, aber als er die Tür aufschob und Fey ihm bereits auf der Treppe entgegenkam, wusste er, dass er noch nicht zur Ruhe kommen würde. Nicht jetzt. Ihr Blick sprach ebenso von Erleichterung wie auch von Unwohlsein, von Neugierde und Vorwurf. Sie hieß es nicht gut, dass sie im Haus bleiben musste, während Edo und er sich auf den Straßen tummelten. Ihre Wut und ihr Unbehagen waren für ihn mehr als verständlich, aber er hatte keinen Nerv, sich damit auseinanderzusetzen. Und doch blieb er vor ihr stehen.

„Hallo", murmelte Jeremiah leise und war versucht, ihr eine neckische Strähne aus der Stirn zu wischen. Den Arm halb erhoben besann er sich eines Besseren und rieb sich, um die Bewegung zu überspielen, nervös durch die Locken.

Fey hob eine Augenbraue und folgte seiner Hand mit ihren wachsamen Augen. Jeden Tag verlor sie mehr und mehr die Naivität in ihrem Gesicht und wurde zu einer menschlichen Frau. Sie verschränkte die Arme vor der Brust. „Hallo", murmelte sie leise. „Wo warst du den ganzen Tag? Hat dich jemand gesehen?"

Er schüttelte den Kopf und drückte sich sanft an ihr vorbei die Stufen hinauf. Dieses Gespräch führten sie am besten in ihrer Kammer und nicht im Flur, wo Malika sie noch besser belauschen konnte. Er hatte nicht einmal eine Ahnung, wo die Seherin sich aufhielt, und wenn er ehrlich war, war ihm das nicht ganz geheuer.

Jeremiah warf einen Blick über die Schulter, Fey folgte ihm und ein unheilvolles Schnauben drang über ihre gespitzten Lippen. „Ich habe mich umgehört", wich er aus. Es war keine komplette Lüge, aber sie sah ihm dennoch an, dass es nichts anderes als eine Ausrede war.

Hinter sich drückte Fey die Kammertür ins Schloss und musterte ihn von oben bis unten, als würde sie so die Wahrheit erkennen können. „Die ganzen Tage? Und wie viel hast du vorzubringen?"

Jeremiah zuckte die Schultern und legte den Gürtel mit dem Dolch auf den Tisch. Selbst wenn Malikas Haus riesig gewesen wäre und mehr als ein Gästezimmer gehabt hätte, würden sie sich wohl ein Zimmer teilen. Fey bekam in der Dunkelheit der Nacht noch immer Angst und schlimme Träume plagten sie, besonders wenn sie allein schlief. Also war Jeremiah bei ihr, auch wenn es neben den Albträumen zunehmend etwas unangenehm Peinliches an sich hatte.

Als ihm auffiel, dass er sie nur betrachtete, ihr aber keine Antwort gab, räusperte er sich und sah auf das Schiffsgemälde an der Wand. „Ich habe vielleicht eine Möglichkeit gefunden, um an Informationen wegen Yron zu gelangen. Ich bin mir nur nicht sicher, ob ich sie ergreifen soll." Er zupfte sein Hemd aus der Hose. Wenn er sich nur sicher sein konnte, dass sein Bauchgefühl ihn nicht betrog. Er musste Hannah nicht alles anvertrauen, das war nicht nur für ihn und Fey besser, sondern auch für sie selbst. Nur so weit vertrauen, dass er nicht auf einmal in einer Falle steckte und sie alle ans Messer liefern würde, müsste er. Normalerweise hatte er nie ein Problem damit gehabt, auf sein eigenes Ich zu hören. Doch in letzter Zeit war da etwas durcheinander gebracht worden. Zweifel packten ihn und entgegen Yron war er das nicht gewohnt. Wie konnte er entscheiden, wann er sich selbst hinterging und wann er sich vertrauen konnte?

Fey wandte sich um. Wenn ihre hübschen Augen noch weiter geöffnet wären, hätte Jeremiah Angst, dass sie hinausfielen. „Hast du etwas herausgefunden?"

„Nein." Er schüttelte den Kopf und trat seine Stiefel in die Ecke. Er war lieber barfuß unterwegs, in Stiefeln fühlten sich seine Füße immer so eingeengt an. Außerdem hatte Jeremiah nicht das Gefühl, dass er sich damit im Notfall besonders leise bewegen konnte, selbst wenn er auf seine Schritte Acht gab. „Ich wünschte, ich könnte dir etwas anderes erzählen, Fey. Aber ich weiß nicht einmal, ob ..." Er mochte es nicht aussprechen. Da rühmte er sich gegenüber seinem Freund so lange, der Wortgewandtere zu sein, und gleichwohl waren die Worte zurzeit in seinem Mund schwer wie Blei.

Er musterte ihre zarte Gestalt vor dem Fenster. Die untergehende Sonne tauchte sie in ein Gewand aus Licht und Schönheit. Sein Herz machte einen Satz. Er wollte sie um Hilfe fragen, sich ihr anvertrauen, ihren Rat hören. Nur schien jedes Mal etwas in seinem Rachen festzustecken. Er schluckte. Und brachte es dann einfach hinaus. „Ich weiß nicht, ob ich mir noch vertrauen kann, Fey." Die Worte schwebten zwischen ihnen. Ein einfacher Satz, der alles aus der Waage gebracht hatte. Wie eine frische offene Wunde. Er fühlte sich angreifbar. Verletzlich. Der Augenblick dehnte sich förmlich unendlich. Dann zog sie auf diese traurige kleine Weise die Brauen zusammen und kam auf ihn zu, die Arme ausgestreckt. Ihr warmer, unendlich weicher Körper drückte sich tröstend an seinen.

„Wir kennen alle diese Gedanken", wisperte sie seinem Hemd entgegen. Er spürte ihre Fingernägel, als sie sich an dem losen Stoff neben seinen Knöpfen festklammerte. Zwei, drei Herzschläge lang stand er wie versteinert da. Dann drückte er sie an sich und seine Nase in ihr Haar. „Keiner von uns sollte sich jemals so fühlen." Jeremiah war sich nicht einmal sicher, ob sie seine Worte gehört, geschweige denn verstanden hatte. Bis sie sich dichter an ihn schmiegte.

„Nein", hauchte sie und ihr Kopf rückte von ihm ab, um seinen Blick zu suchen. Tränen schimmerten dort. „Aber das Leben spielt nicht auf diese Weise und uns bleibt nur, dass wir das akzeptieren und weitermachen. Dass wir daran wachsen und daraus lernen." Sie hatte sich so verändert. Ein Kloß saß mit einem Mal in seiner Kehle fest und schnürte ihm die Atmung ab.

„Ich habe jemanden getroffen", würgte er an der Barriere vorbei hinaus. „Ein Mädchen und sie könnte der Schlüssel sein, um an Informationen in der Stadt zu gelangen. Nur war ich bereits bei

Malika so unvorsichtig." Er fragte sich, ob er die Seherin bitten konnte, das Mädchen aufzuspüren und zu sehen, ob sie gefährlich war. Dann besann er sich. So lief das nicht.

Fey musterte ihn eine ganze Weile lang. Dann lächelte sie hauchzart. „Was sagt dein Bauchgefühl?"

„Dass ich es wagen sollte. Aber …"

Sie schüttelte den Kopf und drückte ihren Finger sanft auf seine Lippen. „Zweifel können dein Herz nicht trüben, nur deinen Verstand. Wenn du meinst, dass das in Ordnung ist, dann mach es."

Er war sich nicht so sicher und gleichzeitig war es auch ein gutes Gefühl, dass sie auf seiner Seite war. Und sie ihm weiterhin Vertrauen schenke, selbst wenn er sein eigenes Licht nicht mehr sehen konnte.

Mit einem leisen Seufzen kuschelte er die Wange enger in ihr weiches Haar. Sie gab ihm Hoffnung und einen Grund weiterzumachen. Sie füllte die Lücke, die Yron hinterlassen hatte, zwar nicht auf, aber sie spannte ein Seil darüber, damit Jeremiah nicht komplett hinein fiel. Und er war ihr unendlich dankbar dafür.

„Ich soll Hannah um Hilfe bitten?" Er musste es nochmals von ihr hören, vielleicht wäre er sich selbst dann sicherer.

Jeremiah spürte das Nicken an seiner Brust. „Ja, wenn der Preis angemessen ist. Was will sie von dir?"

„Das weiß ich noch nicht."

Er konnte das Lächeln in ihrer Stimme hören. Ein wenig verdutzt, ein wenig überspielend. „Dann finde es heraus. Wenn du sie unauffällig nutzen kannst, ist es besser. Dann wirst du nicht erwischt und kannst mehr Zeit hier bei mir verbringen."

***

Jeremiah hatte sich ihr endlich anvertraut und Fey konnte das warme Summen in ihrem Inneren, das damit einherging, nicht mehr unterdrücken. Sie fühlte sich seiner damit so viel ebenbürtiger, als wenn er immer nur über ihren Kopf hinweg für sich selbst entschied und den Tag unten auf der Straße verbrachte. Sich vielleicht in Gefahr begab. Sie lächelte an ihn gekuschelt in den leicht kratzigen Stoff des Hemdes, das er trug. Für einige fröhliche Herzschläge durchzuckte etwas wie Zuversicht sie. So friedlich, wie es jetzt war, konnte nichts Böses passiert sein oder jemals geschehen. Wenn sie sich nur auf das Hier und Jetzt konzentrierte, ihren Ängsten keinen Raum ließ, dann …

Würde sie dennoch menschlich werden. Die Hexe war ihr trotzdem auf den Fersen und sie riskierte viele Leben und vielleicht sogar die komplette Menschheit mit ihrer närrischen Idee, dass der Kopf unterm Kissen alle Probleme vermeiden würde. „Jeremiah." Ihr Herz klopfte so fest, dass es beinahe zu schmerzen schien. Sein Griff um ihre Arme wurde fester, als sie zu wanken begann, und kurze Zeit später spürte sie die weiche Matratze unter sich. Blinzelnd blickte sie zu ihm auf. Ihr Mund formte Worte, die sie gar nicht sagen wollte. „Ich war bei Malika. Wegen Yron. Am Nachmittag. Und sie kann seine Wege nicht sehen. Weder die von früher, noch die, die noch kommen." Alle paar Worte blieb ihr kurz die Luft fort. Sie zitterte und sah zu, wie seine besonnene Miene von vorhin einem bösen Zug wich. Sein Gesicht verdüsterte sich, wie der Himmel vor einem Gewitter.

„Was heißt das?"

„Das weiß sie nicht. Sie kann es nicht sagen." Fey brabbelte und einem gewissen Teil ihrer selbst war das sogar bewusst. Dieser Teil, der sich über ihre schwache Stimme ärgerte. Sie räusperte sich, leckte sich die Lippen. Nichts half. Ihr Mund fühlte sich an, als wäre er mit Sand gestopft worden. Als würde es etwas besser machen, griff sie nach Yrons Hemd, das er trug, und der raue Stoff wirkte so vertraut zwischen ihren Fingern. „Ich habe mit ihr gesprochen. Und ihr einen weiteren Hinweis gegeben. Zumindest meint sie das." Ihre Worte schienen ihn allerdings nicht zu besänftigen, sondern seine

Wut nur weiter zu befeuern. Seine Brauen ließen keinen Platz mehr zwischen sich zu und seine Augen hatten ein förmlich unheimliches Glänzen angenommen.

„Ein weiterer Hinweis?" Seine Lippen zitterten. „Und du hast niemandem vorher davon etwas gesagt?"

„Ich habe es nicht gewusst!" Er zuckte zusammen, als ihre Stimme plötzlich so laut durchs Zimmer hallte und dann nur Stille übrig ließ. Sie schluckte, sank erneut zurück. „Ich habe es nicht gewusst. Es war nicht mehr als ein kleines Wort. Ich ... Es hat so eine Bedeutung. Und das habe ich nicht geahnt." Fey wagte es nicht, zu ihm aufzublicken. Mit einem Schlag fühlte sie sich schrecklich. Dass sie ihm das mit Yron erzählt hatte. Unwissenheit konnte wirklich ein Segen sein, denn war er eben noch besser drauf gewesen, wirkte er jetzt neben wütend vor allem gebrochen. Sein Blick war unstet, suchte den Boden und die Wände nach Worten oder Gedanken ab. Dann sank er hinab. In der einen Sekunde stand er riesig vor ihr, in der nächsten war er nicht mehr als ein Häufchen Elend auf dem Boden.

„Es tut mir leid", hauchte sie und ging vor ihm in die Knie, um in sein Gesicht aufblicken zu können. Gerne hätte sie nach seiner Hand gegriffen. Der Wunsch war einfach so da. Aber sie unterließ es. „Ich wünschte, ich hätte ..."

Er reagierte gar nicht auf ihre Worte. Stattdessen legte er das Gesicht in die Hände. Fey merkte, wie seine Gefühle durcheinandergerieten. Sie hatte geübt, dem menschlichen Herz nachzuspüren, doch ihre Schwestern in seinem Inneren so durcheinander zu fühlen, trieb ihr die Übelkeit den Magen hinauf. „Malika hat Nachrichten an ihre Freunde und ihre Familie geschickt", wechselte sie leise das Thema. „Sie meint, irgendwer müsse wissen, wieso Elani zurück nach oben müsse." Fey strich sich über die Stirn. Bei diesem Gedanken kam ihr dieser Körper fremder denn je vor. „Sie erhofft sich eine schnelle Antwort."

Jeremiah sah auf. Bei seiner Miene musste sie unweigerlich einen

Schritt zurück machen. „Wieso sieht sie nicht einfach die Antwort?", presste er hervor und erhob sich. „So wie sie unsere Ankunft gesehen hat?"

„Ich …"

Er schnaubte, ehe sie ihren Satz beenden konnte. „Sie ist eine schlechte Seherin. Sie soll so gut sein? Wie nützlich ist sie schon? Wir hätten nicht herkommen sollen. Wenn es um Elanis Vergangenheit geht, dann wären wir besser zu einer Bibliothek gewandert. Dann hätten wir uns auch augenblicklich auf den Weiterweg machen können. Wir hätten gar nicht erst riskieren müssen, im Dorf erwischt zu werden, nur weil wir zu lang dort auf eine Antwort hofften." Mit einer wütenden Geste griff er nach seinem Gürtel und schnallte ihn sich erneut um, das Hemd nach wie vor unsauber aus dem Hosenbund gerissen. „Verlasse dich nicht auf andere oder du wirst verlassen werden."

Fey schüttelte den Kopf, die Hände an den Seiten zu hilflosen Fäusten geballt. Ihre Schwester Wut schlug ihr auf einmal so heftig entgegen, dass sie erneut würgen musste.

Sie senkte den Kopf. Ihre Schwestern kämpften gerne mit sich selbst und gegen andere. „Hierher zu kommen, war vernünftig", wisperte Fey. „Malika hilft uns, allein schon deswegen, weil ich mich immer besser kontrollieren kann."

Jeremiah schnaubte lediglich ein weiteres Mal. Es war nicht ersichtlich, was er darüber dachte.

Er wollte wütend sein und einen Streit provozieren? Gerne! Auch Fey merkte, wie der Zorn sich in ihr regte. Sie wollte ihn anschreien, anbrüllen. Sie wollte ihrem Ärger Luft machen, damit er endlich verschwand. Genau in jenem Augenblick erklang vom Fenster aus ein leises Rascheln und ehe sie sich versah, schlüpfte Edos kleine Vogelgestalt herein. Mit einer Drehung landete er auf dem Bett und das helle Licht seiner Verwandlung blendete sie. Hatte er zugehört? Als Fey ihn richtig erfassen konnte, war sie sich dessen sicher.

„Wenn du meinst, sie jetzt für alles verantwortlich zu machen, dann musst du erst an mir vorbei!" Edo plusterte die Haare wie Federn auf.

Auch Jeremiah schien auf die Idee gekommen zu sein, dass Edo nicht zufällig genau jetzt reingekommen war. „Und du hockst vor dem Fenster und belauschst uns?"

Edo schüttelte den Kopf. Seine verschiedenfarbigen Strähnen tanzten dabei auf und ab. „Vielleicht, vielleicht habe ich auch nur deine saure Miene gedeutet, Mistkerl! So oder so", er sprang vom Bett auf, federte hoch und landete auf seinen Füßen, „sollte dir bewusst sein, dass sie am allerwenigsten dafür kann!"

Jeremiah verzog den Mund, aber dann fielen seine Schultern ein Stückchen ein. Er entschuldigte sich zwar nicht, brummte aber ein „Fein", ehe er sich seine Klinge schnappte und aus dem Zimmer verschwand.

Mit einem lauten Geräusch fiel die Tür ins Schloss und ließ Fey zusammenzucken. „Ich habe ihm die Sache mit Yron gestanden. Dass ich bei Malika war. Die Neuigkeiten waren weder gut noch schlecht", brachte sie ein wenig atemlos hervor. „Das war ein Fehler."

Edo wandte sich zu ihr um und schüttelte erneut den Kopf. „Es war kein Fehler. Er hat es verdient, das zu wissen. Yron ist wie ein Bruder für ihn, er wird diese Nachricht erst einmal verdauen müssen. Gib ihm Zeit."

Kapitel 31

Cedric stieß sich den Fuß an einer Wurzel, als er sich einen Weg durch den halbdunklen Wald zurück zu der Hütte suchte, in die er seine Schwester zur Sicherheit gebracht hatte. Die Hexe war, seit er Jeremiah und Yron ins Schloss gebracht hatte, allzu oft um ihn herumscharwenzelt. Er musste nicht der Hauptmann der Wache sein, um zu wissen, dass das nur ein schlechtes Omen sein konnte.

Als die angebliche Königin ihren Thron vor einigen Tagen verlassen hatte, hatte Cedric die Möglichkeit genutzt und war seiner Schwester hierhin gefolgt, um direkt nach ihrem Wohlbefinden schauen zu können.

Aber irgendetwas machte ihn unruhig. Während er die letzten Tage über äußerst nervös und vorsichtig gewesen war, hatte er nun das Gefühl, durch den Wald getrieben zu werden. Immer wieder wandte er sich gehetzt um, doch nichts war zu entdecken. Der Wald war still und dunkel. Wie immer um diese Tageszeit.

Manche der Äste bewegten sich hüpfend in einer leichten Brise, hier und da raschelten leise die Blätter. Hin und wieder vernahm man die Geräusche der Waldbewohner, die durch das Unterholz liefen.

Cedric biss die Zähne zusammen und versuchte, sich zu beruhigen. Die Angst in seiner Seele durfte ihn ebenso wenig zerfressen wie die Wut. Wut auf die Hexe und auch auf sich selbst. Er hatte das Glück seiner Schwester verspielt, weil er dem Erben und Jeremiah eine Hand geliehen hatte. Ohne seine Schwester bereits am Anfang dieser Sache fortzuschaffen. Weil es verdächtig ausgesehen hätte. Cedric wusste, dass er sich selbst belog. Verdächtig, vielleicht. Aber er hatte sich für schlauer gehalten und hatte seine Schwester bei sich behalten wollen und nun bereute er diesen Egoismus. Ohne sie hatte er sich einfach verloren gefühlt.

Und nun schien Cedric zu sehr in den Fokus der falschen Königin gerückt zu sein. Und damit war auch Zaida in Gefahr geraten.

Erneut beschlich ihn das Gefühl, Augenpaare würden sich auf seinen Rücken haften und bis in seine Seele hineinblicken. Ein weiteres Mal fuhr er mit pochendem Herzen auf dem Absatz herum. Wieder war dort nichts Außergewöhnliches zu sehen.

Kalter Schweiß trat ihm auf die Stirn und unweigerlich ballte er die Hände zu Fäusten. Er beschleunigte seine Schritte, um rasch zu der Hütte zu kommen.

Das Holzkonstrukt war im Dunkeln zwischen all den Bäumen nur schwer auszumachen, sofern man nicht wusste, wo man suchen musste. Bald würde der Winter ganz Einzug halten und die Hütte wäre leichter zu entdecken. Cedric hatte allerdings nicht vor, so lange mit seiner Schwester hier zu verharren.

Auch wenn Zaida sich deswegen vermutlich erschreckte, riss er ohne ein Klopfen die Tür auf. Anzuhalten, erschien ihm unmöglich.

Dunkelheit empfing ihn. Alle Lampen waren gelöscht worden und auf den ersten Blick war nicht ein Schemen auszumachen. Cedric knirschte mit den Zähnen und ließ die Hand von der Tür zurück an seine Seite sinken. „Zaida?", hauchte er, in der vagen Hoffnung, sie hätte sich bereits zu Bett begeben und nicht mehr auf das Licht für ihn geachtet. Seine Nackenhaare stellten sich unangenehm auf. „Zaida, meine Lilie, bist du bereits im Bett?"

„Das nenne ich die Liebe eines großen Bruders", lächelte eine Stimme aus der Finsternis. Keinen Herzschlag später glomm das fahle Licht einer magischen Flamme auf und riss die schönen Gesichtszüge der Hexe aus der Schwärze. „So nannte ich meine Schwester damals auch. Lilie. Wie sich das für liebende Geschwister gehört. Habe ich recht?"

Für einen Herzschlag fühlte er sich, als hätte ihm jemand den Boden unter den Füßen geklaut. Sein Herz setzte aus, ehe es losraste. Mit all der Gewohnheit, die er in all den Jahren gesammelt hatte, zwang er sich, nicht der Panik zu verfallen, sondern einen kühlen

Kopf zu behalten. Er war Kämpfe gewohnt. Betont ruhig stellte er sich gerade hin, lockerte seine angespannte Haltung und die geballten Hände an seinen Seiten.

Im Schloss war es ein unausgesprochenes Geheimnis gewesen, dass die Hexe seit Jahrhunderten nicht nur dem Machtwahnsinn, sondern auch der unabänderlichen Hassliebe zu ihrer Schwester verfallen war. In der Bevölkerung war dieses Wissen weitaus weniger verbreitet. Dort wussten viele nicht einmal von Elani. Der Schaden war da, das Wissen über sie war unwichtig. Dilara war von diesem Hass förmlich verzehrt worden, so wie sie durch die gleichzeitige Liebe zu ihr eine Zerreißprobe nach der anderen erdulden musste. Cedric konnte sich nicht vorstellen, was einen solchen Zorn auf seine Geschwister lostreten könnte. Die Vorstellung, seiner Zaida jemals den Tod oder auch nur etwas Schlechtes zu wünschen, schmerzte ihn bereits.

„Ihr habt Eure Schwester Lilie genannt?" Das heilige Band der Gleichblüter. Ein Band, das die Eltern einem schenkten, doch das viel weiter ging. So viel tiefer. Man hatte unter demselben Herzen gelebt.

Und dieselbe Frau hatte einem unter Schmerzen das Leben geschenkt. Ein Band zwischen Geschwistern war heilig. Daran gab es nichts zu rütteln. Und Dilara hatte es gebrochen.

Sie trat auf ihn zu, der schlanke Körper in ein dunkles Gewand gekleidet. An den Beinen wies es Schlitze auf und zeigte unzüchtig helle Haut. Ihre Hände waren von ellbogenlangen Lederhandschuhen geschützt. „Wie hätte ich nicht", wisperte sie leise. „Sie war meine geliebte Schwester."

Cedric verzichtete darauf, etwas dazu zu sagen. Seine Schwester war hier und vielleicht bereits in den Händen seines Gegenübers. Er durfte die Hexe nicht reizen.

Als sie eine Hand nach seinem Kinn erhob und ihre Finger sich sanft darum schlossen, damit sie ihm in die Augen blicken konnte, presste er nur die Kiefer aufeinander und versuchte, über ihre

Schulter hinweg etwas in der Dunkelheit zu erkennen. Es war aussichtslos für ihn. Er war zwar bewaffnet, doch sie würde jeden Versuch, an sein Messer zu kommen, direkt bemerken. Außerdem konnte er wegen seiner Schwester nichts riskieren. Gewiss war das Miststück nicht alleine hier aufgetaucht.

„Sie schenkte mir die Macht, die ich nun habe", fuhr die Hexe fort. Cedric richtete die Augen wieder auf die Gestalt vor sich. Hätte man nicht gewusst, welcher Wahn hinter diesen Gesichtszügen verborgen lag, welche Machtgier ihr inne lag, man hätte sie für eine harmlose Frau halten können. Mit einem geradezu liebreizenden Augenaufschlag musterte sie ihn.

Er war nicht sehr groß, sie aber war ein Stückchen kleiner. „Sie opferte sich, wusstest du das? Damit ich dieses Reich aufbauen konnte."

Der Hauptmann sah sie an, unfähig, ihren Worten eine tiefere Bedeutung beizumessen. Welche Vergangenheit hatten die beiden Schwestern geteilt?

„Deine Augen sind grau", flüsterte sie auf einmal nachdenklich. Als hätte sie ihn zum ersten Mal gesehen. „Wie die des Erben der Macht. Wer weiß, vielleicht teilt ihr ja Vorfahren?" Mit einer gelangweilten Geste ließ sie ihn los und trat zurück, auf die Küchenzeile zu, die sich durch das Licht aus der Dunkelheit abhob. Die bunte Flamme zischelte, als sie die Hand hinabsenkte und über das raue Holz der Arbeitsfläche strich. Grüne, goldene und rote Flammenzungen tanzten umeinander her und verschlangen sich gegenseitig. „Auch ich stand mit meiner Schwester in der Küche. Wir waren noch klein."

„Was wollt Ihr?" Cedric konnte nicht mehr an sich halten. Seine Nerven waren bis zum Zerreißen angespannt. Noch immer sah oder hörte er nichts von Zaida. „Ihr seid nicht hergekommen, um meine Küche zu bewundern."

Ein schiefes Lächeln trat auf ihr Gesicht, als sie ihm nun den Kopf zuwandte. „Für wahr, zu bewundern gibt es hier nichts. Ich hätte angenommen, du würdest dir ein besseres Versteck suchen. Ist es nicht einfacher, sich in der Menge zu verstecken und einen guten Lebensstil beizubehalten, als deine verwöhnte Schwester in eine kleine Hütte in einem verlassenen Wald zu zwingen?" Sie lachte über ihre eigene Aussage. „Andererseits würde ich euch dort vielleicht eher finden. Du weißt nie, wem du trauen kannst und wem nicht. Nicht wahr?"

Cedric verkrampfte erneut die Kiefer. Zaida musste hier irgendwo sein. Mit etwas Geschick würde er wenigstens sie aus dieser Sache befreien können.

„Oh!", machte Dilara da leise, als wäre ihr etwas bewusst geworden. Sie blieb stehen und hob eine Hand, um sich eine ihrer Strähnen aus dem Gesicht zu fischen. „Richtig. Du bist still, weil du um deine Lilie bangst, liege ich richtig?"

Er konnte seine Reaktion nicht vor der Hexe verstecken. „Wo ist sie?", fragte er deswegen geradewegs heraus.

„Näher als du denkst." Sie rieb sich nachdenklich über die Lippe. „Vielleicht auch nicht. Es kommt darauf an, wie du es auslegst."

„Wo?" Seine Stimme klang zittrig. Bereits im nächsten Augenblick weitete sich das Licht ihrer magischen Flamme weiter aus, blendete ihn kurz und offenbarte dann den Anblick auf das Innere der Hütte.

Sein Magen schien sich umzustülpen. Die Möbelstücke waren umgerissen, der Teppich umgeschlagen. Das Licht war so grell, dass es die hässlichen roten Flecken an den Wänden und den Möbeln aufleuchten ließ.

Bevor er sich bewusst werden konnte, was er da tat, rannte er bereits los, der Spur aus Blut und Verwüstung folgend. Zaida musste geflüchtet sein. Auf ihrem Weg hatte sie anscheinend versucht, ihrem Angreifer den Weg zu versperren.

Gekommen war sie bis in eine kleine Kammer hinter der Treppe. Cedric atmete zwanghaft ein und aus, als die Übelkeit ihn zu überwältigen versuchte. Die Tür der Kammer stand offen, an dem gebeizten Holz der Tür klebten blutige Fingerabdrücke und der scharfe Geruch nach Metall stieg ihm unangenehm in die Nase.

„Zaida …" Ihr Name war nicht mehr als ein verängstigtes Flüstern auf seinen Lippen. Hinter sich konnte er Dilara hören, die ihm langsam durch den schmalen Flur folgte. Cedric achtete nicht weiter darauf. Er musste zu seiner Schwester, er musste …

Mit einem raschen Schritt war er um die Ecke getreten und wie angewurzelt stehengeblieben. Die Kammer, in der sie den Waschzuber und Seifen aufbewahrten, war durcheinander gebracht worden. Stoffe und Gegenstände lagen über den Boden verteilt und inmitten dieses Chaos ruhte eine gebrochene Gestalt.

Sein Herz setzte aus und beinahe hätte er den Halt auf seinen eigenen Beinen verloren. Nur schwankend schaffte er es, zu ihr zu kommen. Ihr dunkelbraunes Haar, vom Blut getränkt, lag über ihrem geschundenen und halb entblößten Körper ausgebreitet. Ihre bleiche Haut war an fast jeder sichtbaren Stelle zerstört worden.

Mit zitternden Händen umfasste er vorsichtig ihren Kopf und drehte ihr Gesicht zu sich herum. Das Geräusch, das über seine Lippen kam, klang jämmerlich und erstickt. Es brach in der Mitte. Die meerblauen Augen waren gesplittert und dumpf, ihr blutiger Mund noch zu Schreien verzogen. In ihrer Miene las er den Schmerz ihrer letzten Augenblicke.

„Ihr hattet den Erben, seinen Freund und meine Schwester bei euch." Die Stimme der Hexe hinter ihm hatte nun nichts mehr Freundliches oder Unschuldiges an sich. Sie klang nach glattem Hass. „Deine Schwester sprach, als ich sie genug gequält hatte."

Cedric schluchzte, den Kopf seiner Lilie auf seinen Beinen gebettet. Ohne auf die Hexe zu achten, strich er ihr einige Strähnen aus der Stirn und schloss Zaidas Lider. Tränen der Wut und der Trauer brannten sich ihren Weg seine Wangen hinab.

„Wo sind sie jetzt?" Dilara war auf ihn zugetreten. „Wo?"

„Was geht es dich an, du Monster!", fauchte er, den Blick zu ihr gehoben. „Meine Schwester hat niemandem in dieser Welt jemals etwas getan!"

„Sie hat geholfen, mir meinen Besitz zu stehlen", stieß sie, zu ihm hinabgebeugt, aus. „Du kannst froh sein, dass ich ihr Leiden so schnell beendet habe."

Mit einem Satz war er auf den Beinen und legte seine Hände um ihre Kehle. Hass kochte in seinen Adern und verklärte seine Sicht, aber sie lachte nur höhnend in seine Ohren.

Kapitel 32

Liaz betrachtete die Wachen nun, seit sie hier war. Sie konnte nicht sagen, wie lange genau, doch es musste schon über eine Woche sein. Die Tage und Nächte hier waren nicht mehr als eine Ansammlung aus aneinandergereihten Stunden. Sie hatte keinen festen Zeitablauf und die Aussicht auf den Himmel war ihr ebenso verwehrt.

Die Wache vor ihrer Nase bog um die Ecke, das Licht ihrer Fackel warf Schatten an die unebenen Wände und wurde schlussendlich zu einem schmalen Streifen, der verschwand. Liaz verzog den Mund, erhob sich und ging ein paar zittrige Schritte. Ihr Atem formte sich zu kleinen Wolken in der Luft. Diese Mine, in der sie festgehalten wurden, war zu einem effizienten Gefängnis umgewandelt worden. Es gab keine eigentlichen Zellen, aber Magie und der Frost hielten die Gefangenen, wo sie waren. Die Kälte ihres Gefängnisses schien ihr bereits vor Ewigkeiten in die Glieder gekrochen zu sein. Immer wieder bewegte sie ihre Arme und Beine, um zu schauen, ob sie nicht bereits erstarrt waren. Doch nach wie vor folgte ihr Körper ihren Anweisungen.

Die Wachen waren nicht einfach zu überfallen und Liaz wagte es auch nicht, ihren Tarnzauber zu verwenden, um zwischen ihnen unterzutauchen und zu fliehen. Davon abgesehen, dass sie ihr Ziel noch nicht erreicht hatte. Sie war absichtlich hier, nicht, weil sie den Kampf verloren hatte. Sie musste den eigentlichen König aus diesen Gängen befreien und ihm zu seinem Thron verhelfen. Auch, wenn man ihm zurzeit nicht viel von seiner Bestimmung ansah. Er war ausgeknockt worden. Seit sie ihn gefangen genommen hatten, war er nicht mehr wirklich zu Bewusstsein gekommen. Der Zauber, der ihn in seiner Traumwelt hielt, ließ ihn vor sich her brabbeln, wenn er denn gerade einmal die Augen geöffnet hatte. Er aß hin und wieder oder bewegte sich unruhig vor und zurück, mit langsamen

Bewegungen, die an ein riesiges Insekt denken ließen.

Liaz ließ sich regelmäßig neben ihm nieder, doch eine wirkliche Gesellschaft bot Yron nicht. Entweder war er gebrochen oder sein Geist gebannt. Seine Augen jedenfalls waren, wenn sie offen standen, in eine unglaubliche Ferne gerichtet, die er nicht einmal zu erkennen schien.

Auch jetzt stahl sie sich durch die Gänge und lauschte auf die Schritte der Wachen, die in den engen Tunneln Patrouille liefen. Prinzipiell war es ihr nicht untersagt, ihre Schlafecke zu verlassen und durch die Mine zu wandern. Das war es ihnen allen nicht. Die Wachen fühlten sich nur gerne dadurch provoziert und Liaz konnte es nicht riskieren, mit ihnen aneinanderzugeraten.

Yron hatte die Lider geöffnet, als Liaz sich nun neben ihn setzte. Das Grau seiner Augen funkelte im Licht der Fackeln. Aber es war ebenso verschwommen, als hätte sich eine milchige Flüssigkeit damit vermengt. „Hallo, Erbe", hauchte sie und griff seine kalte Hand, die lose an seiner Seite lag. Wie immer flößte sie ihm ein wenig ihrer Magie ein, in der Hoffnung, dass er sich dann irgendwann selbst von diesem Bann befreien konnte. Denn dann hätten sie wieder eine Chance auf Flucht. „Wie wäre es, wenn du erwachen würdest? Ich bin mir sicher, dass Fey und Jeremiah auf dich warten." Die Worte schienen keine Wirkung zu haben, ganz gleich wie oft sie sie wiederholte. Vielleicht erreichten sie seinen Geist nicht einmal. Vielleicht konnte er sich gegen die Magie auch nicht wehren.

Liaz hätte ihm gerne geholfen. Aber alleine auf verlorenem Posten war es nicht so schlau, wenn sie ihre Magie in vollem Maß benutzte. Andernfalls wäre es für sie nicht so schwierig, ihn von seinem Bann zu erlösen.

Mit einer kleinen Geste lehnte sie sich an seine Schulter und schloss kurz die Lider. Ob er geistig anwesend war, schien gerade sogar unwichtig. Er war an ihrer Seite. Die Verantwortung lastete auf ihr, er konnte ihr keine Hilfe bieten. „Deine Zweifel dürfen dir nicht im Weg stehen", hauchte sie ihm direkt ins Ohr. „Deine Zweifel sind nur eine Hürde, die du dir selbst aufbaust. Dein Schicksal ist es, der König dieses Landes zu werden."

Liaz bildete sich ein, dass in den grauen Iriden etwas auffunkelte. Aber es war so schnell vorbei, dass sie diesen Gedanken beiseiteschob und als Unsinn abtat. „Kennst du die Geschichte von Taio?" Sie zog sich das Holzamulett unter dem Stoff ihres Kleides hervor und betrachtete die abgenutzten Gravierungen auf der polierten Oberfläche. Das Zeichen des Zweifels war tief hineingeschnitzt worden. Liaz lauschte der Magie in ihren Adern nach und seufzte beinahe lautlos. „Taio war erst dann glücklich, als er seine Zweifel hinter sich ließ, Yron."

Die Schritte einer Wache wurden lauter. Sie sorgte sich nicht darum. Es gab keinen Grund für diesen Mann, seinen eigentlichen Weg umzulenken, und so würde er sie nicht sehen können. Einige Fässer und Kisten, die an einer schmalen Zwischenwand standen, verbargen jegliche Blicke auf sie, solange es nur die Wache im Nebengang war, die nun ihre Runden lief. Erst die nächste Patrouille, die sich genauer mit Yron befassen würde, wäre gefährlich für sie.

Die Geräusche wurden lauter, ein Schatten huschte dem Mann voraus über die sandfarbene Decke, erzitterte und spielte mit den Flammen der Fackeln. Dann hatte die Wache sie passiert und die Schritte wurden allmählich wieder leiser.

Wo blieb nur Faris? Er würde sie niemals im Stich lassen. Liaz biss sich auf die Unterlippe. Hoffentlich war ihm nichts geschehen und er brauchte lediglich ein wenig länger, um ihre Unterstützer gegen die Wachen hier zu führen.

Sie prüfte Yrons Gesichtszüge. Viel Zeit, ehe die Königin hier erschien, konnte ihnen nicht mehr bleiben. Liaz nahm an, dass sie ihren Thron verlassen hatte, vielleicht selbst auf der Suche nach der Freiheit. Doch wenn sie die Nachricht erhalten würde, dass man den Erben der Macht als Gefangenen genommen hatte, dann würde sie sicherlich freiwillig einen Umweg machen.

Das wäre für sie beide mehr als ungünstig. Sie konnte nur darauf bauen, dass Faris sich einen guten Zeitpunkt für seine Hilfe aussuchte. Aber sie musste ihm dabei wohl vertrauen. Bisher hatte er sie nie enttäuscht. Um sich von diesen düsteren Gedanken abzulenken, räusperte sie sich sanft und maß Yron mit einem langen Blick. „Ich weiß nicht, ob du mich hören oder verstehen kannst", brachte sie hervor, „aber ich will dennoch mit dir reden. Kennst du die Geschichte von Taio? Er war ein einfacher Hirte, der Sohn eines Hirten.

Auf ihren smaragdgrünen Wiesen tollten vor allem wertvolle Pferde, gezüchtet von seinem Bruder, gehütet von ihm. Die Tiere waren intelligent und liebevoll, genau richtig für Könige!" Liaz malte es sich bildlich aus. Der Himmel von einem getünchten Blau und durchzogen von feinen Wölkchen. Auf der kräftiggrünen Wiese lief eine Herde von prachtvollen Rössern herum, die Bewegungen geschmeidig, ihre Farben weitere Komponenten in einem perfekten Bild. „Taio war unglücklich mit seinem Leben. Er versuchte, sich immer an seinem Bruder zu messen, ihm in jederlei Hinsicht nachzueifern. Neid war nicht in seinem Herzen, doch Eifersucht und Selbstzweifel."

***

Jeremiah wusste nicht, wo ihm der Kopf stand. Er wollte nicht sauer auf Fey sein. Man musste ihm nicht einmal sagen, dass er gar kein Recht darauf hatte. Er fühlte sich hintergangen. Weil er nun eine Antwort hatte und es nicht die war, die er haben wollte. Er war von ihr dazu gezwungen worden, sich dieser Sache zu stellen, und das machte ihn so wütend, dass er keine weitere Minute mit ihr im selben Raum verbringen wollte. Nicht, weil es schmerzte. Sondern, weil er kurz vor dem Ausrasten war, und das konnte er ihr nicht antun.

Beinahe wünschte er sich Regen. Eine kalte Flut, die sein aufgepeitschtes Gemüt besänftigen würde oder zumindest zu seiner Stimmung passte. Wie in den Geschichten. Als wäre er wichtig genug, damit das Wetter auf ihn Rücksicht nahm. Wie zum Hohn schimmerten die Sterne am mittlerweile dunklen Firmament über ihm, still und erhaben wie die Götter selbst.

Er war zurück zum Schießplatz gelaufen, der nun fast verlassen vor ihm lag. Nur hin und wieder hörte man den leisen Einschlag eines einsamen Pfeils und eine Gestalt bewegte sich in den Schatten. Eindeutig weiblich. Jeremiah runzelte die Stirn und ahnte, wer dort seine Wut in die Nacht hinausließ, ohne auch nur ein Wort von sich zu geben. „Es tut mir leid", hörte er sich selbst sagen. Die Gestalt zuckte zusammen und wandte sich dann um.

Er konnte ihr Gesicht nicht sehen, dafür war es zu dunkel und der Mond stand hinter ihr. Doch er war sich sicher, dass sie verblüfft dreinschaute.

Als sie endlich ihre Stimme wiedergefunden zu haben schien, war das einzige Wort, das über ihre Lippen kam, ein halblautes „Was?".

Jeremiah trat näher an sie heran, die Hände tief in den Taschen seiner Leinenhose vergraben. Alles war so unglaublich friedlich hier draußen. Als wäre er wieder Zuhause und nicht mitten in einer der größten Handelsstädte des Landes. „Ich sagte, dass es mir leidtun würde."

Ohne die Augen von ihm abzuwenden, ließ sie langsam den Bogen sinken. Nun erkannte er auch ihre gerunzelten Brauen. „Dass du mich beleidigt hast?"

Er zuckte die Schultern. „Ja. Ich denke, mein Misstrauen war gerechtfertigt, aber ich hätte es etwas …" Er suchte nach Worten.

„Weniger ausdrücken können, als sei ich eine bezahlte Hure, die Männer in ihr Verderben schickt?", half Hannah ihm nach und aus der Verkrampfung ihrer Brauen hob sich eine spöttisch. „Ja. Hättest du. Aber fein, ich nehme deine Entschuldigung an." Während sie ihn beobachtete, strich ihr Daumen über die glatte Rundung des

Bogens. „Und? Hat deine kleine Reise der Einsicht noch weitere Erkenntnisse hervorgebracht?"

Auch wenn Jeremiah es gerne vermieden hätte, seine Gedanken wanderten zu Fey und ihren Worten. Er sollte diese Chance nutzen. Als sie ihn darauf angesprochen hatte, war er sich so sicher gewesen, dass es das Richtige wäre. Jetzt dagegen schwankte er. Er räusperte sich. „Vielleicht." Wenn sie für die Hexe arbeitete, dann hätte sie gewiss schon andere Methoden benutzt. Sein Verschwinden würde für einige Stunden nicht auffallen und die Hexe hatte Mächte, die er sich nicht ausmalen wollte. Sie musste wissen, dass sie auf diese Art nicht an Fey herankam, er würde Hannah schließlich nicht zur Freiheit führen. Oder ihr etwas verraten. Und wenn das Mädchen nur eine einfache Diebin war, konnte er damit umgehen. „Was genau hast du denn im Sinn?"

Sie seufzte und rieb sich durch die Haare. Mittlerweile stand sie ein wenig im Licht. „Weißt du", setzte sie unsicher an, „ich habe ein paar Freunde und wir könnten Hilfe gebrauchen. Das Leben ist nicht immer so ganz einfach, weißt du? Und ich sammle auf, wer verloren wirkt. Wir alle sollten zusammenhalten, um gegen die Großen bestehen zu können."

Er hätte sie der Lüge bezichtigt, hätte er nicht eine blanke Aufrichtigkeit in ihrer Stimme gehört. Sie schien ihm viel zu naiv, um ihn so anzulügen. Vielleicht war das ein Fehler, vielleicht aber auch die Wahrheit. Er nickte. „Ich verspreche nichts, aber wenn du mich einweihen willst, dann mach es ruhig."

Ein unglaublich breites Lächeln trat auf ihr Gesicht und brachte ihre Augen zum Leuchten. „Ich kann dir erstmal alle vorstellen!" Sollten sie sich wirklich auf gegenseitige Hilfe einigen und dieses Mädchen wirklich einen so harschen Kampf führen, wie sie angedeutet hatte, dann musste Jeremiah ihr diese Verträumtheit und diese Gutgläubigkeit abgewöhnen. Nur weil jemand verloren aussah oder es sogar war, war er nicht gleich ein Verbündeter.

Doch gerade nickte er ihr nur zu.

Hannah führte ihn als Erstes zu dem kleinen Schuppen am Schießplatz. Das Gebäude war so winzig, dass man den Atem anhalten musste, wenn man im überfüllten Innenraum stand. Für die Stadt typisch besaß es weiße Wände, doch sein Dach leuchtete in einem dunklen Rot dem Himmel entgegen.

Er wartete lieber draußen, bis Hannah ihre Waffe und die Pfeile verstaut hatte und wieder ins sanfte Licht der Nacht trat. „Ich kann dir auch die Stadt zeigen, wenn du möchtest. Am Tag natürlich." Mit dem Kinn deutete sie auf einige helle Flecken in der Ferne. „Die weiße Stadt hat so viel zu bieten. Was willst du als Erstes sehen?"

Bevor er auch nur eine Antwort geben konnte, redete sie weiter über die Vorzüge ihrer Heimat und als sie endlich stoppte, hatte er keine Antwort auf ihre erste Frage. „Ich weiß es nicht", murmelte er ehrlich und überblickte, was sie ihm mit dem Finger gezeigt hatte. Die weiße Stadt war riesig, aber als besonders genug, um sich irgendwelche Gegenden anzusehen, hatte er sie nie empfunden.

Sie schürzte auf diese ungeduldige Weise die Lippen, wie sie es in den wenigen Augenblicken, da er sie kannte, bereits öfters getan hatte. „Fein, wenn du es nicht weißt, zeige ich dir halt irgendetwas."

Er seufzte und bereute es jetzt schon, ihr entgegengekommen zu sein. „Hör zu, Hannah", murmelte er, um einen milden und versöhnlichen Ton bemüht, „ich kenne diese Stadt nicht, woher soll ich dann wissen, was ich sehen möchte? Ich stelle dich auch nicht in meine Heimat und will, dass du dir unter all den Dingen, die du nicht kennst und deren Existenz dir unbekannt ist, etwas aussuchen sollst, oder?"

Die Antwort schien ihr ein wenig sauer aufzustoßen, aber sie ließ es sich nicht lange anmerken und legte nur dieses Schmunzeln auf. „Es ist ohnehin noch dunkel und bis morgen kann ich mir etwas überlegen." Nachdenklich zupfte sie an ihrer Unterlippe, dann schien ihr eine Idee zu kommen. „Die weiße Stadt wird von einem Fluss gespeist, dessen Arme sich über die gesamte Fläche verteilen und dann ins Meer laufen, weißt du? Da gibt es wirklich schöne Orte. Wie zum Beispiel den großen Platz."

Es war ihm ziemlich egal, was sie sich ansehen wollten. Er spielte das Spielchen mit und das war es. Das Einzige, das er sich deswegen erhoffte, waren bessere Erkenntnisse über die Stadt. Sich auszukennen, konnte nur von Vorteil sein. Und den Flusslauf zu kennen, war vermutlich wichtig. Vielleicht konnten sie nur noch mit einem Boot die Stadt verlassen, falls die Hexe herausfand, wo sie waren und alle Straßen abriegelte.

Jeremiah beobachtete, wie Hannah sich eine schäbige Jacke überwarf und sich in den rauen Stoff drückte, als würde sie auf einmal erfrieren. Obwohl es zwar offiziell bereits Winter war, war es noch recht warm. Indes zu kühl für die Kleidung, die sie bisher getragen hatte. „Deine Gedankenwelt muss herrlich interessant sein", murmelte sie und ging an ihm vorbei, um auf den Hauptweg zu treten.

Er zuckte die Schultern und folgte ihr die Straße hinab, fort vom Ortskern in einen Stadtteil, der dunkler und heruntergekommener war als das, was er von der Stadt bereits kannte. Am Anfang redete sie viel und er hörte lediglich zu, doch je weiter sie in diese Gegend kamen, desto karger wurde ihr Wortschatz. Stattdessen warf sie ihm immer wieder ein Lächeln zu, das wohl beruhigend wirken sollte und genau das Gegenteil bewirkte.

Gerade wollte er umkehren, da blieb Hannah vor einer Gasse stehen und nickte auf die Finsternis, die das Licht zerschnitt. „Da", murmelte sie leise. „Dahinter haben wir unser Versteck."

Jeremiahs Nackenhaare stellten sich auf, sein Augenmerk glitt über die Gebäude und die Gasse und unweigerlich zuckte seine Hand zu dem kleinen Dolch, den er am Gürtel befestigt trug. Es war, als würde er Yron in seinem Kopf hören. Eine Mahnung, vorsichtig zu sein. Vermutlich wäre sein Freund nicht einen Schritt weiter gegangen und hätte diese Gasse nicht betreten.

Hannah, die bemerkt hatte, dass ihr Besuch ihr nicht mehr weiter folgte, blieb ebenfalls stehen und wandte sich zu ihm um. Wenige

Schritte trennten sie und dennoch war durch das graue Zwielicht nicht viel von ihrem Gesicht zu erkennen. „Jeremiah?"

Er machte einen Schritt zurück. Mittlerweile hatte er keine Bedenken mehr daran, dass sie nicht zur Hexe gehörte. Das hier war einfach nicht der Stil der grausamen Herrscherin. Sie würde ihn nicht öffentlich dazwischen nehmen, denn sie konnte keine Aufruhen gebrauchen, während sie wenige Flüchtlinge durchs Land jagte. Ob Hannah ihn nicht überfiel, war hingegen noch ungewiss. Vielleicht hatte sie am Nachmittag ihre Niederlage akzeptiert und wollte sich bereits das nächste Opfer aussuchen, bis er, dumm wie er manchmal war, zu ihr zurückgekehrt war, angefacht von dem Wunsch, irgendetwas zu machen, und beruhigt von Feys Worten.

Hannah schüttelte den Kopf. Als sie auf ihn zukam, wurden ihre Konturen von den wenigen Straßenlichtern aus dem Schatten gerissen. „Ich habe dir gesagt, worum es geht. Glaubst du, dass wir in einem teuren Gutshaus im Nobelviertel der Stadt leben?" Ihre Verzweiflung mochte gespielt sein, aber dann war sie eine Schauspielerin, die es auf die großen Bühnen schaffen konnte. „Verdammt, Jeremiah", motzte sie, die Hände vor der Brust geballt.

Jeremiah ließ die verkrampften Schultern ein Stückchen sinken. Er traute ihr nicht und er würde ihr auch nicht weiter folgen. Trotzdem musste er einsehen, dass sie recht hatte. Wenn man, wie er vermutete, eine Rebellion gegen die Oberschicht einer Handelsstadt plante, dann war man nur selten ein Teil davon. Er hätte also damit rechnen müssen, dass sie ihn in eine weniger schmeichelnde Gegend führen würde.

Als ihre Gesichtszüge sich erhellten, schüttelte er den Kopf. „Das mag sein. Aber mein Gefühl sagt mir, dass ich dort nicht hineingehen sollte. Und ich höre auf diesen Instinkt." Er musterte das undurchdringliche Dunkel und verzog den Mund, als Hannah auf einmal einen Schritt zu viel auf ihn zumachte. Sie hatte die Hand gehoben und ihm war schleierhaft, was sie damit eigentlich bezwecken wollte. Bevor sie sich versah, hatte er nach ihrem

Handgelenk gegriffen und sich mit ihr so umgedreht, dass er ihr den Arm auf dem Rücken verschränkte und den anderen über ihre Kehle gelegt hatte. „Was hast du vor?", raunte er ihr ins Ohr.

Sie gab ein ersticktes Keuchen von sich und brauchte ein paar Herzschläge, um sich von dem Schock zu erholen. Dann wehrte sie sich, doch Jeremiah zog ihren Oberkörper nach hinten und spreizte mit dem Bein ihre, sodass sie keine stabile Lage erlangen konnte. „Sprich." Er lockerte den Arm um ihren Hals ein wenig, damit sie genug Luft hatte. Wieder starrte er in die Gasse, noch immer rührte sich nichts. Es blieb verdächtig ruhig. „Hannah?"

„Lass mich los!" Ihre Stimme überschlug sich so sehr, dass er trotz allem beinahe fürchtete, sie würde in ihrer Panik ersticken.

Nach wie vor hielt er sie unerbittlich fest. „Warum sollte ich?" Wenn sein Instinkt einfach nur überreizt war, dann hielt er eine Unschuldige in den Armen und jagte ihr mehr als einen gehörigen Schrecken ein. Vielleicht würde sie dann aber nicht mehr so sorglos auf Fremde zutreten, sprach er sich zu. Er wusste, dass er sich damit nur beruhigen wollte. Er konnte nicht anders. Wenn er nicht überreizt war, dann war er beinahe in eine Falle gelaufen und sie eine verdammt gute Lügnerin. Er konnte keinem Wort aus ihrem Mund trauen.

„Feigling." Ein weiteres Mal zappelte sie hilflos in seinen Armen. Vielleicht wollte sie sie beide zu Fall bringen, in der Hoffnung, dann abhauen oder die Oberhand gewinnen zu können. Aber er folgte jeder ihrer Bewegungen ausreichend, um das zu verhindern. „Warum greifst du mich an?"

Jeremiah schüttelte den Kopf und festigte seinen Griff ein Stückchen. Aber er sparte sich eine Antwort. „Was hattest du vor?"

Hannah erstarrte auf einmal in seiner Umklammerung und wurde ganz ruhig. Dann sah sie ihm bedächtig über die Schulter hinweg in die Augen, nur die Tränen konnte sie nicht zurückkämpfen. „Ich versuche nichts!" Sie wäre nicht die erste Person, die auf Befehl in Tränen ausbrechen könnte, um einem etwas vorzuspielen.

Ein harter Schlag nahe seines Halses ließ ihn taumeln. Das leise Geräusch eines Steins, der zu Boden fiel, folgte. Jeremiah wandte den Kopf und sah am Rand der Finsternis die Umrisse einer kleinen Gestalt.

Hannah wollte seine Verwirrung augenblicklich nutzen und versuchte, sich aus seinem Griff zu winden, aber er hielt sie nur umso fester und drückte ihr damit erneut die Luftzufuhr ab. Er war angegriffen worden und konnte noch nicht genau ausmachen, von wem oder ob die kleine Gestalt dort allein war. Ein paar Sekunden geschah nichts, dann kam die Person näher und das Licht der Straße enthüllte die hässlich verzogenen Gesichtszüge eines jungen Burschen. Gekleidet war er in schmutzige und zerrissene Kleider. „Lass meine Schwester los!", schrie er ihn an und umklammerte den nächsten Stein fester, bereit, ihn zu werfen.

Jeremiah schnaubte. „Deine Schwester?"

„Ja!" Der Stein hüpfte in seiner Hand auf und ab, als würde er es gar nicht mehr erwarten können, seinem Ziel ein wenig näher zu kommen. „Und jetzt lass sie los! Oder du bekommst es mit mir zu tun."

Jeremiah war niemand, der seinen Gegner für gewöhnlich unterschätzte, gleich wie dieser daherkam. Trotzdem hegte er große Skepsis daran, dass dieses halbe Hemdchen ihm das Wasser reichen würde. Und dennoch, auch wenn er keine Bedrohung für ihn darzustellen schien, ließ er Hannah los und trat einen Schritt zurück. Alarmiert beobachtete Jeremiah jede der Bewegungen, die die beiden machten.

Der Junge kam auf seine Schwester zugeeilt, ohne weiter auf deren Angreifer zu achten. Er fiel ihr rasch um den Hals und presste sich an sie, während sie ihm über das Haar im Nacken strich, aber Jeremiah weiterhin im Auge behielt. „Du hast mich angegriffen", meinte sie anklagend.

Er schüttelte den Kopf. „Man erntet, was man sät", entfuhr es ihm ruhig und er verschränkte die Arme vor dem Brustkorb. „Du hast mich nicht nur hierher gelockt, du bist auch auf mich zugetreten, als würdest du mich angreifen wollen."

Die Frau stutzte. Dann schob sie sich eine Strähne hinter das Ohr und klammerte sich an ihren Bruder. „Das hatte ich nicht vor."

„Wäre ich so auf dich zugetreten, hättest du dich auch gewehrt. Ich dachte, ihr wollt eine Rebellion starten. Wie soll das funktionieren, wenn du so unbedacht bist? Und ihr euch nicht einmal wehren könnt?" Er hatte ihr wohl Unrecht getan. Sie war nichts anderes als ein Kind, das versuchte, bei den Mächtigen mitzuspielen. Ihre Naivität und Leichtgläubigkeit stießen ihm sauer auf. Beinahe wünschte er sich, sie wäre wirklich nur eine kleine Diebin. Er betrachtete den Jungen. Kinder hatten nichts in so einer Situation verloren.

„Ich kann mich wehren!" Ihre Wangen färbten sich vor Empörung rot. „Ich habe meinen Bogen und -"

Jeremiah unterbrach sie direkt. „Dein Bogen wird dir nur auf der Entfernung etwas bringen. Wenn du dich nicht anders zu verteidigen weißt, dann wird dir deine Rebellion nichts anderes als Leid und, sollte man so gnädig sein, den Tod bringen. Also schlag es dir gleich aus dem Kopf." Ihr Bruder sah noch weniger wie ein Kämpfer aus.

Hannah hatte nun ganz ihre selbstsichere Art abgelegt und wirkte selbst wie ein Kind, das seinen Willen nicht bekommen hatte. Sie hatte ihre schmalen Hände zu kleinen Fäusten geballt, und im schummrigen Licht wirkte es, als seien Hals und Gesicht mit einer ekelhaften Röte überzogen. Ihre Stirn musste schmerzen, so sehr hatte sie die Brauen zusammen geschoben. „Was nimmst du dir raus?", fauchte sie. „Wir kämpfen wenigstens für etwas!"

Nur in der letzten Sekunde konnte Jeremiah das Seufzen unterdrücken, das sich in seiner Kehle entwickelt hatte. Wie hatte er annehmen können, sie sei gefährlich? Sie war höchstens ein Risiko für sich selbst und all jene, die ihr folgten. „Ich würde es eher als Sterben bezeichnen."

„Und wenn wir damit unser Ziel erreichen, dann ist es eben

so." Sie reckte trotzig das Kinn vor. „Kannst du so etwas von dir behaupten?"

Er verzichtete auf eine Antwort. Wenn Hannah Genaueres aus seinem Leben wüsste, würde sie ihren vorlauten Mund halten. Oder sie würde es überall herumerzählen, um Leute für die Sache zu gewinnen. Diskretion schien ihr nicht so nahezustehen.

„Deswegen hast du mich angesprochen. Damit ich euch in eurer Revolution beistehe? Dann müsst ihr auch meine Kritik vertragen können. So werdet ihr nichts erreichen. Ihr wollt für die Sache sterben? Habt ihr dem Tod schon einmal ins Auge gesehen? Denkt ihr, die Oberschicht oder irgendwer anderes wird euch bemitleiden und die Welt wird sich auf diese Art ändern? Es gab zu viele Kriege, nach denen sich nichts verändert hat. Für andere seid ihr nichts als Kinder, ob ihr sterben werdet oder nicht."

Hannah schwieg, doch ihr Bruder zeigte ihm ganz deutlich seine Wut und stapfte auf ihn zu. Jeremiah verzichtete darauf, ihn daran zu hindern. „Meine Schwester legt ihr Herzblut in diese Sache. Sie versucht, uns allen zu helfen. Und du spottest über sie? Arroganter Bastard!" Der Bursche spuckte vor ihm aus und verfehlte Jeremiahs Stiefel nur um wenige Millimeter. „Welches Recht nimmst du dir, zu urteilen?"

Jeremiah sah sich an einem Scheidepunkt. Er konnte hier stehen und diskutieren und würde eventuell nicht einmal weiterkommen. Stattdessen würde er nur seine Zeit verschwenden und nachher noch Wachen auf sich aufmerksam machen. Aber, wenn er sie davon überzeugen konnte, dass sie gerade auf einem falschen Weg waren, dann würde er sie eventuell vor ihrem Schicksal bewahren können. Und mit etwas Glück konnte er sie dahingehend überreden, die Straßen für ihn nach Informationen abzusuchen. Ohne ihnen eigentlich zu sagen, worum es ging.

Er könnte auch einfach in die Nacht verschwinden und sich nie wieder umdrehen. Es starben überall Menschen, auch Kinder. Er konnte nicht jeden retten. Jeremiah rieb sich das Gesicht. Nicht jeden, aber er kannte sich. Er würde versuchen, zu retten, wen er retten konnte, denn andernfalls würde dieses Blut immer an seinen Händen kleben. Was würde Yron machen? Jeremiah war sich sicher, dass sein Bruder nicht weggeschaut hätte. Yron, der Mann, der von sich selbst am wenigsten hielt, war immer der gewesen, der nach der richtigen Lösung für alle gesucht hatte. Und ganz gewiss hätte er keinen Menschen im Stich gelassen, der diese Welt ein kleines Stückchen besser machen wollte. „Ich kenne diese Welt, Junge", murmelte Jeremiah leise. „Und ich weiß, wozu Menschen fähig sind. Mit dem, was ihr jetzt beherrscht, werdet ihr keine Rebellion anfangen können. Sie wird von den Wachen bereits im Keim erstickt werden."

Der Junge gab ein wirsches Geräusch von sich, als würde er würgen müssen. Aber seine Augen zeugten von Mut und Kraft und das war immerhin etwas. „Feigling!"

„Nihat", entfuhr es Hannah und als sich der Angesprochene umwandte, schüttelte sie den Kopf. „Lass es. Vermutlich hat er recht."

„Was?"

„Wir sind nicht viele, jung, viele krank oder stark unterernährt. Wie sollen wir eine Rebellion führen? Die Wachen werden sich nur über uns amüsieren und wir werden sterben, ohne, dass es etwas in der Welt ändert. Ein starker Kampfgeist ist nicht alles."

Kapitel 33

„Als sein Vater ihn schlussendlich aus dem Haus verbannte, in dem er geboren worden und aufgewachsen war, erkannte Taio, dass er mit seinem Selbstzweifel mehr zerstört hatte, als er es jemals beabsichtigt hatte." Liaz strich Yron sanft eine Strähne aus dem Gesicht, die sich vorwitzig in seinen Wimpern verfangen hatte, und betrachtete diese königlichen Züge ganz genau. Yrons Augen waren von einem satten Grau wie ein Himmel über einer stürmischen See. Dieses Grau war umrahmt von langen Wimpern, die je nach Lichteinfall Schatten auf die gebräunte Haut seiner Wangen warfen.

Seine Nase sah ein wenig schief aus, aber sie passte in sein kantiges Gesicht mit den hohen Wangenknochen. Ein Bart, zwei oder drei feine Nuancen heller als sein schwarzes, langes Haupthaar, umschmiegte seine Lippen spielerisch und war in den letzten Tagen buschig herangewachsen.

Yron hatte das kraftvolle Aussehen eines Mannes, der im Leben schon mit so manchem Hindernis gekämpft hatte. Und gleichzeitig besaß er Züge eines feinen Herrn, der körperlicher Arbeit allein durch sein Geburtsrecht aus dem Weg gegangen war. „Du verbirgst Geheimnisse in dir", murmelte Liaz und rückte wieder an seine Seite, die klammen Finger um sein Handgelenk gelegt. Ihre Lider sanken herab, während sie auf die Geräusche um sich her lauschte.

Als alles ruhig blieb, nahm sie den Faden ihrer Geschichte wieder auf. „Taio streifte von da an durch die Lande", murmelte sie. „Seine Angst, erneut zu versagen, verbot ihm, sich jeder Herausforderung zu stellen. Er scheute sie, wie ein Thihemt das Wasser scheut." Sie stutzte. „Weißt du von diesen Tieren? Sie leben fernab von hier in einem Gebiet, in dem nur selten Regen fällt und alles voller Sand ist. Sie sehen ein wenig wie riesige Katzen aus, nachtschwarz, mit leuchtenden Augen in Smaragdgrün oder Himmelblau." Ein Mal war ihr das Glück vergönnt gewesen, den Blick auf eine solche Kreatur erhaschen zu können. Wobei das Wort Glück von einer ordentlichen Portion Bitterkeit eingehüllt war. Dieses Tier, so wunderschön und prachtvoll, schöner als der edelste Schmuck auf dieser Welt, war eingepfercht worden. Damit Leute es bestaunen konnten. Es war unaufhörlich in seinem Gefängnis auf und ab gewandert. Liaz hatte dieses Wesen verstehen können. Ob es eine unbegründete Hoffnung in seinem Herzen gespürt hatte, war nicht zu ermessen gewesen. Man hatte das Thihemt aus seiner Umgebung gerissen und Wochen unter Deck eines Schiffes eingesperrt, um es in seinem viel zu kleinen Gefängnis auszusetzen. Beinahe wie eine Pferdekoppel, für auserwählte Leute jeder Zeit geöffnet.

Das war ein grausames Schicksal. Liaz kannte das Gefühl nur zu gut. Eingesperrt worden für das, was man war.

„Irgendwann", fing sie mit leiser Stimme nach gefühlten Ewigkeiten wieder an, „irgendwann vernahm er jedoch einen Hilfeschrei und ohne darüber nachzudenken, folgte er den Rufen zu einem Fluss, in dem sich eine Magd nur mit Mühe und Not an einem Felsen festhalten konnte. Es hatte zu dieser Zeit viel geregnet, der Wasserlauf war zu einem tödlichen Strom angeschwollen." An der Wand gegenüber flackerte die Fackel auf, als wäre ein unsichtbarer Schatten daran vorbeigehuscht. Liaz verzog den Mund. „Zum ersten Mal in seinem Leben zögerte Taio nicht mit dem, was er tat. Er suchte einen Ast, der kräftig genug war, hielt ihn ihr hin und zog sie aus ihrem Schicksal heraus.

Am Flussbett lehnte er sich zu der erschöpften Frau hinab und sie ergriff gleich sein Gesicht und drückte ihm einen Kuss voller Dankbarkeit auf die Wange. Sie schwor ihm immer wieder, dass er ihr Leben gerettet hätte und ein guter Mann sei.

Sie kehrten in ihr Dorf zurück und die Menschen umringten ihn, bedankten sich ebenso und luden ihn zum Essen ein. Ja, sie boten ihm Unterschlupf an, solange er wollte." Liaz rutschte ein wenig auf dem kalten Boden hin und her. „Taio überwand mit der Zeit endlich seine Befürchtungen und wurde ein Teil dieser Dorfgemeinde."

Yron rührte sich nicht. Doch anders als sonst hatten sich seine Augen nicht wieder geschlossen, sondern blickten auf die tanzende Flamme gegenüber. Vielleicht half es ihm tatsächlich, wenn sie ihm ihre Magie gab. Und mit ihm sprach. „Zweifel sind dein größter Feind, Yron. Aber so unnötig. Nur wer Großes wagt, kann auch Großes erreichen."

Sie blickte an sich hinab und bemerkte, dass ihre Hand auf ihrem Herzen lag. Manchmal fühlte sie sich, als würde nicht sie über ihren Körper herrschen, sondern ... Erschöpft ließ sie ihren Kopf an die Mauer hinter sich sinken und starrte in das Halbdunkel über sich. Ein Zittern lief durch ihre Glieder. Spürte Yron die Kälte? Oder konnte der Frost ihn nicht beißen, weil sein Geist zu sehr gefangen war? Wenn ja, dann war das zumindest eine kleine Sache, auf die sie neidisch war. Sehnsüchtig wanderten ihre Gedanken zu einem prasselnden Feuer, an dem sich ihre Freunde gerade sicherlich wärmten und beratschlagten. Liaz war freiwillig in Gefangenschaft gegangen, um den Erben der Macht zu schützen und zu retten. Sie bereute ihre Entscheidung keinesfalls und dennoch war sie voller Verlangen nach einer halbwegs gemütlichen Schlafstätte, Wärme und mehr Essen als dem kargen Mahl, das man ihnen hier brachte. Wobei sie sich vermutlich glücklich schätzen konnte, dass die Gefangenen anscheinend so wertvoll waren, dass man sie nicht einfach sich selbst überließ und vergaß.

Als hätte sie mit diesen Gedanken die Wache heraufbeschworen, nahm sie das charakteristische Krachen wahr, mit dem eine Tür ins Schloss fiel. Sie war immer nur zu hören, wenn Essen verteilt wurde. Bald darauf konnte sie die Schritte der verschiedenen Wachleute vernehmen, die die Vorräte verteilten, und das war für Liaz das Zeichen, sich von Yron zu entfernen. Sie wollte nicht dadurch auffallen, dass sie sich allzu viel neben ihm aufhielt. Immerhin konnte man ihn nicht als guten Gesprächspartner bezeichnen und um sich zu wärmen, war er zurzeit zu kühl.

Die Wache, die ihr schließlich eine Schale Brühe und ein Stück trockenes Brot in die Hand drückte und sich dann an Yron wandte und ihm etwas vorsetzte, das er ohnehin nicht allein essen konnte, schien allerdings weder sonderlich daran interessiert, welcher Insasse mit wem sprach, noch wie der Zustand der einzelnen Gefangenen war. Liaz blieb dennoch vorsichtig, wartete, bis die Schritte wieder verklangen und alles ruhig war.

Dann schob sie sich erneut um die Felsnase herum, die sie bereits so oft in den letzten Tagen umrundet hatte, ließ sich neben den Erben nieder und rieb sich die Haare aus der Stirn, während sie seine Portion betrachtete. Die Wachen mochte es nicht interessieren, aber Liaz, in Magie bewandert, wusste, dass ein solcher Zauber das Bedürfnis für Nahrung und Flüssigkeit reduzierte. Das Opfer kam Wochen ohne etwas aus.

Sie seufzte leise, während sie das Brot für Yron in der Hand drehte. Sie selber hatte sich bereits etwas genommen und das vertrocknete Gebäck lag schwer in ihrem Magen und schien sie eher zu belasten denn zu stärken. Selbst wenn man es in die Brühe tunkte, wurde es nicht weicher.

Nachdenklich hielt sie in ihrer Bewegung inne. Eine Idee formte sich in ihrem müden Kopf. Es war ihr möglich, für kurze Zeit Magie auf Objekte zu übertragen, die auf die eine oder andere Art zumindest mal einen Lebensfunken besessen hatten. „Yron", wisperte sie in die Dunkelheit hinein, die nun, da einige der Fackeln erloschen waren, mächtiger geworden war. „Ich habe einen Plan."

Selbstredend gab er ihr keine Antwort, doch sie wertete es als ein gutes Zeichen, dass er die Augen noch immer, oder schon wieder, geöffnet hatte. Er lehnte nach wie vor an der Wand in seinem Rücken und starrte Löcher in die Luft. Gerade konnte sie sein Gesicht kaum mustern, dafür reichte das Licht der Fackeln nicht mehr. Seine Konturen jedoch machte sie auch im schäbigen Dunst gut genug aus. „Ich werde dir ein wenig meiner Magie zu schlucken geben." Ihre Hand leuchtete auf und tauchte alles um sich herum in die gedämpften Wellen einer blauweißen Flamme, die sich auf das Brot übertrug und sich tief hineinfraß. Ihm die Brühe einzuflößen, wäre leichter, aber Flüssigkeiten behielten Liaz' Magie nicht.

Liaz schluckte und schützte die Dunkelheit mit ihrem Körper, damit die Wachen nicht darauf aufmerksam wurden. „Viel kann ich dir nicht geben." Aber es war die beste Möglichkeit, die sie hatte, sein Innerstes zu erreichen, ohne viel Magie aufwenden zu müssen.

Als sie den Kraftstrom unterbrach, glomm nur noch das Brot ein wenig. Und selbst das schien bereits zu verblassen, also beeilte sie sich, Bissen davon abzubrechen. Über sich selbst ärgerlich, da ihr dieser Schritt jetzt erst einfiel, zwang sie ihre Finger zu einer raschen und doch sorgfältigen Arbeit.

Dann schob sie Yron das erste Stück in den Mund. Zunächst geschah nichts, dann kaute er wie selbstverständlich auf dem schweren, vielleicht etwas zu groß geratenen, Klumpen in seinem Mund herum.

Kurze Zeit später hatte er den Brocken geschluckt und Liaz spürte den leisen Nachhall ihrer Magie tief in seinem Körper. „Jetzt muss es nur noch nach meinen Vorstellungen funktionieren", meinte sie leise, strich ihm eine Strähne aus dem Gesicht und verabschiedete sich für die Schlafruhe.

Das, was Liaz für die Nachtwache hielt, würde bald vorbeikommen und sie gehörten zu den ganz leicht zu reizenden Männern der Hexe. Am ersten Abend war Liaz bei Yron geblieben und hatte direkt darauf Schläge kassiert. Es war eine reine Willkür gewesen, schließlich besaß niemand eine Zelle und jeder durfte sich frei bewegen. Aber es war wie überall, wenn Menschen sich über anderen erwähnten. Sie nutzten die Machtlosigkeit anderer gnadenlos aus.

Ihr Gesicht schmerzte noch immer. Sie musste eher dafür sorgen, dass eine solche Situation nicht mehr zustande kam.

Also legte sie sich eilig auf die kratzige Binsenmatte, die man ihr zugeworfen hatte, und schloss die Augen. Auch wenn sie niemals gedacht hätte, an einem solchen Ort, unter solchen Bedingungen schlafen zu können, trieb die Erschöpfung in den letzten Tagen ihr bitteres Spiel mit Liaz, die zwar recht schnell in einen Schlaf verfiel, sich aber dennoch unruhig auf ihrer Matte hin und her wälzte, gefangen zwischen schlechten Träumen und der düsteren Wirklichkeit. Es erschien unmöglich, eines der Bilder auf lange Sicht halten zu können. Sie entglitten ihr schneller, als sie vor ihrem inneren Auge auftauchten.

„Liaz?"

Die Angesprochene zuckte zusammen, sich nicht sicher, ob sie sich die Stimme nicht eingebildet hatte. Die Augen aufgeschlagen starrte sie auf den Teil der Wand im Durchgang, den sie von ihrer Position aus ausmachen konnte. War das wirklich Faris gewesen? Oder ein Traum? Wie konnte man sich mit so vielen Menschen und Wachen um sich herum nur so einsam und unsicher fühlen? Bei dieser frostigen Finsternis konnte man im Halbschlaf das Gefühl gewinnen, ein Loch im Erdreich hätte sich aufgetan und sie als Einzige verschluckt. Sie keuchte, als ein Beben sie zu ersticken drohte, und richtete sich in eine sitzende Position auf. Das machte es gleich besser. Sitzend kam sie sich weniger verletzlich vor, als wenn sie lag. Die Stimme ihres Kindermädchens in ihrem Kopf durchdrang nach jedem Albtraum die Angst und forderte sie dazu auf.

„Bist du hier?" In der leisen Hoffnung, dass es weder ein Traum gewesen war, noch, dass sie mit ihrem Erwachen eine Verbindung zwischen ihnen getrennt hatte, umklammerte sie ihre Knie mit den Händen.

Es dauerte lange, bis sie erneut seine Stimme, dieses Mal wesentlich leiser und angestrengter, in ihrem Kopf wahrnahm. „Ja", brachte er mühselig hervor und sie wünschte sich, sie könnte erneut in den Schlaf sinken. Es war so viel einfacher, mit einem zumindest einigermaßen ruhenden Geist in Kontakt zu treten als mit einem Wachen.

Aber Liaz musste es nicht ausprobieren, um zu wissen, dass sie damit scheitern würde. „Wo bist du genau?"

Erneut musste sie auf eine Antwort warten. *„Wir sind in der Nähe, bereit zum Zuschlagen, auch wenn es nicht so gut aussieht. Die Mine, in der ihr gefangen gehalten werdet, ist durchzogen von alter Magie. Sie schirmt euch fast perfekt ab. Es hat lange gedauert, dich endlich ausfindig zu machen. Was macht der Erbe?"*

„Ist nicht mehr bei Bewusstsein, seit wir hier sind. Ich versuche, ihm immer wieder ein wenig meiner Magie zu geben, um den Bann zu brechen, aber ich kann meine Kraft nicht offen zeigen. Die Wachen ..."

Die nächste Antwort ließ so lange auf sich warten, dass Liaz' Herz bereits ein Stückchen hinabsank. Was, wenn das ihre einzige Chance gewesen war, miteinander in Kontakt zu treten? Sie dachte über seine Worte nach. Er und ihre Truppe waren in der Nähe und vermutlich würden sie eine gute Gelegenheit abwarten, um zuzugreifen.

Das war an sich keine schlechte Nachricht. Zumindest schien sie nicht auf ewig verdammt zu sein, hierzubleiben. Oder noch schlimmer, auf Dilara zu treffen. Sie war schon froh, dass die Wachen selbst ihr Gesicht nicht erkannten. Aber wie würden die anderen sie befreien wollen? Versteckt oder mit einem offenen Angriff? Und vor allem, wann? Ihr Blick hob sich, den Gang vor sich entlang. Sie musste es schaffen, Yron zu wecken. Faris hatte recht. Mitunter sah es vermutlich nicht gut für sie aus, aber sie konnten den Erben nicht in die Hände der Hexe fallen lassen. Sie mussten ihn hier hinausschaffen. Und am besten lieh er ihnen seine Kraft.

„Wir wollen auf dein Signal hin hineinkommen, möglichst unauffällig, aber ich bezweifle, dass wir jedem Kampf ausweichen können. Die Tunnel scheinen weit verzweigt, es ist schwierig, den richtigen Weg zu finden."

Vor Erleichterung stieß Liaz die Luft aus. Dann kamen ihr seine Worte erst richtig in den Sinn. *„Bitte passt auf euch auf. Ihr seid meine Familie!"* Sie würde den Erben wecken müssen, gleichzeitig würde sie dafür sorgen müssen, dass sie am besten schon in einem

Chaos steckten, indem niemand ihrer Leute war. *„Ich weiß nicht, wie ich das schaffen soll"*, gab sie von sich.

„Sag uns, was du machen möchtest, wir können alles bereden."

„Wir brauchen ein Durcheinander", entschied sie rasch. Das würde wohl ihre beste Möglichkeit sein. *„Spätestens, wenn der Erbe aufwacht, werden die Wachen ohnehin bemerken, dass etwas nicht stimmt, und vorsichtiger sein. Also sollten wir sie zuerst hereinlegen, bevor sie sich ordnen und uns in Fallen locken können."* Das Risiko bestand auch dann noch, wenn sie sie zuerst aufscheuchten. Also mussten Liaz und die anderen extrem vorsichtig sein.

Einmal mehr wünschte sie sich, sie hätte noch ein paar ihrer alten Gaben, aber sie waren alle mit der Zeit verschwunden. Vererbt wie eine Pfütze im Sommer. Liaz konnte sich darüber eigentlich nicht beschweren. Sie war nicht blind auf diese Sache eingegangen und man hatte ihr gerecht gesagt, worauf sie sich einließ. Dennoch … Die Fähigkeit, Menschen um sich herum spüren zu können, wäre nun wirklich sehr von Vorteil gewesen.

Faris' Stimme war nun noch leiser, als er antwortete: *„Ich werde mir etwas ausdenken. Gib mir ein paar Stunden. Klopf an."*

Sie stieß ein Brummen aus. Jetzt, da ihr die Chance auf eine Flucht vergönnt war, wollte sie nicht mehr warten. Das schien alles nur viel schlimmer zu machen.

Stattdessen wäre sie am liebsten direkt zu dem Erben gelaufen, hätte ihn geweckt und diese Mine verlassen. *„In Ordnung."* Sie erhob sich von ihrer Schlafstätte. Weiter hier zu liegen, schien unmöglich. An Schlaf war nicht einmal mehr zu denken. Wenn man diesen unruhigen Zustand von vorhin überhaupt als Schlaf bezeichnen wollte.

Bereits am ersten Tag hatte Liaz versucht, einen Ausweg zu finden, aber sie hatte keine Logik in den Gängen gefunden und fragte sich seither, wie die Wachen sich zurechtfinden konnten. Jeder Schritt, den sie durch die Tunnel machte, schien ihr unvorsichtig und zu laut. Niemand achtete auf sie. Vielleicht würde sie dieses Rätsel endlich knacken können. Sie musste es schaffen. Und auf Schritte achten und Dilaras Männern ausweichen.

Wie lange sie so herumgeirrt war, ehe sie beschloss, dass es nichts brachte, wusste Liaz nicht. Aber als sie schlussendlich irgendwie wieder bei Yron angelangt war, ließ sie sich entmutigt neben ihm zu Boden fallen, griff seine Hand und drückte sie. Nicht um ihn zu trösten, sondern um sich selbst Mut zuzusprechen. „Wir werden das schaffen", wisperte sie ins Halbdunkel hinein. Die Fackeln waren erneut entzündet worden und brachten ihren Tages-Nacht-Rhythmus damit noch mehr durcheinander. Sie hatte so viel auf dem Herzen, das sie gerne der Dunkelheit und Yron anvertraut hätte, doch in Anbetracht der Wachen verzichtete Liaz auf jede weitere Äußerung. Sie saß einfach nur da, Yron an ihrer Seite, seine Hand in ihrer eigenen. Ihr Leben lang hatte sie mit Zweifeln gekämpft, hatte gelernt, ihren größten Ängsten schlussendlich in die Augen zu blicken und mit ihnen zu ringen. Sie wollte sich dieser Furcht nicht schon wieder ergeben. Wenn sie eines nicht ertragen könnte, dann wäre es der Tod oder die Versklavung ihrer Familie. Und dabei war ihr bewusst, dass sie auch das Richtige machen musste. Yron würde frei kommen müssen, damit dieser Albtraum endlich ein Ende hätte.

Als sie eine Bewegung an ihrer Hand spürte, zog Liaz scharf die Luft ein, wagte es jedoch nicht, sich zu rühren. Es musste Einbildung gewesen sein, dass seine Finger sich um ihre Hand geschlossen hatten.

Da war die Berührung erneut. Mit einem Ruck wandte sie ihm den Kopf zu und bemerkte das träge Blinzeln und das Strecken seiner Schultern. „Yron?"

Er legte den Kopf in den Nacken und nickte ihr leicht zu. Der Ausdruck in seinen Augen hatte noch etwas Verklärtes an sich, doch nach jedem Wimpernschlag schien das zurzeit beinahe nachtschwarze Grau fester und intensiver als vorher zu leuchten. „Ja."

„Du bist zu dir gekommen."

„Ich war niemals weg." Seine Stimme klang ein wenig eingerostet. Als würde sie sich erst wieder daran erinnern müssen, wie sie funktionierte. Dann gab er ein leises Schnauben von sich und streckte die Arme, wobei er ihre Hand losließ. „Ich habe alles gehört und gesehen."

Liaz' Wangen färbten sich unweigerlich rot. Plötzlich kam ihr in den Sinn, dass sie sich ihm vielleicht zu viel offenbart hatte. Um das zu überspielen, räusperte sie sich rasch und sah erneut auf die Fackel, die immer wieder ihre Aufmerksamkeit zu fesseln schien. „Du weißt also, dass ich dich mit meiner Magie befreit habe?"

Ein Lächeln legte sich auf seine Lippen. Um seine Augen hatten sich ein paar Fältchen mehr gebildet. „Sagen wir es so; das Brot davor war sogar noch appetitlicher als dieser Happen." Mit einer schnellen Bewegung richtete er sich auf und Liaz erwartete bereits, dass seine Beine vor Schwäche unter ihm nachgeben würden und sie ihn auffangen musste, doch da ließ er sich an die Wand sinken und lugte um die Ecke des Ganges. „Was schaffen wir? Die Flucht?"

Auch sie richtete sich auf. „Faris und unsere Gruppe sind hier", erklärte sie leise und betrachtete ihn. Abgesehen davon, dass sein Gesicht ein wenig älter wirkte, strahlte er von einer wilden Entschlossenheit erhellt. Hatte ihre Magie ...

Den Gedanken konnte sie nicht mehr beenden, als er sie packte und sich mit ihr so herumdrehte, dass sie zwischen Wand und seinem Körper eingepfercht war. „Wann?" Seine Stimme war nur noch ein leises Brummen.

Liaz erzitterte unter seinen Augen. In diesem Augenblick wirkte er ganz wie der König, zu dem der Dolch ihn erwählt hatte. „Sobald sie bereit sind, mit Chaos abzulenken, und ich ihnen das Signal gebe."

Er nickte, ließ sie los und trat einen Schritt zurück, als wäre die Nähe ihm plötzlich selber zu viel. „Warte noch", entschied er. Liaz hob eine Braue. Jeder Widerspruch ihrerseits schien für ihn denkbar unmöglich. Eine Person, die zur Autorität geboren worden war.

„Erzähl mir lieber, was du weißt. Und wieso du dich für diese Taktik entschieden hast. Ich weiß lieber, auf was ich mich einlassen werde, wenn ich dir vertraue."

„Ich habe dich von deinem Bann erlöst."

Er lächelte sie erneut an, dieses Mal ein wenig hochnäsig. Augenblicklich überkam sie der Wunsch, ihm eine zu scheuern. „Und ich sagte nie, dass ich dir misstrauen würde. Trotzdem!" Er machte einige Schritte, bei denen er die Beine streckte und dehnte, als würde er seinen Körper erst wieder beweglich bekommen müssen.

Liaz beobachtete ihn eine Weile, dann stieß sie sich von der Wand ab, ließ sich erneut zu Boden sinken und setzte sich in den Schneidersitz. „Fein", brachte sie hervor, unbegeistert von seiner Tonart. „Du willst wissen, wo wir sind? In einem Labyrinth aus alten Minengängen, die voller Magie sind. Ich kann mich hier nicht zurechtfinden und alles ist von Wachen durchsetzt."

Auch Yron blieb kurz stehen, ehe er auf sie zutrat und sich ebenfalls zu Boden sinken ließ. „Wie nimmst du Kontakt auf?"

„Faris hat die Gabe, andere in seinen Geist zu ziehen, wenn er das möchte. Man braucht seine Erlaubnis und seine Hilfe, selbst wenn man anklopft. Er hat die Verbindung aufgebaut." Ihr Finger malte lose Muster in den Sand unter ihr. „Er und die anderen sind in der Nähe, aber es war sehr schwer, miteinander zu kommunizieren."

Yron sagte dazu nichts. Aber seine Miene hatte einen nachdenklichen Ausdruck angenommen.

Kapitel 34

„Wie gefällt es dir?" Hannah ließ sich ihm gegenüber auf einen Hocker fallen und die Hand durch die Luft tanzen, als wäre es nicht klar, worauf sie sich bezog.

Jeremiah sah sich erneut in dem halbdunklen Schankraum einer kleinen Gastwirtschaft um. Überall standen Tische und Stühle, viele davon zurzeit frei, in der Ecke prasselte das Feuer in einem Kamin und warf Schatten auf die schmale Stiege, die nach oben in einen dunklen Flur führte. „Gemütlich", brachte er hervor und legte den Blick wieder auf die Frau vor sich, deren Wangen sich leicht rot gefärbt hatten. Sie ging jedoch nicht auf seine Antwort ein, sondern hob ihren klobigen Holzbecher an den Mund und nahm einen Schluck von ihrem Getränk. Jeremiah war sich nicht sicher, was sie sich gestattet hatte, aber er hatte ein angebotenes Bier entgegengenommen. Die weißen Schaumwellen sanken bereits in sich ein. Der Schluck, den er sich gegönnt hatte, hatte viel versprochen.

Er mochte ein zu weiches Herz haben, dass er sich von ihr in die Gastwirtschaft hatte führen lassen, aber nachdem die Tränen versiegt waren, hatten dort nur zwei Kinder vor ihm gestanden und keine Gefahr mehr. Es war egal, wie alt Hannah war, es war ihr anzusehen gewesen, dass sie Hilfe brauchte, und er hatte sich entschlossen, ihr zumindest so weit zu folgen.

Nun sah er dabei zu, wie sie sich erleichtert das Haar zusammenfasste und ihm ein Lächeln schenkte, das vielleicht dankbar oder beruhigend sein sollte. Er wusste es nicht. Und in diesem Augenblick war es ihm auch gleichgültig. „Wir sind immer irgendwie über die Runden gekommen", erklärte sie leise. „Aber diesen Winter wird es härter, weil der Stadtverwalter die Steuern erhöhen will, und die muss jeder zahlen, egal ob er etwas besitzt oder nicht." Die Liebe, mit der sie die wenigen Menschen in diesem Raum betrachtete, konnte weder die Angst noch die Pein vertreiben. Das hier war ihre Familie, das hatte Jeremiah nicht eine Sekunde infrage gestellt. Ihre Familie, hauptsächlich Kinder. „Als wir die Wirtschaft bekommen haben, da war sie nicht mehr als eine Ruine, aber wir voller Hoffnung und die hat man uns wieder genommen."

Er hatte Gastwirtschaften gesehen, die in Betrieb und dennoch weiter heruntergewirtschaftet waren. Alles war alt, aber weit von einer Ruine entfernt. „Was ist geschehen?" Hannah machte ihn neugierig.

Obwohl er sich ihrer Sache nicht angeschlossen hatte und er ihnen auf gewisse Art den Mut an ihrer Rebellion ausgeredet hatte – ob nun auf lange Sicht oder nicht, sei einmal dahingestellt – sie hatte ihn dennoch hierhin eingeladen und ihm etwas zu Trinken angeboten. Hannah zuckte mit den Schultern und betrachtete ihre Hände, die sie auf die Tischplatte gelegt hatte. Ihre Nägel waren abgekaut und an manchen Stellen rissig. Der Beweis, dass sie viel mit ihnen arbeitete. „Ich bin mit Nihat erst später dazugekommen. Wir hatten einmal jemanden an unserer Seite, der wie ein Anführer für uns war. Er hatte uns Geld zusammenklauen lassen, um dieses Gebäude zu kaufen und zu renovieren. Wir haben alle Hand angelegt und uns ein Heim geschaffen. Dann fing er an, hieraus eine richtige Gastwirtschaft zu machen. An normalen Tagen haben wir sogar Gäste und verdienen unser Geld auf ehrliche Art." Sie verzog den Mund. „Einen großen Teil davon jedenfalls."

Jeremiah nickte leicht und legte lauschend den Kopf schief. Irgendjemand hatte angefangen, auf einer Rebec zu spielen, und der süßbittere Klang erfüllte den Schankraum. Er sah sich um und entdeckte ein junges Mädchen nur ein kleines Stück entfernt in einer Ecke. Sie hatte das Instrument am Oberarm abgestützt und ließ den Bogen rasch über die drei dicken Saiten fahren. Kurze Zeit später stimmte ein anderes Mädchen mit einer Knochenflöte ein.

Die Musik erinnerte ihn erneut an Yron. Dessen Familienwappen war eine Fidel, da es in seiner Blutlinie viele Musikanten gegeben hatte. Yrons Vater selbst hatte damals auf den Festen im Dorf Fidel gespielt und sein Sohn hatte, wie so viele andere in der Familie, das Talent ebenfalls geerbt.

Im Gegensatz zu seinem Vater war Yron niemals dazu gekommen, auf einem Fest zu spielen. Nach dem Tod seiner Mutter hatte er damals sein Instrument voller Wut an der Wand zerschlagen und es seither gescheut, einem Neuen auch nur zu nahe zu kommen.

Wann immer er eine Fidel hörte, konnte seine Laune schnell absinken. Das hatte sich auch in der Stadt nicht gebessert, dabei war dort von überall her Musik zu hören gewesen.

Jeremiah nahm rasch einen langen Zug von seinem Bier und betrachtete Hannah ein weiteres Mal. Erst da fiel ihm auf, dass er ihr gar keine Antwort mehr gegeben hatte. „Ihr versucht, zu überleben."

„Als wäre es so leicht. In einer Handelsstadt ist jede Münze wichtig. Das wissen wir hier unten genauso gut wie die dort oben. Die, die keine tägliche Sorge tragen müssen, wie sie jeden in ihrem Umkreis durch den Winter bringen sollen." Sie schnaubte und stützte erschöpft das Kinn auf einer Hand ab. Die Finger der anderen spielten mit dem Becher auf dem Tisch. „Deswegen wollen wir uns wehren."

„Und an sich ist dies ja auch keine schlechte Idee, Hannah." Jeremiah schüttelte sachte den Kopf. „Glaube mir, sich kopflos in eine solche Sache zu werfen, wird nur mehr Leid auf eurer Seite verursachen als lösen. Geht nachdenklicher an dieses Bestreben heran." Wie konnte er diese jungen Leute vor sich selbst schützen? Und am besten noch einen Nutzen daraus ziehen? Es fühlte sich falsch an, so zu denken. Doch richtig oder falsch gab es manchmal nicht mehr. Nicht, wenn ein so hohes Ziel wie Feys Befreiung vor einem lag.

„Welche Idee hast du?"

Er gab keine Antwort darauf. Erst als sich seine Augen auf das Bier in seiner Hand richteten, kam ihm etwas in den Sinn. „Versucht, euer Geschäft auszuweiten. Verdient Geld damit."

„Wie?"

Er hielt ihr den Becher unter die Nase und nickte darauf. „Ich mag kein Mann vom Fach sein, doch ich habe schon in vielen Städten Bier getrunken und ich finde eures sehr köstlich." Dann deutete er auf verschiedene Punkte im Schankraum. „Ihr müsst keine Zimmer anbieten, wenn ihr diese selber braucht oder keinen Fremden dort oben haben wollt. Musik besitzt ihr ebenso wie eine gemütliche Gastwirtschaft. Belebt alles ein wenig mehr. Geld wird euch den Rücken stärken und mehr Möglichkeiten offenbaren. Den Steuern könnt ihr nicht entkommen, aber ihr könnt sie stemmen. Es wird eine langwierige Angelegenheit, das musst du mir gar nicht sagen. Ein Geschäft blüht nicht innerhalb kürzester Zeit, vor allem habt ihr nicht die beste Lage in der Stadt. Zumindest nicht, wenn ihr auf die Händler und Reisenden setzt. Aber die meisten Gastwirtschaften in dieser Stadt vergessen die wichtigsten Menschen. Die Einheimischen und die gibt es auch hier in der Gegend. Genug, um Münzen zu machen."

„Aber wie sollte uns das bei einer Revolution helfen?"

Ehe Jeremiah dazu eine Antwort geben konnte, wurde das Spiel der Rebec ein wenig leiser und die Knochenflöte passte sich dem Klang direkt an, als würde ein Spieler beide Instrumente beherrschen.

Dafür wurde die Stimme eines dritten Mädchens laut, erst kaum wahrzunehmen, dann immer lauter, und schloss sich der volltönenden Melodie langsam an. Eine Gänsehaut breitete sich auf seinen Armen aus, als sie das Lied vom Frühling und vom neuen Leben ansetzte. Es war ein altes Volkslied über den Wandel der Jahreszeiten, das sich nur über die Melodie und nicht über den Text reimte. Kurz schloss er die Augen und strich mit dem Zeigefinger über den rauen Rand seines Bierbechers. „Ihr müsst euch organisieren", murmelte er träge und wusste, dass er bald gehen musste. Er würde es nicht lange hier aushalten, mit den alten Liedern und der Rebec auf dem Ohr. Während er nicht wusste, wie es Fey bei ihren Übungen ging.

Er hatte eine andere Verantwortung, als sich um diese Kinder zu kümmern. „Geld sammeln, euch trainieren. Das ist das Richtige. Pläne schmieden. Verliert nicht den Kopf und sucht euch Zeit, wo es möglich ist."

Er erhob sich, blieb dann jedoch unschlüssig stehen. Niemand, außer Hannah, achtete auf ihn, doch er beobachtete sie. Die Rebec hatte nun ihren Klang verlangsamt. Bald würde sie schweigen, ehe sie zu einem hohen, schnellen Takt aufbräche. Dann, wenn der Frühling zu seiner Spitze fand. Wenn Schnee und Kälte endgültig dem neuen Leben weichen und die Vögel ihre Lieder in der Luft erklingen lassen würden.

Die Sängerin wisperte nun mehr, die Arme an den Seiten zu lockeren Fäusten geballt, ehe sie den Kopf nach hinten riss.

„Du bist ein sehr merkwürdiger Mann", erhob sich Hannah und schritt um ihn herum. Ihre Hand legte sich um seinen Becher und zog ihn an sich. „Soll ich dir nachschenken oder verschwindest du nun?"

Er schwankte. Dann ließ er sich wieder auf den Platz sinken und nickte. „Eines nehme ich noch gerne." Hannah neigte den Kopf zur Seite, sagte jedoch nichts mehr. Stattdessen suchte sie sich zwischen den Stühlen und Tischen hindurch einen Weg zur Theke.

Nervös fuhr er sich über den Arm, während er dem Musikspiel lauschte. Da war der hohe Takt, den er eben noch erwartet hatte. Die Rebec schraubte sich immer höher und klang dabei nicht mehr so leidend und traurig wie vorher, sondern viel mehr fröhlich und aufgeweckt. Sie projizierte das Bild eines neugierigen Hasen, der seine Schnauze aus dem hohen Gras hinaushielt.

Seine Hände umklammerten den Tischrand, ehe er sich dazu zwang, sich nach hinten an die Stuhllehne fallen zu lassen und tief durchzuatmen. Die Situation war in seinen Augen mehr als lächerlich. Er verhielt sich wie ein Kind.

Seine Finger schlossen sich um den kleinen Holzanhänger, den er als Kette um den Hals trug. Sein Familienwappen war ein Bogen. Seine Familie hatte aus vielen Jägern bestanden. Nur in den letzten Generationen hatte sich kaum mehr einer von ihnen die Mühe gemacht, sich mit der Waffe auseinanderzusetzen.

Ob dieses Talent sie alle übersprungen hatte oder sie es einfach nicht in sich entdeckt hatten, war Jeremiah unklar. Zu ihm passten sein Familienwappen und der damit einhergehende Name sehr gut. Mit einem Bogen in der Hand fühlte er sich deutlich wohler.

„Hier." Hannah setzte sich ihm erneut gegenüber und schob den Becher auf ihn zu. Jeremiah nickte dankbar. „Was hast du?"

Er hob den Blick und seufzte. „Ich kann euch bei eurer Rebellion nicht wirklich helfen und ich weiß auch nicht, wie lange ich noch in der Stadt sein werde. Mein Aufbruch wird vermutlich sehr spontan sein."

„Ich verstehe." Sie senkte das Haupt und umschloss ihr eigenes Trinkgefäß mit beiden Händen. Auf gewisse Weise sah sie mit der Verantwortung so verloren aus, wie er sich fühlte. Auf ihrer beider Schultern schienen zu viele Leben zu lasten. Auf seinen spürte er jetzt auch die von Hannah und ihrer Familie, zweifach. Jetzt und wegen Fey. „Ich kann dich dazu nicht zwingen und du hast es mir bereits deutlich gemacht, dass du dich nicht dabei involvieren wirst."

Er nickte und nahm einen großen Schluck vom Bier. Es schmeckte wirklich gut. „Ich werde euch auf andere Weise helfen", murmelte er dann. Bevor sie dazu etwas sagen konnte, hob er sogleich die Hand, um ihre Euphorie zu stoppen. „Ich warne euch direkt, mich in eine Sache hineinzuziehen. Ich werde euch fallen lassen wie ein Stück zu heiße Kohle, verstanden? Und wenn ihr dabei umkommt, dann sei es drum, mein Gewissen wird nicht belastet sein." Dass das nicht die Wahrheit war, musste sie nicht erfahren. „Ich werde Nihat und dir zeigen, was ich euch in der kurzen Zeit beibringen kann. Eure Aufgabe ist es dann, das an die anderen weiterzugeben. Mehr kann ich euch nicht geben und mehr werde ich euch auch nicht geben."

Hannah sah ihn Herzschläge lang nur an, dann nickte sie, ein Lächeln aufgelegt, als würde er ihr Gold und Diamanten schenken wollen. Es erreichte zum ersten Mal ihre Augen und ließ sie aufleuchten. Bevor er sich versah, griff sie nach seiner Hand und drückte sie. „Abgemacht. Ich danke dir."

„Es kann jeden Tag dazu kommen, dass ich nicht mehr hier bin. Du musst lernen, die Verantwortung auf deinen Schultern alleine zu tragen. Es wird nicht immer wieder jemand die Straße hinab kommen, der das für dich übernimmt."

Sie nickte, doch das Lächeln verschwand nicht. „Ich bin dir nur erst einmal dankbar, dass du uns zu helfen bereit bist. Können wir dir dafür etwas Gutes tun?"

Auf die Frage hatte er gehofft. Er nickte. „Es ist wichtig, dass ihr euch nicht in meine Sachen einmischt, aber ihr bekommt sicherlich viel auf den Straßen mit, nicht wahr?"

„Ja", bestätigte sie. „Worauf sollen wir achten?"

„Auf nichts Explizites. Sagt mir, was in der Stadt vor sich geht. Tratsch, Gerüchte oder Ungewöhnlichkeiten. Das reicht mir schon. Haltet euch aus meinen Angelegenheiten raus, doch informiert mich selber."

„Das werden wir." Ihre Augen legten sich auf die drei Musiker, die das nächste Stück angefangen hatten. „Wo werden wir dich finden?"

„Ich komme zu euch. Hier oder beim Schießplatz." Mit einem kräftigen Schluck leerte er den Becher und erhob sich. „Und nun werde ich mich für heute verabschieden." Er neigte den Kopf und verließ ohne ein weiteres Wort den warmen Schankraum der kleinen Gastwirtschaft.

Kapitel 35

Die Sonne ging mit einem roten Strahlen über den dunklen Hausdächern hinweg auf und wirkte wie ein Versprechen nach Wärme und Liebe, war aber nicht mehr als das Versprechen, aus dem Bett gerissen und in einen neuen kalten Tag geworfen zu werden. Sie hatte mittlerweile kaum mehr die Kraft, die Luft so früh am Morgen zu erwärmen.

Der schneidende Wind, der heute herrschte, trieb Jeremiah förmlich die Tränen in die Augen und doch wischte er sie sich immer nur fort, ohne weiter darauf zu achten. Sie hatten nicht den Platz und nicht die Ruhe im Schankraum, aber im Außenhof des Hauses konnten sie sich ungestört unterhalten und die morgendliche Kälte verhalf ihm zu einem wacheren Kopf. Seit einer geraumen Stunde versuchte er nun, Hannah, ihrem Bruder und zwei weiteren der Älteren beizubringen, worauf sie zu achten hatten, wenn sie nicht auffallen wollten. Doch alles, was sie konnten, war, über die Kälte zu jammern, und das ließ seine Hoffnungen schwinden. Das hier waren Kinder und mehr nicht. Es war fraglich, ob sie verstehen würden, was er von ihnen wollte, wenn sie in Wirklichkeit nur herumweinten.

„Wichtig ist", betonte er nochmals und musterte Tahat säuerlich, der lieber in der Nase bohrte, als sich auf ihn zu konzentrieren, „dass ihr einschätzen könnt, ob eine Situation gefährlich wird oder nicht. Und vorher solltet ihr besonders darauf achten, wie ihr euch verhaltet."

Der Junge nahm den Finger aus der Nase und starrte ihn an, ehe er mit der Schulter zuckte, als würde es ihn alles nicht interessieren, und vermutlich war das auch wirklich der Fall. „Ist doch egal, wir müssen doch so oder so aufpassen oder nicht?"

Jeremiah hätte ihm zugestimmt, hätte er damit diese nervige Art nicht unterstützt. Er schüttelte den Kopf. „Es gibt mehrere Arten, wie man sich verhalten kann", predigte er, aber als Tahat wieder nur die Schultern zuckte, konnte Jeremiah nicht länger ruhig bleiben. Seit einer Stunde ging das so, er wiederholte sich nur, wo er eigentlich jede Minute dazu aufbringen müsste, ihnen etwas beizubringen. Vielleicht war er morgen um diese Zeit schon nicht mehr hier oder zwar noch in der Stadt, aber es wäre ihm nicht möglich, herzukommen. Genervt massierte er sich die Nasenwurzel und Tahat schien seine Gelegenheit gekommen zu sehen, denn er grinste breit und dümmlich und ließ die Schultern kreisen. „Ich bin hier, um zu lernen, wie ich mich prügeln kann und nicht dieser Sache auszuweichen."

„Du willst dich also schlagen?" Jeremiah blickte auf und fasste den Schwachkopf ins Auge. Ein Lächeln glitt auf seine Lippen. Es wäre so einfach. Sobald er den Kerl einmal am Kinn getroffen hätte, würde der vermutlich heulend davonlaufen. Doch er besann sich und ging stattdessen auf seinen unwilligen Schüler zu, schubste ihn mit dem Oberkörper von sich fort und drängte ihn zurück. „Dann los, wenn du meinst, dass das besser ist. Das hier wäre so eine Situation. Reizt niemanden einfach so." Kurz wandte er sich der erschrocken wirkenden Hannah zu, machte aber weiter mit seinem Tun. Tahat stieß ein gepresstes Geräusch aus, als er an die Mauer in seinem Rücken stieß. Auf einmal wirkten seine Augen nicht mehr so selbstsicher, sondern verängstigt. Aber Jeremiah konnte darauf keine Rücksicht nehmen. Er war selbst so ein dummer Jungspund gewesen, ohne eine harte Hand würde das Kind untergehen. „Es geht nicht darum, die Armee anzugreifen oder sich mit jedem zu prügeln. Es geht darum, zu überleben, und das habt ihr bisher ohne mich gut geschafft. Also tut nicht so, als würdet ihr mich unbedingt brauchen. Die wichtigste Fähigkeit habt ihr bereits erlangt. Passt euch an. Achtet auf eure Worte, bleibt unsichtbar, seid nicht anders als die anderen, kopiert sie notfalls."

Tahat hatte sich gefangen und machte einen Schritt nach vorne, verlor aber das Gleichgewicht, als Jeremiah einfach zur Seite trat. „Ich weiß nicht, wer euch früher beschützt hat, aber er ist nicht mehr da, jetzt liegt es an euch. Lügt, aber achtet auf eure Worte, lernt eine Geschichte, steckt so viel Wahrheit hinein, wie es geht, ansonsten verstrickt ihr euch. Schaut euch nicht unnötig um." Endlich hatte er all ihre Aufmerksamkeit. Er sah es in ihren Augen. Bis auf Hannah hatte keiner Vertrauen in diese Sache gesetzt. Die meisten Menschen stießen diese Kinder ab, kümmerten sich nicht darum. Wieso also sollten sie noch irgendwem zuhören? Wenn das alles nicht mehr als Lügen waren. Aber das Gesetz des Stärkeren, das kannten sie. Wenn Jeremiah ihnen zeigte, dass er nicht nur Töne spuckte, sondern sich wirklich zu wehren versuchte und nicht bei der ersten Gelegenheit abhaute, nur weil er, wie viele vor ihm, genervt von ihnen war, dann schenkten sie ihm das Wertvollste, das sie besaßen. Ein offenes Ohr. Sie hörten ihm zu.

Auch Tahat hatte das nun erkannt, wenn er auch seinen Angriff nicht unterbrach, sondern erneut auf ihn zugelaufen kam. Jetzt ein wenig koordinierter. Er kratzte mit seinen Nägeln über Jeremiahs Arm. Ein Grinsen trat auf seine Lippen. Dann rieb er sich durch die Haare. Die braunen Strähnen standen in alle Richtungen ab.

Jeremiah lobte es und rieb sich absichtlich deutlich über die Kratzer. Dann wurde er wieder ernst. „Es geht viel mehr darum, unauffällig zu bleiben, als die Welt herauszufordern und so lange zu kämpfen, bis man sang- und klanglos untergeht. Manchmal geht es nicht darum, die große Welt zu verändern, denn das ist fast niemandem bestimmt. Das macht euren Einsatz aber nicht weniger wert, denn ihr könnt eure eigene Welt verändern und mit ihr auch Welten um euch herum. Wenn ihr Geld habt, euch etablieren und noch ein Kind aufnehmen könnt, habt ihr bereits viel mehr bewirkt, als wenn ihr mit Fanfaren losmarschiert und der Sonnenuntergang doch nur in die Finsternis treibt, was von euch übrig ist. Ihr würdet nur laut losstürmen und am Ende des Tages gebe es nur ein paar Straßenkinder weniger und eine weitere Ausrede für *die da oben*, euch zu hassen und zu verachten und Wächter zu bezahlen, die euch aus-merzen."

Betretene Blicke antworteten ihm. Wenn Yron den Thron bestieg, dann würde er mit Jeremiah etwas daran ändern können. Aber das Gedankengut in den Köpfen der Menschen, das mussten die Menschen und die Zeit ändern.

„Ist alles hoffnungslos?", wollte Brenna wissen, der dritte Junge, der hier mit ihnen stand und am wenigsten Ärger gemacht hatte. Sah man einmal von Hannah ab. Er war sogar ein wenig älter als sie, hatte aber ihr die Verantwortung überlassen.

„Hoffnungslos ist es erst, wenn du aufgibst. Manchmal muss man einfach einen anderen Weg gehen und das ist alles." Er schenkte ihm ein Lächeln. „Natürlich bringe ich euch auch bei, wie ihr im Notfall jemanden entwaffnet oder euch verteidigen könnt. Ihr solltet dieses Wissen nur am besten nie einsetzen müssen."

„Wir sollen also auf unsere Worte achten?", warf Nihat ein. „Und unsere Lügen vorher üben?"

„Und wenn es geht, unverfängliche Gespräche anfangen. Wenn ihr Angst habt oder gestresst seid, kann euer Kopf blockieren. Also immer üben, trainiert solche Situationen untereinander." Er senkte die Stimme. „Und riskiert vor allem nie zu viel."

Nihat nickte. „Auch mit den neuen Soldaten hier?"

„Ganz besonders dann. Aber was für Soldaten meinst du?"

Der Junge, offenbar froh darum, endlich die Oberhand zu haben, zuckte mit den Schultern, bis Hannah ihn in die Seite boxte. „Wir sollten uns umhören. Aus irgendeinem Grund wird die Hexe wohl nervös oder sie plant etwas. In jeder größeren Stadt, also auch hier, sind mehr Soldaten stationiert worden und sollen demnächst die Straßen durchkämmen. Sie sind auch auf den Handelswegen, die Posten sind stärker besetzt."

Jeremiah fluchte innerlich. Sie hatten nicht vorgehabt, die Handelsstraßen zu passieren, denn dort waren in Sichtweite zueinander Wachstationen erbaut worden und durch den hohen Zaun links und rechts neben dem Weg gab es auch keine einfache Fluchtmöglichkeit. Aber wenn die Hexe davon ausging, dass sie die Straßen besetzen musste, hatte sie dann auch die Lande infiltriert? Sicherlich. Sie konnte sich denken, dass man nicht einfach mit Fey die bekannteste Handelsstrecke des Landes hinabgehen würde, wo alle zwanzig Meter mehrere Wachen auf einen lauerten. „Was plant sie?" Er gab sich unschuldig.

Nihat zuckte mit den Schultern. „Nichts Gutes jedenfalls. Davon kann man bei ihr ausgehen, nicht wahr? Die Soldaten sind auch auf dem Land, beinahe könnte man denken, sie suchen etwas."

„Ihr gutes Herz?", lachte Tahat auf und ließ sich zu Boden sinken. „Könnte eine lange Suche sein."

„Eine Unmögliche", kicherte Brenna leise und starrte in den bunten Himmel auf. „Wenn sie denn jemals eines besessen hat."

Jeremiah wusste genau, was die Hexe suchte, und es war nur eine Frage der Zeit gewesen, bevor sie ein solches Aufgebot brachte. Ein Sichtbares. Ein Zeichen. Die Bevölkerung war verunsichert, nicht hoffnungsvoll, wenn sie all diese Soldaten sah, und einen Moment lang fragte Jeremiah sich, ob es nicht klug wäre, Fey zu präsentieren. Oder zumindest Gerüchte zu streuen. Doch sie konnten die Aufmerksamkeit vermutlich genauso wenig gebrauchen wie die Hexe selbst. Die Masse war nicht immer die beste Tarnung.

„Vermutlich wollen sie deswegen die Steuern erhöhen. Auch Soldaten bekommen einen Sold. Zumindest die, die noch eigenständig denken können. Leider kann man wohl nicht alle versklaven, wenn man noch eine gewisse Grundintelligenz haben will", brummte Brenna. „Die Händler sind deswegen sauer genug, wenn sie so weitermacht, hat sie wirklich Ärger am Hals."

„Ärger?" Auch Hannah setzte sich, mit einem lauten Schnauben. „Sie macht das jetzt wie viele Jahrhunderte? Oder ist das überhaupt immer sie? Vielleicht zieht sie sich für irgendein Ritual zurück und macht Kinder mit irgendeiner armen Seele, die so aussehen wie sie? Weiß eigentlich jemand, wie sie aussieht? Es gibt keine Bilder von ihr und gesehen hab ich sie, den Göttern sei Dank, auch noch nie." Hannah dachte nach, dann winkte sie selber ab. „So oder so geht diese Herrschaft schon verdammt lang und sie macht, was sie will. Die Händler können sich aufregen, wie sie wollen, sie werden nie versuchen, etwas zu ändern. Dafür müssten sie ihren Hals riskieren und, noch schlimmer, ihren Profit!"

„Die Wohlgenährten begehren immer als Letztes auf", nickte Brenna. „Das hält sie mehr im Zaum als die Angst. Angst verleitet dich irgendwann dazu, dass du um dein Leben kämpfen willst oder aufgibst. Aber wenn du dich um nichts sorgen musst, wieso solltest du dann einen anderen Zustand haben wollen? Sie werden nicht nur nicht rebellieren, sie werden auch alles versuchen, um andere daran zu hindern."

Jeremiah blinzelte. Das hätte er nicht erwartet. Vermutlich waren sie alle dabei, Fehler zu machen, er hatte diese Gruppe sichtlich unterschätzt. Vielleicht, weil sie es selber mit sich machten. Er setzte sich dazu.

„Hauptsache, sie halten ihre Händlerbälle zweimal im Monat ab, um sich gegenseitig zu zeigen, wie viel Geld sie haben, das sie verschwenden können. Und bringen damit jedes Mal die Stadt in Aufruhr."

Hannah lachte. „Ich würde zu gern einmal auf einen solchen Ball gehen."

Nihat betrachtete seine Schwester, als hätte er es mit einem dummen Exemplar zu tun. „Was zum Niedergang?"

Sie winkte ab. „Ach, da gibt es so viel Essen und vielleicht würde ich ja einen schönen Mann finden." Sie flötete und allen war klar, dass sie zumindest das mit dem Mann nicht so ernst meinte, wie sie sagte.

Brenna rollte die Augen. „Du würdest ihn vertreiben. Direkt oder spätestens nach zwei Wochen!"

„Wieso?" Hannah zog eine Schnute und strich sich das Haar aus dem Gesicht. Jeremiah lächelte innerlich. Schien so, als hätte zumindest ihr Herz eigentlich schon einen Weg eingeschlagen, denn wann immer sie Brenna betrachtete, bekamen ihre Augen diesen weichen Ton, den man nur bei verliebten Menschen fand.

„Weil die da oben nur dumme Frauen mögen. Nettes Beiwerk, das ein paar Dinge beigebracht bekommt und dem man es direkt abtrainiert, eigenständig zu denken. Zumindest habe ich bisher nur solche Frauen da gefunden. Du bist hübsch, Hannah. Sehr hübsch. Aber du hast etwas im Kopf."

So einfach, wie sie sich die Welt strickten, war sie nicht. Aber Jeremiah ließ sie. Man musste nicht immer darauf plädieren, dass alle anderen falschlagen.

Außerdem hätte er den Augenblick für Hannah nicht kaputt machen wollen, denn sie lief rot an und freute sich sichtlich über das Kompliment. Er ließ einige Herzschläge vergehen, dann wandte er sich wieder an die Gruppe. „Und die ganze Stadt ist in Aufruhr?" Das würde erklären, wieso vor einigen Tagen so viel auf den Straßen los gewesen war. Jeremiah hatte es gesehen und war direkt wieder in das Haus gegangen.

Tahat brummte zustimmend. „An diesen Tagen kommt man kaum mehr durch die Straßen. Sogar die Wachen lassen sich ablenken und gehen ihren Pflichten nicht mehr nach. Aber wozu auch? Mag ja Taschendiebstähle geben, aber darum kümmert sich ihre Einheit ohnehin nicht. Dafür haben wir Straßenwächter hier. Und aus der Stadt kommt auch niemand, nicht bei dem Gedränge."

„Höchstens, wenn sie sich vom Fluss bis zur Stadtmauer tragen lassen. Sogar dieses Viertel hier ist überfüllt, weil die ganzen Menschen aus den unteren Rängen zumindest augenscheinlich mitmachen wollen. Das einzig Gute daran. Wir haben immer volles Haus."

Nihat rümpfte die Nase. „Kein Entkommen. Niemand will in diese Kloake springen!"

„Na na", schnalzte Tahat mit der Zunge und besserwisserisch ließ er den Finger durch die Luft tanzen. „Vor zwei Monaten soll doch ein Mörder entkommen sein."

„Der ist höchstens ersoffen", murrte Nihat. „Keiner kann das überleben. Niemand weiß, ob er entkommen ist, niemand weiß, ob die ganze Sache auch nur ein Gerücht ist. Eine Geschichte, die jemand lustig fand."

Kapitel 36

Vor dem klaren Licht des Sternenmeers war Edos Silhouette für Fey gut auszumachen, obwohl er nur wie ein weiterer dunkler Flecken am Firmament wirkte. Sie beobachtete ihn bereits eine Weile. Seine anmutigen Bewegungen und die Kurven, die er flog, beruhigten sie und nahmen ihr zumindest für den Moment die Zeit, über etwas Böses nachzudenken. Sie konnte sich ganz in dem Spiel aus Eleganz und Wind verlieren.

Hinter sich nahm sie die leisen Schritte von Jeremiah wahr, der einmal mehr unruhig durchs Zimmer lief. Seit dem Streit hatte er dieses Thema nicht mehr angesprochen, aber sein Blick zeigte ihr ganz deutlich, dass er nach wie vor wütend über ihre Entscheidung war. Als hätte sie ihn verraten.

Leider gehörte Jeremiah zu den Menschen, die einem unangenehmen Gespräch gerne auswichen. Er hatte es so gehandhabt, nachdem Yron zurückgeblieben war. Und auch jetzt behielt er dieses Verhalten bei, redete mit ihr über alles Erdenkliche, doch kaum kam die Sprache zu einem dieser empfindlichen Themen, da wich er zurück und verschloss sich. Es war frustrierend.

Fey blinzelte. In ihren Gedanken versunken hatte sie Edo aus den Augen verloren und vor dem riesigen Sternenhimmel schien es auch unmöglich, ihn so einfach wiederzufinden. Ruhelos setzte sie ein Bein vors andere und stieß ein leises Seufzen aus.

„Fey", erklang es hinter ihr, aber sie drehte sich nicht um. Ihre Hände legten sich um das alte Holz des Fensterrahmens. „Mir ist bewusst, dass du mich hörst."

Sie schloss die Augen, wandte sich aber nach einem weiteren Zögern um und betrachtete ihn. Jeremiahs Bart war ein wenig länger als gewöhnlich. Und unordentlicher. Unter seinen Augen lagen dunkle Schatten. „Du willst mit mir reden?" Sie konnte sich dem spitzen Ton in ihrer Stimme nicht entledigen.

Er hob eine Braue, die Arme vor der Brust verschränkt. „Wir sollten bald weiterreisen", war sein einziger Kommentar. „Wenn wir zu lange an einem Ort sind, könnte das auch mit Malikas Schutz letztendlich böse enden."

Fey bemerkte erst, dass sie ihre Hände zu Fäusten geballt hatte, als ihre Nägel sie ritzten. „Und wo willst du hin?"

Das unglaubliche Grün seiner Augen richtete sich auf eine auf dem Tisch ausgerollte Karte. „Hoch oben", murmelte er und strich mit einem Finger über das alte Pergament. Es gab ein leises Rascheln von sich. „Wir reden nicht von einfachen Bergen oder gar Hügeln, Fey." Er rieb sich mit dem Daumennagel über die Stirn. „Wir reden von einem Ort, der besonders sein muss."

„Dein Plan sieht es vor, jeden größeren Berg des Landes abzuklappern? Was ist, wenn nicht die hier im Umland gemeint sind? Oder es eine Metapher ist?" Auch sie ging auf die Karte zu und blickte rasch über die verschiedenen Linien und Symbole. Da war das Dorf, in dem die beiden Männer aufgewachsen waren – Jeremiah hatte es markiert – inmitten der ‚Lungen des Landes', einem riesigen Waldgebiet, in dem das Dorf eingebettet lag.

Ein ganzes Stück weiter nordöstlich befanden sich die ‚Rodungsfelder'. Wälder, die aufgeforstet und abgeholzt wurden.

Aber die Berge setzten erst im Norden an, folgten der Küste im Westen, verloren sich immer wieder und schwollen im Süden wieder an. Im Meer lagen dagegen mehrere Inseln, die man nur als riesige Berge bezeichnen konnte. Manche davon waren innen hohl und mit Lava gefüllt.

Sie hatte ihre Zeit nicht nur dafür genutzt, ihre Magie zu erforschen. Sie hatte auch Malikas Bücher gewälzt und sich viel mit der Seherin, Edo und Jeremiah unterhalten, um diese ganze Welt ein Stückchen mehr zu verstehen.

„Der Plan ist nicht solide", schnaubte Jeremiah kratzbürstig und verächtlich. Anscheinend hatte sie ihn mit ihren Bedenken beleidigt.

Aber es war Fey einerlei. „Ich sagte nicht, dass wir direkt aufbrechen sollten. Aber keiner kann uns sagen, was mit deiner Aussage gemeint ist. Welches hoch oben wir ansteuern sollen. Und selbst wenn, was wir dann machen sollen."

„Richtig", warf Fey ein. „Wir wissen nicht einmal, was wir dann machen sollen. Und sobald ich das Haus verlasse, schützt mich nichts mehr." Man konnte sich darüber wundern, wie sie Yrons Heimatdorf gefunden hatte, oder nicht, sie wussten nicht, ob die Hexe Fey aufspüren konnte. „Wir wollen durch die Lande irren, mit der *Königin* auf den Fersen, ohne eine Ahnung wohin. Selbst wenn wir dann diesen Ort finden und vielleicht sogar irgendwie erkennen; was dann?"

Jeremiah schnaubte. „Malika sagte selbst, dass du, je länger du an ein und demselben Ort bist, leichter zu finden bist. Außerdem haben wir da noch das Problem mit deiner heranwachsenden Menschlichkeit." Er ließ seine Finger vor ihrem Gesicht tanzen. „Deine Augen werden immer blauer. Bald werden sie nicht mehr violett sein."

Unweigerlich griff sie sich ins Gesicht. Es stimmte. Sie bemerkte es jeden Tag. Die Hitze eines Feuers schien mehr und mehr Auswirkungen auf ihrer Haut zu hinterlassen. Ihre Schwestern übten einen größeren Einfluss als früher auf ihr Verhalten. Hunger und Durst kamen nun in schnelleren Abläufen und fühlten sich nicht mehr wie der Nachhall einer Erinnerung, sondern wirklich an.

Sie biss die Kiefer zusammen und blickte zu Boden. Ja, es war wahr. Mit jedem Tag, der verstrich, wurde sie menschlicher. Sie verlor mehr und mehr ihre Übernatürlichkeit. Zurück blieben nur magische Kräfte, von denen sie nicht wusste, welche die Wandlung überstehen und welche versiegen würden. „Dennoch ist es keine Option, kopflos davonzureiten", murrte Fey leise.

Der Lockenschopf gab ein spöttisches Schnauben von sich. „Ich habe niemals behauptet, dass wir kopflos davoneilen. Oder noch in dieser Nacht aufbrechen sollten. Es ist eine Tatsache, dass die Zeit uns unter den Nägeln brennt und wir hier anscheinend keine

Informationen sammeln können, die wir für die Reise brauchen. Wir müssen handeln. Irgendwie." Langsam trat er auf sie zu, nahm, wie zum Tanz, ihre Hände in seine und lehnte sich zu ihrem Gesicht hinab.

Fey biss sich auf die Unterlippe, aber sie erwiderte den Druck seiner Hände, die um ihre eigenen herum so groß wirkten. „Was genau schwebt dir also vor?"

„Wir sollten die Suche auf eine andere Art angehen." Genauso wie sie wagte auch er es nicht, die Stimme zu erheben. Sein Flüstern strich ihr sanft über den Körper und ließ die kleinen Haare auf ihren Armen zu Berge stehen. „Wenn niemand uns direkt sagen kann, welchen Ort wir suchen, dann müssen wir diesen Ort auf andere Art und Weise finden."

Fey nickte leicht. „Gib uns noch ein wenig Zeit."

Sein Mundwinkel hob sich amüsiert. „Wie ich sagte", wisperte er, das Gesicht noch ein Stückchen näher an ihrem.

Ihr Herz machte einen unruhigen Satz und aus irgendeinem Grund wurden ihre Handflächen schwitzig, als würde sie zu nahe am Feuer stehen. Sie schluckte leicht. „Dann machen wir das so", vernahm Fey ihre eigene Stimme.

Ein brummendes Lachen antwortete ihr. Seine Hand legte sich auf einmal an ihr Gesicht, der Daumen strich über ihre Wange und die Unterlippe. Fey wurde unruhig. Sie konnte nicht sagen, wieso, doch ihr Magen fühlte sich merkwürdig flatterhaft an. Ob sie krank wurde?

Ehe sie dieser Sache auf den Grund gehen konnte, lehnte sich Jeremiah noch ein winziges Stückchen weiter vor, um den kleinen Abstand zwischen ihnen zu überbrücken. Seine Lippen drückten sich auf ihre.

Fey gab einen überraschten Laut von sich, aber ihr gefiel das Gefühl. Seine Lippen waren weich und warm und schmiegten sich um ihre, die zu kribbeln begannen. Nebenher strichen seine Finger sanft durch das Haar, das ihr ins Gesicht geglitten war.

Ein Räuspern unterbrach sie. Fey schreckte zurück, während Jeremiah sich kaum rührte. Er hob lediglich die Lider an und ein Grinsen trat in sein Gesicht. „Du hast ein sehr schlechtes Gefühl, wenn es um den richtigen Zeitpunkt geht", warf er Edo an den Kopf, der direkt am Fenster stand.

Der Göttervogel hatte eine missbilligende Miene aufgesetzt, die Arme vor der Brust verschränkt. Fey konnte sich dem nicht entziehen, ihr Freund wirkte wütend. „Vielleicht ist dein Verstand auch einfach davon gelaufen", murrte dieser leise und kam die wenigen Schritte auf Fey zu, um sich an ihre Seite zu stellen. „Ansonsten verstehe ich nicht, was du da gerade treibst."

Jeremiah ließ sich davon nicht beirren oder reizen. Er hob die Schultern, trat zu seinem Bett und legte sich die Jacke über die Schultern. „Du bist kein Mensch, oder?"

„Nein."

„Vielleicht liegt es daran, Edo. Ist dir schon mal in den Sinn gekommen, dass du manches einfach nicht verstehen musst?" Er lachte leise. „Du gehst ebenso von mir aus. Ich brauche nicht alles zu wissen, immerhin bin ich nur ein einfacher Mensch und kein von den Göttern geschaffenes Wesen mit höherer Macht."

Fey blickte zwischen den beiden hin und her. „Menschen entspringen ebenso der Saat der Götter." Es war ihr schleierhaft, welches Problem zwischen die beiden getreten war. Doch während Edo wütend aussah, schien Jeremiah das Ganze herzlich wenig zu bekümmern.

„Aber ich habe keinerlei magische Begabung", schnaubte Jeremiah leise, den Blick auf die Knöpfe seiner Jacke gelegt, obwohl er wie so oft nur die beiden in der Mitte schloss und den Rest offen stehen ließ. Aber seine Augen hielten sie kurz darauf erneut fest.

„Du möchtest mir eine Predigt halten", warf Jeremiah ein und sah von seinen Händen auf. Edo hatte sich keine Haaresbreite von Fey wegbewegt. Doch das war in Ordnung. Eigentlich hatte er keinerlei Anspruch auf sie. Wenn er ehrlich war, wusste er nicht einmal, wieso er sie geküsst hatte. Vielleicht würde er darüber nachdenken, wenn er Ruhe hatte, nur schien der Göttervogel ihm diese vorerst nicht lassen zu wollen.

Edo knurrte und nickte. „Ich denke, dass man mit dir ein Wort reden sollte."

Jeremiah fühlte sich wie unter dem bösen Blick seiner Mutter, während er den Göttervogel betrachtete, die Fäuste in die Seiten gestützt.

Vermutlich war es besser, sich dieser Sache direkt zu stellen. „Nicht vor Fey", war seine Bedingung. Sie öffnete sogleich diesen süßen Mund, um zu protestieren. Aber er ließ es nicht zu.

Ebenso wenig wie Edo. „Wir treffen uns draußen", gab dieser von sich, verließ aber erst dann Feys Seite, als Jeremiah den Raum hinter sich gelassen hatte.

Tatsächlich schien der Kleine sogar darauf gewartet zu haben, dass Jeremiah vor dem Haus auftauchte, denn er flog vom Fenster hinab zur Erde, als der andere sich mit dem Rücken an den Zaun, der das Grundstück umlief, stützte.

Es lag gar nicht in seinem Sinne, das erste Wort zu haben, aber sowieso schien Edo sich dieses Recht herauszunehmen zu wollen, denn kaum war das Licht seiner Wandlung abgeklungen, da erhob er schon einen mahnenden Zeigefinger, die verschiedenfarbenen Haare in alle Richtungen abstehend, als wäre er ein wütender Hahn. „Was denkst du dir eigentlich dabei?"

„Wobei?" Er stieß sich vom Zaun ab. Sein Blick glitt nach oben zum Fenster. Fey lehnte nicht dort, um ihnen zuzuhören. Was nicht hieß, dass sie nichts von ihrer Unterhaltung mitbekam. „Lass uns lieber ein Stück gehen." Ohne eine Antwort abzuwarten, ging er los.

Edo, gezwungen, ihm zu folgen, wirkte noch missmutiger. „Du weißt genau, was ich meine. Sie zu küssen."

„Sie ist eine erwachsene Frau."

„Nur vom Körper her", schnaubte der Vogel. Als er auf einer Höhe mit Jeremiah war, riss er ihn an der Schulter herum. „Ihr solche Flausen in den Kopf zu setzen!"

Jeremiah betrachtete ihn kurz, ehe er ein Seufzen von sich gab. „Was für Flausen? Welches Problem siehst du daran, wenn ich sie küsse?"

Edo verzog den Mund. „Welches Problem? Sie weiß gar nicht, worauf sie sich einlässt. Ich habe das Gefühl, dass du sie manipulieren willst. Und selbst wenn, wird sie bald frei sein. Da steht keine glückliche Zukunft für euch beiden."

Jeremiah dachte an den Plan, den er ihr direkt vor dem Kuss offenbart hatte, und war sich bewusst, wie das wirkte. Dabei hatte er es nicht vorgehabt, ihr näher zu kommen. Es war einfach passiert. Weil es einfach über ihn gekommen war. Es hatte sich richtig angefühlt. Und gleichzeitig falsch. Er gab ein leises Seufzen von sich. „Ich bin vor allem an ihrer Sicherheit interessiert", meinte er. „Ich werde sie nicht ausnutzen oder manipulieren. Also beruhige dich. Wenn sie frei ist, wird es keinen Grund für sie geben, dem hinterherzutrauern. Also ist auch dort kein Problem zu finden."

„Und was ist mir dir?" Edos Miene hatte sich geändert. Die Wut war Sorge gewichen. Machte er sich Gedanken um ihn?

„Was soll mit mir sein?"

„Magst du sie?"

Jeremiah spannte sich unweigerlich an, unsicher wie er diese Frage beantworten sollte. Ob er sie wahrheitsbewusst beantworten konnte. „Ich bin mir unsicher", war alles, was er herausdrückte. Es fühlte sich wie eine Niederlage an. Wenn er sie schon küsste, dann sollte er sich über das Warum bewusst werden. Vorher. Er kam sich furchtbar vor.

Edo wirkte nachdenklich und es dauerte eine Weile, bevor er

murmelte: „Und wenn du sie magst, kannst du dem entgegenstehen, sie zu verlieren?"

Das war die Frage, die er gerade gefürchtet hatte. Es wäre nicht das erste Mal, dass er sich von einer Liebe verabschieden müsste. Nur war er mit Fiora länger denselben Weg gegangen. Er hatte sie schon in seiner frühsten Kindheit gekannt, hatte ihr, als er alt genug gewesen war und bemerkt hatte, dass sie nicht mehr nur eine beliebige Freundin war, den Hof gemacht.

Er hatte ihre Hand gehalten, während in ihren wunderschönen Augen mehr und mehr der Innere Schrei zum Vorschein gekommen war. Hatte auf sie geachtet, während sie zerbrochen war, wissend, dass kein glückliches Ende auf ihn wartete.

Und dann, eines Tages, nachdem sie es nicht mehr ausgehalten hatte, hatte sie sich ertränkt. Der Fluss, an dem sie sich zum ersten Mal geküsst hatten, an dem sie als Kind immer gespielt hatten, hatte ihr Leben geraubt.

Vielleicht besaß er einfach den Hang dazu, Frauen zu mögen, mit denen er keine lange Zukunft planen konnte. Doch selbst wenn er Fey wirklich mochte, so war sie nur kurz an seiner Seite gewesen. So bitter es klang. „Lass das meine Sorge sein."

„Jeremiah ..." Edo unterbrach sich selbst, als er bemerkte, dass sein Gesprächspartner bereits weiterging. „Kannst du das oder wirst du alles riskieren?"

„Nein", meinte er bestimmt. „Ich habe bereits einmal jemanden gehen lassen. Ich werde dieser Sache nicht im Weg stehen."

Kapitel 37

Fey war geneigt, sich ans Fenster zu stellen, in der Hoffnung, dass der Wind die Stimmen von beiden hinauftrug. Aber sie entschied sich dagegen, noch ehe sie einen Schritt machte.

In ihrem Brustkorb schlug ihr Herz unruhig und nervös. Ihre Hände fühlten sich schwitzig an. Am liebsten wäre sie von einem Bein aufs andere gesprungen. Sie konnte sich das Lächeln nicht verkneifen.

Eine Hand auf die prickelnden Lippen gedrückt, trat sie auf den Tisch zu und betrachtete nochmals die ausgebreitete Karte. Jeremiah hatte noch nicht viel auf ihr markiert. Vielleicht wollte er erst mit ihnen absprechen, welche Route sie nehmen würden. Oder er hatte Angst, dass jemand das Schriftstück finden könnte. Fey konnte es nicht mit Sicherheit sagen, sicherlich war es aber schlau von ihm, keine voreiligen Schlüsse zu ziehen und jede Spur zu verwischen. Denn wie sagten die Menschen so schön? Vorsicht war besser als Nachsicht. Einen Fehler konnte man vielleicht umgehen, aber ihn auszumerzen, war wesentlich schwieriger.

Der Stuhl gab ein leises Quietschen von sich, als Fey ihn zurückzog, um sich darauf fallen zu lassen. Die Karte befand sich nun zwischen ihren angewinkelten Armen und sie hielt sich den trägen Kopf. Sie wollte die Möglichkeiten durchgehen, die Jeremiah ihr mit seinem Plan offenbart hatte. Denn wenn sie nun in Ruhe darüber nachdenken konnte, empfand sie es nicht mehr als ganz so töricht wie eben. Er hatte recht. Die Zeit war neben der Hexe ihr größter Feind. Nur konnten sie sich vor ihr nicht verstecken. Nicht einmal ansatzweise. Gnadenlos schritt sie voran und beraubte Fey ihrer Übernatürlichkeit. Spielte Dilara in die Hände.

Ihr Finger fuhr die Einzeichnung einer breiten Straße entlang, die zwischen der Hauptstadt und der weißen Stadt verlief und

Reisenden den Weg erleichterte. Fey hatte darüber gelesen. Auf dieser Handelsstraße waren in regelmäßigen Abständen Wachposten eingeteilt, die sich in der Nacht mit Lichtern verständigten und dafür sorgten, dass Überfälle abnahmen. Die Straße selbst war eingezäunt und nur an den Städten und den Wachposten gab es Zugänge. Das war schlau von Dilara. Es war wohl die sicherste Art, zu reisen, denn so leicht konnte niemand über die Zäune kommen. Zumindest nicht, ohne direkt Verdacht zu erregen. Und die Wachposten waren nicht nur schnell zugegen, sondern hatten auch rasch Verstärkung an der Hand.

Fey verengte nachdenklich die Augen und folgte der ziemlich geraden Linie der Straße. In der Nähe hatten sich wohl weniger Kriminelle niedergelassen, also wäre es eigentlich die ideale Route, um von hier in die Berge zu kommen.

Noch dazu war die Straße so angelegt, dass sie breit und aus Stein gebaut war. Sie besaß sogar aufwendige Tunnel unter so manchem Hügel entlang und bot damit einen direkten Weg.

Aber für Jeremiah, Edo und sie war die Straße gefährlicher als jedes Banditenlager.

Seufzend verdrängte Fey den allzu schmackhaften Gedanken an einen Weg ohne Herausforderungen und Widerstände und betrachtete die anderen Gebiete der Karte. Ihre Augen hafteten sich vor allem an die zerrissene Linie der Küste auf der linken Seite der Karte. Angefangen oben bei der Schnabelküste, die wie ein spitzer Pfeil ins Meer ragte.

Hier und da waren Inselgruppen oder kleinere, einzelne Inseln. Im Süden, unten links in der Ecke, lag die Größte. Aber sie besaß keine Berge und Fey wusste nicht sehr viel von ihr. Es war unmöglich, den Blick davon loszueisen. Wie bei einem Gesicht, an das man sich zu erinnern versuchte, doch dessen Anblick im letzten Moment immer wieder entwich. Sie konnte es einfach nicht greifen …

Sie liebte den Strand. Der Sand war nahezu weiß und die Wellen in den Farben von grünen und blauen Kaskaden gaben ein lautes

Rauschen von sich, wenn sie sich der Küste näherten. Wenn sie auf das kleine Stück Land ein wenig vom Festland entfernt trafen, dann donnerten sie los. Als würden sie sich freuen.

Sie sah nach oben, auf die kreischenden Möwen, die friedlich in der warmen Mittagssonne über ihren Kopf kreisten und vermutlich auf der Suche nach Essen waren. Ein Lächeln glitt auf ihre Züge. In all der Verantwortung, die auf ihren Schultern lastete, hatte sie fast vergessen, wie schön ihr Land sein konnte. Wie leicht sich ein Herz anfühlte, das frei und glücklich war.

Auf dieser Insel war sie ein immer gern gesehener Gast. Wie gerne würde sie zu den Menschen gehören, die hier einfach nur wohnten. Sie wollte keine Königin sein und das Schloss bot ihr nicht das Gefühl der Heimat, das sie suchte. Sie wollte ein Haus. Sie hatte genug Gold, um sich diesen Wunsch zu erfüllen. Aber es wäre nicht das, was sie wollte. Leider kannte man überall ihr Gesicht. Gleich wie sehr es vielen anderen ähnelte mit den blauen Augen. Selbst ihr rotbraunes Haar war häufig zu finden und wurde doch von den Frauen des Landes gelobpreist. Man würde ihr nicht die Art des Friedens gönnen, den sie herbeisehnte.

Vom Meer kam eine leichte Brise auf und die salzige Luft strich ihr das lange Haar aus dem Gesicht, liebkoste die aufgeheizte Haut und spielte eine kleine Melodie in ihren Ohren. Sie schloss die Augen.

Es schreckte sie nicht, Verantwortung für so viele Leben auf ihren Schultern zu tragen. Dafür war sie erwählt worden. Der Dolch hatte sein Vertrauen in ihre Hand gelegt, also würde sie auch nicht an ihrer Gabe zweifeln.

Wovon sie mehr Abstand brauchte, war die dunkle Saat, die sich in Dilaras Herz eingepflanzt hatte. Es schmerzte Elani, ihre Schwester immer mehr von ihrem alten Abbild verrückt zu sehen. Konnte Neid Menschen wirklich so zerreißen?

Die Königin öffnete die Augen und hob die Hand an. Ein einziger Gedanke reichte und kleine Flammen züngelten über ihre Haut, *ohne sie zu verletzen. Nur einen Herzschlag später erloschen sie bereits wieder und der schwere Dolch mit der gebogenen Klinge lag dort. Er war nicht einmal wirklich verziert, als wäre er die Waffe eines armen Bauern, über Generationen vererbt, und nicht der magische Gegenstand, der über die Fäden im Land bestimmte.*

Die Klinge war geschwärzt und glänzte gleichwohl matt im Licht. Als wüsste sie, dass zurzeit keine Gefahr lauerte.

Alle hatten immer erwartet, dass der Dolch Dilara auswählte. Und Elani hatte niemals ein Problem mit diesem Gedanken gehabt. Schien ihre Schwester doch wie für die Rolle der Königin gemacht. Sie war mächtig, sie war schlau und sie wusste sich auszudrücken.

Sie hatte schon Vorschläge an ihren Vater gerichtet, der diese umgesetzt hatte. Dilara war mit einer Gabe der Kreativität gesegnet worden.

Ebenso wie ihr Vater richtete sich auch Elani mit jedem Belang an ihre Schwester. Sie war die erste Beraterin der Königin geworden und hatte zumindest inoffiziell so viel Macht wie die Herrscherin an sich.

Nur schien Dilara das nicht genug zu sein.

Fey blinzelte, als sie wieder zu sich selbst fand. Sie war mit ihren Gedanken abgerutscht. In eine Zeit, in der sie eine andere gewesen war. In der Elani noch die Geschicke des Landes geleitet hatte, doch langsam zu ahnen begann, dass ihre Schwester von schrecklichen Gefühlen zerfressen wurde.

Es war nicht das erste Mal für sie gewesen, etwas von Elanis Erinnerungen zu sehen. Bisher waren diese Einblicke schnell wieder vorbei und hatten sich auf kurze Bilder oder Sätze beschränkt.

Fey war sich nicht sicher, ob das ein gutes Zeichen war, dass sie mehr und mehr in sich hineinhorchen konnte. Oder ob es von ihrer voranschreitenden Menschlichkeit herrührte. Andererseits übte sie sich darin, tief in ihre Seele zu blicken, und die war schließlich eng mit der der ehemaligen Königin verwoben.

Konnte sie bewusst in die Erinnerungen von Elani eintauchen? Bot ihr das die Möglichkeit, endlich an Wissen zu gelangen? An Erinnerungen vor oder während des Brunnens?

***

Es war das Gewicht einer großen Hand auf ihrer Schulter, das Liaz aus dem Schlaf riss. Etwas verwirrt, doch ansonsten bereit, ihr Leben zu verteidigen, schoss sie in die Höhe, als sich eine zweite Hand über ihren Mund legte und zwei Arme sie so fesselten, dass sie sich kaum mehr regen konnte.

Panik erstickte jeden Gedanken. Ihr Herz schien viel zu schnell zu schlagen, während sie sich zur Ruhe zu zwingen versuchte. Erst nach ein paar weiteren Herzschlägen wurde ihr klar, dass gar nichts Schlimmes geschah. Sie befand sich immer noch in ihrer gefangenen Lage, ein wenig verdreht, sodass ihr Hüftknochen schmerzhaft auf den Boden gedrückt war. Aber ansonsten war alles in Ordnung.

Ihr Blick hob sich. Yron sah auf sie hinab, die markanten Kiefer zusammengepresst. Seine Augen konnte sie nicht erkennen, sie lagen im Schatten. Dem ungeachtet konnte die Blondine sich nicht dem Gefühl entziehen, dass sie regelrecht brannten. „Bist du nun wach?" Seine Stimme war nicht mehr als ein geflüstertes Schneiden.

Stumm nickte sie unter seiner Hand und er ließ sie los. Liaz gönnte sich zunächst einen tiefen Atemzug, ehe sie wütend wurde. „Was sollte das?", fauchte sie, nicht lauter als er eben, bemüht, auf die Beine zu kommen. Im Gang war alles still.

„Du hast im Schlaf gesprochen." Er warf ebenso einen Blick auf den Gang. Im flackernden Licht der Fackel konnte sie erkennen, wie er den Mund verzog. „Das schien mir zu auffällig und ich hatte die Befürchtung, dass du schreien würdest, wenn ich dich aus dem Schlaf reiße."

Innerlich musste sie ihm leider zustimmen. Es war schlau von ihm gewesen, sie von vorneherein daran zu hindern. Aber das hieß nicht, dass sie milder gestimmt war.

„Und warum wolltest du mich wecken?" Bestimmt hatte man ihr Sprechen im Schlaf nicht zum ersten Mal vernommen, doch die Wachen schien es bisher nicht groß zu stören.

Nun wandte er sich wieder ihr zu. Liaz gefiel das nicht. Mehr denn je wirkte er durch das Licht, das in seinem Rücken lag, groß und gefährlich. Vor allem, da sie kaum etwas von seinem Gesicht ausmachen konnte. Trotzdem weigerte sie sich, zurückzuschrecken, und reckte trotzig das Kinn vor.

„Wir verschwinden von hier."

Ihre Gegenwehr erstarb. Überrumpelt blinzelte sie ihm entgegen. Irgendwo in ihrem Kopf war ihr klar, dass *er* ihr Gesicht perfekt ausmachen konnte. Es war ihr egal. „Was?", hauchte sie perplex. Er musste verrückt sein.

„Du hast mich vernommen." Ohne ein weiteres Wort langte er nach ihrem Handgelenk und zog sie zu dem kleinen Felsstück, das ihren Schlafplatz wenigstens etwas vom Gang trennte. „Ich habe mich selber ein wenig umgesehen."

„Wie?" Wenn er hier herum ging, dann fiel das mehr auf, als wenn sie das machte. Er gab keine Antwort, sondern zog sie nur weiter zur nächsten Ecke.

Irgendwann blieb er stehen und deutete wortlos auf einen Gang. „Und? Der kann überall hinführen", meinte sie leise. „Ich habe selbst schon versucht, herauszufinden, wie man entkommen kann." Man ließ keine Gefangenen herumlaufen, wenn man den Ausgang einfach finden konnte.

Aber Yron schien sich davon nicht entmutigen lassen zu wollen. „Dieser Durchgang", erklärte er eindringlich, „ist der erste Schritt nach draußen. Ich habe es beobachtet. Sie verschwinden hierdurch und kehren erst nach Stunden zurück. Dafür tauchen neue Gesichter auf. Nirgendwo anders ist das der Fall."

„Unmöglich, dass du das schon herausgefunden haben kannst."

„Ich war nicht alleine." Er nickte auf einen Schatten, der rasch um die Ecke verschwand, als würde er nicht gesehen werden wollen. „Manche Gesichter sind nicht fremd, obwohl ich sie schon lange nicht mehr gesehen habe."

Liaz versuchte, sich auf den Gang zu konzentrieren. Erneut wünschte sie sich ihre alte Gabe herbei, doch noch immer konnte sie keine Seele um sich herum spüren. „Wer ist es?"

„Djadi." Der Angesprochene trat um die Ecke, dabei hätte er das Wispern kaum hören können. Seine Haut hatte den satten Ton von Honig in der Sonne und seine schiefen Katzenaugen waren von einem reinen Schwarz, ebenso wie seine Haare. Ein Südling aus der Sandebene. Oder zumindest stammten seine Wurzeln aus dieser Gegend.

Der Mann war abgemagert und trug nur mehr Fetzen um den schmalen Leib. Aber sein Blick wirkte noch immer wachsam und klug.

Er verneigte sich vor ihr, die unruhigen Augen zuckten jedoch ohne Unterbrechung über die Wände und Gänge. „Meine Dame", murmelte er im starken Akzent. „Eure Haare sind heller als das Sonnenlicht draußen."

Sich nicht sicher, ob das ein Kompliment war oder die einfache Bemerkung eines Mannes, der zu lange Zeit im Dunklen gehaust hatte, streckte Liaz ihm die Hand hin. „Ich bin Liaz", stellte sie sich vor.

Er musterte ihre Hand, als verstünde er nicht, was die Geste bedeuten sollte. Dann richtete er sich wieder auf und wandte sich an Yron. „Dies ist der Gang, in dem die Wachen wechseln. Ganz recht."

Yron wandte sich nun ebenso an Liaz, wie Djadi sich vorher an ihn gerichtet hatte. „Die Wachen haben ihre Gänge markiert. Auch sie müssen sich zurechtfinden. Es ist unauffällig, doch vorhanden." Yron blickte sich um. Noch immer war es ruhig. Dann zog er eine winzige Kordel, die versteckt hinter einem Stein an der Wand hing, hervor. „Sollten sie sich einmal verirren, so haben sie die Möglichkeit, an jedem Gang, der zum Ausgang führt, das hier zu finden."

Djadi legte den Kopf schief. „In die andere Richtung ist es nicht rot, sondern blau und silber." Er legte das Band wieder zurück und betrat den Gang. Yron folgte ihm. Liaz blieb überrumpelt stehen. Beinahe hätte sie die beiden zurückgerufen, damit sie ihr erklärten, was gerade geschah. Dann besann sie sich und folgte den beiden Männern in den Gang hinein. Erst nach wenigen Schritten schien sie ihre Stimme wiederzufinden. „Aber … Wenn Djadi das alles wusste, wieso ist er dann nie geflohen?"

Es war nicht der Erbe, der ihr eine Antwort darauf gewährte, sondern der Erwähnte selbst. Mit einer abgehackten Bewegung wandte er sich zu ihr um, die schiefliegenden Augen bannten sie förmlich. „Ich bin kein Kämpfer, meine Dame. Selbst wenn man seine Umgebung kennt, birgt es ein Risiko."

„Und ist es nicht besser, zu sterben, als in diesem Loch zu verrotten?" Ihr stand nicht der Sinn nach einem plötzlichen Ableben. Doch irgendwann wäre sie hier drinnen wohl dem Wahnsinn verfallen.

Der Südling schüttelte den Kopf. „Geduld ist eine hohe Tugend, meine Dame. Ein Mann muss geduldig sein, ehe er reagiert. Mein Herr Yron hat diesen Schritt noch nicht erlangt, doch er ist klug. Ich habe lange hier gesessen und gelernt. Jetzt hilft uns das Gelernte. Ist es nicht so, wie das Schicksal sich seine Wege sucht?"

Sie verstand ihn nicht. Aber sie war sich auch bewusst, dass nun nicht die Zeit dafür war, ihn zu entschlüsseln. „Und was ist mit Faris? Ich sollte ihm Bescheid geben, wenn er für Unruhe sorgen sollte."

Yron drehte sich zu ihr um. „Wenn du das auf die Schnelle kannst, dann halte ich dich nicht zurück, aber sag ihm, er solle sich nur bereithalten. Wenn wir ohne Aufsehen entkommen können, umso besser. Wenn nicht, dann müssen wir darauf zurückgreifen.

Gezwungenermaßen."

„Als wäre es nicht auffällig, dass du nicht mehr da sitzt, wo du die letzten ich weiß nicht wie vielen Wochen verbracht hast!" Sie versuchte, sich zu konzentrieren. Aber ihre Gedanken drifteten stetig ab und sie konnte keinen Kontakt aufbauen. Die alten Gänge der Mine schirmten sie fast perfekt ab. „Ich schaffe es nicht." Atemlos vor Angst legte sie die Finger an die Wand, als würde ihr das auf irgendeine Art nützlich sein können. „Ich schaffe es nicht. Vielleicht, wenn wir weiter oben wären?"

Der wahre König nickte nur. „Du wirst deine Gelegenheit bekommen." Mit diesen Worten ging er weiter und Liaz blieb keine Wahl, als den beiden Männern zu folgen, wenn sie nicht hier alleine versauern wollte.

Immer wieder blieben sie stehen, lauschten, ob ihr Verschwinden bereits bemerkt worden war. Sie waren sich nicht sicher, ob sie hin und wieder neue Wachen hörten oder es sich einbildeten, doch jedes Mal drückten sie sich in eine Ecke. Wartend. Liaz betete leise zu den Göttern. Ihre Nerven waren zum Zerreißen angespannt.

Der Moment, in dem sie verstand, dass sie sich gar nicht so oft hätte fragen brauchen, ob man ihr Verschwinden bemerkt hatte oder nicht, war der, in dem es schon zu spät war.

Rufe wurden laut. Da sie sich bei jedem Gang neu orientieren und immer wieder anhalten mussten, waren sie noch nicht sehr weit gekommen, und das Brüllen schien nicht allzu weit hinter ihnen zu liegen. Man hatte bemerkt, dass jemand fehlte. Vermutlich war ihnen bewusst geworden, dass Yron nicht mehr an seiner Stelle saß.

„Verdammt", stieß der Erbe leise aus, schnappte sich ihr Handgelenk und drängte sie in einen unausgeleuchteten Gang links von ihnen. „Wir wissen noch nicht, wo der Ausgang liegt."

Das bedeutete, dass eine Flucht nach vorne sinnlos erschien. Entweder sie würden sich verirren oder neuen Wachen direkt entgegenlaufen. Nur konnten sie sich nicht sicher sein, was von beidem der Fall wäre.

„Wartet." Djadi hatte das Wort gerade ausgesprochen, da verschmolz er nahezu mit dem Schatten um sich herum und verschwand.

Liaz betrachtete die Stelle, an der er zuletzt zu sehen gewesen war, und blickte dann zu Yron auf. „Ich kann mich ebenfalls tarnen."

Er nickte knapp. „Bleib vorsichtig und verlauf dich nicht." Damit ließ er sie los und drückte sich selber weiter in die Schatten. Keine Magie würde ihn schützen, doch Liaz beschwor ihre Macht herauf und bewegte sich lautlos zwischen den Wänden. Während sie die Gänge erkundete, hatte sie immer ein offenes Ohr, um zu hören, wenn er in die Bredouille geraten würde.

Kapitel 38

Es war lediglich ein kurzer Moment, in dem sich Yrons Nerven flatterhaft anfühlten. Seine Gedanken kreisten um einen möglichen Fluchtweg, ehe sie ganz still wurden. Das Rasen seines Herzens verlor sich ein wenig, während er sich in eine Nische der unebenen Wand drückte, eine Hand voll Dreck aufnahm und ihn sich ins Gesicht schmierte, damit er sich an die Fassade anpassen würde.

Die Schritte wurden lauter, aber noch überdeckten sie die Geräusche, die Liaz machte, nicht genug. Obwohl er sie nicht sehen konnte, vernahmen seine scharfen Ohren ihre Bewegungen, bis sie sich anscheinend einige Schritte weiter als zuvor von ihm löste. Von Djadi hatte er nichts mehr vernommen, aber sein früherer Freund war auch wesentlich länger ein Kind der Dunkelheit, als seine Gefangenschaft andauerte.

Das war gut. Anscheinend musste er sich wenigstens nicht um beide Kameraden sorgen, sondern konnte sich ganz auf sich selbst konzentrieren.

Das Gestein in seinem Rücken war so kalt, dass es die Wärme aus seinem Körper zu ziehen schien. Er achtete nicht darauf und schirmte seine Augen von der Welt ab, um sich zu konzentrieren. Augenblicklich hörte er ein wenig besser, nahm wahr, wie die Wachen sich in den Gängen aufteilten, die ihren Weg kreuzten. Sie waren nahe. Sehr nahe. Und zum Bedauern der Götter war Yrons Nische nicht die Größte. Eine Wache, die eilig durch den Gang liefe, würde ihn vermutlich übersehen. Doch wenn sie Fackeln dabei hatten und sich Zeit beim Suchen ließen, dann wäre er vor ihnen nicht verborgen.

Es konnten nicht viele Herzschläge vergangen sein, da betraten zwei Wachen den Gang, in dessen Mitte Yron sich versteckt hielt. Zunächst gaben sie ihm die Hoffnung, dass sie an ihm vorbeiziehen würden, weil sie in ihrer Hektik keine Ruhe aufbringen konnten. Dann wurden sie langsamer und sahen sich genauer um. Von der anderen Seite konnte Yron ebenfalls Schritte wahrnehmen. Sie versuchten, ihn also, ganz gleich, in welchem Gang er sich befand, einzukesseln.

Das hieß aber auch, dass sie sich bei der hohen Anzahl der verschiedenen Gänge aufgeteilt hatten. Und da sie nicht wissen konnten, wo der Erbe steckte und ob er sogleich den richtigen Weg gefunden hatte, dass sie sich breit gefächert haben mussten.

Der Schein einer Fackel wanderte träge über das dunkle Gestein des Ganges und unweigerlich zog Yron seinen Kopf noch ein wenig mehr ein. Wenn sie sich aufgefächert hatten, dann würde es nicht allzu viel Verstärkung in unmittelbarer Nähe geben. Leider würde diese aber ausreichen, um ihn festzusetzen, bis sich die Neuigkeit flächendeckend verbreitet hätte.

Und er konnte keine Möglichkeit ausmachen, sie versteckt auszuschalten, ohne die andere Wache daneben direkt mit zu alarmieren.

Die Wachen zu seiner Rechten waren mittlerweile stehengeblieben. „Habt ihr ihn?"

„Nein." Die Wachgruppe zu Yrons Linker kam näher und klang genervt.

Der unstete Rand des Lichtkreises schob sich unwirklich auf Yrons Füße zu. Es würde nicht mehr lange dauern und seine abgewetzten Stiefel wären nicht mehr länger von der Dunkelheit geschützt.

Ein dumpfes Geräusch. So leise, selbst Yron konnte es kaum wahrnehmen. Eine der Wachen gab ein kaum wahrnehmbares Seufzen von sich und sackte dann klappernd zu Boden.

Die zweite Wache sagte dazu nichts, also nahm er an, dass auch sie bereits ins Land der Träume verfrachtet worden war. Yron riskierte einen raschen Blick um den Felsen herum.

Liaz stand dort, einen Stein in der einen Hand, mit der anderen eine bewusstlose Wache haltend.

„Alles in Ordnung bei euch?" Die Stimme auf Yrons rechtem Ohr klang alarmiert, also beeilte er sich, auf die Füße zu kommen. Er räusperte sich.

„Alles in Ordnung", brachte er ein wenig kratzig hervor, gerade laut genug, damit ihn die anderen hören konnten. In der Hoffnung, dass sie die falsche Stimme nicht enttarnen würden. „Aber hier ist nichts."

„Ihr wart noch nicht bis zum Ende", bemerkte die Wache. Yron konnte ihre Gestalt am anderen Ende des Ganges ausmachen. Sie hatte ebenfalls eine Fackel in der Hand und war bewaffnet. Ebenso wie der Mann daneben, der kein Wort von sich gab und in die andere Richtung starrte. Sie standen Schulter an Schulter.

Liaz trat von hinten auf ihn zu. Beide Männer hinter ihnen lagen nun auf dem Boden. „Die Fackel", hauchte sie leise und nickte auf die Flamme, die kurz vor dem Erlöschen stand. Sie lag ein wenig abseits der beiden bewusstlosen Wachmänner auf dem Boden des Ganges. „Sie wissen, dass es nicht mehr ihre Kameraden sind."

Yron nickte, das hatte er schon bei der Geräuschkulisse erwartet. Jetzt fiel ihm auch auf, dass die beiden Gestalten ein Stückchen näher gekommen waren. „Ihr müsst alles absuchen."

„Werden wir, aber unsere Fackel ist hinabgefallen." Dann würde er das Spiel mitspielen, solange es ging. Gleichzeitig legte er einen Arm um Liaz' Schultern und schob sie nach hinten. In den Gängen war es nun etwas ruhiger geworden. So hätten sie immer noch keine Möglichkeit zur Flucht.

„Wieso hebt ihr sie nicht einfach wieder auf?" Sie waren noch näher gekommen. Warum griffen sie nicht direkt offen an? Waren mehr Gefangene geflohen und sie fürchteten einen Hinterhalt? Die einzigen Waffen, die den armen Seelen in dieser Mine zur Verfügung standen, waren Yrons Dolch und Steine, die sie hier finden würden. Wovor hatten diese Wachen also einen solchen Respekt, dass sie dieses Schauspiel beibehalten wollten? Vermutlich hatten sie keine Übersicht, wie viele Menschen geflohen sein konnten.

„Sie ist bereits dabei, zu verlöschen." Mit dem Fuß kehrte Yron beim Vorbeigehen etwas Erde auf die Flamme, die daraufhin flackerte und noch mehr ihrer Helligkeit verlor.

„Oder", setzte die Wache an und kam nun schneller auf sie zu, „ihr seid welche der Geflohenen."

Yron fluchte unterdrückt und beschwor den Dolch in seine Hand. Die leichte Wärme des Griffs war eine Wohltat. Als würde die Waffe zu seinem Körper gehören, schmiegte sie sich perfekt an und gab ihm ein Gefühl von Ruhe. Das hier würde in einem Kampf enden, doch er wäre nicht unbewaffnet und hilflos.

Er rechnete mit allem. Damit, dass hinter ihm plötzlich Wachleute auftauchten. Dass die vor ihm Weitere alarmierten. Oder jemand einen Bogen oder eine Armbrust zückte und auf sie schoss.

Stattdessen sah er, wie die beiden Männer stolperten. Ihre leichten Rüstungen gaben beim Fallen leise Laute von sich, während sie Gesicht voran auf dem harten Felsen aufschlugen. Einer von beiden blieb direkt liegen, der andere hob den Kopf an. Es war nicht mehr viel zu erkennen, die Fackel lag ein paar Schritt von ihren Besitzern entfernt auf dem Boden. Die Wache riss auf einmal den Kopf herum, gab ein Ächzen von sich und brach zusammen.

Nur Herzschläge später tauchte Djadis Gestalt im sterbenden Licht des Feuers auf. „Ich habe den Ausgang gefunden", verkündete er und trat näher. „Verzeih, dass ich mich erst jetzt um diese Wachen gekümmert habe, aber als ich endlich wieder hier war, standen sie mir zu nahe am Hauptgang. Dort laufen noch immer Wachen herum. Und andere."

„Andere?" Liaz horchte augenblicklich auf. „Was für andere?"

„Gefangene." Djadi strich sich das dunkle Haar aus der Stirn. „Viele Gesichter, die ich schon oft gesehen habe. Sie haben uns anscheinend beobachtet und die Verwirrung genutzt, die die Wachen losgetreten haben. Wir sollten das ebenfalls nutzen", meinte der Südling und richtete die Aufmerksamkeit erneut auf einen der Ausgänge. „Noch so eine Chance werden die Götter uns nicht einräumen."

Liaz schnaubte. „Als würden die Götter wirklich ihre Finger mit im Spiel haben", brachte sie trocken hervor. Yron hätte ihr früher direkt zugestimmt, jetzt stockte er allerdings bei einer Antwort und schüttelte nur den Kopf. Das hier war nicht der Ort oder die Zeit, um eine Glaubensdebatte durchzuführen. Also legte er die Hände an ihre Schultern und schob sie hinter Djadi her, der ihr einen beleidigten Blick zugeworfen hatte. Sie ignorierte es und meinte stattdessen: „Und die anderen Gefangenen? Ich bin mir sicher, viele von ihnen sind genauso schuldig, wie wir es waren. Wir können sie nicht in ihren Tod rennen lassen."

Yron schob sie ungerührt weiter und fluchte, als sie sich in seinem Griff zu wehren begann. „Dazu haben wir keine Möglichkeit. Selbst wenn deine Gruppe jetzt hier hereinstürmen würde, wären die Wachen vermutlich in der Überzahl."

„Nicht mit den anderen Gefangenen!"

„Die hier in diesem Tunnelsystem verteilt und schwach sind. Liaz … Wir müssen gehen. Die Wachen haben hier einen eindeutigen Vorteil und wir sollten unser Glück nicht zu sehr ausreizen." Endlich schaffte er es, sie durch den Tunnel vor sich zu lenken. Djadi war im Halblicht um sie herum nicht mehr als ein Schatten, der sich vor schlich und an jeder Biegung auskundschaftete, ob sich dort Feinde aufhielten. Hin und wieder war er dazu gezwungen, welche auszuschalten oder wegzulocken, und so schien es Yron wie Stunden, ehe sie den nächsten Tunnel betreten konnten.

„Ich denke, dass wir gleich die Oberfläche erreichen", murmelte Djadi irgendwann in die angespannte Stille hinein. „Sie werden noch einige Wachen hier oben positioniert haben. Sie werden es nicht riskieren, dass manche Gefangenen den Weg durch das Labyrinth finden und dann einfach frei sind."

„Dabei stimme ich dir zu." Er hielt nach wie vor Liaz' Schultern fest, obwohl sie mittlerweile ruhig war. Entweder hatte sie es eingesehen oder sie hatte es aufgegeben, sie umstimmen zu wollen. So oder so traute er der Sache nicht. „Kannst du nachsehen?" Leider besaß er in seinem Blut nicht die Kraft der Magie. Er konnte nicht durch seinen bloßen Willen formen oder bestimmen.

Djadi nickte. Doch er kam gar nicht mehr dazu, seine Tarnung anzulegen, denn auf einmal tauchten mehrere Gestalten am Eingang auf und so, wie sie sich langsam in die Dunkelheit vor sich drückten, waren es vermutlich keine Wachen.

Yron ging dennoch lieber auf Nummer sicher und schob Liaz und Djadi in einen Nebengang zu ihrer Linken, während er versuchte, die Gestalten genauer zu erkennen. „Das ist Faris", zischte Liaz einige Herzschläge später und drückte sich an seiner Seite vorbei, um den Leuten entgegenzulaufen. Obwohl Yron instinktiv eine Hand nach ihr ausstreckte, entglitt sie ihm und er konnte sie nur noch dabei beobachten, wie sie sich der vordersten Gestalt in die Arme warf. Sein Misstrauen blieb, bis die Gestalt sich sichtlich entspannte und mit Liaz einige Worte wechselte.

Mit den Augen suchte er nach Djadi und meinte schließlich, eine Unregelmäßigkeit im Halbschatten wahrnehmen zu können. „Sie hat Freunde", erläuterte er leise und nickte auf die menschlichen Umrisse, die sich nicht vom Fleck gerührt hatten. „Das werden sie wohl sein."

„Dann sind sie vertrauenswürdig?" Die vertraute Stimme kam aus dem Nirgendwo.

Yron zuckte mit den Schultern. „Ich weiß es nicht. Mir ist weder klar, wer genau sie sind, noch was sie vorhaben. Nur, dass sie uns wohl nicht an die Hexe verraten werden." Was nicht bedeuten musste, dass sie nicht ihre eigenen Pläne hatten. Er erinnerte sich an Liaz' Worte unten in der Mine und auch wenn alles nur ein Schauspiel hätte sein können, hatte das Ganze ein besseres Licht auf sie geworfen.

Seine Bedenken waren weniger geworden und trotzdem wusste er nicht, wie weit er ihr und ihren Freunden trauen konnte. Eindeutig war, dass sie gegen die Hexe kämpften. Es sei denn, sie würden

Yron nutzen wollen, um an Jeremiah und Fey zu kommen. Aber das bezweifelte er.

„Also sind sie nicht deine Verbündeten?"

„Wir werden es sehen." Wenn er seinem Ziel auf diese Weise näher kam, würde er ein Bündnis eingehen. Und dabei auf der Hut bleiben.

Er musterte die Gestalten, die sich vor dem grellen Licht des Tages abhoben, und war sich bewusst, dass sie keine Zeit für diese Verzögerungen hatten. Die Wachen hier oben waren mutmaßlich ausgeschaltet. Die Wachen im Inneren der Mine vermutlich allesamt unten in Kämpfe verwickelt. Eine Atempause tat gut, durfte aber nicht zu viel Zeit in Anspruch nehmen.

Also erhob er sich und ging ebenfalls auf die Umrisse zu. Je näher er dem Licht kam, umso mehr schmerzten seine Augen und kurz fragte er sich, wie Liaz es geschafft hatte, nicht vor Schmerz halb blind durch die Gegend zu taumeln. Er hob den Arm, um sich zu schützen, hörte aber sogleich die freudigen Ausrufe der Menschen, als sie ihn sahen. Yron ignorierte es. Von Jubeln hatte er nie viel gehalten. Stattdessen senkte er vorsichtig den Arm herab und betrachtete die anderen. Einige Gesichter kamen ihm bereits vom Dorfplatz her bekannt vor und unweigerlich fragte er sich, wie viel Zeit vergangen sein mochte. War Fey schon frei? Er hatte das Gefühl, die Welt hätte in der Zwischenzeit ihren Untergang erleben können und er hätte es nicht bemerkt.

Andererseits waren die Wachen ganz klar Männer der Hexe und somit war seine Aufgabe wohl noch nicht abgeschlossen. Also straffte er seine Haltung. „Lasst uns gehen", brummte er und nahm sich somit einfach das Recht einer Bestimmung heraus.

Sie nahmen es hin, nickten und ordneten sich zum Rückzug an, der Yron mit einem schlechten Gewissen allen anderen gegenüber zurückließ. Alles in ihm wehrte sich, die anderen Gefangenen im Stich zu lassen, aber er hatte keine Wahl. Er würde sich um sie kümmern, wenn er seinen Platz auf dem Thron eingenommen hatte.

„Wir haben bemerkt, dass es zu Reibereien kam", erklärte Faris, gerade als sie in einem kleinen Versteck angelangt waren. In der Ferne, zwischen den dicht stehenden Bäumen hindurch, konnte man noch die Mine erahnen. Sie waren so nahe herangekommen, wie sie es gewagt hatten. „Acario war gerade in seiner Schicht, den Eingang zu beobachten." Faris nickte auf den kleingewachsenen Mann mit dem verschlagenen Gesicht. Unter seinen Augen lagen tiefe Schatten und seine Oberlippe war von einer Narbe zerrissen, sodass er dauerhaft ein spöttisches Grinsen aufgelegt hatte.

Acario stieß sich von dem Baum in seinem Rücken ab und gab ein Schnauben von sich. „Auf einmal kam Bewegung in sie. Manche formten sich draußen zu einem Wall, den Blick in den Tunnel gerichtet. Einige rannten nach drinnen."

Yron musterte diesen Mann, dessen Erzählung anscheinend bereits ihr Ende gefunden hatte, denn nun senkte er einfach den Blick und lehnte sich erneut an seinen Baum. Wie ein Schauspieler, der seine Sätze hervorgebracht hatte und nun darauf wartete, von der Bühne gehen zu können. Er konnte es ihm nicht verübeln, wo es nicht mehr zu berichten gab, waren viele Worte unnötig.

Yrons Augen legten sich erneut auf Liaz, deren Gesicht gleich eine viel lebendigere Farbe angenommen hatte, nachdem sie wieder bei Faris war, der neben ihr wie ein Wachturm aufragte, bereit, Alarm zu schlagen, sobald sich ihr etwas näherte. „Wer bist du?"

Der Mann blickte ihn einen Moment an, dann verneigte er sich ein Stückchen. „Wer Ihr seid, das müsst Ihr nicht sagen, Erbe. Und meinen Namen kennt Ihr bereits. Faris."

„Es ist nicht der Name, der eine Person ausmacht. Ich möchte wissen, *wer* du bist, und nicht, wie du heißt."

Faris stutzte, sah zu Liaz hinab, dann nickte er leicht und löste sich von ihrer kleinen Gestalt, um sich richtig vor ihm verneigen zu können. Die Frau an seiner Seite betrachtete das nur argwöhnisch. „Ihr werdet mir sicherlich zustimmen, dass wir nicht allzu lange hierbleiben sollten, Erbe. Ich bin ein Ba'hiib."

„Ein Gestaltformer", wisperte Yron, eine Braue in die Höhe gezogen. Ba'hiibs waren selten geworden. Von den meisten hörte man lediglich in Geschichten. Die Hexe hatte sie ausgemerzt, so gut sie es konnte, genauso wie bei den Sehern. „Welche Gestalt obliegt deiner zweiten Natur?"

Er lächelte, ein grimmiger Glanz tauchte in seinen Augen auf. „Es ist sehr intim, dies zu fragen, Erbe, doch da Ihr meine Art höchstens aus Legenden kennt, verzeihe ich Euch das und gebe Euch auch eine Antwort darauf; Kalarad." Hinter ihm fingen die Männer bereits an, das Lager zusammenzupacken und in Rückentaschen zu verstauen. Manche waren sogar bereits so weit, dass sie voll bepackt darauf warteten, weitergehen zu können.

„Ein Riesenbär?"

„Ja."

Yron blickte nachdenklich auf Liaz hinab, die sich an seine Seite schmiegte. „Es ist kein Zufall, dass du hier bist", stellte er in den Raum. „Mir sind es zu viele Zufälligkeiten in letzter Zeit. Ihr taucht auf, kurz bevor die Leute der Hexe nach uns schnappen. Ich sehe Djadi wieder, wir haben Hand an einer Seherin, ein Gestaltwandler steht vor mir ..." Der Tumult mit den anderen Gefangenen. „Wieso?"

„Ich weiß es nicht, Erbe. Doch ich kann dir versichern, dass Liaz gute Absichten hat. Sie reiste in Euer Dorf, um Euch vorzuwarnen. Und ich bin stets an ihrer Seite, weil ich ihr Schutzpatron bin."

Ein kleingebauter Rotschopf trat auf sie zu. „Wir sollten wirklich weiter, Faris", zischte er, Yron den Rücken zugewandt, als wäre dieser gar nicht da. „Wenn sie uns bemerken, dann nützt uns auch kein Glück der Götter mehr, weil sie uns vermutlich direkt umbringen werden. Wahrscheinlich sind Liaz und Yron die Einzigen, die überleben würden, aber dann wären sie alles andere, als zu beneiden."

„Wo du recht hast, Axa." Faris wandte sich wieder ihm zu. „Wir brechen auf, Erbe. Begleitet Ihr uns?"

„Wo wollt ihr hin?"

Es war Liaz, die nun das Wort ergriff. Sie drängte sich an ihrem Schutzpatron vorbei und bedachte Yron mit diesem kritischen Blick, den sie bereits öfters in dieser kurzen Zeit aufgelegt hatte. „Wir werden in die weiße Stadt reisen. Ich nehme doch an, dass das dein Ziel war. Die Frage ist nur, ob du dich uns anschließen willst oder nicht."

„Die Frage ist eher, ob es Sinn ergibt, dorthin zu reisen." Yron drehte sich um, das Augenmerk auf die Mine gelegt. „Ob Jeremiah überhaupt dorthin geritten ist."

„So weit mir Nordfalke erzählt hat, sind sie dort sicher angekommen. Er hat sie jedoch nicht weiter beobachtet."

„Und es ist die einzige Möglichkeit, die wir haben, um herauszufinden, wohin sie von da aus gegangen sind", stimmte er leise hinzu. Ihm war schleierhaft, wer Nordfalke war, doch er wünschte sich, dass er sie länger im Auge behalten hätte. Vielleicht reisten die beiden bereits durchs Land, genau in die andere Richtung und Yron vergeudete Zeit damit, sie ausfindig zu machen. „Wisst ihr, was die alte Königin mit einem *Hoch oben* gemeint haben könnte?" Langsam drehte er sich wieder um.

„Ich nehme an", meinte Liaz, „dass der Geburtsort der beiden gemeint ist."

„Von Dilara und Elani?"

Die Frau nickte und zog eine Karte aus der Rückentasche eines Mannes neben sich. Sie rollte sie zwischen den Händen aus und deutete auf eine Insel im Südwesten. „Die beiden wurden nicht im Hauptpalast geboren, sondern in einem Außensitz, einem kleinen Schloss. Es lag auf der Klippe eines Berges und deutete direkt auf das tosende Meer. Der König hat sie dort davor schützen wollen, sich zu sehr vom Luxus verderben zu lassen."

„Das hat sehr gut funktioniert …"

Sie warf ihm einen bösen Blick zu. „Dilara mag ein Miststück sein, aber sie war als Kind niemals verwöhnt. Es war der bodenlose Neid, der sie antrieb, ein unbändiger Hass geboren aus Eifersucht, genährt durch das, was ihr alle Leute immer wieder gesagt haben. Dass sie die Königin werden würde, es stünde sicher in Stein geschrieben."

„Und das ist dir aus welcher Quelle bekannt?"

Liaz zuckte wie geschlagen zurück. „Ich weiß es eben. Nimm es hin." Das würde er nur für den Moment machen, weil er anscheinend endlich an Informationen gelangen konnte. Er würde sich ihre Reaktion merken. Es stand nach wie vor nicht sicher fest, ob er ihr Vertrauen schenken konnte oder nicht und diese Reaktion machte es nicht besser. An die Hexe verkaufen würde sie ihn wohl nicht, aber Liaz hatte eindeutig ihre eigenen Ziele im Sinn und wenn diese nicht mit denen von Yron vereinbar waren, dann würde er sich diesem Problem annehmen müssen.

Vorerst jedoch nickte er nur. „Dort ist also das Hochoben."

„Ich nehme es zumindest an. Ansonsten würde mir nichts einfallen, was die alte Königin mit einem Berg zu schaffen gehabt hätte. Sie sind dort aufgewachsen und erst spät ins Großschloss gezogen."

Jetzt stellte sich nur noch die Frage, ob das auch Jeremiah und Fey bewusst geworden war und sie sich bereits auf dem Weg befanden. „Kann jemand von euch schnell zur weißen Stadt gelangen?" Er hätte Djadi gefragt, doch dieser war nirgends mehr zu entdecken. Die Freiheit hatte ihn wieder. Aber Yron war sich sicher, irgendwann würden sich ihre Wege gewiss wieder kreuzen.

Kapitel 39

Jeremiah schüttelte den Kopf und legte die Hände an Nihats Schultern. Der Junge wehrte sich, wie immer, einige Herzschläge lang gegen den Druck, den der Ältere auf ihn auswirkte, dann ließ er sich widerwillig nach hinten reißen und mit dem Fuß die Beine wegziehen. Jeremiah begleitete ihn im Fall, stützte ihn und zeigte ihm auf diese Art genau, wie er aufkommen und sich abrollen musste.

Seit einigen Tagen war er jeden Tag hier und mittlerweile brachte er ihnen bei, wie man Gegner entwaffnete und sich zu verteidigen hatte, und heute war das Fallen dran. Eine wichtige Grundlage im Kampf, denn wer schlecht fiel, verlor Zeit oder verletzte sich und lieferte sich auf diese Art aus.

Als Nihat auf dem Boden lag, blinzelte er zu ihm auf. „Das werde ich mir nicht merken können", schmollte der Kleine, sprang aber wieder auf die Füße.

„Doch, mit viel Übung wirst du das. Auch der größte Krieger musste das alles erst einmal lernen und die haben sich genauso in die Hosen gemacht wie ihr, dass das alles zu viel für sie wäre. Ich war selber so. Wichtig ist die Wiederholung. Wenn du in Panik gerätst, dann bist du nicht mehr du selbst. Es gibt Menschen, die fliehen, andere greifen an, doch die meisten machen den größten Fehler und erstarren. Und das liegt nicht mehr in deiner Hand. Wenn die Angst kommt, dann wirst du etwas davon machen und du musst deinem Körper vertrauen, dass er für dich die Entscheidung trifft, die in diesem Augenblick die Richtige sein wird."

„Beruhigend." Um Zeit zu schinden, klopfte Nihat sich den Schmutz von der Hose und blickte auf seine Schuhe hinab. „Und wenn mein Körper sich falsch entscheidet?"

„Damit das nicht passiert, übe ich ja mit euch." Er legte dem Kerl einen Arm über die Schultern und zog ihn näher zu sich heran. Nihat mochte es ganz offensichtlich, einen älteren Mann da zu haben, der ihn ins Vertrauen zog. „Es gibt verschiedene Stufen deiner Aufmerksamkeit. Das hat jeder Mensch. Wenn du zum Beispiel schläfst oder betrunken bist, dann bist du angreifbar. Wenn du wach bist, bist du einfach aufmerksam, dir wird also auffallen, wenn etwas nicht stimmt. Und das bringt dich direkt zur nächsten Station. Gemäß dem Fall, dass dir etwas aufgefallen ist, selbst wenn es einfach nur merkwürdig, aber ansonsten harmlos aussieht, bereitest du dich in deinem Kopf schon darauf vor, was passieren könnte und wie du dann reagieren möchtest. Dieser Schritt ist mitunter sehr wichtig. Wenn du weißt, was du kannst und was auf dich zukommt, behältst du deinen Kopf und du sparst Zeit, bevor du überhaupt reagieren musst."

„Und woher erkenne ich das?"

„Du bist ein Mensch, Menschen haben Instinkte. Bring deinem Körper bei, was er in einer Notsituation zu tun hat, den Rest übernimmt dein Instinkt. Du wirst nicht so sehr in Panik verfallen, es gibt Menschen, die sogar komplett ruhig und überlegt werden. Das sind dann die, die wirklich darauf geübt sind, mit solchen Situationen umzugehen."

„In Ordnung." Nihat nickte.

„Ich bringe euch bei, wie ihr euch selbst verteidigt. Waffen brauchen lange Zeit der Übung und wie ich bereits betonte, es kann jeden Tag dazu kommen, dass ich nicht mehr hier sein werde. Außerdem seid ihr alle noch sehr jung und die meisten von euch klein. Es geht aber nicht immer um Größe und Kraft. Ihr könnt euren Gegner meistens mit ihrer eigenen Überheblichkeit überwinden."

Nihat wirkte niedergeschlagen, als er jetzt zustimmend nickte. Und gerade, als Jeremiah nachfragen wollte, räusperte der Junge sich bereits. „Hannah und ich sind keine Waisen. Zumindest waren wir es nicht, als wir losgezogen sind. Wir haben unsere Eltern hinter uns gelassen, aber nur um die Familie zu unterstützen. Wir schicken immer Geld hin, alles, was wir machen können. Aber keine Ahnung, ob das was bringt. Wir bekommen keine Antwort zurück und manchmal haben wir schon darüber nachgedacht, aufzugeben. Das können wir allerdings ja auch nicht machen. Wenn unsere Eltern leben und sich darauf verlassen … Hannah will immer, dass ich zu allen freundlich bin, und ich weiß nie, ob ihre Naivität eine Stärke oder eine Schwäche ist. Ich denke, Menschen sind oftmals böse, du darfst ihnen nicht vertrauen, und doch kommt sie dann um die Ecke, hat wieder irgendein Kind aufgegabelt oder jemanden wie dich, der wer weiß was machen könnte."

Jeremiah ließ sich auf einen Hocker gleiten, den sie hier herausgestellt hatten. Er nickte. „Ich verstehe, was du meinst, und ich sehe die Gefahr in dieser Naivität. Aber irgendwo ist es auch eine Stärke, nicht wahr? Trotz aller Widrigkeiten niemals sein gutes Herz aufzugeben und Leuten immer noch die Möglichkeit zu geben, gut zu sein. Sie müsste nur bedachter an die Sache gehen."

„Das kann sie aber nicht. Sie ist sehr sensibel. Nah am Wasser gebaut. Wenn sie sich streitet, dann weint sie gleich und ich hab Angst, wegen der Freiheit … Du weißt? Das sind die Menschen, die meistens das Wispern der Stimmen hören." Seine Stimme hatte einen verschwörerischen Klang angenommen.

Und ein weiteres Mal konnte Jeremiah nur nicken, während er sich wünschte, dem Dreikäsehoch von Fey erzählen zu können. Gemäß dem Fall, dass sie es schafften, sie zu befreien, hätten Menschen wie Hannah nicht mehr lang auszuharren. Nur wussten sie es nicht, durften es nicht erfahren. Sie verweilten in einer Hilflosigkeit, die sich für immer zu erstrecken schien. Er war doch selbst so gewesen, noch vor ein paar Wochen war er beinahe gestorben und nun saß er hier. „Es wird sicher alles gut werden."

„Eben nicht!" Nihats Ohren liefen vor Wut rot an. „Es wird nie alles gut werden. Es kann nicht alles gut werden. Die Freiheit ist weg und selbst wenn das Problem nicht wäre, hält die Hexe uns arm. Sie macht nichts, um unser Leid zu lindern. Wir lernen kämpfen … nein, wir lernen, uns zu verteidigen, und alles wird weiter und weiter in diesen Bahnen gehen und das Einzige, wie es sich ändern kann, ist, wenn es noch schlimmer wird. Wie soll mich das aufmuntern?" „Es muss dich nicht aufmuntern. Du musst nur am Leben bleiben. Ändern kann sich stetig etwas."

„Weil es das schon so oft getan hat." Nihat rieb sich die Schläfen. „An den meisten Tagen will ich gar nicht an das Morgen denken und doch kann ich nicht anders. Wie soll ich das Jetzt genießen, wenn das Morgen mich bedroht?"

Jeremiah legte ihm eine Hand auf die Schulter und spürte das Zittern des jungen Körpers. „Es hat sich von gut auch mal zu schlecht geändert, wieso also nicht so herum?"

Nihat schüttelte nur den Kopf, ehe er ihm einen sehnsuchtsvollen Blick schenkte. „Ich möchte Hoffnung haben, wirklich. Aber ich fühle mich nicht, als dürfte ich sie haben oder könnte sie halten."

„Du darfst jede Hoffnung haben, die du haben willst. Es ist nichts Schlechtes oder Böses daran, wenn man sich gut fühlt, auch in der Dunkelheit. Dann muss dein Licht umso heller strahlen, damit es nicht verschlungen wird. Und vielleicht hast du Glück und andere schließen sich dir an und zusammen vertreibt ihr die Nacht. Wie klingt das?"

„Zu schön, um wahr zu sein."

Jeremiah seufzte. „Träume helfen dir, dich selbst zu finden und dein Herz nicht zu verlieren." Er erhob sich. „Also schlage ich dir vor, dass du weitermachst. Etwas anderes bleibt dir auch nicht übrig."

Es klang endgültig und das war es auch. Aber Nihat sammelte sich wieder, nickte sich dieses Mal anscheinend selbst zu und machte sich erneut an seine Übungen. Und Jeremiah sah zu, dass er zum nächsten Schüler kam, um ja nicht darüber nachdenken zu müssen, was Nihat oder er gesagt hatten.

***

Fey war das Warten leid. Immerzu schien etwas zwischen sie und ihre Pläne zu kommen. Ob es nun das Warten auf eine Antwort von Malika in Yrons Dorf war oder die Tatsache, dass Jeremiah sich nun weder recht für noch gegen den Plan entscheiden konnte, auf eigene Faust loszuwandern.

Sie wusste nur, dass sie sich unruhig und eingesperrt fühlte, und dass sich diese Empfindung mit jedem Herzschlag, den sie nach draußen blickte, um nach ihren Freunden Ausschau zu halten, verdichtete. Es kam ihr vor, als wäre dieses Zimmer seit ihrer Ankunft um mindestens drei Meter in der Breite geschrumpft.

Fey hatte an sich selbst manch merkwürdige Eigenart festgestellt, die sie sich angewöhnt hatte. So fuhr sie sich andauernd mit einer Hand durch ihr mittlerweile völlig zerzaustes Haar. Jedes Mal, wenn es ihr bewusst wurde, zwang sie sich dazu, die Hand wieder sinken zu lassen. Doch dann ertappte sie sich kurze Zeit darauf aufs Neue bei dieser Geste.

Außerdem hatte sie angefangen, an ihren Nägeln zu kauen, was sicherlich nicht gesund oder gut war. Mittlerweile waren sie kurz und scharf, sodass sie sich manchmal aus Versehen selbst kratzte.

Und wann immer es ging, starrte sie aus dem Fenster oder in einen Spiegel. Das eine, um sich zu vergewissern, dass sie nicht mehr im Brunnen war, das andere, um zu beobachten, wie die Menschlichkeit in ihren Augen Einzug hielt. Die Spiegel zur Seele, wie manche sagten. Sie veränderten sich immer mehr, nahmen nach und nach ein leuchtendes Blau an.

Ein Klopfen am abgewetzten Holz der Kammertür ließ Fey zusammenschrecken. Ihr Blick legte sich von der Spiegelung in der Scheibe auf den Türgriff. „Herein", forderte sie leise, sich nicht sicher, ob sie wirklich mit Malika sprechen wollte. Die Seherin hatte sich als Schlag ins Leere erwiesen.

Sie half Fey zwar, sich mit ihren Kräften zu beschäftigen, und sie bot ihnen Unterschlupf, doch hätten sie das nicht auch woanders finden können? Diese ganze Reise, für die Yron vermutlich sein Leben geopfert hatte – oder schlimmer – war einfach nur nutzlos gewesen. Das machte sie allmählich sauer.

Vor allem, da die Frau Fey überreden wollte, zu bleiben. Wozu? Damit sie menschlich wurde und die Hexe letztendlich doch gewonnen hatte? Damit der Schutz seine Wirkung verlor und die falsche Königin hier hineinspazieren konnte, wann immer es ihr beliebte? War nicht die Kreativität das höchste Geschenk, das die Götter den Menschen gemacht hatten? Fey schnaubte. Und dennoch liebten diese Geschöpfe die erstarrte Untätigkeit, als würden sich Probleme allein durchs Hoffen in Luft auflösen.

Die Tür schob sich, leise über den Boden schabend, auf, doch es war nicht Malika, die dahinter auftauchte, sondern Edo. Seine verschiedenfarbigen Haare standen besonders wild ab, sein sonst so bleiches Gesicht war gerötet.

Augenblicklich stutzte Fey und musterte ihn genauer. „Ist etwas vorgefallen?" Sie maß ihn von oben bis unten, doch er schien unverletzt zu sein. „Edo?"

Er hob den Kopf zu ihr und zuckte die Schultern. Sein Blick nahm erneut diese leichte Distanzierung an, die ihm so eigen war. „Ein kleiner Streit mit deinem Geliebten", meinte er leise und umklammerte dabei die Türklinke, als würde er sie mit einem Ruck abreißen wollen. „Jedenfalls", wechselte er dann leichthin das Thema, „will Malika uns sehen."

Fey, die wegen der Bezeichnung ‚Geliebter' gerade protestieren wollte, schloss den Mund rasch wieder und musterte den Göttervogel nochmals. „Weshalb?" Ihr schwante nichts Gutes. Sicherlich würde das wieder eine dieser unnötigen und langen Diskussionen werden, aus denen sie sich schlussendlich erschöpft zurückzog.

Edo hob nur ein weiteres Mal gleichgültig die Schulter, ehe er sich zum Gehen umwandte. Nur Sekunden später waren seine schweren Schritte auf den knarzenden Stufen der Treppe zu vernehmen.

Fey schnappte sich im Vorbeigehen ihr Halstuch, das ihr Jeremiah vor wenigen Tagen geschenkt hatte und mit dem sie sich zurzeit gerne beruhigte. Der Stoff war so unglaublich weich, wenn sie ihn zwischen ihren Fingern hindurch gleiten ließ.

Von unten her waren bereits Stimmen zu vernehmen, doch es fehlte Malikas rauchige Stimme. Es waren lediglich Jeremiah und Edo zu hören, die sich anscheinend einmal mehr stritten. Wenn auch leise. So konnte Fey nicht verstehen, was sie sagten, doch die deutliche Feindseligkeit heraushören, mit der sie sich ansprachen.

Als Fey absichtlich laut die letzten Stufen in Angriff nahm, brachen ihre Stimmen ab und Jeremiahs Gesicht lugte aus dem Durchgang zur Stube hinaus. Seine Augen strahlten, seine Wangen waren fleckig und er schenkte ihr ein grimmiges Lächeln. „Da bist du ja", meinte er, doch gerade, als er sich wieder nach hinten lehnen und aus ihrem Sichtfeld verschwinden wollte, machte sie einen raschen Schritt nach vorne und umfasste seinen Arm. „Will sie uns erneut davon abhalten?", fragte Fey eindringlich und sah sich um. Von der Seherin fehlte jede Spur. Wieso rief sie sie erst zusammen, um dann nicht aufzutauchen?

Jeremiah schnaubte und entriss sich ihrem Griff. „Ich habe keinerlei Ahnung, was Malika von uns will."

Edo verdrehte die Augen. Er lehnte beim Kamin an der Wand, die Arme vor der Brust verschränkt. „Sie ist eine Seherin", meinte er, als würde das alles erklären. Als er die fragenden Ausdrücke seiner beiden Gefährten sah, verdrehte er nochmals die Augen. „Sie lebt in anderen Sphären als wir. Ist euch das denn nie aufgefallen?"

„O nein, ganz und gar nicht", spottete Jeremiah sarkastisch. „Wie hätte es uns denn auffallen sollen?"

Fey schritt dazwischen, ehe sie sich wieder an die Gurgel gehen konnten. „Es reicht. Es ist mir einerlei, was für ein Problem ihr auf einmal miteinander habt. Ich will keine dämlichen Streitereien mehr hören, versteht ihr mich? Wir haben hier ein Problem. Ein verdammt großes Problem. Und wenn wir es nicht schaffen, uns am Riemen zu reißen, dann verlieren wir alles. Wollt ihr das? Dass die Hexe mich wieder einsperrt und euch versklavt oder tötet? Dass alles umsonst war?" Ein Schauder überlief sie, als sie sich vorstellte, wie dieses eiskalte Wasser, das eigentlich gefroren sein müsste, erneut über ihre Haut rann und sie erstickte. Dass weitere Ewigkeiten vor ihr lägen. Dieses Mal vielleicht sogar ohne Ende.

Jeremiah blickte einfach nur auf sie hinab, doch Edo stieß sich nun von der Wand ab und kam auf sie zu. „Du hast recht", entschied er sehr leise und richtete sich an Jeremiah. „Wir sollten das hier beenden. Welche Diskrepanzen wir auch haben mögen, das tut jetzt nichts zur Sache und wird uns nicht weiterbringen."

Noch bevor Jeremiah eine Antwort geben konnte, schenkte Fey beiden ein seichtes Lächeln. Vielleicht würde zwischen ihnen jetzt wieder Ruhe herrschen und eventuell konnten sie sich dann auch irgendwann in Freundschaft die Hand reichen.

Die Tür von Malikas Kammer ging auf. Die Seherin wirkte ein wenig unruhig, ihr Haar hing schlaff um ihre Schultern und ihre Augen schienen blutunterlaufen, als hätte sie seit mehreren Tagen nicht mehr geschlafen. Oder auch nur geblinzelt.

Erschöpft lehnte sie sich an den Rahmen ihrer Tür. Dennoch blickte sie ihnen abwechselnd fest in die Augen und ein leichtes Lächeln zierte ihre Lippen. „Ich habe Neuigkeiten für euch", offenbarte sie leise und sah dann zu ihrem Sessel hinüber. „Mag mir jemand eine helfende Hand reichen?"

Es war Fey, die zuerst auf die andere Frau zuschritt, ihren Arm sanft umschloss und sie zu dem Sitzpolster am Kamin führte. Der Sessel gab ein unschönes Geräusch von sich, als die Seherin sich in die Polster sinken ließ, während Fey sich auf den Boden davor hockte und die Beine anzog. Gab es endlich einen Hinweis auf ihre weitere Reise? Sollte es sich gelohnt haben, gewartet zu haben? Ihr Herz schlug nervös. „Welche Neuigkeiten hast du uns zu präsentieren?"

Das seichte Lächeln auf Malikas Lippen wurde unmerklich

breiter. Mit einer müden Hand rieb sie sich die Locken aus dem Gesicht. „Setzt euch bitte", wies sie die beiden Männer an. Während sie darauf wartete, dass ihrer Aufforderung Folge geleistet wurde, fuhr sie nochmals durch ihr Haar. „Ich möchte eigentlich so vieles zu dieser Nachricht betonen. Um Fragen vorzubeugen und Ordnung zu halten. Aber gleichzeitig bin ich mir auch bewusst, dass der Ansturm eurer Worte ohnehin auf mich treffen wird. Also mache ich es kurz heraus: Yron lebt. Und er ist frei."

Niemand wagte es, auch nur einen Muskel zu rühren. Als wären sie in einem Traum, der nicht wahr werden konnte, sondern zerplatzte, sollten sie sich zu vorschnell regen. Fey meinte, sich verhört zu haben, doch Malikas Lächeln sprach Bände. Sie ließ sich von dem Schweigen nicht entmutigen.

Dann, als hätte jemand das Signal zum Stürmen gegeben, sprachen Edo, Jeremiah und sie wild durcheinander. „Wie kommt es, dass du das weißt?", wollte Fey wissen. „Warum so plötzlich?"

Jeremiah unterbrach sie. „Du hast ihn gesehen! Wie geht es ihm? Wird er herkommen?"

Und Edo, der nie eine tiefe Verbundenheit zu dem Erben aufgebaut hatte, blieb sachlicher: „Weiß er, wohin wir müssen? Ist er kampfbereit?"

Augenblicklich stierte der Lockenschopf den Göttervogel an. „Das ist jetzt nebensächlich! Mein Bruder lebt! Und er ist frei. Wir müssen ihn hierher bringen und aufpäppeln!"

„Dafür haben wir keine Zeit. Fey wird immer menschlicher. Dir sollte es genügen, dass er frei ist und lebt." Es waren harsche Worte. Fey konnte Edos Intention dahinter verstehen, ihr war klar, dass sie nicht ewig herumtrödeln konnten, doch diese Bestreben waren auch falsch. Yron war ein wichtiges Mitglied dieser Gruppe, vor allem für Jeremiah.

Außerdem wären sie ohne den Erben nie so weit gekommen. Vermutlich würde sie noch immer im Brunnen festsitzen.

Jeremiah schien beinahe sprachlos zu sein und sie erwartete

bereits, dass er herumbrüllen würde, sobald er seine Stimme wiedergefunden hätte, doch als es so weit war, gab der Mann nur ein undefinierbares Geräusch von sich und schloss die Augen. Mit einem Mal wirkte er einfach nur furchtbar müde und alt. „Das ist das, was du denkst?" Sein Flüstern schien schlimmer, als wenn er die Stimme erhoben hätte. Es schnitt geradezu über sie hinweg, sodass sogar Edo zusammenzuckte.

„Hör mal", fing dieser versöhnlich an. „Ich bezweifle nicht, wie wertvoll Yron ist. Oder wie viel er dir bedeutet. Aber wir haben keine Zeit mehr. Warst du es nicht, der dazu drängte, aufzubrechen? Der sich mit Malika gestritten hat, weil diese uns hierbehalten wollte? Uns verbleibt keine Zeit, um Yron zu suchen und aufzupäppeln. Er wird es vermutlich überleben, zumindest klang es so. Und auch, wenn ich Fey und ihm einen Abschied gegönnt hätte, so wird er wohl erst nach der Sache wieder auf den Rest von uns treffen."

Der Gedanke war ihr gar nicht gekommen. Sie hatte sich weder bei Yron vernünftig bedankt, noch verabschiedet. Und dann war sie irgendwann von seinem Tod ausgegangen, weil es leichter war, sich das vorzustellen, als dass er irgendein willenloser Sklave Dilaras wäre.

Da räusperte Malika sich leise. Sie hatte ihnen nur zugehört. „Wenn ihr eure Unterredung nun vorerst beendet habt, möchte ich gerne weitererzählen. Verzeiht es mir und meinem müden Geist, aber ich bin nicht davon ausgegangen, neben Freude andere Gefühle in euch zu wecken, doch Yron geht es so weit gut. Und wenn ihr die richtige Abzweigung nehmt, werdet ihr wieder aufeinandertreffen." Ihre hübschen Augen legten sich auf Fey. „Noch ehe ihr euer Ziel erreicht haben werdet."

***

Am Abend saßen sie zusammen auf Feys Bett. Malika kochte

unten und von der Tür her drangen die Gerüche ins Zimmer, aber Jeremiah fühlte sich seit Stunden merkwürdig taub. Er sollte vor Freude zerspringen. Oder Pläne schmieden, Yron zu finden. Sich Gedanken machen, welchen Pfad sie nehmen mussten, denn dazu konnte die Seherin nichts sagen.

Aber stattdessen hockte er nur hier, roch das Essen, lauschte Edo und Fey, die miteinander redeten. Er verstand nicht einmal, worüber sie sprachen.

Es war ihm einerlei. Yron lebte. Der Gedanke kreiste immer wieder in seinem Kopf umher. Sein Glaube an seinen Bruder war gerechtfertigt gewesen. Doch eine leise Stimme flüsterte ihm gleichzeitig ins Ohr, dass sein Glaube auch gleichzeitig falsch gewesen war. Er hatte nicht mehr damit gerechnet, seinen besten Freund jemals wiedersehen zu können, und dennoch hatte er es nicht ertragen, wenn jemand anderes ihn aufgab. Als wäre es so wirklicher geworden.

Jetzt fühlte er sich, als hätte er seinen Bruder verraten. Er hätte weiter an ihn glauben sollen. An das Schicksal, das vor Yrons Füßen lag. Und wenn er wieder auf ihre Gruppe traf, dann würden sie endlich wissen, wohin sie mussten.

„Woran denkst du?" Feys leise Worte rissen ihn aus dem Strudel seiner Überlegungen. Mit einem Blinzeln blickte er zu ihr hoch. „Jeremiah?"

Edo war, für ihn unbemerkt, aus dem Raum verschwunden. Und Fey schien die Gelegenheit zu nutzen, ihn endlich unter vier Augen sprechen zu können.

„Ich weiß nicht", meinte er leise. „Eigentlich waren es immer dieselben drei Ideen." Idee war als Bezeichnung ein wenig hochgestochen.

Fey nickte verständnisvoll, obwohl er sich nicht sicher war, ob sie es wirklich nachvollziehen konnte oder die Geste nur als Schauspiel von sich gab. Er war ihr so oder so nicht böse. Sie machte sich wirklich gut in dieser fremden Welt und dabei war sie auch noch offenherzig und intelligent. Er biss sich auf die Lippe und senkte das Augenmerk auf seine Schuhspitzen.

„Du willst ihn finden."

„Natürlich will ich das!" Ein Zittern durchlief seinen Körper und er war froh, bereits zu sitzen. Dann murrte er: „Und ich werde ihn finden. Ganz klar."

Sie lächelte aus unerfindlichen Gründen und tätschelte ihm die Schulter. „Das halte ich für die richtige Sache", raunte sie und rückte auf der Matratze auf ihn zu, sodass ihr Duft zu ihm aufstieg. Sie roch nach einer frischen Meeresbrise. Und nach noch etwas, das er nicht zuordnen konnte, das ihn aber genauso glücklich machte wie der Geruch von heißen Steinen, die von den ersten Regentropfen getroffen wurden. „Du bist ein Kämpfer", beschloss sie leise. „Wir werden ihn bestimmt wiedersehen und vor allem können wir unsere Sorge begraben."

Ja, damit hatte sie wohl recht. „Wo ist Edo?"

„Er holt von unten Essen. Malika hat ihn gerufen. Vielleicht will sie sich hinlegen, anstatt etwas zu essen. Ich weiß nicht, wieso sie mir dann das Kochen nicht überlassen hat."

Vermutlich, so schoss es Jeremiah durch den Kopf, *weil du nicht kochen kannst.* Doch er sagte dazu nichts, sondern griff wie von selbst nach ihrer Hand. Sie war zierlich in seiner, aber mittlerweile fast ebenso warm. Die unnatürliche Kühle ihrer Haut verflog. Ebenso wie die ursprüngliche Farbe ihrer Augen. Und es hätte ihn erschrecken sollen, dass es sie nur noch schöner für ihn machte.

Sein Herz machte einen Satz. Edo würde jeder Zeit wieder auftauchen und er wollte wirklich den Streit beilegen. Aber gleichzeitig waren ihre Lippen, so voll und rot, so verführerisch, dass er sich nur vorbeugen und sie küssen konnte.

Es war ihr zweiter Kuss. Sie öffnete den Mund ein Stückchen, aber sie wirkte unsicher und erwiderte den Kuss nur abgehackt. Jeremiah zog sich zurück, behielt jedoch ihre Hand in seiner und starrte zur Tür. „Magst du das nicht?"

„Was?"

„Wenn ich dich küsse." Vielleicht hätte er die Frage vorher schon mal stellen sollen.

Doch Fey lehnte sich vertraut wie eine Katze an ihn. „Ich mag das sehr."

Kapitel 40

„Es wird das letzte Mal sein, dass ich euch besuche", verkündete Jeremiah gleich zu Beginn, als Hannah ihm die Schanktür öffnete. Es war kalt geworden. Noch kälter als vor wenigen Tagen, als Malika Yron gesehen hatte. Draußen prasselte der strömende Regen auf die Steine der Straße und schien alles zu übertönen.

„Wirklich?"

„Ja, ich habe die Nachricht bekommen, auf die ich lange Zeit gewartet hatte." Malika hatte auch mit den neuen Hinweisen nicht herausfinden können, wohin genau sie mussten oder wie sie Yron wiederfinden würden, aber es war allen wohl kein Rätsel mehr, dass sie weiterziehen mussten. Der Schutz verblasste und langsam wurde es ihnen zu gefährlich hier. Außerdem würden sie Yron wohl kaum wiederfinden, wenn sie sich hier die ganze Zeit versteckten, auch wenn die weiße Stadt der letzte Aufenthaltsort war, den sie vereinbart hatten. Es waren merkwürdige Tage gewesen, in denen Jeremiah sich um seine neuen Verpflichtungen gekümmert und abends mit Fey und Edo die weitere Reise geplant hatte. Es schien kein Richtig und kein Falsch mehr zu geben.

„Ich hoffe wenigstens, dass es sich um eine gute Nachricht handelt." Sie ließ ihn ein, den Blick traurig auf den Boden gerichtet. So gern er es getan hätte, er konnte keine Rücksicht darauf nehmen.

„Eine sehr Gute", murmelte er. Der Schankraum sah anders als am Vortag aus. Die Stühle und Tische waren zur Seite gerückt worden und in der Mitte stand ein einzelner Stuhl, wie eine Bühne. Hinter ihm war alles frei, als würde dort niemand sitzen können. „Was ist denn hier passiert?"

„Wir hatten eine Überraschung für dich geplant. Ich weiß, was du sagen willst. Aber dennoch. Wir dachten uns, wenn du so viel erfahren willst, dann wird der beste Mann dafür wohl der örtliche

Erzähler der Geschichtenerzählergilde sein." Sie nickte auf einen Alten, der am Tresen saß und eine Suppe verspeiste. Ein Geschichtenerzähler? Jeremiah wünschte sich, sein Bruder wäre hier. Als Kind war es Yrons größter Wunsch, einen Erzähler zu sehen und sich ihrer Gilde anzuschließen. Und wäre alles nicht gekommen, wie es gekommen war, er wäre bestimmt ein Teil der Gilde.

Jeremiah zog seinen Schal aus und legte ihn über einen Stuhl. Dann trat er näher auf den alten Mann zu, um ihn zu mustern. Ein böser Blick unter buschigen Brauen war die Antwort. „Was? Ich esse!"

„Das sehe ich, mein Herr."

„Mein Herr", grunzte der Kerl amüsiert. „Mein Herr. Wer nennt mich schon Herr? Du bist also dieser Jeremiah, nehme ich an? Ja?"

Der Angesprochene nickte. Er hätte es selbst nicht einmal erklären können, aber sein Herz klopfte wie wild. Dabei war es nur ein Erzähler. Vielleicht, weil er so nahe an Yrons Traum war? Es schien etwas in der Luft zu liegen, etwas Gutes. „Das bin ich", wisperte er nach einer Weile, da er keine Antwort gegeben hatte. „Und Ihr seid der Erzähler."

„Seyter", murrte der Mann und tunkte sein Brot in die Suppe. „Meine Eltern konnten sich nicht zwischen Peter und Simon entscheiden und das ‚y' fanden sie darin ganz hübsch. Also heiße ich Seyter."

„Und Ihr werdet mir eine Geschichte erzählen?"

„Sobald ich diese Schale geleert habe." Er deutete auf den Rest, den er noch vor sich hatte, und Jeremiah verabschiedete sich mit einem Nicken und beschloss, die Zeit zu nutzen, um mit Hannah zu reden.

Doch obwohl er den Weg hierher darüber nachgedacht hatte, was er ihr noch mitgeben konnte, war sein Kopf nun wie geräumt. Sie mussten die Übungen weitertragen und wiederholen, mehr konnte er nicht mehr für sie tun. Er wünschte ihnen alles Gute. Und dann, als er gerade bei Hannah war, da fiel es ihm wieder ein. „Ich habe Kontakte in der Hauptstadt, eine Kneipe dort sucht immer neue Lieferanten." Er hatte ihnen die Namen aufgeschrieben, hielt den Zettel sogar in den Händen, wie hatte er es vergessen können?

„Alles in Ordnung?"

„Ja. Hier." Er gab ihr den Zettel. „Das sind Freunde von mir, nenn meinen Namen. Der Vorname reicht. Dann werden sie sich bestimmt melden und wenn ihnen das Bier schmeckt, werden sie euch etwas abnehmen und sicherlich helfen, eure eigene Wirtschaft aufzubauen. Sie sind beide älter, aber sehr nett."

Kurz starrte sie auf den Zettel, als hätte sie so etwas noch nie gelesen. Aber die meisten Menschen, gleich wie arm sie waren, konnten zumindest lesen und schreiben und bei Hannah hatte er es auch schon gesehen. Dann ballte sie die Hand zur Faust und der Zettel gab ein Knistern von sich, ehe sie ihn umarmte. „Danke", hauchte sie. „Danke für alles. Wir werden alles, was du gesagt hast, versuchen, zu verinnerlichen!"

Ein wenig unsicher legte er die Arme um sie. „Das hoffe ich doch, sonst war das alles hier umsonst." Nihat hatte recht, Hannah war sensibel, doch das musste nicht gleich ein Zeichen von Schwäche sein.

„Und jetzt komm", meinte sie leise, führte ihn zu einem Stuhl ganz vorne im Kreis und drückte ihn sanft nieder. Dann kam jemand und reichte ihm ein Bier. Tala lief durch den Schankraum und er konnte sie dabei beobachten, wie sie manche der Kerzen löschte. Er kannte diese Menschen mit Namen, er kannte ihre Geschichte. Er würde sie vermissen, auch wenn er gar nicht so lange hier gewesen war.

Sie setzten sich und zum Schluss kam Seyter und nahm ebenfalls Platz, auf dem speziellen Stuhl. Er rückte seine Robe zurecht. Die offizielle Kleidung der Gilde, die Geschichtenerzähler gar nicht tragen mussten, es meistens trotzdem voller Stolz taten. Über seinen Rauschebart hinweg und unter den hellbraunen Strähnen seines

Haares blickten die hellblauen Augen fest zu Jeremiah. „Du kannst dir eine Geschichte wünschen, Junge." Die Stimme war wie zum Erzählen gemacht und es bedurfte nicht mehr als diese einfachen Sätze, damit Jeremiah sich gleich wohlfühlte und sich ein Stück weit entspannte.

„Hast du etwas über die Hexe?" Er musste fragen. Gewiss war ihnen allen ein Märchen lieber zum Abschied, eine Geschichte, die eher Fröhlichkeit versprach. Aber niemand trug mehr Geschichten zusammen als die Gilde und das hier war seine Möglichkeit. Er hatte zu oft erlebt, dass die Geschichten sich zum großen Teil als wahr entpuppt hatten. „Eine, die man vielleicht nicht so kennt?"

Ein Murren ging durch die Reihen und kurz tat es ihm leid. Doch das schlechte Gewissen versiegte gleich, als Seyter nachdenklich nickte. „Ein ganz Neugieriger. Ich habe eine Geschichte, eine Legende. Gewiss nicht wahr und sehr unbekannt."

„Wie geht sie?"

„Jeder von uns weiß, dass die Sterne nicht einfach nur Sterne sind. Sie sind Seelen der Lebenden, sowohl Mensch als auch Tier, sie sind aber auch die Seelen unserer Götter, den Erschaffern von allem. Und auch den Göttern ist es gegönnt, sich zu finden und zu lieben und sie können Kinder bekommen."

Jeremiah lehnte sich vor. Das waren die einfachsten Grundlagen der Religion. Die Götter waren wie sie, nur mächtiger. Sie waren nicht die Lösung zu allen Problemen, obwohl sie alle zu ihnen beteten, da sie die Macht zur Änderung hatten. Ansonsten lebten sie nur in einer anderen Ebene als ihre Schöpfung. Mit ein Grund, wieso Yron Religion als zerrissen betrachtete.

Seyter begann endlich seine Geschichte. *„Der Sternenhimmel, das sind sie, die Götter. Kaum ein Mensch hat ihr Antlitz erblicken dürfen und wenn jemand sie gesehen hat, dann meistens Nibu, den Gott des Chaos, den Gott des Todes, den Gott des Schabernacks. Nibu hat viele Namen und er wird allen zu manchen Zeiten gerecht und zu anderen nicht.*

Nibu war das erste Kind der Götter nach einer langen Zeit des Krieges, in denen kein Nachwuchs geboren wurde, und darum hat er eine Sonderstellung unter den Göttern, denn die Alten verhätscheln ihn und die Jungen fürchten ihn und das weiß er genau. Er kann wandeln, wie es ihm beliebt, und nie wird ihm etwas geschehen, denn nie muss er sich rechtfertigen.

Doch wo keine Grenzen sind, da ist keine Verantwortung, und wo keine Verantwortung ist, da fehlt es an Aufgaben. Und ohne Aufgaben, da bleibt nur müßige Einsamkeit. Nibu kennt kein anderes Leben als dieses, er liebt und er hasst es und versucht, ihm zu entkommen. Aber er kann es nicht. Er ist gefangen wie wir in einem festgesetzten Leben, er hat keine Aufgabe, die nur ihm zu Eigen ist.

Und so kam es schon oft vor, dass Nibu sich in die Belange der Sterblichen eingemischt hat. Manchmal spielt er den Guten, manchmal den Bösen. Manchmal hilft er, manchmal tyrannisiert er. Für ihn ist es nicht mehr als ein Spiel und wann immer er persönlich gerufen wird, erscheint er. Selbst wenn man nie das Wort an ihn gerichtet hat, sondern er es sich selbst nur einredet, dass das sehnsüchtige Herz eines Menschen nach ihm verlangte.

Auch, als eine eifersüchtige Frau sich die Macht über das Land und über ihre Zwillingsschwester wünschte. Die falsche Königin, die Hexe, wie wir sie nennen, war einst die Schwester der wahren Königin und sie wollte alles für sich haben. Ihr Herz schrie nach einer Vergeltung, die ihr gar nicht gehörte. Sie hasste die Götter für den Dolch, den Vater für die Schwäche und ihre Schwester für den Raub des Throns so sehr, dass ihre Nächte immer kürzer wurden und ihr Verstand immer dunkler.

In einer jener kurzen Nächte stand er plötzlich vor ihr und versprach ihr alles und sie nahm, was sie bekommen konnte. Nibu mit dem schwarzen Haar wie die Nacht und den Augen wie dem Sternenhimmel redete von Liebe, die er ihr schenken würde, von Kindern, die die Thronerben werden sollten, weil ihre Mutter und nicht ihre Tante das Land regieren würde. Und ihr Vater wäre ein Gott.

Immer wieder kam er zu ihr und immer wieder versprach er dasselbe, bis Dilara schwach wurde und einschlug.

Sie teilten die Nacht miteinander, doch niemand weiß, ob sie wirklich Kinder haben. Aber etwas anderes wissen wir, denn Nibu schenkte ihr Macht. Magie. Die Magie, zu erschaffen, ein Wesen zu kreieren. Es war keine vollkommene Macht, Dilara brauchte, was bereits existierte, doch sie hatte einen Plan und dafür reichte diese Magie aus.

Sie nahm den Körper ihrer Zwillingsschwester, als sie sich bereit dazu wähnte. Und sie nahm die Seele der Freiheit und riss sie den Menschen aus dem Herzen. Daraus machte sie ein Wesen. Ein unvollkommenes, instabiles Wesen, aber ihre Schöpfung. Jeder sollte spüren, wie eingesperrt sie sich fühlte. Jeder sollte vor ihr knien, der Frau, der alles versprochen worden war und die am Ende nichts bekommen hatte. Das sollten sie. Und sie schickte ihre Nachricht in die Welt und sie zerschlug jeden Protest und erpresste, wen sie erpressen musste, und das Land fügte sich und kniete vor der falschen Königin danieder.

Dilara sah sich endlich am Ziel ihrer Träume. Die Herrscherin, die Mutter mächtiger Kinder, die Frau eines Gottes. Nur war dieser Gott mittlerweile von dieser Sache genauso gelangweilt wie von allem anderen und so ließ er Königin und Land Königin und Land sein, nur wenige Jahre nach ihrer Krönung und er zog sich zurück in den Sternenhimmel und es kümmert ihn bis heute kein bisschen mehr, was aus den Menschen geworden ist."

Jeremiah zog die Brauen zusammen. Erst nach den letzten Worten hatte er bemerkt, wie weit er sich vorgelehnt hatte, und nun schmerzte sein Rücken von dieser Verrenkung. Er achtete kaum darauf. Die Gedanken in seinem Kopf waren viel zu sehr mit der Geschichte beschäftigt, von der er nicht einschätzen konnte, ob sie beruhigend sein sollte oder nicht. Denn sollte das der Wahrheit entsprechen, dann wäre die Hexe vielleicht nicht so mächtig wie befürchtet. Aber die Verflossene eines Gottes und so gut, wie die

Dinge sich für sie entwickelten, waren sie gerade eventuell in etwas Größeres hineingeraten. War Nibu dann ihr Feind? Ihr Freund? Interessierte er sich nicht weiter für sie oder wollte er Dilara helfen oder seinen alten Fehler ausmerzen? Und wenn ja, wieso jetzt?

Gab es Kinder? Hatte die falsche Königin Kinder, die ihnen gefährlich werden konnten? Jemand neben ihm bat um eine fröhliche Geschichte nach dieser Düsteren. Jeremiah hatte keinen Sinn dafür. Eigentlich wollte er nur so schnell wie möglich aus dieser Gastwirtschaft hinaus, sich Fey und Edo schnappen und diese Stadt hinter sich lassen. Trotzdem zwang er sich dazu, sitzen zu bleiben, die Hände um sein angewinkeltes Bein gelegt. Seyter behielt er fest im Blick und gab sich, als würde ihn die Geschichte der gestreiften Katze genauso fesseln wie die Legende um Nibu. Doch selbst wenn er die Katze, die auszog, um tanzen zu lernen, noch nicht gekannt hätte, seit er fünf gewesen war, konnte sie ihn nicht mit seinen Gedanken an Ort und Stelle halten. Und als der Abend mit viel Bier und noch mehr Geschichten endlich ein Ende gefunden hatte und draußen tiefste Nacht herrschte, verabschiedete er sich von seinen neuen Freunden und Seyter. Wenig herzlich. Das würde es ihnen allen am Ende wohl nur leichter machen. Auch wenn Hannah weinte. Oder vielleicht genau deswegen.

Sie wünschten ihm alles Gute, er gab es zurück und verschwand in die Nacht. Über ihm funkelten die Sterne und mit einem Mal fühlte er sich beobachtet. Als wäre das nächtliche Firmament ein Paar Augen, das ihm auf Schritt und Tritt folgte. Er schluckte und beschleunigte seine Schritte. Ein Gott würde ihn auch in einem Haus im Auge behalten können, das wusste er. Nichtsdestotrotz fühlte er sich weniger angreifbar, wenn Wände und ein Dach zwischen ihm und der Nacht waren.

Kapitel 41

„Hast du schlecht geträumt?" Liaz zog seine Aufmerksamkeit auf sich, als hätte sie nur darauf gewartet, dass er mit einem Zucken aus einem Albtraum erwachte. Er blickte zum Feuer, statt ihr eine Antwort zu geben. Die Flammen ließen die Schatten um sie herum tanzen. Es hatte etwas Faszinierendes und gleichzeitig Mysteriöses an sich.

Erst nach einigen Herzschlägen setzte er sich auf und rieb sich über das verschwitzte Gesicht. Vor seinem geistigen Auge lagen noch die letzten Bilder eines Traumes, den er nicht mehr fassen konnte. Sie flackerten auf dieselbe Art wie das Feuer neben ihm und erloschen dann allmählich. Er schluckte und warf die Decke von sich, um auf die Beine zu kommen, Liaz und ihren unruhigen Blick völlig ignorierend. Seine Kehle schmerzte vor brennendem Durst.

„Du bist nicht sehr gesprächig, wenn du gerade erst erwacht bist, oder?" Liaz trat auf ihn zu, geschmeidig wie eine Tänzerin. Sie ging zu dem Wassereimer hinüber und schöpfte ihm eine Kelle ab. Mit leuchtenden Augen hielt sie sie ihm entgegen und dankbar nickend nahm er sie an.

Erst danach schien er seine Stimme wiederzufinden. „Ich weiß nicht, was ich geträumt habe." Als er das Raspeln seiner Stimme wahrnahm, räusperte er sich und langte nach einem weiteren Schluck. Er hatte versucht, auf den Weg zu achten, doch er konnte nicht mit Gewissheit sagen, wo sie sich befanden. Irgendwo, umgeben von Bäumen. Sein Kopf war einfach zu müde nach der Magie, die man auf ihn gelegt hatte, und es hatte sich weniger wie eine Flucht angefühlt, als dass er sich mit letzter Kraft voranschleppte. Albtraum hin oder her, die letzten Tage hatte er viele Stunden damit verbracht, zu schlafen, und mit jedem Mal, da er erwachte, fühlte er sich besser. Sein Körper fühlte sich danach an, als würde die Erschöpfung sich für immer in seine Glieder einnisten, aber sein Verstand arbeitete allmählich wieder in vernünftigen Bahnen.

„Es ist bereits im Vergessenen. Wieso sollte man sich darüber den Kopf zerbrechen?", zuckte sie mit den Schultern und schöpfte sich selbst eine Kelle Wasser ab. Ihr Blick wanderte zwischen der Kelle und ihm hin und her. „Du bist ein wahrlich faszinierender Mann."

„Bin ich das?" Ihr Lob gefiel ihm nicht. Es erschien ihm nicht gerechtfertigt. Er lehnte sich lässig an einen Baum, den Blick von oben auf sie gerichtet.

„Du bist aus der seelischen Klammer entkommen, du hast uns dort hinausgeführt. Und ehrlich gesagt, hätte ich erwartet, dass du länger schlafen würdest." Auch sie erhob sich nun, die Hände in die Seiten gestützt. „Du weißt nun, wohin ihr müsst. Bist du bereit, den letzten Schritt zu wagen?"

„Den letzten Schritt?"

„Fey ziehen zu lassen. Sie zu befreien. Sich zu verabschieden." Hinter Liaz erklang der kreischende Ruf einer jagenden Eule, kurz darauf knackte ein Ast, als anscheinend jemand, der Wache hielt, darauf reagierte. Dann war alles wieder still und er blieb ihr eine Antwort schuldig.

Um ein wenig Zeit zu schinden, rieb er mit dem Daumen über die raue Rinde des Baumes, an dem er lehnte. „Sicherlich wird es nicht leicht. Aber es ist das Richtige für uns alle." Ein Zögern durfte er sich nicht erlauben, es entsprach ihrer aller Ziel. Auch Feys. Es war ihre Natur, zu der sie zurückkehren würde.

„Und wenn sie sich bereits ein Leben erarbeitet hat? Sie ist keine leere Seele. Und sie ist an ein menschliches Herz gebunden. Du weißt, wie schwach diese sind. Wie einfach sie sich in etwas verlieren."

„Doch letztendlich überstehen wir Menschen die meisten Qualen", schnaubte er und sah auf seine Fußspitzen hinab. Er dachte an seinen Vater und an alle anderen, die trotz ihrer Verluste überlebt hatten. Es gab Dinge, die ein Mensch überlebte, und Dinge, die ihn umbrachten. Aber letztendlich waren sie alle zum Kämpfen geboren. „Es ist das Richtige."

„So wie es das Richtige ist, dass du deinen Platz auf unserem Thron einnehmen wirst?" Liaz trat einen Schritt auf ihn zu, die Hand halb erhoben, als würde sie nach der Dolchscheide an seinem Gürtel greifen wollen. „Er hat dich erwählt und niemanden sonst."

Yron blickte zur Seite. Diese Tatsache hatte er aus seinen Gedanken verbannen wollen, bis er sich damit befassen musste.

„Du kannst nicht die Hexe stürzen", setzte die Frau vor ihm an, „und das Land dann im Chaos versinken lassen, weil dir die Verantwortung zu groß erscheint. Dies ist deine Geschichte, Yron. Es ist die von Fey, von Jeremiah und von dir. Der Thron ist dein Eigen." Sacht und warm schlossen sich ihre Finger um seine geballte Hand. „Und du allein bist dazu erwählt, das Königreich wieder aufleben zu lassen."

Er maß sie, versucht, seine Hand zurückzuziehen. Aber etwas hielt ihn zurück. „Welchen Vorteil erhoffst du dir davon, mir zu helfen? Willst du meine Beraterin werden?"

Liaz schüttelte seicht den Kopf. „Ich will nur nicht mehr in diesen Zeiten leben. Ich möchte nicht mehr bangen müssen. Ich möchte mein Haupt erheben und meinen Freunden bei ihrem Glück zusehen können." Ihre ohnehin leise Stimme wurde noch dünner. „Ist das zu viel verlangt?"

„Es ist das, was jeder von uns verlangen sollte", murrte er und setzte einen halben Schritt zurück. „Und um das zu erreichen, werde ich in der Tat deine Hilfe brauchen. Wie genau wollen wir zu meinen Freunden wieder aufholen? Wenn euer Reiter versagt …"

„Ich denke, alle Wege werden sich zusammensetzen, wie sie es sollten." Eine leichte Brise stieg auf, schien von ihr selbst herzurühren. Und es war, als würden seine Zweifel mit hinfort geblasen werden. In seinem Herzen machte sich ein kleines Licht breit. Hoffnung.

Der erste kalte Tropfen des Regens, der sich über ihnen zusammengebraut hatte, traf ihn. Er lief Yrons Wange hinab, suchte sich einen Weg über das Kinn und durchnässte dann den Kragen des Mannes, der ein leichtes Lächeln aufsetzte und die Augen schloss. „Vielleicht ist es wichtig, zu lernen, sich nicht so viel zu sorgen. Doch ich habe das Gefühl, dass es ein weiter Weg ist, ehe man sich ändern kann."

„Das mag sein", wisperte sie. „Aber es ist ein wundervoller Gedanke, dass wir dazu im Stande sind. Wir werden lernen. Und wenn es lange dauert. Wir werden uns weiterentwickeln, bis wir mehr dem Bild entsprechen, das wir erreichen wollen."

Yron nickte zu ihren Worten, die Kelle in der Hand, ohne einen Schluck zu trinken. Sie mochte damit recht haben. Wie weit ein Mensch sich jedoch ändern konnte, sollte ihn gerade nur mäßig beschäftigen, auch wenn abschweifende Gedanken in der tristen Einöde der Flucht und des Wartens der letzten Tage zu verlockend zu sein schienen. Er musste sich konzentrieren und sich endlich wieder selbst unter Kontrolle bekommen.

Er musste seinem Körper wieder beibringen, zu funktionieren, wie er es gewohnt war, und noch mehr wurde es ihm bewusst, als Faris plötzlich neben ihnen auftauchte und sie unterbrach. Seine bärenartige Gestalt baute sich mitten aus der Dunkelheit neben ihnen auf und überragte auch Yron an Größe.

Liaz musste den Kopf weit in den Nacken legen, um in seine Augen aufsehen zu können. „Was hast du?"

„Ich wollte dir verkünden, dass ich sie spüre."

***

Jeremiah schimpfte leise vor sich hin, als der Regen einsetzte. Die Tropfen wurden rasch dicker und klatschten auf seine Schultern und seinen Kopf nieder, bis der Stoff seiner Kleidung getränkt war.

Währenddessen hockte Edo als Vogel auf einem Ast und hielt Ausschau. Den Kopf hatte er eingezogen, sodass er beinahe rund wirkte. Auf seiner Position bemerkte er den Regen kaum. Aber ohnehin schienen seine Knopfaugen sich mehr auf Fey als auf die Umgebung zu festigen.

Sie hockte unter dem Baum, auf dem Edo saß. Das lange Haar hatte sie mit einem Lederband streng nach hinten gebunden und sie versuchte sich daran, das Holz vor sich zu einem Lagerfeuer anzuzünden. Wenigstens hatten sie das Zeug vorher bereits gesammelt, sodass es nicht durchnässt oder feucht war. Es sollte also brennen.

Ihn hatte man hinaus geschickt, um Wasser und Wild zu suchen. Ihre Vorräte wollten sie so wenig wie möglich anfassen. Wer wusste schon, was noch vor ihnen lag. Da war es ihm deutlich lieber, das Trockenfleisch und das getrocknete Obst noch etwas in ihren Taschen zu verwahren.

Fey musste den Blick auf sich gespürt haben, denn sie hob mit nachdenklicher Miene den Kopf an und schenkte ihm ein sanftes Lächeln. Einmal mehr überkam ihn der Wunsch, sie zu küssen. Den Ärger, der vor und hinter ihnen lag, einfach zu vergessen.

Gleichzeitig bohrte sich damit der Gedanke, dass er sie unweigerlich verlieren würde, wenn sie wieder frei wäre, in seinen Kopf. Und, seit er wusste, dass sein Bruder noch lebte, wurde dieser Schmerz begleitet von Yrons vorwurfsvoller Stimme. Der Kerl hätte ihn sicherlich nicht zu irgendwelchen Gefühlen ermutigt. Nicht bei Fey. Und damit hätte er absolut recht.

Sie hob eine Braue und betrachtete das Kaninchen, das er an den Hinterläufen von seiner Hand hinab hängen ließ. Kurz fragte er sich, wieso sie ihm einen solchen Blick zuwarf. Dann leuchtete es ihm ein; er stand noch immer im Regen und starrte sie an, als würde er sich gleich übergeben müssen. Nicht unbedingt ein Beweis dafür, dass jemand geistig anwesend war oder nicht hohl im Kopf wie eine Schale.

Also trat er auf Fey zu, ließ die Beute zu Boden sinken und setzte sich dann im Schneidersitz an die Feuerstelle, die nun hier und da einen Funken zeigte. „Du schaffst es", meinte er, stolz darauf, was sie schon alles gelernt hatte.

Lächelnd blickte sie zu ihm auf. „Ich spüre die Gefahr des Feuers immer mehr", bemerkte sie dann jedoch und rieb sich den Pony aus dem Gesicht, der sich aus dem Haarband gelöst hatte. „Ich bin zuversichtlich, es fühlt sich an, als könnte ich alles. Immerhin lebt Yron noch!"

„Ja", nickte Jeremiah. Er konnte es nicht mehr erwarten, seinen Bruder in die Arme zu schließen. Aber da er jetzt gerade nichts an der Sache ändern konnte, und um sich von ihrem einladenden Mund abzulenken, räusperte er sich langsam. „Wir haben viel Zeit vor uns, Fey. Wie wäre es mit einer Geschichte?"

Ihre Stirn krauste sich nachdenklich. „Gerne", wisperte sie dann, sodass man sie über das Rauschen des Regens hinweg kaum verstehen konnte. „Du hast mir so viele Geschichten erzählt, nun bin ich damit dran."

„Welche kennst du denn?" Gerade noch so konnte er die Überraschung aus seiner Stimme verbannen. Fey musste viel erlebt haben. Aber nicht wie ein Mensch. Er war sich nie sicher, was er von ihren Erfahrungen halten sollte, meistens überraschten sie ihn.

Doch sie hob nur die Hände an, schob die Ärmel zurück wie vor einer großen Arbeit und spielte dann mit ihren Fingern in der Luft herum. Vor dem Schein des stärker werdenden Feuers bildete sie so eine Bühne aus Licht und Schatten.

„Ich denke", so betonte sie leise, „dass es eine Erinnerung von Elani ist. Zumindest habe ich es nie mit eigenen Augen gesehen. Wie auch?" Ihr Blick richtete sich auf den wolkenverhangenen Nachthimmel. „Ich weiß nicht genau, wo es liegt, aber es gibt einen Ort mit feinen Blüten, so zart wie aus Kristall. Sie funkeln regelrecht in der Sonne und stehen dicht bei dicht." Ihre Hände nahmen die Form eines Vogels an. „Dort gab es einst Probleme mit einem kleinen Dorf, denn sie schützten die Blumen als ihr Heiligtum, doch aus dem Nachbarland drangen immer wieder Bewohner anderer Städte ein, um diese zu pflücken. Obwohl kein Heiler es hier nachweisen konnte, so glaubten die anderen Völker an eine geradezu magische Heilkraft der Pflanzen.

Die Dorfbewohner sahen in den Blumen den Sitz der Seele. Jeder Tote kehrte dorthin zurück, wenn er es leid war, im Wind zu wandeln. Ohne die Blumen seien die Seelen irgendwann zu erschöpft, um in den großen Lebensstrom am Nachthimmel zurückzukehren. Also ruhen sie sich, laut dieser Sage, an den prächtigen Blumenfeldern aus, bis sie so weit sind."

Von dem Feld der Kristallblumen hatte er noch nie etwas gehört. Kurz fragte er sich, ob er es ihr sagen sollte, unterließ es dann. Sicherlich wäre es in der ein oder anderen Geschichte schon einmal aufgetaucht, würde es dieses Feld noch geben. Sicherlich hätten viele dort ihren Trost gesucht, wenn jemand Geliebtes zerbrochen war.

Das Feuer brannte nun knisternd neben ihnen und wärmte sie. Der Baum über ihnen hatte ein solch dichtes Astwerk, dass selbst ohne Laub kaum mehr Regen zu ihnen drang, und hätte man den Grund für ihre Reise vergessen können, wäre es wirklich gemütlich gewesen. Jeremiahs Kleidung begann sogar, zu trocknen.

„Nachdem sie die Königin um Hilfe gebeten hatten, wurde das Dorf besonders geschützt. Elani empfand es als falsch, jemandem das Recht abzusprechen, anzubeten, woran er glaubt. Sie lauschte dem Glauben der Menschen dort genau und fand heraus, dass die jungen Blumen noch nicht kristallfarben waren. So ging sie auf die Dorfbewohner zu und fragte sie ‚Seht ihr das? Sind denn alle Blumen eurer Meinung nach der Sitz von Seelen?' und die Menschen dort sprachen erst einmal, ohne nachzudenken. ‚Ja!', beteuerten sie und fragten sich gleichsam, wieso die Königin ihnen eine solche Frage stellte. Ob sie vorhätte, ihnen die Pflanzen wegzunehmen.

Aber Elani wollte auf etwas hinaus. Und als die Dorfbewohner eine Weile lang, von ihren Bemerkungen animiert, darüber nachgedacht hatten, sagten sie sich: ,Nein, nur die erwachsenen Blumen! Wenn sie schon lange hier stehen. Nur die sind ein sicherer Platz für die Seelen'.

Und so kam es, dass Elani mit den anderen Ländern eine Verhandlung traf. Die Blumen waren schwer zu züchten, doch die Dorfbewohner würden gegen gutes Geld die Pflanzen sammeln, die sie auswählten. Sie würden sie in die anderen Länder verfrachten. So hätte jeder etwas davon. Die, die an die Heilung glaubten, hätten ihre Medizin. Ohne eine lange Reise voller Gefahren auf sich zu nehmen und ohne die unschuldigen Dorfbewohner zu bestehlen.

Die Dorfbewohner dagegen konnten sich ihrer Blumen sicher sein und Geld verdienen, das vorher wahrlich knapp war.

Und Elani konnte sich sicher sein, dass es vorerst keinen blutigen Krieg oder gewaltsame Auseinandersetzungen geben würde. Sie drohte den Ländern unterschwellig, dass es dazu käme, würden sie sich nicht an die Vereinbarung halten oder weiter Menschen herüberkommen, die stehlen wollen."

„Aber wieso haben sie nicht doch angefangen, die Blumen zu stehlen, wenn sie dann nichts bezahlen mussten?"

„Das Militär dieses Landes war damals schon groß und gut ausgebildet. Aber es gab eine Tatsache, die noch viel wichtiger war. Bis auf die Dorfbewohner wusste niemand, wie man die Blumen anpflanzt oder am Leben erhält. Und sie hüteten dieses Geheimnis mit ihrem Leben. Die Blumen waren für sie wichtiger als alles andere."

Vielleicht gab es die Felder deswegen nicht mehr. Dilara hatte sich vermutlich recht wenig für ein Dorf und seinen Glauben interessiert. Vor allem hätte sie nicht ihr Militär hinzugezogen, um ein paar Pflanzen zu schützen.

Er war sich nicht sicher, was er dazu sagen sollte. Einerseits war es die Aufgabe eines Herrschers, auch diese Menschen zu verteidigen. Andererseits konnte man nicht unzählig viele unschuldige Leben riskieren, nur um ein Dorf und seinen Glauben zu schützen. Selbst, wenn diese Leute selbst dafür in den Tod gehen würden.

Außerdem bestünde das Risiko, dass andere Feinde diesen Krieg als Chance nutzten und in dieses Land einfielen.

Seine Gedanken wurden unterbrochen, als Edo über ihnen aufschreckte. Seine Federn plusterten sich dabei auf und gaben ihm ein geradezu lächerliches Aussehen.

Jeremiah war nicht nach Lachen zu Mute, als er langsam nach dem Bogen an seiner Seite griff und sich umblickte. Durch den Regen blieben ihm Geräusche größtenteils verborgen und die Sicht war dank der Dunkelheit auch stark eingeschränkt. Und trotzdem hatte der Vogel es wohl auf irgendeine Art und Weise geschafft, etwas auszumachen.

Auf einmal flog Edo zu ihm hinab, nahm seine menschliche Gestalt an und schüttelte so heftig den Kopf, dass seine Haare umherflogen. „Ihr müsst eure Waffen nicht zücken. Glaube ich."

„Glaubst du?" Jeremiah hob nur eine Augenbraue und behielt die Waffe, wo sie war. Im Anschlag, falls er sich wehren musste. Er hoffte nur, dass die Sicht für einen Schuss gut genug wäre, doch er wollte dem Nahkampf auch, so gut es ging, aus dem Weg gehen.

Fey allerdings ließ die Hand mit dem Messer wirklich sinken und starrte ihren geliebten Vogeljungen an. „Was hast du wahrgenommen?"

„Ein anderes Götterwesen. Wir sind nicht böswillig! Gewiss brauchst du keine Waffe!"

„Offensichtlich seid ihr äußerst naiv", schnaubte Jeremiah. „Mag ja sein, dass von deinem Clan keiner angriffslustig ist, das bedeutet aber nicht, dass ihr alle so seid. Schließlich glaubst du auch nur, wir müssten uns nicht verteidigen."

Beleidigt verzog Edo das Gesicht und verschränkte die Arme vor der Brust. Jeremiah dagegen achtete nicht auf ihn. Sie hatten keine Zeit dafür, sich zu zanken, als seien sie kleine Kinder. Sie konnten nicht sicher sagen, ob derjenige, der sich in der Nähe aufhielt, Böses wollte oder nicht, ob er sie bemerke, ignorierte oder einfach weiterging. Und bevor sie das nicht wussten, konnten sie sich auf nichts anderes konzentrieren.

Edo sprang auf und wich zum Baum hinter ihm zurück. Ehe Jeremiah fragen konnte, was denn jetzt wieder in ihn gefahren war, brach ein Bär durchs Gebüsch.

Das Vieh war so riesig, es kam einem Wunder gleich, dass sie es vorher nicht gehört hatten. Dennoch tauchte es plötzlich vor ihnen auf, blieb am Feuer stehen und musterte sie aus schwarzen Augen eingehend. „Was zur …", japste Jeremiah und hob den Bogen an, es nicht wagend, eine schnelle Bewegung zu machen.

Auch Fey sah wenig begeistert von einer Begegnung mit einem gigantischen Bären aus. Edo, der noch immer am Baum hockte, schluckte leicht. „Du bist …"

Der Bär gab dazu nur ein ohrenbetäubendes Geräusch von sich und … setzte sich auf seinen Hintern, als würde er zeigen wollen, dass er kein Feind war. Im selben Moment leuchtete das Untier auf. Auf dieselbe Weise wie Edo, wenn er sich verwandelte. Nur hockte da kein schlaksiger Bube mit bunten Haaren. Stattdessen tauchte an der Stelle ein riesiger Kerl mit gemeinem Aussehen auf, der auf dem Boden kniete. „Wir haben euch gefunden."

„Und wer bist du?"

Der Mann kam vom Boden hoch, klopfte sich beifällig den Schmutz von der Hose und murmelte dann: „Mein Name ist Faris und ich kenne euren Freund Yron."

Kapitel 42

Noch völlig verwirrt von dem plötzlichen Auftreten eines weiteren Göttersprösslings, in Gestalt eines Bären, konnte Fey den riesigen Mann vor sich nur verdutzt anblicken, ohne wirklich zu realisieren, was er gerade gesagt hatte.

Ihre eigene Macht reagierte auf ihn. So wie sie es damals bei Edo in schwächerer Form getan hatte. Nur hatte sie sich jetzt mehr unter Kontrolle, kam besser mit ihrem Körper und der Magie, die dort inne lag, zurecht. Ihr Blut fühlte sich kribbelig an, ganz so, als würden dort unzählige kleine Funken sprühen, wie es das neugeborene Feuer neben ihr getan hatte.

Erst als Jeremiah den Bogen fallen ließ und den Mann anstarrte, kamen Fey die Worte des Neuankömmlings in den Sinn. Faris war sein Name und, wichtiger, er kannte Yron. Bedeutete das, dass die beiden zusammen unterwegs gewesen waren? Oder noch immer zusammen reisten und der Erbe der Macht sich bald zeigen würde?

Faris jedenfalls schien die unausgesprochene Frage in ihren Gesichtern lesen zu können. „Ja, wir sind in Begleitung. Er, ich und noch ein paar weitere Leute."

„Was für welche?" Jeremiah rieb sich die nassen Haare, bis sie in alle Richtungen abstanden. Nervös trat er von einem Bein aufs andere. Immer wieder legte sich sein Blick auf die Dunkelheit rings um sie herum, als würde er Yron so direkt sehen können, auch wenn man noch nichts entdecken konnte.

Auch Fey sah sich nun um. Während die beiden Männer sich unterhielten und auch Edo abgelenkt von seinem Artgenossen am Rande des Feuers stand, bewegte sie sich ein Stückchen auf den Wald zu. Der Regen prasselte noch immer zwischen den letzten Blättern und den Ästen hinunter zu Boden und ließ dabei den Wald wie tot wirken.

Kein Tier war auszumachen. Weder mit ihrem Gehör noch mit ihren Augen. Und demnach auch kein einzelner Mann oder jemand in Begleitung, der auf sie zuhielt.

Feys Hand legte sich an die raue, glitschige Rinde einer alten Eiche, deren Blätter sie bereits komplett verlassen hatten und nun, wie die Seelen der Toten, vom Wind durch die Welt getragen wurden, bis sie bereit waren, zu etwas Neuem zu werden. Sie seufzte leise. Was sie Jeremiah nicht erzählt hatte, war, dass in letzter Zeit ihre Gelenke vor Anstrengung schmerzten.

Eine Hand legte sich sanft auf ihren Oberarm und drückte kurz zu. Als Fey aufsah, trat unweigerlich ein kleines Lächeln auf ihre Lippen. Jeremiah hatte bemerkt, dass sie sich ein Stückchen abgegrenzt hatte, und gerade, als die Gedanken in ihrem Kopf zu hämmern begonnen hatten, war er erschienen. Auch wenn seine Miene nicht begeistert wirkte. Vielleicht sah er es nicht so gerne, wenn sie alleine am Rande der Dunkelheit stand.

„Er ist in der Nähe, kannst du das glauben?", wollte er leise wissen, statt ihr einen Vorwurf zu machen. Und anstatt sie loszulassen, schien er zu spüren, wie sehr sie seine Anwesenheit brauchte. Die Hand glitt von ihrer Stelle hinab, damit er den Arm um sie legen und sie an sich heranziehen konnte. Auch seine Augen sahen der Finsternis entgegen. „Jeden Augenblick …"

„Was meinst du?" Allzu viel konnte sie nicht in seinem Gesicht erkennen. Und dennoch waren seine Züge gerade wie ein Leuchtfeuer in der Nacht. Anziehend. Tröstend.

Er senkte den Blick zu ihr hinab und lächelte leicht nervös. „Yron hat sich mit Faris zusammen auf den Weg gemacht. Er wird –" Ein Geräusch aus dem Wald ließ ihn verstummen. Mit jedem Herzschlag wurde das Knacken lauter. Ein deutliches Brechen der Äste, wie unter den Hufen eines Pferdes.

Ein Wiehern erklang kurz darauf. Jemand ritt durch den Wald und, so wie es klang, genau auf sie zu.

Schwankend zwischen Hoffnung, dass es Yron sein würde, und

Angst, dass es ein Feind wäre, hielt Fey sich am Baum neben sich fest. Ihr Herz schlug viel zu stark in ihrer Brust, als sie plötzlich ein vages Ziehen an ihrer Seele wahrnahm.

Es war nicht viel, wie ein leichtes Streichen über die Haut. Ihre Sinne konnten es kaum erfassen. Und doch stand sie auf einmal unter Feuer. Ohne darüber nachzudenken, riss sie sich von Jeremiah los und rannte in den Wald hinein. Die feinen Äste der Bäume schlugen ihr entgegen, weil sie sie im Dunklen nur schwerlich ausmachen konnte und die meisten nicht von ihren suchenden Händen erfasst wurden.

Es war ihr egal. Hinter sich konnte sie Jeremiah hören, der ihr folgte und immer wieder ihren Namen rief, aber es zog sie viel mehr dem Reiter entgegen, der nach einigen Metern aus der Finsternis auftauchte.

Sie blieb stehen, als hätte sich eine unsichtbare Wand vor ihr aufgetürmt und sie am Vorankommen gehindert. So ähnlich fühlte sie sich auch, als sie den Mann anstarrte, dessen scharfer Blick von einer Fackel erleuchtet unter einer Kapuze zu ihr hin gewandert war. Die grauen Augen hatten einen müden Zug angenommen. Sein Gesicht war schlanker als vorher, halbwegs eingefallen und auf seinen Wangen und am Kinn hatte sich ein Bart breitgemacht, der ihm ein wildes Aussehen verlieh.

Es war dennoch unverkennbar Yron, der da auf dem Pferd saß. In den Wochen, in denen sie sich nicht gesehen hatten, war etwas mit ihm geschehen. Er wirkte nicht nur magerer, sondern auch entschlossener. „Yron?" Ihre Stimme war nur ein sanfter Hauch, als sie einen unsicheren Schritt auf ihn zu machte.

Jeremiah eilte an ihr vorbei. Seine Augen schienen nichts anderes mehr als den Reiter vor sich wahrnehmen zu können. Schritt für Schritt trat er auf ihn zu, wirkte beinahe wie in Trance, ehe er beim Pferd anlangte und zögernd die Hand hob. „Welches Mädchen war das Erste, das du geküsst hast, und wie sah sie aus?"

Fey stockte und sah ihren Freund irritiert an. Was sollte diese

Frage denn jetzt? War es nicht viel wichtiger, dass Yron jetzt bei ihnen war?

Der Erbe der Macht allerdings stieg nur lachend vom Pferd, rieb sich das Kinn und meinte noch im selben Moment: „Das war Ronja." Er schmunzelte. „Wir alle wollten damals unbedingt einen Kuss von ihr. Mit ihren schönen blonden Haaren, die sie jeden Tag geflochten nach hinten trug, und dem neckischen Lächeln unter den hundsbraunen Augen." Einen Herzschlag lang blickten sie einander an. Dann fielen sie sich gegenseitig in die Arme.

„Du bist es", meinte Jeremiah leise und schloss die Augen, als wäre er nach einer anstrengenden Reise endlich Zuhause angekommen.

Auch Yron schloss die Lider und legte den Kopf schief, sodass die Kapuze ihn noch mehr verhüllte. „Und du bist vorsichtig geworden, mein Freund. Aber ich versichere dir, dass ich kein Handlanger der Hexe bin, und meine Seele gebrochen hat sie auch nicht." Er richtete sich wieder auf, eine Hand auf dem Widerrist des Tieres neben sich. „Wie erging es euch?" Von Jeremiah blickte er zu Fey hinüber, nahm die Zügel und führte das Pferd zu ihr hin. Vor ihr blieb er stehen und betrachtete sie neugierig von oben herab. „Du siehst gut aus", stellte er dann fest, bevor er den Mund verzog. „Vielleicht ist das nichts Gutes, du siehst für menschliche Verhältnisse gesünder aus."

Fey konnte nur stumm den Kopf schütteln. Die Tränen waren auf einmal da. Sie mochte nur wenige Wochen an der Seite von Yron verbracht haben, aber er war für sie wichtig geworden. Er war ihr Freund. Vielleicht erkannte sie das nun sogar besser als damals. Irgendwann, als sie sich bewusst wurde, wie lange sie hier schweigend standen, räusperte sie sich. „Wir haben dahinten ein Feuer. Komm mit, du siehst durchnässt aus."

Ein leises Lachen stieg aus seiner Kehle empor. „Vermutlich, weil ich es bin", witzelte er dann, folgte ihr jedoch.

Jeremiah hatte zu seinem Bruder bereits aufgeschlossen und nun unterhielten sie sich beide. Am liebsten hätte sie diesen Moment mit ihm geteilt. Die Freude darüber, Yron wiederzusehen. Aber gleichzeitig fühlte es sich wie ein Sakrileg an, die beiden nun in ihrer Wiedersehensfreude zu stören. Also suchte sie den Weg zurück. Alles war dunkel, aber die Anwesenheit der beiden Göttertiere half ihr und Yrons Fackel riss den Weg zu ihren Füßen aus der Finsternis heraus.

Kurz bevor sie das Lagerfeuer erreichten, hüstelte Jeremiah plötzlich leise. Fey horchte auf und vernahm gerade noch seine sehr leise Frage: „Du weißt also, wohin wir müssen?"

„Ja", meinte Yron bestimmt, nicht einmal ansatzweise zögerlich. Er konnte nicht wissen, wie sehr der Umstand schmerzte, gehen zu müssen. Wie sehr Fey es sich wünschte, Herrin über ihr eigenes Schicksal zu sein. Es war eine gute Nachricht. Mit bitterem Beigeschmack. „Wir müssen auf die Insel, auf der die beiden geboren wurden."

„Elani und Dilara?"

Fey brauchte sich nicht in das Gespräch einzumischen oder sich umzudrehen, um zu wissen, dass Yron nickte. „Es ist nicht der höchste Berg der Welt, doch der Ort, an dem Fey gebannt wurde. Dort ist die Siegelmagie stark und instabil zugleich."

Jeremiah räusperte sich. „Wir sollten das alles bereden, wenn du dich ein wenig ausgeruht hast."

„Worüber will man da noch reden?" Fey war versucht, ihre Stimme enthusiastisch klingen zu lassen. Es misslang. Dabei war sie sich bewusst, dass sie sich eigentlich wirklich darüber freuen sollte. Dass Gefühle vorübergehend sein konnten. Wortwörtlich. Sie war nun einmal nicht dazu bestimmt, hier zu leben. Mit Jeremiah an ihrer Seite. Sie war dazu bestimmt, wieder frei zu sein und in den Herzen der Menschen dafür zu sorgen, dass sie sich ihrer Freiheit bewusst wurden. Dass sie nicht zerbrachen.

Wieso konnten diese Geschöpfe nicht von alleine erkennen, dass nichts sie band, außer dem, was sie sich selbst setzten? Ihre Grenzen waren die Einzigen, die sie zügelten. Dann hätte sie ihr eigenes Schicksal haben können.

Beinahe war es, als würde sie eine Stimme in ihrem Kopf hören. Ihr war klar, dass das nur eine Einbildung war. Der letzte Rest ihres eigentlichen Wesens, das sich nach dem Wind sehnte, in dem sie tanzen konnte. Und dennoch fühlte es sich für den Bruchteil eines Augenblickes an, als würde sie von den Göttern selbst ermahnt werden, ihre Bestimmung wieder aufzunehmen. *Menschen brauchen einen Leitfaden.* Sie schloss die Augen und stolperte beinahe über eine Wurzel auf dem Boden. Menschen brauchten einen Leitfaden. Sie brauchten Hilfe in einer Dunkelheit, aus der sie sich ansonsten nicht mehr retten konnten. Irgendwie erging es ihr doch selbst so.

„Ich glaube nicht", setzte Yron zu einer Antwort auf ihre Frage an und wandte ihr die Aufmerksamkeit zu, „dass die Hexe so dumm ist, keine Wachen dort aufzustellen. Sie wird wissen, was wir mit dir vorhaben. Wieso sollte sie davon ausgehen, dass wir es nie herausfinden? Sie mag die Menschen hier ins Verderben gestoßen haben, in dem sie vielleicht selbst gefangen gewesen war. Aber sie ist nicht dumm. Bei weitem nicht. Es wäre schwachsinnig, sie zu unterschätzen, nur weil man sie nicht mag."

„Du denkst, dass sie davon ausgeht, Fey hätte einen Hinweis geliefert?" Jeremiah rieb sich nachdenklich das Kinn.

„Ja, genau das denke ich. Fey, hast du vielleicht im Brunnen mit dir selbst gesprochen?" Als sie die Schultern zuckte, gab er ein leises Geräusch von sich. „So oder so, es gibt mehr als eine Möglichkeit, auf den Gedanken zu kommen, dort einen Versuch zu wagen. Ob jetzt nach einigen Wochen oder erst nach langer Zeit. Es hätte auch sein können, dass wir dem Geburtsort der beiden einen Besuch abstatten wollen, in der hartnäckigen Hoffnung, dort etwas zu finden."

„Aber wieso sollten wir das machen?" Fey duckte sich unter einem Ast hinweg, der ihr vorher ins Gesicht geschlagen haben musste.

„Weil letztendlich jeder Mensch zu seinen Wurzeln zurückkehrt. Auf die eine oder andere Art, wir kommen niemals ganz davon los." Er drückte den Ast einfach zur Seite und rieb sich müde die Augen. Vermutlich brauchte er wirklich ein paar Stunden Ruhe. Allgemein sah er nicht sehr gut aus und unweigerlich fragte sie sich, was mit ihm geschehen war.

Jeremiah jedenfalls schien sich an diese Frage nicht heranzutrauen. „Wir sind nicht mehr nur zu dritt", meinte Yron leise und strich dem Pferd über die Mähne. „Liaz und ihre Gruppe werden uns helfen."

„Wer ist Liaz?", wollte Fey wissen und maß den Schein des Feuers. Sie waren beinahe wieder da, aber irgendwie wollte sie das gar nicht so recht. So fühlte sie sich freier in ihren Worten. Ohne den Bären, der neben Edo am Feuer wartete.

„Eine Dame, die sich gegen den Thron verschworen hat. Faris kennt ihr bereits, er ist ihr treuer Begleiter. Und bevor ihr fragt; ich weiß nicht, wie weit wir ihnen vertrauen können, doch mein Gefühl sagt mir, dass sie uns helfen werden. Wir werden ein Auge auf sie haben, aber uns ihre Kraft zunutze machen."

„Was ist mit dir passiert?" Fey war stehengeblieben, sodass Yron zu ihr aufschließen konnte. Anstatt ihre Frage zu beantworten, schüttelte er den Kopf und ging an ihr vorüber.

„Das ist jetzt nicht wichtig", sagte er leise. „Und wir sollten diese Gespräche auf später verschieben. Wenn wir Zeit für uns haben und ich mich ein wenig ausruhen konnte." Er erreichte den Lichtkreis als Erstes und verschwand hinter dem Stamm eines breiten Baumes. Als auch Fey und Jeremiah um die Ecke traten, hatte Yron bereits sein Pferd angebunden und warf Edo misstrauische Blicke zu. „Ich schätze", richtete er sich an seine Freunde, „wir haben alle etwas zu erzählen."

Teil IV

Freiheit

Kapitel 43

Fey hatte noch nie so etwas Schönes gesehen wie das Meer, das sich nun zu ihren Füßen, unten an der Klippe, erstreckte. Die Wellen gaben laute Geräusche von sich, als sie an den spitzen Felsen zerbrachen, und die Sonne glitzerte in dem Reigen, den das Meer tanzte.

Eine Böe, die nach Salz und Fisch roch, strich über ihre Köpfe hinweg.

Sie gönnte sich einen tiefen Atemzug. Dann wandte sie sich an die Gruppe, mit der sie den Weg hierher gefunden hatten. Sie waren alle bereits ein Stück weiter in Richtung des nächsten Waldes gezogen, anscheinend nicht sehr froh darüber, dass der Pfad sie zum Verlassen der Bäume gezwungen hatte. Fey dagegen hatte ihre Neugierde befriedigen müssen. Noch nie war sie selbst am Meer gewesen und von Elani hatte sie nur die Erinnerungen und die Sehnsucht geerbt, die sie selbst umtriebig gemacht hatten.

Edo schien das Meer auch noch fremd. Neugierig und voller Energie ließ er sich von den Windböen auf und ab tragen und raschelte nur selten mit den Flügeln. Vielleicht behielt er von dort auch die Lage im Blick.

Es mussten um die zwei Wochen sein, seit Yron zu ihnen zurückgekehrt war, und jeden Abend hatten sie mit denselben langatmigen Diskussionen verbracht. Fast war es, als wären sie noch immer bei Malika im Haus. Debatten. Debatten und Streitereien. Dabei war der Weg selbst bereits anstrengend genug gewesen. Immer wieder hatten sie Umwege in Kauf nehmen müssen, um den großen Handelsstraßen und Dörfern, die nicht auf den Karten verzeichnet waren, ausweichen zu können. Obwohl in der Zwischenzeit nichts anderes passiert war, als dass Zeit verstrich, fühlten sich Fey und ihre Gefährten jeden Tag gehetzter. Dabei war es wahrscheinlich, dass sie der Hexe genau in die Arme rannten, und das war es vermutlich auch, was sie alle nervös machte. Die falsche Königin hatte die Zügel in der Hand und sie musste ihre Macht nicht einmal zeigen, um ihnen das zu beweisen.

Das ganze Land suchte sie, Jeremiah hatte von den Soldaten erzählt, die alles nach ihr durchkämmten. Wer wusste schon, wie viele mittlerweile wegen Fey auf den Beinen waren. Die Hexe wollte sie finden, dabei musste sie sich eigentlich nur zurücklehnen, abwarten und nur einen Punkt auf der ganzen Welt bewachen. Und Fey spürte einfach, dass es so war. Dass Dilara nirgendwo anders wäre als in dem Schloss, in dem die Zwillinge und Fey das Licht der Welt erblickt hatten. Mit jedem Tag fiel es ihr leichter, in Elanis Kopf zu gelangen, und damit kamen Erinnerungen. Viele Erinnerungen. Sie konnte sich nicht einmal mehr ablenken.

In dieser Zeit hatte Jeremiah sich jedes Mal von Fey zurückgezogen, wenn Yron in der Nähe war. Vielleicht wollte er nicht, dass sein Freund etwas bemerkte. Vielleicht wollte er sich selbst aber auch nur den Abschied leichter machen. Fey wusste es nicht und es frustrierte sie. Sie verstand es. Sie selbst würde eventuell nicht mal mehr in der Lage sein, ihn zu vermissen. Und dennoch war kaum etwas zwischen ihnen passiert, obwohl sich zumindest bei ihr eine Menge entwickelt hatte.

Sie konnte die Augen kaum mehr von ihm lassen. Wann immer er sich streckte, sprach, aß oder ging, sie fand es ungemein faszinierend. Als würde sie zum ersten Mal in ihrem Leben einen Menschen sehen und würde ihn erforschen wollen. Nun, in gewisser Weise stimmte der letzte Teil sogar. Manchmal erwischte sie sich bei dem Gedanken, wie sie ihn mit den Händen erkundete. Wie sie mehr machte, als nur ihren Mund auf seinen zu drücken.

Dann wurde sie sich der scheelen Blicke von Yron bewusst, dessen Augenmerk immer häufiger zwischen seinem besten Freund und ihr hin und her wanderte. Während Jeremiah anscheinend versuchte, seine Gefühle zu unterdrücken und der Welt Glauben zu machen, dass dort nichts war, war Yron ganz deutlich anzumerken, dass er Bescheid wusste. Irgendwo war sein bisheriges Schweigen zu diesem Thema eher verwunderlich, war in seiner Miene doch deutlich zu lesen, wie sehr ihm diese Entwicklung missfiel.

Mit schnellem Atem erreichte sie die anderen und kam neben ihnen schlitternd zum Stehen. Jeremiah begrüßte sie. „Wir sprechen gerade davon, wie wir am besten auf die Insel kommen können", meinte er leise und schien versucht, ihr einen Arm um die Schultern zu legen. Dann zögerte er und ließ ihn wieder sinken. Sein Augenmerk richtete sich auf den Weg vor ihnen. „Wir können schlecht einfach hinübersegeln. Eigentlich war es ein sehr guter Ort, den die Hexe da ausgewählt hat. Es ist eine Insel, zum Schwimmen zu weit entfernt. Das einzige größere Land in der Nähe ist unsere Küste. Und sicherlich gibt es das alte Schloss noch, in dem sie damals geboren worden ist."

Yron nickte dazu. „Liaz und ihre Gruppe haben versucht, etwas herauszufinden, doch scheinbar hat Dilara die Unterlagen, die es gab, weitestgehend zerstören lassen." Er rieb sich das strubbelige Haar aus der Stirn und kratzte sich über den unordentlichen Bart. „Sie ist eine geschickte Gegnerin."

„Und was machen wir nun?" Fey sah zwischen ihnen hin und her. Ihr Mut sank herab, doch ihre Hoffnung flammte damit leider wieder auf. Dieser lästige Traum, der sie seit Nächten verfolgte. Die Menschen würden lernen, ihr Licht selbst zu sehen, und sie konnte frei sein. Letztendlich waren es unsinnige Gedanken. Sie würde niemals diese Form der Freiheit besitzen. Eine förmliche Ironie. Aber den Traum konnte sie nicht ganz begraben. Den Wunsch, dass sie die Hexe stürzen würden und unter Yrons Herrschaft das Land aufblühte, während Fey, frei von ihren Pflichten, mit Jeremiah umherwandern, lernen und vielleicht sogar eine Familie gründen würde. Auch wenn der Gedanke an eigene Kinder ein Merkwürdiger war, so war doch dieser sehnsuchtsvolle Funken in ihrem Herzen, bei dem sie sich nicht ganz davor schützen konnte, Elani im Verdacht zu haben.

„Wir haben Tarni vorgeschickt", erklärte Liaz gedämpft und band sich das blonde Haar mit der Hand zurück. Ihre Augen lagen in weiter Ferne. Vielleicht erahnte sie die Insel, die noch nicht zu erblicken war. „Sie wird herausfinden, ob wir dort irgendwie ein Boot mieten können, ohne aufzufallen."

„Aber welche Alternativen haben wir, als ein Boot zu mieten und überzusetzen? Das Meer ist voller Unruhen und selbst wenn wir die Strecke schwimmen könnten, würden wir am Hafen auffallen wie bunte Hunde. Und die Klippen sind lebensgefährlich", warf Fey ein.

„Wir wollen versuchen, im Schutz der Nachbarinsel auf die Hauptinsel zu gelangen." Liaz blieb stehen, schnappte sich einen Ast und begann, in den Sand die Umrisse der Inseln und der Küste zu skizzieren. „Sie werden ein Auge darauf haben, gewiss. Aber konzentrieren werden sie sich hauptsächlich auf das Festland. Hoffe ich jedenfalls."

Jeremiah warf der Zeichnung einen bösen Blick zu, die Arme vor der Brust verschränkt. „Hoffnungen sind alles?"

„Hoffnung ist mehr, als man sich dieser Tage erlauben kann", meinte Liaz schnippisch. Ihre Augen funkelten wütend. „Wenn wir es nicht versuchen, können wir uns auch gleich die Klippen hinab werfen und aufgeben."

Fey mochte es ganz und gar nicht, wie sie mit Jeremiah sprach. Allgemein war sie Liaz nicht allzu sehr zugeneigt. Die andere Frau trat immer wieder an sie heran, versuchte, ihr bei ihrer Magie zu helfen und eine gemeinsame Ebene zwischen ihnen zu finden und dabei machte sie alles nur schlimmer. Sie sah in Fey keinen Menschen, sondern ein Wesen, das nicht existieren dürfte. Und Fey selbst konnte der anderen nur ins Gesicht starren und dort etwas erkennen, das sie nicht fassen konnte. Es erinnerte sie an jemanden.

Yron war an sie alle herangetreten und umfasste liebevoll die Hand der Blondine. „Wir werden es versuchen. Aber ich denke, es würde nicht schaden, wenn wir uns im Schutz des Waldes aufhalten und erst einmal Tarnis Bericht abwarten, ehe wir einen Plan aushecken, der uns allen zusagen wird. Statt direkt trotzig zu reagieren."

Liaz winkte bei dem Vorwurf ab, nickte jedoch zu dem Vorschlag. „Fein", sagte sie. „Jetzt muss dieser Unterschlupf auch nur wirklich sicher sein."

„Wir sind noch einige Tage von der Insel entfernt", murmelte Yron. „Und nicht auf Kurs. Davon abgesehen, dass sie nicht weiß, dass wir schon auf dem Weg sind. Sie darf es nicht überall herumposaunen. Sie sollte sich bedeckter halten und das könnte unser Glück sein."

Fey warf Edo einen Blick zu. „Wenn sie die Göttermacht spürt …"

Auch Liaz sah nach oben. „Sie ist widerrechtlich die Königin. Sie ist eine Hexe, aber nicht verbunden mit der Macht der Götter."

„Aber …" Fey bemühte sich, die Zeichnung vor sich nicht zu zertreten, als sie sich von der Gruppe trennte und einige unruhige Schritte auf und ab machte. „Nein. Irgendwas müssen wir übersehen haben. Das hier geht zu leicht. Sie wird dort auf uns warten. Wieso uns suchen, wenn wir wie Schlachtvieh dahin kommen? Vielleicht wird es lange dauern, aber Yron meinte selbst, es sei nur logisch. Vor allem läuft die Zeit gegen uns. Sie muss mich nicht mal mehr einsperren. Der Bann ist tot, ich werde zu einem Menschen."

Liaz zuckte die Schultern „Vielleicht wird den jungen Generationen ja gar nicht das Gefühl der Freiheit entrissen und die Alten irren sich nur? Wer sollte so etwas schon genau sagen können?"

„Welchen Sinn hat es dann, dorthin zu gehen? Lohnt es nicht mehr, zu warten und die Dinge seinen Lauf gehen zu lassen, als ihr zu geben, was sie will? Dieses Risiko einzugehen?"

Stille trat ein und gab Fey das Gefühl, etwas Schreckliches gesagt zu haben. Es wurde nicht besser, als Yron den Mund verzog und Liaz wütend das Haar über die Schulter warf. Ihre Augen glühten vor Zorn, als sie eine Hand erhob und anklagend auf Fey zeigte. „Du willst alle anderen im Stich lassen?"

Fey, die sich noch kleiner als sonst fühlte, schluckte, reckte aber schlussendlich das Kinn. „Ich habe es satt!", stieß sie aus. „Niemand will meine Sicht der Dinge sehen. Natürlich möchte ich, dass es jedem gut geht. Aber manchmal kann man das eben nicht erreichen! Wenn die Hexe dort auf uns wartet, und das wird sie, dann haben wir mehr verloren als gewonnen. Mehr verloren, als wir es hätten, wenn wir einfach untertauchen würden!" Niemand stand ihr zur Seite. Fey musste die Tränen unterdrücken, als sie sich allein sah. Was in den Köpfen von Yron und Jeremiah vor sich ging, wusste sie nicht, ihre Mienen waren für sie nicht zu deuten. Doch Liaz war eindeutig grimmig und ihre Verstimmung hatte sich auf ihre Leute übertragen.

Fey gab ein leises Seufzen von sich. Sie war müde. Seit man sie aus dem Brunnen geholt hatte, hatte sie keine Ruhe gehabt. Immerzu war da dieses Schicksal, zuerst erhofft, dann gefürchtet, das auf ihren Schultern ruhte. Angst, Schmerz, Müdigkeit. Totale Erschöpfung. Die letzten Wochen waren nicht besser gewesen. Sie wollte keinen Streit. „Ich möchte nicht viel", sagte sie deswegen leise, wissend, dass sie eigentlich alles verlangte. Ihre eigene Freiheit. „Ich möchte lediglich, dass wir darüber reden. Darüber nachdenken. Und", sie betrachtete Yron, Jeremiah und Liaz, „nicht meine Existenz vergessen. Ich bin mehr als die Freiheit. Alles hat sich geändert. Ich habe Gefühle und Gedanken. Ich habe meine eigenen Erinnerungen und Hoffnungen. Ich weiß, am Ende müssen wir uns dafür entscheiden, was am besten für die Welt ist, aber ich will mitentscheiden. Ich bin kein Spielzeug." Ihre Stimme brach leicht, als die Tränen in ihren Augen zu brennen begannen. „Ich möchte nicht mehr, dass über meinem Kopf entschieden wird, während ihr alle so tut, als sei es mit mir abgesprochen!"

„Du bist das Gefühl der Freiheit", meinte Liaz leise, „und du hast dein Schicksal. Es erübrigt sich, darüber zu diskutieren. Wir haben alle unsere Rollen. Niemand anderes als die Götter haben über deinen Kopf hinweg entschieden. Das machen sie auch bei uns.

Siehst du uns Tränen vergießen?"

Fey schüttelte kleinlaut den Kopf und blickte zu Boden. Als sich plötzlich eine Hand auf ihre Schulter legte. Und dann eine andere, auf die andere Schulter. Sie sah auf. Links von ihr war Jeremiah. Und auch Yron war an ihre Seite getreten. Sie standen geschlossen neben ihr. „Wir werden das Richtige tun", brummte Jeremiah und drückte Fey aufmunternd. „Aber wir werden uns nicht zerstreiten."

Liaz' Wangen färbten sich rot und sie holte bereits Atem, um ihrem Ärger Luft zu machen, als Faris den Kopf schüttelte und das Wort ergriff. „Sie haben recht."

„Nein, haben sie nicht!"

„Liaz, verhalt dich nicht wie das Kind, das du niemals sein wolltest. Es gibt keinerlei Grund dafür, sich so anzustellen, außer, dass du dich mal wieder nicht unter Kontrolle hast." Er maß Fey und die beiden anderen mit einem langen Blick und auf einmal fühlte Fey sich ihm gegenüber verbunden. Sie lächelte leicht. „Fey hat niemals behauptet, nicht das Richtige zu tun. Aber gerade du, die schon herummault, wenn sie beim Abendessen nicht das Gericht entscheiden darf, sollte Verständnis für ihr Anliegen haben. Und anstatt uns jetzt weiter wie Kinder zu verhalten, schlage ich vor, dass wir uns endlich in den Wald zurückziehen und ein Lager aufschlagen. Wir sind bereits den ganzen Tag unterwegs und hatten lediglich ein karges Frühstück. Ein Bär muss essen, wenn ein Bär kämpfen soll."

***

Sie loszulassen, tat weh. Jeremiah beobachtete, wie Fey den anderen folgte, die sich für das Lager ausgesprochen hatten und erneut auf die Bäume zuhielten. Er sah ihr dabei zu, wie sie zwischen den Bäumen verschwand, wie das Licht sie gehen ließ und sie in den Schatten abtauchte.

„Du liebst sie." Mit diesen leisen Worten schreckte Yron ihn aus seinen Gedanken auf. Jeremiah blinzelte und sah zu seinem Bruder auf. Die grauen Augen hatten einen mitleidigen Glanz, die Brauen waren zusammengeschoben. Mit dem Bart hatte der Ältere etwas Wildes an sich. Und er ließ ihn nicht einmal antworten. „Du brauchst es nicht zu verheimlichen."

Jeremiah seufzte leise und richtete den Blick auf eine Möwe, die sich im Wind in die Höhe schraubte. „Ja, ich liebe sie. Und?"

„Nichts … Ich wollte es nur aus deinem Mund hören."

„Was hat es dir gebracht? Da wird keine Zukunft auf uns warten. Wir werden uns trennen müssen und das war es dann." Er lachte bitter. „Wieder eine Liebe für mich, die nur im Schmerz endet, und erneut ist die Hexe schuld. Denkst du, mein Herz lernt es?"

Yron sagte nichts dazu. Was hatte Jeremiah auch erwartet? Sein Freund war ein Esel, wenn es um Gefühle ging. Wenn es zu solchen Themen kam, war Yron der Erste, der sich möglichst schnell zurückzog.

„Es tut mir leid", murmelte er da. Vermutlich als Entschuldigung, dass er mehr dazu nicht sagen konnte. Aber dann ergriff Yron erneut das Wort und rieb sich dabei unsicher über den Nacken. „Ich weiß, dass ich dir da keine große Hilfe stellen kann. Du hast das alles nicht verdient. Du brauchst eine Frau, die dich ansieht, als seist du das Wertvollste auf der Welt. Und die an deiner Seite stehen kann. Wenn wir Fey befreit haben, dann wird es hoffentlich keine Hexe mehr geben und …" Er brach ab, schien seinen Fehler selbst bemerkt zu haben. Jeremiah verzog das Gesicht. Sie mussten Fey opfern, wenn alles andere wieder gut werden sollte.

„Ich kann dir nicht böse sein", wisperte er und betrachtete Yrons von Sorgen zerfurchte Stirn. „Wer sind wir, dass wir glauben, keine Fehler machen zu können."

Yron nickte und schlang einen Arm um seine Schultern, um ihn an sich heranzuziehen. „Uns bleibt manchmal eben nichts anderes übrig, als die Augen zu schließen und den nächsten Schritt nach vorn zu machen. Egal wie schwer er uns fällt."

Jeremiah nickte. Er wünschte sich, die Welt würde nicht verlangen, dass er alles richtig machen musste, denn die Realität war nicht perfekt. „Ich habe Angst", nuschelte er da. Er hatte Angst, wieder allein zu sein, Fey zu verlieren, sein Herz gebrochen zu sehen oder zu versagen. Er hatte Angst und es gab nichts, auf das er hoffen konnte, denn er wollte, dass alles gut war und dass Fey dennoch bei ihm blieb.

„Ich weiß", murmelte Yron und seufzte tief. „Ich habe auch Angst."

Kapitel 44

Es war der dritte Abend in Folge, den sie im Wald verbrachten, versteckt am Rande der Welt vor eben jener. Tarni hatte den Weg zurück zur Gruppe gefunden und berichtete von den Umständen an der Küste, während Fey nur zuhörte und sich nicht an den Diskussionen beteiligte. Sie sah nicht gut aus, stellte Yron fest. Ganz bleich und zusammengekauert, wie ein verängstigtes Reh, das mit jedem Atemzug fürchtete, einen Jäger auf sich aufmerksam zu machen. Oder als würde sie darauf hoffen, dass sie alle ihre Existenz vergessen würden, wenn sie sich nur unauffällig genug verhielt.

Es tat ihm weh, sie so zu sehen. Sie sprach dieser Tage kaum und wenn, dann nur mit ihren Freunden, die Stimme gesenkt. Ebenso wie den Blick.

Yron murrte, als er die Rinde von einem Ast zog und die kleinen Krümel von seiner Hose wischte. Wieso war es so schwer, das Richtige zu machen? Warum konnte die Welt nicht einfach gut und schlecht sein und damit war es erledigt? Nun betrachtete er seinen Freund und Fey dabei, wie sie litten. Und er konnte nichts unternehmen, um ihnen zu helfen. Dabei hatte er zwischenzeitlich so viel verpasst, dass Fey ihm zuweilen absolut fremd vorkam. Vielleicht hätte er sonst irgendetwas sagen können und … Wem wollte er etwas vormachen? Neben ihm konnte ein Wolf ein Schaf besser trösten.

„Ich hasse es, sie so zu sehen", wandte er sich an Liaz und schielte zu ihr hinüber. Sie zog gerade einem Kaninchen das Fell ab, unterbrach sich jedoch. Ihr Mundwinkel verzog sich ein wenig, kaum wahrzunehmen, aber ihr gegenüber fühlte er sich verbunden. Sie war unbegeistert. Und nicht so hart, wie sie der Welt Glauben machen wollte.

„Sie werden sich daran gewöhnen. Gewöhnen müssen." Das

Letzte fügte sie nur halblaut an und wandte ihre Aufmerksamkeit wieder dem Kaninchen zu, doch nun waren ihre Bewegungen ruckartig und unkoordiniert. „Wir haben alle unser Los zu tragen."

„Du hast mir nie erzählt, welches deines ist."

„So lange kennen wir uns ja auch noch nicht", war ihre leicht bissige Antwort. Ihre Hände verharrten einen Augenblick, sie stieß einen leisen Laut aus und sah ihn erneut an. „Du musst mir nichts über dich erzählen. Aber selbst wenn du es tust, akzeptier bitte, dass ich nicht über mein Leben sprechen will. Oder vertraust du mir auf einmal nicht mehr?"

„Doch." Und genau da lag das Problem. Yron vertraute ihr. Sie kam ihm so bekannt vor, dass er beinahe vergessen hatte, wie kurz sie sich nur kannten. Wenige Wochen. Es hätten Jahre sein können. Irritiert über sich selbst blinzelte er und nahm dann den Ast weiter auseinander. Das Holz gab einen frischen Geruch von sich und benetzte Yrons Finger mit Wasser. Die Haut darunter fühlte sich sogleich weicher und gesünder an. Das Mittel war bei Frauen beliebt und heilte auch Abschürfungen gut. Aber Yron wollte keine Medizin herstellen, er brauchte nur eine Beschäftigung.

„Wieso eigentlich?"

„Mh?"

„Wieso vertraust du mir? Du scheinst nicht der größte Menschenfreund zu sein und dennoch sitzt du hier, als wären wir lange befreundet. Ich könnte dich hintergehen."

Er zuckte mit den Schultern. „Darüber mache ich mir Gedanken. Die Zweifel scheinen irgendwie wie fortgewischt. Und mir ist schleierhaft, wieso. Es kommen selbst bei dem Gedanken nur spärlich Neue auf."

Liaz' Miene war nicht zu deuten. Er hätte schwören können, dass sie sich darüber nicht so freute, wie sie es vielleicht sollte. „Und deine Zweifel bezüglich des Throns?"

Erneut zuckte er die Schultern. „Von Tag zu Tag fühle ich mich sicherer. Ich meine, ich habe immer noch verdammt Angst vor der

508

Verantwortung und der Wunsch nach Flucht ist nach wie vor vorhanden. Aber gleichsam komme ich irgendwie zur Ruhe." Er sinnierte darüber nach. „Es ist eigenartig."

„Vielleicht hast du aus der Geschichte von Taio etwas gelernt." Der Hase war nun von seinem Fell befreit. Sie warf es zur Seite und fing an, den ersten Schnitt zu setzen, um das Tier auszuweiden. „Ich habe sie dir erzählt. In der Mine. Wer nichts Großes wagt, wird auch nichts Großes erreichen können. Bis zu deinem Tod bist du der erwählte Herrscher dieses Landes und nur du kannst es zu seiner Blütezeit zurückführen."

„Ich kenne die Blütezeit dieses Landes nicht. Wie soll ich es dann zurückführen?" Der Ast war nun so blank wie das tote Kaninchen und er warf ihn in das kleine Feuer, das sie sich zum Kochen genehmigt hatten. Kurze Zeit später stieg ein süßer, schöner Geruch in die Luft auf. „Für mich gab es immer nur die Hexe als Herrscherin über dieses Land. Und die anderen Länder haben sich von uns abgeschottet."

Liaz nickte. „Ja. Auch sie litten unter dem Entzug der Freiheit. Die Hexe hat schlussendlich ein Abkommen mit ihnen geschlossen. Ich denke, das hat Feys Leben gerettet. Die anderen Länder leiden nicht wie wir, aber sie mussten dafür bezahlen."

„Und was? Wohl mehr als drei Säcke Korn."

„Sie hatten Angst und stellten Armeen auf. Dilara wusste, dass sie nicht alle besiegen konnte, also drohte sie ihnen, dass sie die Freiheit für alle Zeit vernichten würde. Sie mögen gewinnen, dennoch würden sie sterben. Ihre Kinder würden bereits kurz nach der Geburt vergehen. Kein Hoffnungslicht für ihre Feinde. Und da sie schon die Freiheit geraubt hatte, glaubten sie ihr, ohne zu zögern, ohne zu wissen, ob sie es wirklich könnte. Also schlossen sie ein Abkommen. Sie würden sich niemals in die Belange dieses Landes einmischen, keine Flüchtlinge aufnehmen oder dieses Land angreifen. Dafür gewährt die Königin ihnen ein normales Leben."

„Hat sie die Macht, Fey zu vernichten?"

„Ich weiß es nicht. Mit einer einfachen Klinge? Ich denke, sie hatte eigentlich nicht einmal die Macht, Fey allein einzusperren. Dafür brauchte sie ein anderes Wesen. Und das beunruhigt mich, denn wir wissen nicht, ob wir es mit einem weiteren Feind zu tun bekommen oder nicht. Und wenn, wer das ist."

„Und wenn es wirklich Nibu war?" Er rieb sich über das Kinn. Wie sehr wünschte er sich eine Rasur. Ein Stück Normalität. Nibu, der Gott, der sie vielleicht ins Verderben gestürzt hatte. Die Götter gab es und sie lauschten, das hatte er selbst erfahren. War das auch Nibu gewesen? Wollte er vielleicht seinen Fehler wiedergutmachen?

Liaz ignorierte die Anmerkung mit Nibu gewohntermaßen komplett. „Ich hoffe, dass Fey sich irrt und wir nicht geradewegs in eine Falle laufen." Sie hatten beschlossen, Edo vorzuschicken, denn wenn die Königin nicht mit der Göttermacht verbunden war, dann war Edo für sie nichts weiter als ein normaler Vogel, der zu den Inseln flog. Oder dort hauste.

Tarni hatte berichtet, dass am Meer alles wie immer war. Auffällig unauffällig. Die Fischer ruderten jeden Morgen aufs Meer hinaus und kamen am Abend wieder, die Menschen im Hafen waren von allem gestresst und liefen hektisch auf und ab, um Waren auf- und abzuladen oder an den Mann zu bringen. Selbst die Vögel wirkten hektisch, wenn sie sich ins Meer stürzten und Fische fingen.

Yron hatte den Vorschlag eingebracht, Feys Aussehen zu verändern und sie mit jemand anderem zu schicken. Leider hieß es in Legenden, dass nur der, der die Klinge führte, Fey aus ihrer Hülle befreien könnte. Also musste zumindest er mit. Und Jeremiah würde sich auch nur schwerlich von ihr trennen können. Andererseits war es vielleicht besser, wenn er beim letzten Stück nicht zugegen war.

Und ihr Aussehen zu verändern, war auch nicht leicht. Feys Haar war von einem Rotbraun, das ein wenig an Rost erinnerte und wie Flammen zu tanzen schien.

Am einfachsten wäre es wohl, sie dunkel zu färben, aber damit würde man demnach auch am ehesten rechnen. Also hatten sie vor, ihre Haare mit der Wurzel des Hellfeuerbaums blond zu färben. Die Farbe ließ sich nicht mehr herauswaschen, also würde sie auch nicht abfärben. Und man konnte die Haare so innerhalb von wenigen Stunden gänzlich verändern. Leider würden sie nach einigen Tagen strohig werden, weshalb sie auf den richtigen Moment warten mussten.

Feys Augen hatten sich mittlerweile von selbst geändert. Sie blieben auffällig, denn nun waren sie mehrfarbig. Direkt um die Pupille hin waren sie nun von einem strahlenden Blau, das nach und nach erst in Rotviolett überging und dann in das Blauviolett, das sie früher besessen hatten. Auch wenn dieser Ring nur noch sehr schmal und kaum wahrzunehmen war.

Einfachen Wachen würde es hoffentlich nicht auffallen. Und Dilara würde ihre Schwester ohnehin direkt erkennen. Yron hatte vor allem Bauchschmerzen wegen höher gestelltem Wachpersonal, das sie eventuell kontrollieren konnte und denen dieser kleine Ring auffallen würde.

Außerdem war er selbst noch ein Problem. Eine helle Haarfarbe würde an ihm unnatürlich aussehen, da waren sich alle anderen, vor allem die Frauen, einig. Und dunkler als schwarz konnte er seine Haare nicht färben. Das Grau seiner Augen war nicht außergewöhnlich, doch vielleicht kannten sie sein Gesicht. Darum ließ er seinen Bart wachsen. Es gab Unauffälligeres, aber er wusste sich nicht anders zu helfen. „Wie lange brauchen wir noch, bis wir in der Hafenstadt sind?"

„Ungefähr zwei Tage. Wir zusammen sind langsamer als Tarni allein. Das bedeutet, dass das hier vermutlich unser letztes Feuer sein wird. Darum brate ich nun so viel, wie es mir möglich ist, damit wir den Rest mitnehmen können." Wie um die Aussage zu unterstreichen, drehte sie den Hasen an seinem Stock.

„Und wo trennt sich der Rest unserer Gruppe?" Es wäre kaum zu verheimlichen, wenn sie zu sechst in die Hafenstadt kämen. Ein

Boot hatten sie bereits organisiert, auf der Nachbarinsel wartete zudem noch jemand auf sie. Ein alter Seemann, dem Liaz vertraute und der sie auch durch den morgendlichen Nebel sicher zum anderen Ufer bringen konnte. Er würde sie für ein oder zwei Nächte aufnehmen, ehe sie sich weiter wagten. Als Tarnung würden drei Leute hinfahren und drei andere noch am selben Tag im selben Boot wieder zurück.

Yron gefiel es nicht, sein Vertrauen und sein Glück auf jemanden zu setzen, den er nicht kannte. Aber eine andere Möglichkeit, rechtzeitig und versteckt auf die Insel zu kommen, gab es wohl nicht. Und Edo wollte den alten Herren ausspionieren, ohne, dass es Liaz oder sonst wer wusste. Alle, bis auf Edo und Yron, gingen davon aus, dass der kleine Vogel nur die Insel erkunden würde.

„Morgen. Und jetzt mach dir keine Gedanken, es wird schon schiefgehen."

„Genau darum mache ich mir ja Gedanken."

Sie verdrehte die Augen und reichte ihm die Trinkflasche. „Die solltest du noch auffüllen, ehe wir am Morgen aufbrechen." Einen Augenblick lang musterte er sie, ehe er nickte und losging.

***

Fey beobachtete, wie Yron im Wald verschwand, und wusste bereits, was als Nächstes passieren würde. Jeden Abend trat Liaz auf sie zu und auch heute ließ sie sich nicht lange bitten, übergab Faris die Verantwortung für das Fleisch und folgte ihrer Angewohnheit. Vor Fey ließ sie sich im Schneidersitz auf die Erde nieder, ein leichtes Lächeln aufgelegt, als könnte sie Fey noch hereinlegen und von einer Freundschaft überzeugen. „Wie geht es dir?", säuselte sie.

Fey verdrehte sichtlich die Augen. „Gut, nicht anders als jeden Abend, wenn du mir diese unsägliche Frage stellst." Sie hätte so gern etwas gesagt oder getan. Sie fühlte sich so hilflos, dabei war gar nichts geschehen. Manchmal fühlten die kleinsten Dinge sich für sie am schlimmsten an, wenn sie nichts machen konnte. Am Anfang hatte sie Liaz noch gefragt, wie es ihr ginge, aber mittlerweile interessierte die Antwort sie nicht einmal mehr genug, um höflich sein zu wollen.

Die andere schnalzte mit der Zunge. „Das ist gut", murmelte sie. Halb zickig, halb verlegen. Vermutlich wusste sie, wie makaber und unnötig ihre Versuche waren, und wollte doch nicht aufgeben. „Ich weiß, dass wir einiges von dir verlangen."

„Aha", machte Fey nur und versuchte, ihre klägliche Brühe zu genießen. „Danke für deine Empathie."

Liaz sog die Unterlippe zwischen die Zähne und seufzte dann schwer. „Das tut mir auch wirklich leid, aber so ist es nun mal am besten."

„Mhm."

„Jetzt sei nicht so!" Sie sprang auf die Füße, die Fäuste geballt. Ihre Wangen glänzten rot. „Ich kann nichts dafür, dass du dich gleich verliebst. Es sollte dein ureigener Wille sein, wieder die zu werden, die du vorher warst. Jeder von uns hat einen Platz auf der Welt, Fey, und deiner ist nicht dieser hier. Es ist schon unnatürlich genug, dass du einen Namen hast." Sie nickte ins Leere, wo vor kurzem noch Jeremiah gestanden hatte. „Und das hier? Nein, das ist nicht normal."

Fey war es leid, sich mit Liaz zu streiten, aber nicht, weil sie wütend war, sondern weil sie keinen Sinn darin sah. Sie rieb sich die Stirn und stellte ihre Schale fort. Der Appetit war ihr gründlich vergangen. „Es ist mir egal, was du davon hältst", wisperte sie. Als sie aufsah, hatte Liaz' Gesicht eindeutig die Färbung der Schuld. „Du kannst das hier verurteilen, wie es dir beliebt. Von mir aus musst du nicht einmal mit. Es ist mir egal." Sie wünschte, dass es ihr wirklich einerlei sei.

„Nur damit du es nicht rechtzeitig schaffst!"

Wütend warf sie die Schale fort. Das war der Punkt, der es

übertrieb. Sie konnte so tun, als interessiere es sie nicht, aber nicht auf die Art. Nicht diese Aussage. „Ich manipuliere hier gar nichts!", schrie sie und war sich aller Blicke bewusst. „Und es ist mir egal, was du jemals für Opfer gebracht hast oder noch bringen wirst. Das ist mir wirklich egal. Das hier ist mein Leben und ich will das Richtige machen. Aber du brauchst dich nicht aufplustern und umherzulaufen wie eine Prinzessin, verstanden? Du bist nichts anderes als ekelig. Es ist nicht deine Existenz, über die du jetzt gerade urteilst, und du hast kein Recht dazu. Du hältst mich für widernatürlich, du hasst mich dafür, dass es mich gibt. Weißt du was? Ich will nicht sterben, aber ich wünschte, ich wäre nie geboren worden, denn so habe ich ein Leben, das ich aufgeben kann und aufgeben muss und das mache ich für Miststücke wie dich, denn mir selber kann das gleich sein! Ich leide nicht darunter. Die einzigen Menschen, die mir etwas bedeuten, sind Jeremiah, Yron und Edo. Um Jeremiah und Edo muss ich mir keine Sorgen machen und Yron … dafür hätte ich noch Macht genug. Doch sehe ich auch das Gute in der Menschheit und kann der Sache nicht den Rücken kehren. Also halt die Klappe und lass mich in Ruhe oder ich schwöre bei den Göttern, wenn du unverschämtes Weibsbild mich noch einmal direkt ansprichst, dann reiße ich dir alle Haare aus." Und mit diesen Worten ging sie. Ihr Körper zitterte und sie fühlte die Tränen aufsteigen, wusste aber nicht, ob aus Wut oder aus Traurigkeit.

Das Lager war von hier aus nicht mehr zu sehen, aber noch zu hören. Besonders die lauten Stimmen von Liaz und Faris und sie wünschte sich, sie könnte diese Stimme für immer ausblenden. Für immer … Ihr Blick wanderte hoch zum Sternenhimmel, der sich langsam abzeichnete. Für immer war sehr kurz, obwohl sie nicht starb.

Die Tränen bemerkte sie erst, als es an ihrer Wange eisig kalt wurde, und mit einem leisen Schluchzen lehnte sie die Stirn an einen Baum, als würde er ihre Bürde nehmen können. „Nibu", hauchte sie und wünschte sich Jeremiah herbei, aber Liaz wartete, bis beide

Männer fort waren, „ich weiß nicht, ob du dieses Schicksal für mich bestimmt hast, ob es Absicht war oder nicht, aber ich flehe dich an, hilf mir." Sie suchte die Sterne ab, die so weit über ihr leuchteten. „Bitte. Schenk mir mein Leben und den Menschen die Freiheit." Ihre Beine sackten ein und sie landete auf dem kalten Boden und ergab sich ihren Tränen.

Kapitel 45

Anders als sie erwartet hätte, waren sie nicht zur Haupthafenstadt in der Gegend gewandert, sondern zu einem Dorf so klein, dass es auf den meisten Karten gar nicht markiert worden war. Tarni hatte beide ausgekundschaftet. Lhena bestand aus wenigen Häusern und kleinen verwinkelten Straßen, die am Morgen noch recht leer gewesen waren. Denn entweder waren die meisten Menschen noch im Haus oder bereits auf dem Meer, um die Fische des frühen Morgens aus dem Wasser stehlen zu können.

„Wieso trägt dieser Ort den Namen einer Frau?", wollte Fey leise wissen, als Yron sie sanft am Ellbogen nahm und zur Küste führte, als seien sie verheiratet und keine freundschaftlichen Begleiter. Fey hoffte, dass die Frage nicht weiter auffiel, als sie an einer kleinen Gruppe Männer vorbei schritten, die die scharfen Blicke auf sie gelegt hatten und im Gespräch innehielten. Sie vermuteten Wachen hier. In Zivil. Es war alles ein bitteres Spiel des Hoffens und Ratens. Vielleicht wäre die große Stadt die bessere Tarnung für sie gewesen. Aber vielleicht auch für die Wachen. Sie hofften, dass dieses kleine Dorf die bessere Möglichkeit barg, weil es auch näher an der Insel war, auf die sie zuerst übersetzen wollten.

„Wegen Lhena selbst", murmelte Yron dunkel. Für sie war es immer noch befremdlich, seinen Bart zu sehen. Seine Augen hatten damit etwas verdammt Unruhiges. „Sie war einst eine Muse. Zumindest sagen die Menschen das. Ihr Gesang war dem der Meernixen gleich. Sie brachte damit Freude und Untergang. Sie wohnte hier und immer mehr Menschen, süchtig nach ihrem Gesang, versammelten sich um sie her. Also hieß dieser Ort Lhena. Irgendwann jedoch kam es zu Todesfällen. Die Menschen flohen aus dem Ort, aus der größten Hafenstadt wurde ein vergessenes Dorf, in dem nur noch die engsten Anhänger Lhenas wohnen." Er nickte auf verschiedene kleine Holzskulpturen, die hier verteilt in den Straßen Wache hielten. „Die heilige Lhena."

„Wenn es zu Todesfällen kam … Wieso?"

Yron schüttelte den Kopf und zog sie zu sich heran. Sanft strich er ihr über die Wange und beugte dann das Haupt hinab, um ihr einen Kuss auf die Lippen zu drücken, den sie kaum spüren konnte. Ihr Herz setzte einen Schlag aus, denn es fühlte sich falsch an. Und jemand musste sie ins Auge gefasst haben. Sie nahm wahr, wie die Schritte näher kamen, stoppten und dann in eine andere Richtung weitergingen. Sie lösten sich nicht direkt voneinander, sondern hielten das Schauspiel ein wenig aufrecht, ehe Yron sich zurückbeugte und sie breit anlächelte. Es erreichte seine Augen nicht und Fey gab sich Mühe, es zu erwidern, ohne dabei falsch auszusehen. „Zu neugierig, mein Liebling", murmelte der Erbe des Dolches und strich ihr nochmals über die Wange und über das nun blonde Haar. Und Fey wusste, dass wer auch immer, sie noch immer im Blick behielt. „Für viele war die heilige Lhena ein Schutzgeist aus dem Meer und die Todesfälle hätten nichts damit zu tun. Manche glaubten sogar, ein böser Gott hätte einen Fluch auf sie gelegt." Nibu?

Fey nickte und schmiegte sich an ihn. Wie gerne würde sie jetzt mit Jeremiah durch die kleinen Gassen gehen und ihn küssen, damit sie nicht auffielen. Sie hatten sich aufgeteilt und würden sich erst beim Boot wiedersehen. Yron mochte an ihrer Seite auffälliger sein, aber sollte die Gruppe gar nicht mehr zueinanderfinden, dann wäre der Erbe der Macht wenigstens an ihrer Seite. Der Einzige, der sie befreien konnte.

„Man soll übrigens den Lebensstrom jetzt, während des Aufgangs der Sonne, am besten sehen. Vor allem, wenn man direkt auf dem Meer ist." Er nickte zum leider bewölkten Himmel. Nur hier und da kämpfte das Licht eines letzten Sterns mit der Sonne und den Wolken um seinen Platz am Firmament.

Fey nickte, während sie gleichzeitig ihre Magie heraufbeschwor und versuchte, die Menschen um sich her im Überblick zu behalten.

Sie hatte nicht viel gelernt und sie verlor immer mehr ihrer Macht. Doch die passiven Kräfte waren ihr noch erhalten geblieben. Jetzt hatte sie auch verstanden, was sie damals in den Höhlen bei Yrons Dorf gemacht hatte. Sie war mit den Menschen verbunden und sie hatte ihnen die Freiheit gegeben. Sie hatte sie wieder ganz gemacht.

Liaz hatte sich mit ihr darüber unterhalten, lang und breit, auf ihre unschöne Art, bevor es so hässlich auseinandergegangen war und die Blondine sie wenigstens wirklich in Ruhe gelassen hatte. Wenn ihr Blick auch verriet, dass das nicht so ganz freiwillig war. Aber das letzte Gespräch hatte auch eine Wirkung gehabt. Sie hatte Fey daran erinnert, wie viel Leid es auf der Welt gab, das sie beenden konnte und musste. Und sie daran erinnert, dass keiner wusste, wie es weiterging, wenn Fey ganz zu einem Menschen geworden war. Es fühlte sich nicht minder wie der Gang zum Galgen an und doch mehr wie ihre eigene Entscheidung. Außerdem hatte man ihr versichert, dass man sie im Notfall gehen lassen würde. Wenn die Hexe zu mächtig wäre und Fey keine Möglichkeit hatte, dann durfte sie gehen. Fliehen. Versuchen, dass auf diese Art alles gut werden würde.

Sie maß die wenigen Menschen um sich herum. Die kleinen Häuser, die vor Jahrhunderten mal schön gewesen sein mochten, ehe man sie aufgegeben hatte. Die Menschen brauchten eine leitende Hand. Sie mochte zwar damals auch Jeremiah gerettet haben und somit war er aus dem Schneider, doch es waren noch viele weitere da draußen, die kämpften und bald aufgaben. Die nicht besser als diese armen Häuser waren. Zuerst erlosch das Feuer innen und dann bröckelte alles auseinander.

Am liebsten hätte sie Yron gefragt, ob es das Dorf zu Zeiten von Elani gegeben hatte, ob sie quasi schon einmal zwischen diesen Häusern umhergelaufen war. Angesichts der Tatsache, dass manche Fischer auffällig lange zu ihnen starrten, biss sie allerdings lieber die Zähne zusammen und gab sich neutral. Selbst eine einfache Frage schien zu viel.

Über ihnen flog Edo gerade eine seiner Runden. Fey wusste, dass er versuchte, alle Gefahren vorher zu erkennen und alle drei Gefährten zusammenzuhalten. Als er nach links abflog, konzentrierte sich Fey automatisch auf diese Richtung und spürte die vertraute Seele des Mannes, den sie liebte. Er schien noch ruhig, wenn auch angespannt zu sein. Innerlich atmete sie auf. „Wo müssen wir jetzt hin?"

„Da vorne ist gleich das Wasser. Dann zeige ich dir den Lebensstrom. Von diesem Dorf aus sieht man ihn wirklich am besten." Er sah zum Himmel auf. „Ich wünschte nur, es wäre weniger bewölkt."

„Nun ja", säuselte sie, „vielleicht kommen wir auf dem Rückweg nochmals zu diesem Dorf? Oder wir bleiben auf der Insel bis heute Abend." Sie nahm bereits das Wasser wahr. Die Wellen schlugen auf den grauen Sandstrand, der von scharfen Klippen eingerahmt war. Außer die Ortschaften gab es keine Möglichkeit, auf das Meer hinauszufahren. Sie wären nicht zum Wasser hinab gekommen. Und selbst wenn, dann besaßen die Fluten an dieser Küste viele gefährliche Strömungen und Felsen, die teilweise nicht einmal aus dem Wasser hinausragten und somit eine unsichtbare Gefahr bargen.

Der sichere Weg zur Insel war mit Pfählen markiert worden. Und ansonsten wagten sich nur die Fischer hinaus, die dieses Gebiet besser kannten als ihre eigene Wohnstube.

In der Ferne, gerade noch im Licht wahrzunehmen, konnte Fey ein Segel von einem riesigen Schiff ausmachen, das sicherlich nicht in Lhena, sondern in Leika anlegen würde. Die große Hafenstadt, zu der sie eigentlich hatten wandern wollen.

Das kleine Boot, das Tarni erworben hatte, lag ein wenig versteckt in der Bucht. Fey atmete erleichtert auf, als sie dort allmählich aus der direkten Sicht der Leute verschwanden. Sie rieb sich über die Stirn. Obwohl eigentlich nichts passiert war, fiel ihr auf, wie angespannt sie gewesen war.

„Wo bleibt Jeremiah?"

„Er kommt gleich, ich spüre seine Anwesenheit", murmelte Fey leise und blickte gespannt zu einem kleinen Pfad, der aus dem Dorf herausführte und ihn zu ihnen bringen würde. Über den Felsen, die den Weg einrahmten, konnte sie Edo ausmachen, der einen weiteren Kreis flog und dann Richtung Meer abdrehte. Mit wenigen Flügelschlägen ließ er den Boden unter sich zurück und wurde zu einem kleinen Punkt am Himmel.

Fey beobachtete ihn nur kurz, als ihr Blick sich auf Jeremiah legte. Er hatte ein dunkles Hemd und dunkle Hosen an und sah einfach gut aus, wie er dort durch den knirschenden Kiessand ging.

Am liebsten wäre sie auf ihn zugerannt, aber es bedurfte nicht einmal Yrons mahnender Hand an ihrem Arm, damit sie nicht so dumm wäre. Und gleichsam war ihr bewusst, dass sie für jeden verdächtig wirkte, wie sie hier mit den beiden Männern stand.

Mit seinen langen Beinen dauerte es nicht lang, bis Jeremiah zu ihnen aufgeschlossen hatte. Er rieb sich die dunklen Locken aus dem hübschen Gesicht, lächelte allerdings nicht. „Wir sollten uns beeilen, ich wurde von allen angestarrt."

„Wir auch", stimmte Yron zu.

Fey unterdrückte ein Seufzen. „Wird es dann nicht auffallen, wenn andere Leute in dem Boot wieder zurückkommen?"

Yron nickte. „Vermutlich. Wenn sie uns so genau angesehen haben. Aber eine andere Wahl haben wir nicht, es gibt für Gäste nichts zum Übernachten auf der Insel und wir können nicht direkt weiterfahren."

„Also muss uns das Glück hold sein", warf Jeremiah sarkastisch ein und fing an, das Boot ins Wasser zu schieben. „Wie immer."

„Es ist zu spät, um sich über solche Gedanken Sorgen zu machen." Yron half ihm, sodass das Boot schnell die ersten Wellen spürte. „In der großen Stadt wären wir auch aufgefallen und viele Gäste besuchen die Insel."

„Ja, aber weniger davon kommen über Lhena dorthin."

„Und doch gibt es sie. Die, die sich von den Karten nicht irren lassen und den Lebensstrom sehen wollen." Er nickte auf eine kleine Gruppe Menschen. „Sieht so aus, als sei uns das Glück oder

Schicksal hold. Heute scheint ein beliebter Tag zu sein. Alles basiert nur darauf, dass das Schicksal es gut mit uns meint. Das mag ich selbst nicht. Die Hexe hat alle Trümpfe in der Hand. Männer, Macht, Zeit. Und diese verdammte Insel!"

Jeremiah reichte ihr die Hand, damit sie ins Boot einsteigen konnte, aber Yron schüttelte unauffällig den Kopf und übernahm das. Sein Bruder sah traurig drein, akzeptierte es jedoch und Fey stieg in die schwankende Barke, die ihr beinahe das Gleichgewicht geraubt hätte. Dann kletterte ihr Freund neben sie und Yron schob das Boot weiter ins Wasser und folgte ihnen. Die beiden Männer nahmen die Paddel auf und begannen, zu rudern.

Man hatte Fey alles Mögliche über das Meer erzählt. Dass ihr ganz schnell schlecht werden konnte, weil ihr Körper nicht mit dem Geschaukel klarkam. Dass es salzig roch und in den Augen brennen konnte und der Wind eisig war und eine ekelhafte Schicht auf der Haut hinterlassen konnte.

Aber sie fand es einfach nur atemberaubend schön. Vielleicht lag es an Elani, doch Fey fühlte sich, kaum, dass sie wirklich auf dem Meer waren, heimisch. Die Wellen brachen sich mit einem vertrauten Geräusch am Bug des Schiffes. Die Möwen schossen ins Wasser, dass dieses perlend aufspritzte. Kurz darauf erhoben sie sich wieder in die Lüfte.

Der Wind brachte den eigentümlichen Geruch des Meeres mit sich, er legte einen salzigen Geschmack auf ihre Zunge. Und dann brach die Wolkendecke endlich über ihnen auf und verschlug Fey den Atem.

Der Himmel hatte ein Graugelb angenommen. Die Sonne brannte bereits auf sie nieder und ließ die Wellen aufleuchten. Die Sterne waren verschwunden, hatten kapituliert. Am gemischten Himmel nahm sie schwach noch eine Linie wahr, die glitzernd wie das Meer und die Sterne in einem aussah. Die sich spaltete und wieder zusammenfand. Wie ein verästelter Fluss, der sich über die Kuppe des Himmels zog. Wirklich, so klar hatte sie den Lebensstrom der

Götter noch nie mit eigenen Augen gesehen. Vielleicht taten die Menschen wirklich gut daran, Lhena anzubeten. Zumindest verstand Fey ihren Glauben. Der Lebensfluss, die Grenze zwischen Leben und Tod, schien ihre Quelle genau im Dorf zu haben. All die Seelen, die nicht mehr im Wind wanderten, sondern bereit für den nächsten Schritt waren, schienen das Dorf zu nutzen, um von dort aus in den Lebensfluss zu gelangen. Wo sich ihre Seelen mit denen aller anderen vermischten, um als neues Wesen neu geboren zu werden.

„Götter", hauchte sie ehrfürchtig und verfolgte die Linie mit den Augen. Der Strom bewegte sich, schien wirklich einen Fluss zu haben. So viele Seelen, in ihrer Macht vereint.

„Es heißt, dass Sternschnuppen Seelen mit besonders viel Kraft sind, die geboren werden", wisperte Jeremiah neben ihr und ergriff ihre Hand. Auch er wirkte gerührt. „Dort sind sie alle. Oder sie werden dort alle einmal sein. Auch wir."

„Auch ihr." Sie nicht. Ihr Blick ruhte auf Yron, der einen Moment verblüfft nach oben starrte. Und dann den Kopf senkte und weitermachte. Seine Gesichtszüge hatten einen so gequälten Ausdruck angenommen, dass seine Wangen hohl wirkten.

„Wieso sieht man ihn von woanders nicht so mächtig?"

„Das wird wohl immer das Geheimnis der Götter bleiben", antwortete Jeremiah, ohne von dem Lebensfluss aufzublicken. „Aber nicht alles braucht eine Erklärung. Manchmal sind die Dinge nun mal, wie sie sind."

Auch Fey sah erneut zu dem silbernen Band. Und auf einmal spürte sie Tränen in den Augen, wenn sie an das dachte, was dort oben lag. So viele Seelen, ineinander vereint. So viele Talente und Wissen, Erinnerungen und Persönlichkeiten hatten sich miteinander verschmolzen und verloren ihren eigenen Charakter. Sie stellte sich Tänzer vor, die zu der sinnlichen Musik einer unglaublichen Sängerin tanzten. Sie musste an Ärzte denken, die Jahre ihres Lebens studiert hatten und sich Krankheiten aussetzten, um anderen zu helfen.

Vereinigt mit Menschen, die anderen gerne wehtaten und sie ausraubten. Die Seelen von Kindern und die Seelen von alten Menschen. Was sie alle gesehen und gehört haben mussten.

Es fröstelte sie und eine Gänsehaut schlich sich über ihre Arme und Beine. Sie wandte den Blick ab und starrte auf das Meer hinaus. Wenn sie starben, dann würden auch Jeremiah und Yron zu eins werden. Genauso wie sie mit Liaz und der Königin zu einer Einheit würden.

Das Boot ließ sich nach links fallen, als eine größere Welle sie steuerbords traf und die Gischt über den Rand spritzte. Jeremiah gab ein Brummen von sich und schüttelte den Kopf. „Ich bin wahrlich kein Freund des Meeres."

„Ich liebe es", lächelte Fey. „Es ist Kunst und Musik in einem."

„Und es stinkt und birgt Gefahren."

„Alles birgt Gefahren und alles stinkt, wenn du es nicht pflegst", verdrehte Fey die Augen und ließ eine Hand in das Wasser gleiten. Es war kalt und schäumend. Sie seufzte angetan. Mit Bedauern stellte sie fest, dass sie bereits fast an der Insel angelangt waren. Auf dem Meer war es ihr leicht gefallen, alle Sorgen zu verdrängen und nicht mehr an den Grund ihrer Reise zu denken. Nun, da das Ufer näher kam, war die Angst zurück.

Auch Jeremiah schien es zu bemerken, denn seine Gesichtszüge wurden langsam hölzerner.

Kapitel 46

Das Ufer war nicht mehr als ein flacher Kiesstrand, der nach wenigen Metern erst in eine karge Wiese und dann in Bäume überging, die trotz der Jahreszeit noch Blätter trugen. Der Wind war steif und frisch und vielleicht verloren die Bäume ihre Blätter nie. Dafür waren sie knorrig und schief gewachsen.

Fey konnte nicht anders, sie musste eine Hand an die Rinde legen. Sie fühlte sich rau an und ließ in ihr das Bild eines Kriegers auftauchen. Wer hier wachsen und gedeihen wollte, musste wohl von der härteren Sorte stammen. Sie lächelte. Wie alt diese Bäume wohl schon waren? Egal wie viele prächtige Wälder sie am Festland durchstreift hatte, diese Bäume hier waren etwas ganz Besonderes. Ihnen lag eine ganz spezielle Kraft inne.

Und zwischen ihnen hatte es kaum etwas geschafft, zu wachsen und zu überleben. Dafür war der ganze Boden mit einem merkwürdigen, sehr weichen Moos überwuchert, das jeden Laut zu schlucken schien. Darum hießen diese Inseln auch stille Inseln.

Die Sonne suchte sich strahlend und mühselig den Weg zwischen den Stämmen hindurch und ließ alles damit wie einen magischen Feenwald aussehen.

Sie folgten einem kleinen Trampelweg, bis sie in einem kleinen Dorf an der äußeren westlichen Spitze der Insel angelangt waren. Wenn man es denn als Dorf bezeichnen mochte, denn es waren rund zehn Hütten, die um einen kleinen Platz mit Brunnen versammelt waren. Sie fielen trotz ihrer weiß verputzten Wände kaum auf. Ihre Reetdächer schmiegten sich perfekt in die Landschaft und ragten fast bis zum Boden, was den kleinen Häusern ein urtümliches Aussehen verlieh.

Die Grundstücke waren locker mit einfachen Zäunen aus Ästen abgetrennt und wild bewachsen.

Fey hielt inne. Vor ihrem inneren Auge lag plötzlich dasselbe Bild. Wobei … Nein. Ein paar Unterschiede gab es doch. Sie stand ungefähr an derselben Stelle, aber auf dem Marktplatz waren mehrere Leute in bunter Kleidung, die miteinander tanzten. Im Hintergrund fuhr gerade ein kleines Segelboot entlang, das Segel im Wind gebauscht.

Sie blinzelte. Das Bild der Vergangenheit verschwand und ließ sie wieder in die Gegenwart eintauchen. Yron war bereits vorgegangen, doch Jeremiah musterte sie besorgt, den Mund bereits zur Frage geöffnet. Fey mühte sich, seinen Worten zuvorzukommen. „Alles in Ordnung."

„Du zitterst."

„Elani ist oft hier gewesen, das ist alles." Sie maß nochmals die Häuser um sich her. „Das war, glaube ich, ihr kleines Paradies."

„Wirklich?" Auch er besah sich die Häuser nun genauer. „Hier? Sie war eine Prinzessin."

„Und sie wuchs auf der Nachbarinsel auf. Ich habe das Gefühl, sie hatte das wilde Herz des Meeres. Zumindest fühlt sich das richtig an." Fey hob für einen Moment den Blick zum Himmel. Er war so grau, dass er kaum ausmachbar schien. „Ist es nicht traurig? Von ihrer Schwester verraten und daran gehindert, zu leben oder wenigstens richtig zu sterben. Was bringt einen Menschen zu so etwas?"

„Gier und Hass? Ich weiß nicht, wie Dilara früher war, wie weit sie diesen Kern schon immer besessen hat." Er strich ihr über die Wange. „Ich weiß nicht, was der genaue Auslöser dafür war. Aber sie hat dieser Seite nachgegeben. Sie hat den Bund der Geschwister gebrochen und Elani zu einem schrecklichen Schicksal verurteilt. Genauso wie dich. Und wie ihr Volk." Seine Hände umfassten sanft ihr Gesicht, seine Augen bannten ihre. Feys Herz machte einen Satz. „Und uns beide", hauchte er leise.

Sie schluckte. „Ich wünschte, ich hätte auch so einen Kern, denn dann könnte ich meine Bestimmung ignorieren."

Er nickte leicht. „Ich weiß, was du meinst." Sein Daumen

liebkoste sanft ihre Unterlippe. „Aber wir sind nicht Dilara, da gibt es nichts dran zu rütteln." Er beugte sich langsam näher, verharrte jedoch direkt vor ihrem Mund. „Man sagt, dass wir unseren Partner auswählen, weil er nach dem Lebensstrom einen großen Teil unseres eigenen Selbst in sich trägt."

„Dann liebst du Elani und nicht mich."

Er schüttelte den Kopf. „Es gibt Elani nicht mehr. Es gibt jetzt Fey. Und an Fey liebe ich jeden Aspekt."

Sie gab ein leises Schnauben von sich. „Bis auf mein Schicksal." Als er traurig das Gesicht verzog, legte sie sanft die Hände auf seine eigenen, die nach wie vor ihr Gesicht umschlossen hielten, als sei es ein kleiner verletzter Vogel. „Lass uns diese Brücke schlagen. Ich will nicht gehen, ohne richtig mit dir zusammen gewesen zu sein."

„Fey ..."

„Der Abschied bringt uns so oder so beiden viel Schmerz. Und dennoch. Lass mich Mensch sein, so weit es geht. Nur für diesen Tag und vielleicht den Nächsten." Als er nichts sagte, beugte sie sich vor und nahm seinen Mund mit dem eigenen gefangen. Die Tränen waren unvermittelt wieder da, doch sie kämpfte sie tapfer nieder und schloss stattdessen die Augen. Zwang sich, die Zeit, die ihnen unter den Nägeln brannte, zu vergessen. „Bitte", wisperte sie nur, als sie sich voneinander lösten.

Jeremiah nickte.

Nur im Augenwinkel nahm Fey Yrons Blick wahr. Er beobachtete sie kurz. Dann schüttelte er den Kopf und wandte sich von der Szene ab und endlich waren sie beide allein. Fey umfasste Jeremiahs Hände und führte sie zu ihrem Herzen. Sie lächelte leicht. „Das ist noch nicht die Zeit, um traurig zu sein. Sondern um fröhlich zu sein."

„Und trotzdem ..."

„Wenn wir jetzt nicht glücklich sind, wird sich unsere Trauer gar nicht lohnen", neckte sie ihn leise und küsste ihn direkt wieder.

***

Yron wandte sich aus zwei Gründen von seinen Freunden ab. Zum einen aus Respekt, denn das war ihr Moment. Der Einzige, den sie vermutlich haben würden. Sie sollten ihn genießen, wenn sie diesen Weg einschlagen wollten. Zum anderen konnte er es sich nicht mitansehen. Was Fey betraf, waren sie sich nicht sicher, wie sie mit ihrem Schicksal umgehen würde, wenn sie frei war. Aber Jeremiah würde ein kleines Stückchen mehr daran zerbrechen, da war sich Yron sicher. Nur war es so oder so geschehen, dass sie sich verliebt hatten.

Er konnte nichts machen, als ihnen ihren Tag zu schenken. Also würde er sich lieber um andere Dinge kümmern. Edo hatte ihm versichert, dass der alte Fischer vertrauensvoll wirkte. So wie die ganze Siedlung. Ausschließen konnte man einen Verrat nur sehr selten, doch dann hätten sie sich auch nicht auf Liaz verlassen dürfen und da war es nun auch bereits zu spät.

Jetzt, so kurz vor ihrem Ziel, wurde er ruhiger. Es war wie bei einem Kampf. Wenn er vor einem lag, machte man sich Sorgen und Gedanken. Aber wenn der Feind einem direkt gegenüberstand, dann hatte man keine Zeit für so etwas. Dann übernahm der Instinkt und man handelte einfach.

Yron hatte den Fischer bereits ausgemacht, der ihm beschrieben worden war. Ein alter Mann mit Falten und nur wenig weißem Haar. Dafür stand er noch aufrecht und hatte das freundlichste Lächeln, das Yron jemals gesehen hatte. Und er schien den Neuankömmling von selbst zu erkennen, denn relativ flotten Schrittes war er auf ihn zugetreten, nahm Yrons Hand in die eigene von Gicht Gezeichnete und schüttelte sie. „Willkommen, junger Freund."

„Danke."

Kurz schwiegen sie sich an. Yron wusste nicht recht, was er sagen sollte. Liaz hatte sich um alles gekümmert und ihn gar nicht groß daran gelassen. Sie hatte mit dem Fischer Kontakt aufgenommen und ihm die Situation erklärt und Edo hatte dem Boten gelauscht, der die Nachrichten überbracht hatte.

„Ihr habt sie also hergebracht." Der Mann nickte zu seiner eigenen Aussage und führte Yron, eine Hand freundschaftlich auf seinen Rücken gelegt, zu seiner Hütte. Sie war klein, aber gemütlich. „Und morgen soll ich euch zur anderen Insel bringen?"

„Das ist korrekt."

„Wird Zeit, dass hier mal wieder etwas passiert. Wenn ich auch hoffe, dass wir auf Wachen verzichten können." Sein Gesicht nahm einen träumerischen Zug an. „Früher, da war ich gerne gegen das Gesetz, weißt du? Ich war Pirat. O nein, sieh mich nicht so an. Ich habe keine Unschuldigen abgeschlachtet oder so. Ich bin nur dem Gesetz gerne auf die Füße getreten."

„Was hat sich geändert?"

Der Mann gab ein Lachen von sich, das klang, als würde er bald ersticken. „Ich habe meine Liebe gefunden und Kinder sind im Haus. Das ändert schon etwas. Wenn man nicht mehr nur für sich selbst verantwortlich ist." Er hantierte mit einer Pfeife herum und obwohl seine Hände deformiert wirkten, hatte er sie rasch und geübt gestopft und sie sich an die Lippen gelegt. Bald darauf verbreitete der Geruch nach Tabak sich in der Hütte. Er gab ein begeistertes Brummen von sich. „Manche Gewohnheiten sterben nicht."

Yron nickte.

„Und du bist also der Erbe der Macht?"

„Woher ...?" Das hatte Edo nicht gehört.

Wieder dieses hustende Lachen. „Jungchen, ich mag für dich alt aussehen, aber für mein wahres Alter habe ich mich noch gut gehalten." Er zwinkerte ihm zu. „Und du bist damit nicht der Erste von euch Dolchrotznasen, der hier auftaucht oder mir unter den Augen lang läuft. Also, die Hexe wird besiegt und du steigst auf den Thron?" Als Yron keine Antwort gab, schüttelte der Alte den Kopf, dass die Schmuckstücke in seinem Ohr ein leises Klimpern von sich gaben. „Ist auch einerlei", meinte er dann. „Für mich ist die große Zeit der Politik schon lange vorbei." Mit einem Ächzen erhob er sich. „Aber für meine Kinder gibt es noch allerlei Hoffnung."

„Wo sind sie?"

„Oh, sie packen. Sie werden nicht mehr hierher zurückkommen. Nicht in den nächsten Monaten jedenfalls. Das habe ich ihnen verboten. Denn wenn die Hexe uns erwischt, dann müssen sie sicher sein." Er grinste leicht. „Sie verstehen das. Sie sind wie ich. Wir haben unseren Frieden miteinander gemacht und sie werden verschwinden. Die Welt erkunden. Das wird ihnen guttun."

„Ich möchte nicht …"

Der Alte unterbrach ihn. „Es zählt nicht, was du willst, sondern was das Beste ist. Und das Beste ist es, mir meinen Willen zu geben. Ich habe meinen Frieden mit meinen Kindern gemacht. Ich habe die Welt erkundet. Ich habe so viel gesehen und gehört, wie es sich kaum jemand vorstellen kann. Ich habe nichts zu verlieren."

„Und Euer Leben?"

„War sehr lang, sehr erfüllt und neigt sich nun dem Ende zu." Er spielte mit einem Messer und ließ es dann auf den Tisch gleiten. „Ich will mein Leben nicht sabbernd in einer Hütte zu Ende bringen. Ich will dieses Miststück ein letztes Mal noch ärgern." Er lachte auf diese raue Art und grinste dann schief. „O ja, das würde mir gefallen."

„Wie ist euer Name?"

„Rion", lächelte er stolz. „Der junge König, sagen meine Leute." Er rieb sich das lichte Haar aus der Stirn und erneut klimperten seine Ohrringe wie ein Windspiel.

„Wieso wollt Ihr Euer Leben wegwerfen, Rion?"

Er schüttelte den Kopf. „Das Richtige zu tun, ist keine Verschwendung. Ich habe getan, was ich liebe, mit jedem Atemzug. Ich war Pirat und habe mich dem Meer verschrieben. Dann habe ich geliebt und ein Haus gebaut. Wir haben Kinder adoptiert und waren glücklich. Hier auf unserer Insel, da hat die Welt uns so ziemlich vergessen. Wir liegen direkt vor der Küste und sind doch wie ein eigenes Königreich. Ich bin der Dorfvorsteher, weißt du? Es ist Zeit. Es war zu viel Gutes und zu viel Schlechtes im Leben." Er lächelte immer noch. „Ich vermisse eine Person zu sehr."

„Wen?"

„Meine Liebe. Wir gehören zusammen. Ich kann ihn nicht ewig warten lassen."

„Ihn?"

Ein donnerndes Lachen erklang und endete in einem Husten. „Ja, ein anderer Mann. Das hat nichts mit meinem Wahn nach Rebellion zu tun, aus Trotz zu lieben, ist keine Liebe. Manchmal ist die zweite Hälfte eben für einen Mann nicht eine Frau, sondern ein anderer Mann."

Yron nickte dazu. Wer war er, zu verurteilen? Wenn jemand damit glücklich sein konnte, dann sollte sich keine Macht der Welt dagegen stellen. Denn jeder Mensch hatte das Recht auf sein Glück, solange er damit niemandem wehtat. Jeder, der sich dagegen stellte, war kein bisschen besser als die Hexe, denn jeder, der das nicht wollte, wurde auch nicht gezwungen, so zu empfinden.

„Er starb", fügte Rion leise an seinen Satz von eben an, ohne wirklich auf Yron zu achten. „Er starb und ließ mich allein. Es wird Zeit, dass wir wieder zusammenfinden."

Kapitel 47

Am Abend war die Insel vor der Haustür in dichten Nebel gehüllt und das Weiß schien auch die niedrigen kleinen Fenster der Hütte hinaufzuwachsen und sie erobern zu wollen, doch das Feuer und die Kerzen im Innenraum hielten die Dunstschwaden draußen, genauso wie die Finsternis und die Kälte.

Yron fröstelte es dennoch bei der bloßen Vorstellung, was ihn da draußen erwartete. Die Hexe, der Nebel und ein Ende für das Glück, das über ihm gerade zusammengefunden hatte. Für zwei Herzen, die für einander schlugen. Bald wäre da nur ein Herz, das wieder einsam schlug. Er kam sich selbst vor wie der größte Tyrann, dabei waren doch auch ihm die Hände gebunden. Wie kam es, dass man das Richtige tat und sich dennoch wie ein Verbrecher fühlte? War das eine Prüfung der Götter?

Rion hatte sich bereiterklärt, für sie alle etwas Warmes zu Essen zu bereiten, auch wenn sie beide annahmen, dass Jeremiah und Fey sich nicht weiter dafür interessieren würden. Und auch Yrons Magen fühlte sich nicht an, als würde er sich über Bratkartoffeln mit Fisch freuen.

Er seufzte und um sich abzulenken, schlenderte er fort vom Fenster und der Welt dort draußen und erkundete das Haus. Obwohl Rion seine Zustimmung, ja sogar den Anstoß dazu gegeben hatte, wirkte Yron auch bei dieser Sache vor sich selbst wie ein schlechter Mensch.

Seine Augen glitten über weiße Wände, alte Balken, Kerzen und Gemälde, Tant, der an der Wand hing und in den Regalen Staub ansetzte, obwohl jemand anscheinend den leidenschaftlichen Kampf dagegen aufgenommen hatte.

Am Kamin blieb er schlussendlich stehen. Das Feuer warf knisternd seine Schatten über kleine Statuetten und Porzellantassen, die auf dem Sims thronten. Und auf ein Gemälde, etwas daneben, weit genug vor der Hitze in Sicherheit gebracht und trotzdem nahe genug, damit Yron die Farben und Linien erkennen konnte. Schluckend bemerkte er seine erhobene Hand erst, als sie beinahe die hübschen Gesichtszüge eines blonden Mannes berührte, die lächelnd neben einem deutlich jüngeren Gesicht von Rion gemalt worden waren.

Wer auch immer dieses Gemälde angefertigt hatte, hatte sein Handwerk gut beherrscht. Die blauen Augen des Blonden strahlten Yron lebendig entgegen. Die Lippen waren wohlgeformte Linien, die blonden Haare kräuselten sich um Segelohren und im Zentrum dieses attraktiven Gesichts war eine leicht krumme Nase, die dem Mann ein sympathisches Aussehen verlieh.

Die schlanken Arme hatte er besitzergreifend und voller Liebe, voller Schalk, um Rion geschlungen, der ein Stückchen größer und breiter war.

„Du musst nicht weinen." Rion wirkte, als hätte er bereits Stunden im Türrahmen gestanden und Yron beobachtet. „Streich sie fort."

Yron tat wie ihm geheißen und wunderte sich über die heißen Tränen. „Das ist er." Es war keine Frage, nur eine Feststellung. Doch als Rion nickte, langsam, zaghaft, den Blick auf alles, nur nicht auf das Bild oder auf seinen Gast gelegt, fühlte es sich dennoch an, als würde ein Stein in seinem Magen landen. „Ihr habt euch sehr geliebt."

„Es war mehr als Liebe", murmelte Rion und kam jetzt doch näher. Seine hagere Gestalt, gebeugt, vom Alter mitgezogen, hatte nicht mehr viel mit den Muskeln auf dem Bild gemein. Bisher war Yron es so vorgekommen, als sei sein Gastgeber ungewöhnlich jugendhaft für sein Alter. Doch jetzt erkannte er ein Alter, das nichts mit den Jahren zu tun hatte, und erneut schossen ihm die Tränen in die Augen. „Es war so viel mehr als das", wiederholte Rion und blieb vor dem Gemälde stehen. Ein scheuer Blick, in dem all die aufgewühlten Gefühle lagen. „Wo seine Seele endete, fing meine an." Die Oberlippe des alten Mannes zitterte und schlussendlich wandte er sich ab. „Komm mit."

Yron fragte nicht, er gehorchte nur, auch wenn so viele Worte in seine Gedanken herumspukten.

„Das ist der Grund, wieso ich so weit bin", murmelte Rion und führte ihn zu einer Hintertür. „Ich bin bereit, zu gehen. Unsere Kinder werden sich an mich erinnern, aber ich bin bereit, zu ihm zu gehen. Er wartet auf mich, das weiß ich. Er wird nicht einfach ohne mich in den Lebensstrom gehen."

Es gab gefühlt in jeder Region des Landes einen eigenen Glauben zu dem Lebensstrom. In den Hauptansichten, das, was in den Gotteshäusern gelehrt wurde, waren sich die meisten überein. Aber kleine Unstimmigkeiten gab es immer wieder. Yron wurde im Glauben erzogen, dass er nach seinem Tod im Wind wandeln und sich dann, wenn er bereit war, sich von seinem Leben und seinen Verwandten zu verabschieden, im Lebensstrom auflöste und mit allen anderen verschmolz. Rion glaubte auch daran, da war Yron sich sicher, aber er schien zu dem Volk zu gehören, das gleichsam annahm, zwei gleiche Herzen würden sich auch im Lebensstrom und danach nicht verlieren.

„Das Leben hat doch immer noch etwas zu bieten", setzte er lahm an, verlor sich dann jedoch, rang nach Worten, die nicht nur leer wären. Wie sollte er welche finden? Wie konnte man einem alten Mann wie Rion, einem Wesen, älter als ein Mensch, denn erklären, dass man dessen Tod nicht akzeptieren wollte? Einen Menschen, dessen Herz sich anscheinend nicht nach der Freiheit sehnte, sondern nach einem anderen Herzen. Nach einer Person, die bereits verstarb? Trotzdem. „Du musst nicht sterben."

„Ich weiß, dass ich das nicht muss, Junge." Rion zog die Tür auf und der Nebel wollte sogleich eindringen. Seine zarten Enden griffen nach Yrons Beinen. Kühle legte sich auf seine Haut. „Er wartet auf mich."

„Würde er nicht auch länger warten?"

Rion zuckte mit den Schultern. „Er würde bis in alle Ewigkeiten warten und ich auf ihn. Darum geht es nicht. Ich habe diesen Weg erwählt und sollte er mir nicht ein allzu deutliches Zeichen senden, dann sind wir bald wieder zusammen." Die Dunkelheit verschluckte Rion, als er gerade einmal wenige Schritte nach draußen genommen hatte. Nicht mehr als ein Schemen war noch auszumachen und Yron beeilte sich, dem Mann zu folgen. In seiner Hast hätte er es beinahe versäumt, die Tür ins Schloss zu ziehen.

Das Meer begrüßte ihn direkt auf seine Arten. Durch die Nebelschleier war ein fernes Rauschen zu vernehmen, obwohl das Meer doch so nahe war. Und auch konnte man das Salz in der Luft riechen. Der Garten war kaum zu erkennen, doch hier und da schälte sich ein knorriger Umriss aus dem dichten Nebelwerk und neben den Bäumen konnte Yron irgendwann die Umrisse eines kleinen Schuppens ausmachen, in dem er nur gebückt hätte gehen können.

Rion achtete kaum darauf, dass sein Gast ihm folgen konnte. Er war wie gebannt und nur ab und an stockten seine schweren Schritte auf dem schlangenförmigen Steinpfad, der sie durch hohes Gras, dichtes Moos und Büsche führte.

„Gewöhnt man sich jemals an diesen Nebel?"

Rion lachte kratzig. „Selbstredend. Menschen gewöhnen sich an alles, egal ob es gut oder schlecht ist, dass sie gleichgültig werden. Schlag einen Menschen, immer wieder, brich seinen Willen und er wird sich daran gewöhnen. Rühme ein Kind bei jeder kleinen Tätigkeit und es wird bockig werden, wenn du es nicht mehr lobst, weil es sein Essen gegessen hat." Der Mann bückte sich unter etwas, das Yron bei der schlechten Sicht als Trauerweide ausmachte. Die langen Äste hingen tief zu Boden. „Das merkst du vor allem dann, wenn du nicht nur lange lebst, sondern auch viele Orte bereist. Allein das Essen. Was für dich unmöglich zu schlucken sein mag, ist für andere eine Delikatesse. Und ist das in dem Fall nicht gut so? Ansonsten bräuchten wir nicht reisen und wenn wir nicht reisen, wie sollen wir dann jemals uns selbst entdecken?"

„Das verstehe ich nicht. Glaube ich."

Rion lachte erneut. „In uns allen steckt mehr, als wir immer glauben. Nur weil dein Vater gerne liest, heißt es nicht, dass du es auch lieben musst. Sicher, du wirst es eher mögen, wenn du es durch ihn gewohnt bist. Aber wenn nicht, ist es auch nicht schlimm. Du bist nur du selbst und nicht dein Vater und was du liebst und was nicht, das findest du nur heraus, indem du es testest. Je mehr du testest, desto mehr erfährst du über dich, lernst du über dich."

Yron hätte sich noch so gerne viele Jahre mit diesem Mann unterhalten. Die Bürde des Throns auf seinen Schultern, wünschte er sich umso mehr, er hätte selbst diese Erfahrung und auch einen Berater wie Rion an seiner Seite. „Und wie findet man sich in diesem Garten bei diesem Nebel zurecht?"

„Tricks. Niemand kann alles wissen, man muss nur wissen, worauf man zu achten hat. Diese Steine, auf denen du läufst, sie sind schon sehr lange hier. Als wir damals das Haus gebaut haben, haben wir sie verlegt. Und wir haben sie in ihren Formen angelegt." Er wies auf ein besonders rundes Exemplar. „Stolper nicht, das ist uns am Anfang oft passiert. Dieser Bursche da, der sagt mir, dass es gleich die Abzweigung zum Schuppen rechts gibt."

Doch sie gingen weiter geradeaus. Es waren nicht mehr viele Schritte, bis der Weg ein winziges Stückchen anstieg und Yron beinahe zu Fall brachte, und als sie wohl am Ziel angelangt waren, blieb Rion einfach stehen und senkte den Kopf, die Arme vor sich verschränkt. Yron wollte fragen, was sie hier machen wollten, als er ganz um den anderen Mann herum getreten war und sein Augenmerk auf einen winzigen, viereckigen Hügel fiel. Ein mächtiger Stein war am anderen Kopfende platziert und als Yron vorsichtig näher trat, meinte er, Buchstaben auszumachen.

Rion hinter ihm ließ sich zu Boden gleiten und strich liebevoll über etwas auf dem Grab, dann hob er den Kopf und musterte den Namen, den keiner lesen konnte. Für ihn mussten die Buchstaben auch in der finstersten Nacht zu sehen sein. „Mian." Yron dachte kurz, er hätte sich verhört, so leise war dieses Wort. Doch dann sprach Rion weiter: „Ich sagte dir, ich käme nicht mehr zu diesem Ort, weil wir uns bald wiedersehen. Aber ich habe jemanden mitgebracht. Jemand, der dir gefallen würde. Der Erbe der Macht und er braucht meine Hilfe und deine auch. Er braucht die Hilfe von Freunden." Yron versuchte, wegzuhören, und kam sich mehr als falsch am Platz vor, gleich, ob es sein Gastgeber selbst gewesen war, der ihn hierher geführt hatte. „Er heißt Yron. Er ist nett, aber ihm fehlt es an Erfahrung. Er ist der nächste König."

Eine Brise kam auf und spielte mit Yrons Haar, dem eiskalt wurde. Vor allem, als der Nebel am Grabstein gelichtet wurde und er im fahlen Mondlicht nun den Schriftzug erkennen konnte, den jemand, vermutlich Rion selbst, dort hinterlassen hatte. *Mit der Liebe kommt die Kraft und mit der Kraft kommt das Leben. Für immer mit dir möchte ich diese Kraft teilen. - Mian.* „Das sagte er oft zu mir", kommentierte der alte Mann. „Das war sein Schwur am Tag unserer Eheschließung."

Yron nickte mit trockener Kehle und wusste dazu nichts zu sagen. Es gab so viel auf dieser Welt, das er nicht verstand und noch nicht wusste. Er hatte sich immer für unerfahren gehalten, doch in diesem Vergleich kam es ihm geradezu töricht vor, dass gerade er den Thron besteigen sollte. „Ich kann das alles nicht", wisperte er. „Ich kann kein ganzes Land führen."

Rion seufzte. „Siehst du, Mian?" Dann versuchte er, Yrons Blick in seinem zu bannen. Dank des Mondlichts, das nur sie beschien, waren sie mehr für einander als fahle Gestalten. „Es wird dein Mut kommen und es wird jemand kommen, der dich leiten wird, Junge." Und mit einer erneuten Brise schob sich erneut etwas vor den Mond und tauchte sie wieder in das milchige Weiß des Küstennebels.

Kapitel 48

Obwohl es draußen vor dem Fenster noch recht dunkel war, war Fey sich sicher, dass Jeremiah neben ihr wach war. Ihr war nicht einmal klar, woher das Gefühl stammte, aber sie wusste gleichsam, dass es daran nichts zu rütteln gab. Er war wach und als sie ihm sanft über die Wange strich, da rührte er sich auch und blickte sie blinzelnd an. „Schon wach?", wisperte er und umfasste sanft ihre Arme. So zog er sie halbwegs auf sich drauf, um ihr Haar besser liebkosen zu können.

Sie lächelte. „Ich habe kaum schlafen können. Was ist mit dir?"

„Mir geht es genauso." Er hob den Kopf an und sie kam ihm entgegen. Sie küssten sich, kribbelnd und in ihrer kleinen Blase sicher. Hier gab es keine Probleme oder Sorgen der Welt, nur sie beide in ihrer süßen Zweisamkeit. „Ich musste immer an dich denken."

Fey kicherte leise und küsste seine streichelnden Finger. Sie streckte sich auf ihm. „Mir ging es genauso. Dieser Tag war der Schönste meines ganzen Lebens." Wer hätte gedacht, was Elani in ihrem Leben alles versäumt hatte. Fey war selbst davon erstaunt gewesen. Aber es war die Wahrheit. Die Beweise waren überall. Sie lächelte. Wenn Elani noch irgendwo in ihr steckte und vielleicht mitbekam, was vor sich ging, und davon war Fey auf traurige Art und Weise überzeugt, dann war das auch ihr Wille gewesen. „Ich möchte niemals mehr aufstehen."

„Ich auch nicht."

Vertrauensselig legte sie erneut den Kopf auf seine Brust und schloss die Augen. Erstaunlicherweise fühlte sie sich nicht müde. Stattdessen war sie wacher denn je. Als wäre jeder Nerv in ihrem Körper besonders aufmerksam. Sie spürte sein federleichtes Streicheln auf ihrem Rücken haargenau. Wie seine Brust durch die Atmung auf und ab sank und sie damit zum Wackeln brachte. Sie hörte seinen mächtigen Herzschlag als stetige Trommel an ihrem Ohr. Und sein Geruch hüllte sie wie eine Decke ein.

„Ob Yron sich als unser Diener erweisen und uns Frühstück bringen wird?", wagte Jeremiah leise zu hoffen und lächelte sie, als sie aufblickte, breit an. „Ihm würde das sicherlich stehen."

Fey schnaubte. „Er ist der Erbe der Macht. Die können nicht kochen!"

„Ich –"

Ein lautes Klopfen unterbrach ihn und ließ beide zur Tür starren. *Nein*, schoss es Fey durch den Kopf. Es war zu früh für ein Frühstück. Es war noch dunkel. Vielleicht waren sie zu laut gewesen? Aber sie waren leiser als in der Nacht. „Ja?" Ihre Stimme zitterte und verängstigt sah sie zu Jeremiah. Egal wie viel Mühe sie sich gab, sie konnte keine Fassung wahren. Er bemerkte es natürlich, zog ihren Mund zu sich und küsste sie, aber letztendlich machte es das nur schlimmer.

„Es wird Zeit, aufzubrechen", meinte Yrons Stimme gedämpft. „Steht … steht einfach auf." Seine Schritte entfernten sich.

Fey zitterte. Ihre schöne Blase war erneut zerbrochen. Das Leben hatte sie wieder fest im Griff und schien unnachgiebig an ihr zu reißen und zu rütteln. Sie schluchzte leise, erhob sich aber von Jeremiah und setzte sich im Bett auf. „Ich hasse es."

„Ich auch", murmelte er, küsste von hinten ihren Hals und warf die Decke zurück. Als sie den Blick zu ihm wandte, stand er im Raum, raufte sich die dunklen Locken und hielt sich die Hände vors Gesicht. „Ich komme mit."

„Nein …"

Er funkelte sie wütend an. „Es ist nicht dein Recht, mir das zu untersagen! Ich komme mit. Ich will bei dir sein, solange es mir möglich ist, und ich werde dich in dieser Angst auch nicht allein lassen."

„Jeremiah, ich …"

„Nein!" Er hob die Hose vom Boden und schlüpfte hinein. Dann klaubte er sein Hemd auf und schnürte es zu. Seine Finger zitterten so sehr, dass er mit den Schlaufen Probleme hatte. Er ließ es schief und nur halb geschnürt offen stehen.

Sie musterte ihn, erhob sich aber schlussendlich und schlüpfte ebenfalls in Hose und Hemd, rieb sich die losen Haare aus dem Gesicht und schöpfte Atem. „Dann …"

„Lass uns gehen." Er hielt ihr den Arm zum Unterhaken hin und führte sie die Treppe hinab. In der Wohnküche war niemand, also verließen sie das Haus und traten damit sogleich in morgendliche Nebelschleier, die sich über die Insel gelegt hatten. Obwohl sie direkt am Wasser waren, war nichts vom Meer zu erkennen. Egal wie erfahren ein Seemann war und wie gut er die Gewässer kannte, er würde sich niemals dort hindurch navigieren können. Das schien unmöglich, gerade mit den Felsen und Riffen, die hier vorherrschten.

Auch Jeremiah wirkte skeptisch, hielt sich jedoch bedeckt, bis sie Rion und Yron am Boot ausmachten, die gerade eine Tasche verluden und sich dabei unterhielten. „So kommen wir niemals lebendig zur Insel."

Rion erhob sich, einen amüsierten Zug um die Lippen. „Sieh an", meinte er. „Erst sich nicht um meine Belange scheren und sich dann als einer der vielen jungen Trottel darstellen, die meinten, besser als ich zu wissen, wie mein Leben funktioniert. Nun, großer Seemann, in wie vielen Seeschlachten hast du gekämpft? Wie viele Mannschaften hörten auf dein Kommando? Wie viele verschiedene Schiffsarten hast du bereits gesegelt? Ob in der Mannschaft oder als Captain mal dahingestellt."

„Noch gar nichts davon. Ich mag das Wasser nicht sonderlich."

„Aye, das dacht' ich mir, Grünschnabel. Wenn du das Wasser nicht magst, mag es dich auch nicht." Er grinste frech. „Das ist die Brynda." Liebevoll tat er so, als würde er die geisterhaften Schemen des Einmasters, der ein paar Meter von ihm entfernt im Wasser lag, tätscheln. „Sie mag eine Zicke sein, aber sie ist das beste kleine

Schiff auf den Meeren. Sie trotzt Sturm und Wind, Nebel und mir." Sein raues Lachen verscheuchte eine Möwe in seiner Nähe. „Und wenn du nett zu Brynda bist, dann ist sie es auch zu dir. Also steig auf oder bleib hier."

„Du solltest ohnehin hierbleiben", murmelte Fey. „Ich bitte dich, tu dir das nicht an. Lass uns uns verabschieden." Sie umfasste seinen starken Unterarm, doch seine Antwort war nur ein Kopfschütteln.

„Fey, ich will dabei sein. Ich muss." Er räusperte sich. „Ich weiß, keiner von euch will das einsehen. Was von euch keiner verstehen will, ist, dass ich Fey ohnehin verliere, dessen bin ich mir bewusst. Kein einziger Weg führt da jetzt mehr dran vorbei. Ich möchte wenigstens bis zum Schluss bei ihr bleiben. Ihr könnt nicht von mir verlangen, hier auf der Insel zu warten und auszuharren. Nicht zu wissen, wann es passiert oder ob ihr abgefangen werdet."

„Du irrst dich", warf Yron ein. „Bis vor kurzem hätte ich es von dir verlangt. Ich hätte dich dazu zwingen wollen, das zu tun, was ich für richtig erachte. Aber jetzt, da ich mich mit Rion unterhalten habe, finde ich, ist es deine Entscheidung." Er schüttelte traurig den Kopf. „Ich wünschte mir, ich könnte es euch beiden ersparen, doch will ich euch wenigstens die Möglichkeit geben, damit umzugehen, wie ihr es für richtig erachtet."

„Rion?", warf Fey verwundert ein.

Der alte Mann nickte. „Ich weiß nichts davon, wie sehr ihr euch gegenseitig braucht. Oder ob es nicht andere … nun, auf jeden Fall habe ich die zweite Hälfte meines Herzens vor ein paar Jahren verloren. Dieser Schmerz ist enorm. Alles verzehrend. Als würde einem das Herz aus der Brust gerissen werden. Trotz allem bin ich dankbar dafür, seine Hand im letzten Moment gehalten zu haben. Er nahm einen großen Teil meiner Selbst mit sich, aber wenigstens wusste ich, dass er nicht allein war." Der Fischer wandte sich ab und schien sich eine Träne fortzuwischen. „Wenn du mich fragst, ist es grausamer, ihm diesen Wunsch zu verwehren, Mädchen."

Ihre Finger umschlossen Jeremiahs Arm stärker, aber

schlussendlich nickte sie. Nach dem vorherigen Tag, nachdem sie ihn so um einen richtigen Tag gebeten und ihn bekommen hatte, konnte sie sein Gesuch nicht guten Gewissens abtun. Es waren sein Wille und seine Entscheidung. „In Ordnung." Ihre Stimme versagte, der Kloß in ihrem Hals ließ sich auch nicht wegschlucken. Also ging sie nur auf das Boot zu.

Jeremiah folgte ihr und half ihr in das Beiboot, um zur Brynda zu kommen. Ein kleines Schiffchen, eindeutig nicht für eine lange Seereise gebaut. Die kleinen Wellen gluckerten am Bug und das alte Holz knarrte genauso wie die Taue, wenn der Wind sie bewegte. Fey schloss die Augen und lauschte der Symphonie.

***

Sie alle waren angespannt und sprachen darum kaum. Der Captain lenkte das Schiff, Fey und Jeremiah hatten sich an Deck gesetzt, eng umschlungen, und Yron selbst versuchte, durch den dichten Nebel etwas zu erkennen. Wie es der Fischer schaffte, den Felsen zielsicher auszuweichen, war ihm ein Rätsel.

Dadurch, dass niemand so wirklich sprach und der Nebel sie von allem abschirmte, glitt das Schiff beinahe lautlos über das dunkle Wasser. Zumindest würde die Hexe sie so nicht kommen sehen, aber Yron war nach wie vor davon überzeugt, dass sie dort auf sie wartete. Es konnte nicht anders sein. Die Frage war viel mehr, wie genau. Würde sie am Strand auf sie warten? Mit einer Armee? So viele konnte sie nicht unauffällig hinüber gesetzt haben.

Also eher eine kleine Anzahl an Getreuen. Hätte Rion das wahrgenommen? Es kam wohl darauf an, wie lange diese Männer dort schon ausharrten. Vielleicht verließ die falsche Königin sich aber auch ganz auf ihre magischen Kräfte. Yron hoffte auf ihre Arroganz. Sich nur auf sie zu konzentrieren, würde ihm wesentlich leichter fallen. Und auch sie konnte von einer Klinge oder einem Pfeil getötet werden.

Er wünschte sich so sehr, er hätte von sich aus Kontakt zu Edo aufnehmen können. Der Vogel war niemals zu dem Fischer gekommen, sondern wie verabredet auf die andere Insel geflogen, um dort die Lage zu überwachen. Am Strand würden sie ihn treffen. Wenn alles nach Plan lief. Wenn … Wenn die Königin den Vogel erkannt hatte … Er knirschte mit den Zähnen und umschloss den Griff seines Dolches. Wenn. Edo war freiwillig geflogen, erinnerte er sich. Niemand hatte ihn von dieser Idee abbringen können. *Er ist jung. Wie ein Kind*, schoss es Yron in den Kopf. *Du hättest ihn niemals fliegen lassen dürfen!* Sein Blick glitt zu dem dichten Weiß über seinem Kopf und er atmete tief ein und aus. Die Luft schmeckte nicht so salzig wie sonst, aber auch nicht angenehm. „Götter", wisperte er in die Leere des Nebels hinein. „Helft uns. Dieses eine Mal." Er blinzelte und hielt den Atem an. Er erinnerte sich an die Vision in der Kirche. Sie schien so unendlich lang her zu sein. „Ihr wollt eure Schöpfung wahren. Also legt eine schützende Hand über ihn."

„Ich denke", mischte Rion sich halblaut ein, „die Götter anzuflehen, bringt dir nichts. Entweder es kümmert sie nicht oder sie haben nicht die Macht dazu."

„Ich weiß."

„Deine Verzweiflung wurzelt tief und ich verstehe das. Du hast mir von ihm erzählt. Edo, dem Göttervogel, jung wie ein Kind. Ich hoffe für dich mit, dass es ihm gut geht." Er drehte ein wenig am Steuerrad und jetzt erst fiel Yron etwas auf. Misstrauisch beäugte er das Segel. Es blähte sich etwas. In einem Wind, den es gar nicht gab. Der Nebel um sie her war fest wie eine Wand. „Wie …?"

Auch Rion sah auf. „Ich sagte doch, dass Brynda einen nur mögen muss." Er liebkoste das Steuerrad. „Meine kleine Schönheit war ein Geschenk meines Mannes. Die Magie ist überall."

„Magie?"

Er lächelte nur vielsagend. „Ich bin ihr Captain. Dennoch ist sie mein Freund." Rion streichelte weiter das Steuerrad. „Ich werde dich vermissen, meine Schöne. Aber du kennst meine Antwort."

Ein unheimliches Knarzen ging durch die Planken und ließ Yron zusammenzucken. Er sah sich um, fürchtete, dass sie einen Felsen gestreift hatten, weil der alte Verrückte nicht aufgepasst hatte. Aber da war nichts. Nach wie vor glitten sie voran.

„Ja", murmelte Rion und leckte sich die Lippen. „Du wirst sie wieder nach Hause bringen." Erneut das Knarzen. Yron lief es kalt den Rücken runter, vor allem als der Fischer ihn mit einem intensiven Blick musterte. „Noch immer zählt das Geschick ihres Captains. Sie kann dir helfen, sie braucht nur eine geübte Hand. Für die Rückfahrt wird es reichen. Vertraut ihr."

„Alter Mann …"

„Still." Er hielt sich einen Finger auf den Mund. „Es ist mein Leben. Und wir sind da." Die Nebelwand brach wie ein Vorhang auf und gab damit freie Sicht auf die zerklüftete Insel, die ihr Ziel gewesen war. Sie hatten die Rückseite der Insel angepeilt, wodurch sie eigentlich geraume Zeit an ihr vorbei gefahren waren. Aber das war ihr erster Blick von Nahem auf das Stück Land inmitten des Wassers.

Obwohl es bergig war und Klippen besaß, lag vor ihnen ein flacher Kiesstrand, der es Brynda erlaubte, nahe heranzufahren. Rion gab dem Steuerrad einen liebevollen Kuss, dann machte er sich auf und sprang an Land.

Fey und Jeremiah folgten zögerlich und ließen Yron zurück. Er musterte das Schiff, die Takelage, die alten Planken. Die winzige Erhebung eines kleinen Achterdecks. Und unweigerlich strich auch er über das Schanzkleid und die kleine Reling, in die es überging. „Bis später", nuschelte er, folgte den anderen und sprang in das flache Wasser neben dem Schiff, um das restliche Stück zum Ufer zu waten.

Er war noch nicht ganz an der Küste angelangt, als Fey ihm entgegengerannt kam und sich an seinen Hals warf. „Er ist nicht hier", haspelte sie. „Edo ist nicht hier! Der Strand ist leer."

Kapitel 49

„Vielleicht hat er sich nur im Strand geirrt oder nicht auf die Zeit geachtet", meinte Jeremiah ruhig. „Wieso sollte er schon hier sein? Wir wussten nicht einmal, an welchem Tag wir übersetzen wollten, und er wird uns wohl kaum gesehen haben. Das war schließlich der Plan." Er nickte zu der Nebelwand, die das Meer verschluckt hatte. Bis auf die kleinen Wellen, die es bis zum Ufer schafften und die Steine dort liebkosten.

Yron folgte dem Blick und wünschte sich, sein Bauchgefühl könnte sich von Jeremiahs Worten beruhigen lassen. Aber dem war nicht so. Es zog. Sein Magen flatterte nervös. „Er wollte jeden Morgen hier warten."

„Dann wird er eben noch auf der Insel unterwegs sein. Die Hexe kann ihn nicht erkennen. Er ist zu klein und flink. Sie kann seine Macht nicht spüren, er ist ein ganz normaler Vogel unter vielen anderen."

„Und wenn sie erkannt hat, wie außergewöhnlich er aussieht?", warf Fey skeptisch ein und rieb sich die Schläfen mit den Handballen. „O bei den Göttern. Wieso ist er auf dieser Insel?"

Jeremiah trat auf sie zu, legte liebevoll die Hände auf ihre Schultern und zog sie an sich heran. Yron musste sich abwenden und versuchte lieber, in den Nebelschwaden auf dem Land etwas zu erkennen. Es hatte etwas Unheimliches an sich. Als würde jeden Moment ein Geist auftauchen und sie verfolgen. Beinahe erwartete er, eine tote Fratze aus dem aufwallenden Weiß aufsteigen zu sehen. Eine Gänsehaut legte sich auf seine Arme und im Nacken kribbelte es nun genauso unangenehm wie im Bauch.

„Wir müssen ihn suchen", verlangte Fey halblaut, störrisch das Kinn vorgereckt. Für die Dauer eines Herzschlags sah Yron in ihr mehr Elani als Fey. Die Königin, als Prinzessin geboren und gewohnt, Befehle zu erteilen. Ihre Augen glänzten und ihre Haltung war gestrafft.

Doch er schüttelte nur den Kopf. „Wenn die Hexe daran Schuld hat, dann ist es genau das, was sie will. Wir sollten es hinter uns bringen. Entweder er spürt uns beide und kommt nach oder wir suchen ihn danach."

Fey plusterte die Wangen auf. „Du willst mir das Recht nehmen, nach meinem Freund zu suchen und zu erfahren, ob es ihm gut geht? Mal davon abgesehen, dass er vielleicht verletzt ist!"

„Fey …", setzte Jeremiah behutsam an, aber er unterbrach sich selbst.

„Fey", knurrte Yron und wandte sich ihr zu. „Wenn du meinst, dass ich dich das hier versauen lasse, dann hast du dich geschnitten. Deine Sorge in allen Ehren, aber er wird nicht verletzt sein. Entweder er lebt und findet uns oder ist ein Gefangener. Oder er ist bereits tot. Und selbst wenn er verletzt ist …"

„Da weißt du selbst nichts mehr zu sagen, nicht wahr?"

„Ich mag nicht der beste im Umgang mit Worten sein, aber ich weiß, dass mein Bauchgefühl mich stets geleitet hat. Wir sollten endlich zur Ruine." Als sie ihn noch immer wütend anstarrte und sich keiner der anderen einmischte, seufzte er leise und war bemüht, seiner Miene einen weicheren Ausdruck zu verleihen. „Fey, ich will dir nichts Böses. Ich weiß, wie sehr es uns alle belastet. Und ich weiß, du willst dich um deinen Freund kümmern und am liebsten nur noch Schritte nach hinten machen. Aber ruf dir wieder ins Gedächtnis, wieso du hier stehst. Wir sind alle an deiner Seite. Wir werden diesen Weg mit dir gemeinsam gehen."

„Du weißt, was du da gerade zu mir sagst? Du willst mich ermuntern, mich umzubringen, und das, ohne um Edos Schicksal zu wissen. Der hier ist, um auf mich aufzupassen. Der mein Freund ist. Der uns auf der gesamten Reise begleitet hat, seit wir damals in deinem Dorf waren."

„Ich kann dir nichts Aufbauendes sagen, Fey. Ich kann dir die

Last nicht abnehmen. Für mich ist es genauso surreal wie für dich. Ich weiß, mit welcher Bitte wir an dich herantreten. Was wir von dir verlangen. Doch es muss geschehen und wir werden Edo danach suchen. Versprochen."

Sie sagte dazu nichts. In ihren Augen las er die eindeutige Angst, die mit der Vernunft kämpfte. Ihre Logik sagte ihr, dass es genauso war, wie Yron es sagte. Edo würde sie finden oder diente als Falle, tot oder lebendig. Und dass sie ihn nicht aufspüren konnte, sagte eigentlich schon genug. Ihre Schultern sanken hinab. „Gib mir deinen Dolch." Wie die Königin, die sie einst gewesen war, streckte sie herrschaftlich die Hand nach der Waffe aus. In ihrem Blick gab es kein Zaudern. Kein Anzeichen dafür, dass sie von dieser Bitte abrücken würde. Also nahm er den Dolch in die Hand und übergab ihn.

Sie musterte die Klinge, den Griff und strich sanft darüber. Dann seufzte sie leise. „Er fühlt sich an wie früher."

„Du erinnerst dich?"

„Es ist eine schwache Ahnung. Auf der Insel ist es mächtiger. Als kämen die Erinnerungen von hier und nicht aus meinem Geist. Er fühlt sich an wie früher. So voller Macht in meiner Hand." Sie ließ den Dolch zwischen ihren Fingern spielen, als hätte sie das hunderte Male getan. Vermutlich war es sogar so gewesen. „Du verlangst mein Opfer. Und ich verlange auch eines von dir."

„Welches?"

„Knie dich hin", befahl sie leise und musterte ihn eingehend. „Knie dich hin und du wirst es erfahren."

Ohne zu zögern, tat er es. Jeremiah schien verwirrt, Rion hatte sich zum Rauchen seiner Pfeife zurückgezogen und sich auf einen umgestürzten Baum niedergelassen. Die Qualmwolken waren im Nebel kaum auszumachen.

Fey kam auf ihn zu und legte das Dolchheft auf sein Haupt. Sie schloss die Augen. „Wenn ich mein Leben opfere, dann opferst du deine Angst und du versprichst mir hoch und heilig, wirklich der nächste König zu werden. Der Dolch hat dich erwählt, aus gutem

Grunde. Kein Herrscher war jemals vollkommen, doch es gab immer Eigenschaften, die ihn zum Nächsten in der Reihe erklärten. Deine musst du selber finden, aber das wirst du. Wenn du es endlich zulässt. Dein Erbe wartet auf dich." Mit den letzten Worten reichte sie ihm den Dolch zurück und machte einen Schritt nach hinten. „Und nun lasst uns weitergehen." Mit einem Zittern sah sie sich nochmals um. „Ich hoffe, dass es Edo gut geht."

Yron nickte und erhob sich. Mit einer gekonnten Bewegung steckte er den Dolch wieder in die Scheide, die er vor all den Jahren angefertigt hatte. So war es Brauch, aber sie war nicht sehr schön, weil er sich bei der Zeremonie keine Mühe gegeben hatte.

***

Der Nebel war unheimlich. Fey musste immer wieder über die Schulter blicken. Jedes einzelne Mal erwartete sie, dass irgendetwas sie anspringen würde. Es war gespenstisch ruhig und ihr kam der Lebensstrom über ihnen wieder in den Sinn. Wenn nun die letzten Seelen, die es noch nicht nach oben geschafft hatten, hier herumspukten?

„Sei nicht so ein Feigling, kleine Lilie."

Fey blinzelte, aber niemand hatte etwas gesagt. Sie war sich nicht einmal sicher, ob es eine Frauen- oder Männerstimme gewesen war.

„Ich habe Angst. Es ist unheimlich im Nebel." Sie stockte. Das klang nach ihrer eigenen Stimme. Verzerrt und kindlich. Den Tränen nahe.

„Die musst du nicht haben. Nebel ist nichts Böses. Wir leben hier schon lange und niemandem ist bisher etwas passiert. Jetzt komm schon, Lilie."

„Aber Lara ..."

Lara ... Fey zuckte zusammen. Dilara? War das Elanis Spitzname für ihre Schwester gewesen? Wen sonst sollte sie gemeint haben?

Feys Augen wanderten über die knorrige Verästelung eines alten Baumes, der sich neben ihnen aus dem Nebel geschält hatte. Er war wirklich alt. Sehr alt. Sie wünschte sich, seine Geschichte hören zu können.

„Tante Anne sagte, dass in Bäumen Magie läge. Sie lauschen uns und sie lieben es. Stell dir vor, sie hat recht! Wenn du fühlst und dich nicht bewegen kannst ... Ich würde weinen."

„Das liegt daran, dass du wegen allem weinst, Lilie. Aber ja, das klingt grausam. Ich könnte das nur meinen schlimmsten Feinden antun."

Und mir, schoss es Fey durch den Kopf. *Mir hast du das auch angetan. Wieso? Wieso war ich deine Feindin?*

„Vater hat es uns verboten. Wir sollen nicht zum unteren Strand."

„Vater weiß auch nicht alles. Wir benutzen die Tunnel unter dem Schloss. Er wird es nie erfahren."

Tunnel? Es gab Tunnel? Fey blieb stehen. „Tunnel", hauchte sie, doch alle anderen blickten sie an, als hätte sie geschrien. „Es gibt Tunnel unter dem Schloss."

„Woher weißt du das?"

„Erinnerungen." Als wüssten die anderen nicht, was das sei, griff sie sich an die Schläfe. „Elanis Erinnerungen. Sie hat hier verbotenerweise mit ihrer Schwester gespielt und dafür die Tunnel genommen. Damit ihr Vater sie nicht erwischt."

„Wird der König nicht davon gewusst haben?"

Sie zuckte die Schultern. „Sicher, aber sie waren unauffälliger als der Hauptaufgang. Wir müssen sie benutzen!"

„Und wenn Dilara genau dort auf uns wartet?" Yron hob skeptisch die Braue, die Arme vor der Brust verschränkt. „Das wäre unklug."

„Beim Hauptaufstieg wird uns der Nebel weiter tarnen", meinte Jeremiah leise.

Fey schüttelte den Kopf. „Der Nebel wird uns dort oben nichts mehr nützen, wir werden vom Schloss aus auf weiter Flur sichtbar sein."

„Und Dilara kennt die Tunnel."

„Es ist die Frage, ob sie uns darin erahnt." Fey rieb sich die Haare aus dem Gesicht. „Alles, was wir hier machen, basiert auf Spekulationen. Wieso sollte ich mich an die Tunnel erinnern? Es ist wahrscheinlicher, dass wir den Haupteingang nehmen. Nachher wartet die falsche Königin schon die ganze Zeit dort und lacht sich über unsere Bemühungen ins Fäustchen. Sie weiß gar nicht, ob Elanis Herz noch in mir schlägt. Das Risiko ist genauso hoch wie der Weg außen herum."

„Ich hasse die Tunnel, Lara. Die Spinnen kleben mir immer im Haar."

„Dann bind sie dir endlich zusammen. Sonst schneide ich sie dir ab!"

„Elani jedenfalls mochte die Tunnel nicht." Sie erschauderte, als es sich anfühlte wie viele kleine Spinnen, die ihr über die Schultern krabbelten. „Sie hat sie gehasst." *Dilara hatte es nie gestört, dass die Tunnel nicht mehr als ein versteckter Schacht waren, der zur Flucht diente. Am Nachmittag sammelten sich die wagemutigen Kinder am Eingang, doch nur Dilara ging vor. Und Elani war ihr immer treu gefolgt.* Fey merkte am Rande ihrer Aufmerksamkeit, wie sie umkippte. Wie sie in die Knie sackte und die Welt sich drehte. Aber noch immer lag das Bild der versteckten Tunnel vor ihrem geistigen Auge. Als wollte Elani selbst ihr einen Hinweis geben. *Sie waren schmal und boten in ihrer Schlichtheit kaum eine Möglichkeit, sich zu verstecken. Die Kinder schafften es nur, sich in sehr wenige Nischen hineinzudrücken.*

„Fey?"

„Elani? Wo bleibst du?"

„Jetzt mach die Augen auf! Komm schon …"

„Jetzt gib mir deine Hand, Lilie, ich werde dich sicher führen. Mit mir an deiner Seite musst du keine Angst haben!"

„Wieso klingt sie so schmerzerfüllt? Yron? Tu doch was!"

„Ja, genau so. Gib mir die Hand, ich lass dich nicht ins Wasser fallen."

„Ich trage sie. Nehmen wir die Tunnel?"

Ihre Schwester war immer an ihrer Seite. Niemand hatte Elani jemals so verstanden, wie es Dilara tat. Und umgekehrt. Sie hatten gleichzeitig unter dem Herzen ihrer Mutter gelebt. Diese Verbindung war heilig und innig. Dilara mochte für viele ein Rätsel sein, doch nicht für Elani.

Es war immer schwer für beide gewesen. Dilara war immer darauf vorbereitet worden, der Anführer eines riesigen Landes zu werden. Doch in ihren Kinderträumen war es wie die Welt erschienen. Man hatte sie gelehrt und ausgebildet, fest überzeugt, dass der Dolch sie erwählen würde.

Für ihre Talente und für ihre Intelligenz war sie schon immer hoch gelobt worden. Aber bei allem hatte Dilara nie ihre Schwester vergessen, die die Tage deutlich angenehmer gestaltet hatte. Statt Stunden Bücher zu wälzen, hatte sie lieber Sticken gelernt oder kleine Boote am Meer zu Wasser gelassen und ihnen dabei zugesehen, wie die Wellen sie forttrugen und sie verschwanden.

„Da ist die Ruine. Der Nebel lichtet sich."

„Wir sollten wirklich die Tunnel benutzen, bald kann man von oben die gesamte Insel überblicken …"

Einen solchen Schmerz wie in dem Moment, da ihr Vater starb, hatte Elani weder selbst gespürt, noch bisher in den Augen ihrer Schwester gesehen. Die Krankheit hatte sich seit langer Zeit durch seinen Körper gefressen und hatte jede Hoffnung zersetzt. Dennoch hatte der Tag, an dem der nächste Erbe auserwählt würde, ihnen die letzte Illusion genommen. Sie alle hatten es gespürt. Der Moment war da, der über die Zukunft entscheiden würde. Wer die Erbfolge antreten würde. Der Dolch verschwand in den schwachen Händen eines Mannes, der mehr tot als lebendig war, doch seine hellen Augen richteten sich voller Hoffnung auf Dilara. Die selber ängstlich auf ihre ausgebreitete Hand hinabschaute.

Es war Elani, die die kühle Hitze des flammenden Dolches Bruch-
teile später auf der Hand wahrnahm. Die Flammen erloschen und
der Dolch, einst Besitz ihres Vaters, war nun ihrer.

Der altersschwache König wirkte erstaunt und irritiert in seinen
letzten Atemzügen. Dilara am Boden zerstört und ein wenig ent-
rückt.

„Ich ... Lara ..."

„Schon gut." Aber die Bissigkeit in Dilaras Stimme strafte sie Lü-
gen. „Du bist nun die Herrscherin des Landes."

Fey riss die Augen auf und sah, hoch über sich, das einst einmal
prächtige Schloss in Ruinen liegen. Die Stätte, an der sie einstmals
geboren wurde. Zwei Mal. Unter den zerrissenen Mauern war der
Fels noch mächtig wie eh und je geblieben. Sie blinzelte träge. „Wir
nehmen die Tunnel?"

„Du bist wieder wach." Jeremiah klang erleichtert und ließ sie
von seinem Rücken hinabgleiten, um ihr in die Augen blicken zu
können. Stirn an Stirn gedrückt streichelte er sanft ihre Wange. „Bei
den Göttern, meine süße kleine Fee. Wir hatten Angst, nachdem du
einfach umgekippt bist."

„Was ist passiert, Fey?", wollte nun auch Yron wissen und beugte
sich zu ihr hinab.

Sie schüttelte den Kopf. „Erinnerungen", hauchte sie dann und
rieb sich den schmerzenden Kopf. Ihr Körper sehnte sich nach etwas
und Fey musste gar nicht lange darüber nachdenken, was es war.
Elani in ihr schrie. Sie schrie und sehnte sich nach der Vergangenheit. Als das Schloss noch wunderschön und ihr Vater am Leben
gewesen war. Als sie noch ihre Schwester hatte. „Wir nutzen den
Tunnel?"

„Wenn wir ihn denn finden", seufzte Jeremiah. „Wir sind jetzt
schon eine Weile auf der Suche. Rion ist vorgegangen und wir haben in der Nähe Ausschau gehalten, aber noch nichts gefunden."

„Er ist gut versteckt." Sie versuchte, auf die Beine zu kommen,
war aber so wackelig wie eine junge Kuh. Außerdem versuchte

Jeremiah, sie daran zu hindern. Trotzig schob sie seine übergroßen Pranken fort und rollte sich herum. Alles sah anders als in der Erinnerung aus. Verwildert und unübersichtlich.

Trotzdem erkannte sie eine bestimmte Felsformation, sobald sie näher gekommen war. Fey hielt darauf zu. Dahinter, kaum wahrzunehmen, war ein winziger Eingang. „Hier", bedeutete sie leise. „Damit kommen wir rein."

Kapitel 50

Fey wusste eigentlich sofort, wieso Elani eine Abscheu gegen den Tunnel gehegt hatte. Er war niedrig und eng und alles war voll mit Spinnen und anderen Krabbeltieren, die ihr Gänsehaut auf die Arme zauberten. Alles roch nach nasser Erde und ihre Schuhsohlen sanken tief in den weichen Boden ein.

„Meinem Mann hätte es hier gar nicht gefallen", ließ sich Rion vernehmen, der ganz hinten ging und, kurz nachdem sie den Tunneleingang gefunden hatten, wieder aufgetaucht war. „Er mochte weder die Enge noch das Schmutzige."

„War er auch Pirat?", wollte Yron wissen und wich einem großen Spinnnetz aus, das mitten im Weg hing.

„O nein. Er war zu zart besaitet dafür."

Fey stellte es sich unweigerlich vor. Der große böse Pirat und der zart besaitete Mann, der keinen Schmutz mochte. Die Vorstellung hatte etwas. „Gibt es mehr zu eurer Geschichte?"

„Ah, Kleines, meine Geschichte ist lang. Sehr, sehr lang. Und vermutlich uninteressant für die meisten."

„Mein Kleid! Dieser dumme Nagel hat es zerrissen. Lara! Warte auf mich!"

Instinktiv wich Fey dem Nagel aus, der in der Dunkelheit auf weitere Opfer lauerte. Unter ihren Fingern spürte sie noch das verrostete Metall. Die Fackel hatte ihn noch nicht erreicht. „Hinter der nächsten Biegung geht es bergauf."

„Ich hasse diese Steigung."

„Jetzt beschwer dich nicht immer wegen allem, Lilie."

Die Steigung bedeutete, dass es nicht mehr weit wäre. Und wirklich, als sie um die Biegung kamen, konnte man oben bereits fahles Licht erkennen, das nach und nach den Gang ausfüllte, den sie gerade nahmen. Fey zitterte vor Aufregung. Jetzt würde es nicht mehr lange dauern und doch lagen noch so viele Gefahren vor ihnen. Es war ruhig. Zu ruhig.

Etwas Kleines fiel durch den oberen Eingang und schlitterte den Gang hinab auf sie zu. Fey stieß einen spitzen Schrei aus, den sie sogleich bereute. Die Hand auf den Mund gepresst, lauschte sie, doch nichts regte sich. Und als es weiterhin ruhig blieb, wagte sie es, das Etwas genauer unter die Lupe zu nehmen.

Ihr Herz blieb stehen. Vor ihr lag das kleine Etwas. Ein Vogel. Ein Vogel, den sie nur allzu gut kannte. Seine Flügel schienen gebrochen, denn sie waren zerzaust und standen in merkwürdigen Winkeln ab. Ohne darüber nachzudenken, eilte sie auf ihn zu und ließ sich zu Boden gleiten. „Edo …"

Lose Federn hatten sich beim Fall gelöst und segelten in der Luft umher oder waren bereits wieder zu Boden geglitten. Tränen brannten in ihren Augen. „O bei den Göttern, was hat sie mit dir gemacht?"

Er lag ganz still da. Lebte er? Ihre Hände zitterten zu sehr, um es festzustellen, und ohnehin wagte sie es nicht, ihn zu berühren oder hochzuheben. Vielleicht machte sie dabei etwas falsch und er hatte innere Verletzungen? Oder sie tat ihm weh, wenn er das noch am Rande mitbekam.

Hilflos sah sie zu den drei Männern auf. Rion hatte gleich eine Art Wachposten bezogen, Jeremiah war ähnlich bleich wie sie. Nur Yron reagierte. Er zwang sich anscheinend zur Ruhe und untersuchte den viel zu kleinen Körper, die Stirn in Falten gezogen. Dann schloss er die Augen und ließ die winzige Gestalt zurücksinken. Er sagte nichts, sondern schüttelte hauchzart den Kopf. „Er ist …"

„Tot", beendete Fey erstickt und nun wagte sie es auch, die Finger um ihren Freund zu legen. Sie schluchzte, als sie ihn an sich drückte und sich vor und zurück schaukelte. Warum tat Dilara so etwas? Wieso nur? Wieso?

Rion beugte sich ein Stückchen zu ihnen hinab. „Der Göttervogel?", hakte er nach und als sie nickten, seufzte er schmerzlich.

„Miststück, elendes … Ihr könnt ihn hinter meinem Haus begraben. Wenn ihr wollt."

Fey konnte nur nicken. Der Kloß in ihrem Hals war viel zu dick. Sie fühlte sich, als würde sie ersticken. Ihr Körper zitterte noch immer. Die Tränen suchten sich einen heißen Weg ihre Wangen hinab. Das war nicht gerecht. Edo hatte niemandem irgendetwas getan. Er war noch so jung gewesen. Sie hätten ihn niemals allein zur Insel kommen lassen dürfen.

Wütend sah sie Yron an. „Du hast das zugelassen!"

„Ich weiß." Kleinlaut sah er zu Boden. „Ich weiß. Das ist meine Verantwortung. Ich hätte wissen müssen, dass er zu jung ist. Dass …" Yron brach ab und wischte sich ein Mal über die Augen. Doch seine Schuldgefühle und seine Trauer waren nicht genug, um Feys Zorn zu beschwichtigen. Es machte alles nur schlimmer. Sie knirschte mit den Zähnen. „Ich habe euch gesagt, ich sollte nicht hier sein! Dieses ganze Unterfangen ist Nonsens! Sieh nur! Sieh ihn dir an. Du hast ihn umgebracht. Du hast –"

„Fey…" Jeremiah legte die Arme um sie. „Niemand hat das gewollt."

„Gewollt oder nicht, jetzt ist es geschehen." Sie wimmerte und klammerte sich enger an ihren toten Freund. „Er ist tot!" Sie konnte nicht verstehen, wie Edo noch vor kurzem gelacht haben konnte. Und jetzt nicht mehr. Sie erinnerte sich zurück, als sie gedacht hatten, Yron sei tot. War es nun besser oder schlechter, Gewissheit zu haben? Sie wusste es in diesem Moment nicht, nur wie grausam es war, Edo so in den Armen zu halten. Ihre Tränen klebten an manchen seiner blutigen Federn. Hatte er gelitten?

Erstaunlicherweise gehörte die Hand, die sie kurz darauf auf sich spürte, weder Jeremiah noch Yron, sondern Rion, der ihr einen bitteren Blick zuwarf. Sein Gesicht war so faltig und liebenswert. So voller Mitleid, dass es erneut schmerzte. „Wisch die Tränen fort", hauchte er, half ihr aber dabei. „Dieser Schmerz ist unvergleichbar qualvoll." Er sank auf die Knie und legte die Arme um sie. Fey schluchzte. „Ich weiß, Mädchen. Ich weiß." Er wiegte sich mit ihr hin und her. „Wir alle haben jemanden verloren. Ihr habt Edo verloren …"

„Und Jeremiah seine Geliebte und Yron seine Mutter", weinte sie bitter. „Wir alle verlieren jemanden. Das ist nicht gerecht. Was habe ich ihr getan? Was habe ich ihr nur angetan?"

„Das weiß man oftmals leider nicht, Kleines."

„Was …"

„Was du mir angetan hast?"

Fey sah auf. Diese Gestalt erkannte sie sogar dann sehr gut, wenn sie nur die Umrisse wahrnahm. Anders als man vielleicht vermutet hätte, war Dilara nicht sehr groß oder besonders üppig gebaut, doch sie war weiblich und wunderschön, das wusste Fey, auch ohne das Gesicht direkt sehen zu können. „Was habe ich dir getan, Schwester?", stieß Fey aus.

Dilara kam ein Stückchen näher. Ihre Schritte wirkten ruhig, obwohl der abschüssige Boden zu ihren Füßen uneben war. „Du hast mir nichts getan, Lilie", meinte sie. Gelassen. Als wäre es eine normale Unterhaltung. „Es warst nicht du, die … Du konntest nichts für die Entscheidung des Dolches. Das war nur die Schuld der Götter. Vielleicht wärst du wirklich die bessere Königin als ich geworden."

Fey schüttelte ungläubig den Kopf. Aber tief in ihr regte sich Elani. Sie wollte zu ihrer Zwillingsschwester.

Yron knurrte und hielt besagten Dolch so eng in der Hand umklammert, dass es schmerzhaft aussah. „Wieso dann?"

Dilara war nun so nahe, dass die Fackel ihr Gesicht aus der Dunkelheit geschält hatte. Sie hatte missbilligend den Mund verzogen, als würde sie sie tadeln wollen. „Ich rede nur mit meiner Schwester, Erbe."

„Wieso dann?", wiederholte Fey leise und sofort lag die Aufmerksamkeit der Hexe wieder auf ihr. „Wieso, Dilara?"

„Dieses Land sollte mein Erbe sein", setzte die falsche Königin an. „Es sollte mir und nicht dir anvertraut werden. Ich habe dich immer für deine Unschuld beneidet. Wir wurden älter und älter, doch im Herzen bist du immer ein Kind geblieben, Elani." Auf unschöne Weise nahmen ihre Züge eine Maske an. „Oder sollte ich Fey sagen? Ich könnte dir jetzt eine Geschichte wie aus dem Märchen präsentieren. Alle haben dich geliebt und mich nur geformt. Und dann wurdest du erwählt. Bla bla bla." Sie wandte sich ein Stückchen ab. „Das wäre nicht ganz wahr. Ich weiß nicht, wie weit du dich erinnerst, aber mir ging es auch gut. Ja, ich lernte viel, aber ich war auch glücklich. Meine Eltern liebten mich, ich hatte Freunde. Meine Schwester."

Mit dieser Art der Konfrontation hatte sie nicht gerechnet. Fey blinzelte. Und war sich nicht sicher, wie weit sie Dilara trauen durfte. Elani in ihr war direkt bereit, ihrer Schwester zu vergeben. Sie wollte nur zu ihr. Fey dagegen blieb misstrauisch und auf Abstand. „Und weiter?"

„Dann kam der Tag, an dem unser Vater starb, und es zerriss mir das Herz. Ich habe ihn geliebt. Wirklich. Umso schlimmer war, die Verwirrung und Enttäuschung zu sehen, als du erwählt wurdest und nicht ich! Jede Nacht hat mich dieser Blick verfolgt. In meinen Albträumen hat er mich gejagt. Mich eine Enttäuschung genannt. Oh, nicht, dass er sein jüngeres Töchterlein nicht genauso geliebt hat. Aber er hatte sich geirrt. Und er hasste es, sich zu irren. Außerdem war die zukünftige Herrscherin damit nicht auf die Sache vorbereitet. Ein weiterer Fehler seinerseits, er hatte die Energie auf das Kind konzentriert, das für ihn das größere Potenzial hatte." Während die Hexe um sie herumschritt, wachsam wie ein Luchs, wagte Fey es nicht, sich großartig zu bewegen. Die Hexe besaß die Fähigkeit der Magie und niemand wusste, wer vielleicht auf ihren Befehl hin noch im Schatten lauerte. „Schlimmer aber noch war alles andere. Ich konnte nicht mehr schlafen, nicht mehr essen. Ich sah dir bei deinem Glück zu. Und alle anderen verhöhnten mich nur noch. Ich war die Schwester, die dem Dolch nicht würdig genug erschien." Sie schnaubte verächtlich. „Ich war noch so jung. Es erfüllte mich mit Hass. Und das machte es nur schlimmer. Ich war voller Hass darauf, dass es mir nicht egal war."

„Das macht nichts von dem, was du getan hast, ungeschehen!" Fey hielt ihr Edo hin. „Du kommst zu uns und sprichst in aller Ruhe darüber und zeigst keinerlei Reue. Wen hast du alles umgebracht und versklavt!"

Dilaras Antwort war nur ein leises Lachen und Fey war sich nicht sicher, ob es bitter, amüsiert oder trocken war. Es war ihr auch einerlei. „Meine Lilie", meinte die Hexe leise und hielt sich dramatisch die Hand vor die Augen. „Ich bereue alles. Jederzeit, jeden Tag. Ich bereue es, Menschen umgebracht und versklavt zu haben. Ich bereue es, was aus dir wurde. Ich hasse es, dass dein kleiner Freund tot ist und dass ich euren anderen versklavt habe. Dass ich einen Spion in eurer Gruppe genutzt habe, ohne dass dieser davon auch nur etwas ahnen konnte." Ein weiteres Mal verzog sie den Mund. „Ganz recht. Ich wusste, was passiert. Wie euer Plan aussieht. Dass der Vogel bei euch lebt. Als ich ihn dann gesehen habe … da wurde ich wütend. So furchtbar wütend."

„Und hast ihn umgebracht …"

„Indirekt. Ich gab den Befehl. Es ging so schnell." Sie rieb sich die Stirn. Und dann lachte sie wirklich. Es klang bitter und verächtlich. „O ja, ich habe ihn umgebracht. Der Dolch der Macht hat meinen Hass gespürt. Die Wut, die ungebändigt unter meiner Oberfläche brodelt. Das ist es. Ich war schon immer so. Und dass du erwählt worden bist, hat alles schlimmer gemacht. Ich wollte verletzen. Dich vom Thron werfen. Doch dir selber kein Haar krümmen. Du warst immerhin meine kleine Schwester. Meine Lilie. Irgendwann überschlug es sich alles. Irgendwann …" Ihr Gesicht wurde zu einer Fratze. „Irgendwann wollte ich nicht mehr. Es war einfach alles zu viel! Viel zu viel." Wie ein Kind stampfte sie mit dem Fuß auf und schnaubte. Ein kleiner Ruck ging durch den Tunnel und etwas nasse Erde bröckelte auf sie hinab.

Yron zog seinen Dolch näher zu sich. Jeremiah umfasste Feys Schultern und wollte sie beschützen. Aber sie konnte nur daran denken, das ganze Geständnis zu hören. „Was ist passiert?"

„Der Lebensstrom war so nahe. Ich wollte nicht mehr. In all meinem Hass sollte einfach alles nur noch vorbei sein. Ich opferte mein eigenes Blut und bat um die Gabe, andere wissen zu lassen, wie es mir ging. Mich davon rein zu waschen. Irgendetwas.

Und Hilfe wurde mir gewährt. Während ich zu viel Blut verlor, zeigte er sich mir. Ein Gott. Er sagte mir, dass er Hilfe für mich habe, aber es einen Preis fordern würde. Ich nickte nur, ich sagte zu. Und was war es am Ende? Ich traf mich mit dir, ich berührte dich und auf einmal passierte alles, von dem ich erhofft hatte, dass es passieren würde. Die Menschen verstanden mein Leid. Sie verstanden es, wie es war, gefangen zu sein. Zu zerbrechen. Den Schrei und das Wispern in sich. Den Wahnsinn, gegen sich selbst zu verlieren. Du wurdest vom Thron gestoßen und eingesperrt."

„Und du warst glücklich." Fey erhob sich, die Fäuste vor der Brust geballt, Edo mit dem Arm an sich geklemmt. „Du hast allen Leid gewünscht, weil du selbst darin versunken bist. Weil es für dich unmöglich war, Hilfe zu suchen."

„Ich war glücklich. Kurz. Es fühlte sich so gut an. Ja, sie hassten mich. Aber unter all ihrem Leid war ich nicht mehr allein. Ich war frei. Auf meine eigene Art." Dilara schüttelte den Kopf. „Unter all dem Leid war ich einsam. Und auf einmal war ich wie die anderen. Es war nur eine Illusion. Ich war der Schrecken, nicht ein Mitopfer. Ich war immer noch allein. Und bald zeigte sich der Preis. Am Anfang, als ich dich unwissend berührt hatte, da dachte ich, dein Verlust sei die Bezahlung gewesen. Doch … Mein Hass mehrte sich. Ich verlor den Verstand. Ich kann keine Emotion auskosten, denn sie brechen über mich herein.

Als ich euren Freund fand, da brachte ich seine Schwester um. Ich habe es gehasst, wie sehr sie ihn geliebt hat. Ich versklavte ihn, denn ich hasste es, wie sehr er sie geliebt hat. Ich habe euren Vogel getötet, denn sogar er war mehr wert als ich!"

„Welcher Freund?" Yron schluckte. „Cedric?"

Jeremiah blickte zu ihm, die grünen Augen weit aufgerissen. Dann sah er zur Königin. „Wehe, du Drecksstück …"

Fey hielt ihn unbemerkt zurück. Sie wussten nichts mit der Situation anzufangen. Sie durften es nicht versauen. Vielleicht konnte man für die Dauer eines Momentes an Dilara appellieren. Vielleicht konnte sie Fey und Elani so weit trennen, dass sie eine Chance auf ein Leben hatte.

„Das einzige Mal, dass ich es mir gestattete, mit einem Mann zusammen zu sein, liebte er mich nicht. Er wollte nur meinen Körper, damals im Krieg." Sie lächelte. „Du kennst ihn gut, Yron!"

Yron wollte das anscheinend nicht hören. Mit einem Schnauben sprang er auf die Füße und sein Blick hatte etwas unkontrolliert Wildes an sich. Dilaras Zunge war schon immer gut gewesen, um Menschen zu provozieren. „Hör auf, zu lügen!"

„Dein Vater ist auch nur ein Mann."

„Lügen!", schrie er. „Nichts weiter als Lügen, immer mehr. Es reicht mir jetzt! Es ist mir einerlei, ob du irgendetwas bereust. Wo ist Cedric?" Seine breiten Schultern bebten.

Fey wusste nicht genau, wer wen zuerst angriff. Es entzog sich ihrer Aufmerksamkeit.

Auf einmal war Jeremiah über ihr und drückte sie schützend zu Boden. Yron war auf die Hexe losgesprungen, sie hatte ihn gepackt. Es krachte und Jeremiah verdeckte ihr die Sicht, als er sich weiter auf sie legte. Irgendetwas trommelte auf den Boden hinab. Sie biss die Zähne zusammen und versuchte, sich zu befreien, doch der Mann über ihr war zu starrsinnig. „Lass mich frei!"

„Nein. Es ist zu gefährlich." Seine grünen Augen starrten verängstigt zu ihr hinab, weit aufgerissen wie Monde. Er schüttelte immer wieder den Kopf, als müsste er sich selbst erinnern. Die Frage war nur, woran. „Dilara ist zu gefährlich. Egal ob sie die Wahrheit gesagt hat oder nicht, Fey, du kannst jetzt nicht rauskommen."

„Ich muss!"

„Nein!"

Sie umfasste sein Gesicht. „Ich muss und das weißt du." Ihre Lippen legten sich kurz auf seine. „Das hier ist das, worauf wir hingearbeitet haben."

Erneut schüttelte er den Kopf. „Ich liebe dich." Seine Finger strichen ihr durch die Haare. Und egal wie oft sie es sich gestern gesagt hatten, genau in diesem Moment schien es umso wertvoller. Während Rion irgendetwas brüllte. Und Dilara und Yron noch ganz offensichtlich miteinander kämpften. Hier, in diesem schmutzigen schmalen Tunnel. Es war wie ein Abschied, nur wollte keiner von ihnen es aussprechen.

„Ich liebe dich auch", hauchte sie und versuchte, alles in diese Worte hineinzulegen. Sie blickten sich fest in die Augen. „Du musst mich gehen lassen."

Seine Tränen tropften ihr ins Gesicht und vermischten sich dort mit ihren eigenen. Doch er wich ein Stückchen zur Seite, kaum merklich und dennoch genug. Sie schlüpfte unter ihm hinweg, genau in jenem Augenblick, da Dilara einen förmlich wahnsinnigen Schrei von sich gab. Die Magie ballte sich auf und im nächsten Herzschlag schon wurde Fey von den Füßen gerissen und krachte zu Boden. Große Stücke krachten hinab und begruben sie unter sich. Ein Stück traf Fey genau am Kopf und schickte sie ins Schwarze.

Kapitel 51

Ihre Ohren summten. Das war das Erste, das Fey wahrnahm. Sie schlug die schweren Lider auf, konnte aber nichts sehen. Die Fackel war erloschen, ihr Körper gemartert. Nur das Licht oben am Eingang nahm sie wahr.

Ihr Herz schlug heftig in ihrer Brust und die Schmerzen, die vom Rücken ausgingen, hatten sich auch im Kopf eingenistet. Sie hustete krümelige Erde aus. Blinzelte träge. Und erhob sich schwankend.

Eine Weile lang versuchte sie einfach nur, das Gleichgewicht zu wahren und in dieser Zeit gewöhnten sich ihre Augen allmählich an das Halblicht. Zuerst machte sie die Brocken aus, die sich durch Dilaras Magie gelöst hatten. Sie sah Rion, der sich stöhnend am Boden wälzte. Und Jeremiah, der daneben lag. Sie humpelte zu ihm, er lebte. Von Yron und der falschen Königin dagegen fehlte jede Spur.

„Sie sind rausgelaufen, Mädchen." Rion war offenbar ihrem Blick gefolgt. Er hielt sich die Stirn. Das weiße Haar dort hatte eine verfärbte Stelle. Blut? „Na los, ich kümmere mich um deinen Freund."

Fey nickte, gab Jeremiah einen letzten Kuss und taumelte den Gang hinauf. Alle paar Schritte war sie dazu gezwungen, sich an der Wand festzuhalten, weil ihre Beine ansonsten versagt hätten. Einzig ihr Wille brachte sie voran. Sie musste Yron und Dilara finden und diese Sache beenden. Sie musste es schaffen.

Draußen empfing sie ein kühler, wohltuender Wind, der ihren Sinnen etwas neues Leben einhauchte. Sie gönnte es sich, die Augen ganz kurz zu schließen. Bis sie in der Ferne Gebrüll ausmachte.

Yron und Dilara hatten sich in ihrem Kampf bis in die Mitte des Schlossplatzes vorgewagt. Er versuchte immer wieder, sie mit dem Dolch zu erwischen, schlug und trat auf sie ein. Aber sie wich aus und konnte ihn abblocken. Beide bluteten bereits an mehreren

Stellen.

„Lara!" Fey fühlte sich nicht, als wäre das Wort über ihre Lippen gekommen. Die Panik beim Anblick der Verletzten war definitiv nicht ihre eigene. Ihre Sorge galt Yron. „Lara, hör auf damit. Bitte!" Sie hätte nicht erwartet, dass es etwas brachte. Doch die Hexe hob tatsächlich den Kopf. Ihre Augen schienen riesig in dem bleichen Gesicht. Sie ließ ihre Deckung offen und das nutzte Yron sofort aus. Er rammte ihr die Spitze der Klinge zwischen die Rippen. Es war so unwirklich. So schnell. Dilara zuckte keuchend zusammen und sah auf die Waffe hinab, die in ihrem Körper steckte. Ihre Augen weiteten sich sogar ein Stückchen mehr, ehe sie die zitternden Hände daran legte. „Dieser … Dolch", ächzte sie. Yron hatte nicht das Herz getroffen, aber die Lebenskraft der falschen Königin sickerte bereits tropfenweise in den Stoff ihres Oberteils.

Er zog die Klinge hervor und der Schwall wurde größer. Ein großer roter Fleck breitete sich auf Dilaras weißem Hemd aus, zog sich immer mehr durch die Fasern. Sie taumelte, krachte rücklings zu Boden, den Arm verzweifelt in die Richtung ihrer Schwester gehoben. „Lilie …"

Fey wollte sich weigern, doch ihre Beine gehorchten ihr nicht mehr. Wie von selbst taumelte sie auf Dilara zu. Elani hatte die Kontrolle übernommen, ein solch inneres Flehen nach ihrer Schwester im Herzen, dass es wehtat.

„Fey!"

Sie konnte ihn nur ignorieren. Elani ließ sich neben Dilara auf die Knie sinken und umfasste sanft ihre blutige Hand auf der Brust. „Lara", hauchte sie, „ich bin für dich da."

„Lass mich nicht allein." Ihre schwache Stimme war kaum zu verstehen. Doch Elani nickte leicht und drückte sich näher an ihre Schwester.

„Es wird alles gut, Lara." Sie strich ihr das Haar aus dem Gesicht. „Es wird alles gut. Ich singe dir vor, wenn du das willst. Das mochtest du immer."

Dilara nickte wie ein Kind und schloss die Augen. „Du hast mich verraten."

„Verraten?"

„Hättest du mich nicht gerufen, dann wäre ich nicht abgelenkt gewesen." Sie schnaufte angestrengt. Die Magie in ihren Adern versuchte offenbar, die Wunde zu heilen. Aber dort war keine Möglichkeit mehr. Es war zu spät. Dilaras Sprung von einer Emotion zur anderen machte ihr Angst. Noch immer konnte sie sich nicht bewegen. „Du wolltest, dass er gewinnt."

Elani weinte. „Ich wollte nichts davon. Ich will einfach nur, dass es endlich wieder Frieden gibt, Lara. Versteh mich doch."

„Ich habe das immer versucht." Die Hexe öffnete wütend die Augen. „Dich zu verstehen. Das habe ich immer versucht!" Sie zerrte schwach am Körper ihrer Schwester.

Es waren Yrons Hände, die sie beide voneinander lösten. Elani schrie innerlich auf, Fey war darüber erleichtert. Sie versuchte, die Oberhand zu gewinnen, endlich von Dilara fortzukommen. Aber sie schaffte es nicht. Fey war nichts weiter als eine Mischung aus etwas von Elani und aus einem Götterwesen. Ohne eigenen Körper. Die alte Königin hatte viel mehr Macht über diese Hülle.

Ihre Gedanken begannen zu kreisen. Fey wurde schlecht, als sie bemerkte, wie der Rand ihrer selbst anfing, sich aufzulösen. Sie verschmolz mehr mit Elani, ohne, dass diese hätte gerettet werden können. „Yron …", krächzte sie ängstlich und schaffte es irgendwie, unsicher den Blick zu heben.

Er sah ihr fest in die Augen, doch seine Miene war unleserlich. Seine Hand hielt nach wie vor ihre fest umschlungen und das gab ihr irgendwo Trost. Sie war noch nicht so allein, wie sie sich fühlte. „Hilfe …"

„Ich werde dir helfen", versprach er leise und wischte mit dem Handrücken der anderen ihre Haare aus dem Gesicht. „Wir schaffen das. Gemeinsam."

„Gemeinsam", blaffte Dilara, noch schwächer als vorher. „Sie gehört zu mir." Ihre Hand legte sich um die beiden ineinander Verschränkten von Yron und Fey. Es war unangenehm. Die Hand der Hexe war kalt und starr. „Weißt du, was das Traurige an Zwillingen ist? Sie werden am selben Tag geboren, doch sie sterben meistens an Unterschiedlichen. Ich werde dich mit mir nehmen." Die Kälte breitete sich schlagartig weiter aus. Fuhr Fey wie ein Blitz den Arm hinauf und schoss zu ihrem Herzen. Es gab einen kümmerlichen Schlag von sich, stockte, kämpfte … Ein Schrei löste sich aus ihrer Kehle. Der Schmerz nahm ihr die Sicht und so hörte sie Yron neben sich lediglich, als er ein ersticktes Keuchen von sich gab und anscheinend zu Boden sackte.

Dann war es vorbei. Der Schmerz war so plötzlich aufgetreten und genauso schnell verschwunden, dass es Fey verwirrte. Ihr Herz und ihre Lungen schienen es ebenfalls nicht glauben zu können, denn sie nahmen ihre Aufgabe nur langsam wieder auf, als würden sie sich herantasten wollen. Sie blinzelte, schluckte. Endlich konnte sie wieder etwas erkennen. Dilara lag vor ihr, eindeutig tot. Sie hatte ihre letzte Magie benutzt, um Fey und Yron mit sich zu ziehen, aber anscheinend war ihre Kraft nicht mehr ausreichend gewesen und sie hatte versagt.

Yron dagegen atmete noch, war allerdings bewusstlos. Fey schluckte und strich ihm über das Haar. Sie wollte weinen und schreien. Das hier war alles ganz anders, als sie erwartet hatten. Sie hatte Angst. Sie war allein. Auch wenn Yron keine Schuld traf, so hatte er bereits sein Versprechen gebrochen. „Bitte wach wieder auf", hauchte sie mit erstickter Stimme. „Ich kann das nicht allein. Bitte …" Aber sie wusste auch, wenn sie jetzt nicht ging, dann würde sie nie mehr den Mut finden. Sie konnte auf niemanden warten. Vor allem nicht auf Jeremiah, dessen Blick sie sich dabei nicht einmal vorstellen wollte. „Bitte …" Yron blieb bewusstlos. Sein Körper regte sich nur unter den langsamen, gleichmäßigen Atemzügen. Der Dolch musste ihn beschützt haben. Der Dolch …

Fey konnte es nicht ohne ihn machen. Wenn Yron nicht

aufwachte … Sie sah sich um. Der alte Schlosshof war ihr so vertraut, obwohl er all seine Pracht verloren hatte. Hier war sie geboren worden und aufgewachsen. Hier war sie zu Fey geworden. Hier hatte all das Elend angefangen.

Gleichsam standen ihr die Nachfahren ihrer Bürger vor Augen. All die Menschen, die hofften und beteten. Die neue Zuversicht gewonnen hatten, weil ihre Kinder nicht mehr unter diesem Verlust litten. Sie dachte an die Kinder, die es geschafft hatten. Die, die mit Angst aufgewacht waren. Die, die Hoffnung verspürten, weil es genug andere gab, deren achter Geburtstag ihnen nicht das Leben aus dem Herzen gerissen hatte. Und an die, die kurz vorher Geburtstag gehabt hatten und sich diese Ungerechtigkeit nicht erklären konnten.

Yron, Cedric und Jeremiah hatten solch einen Mut bewiesen, trotz der schlechten Chancen, in das Schloss einzubrechen. Sie hatten sie auf dieser Reise begleitet. Sie angefangen. Fey zu der gemacht, die sie jetzt war. Sie hatten sie geliebt und beschützt.

Jetzt war es für sie an der Zeit, das Richtige zu tun. Wankend erhob sie sich, zog den Dolch, der nutzlos neben Yron lag, hoch und betrachtete die Klinge. „Bitte", murmelte sie, meinte nun jedoch die Götterwaffe und nicht mehr ihren Träger. „Einst warst du mit mir verbunden. Bitte schenke mir deine Macht ein allerletztes Mal."

Als die Klinge weder in Flammen aufging, noch zurück zu Yron verschwand, schöpfte Fey ein wenig Mut und machte sich an den Aufstieg zum Turm.

Die Treppe war noch intakt, die Stufen waren klein, eng und dicht an die Mittelsäule geschwungen. Jeder Schritt war eine Qual für ihren schmerzenden, erschöpften Körper. Hin und wieder musste sie stehenbleiben und Atem schöpfen, es nicht wagend, aus dem Fenster zu blicken. Sie musste sich einfach nur auf ihr Ziel konzentrieren. Der höchste Punkt der Insel.

Ihre Oberschenkel brannten so furchtbar, ihre Lunge ebenso. Ihr Kopf schwindelte. „Du tust es für alle. Denk an Edo, denk an die

Menschen. An Jeremiah, Rion und Yron. An Cedric und Zaida." Es wurde ihr Mantra auf dem Weg nach oben.

Fey wusste nicht, wie lange sie gebraucht hatte. Als sie endlich durch den leeren Türrahmen schritt, war die Sonne bereits *hochoben* und erhellte alles. Sie weinte. Hier hatte sie früher gespielt. Jetzt musste sie hier sterben. „Bist du bereit, Elani?"

Es folgte keine Antwort. Elani schien es einerlei zu sein, sie hatte sich zurückgezogen und Fey die Kontrolle übertragen. Jetzt gab es kein Zurück mehr, kein Zögern. Sie stellte sich an den Rand des zerfallenen Turmes, um wenigstens das Meer sehen zu können.

Die Wellen brachen sich, ein Stückchen entfernt, an den Felsen. Der Lebensstrom über ihr war noch blass wahrzunehmen. Bald wäre sie wieder ein Teil von etwas Größerem.

Sie hob die Klinge, irritiert, wie sie es machen sollte. Dann rammte sie sich die Spitze des Dolches kurzum in den Bauch.

Fey hatte mit Schmerzen gerechnet. Schließlich wurde sie auch nicht zum ersten Mal verletzt. Doch das Metall des Dolches glitt in sie hinein, lediglich von einem unangenehmen Druckgefühl begleitet. Ohne Schmerzen. Kein Blut sickerte hervor, nichts passierte.

Dann drehte sich auf einmal der Wind, strich ihr kalt und unnachgiebig über den Nacken. Fey fröstelte und wollte die Arme um sich schließen, als ihr Blick auf ihre Hände fiel. Sie lösten sich auf. Von den Fingerkuppen her nach unten verwandelte sich ihr Körper in den goldenen Sand von einst und wurde mit dem Wind davon getragen. Sie schrie auf, machte unweigerlich einen Schritt zurück, aber es änderte nichts an der Tatsache, dass ihre Hände verschwunden waren und ihre Arme nun folgten.

Am Boden hatten auch ihre Füße angefangen, sich aufzulösen, und ihr Schrei erstarb, als auch ihr Mund davon geweht wurde. Selbst ihre Tränen lösten sich auf und verteilten sich im Wind. Das Letzte, das ihre Ohren wahrnahmen, war das leise Geräusch des Dolches, der sie nicht im Stich gelassen hatte und nun zu Boden fiel. Sie schloss die Augen und machte erneut einen Schritt nach vorne.

Es war das Richtige, sagte sie sich, als sie den Halt verlor und fiel.
Es war das Richtige gewesen.

Kapitel 52

Zu viel Tod und Leid.

Jeremiah blickte noch immer auf das Meer hinaus, hoch oben an dem Punkt, an dem ihm Fey noch durch die Finger geglitten war. Der Dolch lag zu seinen Füßen und alles, was von ihr noch übrig war, war eine Wolke goldenen Sandes, die im Wind herumwirbelte und immer kleiner wurde.

Er machte sich nicht die Mühe, die Tränen fortzuwischen. Oder das Schluchzen zu verbergen. Fey hatte einen Teil seines Herzens mitgenommen. Er war nicht rechtzeitig hier gewesen, doch selbst wenn, hätte es nichts gegeben, was er hätte machen können.

Er war unnütz gewesen. Wie immer.

Er ergab sich seiner Trauer und es hätten Sekunden oder Jahre sein können, die er hier saß und weinte, bis der Dolch in seine Flammen aufging und verschwand. Yron war wach und die Klinge war zu ihrem Meister zurückgekehrt, brav wie ein Hündchen, das man gerufen hatte. Er schloss die Augen und wusste, dass sein Bruder bald hier erscheinen würde. Er sehnte sich danach und gleichsam war er noch nicht so weit. Er konnte sich nicht vorstellen, wie diese Begegnung ablaufen sollte. Ihm stand nicht der Sinn nach einem Gespräch. Oder nach Mitleid.

Die Schritte, die man bald darauf auf der Treppe wahrnehmen konnte, ignorierte er einfach. Er blieb, wie er war. Die Beine eng angezogen und die Stirn dagegen gepresst. Er ignorierte die Stimme, die ihn ansprach, die Hand auf seiner Schulter, dass Yron sich neben ihm zu Boden sinken ließ und ihn im Sitzen umarmte.

„Wie kann sie weg sein …" Er sprach zu niemand bestimmten.

„Sie ist ihrem Schicksal nachgegangen." Yron legte den Arm über Jeremiahs Schultern und zog ihn näher zu sich. „Wir sollten von hier verschwinden." Als sein Freund den Kopf schüttelte, seufzte Yron leise. „Es wird sie nicht zurückbringen, wenn du hier sitzen bleibst. Außerdem haben wir Cedric gefunden. Er ist verletzt und steht neben sich. Er wird es schaffen, aber er sollte versorgt werden. Nun komm. Dein Freund braucht dich."

„Gefunden?"

„Er saß in der Ruine und hat vor sich her gesprochen. Willst du ihn sehen?" Yron war bereits auf den Beinen und zog ihn sanft mit. Jeremiah wollte sich weigern, doch dann dachte er an Cedric. Fey hatte auch nicht gezögert, oder? Also erhob er sich und ließ sich die Treppe hinabführen. Die Tür zu passieren, war merkwürdig. Es fühlte sich an, als würde er eine Welt verlassen, die es danach nie wieder geben würde. Wenn er jetzt umkehren und erneut auf das Dach treten würde, dann wäre alles anders.

„Wo ist Rion?"

„Bei Cedric. Er ist nur leicht verletzt und bringt ihn bereits zum Schiff. Er hat auch … Edo bei sich."

„Und wie wird es jetzt weitergehen?"

Yron schwieg eine Weile lang. Erst, als sie unten an der Treppe angekommen waren, gab er eine leise Antwort: „Ich werde mein Versprechen erfüllen. Ich weiß nicht, wie ich es schaffen soll. Aber ich werde es erfüllen und dieses Land unter meine Herrschaft setzen." Der Wind drehte sich in jenem Augenblick, da sie den Hof betraten. Blut klebte an den Steinen. Dilara lag noch wie zuvor dort, wo sie gestorben war. Es war eine surreale Szene, in der Jeremiah merkwürdigerweise nicht einmal genug Hass oder Wut empfand, um die falsche Königin eines letzten Trittes zu würdigen. Stattdessen wandte er den Blick ab und steuerte auf den Tunnel zu. Yron jedoch zog ihn zum Haupteingang. „Lass uns dort entlang gehen." Jeremiah nickte und gemeinsam traten sie in das grelle Licht eines letzten warmen Wintertages, der sie so viel mehr gekostet und ihnen so viel mehr gegeben hatte, als die meisten Leute ahnten. „Neue Zeiten brechen an."

Danksagung

Zu dieser Sache muss ich ehrlich sein: Wenn ich ein Buch lese, dann lese ich selten die Danksagung, da ich die Personen dahinter nicht kenne. Aber die Vorstellung, dass Autoren hier ihren wichtigen Menschen den wohlverdienten Platz freiräumen, gefällt mir und deswegen schließe ich mich mehr als glücklich diesem Ritual an. Es sind Menschen, die mein Lächeln bewahren und versuchen, es zu schützen, und es sind Menschen, die mich auf einen guten Weg gebracht haben.

Keiner soll sich über die Reihenfolge allzu sehr Gedanken machen, sie hat nichts mit meiner Dankbarkeit oder der Wichtigkeit der Erwähnten zu tun.

Mein Dank gehört:

Nina: Mut-Schenkerin und Lächelmagierin.

Anke: Seit über 10 Jahren an meiner Seite, beste Freundin und die Haupttestleserin.

Colin: Aufmunternder Teddybär.

Ines: Meine Schwester, die dank 13 Jahren Vorsprung mit an meiner Erziehung arbeitete.

Neffen: An meine drei Jungs. Danke, dass ich eure Tante sein darf.

Papa: Mein Held in jeder Not.

Mama: Mein Engel, immer und überall.

Tiere: Flauschgefährten und Trostknuddler.

Dorothee: Das Mastermind hinter dem Cover.

Oma Auguste Margarete Bestgen: Danke für die Aufmunterungen und das Vererben der Geschichtenliebe und des hellen Lichts, aus dem schöne Worte geboren werden.

Oma Ilse Doll: Danke für das Auffangen in Schwierigkeiten.

Frau Abken: Für eine Grundschullehrerin, die nicht nur meine Legasthenie erkannte und meinen Eltern zur Seite stand, sondern die meinen falsch geschriebenen Wörtern dennoch Leben eingehaucht hat. Danke.

An die KVHS Aurich und die Klasse und die Lehrer, die ich dort hatte: Danke, dass ihr einem Mädchen ohne Hoffnung eben jene zurückbrachtet, sie auf ihren Weg schicktet und ihr gezeigt habt, dass das Leben auch anders sein kann.

Einen gesonderten Dank muss ich allerdings doch aussprechen und mich dabei direkt an meine andere beste Freundin wenden. Die Verrückte, die sich so ins Zeug legt, um diesem Buch ein würdiges Leben einzuhauchen. Meine Beraterin, meine Lektorin, mein Korrektorat. Und allgemein auch meine Mitbewohnerin, meine Mitautorin und die andere Mitgründerin von „Das Bambusblatt". Danke für alles, **Roberta**.

Autorenbiografie

Judith L. Bestgen – Judith Laura Bestgen – ist zwar nicht in Ostfriesland geboren, machte dort aber bis zu ihrem 7. Lebensjahr mit ihren Eltern regelmäßig Urlaub und zog dann mit ihnen dorthin. Es ist der Ort, an dem sie sich am glücklichsten fühlt, an dem sie aufgewachsen und der ihre Heimat ist.

Geboren wurde sie tatsächlich in der Stadt Haan in Nordrheinwestfalen im Juni 1992 und zog im Jahr 2019 aus privaten Gründen temporär nach Hildesheim in eine WG mit ihrer besten Freundin. Dennoch sieht der Plan es fest vor, wieder zurückzuziehen.

Sie liebt Tiere, zocken, lesen, kochen (und Essen!) und natürlich das Schreiben, Rock und Metal und die Farbe Blau. Außerdem Kakao.

Sie trinkt keinen Kaffee, selten Tee, keinerlei Alkohol und steht auch nicht auf den meisten Süßkram.

Sie glaubt zwar nicht, dass das jemals passieren wird, aber sollte man sie erkennen, darf man sie gerne ansprechen, auch wenn sie sehr schüchtern ist.

Ansonsten findet man sie auf Twitter unter @Verti92.

Inhaltswarnungen

Manche der Inhalte sind möglicherweise nicht für jeden Leser vertragbar, darum möchte ich darauf hinweisen, dass es in diesem Buch zu:

– Erwähnungen von Selbstmord/Tod von eigenen Familienmitgliedern (wie Mutter) oder anderen geliebten Personen,

– zu Krankheitssymptomen, die zum Beispiel auch eng mit Depression zusammenhängen können,

– zum direkten Verlust geliebter Personen halbwegs vor den Augen der Protagonisten (keine direkten Szenen) und

– zu Selbstmordgedanken und Selbstmordversuchen kommt.

Ich möchte betonen, dass ich selber unter Depressionen und anderen Krankheiten leide, in diesem Buch unbewusst alles verarbeitet (was nicht zwangsmäßig bedeutet, dass ich alle Ansichten teile) und sie teilweise weitergeführt habe. Die Testleser waren teilweise in ähnlichen Situationen, kamen jedoch mit dem Inhalt von Fey gut zurecht.

Solltest Du mit den oben genannten Punkten als Thema in der Literatur Probleme haben und dementsprechend sensibel auf gewisse Erwähnungen reagieren, bitte ich Dich, eventuell von Fey Abstand zu nehmen.

Wenn Du weitere Fragen dazu hast, kannst Du Dich gern mit mir verständigen. Zu finden bin ich beispielsweise auf Twitter (@verti92). Weitere Kontaktmöglichkeiten findest Du auf meiner Website judith-bestgen.com.